Nathaniel Hawthorne
Der scharlachrote Buchstabe
Die Blithedale-Maskerade

Nathaniel Hawthorne

Der scharlachrote Buchstabe
Die Blithedale-Maskerade

Romane

Aus dem Amerikanischen übertragen
von Franz Blei, durchgesehen und ergänzt
von Ruth und Hans-Joachim Lang

Albatros

Titel der englischen Originalausgabe:
The Scarlet Letter. The Blithedale Romance.

Bibliographische Information der Deutschen Nationalbibliothek

Die Deutsche Nationalbibliothek verzeichnet diese Publikation
in der Deutschen Nationalbibliographie;
detaillierte bibliographische Daten sind im Internet
über http://dnb.d-nb.de abrufbar.

Umschlaggestaltung: butenschoendesign.de
Umschlagmotiv: Ford Madox Brown, Der letzte Blick auf England,
1852–1856
Printed in Czech Republic
ISBN 978-3-491-96219-4
www.patmos.de

DER SCHARLACHROTE BUCHSTABE

Vorwort
zur zweiten Auflage

Der Autor war sehr überrascht und – wenn er das sagen darf, ohne noch mehr Ärger zu machen – mächtig amüsiert, zu finden, daß seine Skizze des Beamtendaseins, die als Einleitung zu DER SCHARLACHROTE BUCHSTABE dient, eine beispiellose Aufregung in der ehrenwerten Bürgergemeinschaft seiner unmittelbaren Umgebung verursacht hat. Sie hätte kaum heftiger sein können, hätte er das Zollhaus niedergebrannt und eine letzte schwelende Glut im Blut einer gewissen ehrenwerten Persönlichkeit gelöscht, gegen die er, so nimmt man jedenfalls an, eine ganz besondere Bosheit an den Tag legt. Da die öffentliche Mißbilligung schwer auf ihm lasten würde, hätte er das Gefühl, sie zu verdienen, erlaubt sich der Autor die Feststellung, daß er die einleitenden Seiten noch einmal sorgfältig durchgelesen hat, um zu ändern oder zu tilgen, was anstößig befunden werden könnte; auch um für die Schändlichkeiten, deren er sich etwa schuldig gemacht hat, die bestmögliche Wiedergutmachung zu leisten. Jedoch erscheinen ihm an seiner Skizze bemerkenswert nur die freimütige und echte gute Laune sowie ganz allgemein die Genauigkeit, mit der er seine unverfälschten Eindrücke der beschriebenen Charaktere wiedergegeben hat. Feindseligkeit oder Übelwollen irgendwelcher Art, sei es persönlich oder politisch motiviert, weist er ausdrücklich von sich. Vielleicht hätte man die Skizze ohne Verlust für das Publikum oder Schaden für das Buch völlig weglassen können; aber nachdem er es nun einmal unternommen hatte, sie zu schreiben, ist er der Meinung, sie hätte in keinem besseren oder freundlicheren

Geist noch – im Rahmen seiner Fähigkeiten – mit lebendigerem Eindruck von Wahrheit ausgeführt werden können.

Der Autor fühlt sich demgemäß gezwungen, diese einführende Skizze wiederzuveröffentlichen, ohne auch nur ein Wort an ihr zu ändern.

Salem, 30. März 1850

Das Zollhaus

Eine Einleitung zu „Der scharlachrote Buchstabe“

Es ist schon ein wenig merkwürdig, daß ich – der ich wenig geneigt bin, von mir und meinen Angelegenheiten am Kamin und zu meinen persönlichen Freunden allzu viel zu erzählen – zweimal im Leben von einem autobiographischen Impuls gepackt worden bin, als ich das Lesepublikum ansprach. Das erste Mal geschah das vor drei oder vier Jahren, als ich den Leser – unverzeihlicherweise und aus keinem irdischen Grund, den der nachsichtige Leser oder der zudringliche Autor sich auszudenken vermöchten, – mit einer Beschreibung meiner Lebensweise in der tiefen Stille eines alten Pfarrhauses traktierte. Und da ich bei jener früheren Gelegenheit, über meine Verdienste hinaus, glücklich genug war, ein oder zwei Zuhörer zu finden, ergreife ich schon wieder das Publikum am Rockknopf und erzähle von meinen dreijährigen Erfahrungen in einem Zollhaus. Das Beispiel des berühmten „P. P., Gemeindeschreiber“ ist niemals getreulicher befolgt worden. Wenn ein Autor, so scheint es sich zu verhalten, seine Blätter in den Wind streut, wendet er sich jedoch nicht an die vielen, die seinen Band beiseite werfen oder ihn gar nicht erst aufnehmen, sondern an die wenigen, die ihn besser verstehen werden als die meisten seiner Schulkameraden und Lebensgefährten. Einige Autoren gehen noch viel weiter und erlauben sich eine solche vertrauliche Intimität der Selbstoffenbarung, wie sie einzig und allein dem einen Herz und Sinn vollkommener Sympathie zukäme; so als ob das gedruckte Buch, das in die weite Welt hinausgeworfen wird, sicher sein dürfte, die abgetrennte Hälfte des wahren Wesens seines Autors aufzufinden und den Umkreis seiner Existenz dadurch zu schließen, daß es ihn in Verbindung mit ihr brächte. Es ist jedoch kaum taktvoll, alles auszusprechen, selbst wenn wir unpersönlich sprechen. Doch sind Gedanken erfroren und Äußerung erstarrt, wenn der Sprecher nicht in einer wahrhaftigen Beziehung zu seiner Zuhörerschaft steht, und so mag es verzeihlich sein, sich einen Freund vorzustellen, einen gütigen und besorgten, wenn auch nicht allerengsten Freund, der uns zuhört; und wenn dann durch seine milde Gegenwart eine angeborene Zurückhaltung aufgetaut ist, können wir von all dem schwatzen, was um uns liegt, sogar von uns selbst, und doch das innerste Ich hinter seinem Schleier belassen. Bis zu diesem Grade und innerhalb dieser Grenzen kann, meine ich, ein Autor autobiographisch schreiben, ohne die Rechte des Lesers oder seine eigenen zu verletzen.

Man wird ferner bemerken, daß diese Skizze des Zollhauses auch noch einen gewissen, in der Literatur schon immer anerkannten, Sinn hat, nämlich zu erklären, wie ein großer Teil der folgenden Seiten in meinen Besitz kam, und Beweise für die Authentizität der in ihnen erhaltenen Erzählung zu liefern. Dies also – ein Wunsch, mich in meiner wahren Position als Herausgeber, oder doch nicht sehr viel mehr, der langwierigsten der Erzählungen, die meinen Band ausmachen, darzustellen – dies und nichts anderes ist mein wahrer Grund, eine persönliche Beziehung mit meinem Lesepublikum aufzunehmen. Nur als Nebenzweck erschien es statthaft, durch ein paar Pinselstriche extra eine matte Wiedergabe einer bislang noch nicht beschriebenen Lebensweise zu versuchen, mit ein paar der Charaktere, die sich in ihr bewegten, und von denen der Autor zufällig auch einer war.

In meiner Heimatstadt Salem, an der Spitze eines Kais, der vor einem halben Jahrhundert, in den Tagen des alten

King Derby, voll Betriebsamkeit war, – der aber jetzt nur eine Last heruntergekommener hölzerner Speicher und wenig oder gar keine Anzeichen von Handel und Wandel trägt, ausgenommen vielleicht mal eine Bark oder Brigg, die auf halber Länge seiner melancholischen Erstreckung Häute auslädt; oder, näher heran, ein Schoner aus Neuschottland, der seine Ladung Feuerholz ausspuckt, – an der Spitze dieses verfallenen Kais, sage ich, der oft von der Flut überspült und von uneinträglichem Gras umsäumt wird, das am Fuße und an der Rückseite einer Reihe von Gebäuden wächst und an dem man die Spur vieler sich träge hinschleppender Jahre ablesen kann, – hier also, mit einem Blick aus seinen Vorderfenstern hinunter auf diese nicht sehr inspirierende Szene und über sie hinweg auf den Hafen, steht ein geräumiges Ziegelhaus. Von der luftigsten Spitze seines Daches weht oder hängt schlaff, in der Brise oder Flaute, genau dreieinhalb Stunden lang an jedem Vormittag, das Banner der Republik, aber mit den dreizehn Streifen von oben nach unten, statt horizontal, womit bezeichnet ist, daß es sich hier um einen zivilen und nicht um einen militärischen Posten aus Onkel Sams Regierung handelt. Seine Vorderseite ist geziert mit einem Portikus aus einem halben Dutzend hölzerner Säulen, die einen Balkon stützen, unter dem eine Flucht breiter granitener Stufen zur Straße hinunterführt. Über dem Eingang schwebt ein gewaltiges Exemplar des amerikanischen Adlers mit gespreizten Flügeln, einem Schild vor der Brust und, wenn mich meine Erinnerung nicht täuscht, einem Bund Blitze und mit Widerhaken versehener Pfeile in jeder Klaue. Dieses unselige Federvieh scheint ganz in Übereinstimmung mit seiner Launenhaftigkeit durch die Wildheit seines Schnabels und Auges und die allgemeine Grausamkeit seiner Haltung der harmlosen Gemeinde Unheil anzudrohen, ganz speziell alle Bürger, denen an ihrer Sicherheit liegt, davor zu warnen, das Gelände nicht zu betreten, das es mit seinen Flügeln überschattet. Und nichtsdestoweniger suchen viele Leute zu eben dieser Stunde, sich unter dem Flügel des Bundesadlers zu bergen, so zänkisch er auch dreinschaut, weil sie sich einbilden, so vermute ich, daß sein Busen die Weichheit und Gemütlichkeit eines Eiderdaunenkissens hat. Aber selbst in seinen besten Stimmungen kennt er keine große Zärtlichkeit und ist früher oder später – meistens früher als später – geneigt, seine Nestlinge mit einem Kratzer seiner Klaue, einem Hieb seines Schnabels oder einer schwärenden Wunde von seinen widerhakenden Pfeilen hinauszuwerfen.

Das Pflaster rund um das oben beschriebene Gebäude – welches wir nun endlich als das Zollhaus des Hafens vorstellen sollten – hat Gras genug in seinen Ritzen wachsen, um darzutun, daß es letzthin nicht von einem Übermaß an Geschäftigkeit in Anspruch genommen worden ist. In einigen Monaten des Jahres jedoch kommt schon mal öfter ein Vormittag vor, da die Dinge sich mit lebhafterem Schritt voranbewegen. Solche Gelegenheiten erinnern vielleicht unsere älteren Mitbürger an die Zeit vor dem letzten Krieg mit England, als Salem noch ein Hafen aus eigenem Recht war; nicht, wie heute, von seinen eigenen Kaufleuten und Reedern verachtet, die es zulassen, daß seine Kais verfallen, während ihre Unternehmen überflüssigerweise und im übrigen, ohne daß man den Unterschied sähe, den mächtigen Strom des Handels von New York oder Boston anschwellen lassen. An einem solchen Morgen, wenn drei oder vier Schiffe zufällig zugleich angekommen sind, meist aus Afrika oder Südamerika, oder kurz vor ihrer Abfahrt dahin stehen, hört man das Getrappel von Füßen, die kräftig auf den granitenen Stufen auf- und niederschreiten. Hier kann man den eben angekommenen, von der See gebräunten Kapitän sehen, noch bevor seine Frau ihn begrüßt hat, die Schiffspapiere unter dem Arm in einer verwitterten Blechschachtel. Hier kommt auch sein Reeder, freudig oder düster, gnädig oder grollend, je nachdem, ob die Pläne der eben beendeten Kauffahrt sich in Waren realisiert haben, die sich leicht zu Geld machen lassen, oder ihn unter einem Haufen unnützen Zeugs begraben haben, das ihm niemand abzunehmen gedenkt. Hier ist auch – Keimzelle des runzelgesichtigen, graubärtigen, sorgengeplagten Kaufmanns – der gewitzte junge Handlungsgehilfe, der am Handel Geschmack findet wie ein junger Wolf am Blut und der schon im Schiff seines Chefs Waren auf eigene Rechnung mitreisen läßt, während er besser noch auf einem Mühlteich Spielschiffchen segeln lassen sollte. Eine andere Figur solcher Szenen ist der Matrose vor der Ausfahrt, der einen Schutzbrief anstrebt, oder ein soeben eingetroffener, der, blaß und schwach, sich ins Hospital überweisen läßt. Vergessen sollten wir auch nicht die Kapitäne der ältlichen kleinen Schoner, die aus den britischen Provinzen Feuerholz einführen; eine etwas rauh aussehende Schar in ihrem Ölzeug und ohne die Lebhaftigkeit der Yankees, die aber unserem niedergehenden Handel ein nicht zu vernachlässigendes Kontingent zuführen.

Nimmt man all diese Personen zusammen, wie es manchmal durchaus vorkam, mit noch anderen vermischten Gestalten, so bot das Zollhaus für eine Weile einen bunten und lebhaften Anblick. Aber noch häufiger kam es vor, daß der seine Treppe Hinaufsteigende entweder im Eingang, wenn es Sommer war, oder in seinen jeweiligen Räumen, im Winter oder bei unfreundlichem Wetter, eine Reihe ehrwürdiger Figuren wahrnahm. Sie saßen in altmodischen Stühlen, die auf ihren hinteren Beinen standen und gegen die Wand abgestützt waren. Oft schliefen die Gestalten, aber gelegentlich konnte man sie auch miteinander reden hören, mit Stimmen, die zwischen Sprache und Schnarchen die Mitte hielten. Auch verrieten sie jenen Mangel an Energie, der die Einwohner von Armenhäusern auszeichnet sowie alle jene Menschen, die ihren Unterhalt von Almosen, von monopolisierter Arbeit oder von irgend etwas anderem als ihren eigenen, unabhängigen Anstrengungen herleiten. Diese alten Herren, die wie Matthäus an der Zolleinnahme saßen, aber kaum in Gefahr waren, gleich ihm zu apostolischen Aufträgen gerufen zu werden, waren Zollbeamte.

Linker Hand, wenn man durch die Vordertür kommt, gibt es dann noch einen gewissen Raum, oder ein Büro, so an die fünfzehn Fuß im Quadrat, und von erhabener Höhe, dessen zwei Spitzbogenfenster einen Blick auf den beschriebenen verfallenen Kai bieten, während ein drittes über eine enge Gasse hinweg einen Teil der Derby Street erkennen läßt. Alle drei erlauben sie Blicke auf Krämer, Blockmacher, Verkäufer von billigem Gesöff und Schiffslieferanten, und vor ihren Türen sieht man meist Gruppen alter Seeleute lachen und schwatzen und andere Kairatten, wie sie nun einmal das Wapping eines Überseehafens heimsuchen. Der Raum selbst ist von Spinnweben überzogen und von abgeblätterter Farbe schmuddelig; sein Boden ist mit grauem Sand bestreut, nach einer anderswo längst aus der Mode gekommenen Art. Der Schluß liegt nahe, daß bei der allgemeinen Vernachlässigung des Orts dies eine Zuflucht ist, in die Frauen mit ihren Wunderwaffen, dem Besen und dem Mop, nur sehr selten eindringen. Als Einrichtungsgegenstände finden wir einen Ofen mit großem Abzugsrohr, ein altes Schreibpult aus Fichte nebst dreibeinigem Schemel, zwei oder drei höchst baufällige und unsichere Stühle mit Holzböden, und – um die Bibliothek nicht zu vergessen – auf einigen Borden mehrere Dutzend Bände mit den Gesetzen des Bundesparlaments und einem voluminösen Kompendium der Zollgesetze. Eine Blechröhre steigt durch die Decke empor und erlaubt mündliche Verständigung mit anderen Teilen des Gebäudes. Und hier, es liegt noch nicht länger als etwa sechs Monate zurück, könnten Sie, verehrter Leser, das gleiche Individuum erkannt haben, das Sie in seine gemütliche kleine Studierstube an der Westseite des alten Pfarrhauses eingeladen hatte, wo der Sonnenschein so lieblich durch die Weidenzweige schimmerte, – aber nun aus einer Ecke in die andere schreitend, oder auf dem hochbeinigen Schemel hockend, Ellbogen auf dem Pult, und die Augen die Spalten der Morgenzeitung auf- und niedergleiten lassend. Wenn Sie ihn dagegen heute dort aufzusuchen wünschten, dann würden Sie vergebens nach dem „Locofoco"-Zollaufseher fragen. Der Reformbesen hat ihn aus dem Amt gefegt, und ein achtbarerer Nachfolger trägt die Insignien seiner Würde und steckt sein Gehalt ein.

Diese alte Stadt Salem – meine Vaterstadt, auch wenn ich sowohl in meiner Kindheit als auch in reiferen Jahren oft außerhalb gewohnt habe – hält, oder hielt, meine Zuneigung gefangen mit einer Kraft, die ich während meines tatsächlichen Wohnsitzes hier nicht recht einzuschätzen wußte. Was ihre rein physischen Züge betrifft, so könnte man freilich ebensogut eine sentimentale Zuneigung zu einem durcheinandergewürfelten Damebrett aufbringen – mit ihrer flachen, abwechslungsarmen Topographie, bedeckt vor allem mit Holzhäusern, von denen wenige oder keine Anspruch auf architektonische Schönheit erheben; ihrer Unregelmäßigkeit, die weder pittoresk noch anheimelnd, sondern einfach zahm ist; ihrer langen, trägen Hauptstraße, die sich ermüdend über die ganze Halbinsel erstreckt, mit dem Galgenhügel und Neu-Guinea am einen Ende, einem Blick auf ein Armenhaus am anderen. Und doch, obwohl ich anderswo ausnahmslos glücklicher bin, habe ich ein Gefühl für das alte Salem in mir, das ich mangels eines besseren Ausdrucks Zuneigung zu nennen mich begnügen muß. Dies Gefühl muß man wohl den tiefen und alten Wurzeln zuschreiben, die meine Familie in den Boden geschlagen hat. Es ist nun beinahe zweieinviertel Jahrhunderte her, seit der originale Engländer, der früheste Auswanderer meines Namens, in der wilden waldumsäumten Siedlung, die seither eine Stadt geworden ist, auftauchte. Hier wurden seine Nachkommen geboren und hier sind sie gestorben, hier haben sie ihren irdischen Stoff mit dem Boden vermengt, bis notwendig kein kleiner Teil davon der sterblichen Hülle verwandt sein muß, in der ich für ein Weilchen die Straßen auf und ab gehe. Zum Teil also ist die

Zuneigung, von der ich spreche, nur die sinnliche Sympathie von Staub zu Staub. Wenige meiner Landsleute können wissen, was sie ist, noch sollten sie es zu wissen wünschen, da häufiger Wechsel des Bodens vielleicht besser für Geschlechter ist.

Aber das Gefühl hat zugleich auch eine moralische Qualität. Die Gestalt jenes ersten Vorfahren, dem von der Familientradition eine undeutliche und düstere Großartigkeit beigemessen wurde, stand, solange ich mich erinnern kann, vor meiner knabenhaften Phantasie. Sie geistert immer noch in mir herum und verleiht mir eine Art Heimatgefühl in der Vergangenheit, das ich hinsichtlich der gegenwärtigen Phase der Stadt kaum in Anspruch nehmen darf. Mein Anspruch, hier zu residieren, scheint stärker begründet durch diesen ernsthaften, bärtigen Ahnen in seinem schwarzen Mantel und seinem spitzen Hut, der so früh mit seiner Bibel und seinem Schwert hier eintraf und der die noch fast unbetretene Straße mit so feierlicher Miene abschritt, und der als ein Mann des Krieges und als ein Mann des Friedens eine so wichtige Figur machte, – stärker also durch ihn begründet als durch mich selbst, dessen Name selten genannt wird und dessen Gesicht man kaum kennt. Jener war Soldat, Gesetzgeber, Richter; er war einer, der in seiner Kirche zu bestimmen hatte; er hatte alle puritanischen Züge, die guten wie die schlimmen. Er war auch ein bitterer Verfolger, wie die Quäker bezeugen, die ihn in ihrer Geschichtsschreibung nicht vergessen haben und ein Beispiel seiner hartherzigen Strenge gegen eine Frau ihrer Sekte berichten. Man wird sich daran länger erinnern, ist zu fürchten, als an jeden Bericht über seine besseren Taten, obwohl derer nicht wenige waren. Auch sein Sohn erbte den Geist der Verfolgung und tat sich beim Martyrium der Hexen so stark hervor, daß man rundweg sagen kann, ihr Blut habe einen Flecken auf ihm hinterlassen. Einen so tiefdunklen Flecken sogar, daß seine alten trockenen Knochen im Friedhof der Charter Street ihn noch aufweisen müssen, wenn sie nicht gänzlich zu Staub zerfallen sind! Ich weiß nicht, ob diese meine Vorfahren an Reue dachten und für ihre Grausamkeiten die Gnade des Himmels erflehten, oder ob sie gar jetzt, in einem anderen Leben, unter ihren Folgen stöhnen. Wie dem auch sein möge – ich, der diese Zeilen schreibt, nehme als ihr Stellvertreter um ihretwillen Schande auf mich und bitte, daß ein Fluch, falls sie sich einen solchen etwa eingehandelt haben – ein Fluch, von dem ich gehört habe, und der sich auch aus der trübseligen und ungedeihlichen Familiensituation seit vielen, vielen Jahren erschließen läßt – jetzt und immerdar von ihnen genommen sein möge.

Allerdings hätte jeder der beiden strengen finsterblickenden Puritaner es als völlig ausreichende Strafe für seine Sünden empfunden, daß der alte Familienstammbaum nach so vielen Jahren und so viel ehrwürdigem Moos als seinen obersten Zweig einen Müßiggänger wie mich hervorbringen mußte. Kein einziges Ziel, das ich mir je gesetzt, hätten die beiden als lobenswert anerkannt; keiner meiner Erfolge – wenn mein Leben jenseits des Familienzirkels je von der Sonne des Erfolgs beschienen worden ist – wäre ihnen anders vorgekommen als wertlos, wenn nicht geradezu schändlich. „Was ist er denn?" murmelt ein grauer Schatten meiner Vorväter zum andern. „Ein Geschichtenschreiber! Was für eine Lebensaufgabe, was für eine Art, Gott zu preisen, oder den Menschen zu seiner Zeit nützlich zu sein, ist das wohl? Der heruntergekommene Bursche könnte ebensogut ein Fiedler geworden sein." Dergleichen sind die Liebenswürdigkeiten, die zwischen meinen Urvätern und mir ausgetauscht werden, über den Abgrund der Jahre hinweg. Und doch, mögen sie mich auch verachten, wie sehr sie wollen, haben sich starke Züge ihrer Natur mit den meinen verflochten.

Von diesen zwei ernsten und tatkräftigen Männern in die früheste Kindheit und Jugend der Stadt eingepflanzt, hat sich die Familie stets hier erhalten; immer respektabel und niemals, meiner Kenntnis nach, durch ein einziges unwürdiges

Mitglied bloßgestellt; aber anderseits selten oder nie, nach den beiden ersten Generationen, durch irgendeine denkwürdige Tat oder auch nur durch den allergeringsten Anspruch auf öffentliche Beachtung ausgezeichnet. Allmählich verlor man sie fast aus den Augen; so wie alte Häuser hie und da in unseren Straßen von neuem Boden bis halb zur Dachrinne hoch verdeckt werden. Hundert Jahre lang gingen sie zur See, der Sohn wie der Vater; in jeder Generation zog sich ein grauhaariger Kapitän vom Achterdeck in sein Häuschen zurück, während ein vierzehnjähriger Junge den ererbten Platz vor dem Mast einnahm und dem salzigen Gischt und dem Sturm die Stirn bot, die schon seinem Vater und seinem Großvater entgegengebraust waren. Der Junge machte zu gegebener Zeit seinen Weg aus der Mannschaftsunterkunft in die Kabine, verbrachte stürmische Mannesjahre und kehrte von seinen Weltfahrten zurück, um alt zu werden und zu sterben und seinen Staub mit der heimatlichen Erde zu vermischen. Diese lange Verbindung einer Familie mit einem Fleck, als Geburtsort und als Grab, schafft eine Verwandtschaft zwischen dem Menschen und dem Ort, die unabhängig ist von szenischem Zauber oder Umständen der moralischen Welt. Das ist keine Liebe, sondern Instinkt. Der Neueinwohner, der selbst aus einem fremden Land kam, oder dessen Vater oder Großvater gekommen war, hat wenig Recht, ein Salemer genannt zu werden; er kann sich die austernhafte Zähigkeit nicht vorstellen, mit der sich ein alter Ansiedler, über den das dritte Jahrhundert hinwegkriecht, an die Stelle klammert, an der die Familiengenerationen beerdigt wurden. Gleichviel, ob der Platz für ihn selbst freudlos, daß er der alten Holzhäuser überdrüssig ist, überdrüssig des Schlamms und Staubs, der Flächigkeit und Flachheit des Bodens und des Gefühls, überdrüssig des kalten Ostwinds und der kältesten aller gesellschaftlichen Atmosphären, – all das und was er noch etwa an Fehlern sieht oder zu sehen vermeint, tut nichts zur Sache. Der Bann bleibt ungebrochen und ist so mächtig, als wäre der Geburtsort ein irdisches Paradies. So ist's in meinem Fall gewesen. Mir kam es fast wie ein Schicksalsspruch vor, daß ich in Salem mein Haus beziehen mußte, so daß die Gesichts- und Charakterzüge, die hier schon so lange bekannt gewesen waren, auch zu meiner kleinen Zeit in der alten Stadt gesehen und wiedererkannt werden möchten, und immer ein Vertreter des Stamms sozusagen seinen Postengang auf der Hauptstraße antreten mußte, wenn sich ein anderer im Grabe zur Ruhe niederlegte. Nichtsdestoweniger ist gerade dieses Gefühl ein Beweis, daß die Verbindung etwas Ungesundes geworden ist und endlich gelöst werden sollte. Menschliche Natur gedeiht so wenig wie Kartoffeln, wenn sie zu viele Generationen nacheinander in denselben erschöpften Boden eingepflanzt und nochmals eingepflanzt wird. Meine Kinder sind andernorts geboren worden und sollen, soweit ihr Schicksal in meiner Hand liegt, ihre Wurzeln in ungewohnter Erde schlagen.

Als ich aus dem alten Pfarrhaus auftauchte, war es hauptsächlich also diese seltsame, träge, freudlose Anhänglichkeit an meine Heimatstadt, die mich dazu brachte, meinen Platz in Onkel Sams Backsteinhaus einzunehmen, wo ich doch ebensogut – oder besser – hätte woanders hingehen können. Mein Verhängnis war über mich gekommen. Es war ja nicht das erste und nicht das zweite Mal gewesen, daß ich – und wie es schien für immer – weggegangen war, aber nur um wiederzukehren wie der unechte Groschen, oder so, als sei Salem für mich das unvermeidliche Zentrum des Universums. So schritt ich eines schönen Morgens die Flucht der granitenen Treppen hinan, die Ernennungsurkunde durch den Präsidenten in meiner Tasche, und wurde dem Kollegium der ehrenwerten Herren vorgestellt, die mich in meiner gewichtigen Verantwortung als Hauptvollzugsbeamter des Zollhauses unterstützen sollten.

Ich habe große Zweifel – oder vielmehr, ich habe durchaus

keine –, ob je einem Beamten der Vereinigten Staaten, sei es im Zivil- oder im Militärdienst, solch ein patriarchalisches Veteranenkorps unterstanden hat wie mir. Um herauszufinden, wo sich der älteste Einwohner aufhielt, brauchte ich sie mir bloß anzuschauen. Mehr als zwanzig Jahre lang war die Stellung des Zolleinnehmers so unabhängig gewesen, daß er seine Mannschaft aus dem Strudel politischer Veränderungen hatte heraushalten können, die sonst das Festhalten der Posten so schwierig machen. Als ein Soldat, als Neuenglands ausgezeichnetster Soldat, stand er fest auf dem Piedestal seiner tapferen Dienste, und wie er selbst in der weisen Liberalität aufeinanderfolgender Regierungen, unter denen er sein Amt versah, sich sicher wußte, so war er auch Bürge der Sicherheit seiner Untergebenen in mancher Stunde der Gefahr und des Herzklopfens gewesen. General Miller war radikal konservativ, ein Mann, über dessen gütige Natur die Gewohnheit keinen geringen Einfluß hatte, ein Mann, der sich an gewohnte Gesichter klammerte und nur mit Mühe zu Veränderungen zu bewegen war, selbst dann nicht, wenn die Veränderung unbestreitbare Verbesserung mit sich gebracht hätte. Als ich somit meine Abteilung übernahm, fand ich fast nur alte Männer. Es waren meist alte Kapitäne, die, nachdem sie von jeder See geschüttelt worden waren und gegen des Lebens stürmische Winde mit Festigkeit ihren Mann gestanden hatten, am Ende in diesen ruhigen Winkel abgetrieben worden waren, wo sie, abgesehen von den periodischen Schrecken der Präsidentenwahlen, nur wenig erschüttern konnte und wo sie einer wie der andere einen neuen Lebensabschnitt fristen durften. Obwohl sie keinesfalls weniger als andere ihrer Mitmenschen dem Alter und der Hinfälligkeit Tribut zollten, hatten sich doch offenbar irgendeinen Talisman, der sie vor dem Tode bewahrte. Zwei oder drei von ihnen, wie man mir versicherte, die es mit Rheuma und dem Zipperlein zu tun hatten, vielleicht auch bettlägerig waren, dachten während eines großen Teils des Jahres nicht im Traum daran, einmal im Zollhaus aufzutauchen, krochen aber nach einer Winterstarre, so im Mai oder Juni, in den warmen Sonnenschein, versahen träge ihre – wie sie es nannten – Pflicht und begaben sich zu der ihnen angenehmen Zeit zurück ins Bett. Ich muß mich der Tat schuldig bekennen, mehr als einem dieser ehrwürdigen Diener der Republik den Lebensfaden eines Beamten abgekürzt zu haben. Auf meine Vorstellung hin wurde es ihnen gestattet, sich von ihren angestrengten Tätigkeiten auszuruhen, und bald darauf – so als sei ihres Lebens einziges Prinzip der Diensteifer für ihr Vaterland gewesen, wie ich auch tatsächlich glaube, daß es sich so verhielt, – zogen sie sich in eine bessere Welt zurück. Mir selbst ist es eine fromme Befriedigung, daß ihnen durch mein Zutun hinreichend Gelegenheit geboten wurde, die bösen, korrupten Praktiken zu bereuen, in die jeder Zollbeamte auf die allernatürlichste Weise fällt, wie man jedenfalls allgemein annimmt. Weder der Vordereingang noch der rückwärtige des Zollhauses öffnet sich auf einen Weg zum Paradies hin.

Die meisten meiner Beamten waren Whigs. Gut war's für diese ihre ehrbare Brüderschaft, daß der neue Zollaufseher kein Politiker war und, wiewohl im Prinzip ein treuer Anhänger der Demokraten, sein Amt weder im Hinblick auf politische Dienste erhalten hatte noch ausübte. Wäre es anders gewesen, hätte ein aktiver Politiker diesen einflußreichen Posten eingenommen und sich der leichten Aufgabe unterzogen, gegen einen Zolleinnehmer der Whigs Boden zu gewinnen, der aufgrund seiner Krankheiten nicht in der Lage war, sein Amt persönlich auszuüben, dann hätten wohl fast alle aus diesem alten Kollegium längstens nach einem Monat, nachdem der Racheengel die Zollhaustreppen hinaufgeschritten wäre, ihr amtliches Leben ausgehaucht. Nach hergebrachten Regeln in dieser Angelegenheit wäre es für einen Politiker geradezu Pflicht gewesen, jeden einzelnen dieser weißhaarigen Köpfe unter die Guillotine zu bringen. Und nur zu deutlich merkte man, daß diese alten Knaben in der Tat eine solche oder eine ähnliche Unfreundlichkeit meinerseits befürchteten. Es schmerzte und amüsierte mich zugleich, den Schrecken zu betrachten, der mit meiner Ankunft verbunden war, die gefurchte Wange, wettergegerbt von einem halben Jahrhundert der Stürme, aschfahl werden zu sehen beim Anblick eines so harmlosen Individuums, wie ich es bin, das Zittern in der Stimme zu vernehmen, wenn der eine oder der andere mich ansprach, die in längst vergangenen Tagen durch das Megaphon zu bellen gewohnt war, und zwar so rauh, daß Boreas selbst vor Schreck verstummt sein mochte. Sie wußten es, diese vortrefflichen alten Herrschaften, daß sie nach jeder eingeübten Spielregel und, in einigen Fällen, zu leicht befunden durch ihre eigene Unfähigkeit für die Amtsgeschäfte, Jüngeren hätten Platz machen sollen, Jüngeren, die politisch rechtgläubiger und überhaupt viel geeigneter gewesen wären, unser aller Onkel zu dienen. Auch ich wußte es, und fand doch nie recht den Mut, aufgrund dieser Einsicht zu handeln. So gereichte es mir sehr und verdientermaßen zur Unehre und belastete nicht wenig mein Amtsgewissen, daß sie während meiner Amtszeit fürderhin auf den Kais herumkrochen und auf den Treppen des Zollhauses bummelten. Einen guten Teil ihrer Zeit verbrachten sie schlafend in ihren gewohnten Winkeln, wobei sie ihre Stühle rückwärts gegen die Wand lehnen ließen. Ein- oder zweimal des Vormittags erwachten sie freilich, um einander anzuöden durch die mehrtausendfach wiederholte Erzählung alten Seemannsgarns und durch schimmlige Scherze, die unter ihnen zu Parolen geworden waren, an denen sie sich erkannten.

Bald, so stelle ich mir vor, fand man heraus, daß der neue Zollaufseher ziemlich harmlos war. Leichten Herzens und mit dem glückvollen Bewußtsein, nützlich beschäftigt zu sein – nützlich jedenfalls für sie selbst, wenn auch nicht für unser geliebtes Vaterland – gingen diese guten alten Herren durch die verschiedenen Formalitäten ihres Amtes. Mit welcher

Scharfsicht betrachteten sie, unter ihrer Brille hinweg, die Laderäume der Schiffe! Mächtig regten sie sich über Kleinigkeiten auf, aber wunderbar war zuweilen die Begriffsstutzigkeit, die sie größere Dinge durch ihre Finger gleiten ließ. Immer wenn ein solches Malheur passierte, wenn eine Wagenfuhre voll wertvoller Ware an Land geschmuggelt worden war, vielleicht des Mittags und direkt unter ihren vertrauensseligen Nasen, dann konnte nichts ihre Wachsamkeit und ihren Eifer übertreffen, mit dem sie alle Ausgänge des schuldigen Schiffs verschlossen, doppelt verschlossen, und mit Band und Siegellack sicherten. Anstatt einer Rüge für ihre frühere Nachlässigkeit schien der Fall eher eine Belobigung für ihre erfreuliche Achtsamkeit zu erfordern, eine dankbare Anerkennung für die Promptheit ihrer Bemühung, nachdem das Ding nun einmal passiert war, und es kein Heilmittel mehr gab.

Es ist meine törichte Gewohnheit, Leuten, wenn sie nicht über die Maßen widerwärtig sind, Zuneigung entgegenzubringen. Der bessere Teil des Charakters meines Mitmenschen – so er einen solchen hat – steht mir gewöhnlich vor Augen und macht das aus, wodurch ich meinen Mann kenne. Da die meisten dieser alten Zollbeamten gute Züge hatten, und da meine eigene Stellung zu ihnen, väterlich und schützend, wie sie war, dem Wachstum freundlicher Gefühle günstig war, mochte ich sie alle mit der Zeit gut leiden. An Sommervormittagen, wenn die brütende Hitze alle anderen Glieder der Menschenfamilie fast verflüssigte, aber ihren halberstarrten Systemen nur eine angenehme Wärme vermittelte, war es nett, sie am Hintereingang plauschen zu hören, aufgereiht auf ihren an die Wand gelehnten Stühlen, wie gewöhnlich, während die gefrorenen Witzeleien vergangener Generationen aufgetaut wurden und mit Gelächter von ihren Lippen perlten. Äußerlich hat die Lustigkeit betagter Menschen viel mit Frohmut von Kindern gemein; der Intellekt hat ebensowenig etwas damit zu schaffen wie ein tiefer Sinn für Humor. Bei beiden ist es ein auf der Oberfläche spielender Glanz, der einen sonnigen und launigen Anblick sowohl dem grünen Zweig wie dem grauen, morschen Ast verleiht. Nur in einem Fall ist es freilich echter Sonnenschein; im andern ähnelt es mehr dem Phosphoreszieren verfaulenden Holzes.

Der Leser muß wissen, daß nicht alle meine ausgezeichneten alten Freunde in ihrer zweiten Kindheit waren; es so darzustellen, hieße ihnen bitter Unrecht tun. Erstens waren nicht alle meine Mitarbeiter alt; es gab unter ihnen Männer im besten Alter und Vermögen, von ausgeprägter Fähigkeit und Energie, ganz und gar der trägen und abhängigen Lebensart enthoben, der sie ein böses Geschick überantwortet hatte. Und schließlich waren die weißen Locken des Alters zuweilen die Bedeckung einer intellektuellen Behausung in noch gutem Zustand. Was aber die Mehrzahl meines Veteranenkorps anbetrifft, so tue ich ihnen kein Unrecht, wenn ich sie ganz allgemein als Truppe ermüdender alter Seelen bezeichne, die aus ihrer bunten Lebenserfahrung nichts zusammengetragen hatten, was wert gewesen wäre, bewahrt zu werden. Sie schienen all die goldenen Körner praktischer Weisheit, die zu ernten sie so viele Gelegenheiten gehabt hatten, fortgeworfen zu haben, um dafür um so sorgfältiger ihre Erinnerung mit den leeren Hülsen zu befrachten. Sie sprachen mit viel größerem Interesse und tieferer Inbrunst über ihr Frühstück oder ihre Hauptmahlzeit, von heute oder gestern oder morgen, als vom Schiffbruch, der vierzig oder fünfzig Jahre zurücklag, und all den Weltwundern, die sie mit den Augen ihrer Jugend betrachtet hatten.

Der Vater des Zollhauses – der Patriarch nicht nur dieser kleinen Beamtenriege, sondern, wie ich kühn behaupten möchte, der ehrbaren Körperschaft aller Zollbeamten in unseren Vereinigten Staaten landauf landab, – war ein gewisser für dauernd angestellter Inspektor. Man könnte ihn mit Fug und Recht einen legitimen Sohn des Zollsystems nennen, in der Wolle gefärbt oder vielmehr im Purpur geboren, da sein alter Herr, ein Oberst aus der Revolutionszeit und früher einmal Zolleinnehmer des Hafens, ihm ein Amt geschaffen und ihn ernannt hatte, es auszufüllen, und zwar in einer so frühen Vorzeit, daß wenige heute noch Lebende sich an sie erinnern können. Als ich diesen Inspektor kennenlernte, war er ein Mann um die Achtzig und gewiß eines der wundervollsten Exemplare von Wintergrün, als man es in einer Lebenszeit zu entdecken hoffen kann. Mit seinen blühenden Wangen, seiner untersetzten Figur, die in einen blauen Rock mit bunten Knöpfen modisch gekleidet war, seinem raschen und kräftigen Schritt, seinem gesunden und herzhaften Auftreten erschien er – nicht so sehr jung, als vielmehr wie eine neue Erfindung von Mutter Natur in Gestalt eines Menschen, den weder Alter noch Gebrechen anfassen durften. Seine Stimme und sein Lachen, die fortwährend durch das Zollhaus schallten, hatten nichts von dem zittrigen Trillern und dem Gekicher eines alten Manns, sondern stolzierten wie das Krähen eines Hahns oder das Schmettern einer Trompete aus seinen Lungen. Betrachtete man ihn nur in seiner Eigenschaft als Tier – und viel mehr gab es da nicht zu betrachten –, war er ein höchst befriedigendes Objekt aufgrund der absoluten Gesundheit seines Organismus und der Fähigkeit, im höchsten Alter noch alle, oder doch fast alle, Freuden zu genießen, die er sich je vorgesetzt oder die zu begreifen er imstande war. Die sorglose Sicherheit seines Lebens im Zollhaus bei regelmäßigem Einkommen und nur geringen und seltenen Befürchtungen, entfernt zu werden, hatte zweifellos dazu beigetragen, daß die Zeit ihn nur leicht berührte. Die ursprünglichen und stärkeren Ursachen lagen jedoch in der seltenen Perfektion seiner animalischen Natur, dem bescheidenen Anteil von Intellekt, der geringfügigen Beimischung moralischer und spiritueller Ingredienzien, wobei letztere Qualitäten tatsächlich nur gerade so stark vertreten waren, daß sie den alten Herrn daran hinderten, auf allen vieren zu marschieren. Er besaß keine Kraft des Denkens, keine Tiefe des Gefühls, keine störenden Sensibilitäten; kurzum nichts als ein paar gewöhnliche Instinkte, die mit Hilfe seiner aus körperlichem Wohlbefinden unvermeidlich erwachsenden guten Laune sehr respektabel und zu allgemeiner Zufriedenheit die Stelle des Herzens vertraten. Er war Gatte dreier Frauen gewesen, die alle längst verstorben waren; er war Vater von zwanzig Kindern, die ebenfalls zu den verschiedensten Zeiten ihrer Jugend oder ihrer Reife zu Staub geworden waren. Man möchte meinen, daß hier Kummer genug war, um die sonnigste Anlage durch und durch mit einer schwarzen Farbe zu durchziehen. Aber nicht bei unserem alten Inspektor! Ein kurzer Seufzer genügte, die ganze Last dieser trüben Erinnerungen abzuwerfen. Schon im nächsten Augenblick war er so bereit, sich vergnüglich zu tummeln wie ein Kind vor den ersten Hosen, viel bereiter etwa als des Zolleinnehmers jüngerer Sekretär, der mit seinen neunzehn Jahren der gesetztere und ernstere Mann von beiden war.

Ich pflegte diese patriarchalische Persönlichkeit mit, so meine ich, lebhafterer Wißbegier zu beobachten und zu studieren als jede andere Form der Menschlichkeit, die sich dort meinem Anblick bot. Er war ein seltenes Phänomen; von einem Standpunkt aus betrachtet so perfekt, und dann wieder so seicht, so täuschend, so ungreifbar, eine so absolute Niete von jedem anderen aus. Ich kam zu dem Schluß, daß er nicht Seele hatte noch Herz noch Hirn; nichts, wie schon gesagt, als Instinkte; aber so schlau waren die wenigen Materialien seines Charakters zusammengefügt worden, daß die Betrachtung keinen schmerzhaften Mangel ergab, sondern meinerseits eine volle Befriedigung mit dem, was ich da sah. Vielleicht war es schwierig, oder sicherlich war es das, sich auszumalen, wie er nach diesem unserem Leben zu existieren gedachte, so irdisch und sinnlich erschien er, aber hier auf Erden war ihm sein Dasein, und mochte es auch mit seinem letzten Atem enden, nicht ohne Wohlwollen zugeteilt worden, da er keine höheren moralischen Verantwortlichkeiten kannte als die Tiere des Feldes, aber sehr viel mehr Vergnüglichkeiten als diese, und da er ihre gesegnete Unanfechtbarkeit durch Trübsal und Düsternis des Alters teilte.

Ganz besonders in einem Punkt war er gegenüber seinen vierfüßigen Brüdern gewaltig im Vorteil. Das war seine Fähigkeit, sich all der guten Mahlzeiten zu erinnern, die zu verspeisen einen nicht geringen Teil seines Lebensglücks ausgemacht hatte. Seine Freßlust war ein sehr sympathischer Zug, und ihn von Gegrilltem nur reden zu hören war so appetitanregend wie Eingemachtes oder eine Auster. Da ihm Höheres fremd war, und er keine geistigen Gaben dadurch aufopferte oder verdarb, daß er all seine Energien und Künste dem Vergnügen und Nutzen seines Schlundes unterordnete, befriedigte und erheiterte es mich, ihn über Fisch, Geflügel und das Fleisch beim Schlachter sowie die vortrefflichsten Arten, sie für die Tafel zu bereiten, auspacken zu hören. Seine Memoiren gemütlicher Stimmung, wie verjährt auch das Datum des Banketts, schienen den Geschmack eines Schweines oder eines Truthahns einem direkt unter die Nase zu halten. Auf seinem Gaumen war Wohlgeschmack, der dort nicht weniger als sechzig oder siebzig Jahre verweilt hatte, anscheinend so frisch wie der von dem eben erst zum Frühstück verschlungenen Hammelrippchen. Ich habe gehört, wie er mit der Zunge schnalzte über Mahlzeiten, deren Gäste – ausgenommen er selbst – schon lange den Würmern zum Fraß gedient hatten. Wundersam war es anzusehen, wie die Geister vergangener Mahlzeiten ständig vor ihm aufzogen; nicht im Zorn oder rachelustig, sondern eher dankbar für seine frühere Würdigung und bestrebt, die zugleich schattenhafte wie sinnliche Serie von Vergnügungen endlos zu duplizieren. Ein Rindslendenstück, eine Kalbshaxe, ein Rippenspeer vom Schwein, ein ganz besonderes Huhn oder ein hoch zu preisender Puter, der vielleicht in den Tagen des älteren

Adams seine Tafel geziert hatte, wurde der Erinnerung wert befunden, während alle folgende Erfahrung des Menschengeschlechts mitsamt all den Ereignissen, die sein eigenes Leben besonnt oder verdüstert hatten, über ihn mit so wenig Wirkung wie ein vorübergehender Luftzug hinweggegangen war. Das tragischste Ereignis aus dem Leben dieses alten Mannes war, so weit ich das beurteilen kann, ein Mißgeschick mit einer gewissen Gans, die vor zwanzig oder vierzig Jahren gelebt hatte und gestorben war; eine Gans von vielversprechender Gestalt, die sich bei Tisch aber als so unbezwinglich zäh herausgestellt hatte, daß das Vorlegemesser auf ihrem Kadaver keinen Eindruck hinterließ, und die nur mit Axt und Handsäge aufgeteilt werden konnte.

Doch ist es an der Zeit, diese Skizze zu verlassen, wiewohl ich gern noch beträchtlich mehr Zeit auf sie verwenden würde, denn von allen Menschen, die ich je kennengelernt habe, war dieser Mensch am geeignetsten, ein Zollbeamter zu sein. Die meisten Leute nehmen – aus Gründen, die anzudeuten mir der Raum wohl nicht gestatten wird – durch diese besondere Lebensart moralischen Schaden. Der alte Inspektor war dazu unfähig, und sollte er bis an das Ende aller Tage im Amt bleiben, würde er so frisch sein wie je zuvor und sich mit ebenso gutem Appetit zum Mahl setzen.

Mächtig unvollkommen wäre meine Galerie der Zollhäuslerporträts ohne ein Bild, das ich meiner wenigen Gelegenheiten zur Beobachtung wegen nur im äußersten Umriß skizzieren kann. Es ist das des Zolleinnehmers, unseres tapferen alten Generals, der nach seiner glänzenden militärischen Laufbahn und nachdem er ein wildes Territorium im Westen regiert hatte, vor zwanzig Jahren hierher gekommen war, um den Abend seines abwechslungsreichen und ehrenvollen Lebens zu verbringen. Der brave Soldat hatte schon fast oder vielleicht auch volle siebzig Jahre auf dem Buckel und brachte den Rest seines irdischen Marsches mit einer Last von Gebrechen hinter sich, die selbst die Militärmusik seiner anfeuernden Erinnerungen nur um ein weniges erleichtern konnte. Der Schritt, der einst den Angriff angeführt hatte, war jetzt gelähmt. Nur mit Hilfe eines Bediensteten und indem er seine Hand schwer auf die eiserne Balustrade stützte, konnte er langsam und mit Schmerzen die Zollhausstufen erklimmen und nach mühevollem Gang über den ebenen Boden seinen gewohnten Sitz neben dem Kamin erreichen. Da pflegte er dann zu sitzen und mit einer etwas unbestimmten heiteren Gelassenheit die Gestalten zu betrachten, die da kamen und gingen, während mit Papier geraschelt, Eide abgenommen, Geschäfte diskutiert wurden, und das beiläufige Gerede eines Büros weiterging, was alles jedoch seine Sinne nur undeutlich zu berühren und kaum geeignet schien, in die innere Sphäre seiner Betrachtungen einzudringen. Sein Antlitz in dieser Ruhelage war mild und gütig. Wenn seine Aufmerksamkeit von jemandem beansprucht wurde, schien ein Ausdruck der Höflichkeit und des Interesses auf seinen Zügen auf und bewies, daß im Inneren ein Licht leuchtete und daß nur das äußere Medium seiner geistigen Illumination die Strahlen in ihrer Passage behinderte. Je näher man der Substanz seines Geistes kam, desto verläßlicher erschien diese. Sowie man nicht mehr von ihm verlangte zu sprechen oder zuzuhören – was beides ganz offenbar ihm Anstrengung abforderte –, sank sein Gesicht binnen kurzem wieder in die frühere nicht unfreudige Ruhe zurück. Diesen Blick zu sehen war nicht peinvoll, denn, wiewohl distanziert, hatte er nicht die Blödigkeit der Senilität. Das ursprüngliche starke und massige Gerüst seiner Person war noch nicht verfallen.

Unter solchen ungünstigen Bedingungen seinen Charakter zu beobachten und zu umreißen war jedoch so schwierig, wie eine alte Festung, etwa Ticonderoga, aus dem bloßen Anblick ihrer grauen und verstreuten Trümmer nachzuzeichnen und in der Einbildungskraft neu erstehen zu lassen. Hie und da mögen noch Mauern fast unzerstört stehen, aber anderswo findet man nur einen formlosen Hügel, dessen Stärke nur ein Hindernis ist und der in langen Jahren des Friedens und der Vernachlässigung von Gras und Unkraut überwachsen wurde.

Nichtsdestoweniger konnte ich, wenn ich den alten Krieger mit Zuneigung ansah, – denn, wie unbedeutend auch die Verbindung zwischen uns war, meine Gefühle ihm gegenüber, wie die aller anderen Zwei- und Vierbeiner, die ihn kannten, lassen sich so nicht unzutreffend bezeichnen –, die wichtigsten Züge seines Porträts ausmachen. Es zeigte die edlen und heroischen Eigenschaften, die bewiesen: es war nicht bloßer Zufall, sondern gutes Recht, daß er einen mit Hochachtung genannten Namen trug. Sein Geist, so stelle ich mir vor, konnte nie durch unruhige Aktivität charakterisiert worden sein; zu jeder Zeit seines Lebens muß es eines Impulses bedurft haben, ihn in Bewegung zu setzen, aber sowie er einmal aufgeregt worden war, zu überwindende Hindernisse wahrnahm und ein erstrebenswertes Ziel vor Augen sah, war es nicht in ihm, abzulassen oder aufzugeben. Die Wärme, die früher seine Natur durchpulst hatte und die auch jetzt noch nicht verloschen war, war niemals von der Art gewesen, die lodernd aufflammt und flackert; sie glich eher einem tiefen, roten Glühen wie von Eisen in einem Schmelzofen. Gewicht, Solidität, Festigkeit strahlten aus seiner Ruhe, selbst noch in der vorzeitig über ihn gekommenen Hinfälligkeit der Epoche, von der ich spreche. Selbst dann noch konnte ich mir vorstellen, daß er unter einer sich tief in sein Bewußtsein bohrenden Erregung – aufgeschreckt durch einen Trompetenstoß, der laut genug wäre, um all seine ja nicht erstorbenen, sondern nur schlafenden Energien aufzuwecken – immer noch fähig war, seine Gebrechen abzuwerfen wie das Kleid eines kranken Mannes, den Stab des Alters abzulegen, um ein Schlachtschwert zu ergreifen und noch einmal aufzustehen als Krieger. In einem solchen gespannten Augenblick würde sein Auftreten ein ruhiges gewesen sein. Aber dies Schauspiel war nur für die Einbildungskraft und weder zu erwarten noch zu wünschen. Was ich in ihm wahrnahm – so offenbar wie die unzerstörbaren Schutzwehren des alten Ticonderoga, die ich schon als geeignetstes Sinnbild genannt habe –, waren die Züge hartnäckiger und massiver Ausdauer, die sich in seinen früheren Tagen durchaus zu Starrsinn verdichtet haben mochten; Integrität, die, wie die meisten anderen seiner Gaben, in einer etwas schweren Masse aufgehäuft und so ungefügig und unmanipulierbar war wie eine Tonne Eisenerz; Wohlwollen, das ich, so wild er auch die Bajonette bei Chippewa oder am Fort Erie anführte, für von so echter Prägung halte wie das, was einen oder alle der polemischen Philanthropen unseres Zeitalters bewegt. Er mochte, soviel ich weiß, mit eigener Hand Menschen getötet haben; gewiß waren sie wie Grashalme unter den Schwingen der Sichel vor dem Ansturm gefallen, dem sein Geist seine triumphierende Energie eingehaucht hatte, aber, wie dem auch sein möge, in seinem Herzen war nicht so viel Grausamkeit, wie es gebraucht hätte, den Staub vom Flügel eines Schmetterlings zu fegen. Ich habe keinen Menschen kennengelernt, dessen angeborener Güte ich mich zuversichtlicher bittend genähert hätte.

Viele charakteristische Eigenschaften, unter ihnen solche, die einer Skizze am deutlichsten Ähnlichkeit verleihen, müssen schon, bevor ich dem General begegnete, verschwunden oder verdunkelt worden sein. Alle nur anmutigen Attribute sind gewöhnlich die flüchtigsten; auch schmückt die Natur nicht eine menschliche Ruine mit Blüten neuer Schönheit, wenn diese ihre Wurzeln und den Ort ihrer Nahrung nur in den Ritzen und Felsspalten des Verfalls finden, so wie sie über die Ruinen der Festung Ticonderoga Goldlack aussät. Und doch gab es selbst hinsichtlich Anmut und Schönheit Punkte, die zu bemerken sich lohnt. Gelegentlich drang ein Strahl von Humor durch den Schleier und schien durch sein Hindernis hindurch freundlich auf unsere Gesichter. Ein Zug angeborener Eleganz, wie man ihn selten in einem männlichen

Charakter nach der Kindheit oder frühen Jugend sieht, zeigte sich in des Generals Vorliebe für den Anblick und den Duft von Blumen. Man könnte meinen, daß ein alter Soldat nur den blutigen Lorbeer auf seinem Haupt zu schätzen wisse, aber hier gab es einen, der für die Welt der Blumen die Vorliebe eines jungen Mädchens zu haben schien.

Da also, neben dem Kamin, pflegte der brave alte General zu sitzen, während der Zollaufseher – der nur selten und wenn es nicht anders ging, die schwierige Aufgabe übernahm, ihn in ein Gespräch zu verwickeln – gern in einiger Distanz dastand und seine ruhigen und fast schläfrigen Züge beobachtete. Er schien von uns entfernt, obwohl wir ihn nur ein paar Meter vor uns sahen; abgewandt, auch wenn wir dicht an seinem Sitz vorbeigingen; unerreichbar, selbst wenn wir nur unsere Hände hätten ausstrecken müssen, um die seinen zu berühren. Vielleicht lebte er ein realeres Leben in seinen Gedanken als in der unangemessenen Umwelt eines Zolleinnehmerbüros. Die Manöver der Parade, das Getümmel der Schlacht, der Klang alter heldischer Musik, die vor dreißig Jahren gehört wurde – solche Szenen und Klänge waren vielleicht vor seinem geistigen Auge und Ohr ganz lebendig. Derweil kamen und gingen die Kaufleute und Reeder, die geschniegelten Handlungsgehilfen und die ungepflegten Matrosen; der Betrieb von Handel, Wandel und Zollgeschäften umspülte ihn mit seinem kleinen Murmeln, aber weder mit diesen Menschen noch mit ihren Geschäften schien der General auch nur die entfernteste Beziehung zu pflegen. Er war so deplaziert wie ein altes Schwert unter den Tintenfässern, den Heftern, den Mahagonilinealen auf des stellvertretenden Zolleinnehmers Pult gewesen wäre, verrostet, obwohl es einstmals in der ersten Schlachtreihe geblitzt hatte und auch heute noch eine blanke Stelle auf seiner Scheide aufwies.

Ein Umstand half mir sehr, den standhaften Soldaten der Niagara-Front, den Mann echter und schlichter Willenskraft heraufzubeschwören und neu zu erschaffen. Es war die

Erinnerung an seine denkwürdigen Worte – „Ich will's versuchen, Sir!" –, die unmittelbar vor einem verzweifelten und heroischen Unternehmen gesprochen wurden und den innersten Geist neuenglischer Verwegenheit atmeten, die alle Gefahren ermißt und alle aushält. Wenn in unserem Lande Tapferkeit durch heraldische Ehren belohnt würde, dann wäre dieser Satz, der sich so leicht zu sprechen scheint, aber den nur er angesichts einer solchen gefährlichen und ruhmvollen Aufgabe je gesprochen hat, das beste und passendste aller Motti für des Generals Wappen gewesen.

Es trägt sehr zur moralischen und intellektuellen Gesundheit eines Menschen bei, wenn er ständig mit Leuten umzugehen hat, die anders sind als er selbst, die sich wenig aus seinen Zielen machen und deren Lebenswelt und Fähigkeiten zu schätzen er sich einen Stoß geben muß. Die Zufälle meines Lebens haben mir diesen Vorzug oft verschafft, aber nie mit größerer Fülle und Vielfalt als während meiner Amtszeit. Ein Mann besonders war da, dessen Charakter zu beobachten mir einen neuen Begriff von Talent vermittelte. Seine Gaben waren ganz entschieden die eines Geschäftsmanns; er war rasch, scharfsinnig, klardenkend; sein Auge durchdrang alle Verworrenheiten, die wie durch das Schwingen eines Zauberstabs verschwanden, sobald er sich ihrer methodisch annahm. Das Zollhaus war sein Lebenselement, denn er war schon als Junge in ihm groß geworden, und die vielen geschäftlichen Feinheiten, die einem Außenseiter so viel zu schaffen machen, präsentierten sich ihm als die Regelmäßigkeit eines perfekt durchschauten Systems. Nach meiner Ansicht stellte er das Ideal seines Standes da. Er verkörperte in sich geradezu das Zollhaus, oder zumindest seine Triebfeder, die seine verschiedenen Räder in Schwung hielt, denn in einer solchen Institution, deren Leiter zu eigenem Nutz und Frommen ernannt werden und selten nach ihren Fähigkeiten für die ihnen übertragene Aufgabe, müssen diese notwendig die Geschicklichkeit, die sie nicht besitzen, bei anderen suchen. Mit unerbittlicher Notwendigkeit, so wie ein Magnet Stahlstaub anzieht, zog unser Geschäftsmann sich die Schwierigkeiten zu, mit denen alle zu schaffen hatten. Mit Leutseligkeit und freundlicher Nachsicht für unsere Stupidität, die für einen Geist seiner Ordnung fast kriminell erscheinen mußte, ließ er sogleich, wie mit der Berührung seines kleinen Fingers, das Unverständliche klar wie Tageslicht erscheinen. Die Kaufleute schätzten ihn nicht weniger als wir, seine esoterischen Freunde. Seine Integrität war vollkommen; sie war ihm ein Naturgesetz, mehr als bewußte Wahl oder Prinzip; auch kann es nichts anderes sein als die Grundbedingung eines so klaren und präzisen Geistes wie des seinen, in Verwaltungsdingen ehrlich und zuverlässig zu sein. Ein Flecken auf seinem Gewissen im Zusammenhang mit seinen Berufspflichten würde einen solchen Mann in etwa derselben Weise, nur in sehr viel höherem Maße, betrüben wie ein Irrtum in der Summe einer Addition oder ein Tintenklecks auf der sauberen Seite eines Urkundenbuchs. In einem Wort – und das ist in meinem Leben ein seltenes Beispiel –: ich bin einer Person begegnet, die durch und durch der Stellung angepaßt war, die sie tatsächlich einnahm.

Das waren also ein paar der Leute, mit denen ich nun in Verbindung stand. Ich nahm die Fügung der Vorsehung gutmütig hin, daß ich mich in einer Lage befand, die mit meinen früheren Gewohnheiten so wenig Ähnlichkeit hatte, und machte mich mit Ernst daran, so gut wie möglich davon zu profitieren. Nach meiner Kameradschaft der körperlichen Arbeit und der unpraktikablen Pläne mit den verträumten Brüdern auf Brook Farm, nach drei Jahren unter dem subtilen Einfluß eines Intellekts wie Emersons; nach den wilden freien Tagen am Ufer des Assabeth, wo ich neben unserem Feuer aus gefallenen Zweigen phantastischen Spekulationen mit Ellery Channing nachgehangen war; nachdem ich mit Thoreau über Fichten und indianische Altertümer in seiner Einsiedelei am Walden-See gesprochen hatte; nachdem ich, durch die klassische Bildung Hillards angerührt, feinsinnig geworden war; nachdem ich an Longfellows Herd poetisches Gefühl eingesogen hatte, – nach all dem war es an der Zeit, daß ich anderen Seiten meiner Natur eine Chance geben und Nahrung zu mir nehmen sollte, für die ich bislang wenig Appetit gezeigt hatte. Selbst der alte Inspektor war als Abwechslung in der Diät wünschenswert für einen Mann, der Alcott gekannt hatte. Ich betrachtete es als leidlichen Nachweis eines von Natur aus gut ausbalancierten Systems, dem kein wesentlicher Teil einer gründlichen Organisation fehlte, daß ich mich trotz meiner Erinnerungen an solche Bekanntschaften doch sogleich unter Männer ganz anderer Qualitäten mischen konnte, ohne über den Wechsel zu murren.

Die Literatur mit ihren Mühen und Zielen bedeutete mir nun nicht viel. Zu dieser Zeit lag mir nichts an Büchern; sie waren mir fern. Die Natur – mit Ausnahme der menschlichen –, die Natur der Erde und des Himmels war in gewissem Sinne vor mir verborgen, und all das geistige Vergnügen, durch das sie spiritualisiert worden war, entglitt meinem Gemüt. Eine Gabe, eine Fähigkeit, war in mir, wenn nicht für immer verloren, so doch suspendiert worden, verkümmert. In all dem hätte etwas unsagbar Trauriges, Trostloses gelegen, wäre mir nicht bewußt gewesen, daß es nur von meinem Willen abhing, das Wertvolle der Vergangenheit ins Gedächtnis zu rufen. Gewiß mochte ein solches Leben nicht ohne Schaden zu lange zu führen sein; es hätte mich auf die Dauer zu etwas anderem machen können, als ich gewesen war, ohne mich zu einer neuen Form zu bringen, die ich gern an mir gesehen hätte. Aber ich hatte es nie als etwas anderes als einen Übergangszustand angesehen. Es gab in mir stets einen prophetischen Instinkt, ein leises Flüstern in meinem Ohr, daß, binnen kurzem, und zwar dann, wenn ein Wechsel der Lebensumstände für mein Wohl unabdingbar wäre, ein solcher Wechsel erfolgen würde.

Derweil war ich da, ein Zollaufseher des Steuerwesens;

übrigens, soweit ich mir davon ein Urteil bilden konnte, ein so guter wie nötig. Ein Mann von Intellekt, Geschmack und Sensibilität (und hätte er von diesen Eigenschaften das Zehnfache des Zollaufsehers) kann zu jeder Zeit ein Geschäftsmann sein, wenn er sich nur entschließt, sich die Mühe zu machen. Meine Kollegen, auch die Kaufleute und Kapitäne, mit denen mich meine Dienstpflichten in jede Art von Verbindung brachten, sahen mich in keinem anderen Licht und kannten mich wahrscheinlich in gar keiner anderen Rolle. Keiner von diesen, nehme ich an, hatte je eine Seite gelesen, die auf mich zurückging, oder hätte mich einen Pfifferling höher eingeschätzt, wenn er sie alle gelesen hätte. Zudem hätte es die Sache nicht im geringsten verbessert, wenn jene unprofitablen Seiten mit einer Feder wie der von Burns oder Chaucer geschrieben worden wären, beide zu ihrer Zeit Zollbeamte wie ich. Es ist eine gute Lektion, wiewohl oft eine harte, für einen Mann, der von literarischem Ruhm geträumt hat und davon, sich dadurch einen Platz unter den Würdenträgern der Welt zu schaffen, aus dem engen Zirkel jener herauszutreten, die seine Ansprüche anerkennen, und herauszufinden, wie gänzlich sinnentleert außerhalb dieses Zirkels alles ist, was er vollbracht hat und wonach er strebt. Mir war nicht bewußt, daß ich dieser Lektion besonders bedurft hätte, sei's als Warnung oder Rüge; jedenfalls lernte ich sie gründlich. Auch befriedigt mich der Gedanke, daß diese Wahrheit, als sie mir ins Gesicht starrte, mir nie einen Stich gab oder einen Seufzer abverlangte. Gewiß gab es so etwas wie ein literarisches Gespräch; der Marineoffizier – ein ausgezeichneter Mensch, der mit mir ins Amt stieg und es nur ein wenig später als ich verließ, – verwickelte mich des öfteren in eine Diskussion über das eine oder andere seiner Lieblingsthemen, Napoleon oder Shakespeare. Auch der zweite Sekretär des Zolleinnehmers, ein junger Mann, der, wie man sich zuflüsterte, gelegentlich ein Blatt von Onkel Sams Briefpapier mit etwas bedeckte, was aus der Entfernung von ein paar Metern ganz so aussah wie Gedichte, sprach ab und an mit mir von Büchern als von Dingen, von denen ich vielleicht etwas wußte. Das aber war all mein literarischer Verkehr und reichte auch für meine Bedürfnisse aus.

Nachdem ich nicht mehr danach strebte, und es mir auch gleichgültig war, ob mein Name da draußen auf Titelseiten prangte, lächelte ich bei dem Gedanken, daß er jetzt eine andere Art von Verbreitung gefunden hatte. Der Zollhausmarkierer drückte ihn mit Schablone und schwarzer Farbe auf Pfeffersäcke und Körbe mit Anatto und Zigarrenkisten, wie auf alle Ballen zollpflichtiger Handelsware, zum Zeichen, daß diese Güter ihre Abgabe entrichtet und regulär das Amt durchlaufen hatten. Auf so seltsamem Vehikel des Ruhms fortgetragen, erreichte die Kenntnis von meiner Existenz, so weit ein Name davon Kunde gibt, Orte, wo er noch nie gewesen war und hoffentlich auch nie wieder hinkommt.

Doch die Vergangenheit war nicht tot. Einmal in langer Zeit lebten die Gedanken, die einst so lebenswichtig und so tätig gewesen zu sein schienen, aber dann so ohne Aufsehen zur Ruhe gebracht worden waren, wieder auf. Eine der bemerkenswertesten Gelegenheiten, da die Gewohnheit vergangener Tage wieder in mir erwachte, war diejenige, die es mir nach dem Gesetz literarischer Schicklichkeit erlaubt, dem Publikum die Skizze vorzulegen, die ich gerade schreibe.

Im Oberstock des Zollhauses befindet sich ein großer Raum, dessen Ziegelwände und nackte Dachbalken nie mit Holzverkleidung oder Gips bedeckt worden sind. Das ganze Gebäude, ursprünglich entworfen in einem Ausmaß, das dem früheren Umfang der Handelsunternehmungen des Hafens angemessen war, und zudem mit einer Vorstellung späterer Prosperität, die sich nie erfüllen sollte, umfaßt weit mehr Raum, als seine Insassen zu verwenden wissen. Diese luftige Halle über den Räumen des Zolleinnehmers ist also bis zum heutigen Tag unvollendet geblieben und scheint trotz der alten Spinnweben, die ihre düsteren Balken als Girlanden umranken, immer noch auf das Werken des Tischlers und des Maurers zu harren. An einem Ende des Raumes, in einer Nische, befanden sich eine Anzahl Behälter, eines auf das andere getürmt, die Bündel amtlicher Urkunden enthielten. Große Mengen ähnlichen Abfalls lagen auf dem Fußboden. Es war traurig zu bedenken, wie viele Tage und Wochen und Monate, ja Jahre der Mühe auf diese muffigen Papiere verwendet worden waren, die nun nichts weiter darstellten als eine Last auf Erden, in dieser vergessenen Ecke abgestellt, für kein menschliches Auge mehr bestimmt. Aber welche Mengen anderer Manuskripte, nicht mit langweiligen offiziellen Akten, sondern mit den Gedanken erfinderischer Hirne und den reichen Ergüssen tiefer Herzen gefüllt, waren gleichfalls der Vergessenheit anheimgefallen, und das, ohne zu ihrer Zeit irgendeinem Zweck gedient zu haben, wie immerhin diese aufgehäuften Papiere, und – das ist am traurigsten – ohne für ihre Autoren den bequemen Lebensunterhalt zu erkaufen, welchen die Beamten des Zollhauses sich durch diese wertlosen Kratzübungen mit der Feder errungen hatten! Und doch, anderseits, vielleicht nicht völlig wertlos als Materialien zur Heimatgeschichte. Hier ließen sich zweifellos Statistiken über den früheren Handel Salems entdecken, nebst Denkwürdigkeiten seiner fürstlichen Kaufleute – des alten König Derby, des alten Billy Gray, des alten Simon Forrester – und manch eines anderen Magnaten ihrer Tage, dessen gepuderter Kopf freilich kaum unter einem Grabstein lag, als sein aufgetürmter Reichtum schon abzubröckeln begann. Hier könnte man die Begründer der meisten Familien, die jetzt die Salemer Aristokratie ausmachen, von den unbedeutenden und obskuren Anfängen ihrer Handelsunternehmungen, aus Zeiten, die meist weit nach der Revolution datieren, bis zu ihrem heutigen Rang hin verfolgen, den ihre Kinder für einen altetablierten halten.

Vor der Revolution sind die Quellen dürftig; die früheren Urkunden und Archivalien sind wahrscheinlich nach Halifax gebracht worden, als alle Beamten des Königs die britische Armee bei ihrer Flucht aus Boston begleiteten. Für mich war dieser Umstand stets sehr bedauerlich, denn diese Papiere, die vielleicht bis in die Zeit des Protektorats zurückreichen, müssen viele Hinweise auf vergessene oder auch in Erinnerung gebliebene Menschen, auf alte Gebräuche enthalten haben, die mich mit demselben Vergnügen berührt hätten, wie das Auflesen indianischer Pfeilspitzen im Feld nahe dem alten Pfarrhaus.

Aber eines faulen und regnerischen Tages war es mir vergönnt, eine Entdeckung von leidlichem Interesse zu machen. Als ich mich stochernd in dem aufgehäuften Müll der Ecke eingrub, das eine oder andere Dokument entfaltete, Namen von Schiffen las, die längst auf See gescheitert oder an Kaimauern verfault waren, Namen von Kaufleuten, die man heute auf der Börse nicht mehr kennt und die selbst auf ihren moosigen Grabsteinen nicht mehr ganz leicht zu entziffern sind; als ich all so etwas mit dem trüben, müden, halb widerstrebenden Interesse betrachtete, das wir dem Leichnam abgestorbenen Tuns widmen, und als ich mich bemühte, meine durch Untätigkeit träge Phantasie anzutreiben, aus diesen trockenen Knochen ein Bild der freundlicheren Seiten der alten Stadt zu zaubern, als Indien noch eine neue Region war und nur Salem den Weg dorthin wußte, – da legte ich meine Hand zufällig auf ein kleines Päckchen, das sorgfältig in ein Stück alten gelben Pergaments eingewickelt worden war. Dieser Umschlag sah aus wie ein offizieller Bericht aus einer längst vergangenen Zeit, als die Schreiber ihre steife und förmliche Handschrift substantiellerem Material einverleibten als heutzutage. Irgendetwas an der Sache erweckte meine instinktive Neugier und ließ mich das verblichene rote Band, das das Päckchen zusammenhielt, aufknüpfen, wobei ich das Gefühl hatte, einen Schatz ans Tageslicht zu befördern. Als ich die starren Knickfalten des Pergamentumschlags zurückgebogen hatte, sah ich eine Bestallung vor mir, unter der

Hand und dem Siegel des Gouverneurs Shirley, zugunsten eines Jonathan Pue, als Zollaufseher der Königlichen Zollverwaltung für den Hafen Salem in der Provinz Massachusetts Bay. Ich erinnere mich, eine Notiz gelesen zu haben vom Ableben des Herrn Zollaufsehers Pue vor etwa achtzig Jahren (wahrscheinlich in Felts Annalen), desgleichen in einer Zeitung aus jüngst vergangener Zeit einen Bericht über das Ausgraben seiner sterblichen Reste in dem kleinen Friedhof der St. Peter's Church, als dieses Gebäude renoviert wurde. Nichts, wenn ich mich recht erinnerte, war von meinem angesehenen Vorgänger übrig geblieben als ein nicht mehr vollständiges Skelett und einige Kleidungsstücke und eine Perücke von majestätischem Aufputz, welch selbige, im Unterschied zu dem Kopf, den sie geziert hatte, in noch sehr zufriedenstellendem Zustand war. Als ich jedoch die Papiere studierte, die das Pergament der Bestallungsurkunde zusammenzuhalten hatte, fand ich mehr Spuren von Herrn Pues geistigem Teil und den Tätigkeiten seines Kopfs, als die gekräuselte Perücke vom ehrwürdigen Schädel selbst enthalten hatte.

Es waren, kurzum, Dokumente nicht offizieller, sondern privater Natur, oder jedenfalls waren sie, anscheinend in seiner eigenen Handschrift, von ihm in seiner Eigenschaft als Privatmann geschrieben worden. Daß sie sich überhaupt in dem Kehricht des Zollhausmaterials befanden, konnte ich mir nur durch den plötzlichen Tod des Herrn Pue erklären; er hatte sie wahrscheinlich in seinem Büropult aufgehoben, ohne daß seine Erben je von ihnen Kenntnis erhalten hatten, oder man hatte gemeint, sie bezögen sich auf das Finanzwesen. Als die Archive nach Halifax geschafft worden waren, war dieses Päckchen, da es öffentlichen Interesses ermangelte, zurückgelassen worden und seitdem ungeöffnet geblieben.

Der Zollaufseher aus alten Tagen, der, wie ich vermute, in jener Frühzeit von Geschäften seines Amtes noch wenig belästigt wurde, scheint einige seiner zahlreichen Mußestunden auf Forschungen verwendet zu haben, wie sie einem Antiquarius seiner Heimatstadt zukommen, so wie auf andere Nachforschungen ähnlicher Natur. Sie gaben einem Geist, der ansonsten vom Rost aufgefressen worden wäre, Material für eine Tätigkeit in kleinem Rahmen. Ein Teil seiner Tatsachen half mir übrigens sehr bei der Vorbereitung des Artikels „Main Street", der in den hier vorliegenden Band aufgenommen ist. Der Rest mag vielleicht einem ebenso wertvollen Zweck zugeführt werden, oder könnte sogar, was nicht unmöglich wäre, soweit verwendbar in eine regelrechte Geschichte von Salem eingearbeitet werden, sollte meine Verehrung für den Boden meiner Heimat mich je zu einer solchen frommen Aufgabe treiben. Mittlerweile stehen sie jedem Herrn zur Verfügung, der geneigt und fähig ist, mir die unprofitable Arbeit aus der Hand zu nehmen. Ich gehe mit dem Gedanken um, als endgültige Bestimmung sie der Essex Historical Society zuzuführen.

Doch der Gegenstand in dem mysteriösen Päckchen, der am meisten meine Aufmerksamkeit fesselte, war eine gewisse Sache aus feinem roten Tuch, sehr abgetragen und verblaßt. Rundherum waren Spuren von Goldstickerei, die jedoch sehr ausgefranst und verunstaltet war; daher war kein Glanz, oder jedenfalls sehr wenig, übriggeblieben. Wie leicht zu erkennen, war eine wunderbare Geschicklichkeit mit der Nadel am Werk gewesen; die Art des Stiches (wie mir Damen versichern, die sich in solchen Mysterien auskennen) legt Zeugnis ab von einer heute vergessenen Kunst, die nicht einmal durch das Herausziehen der Fäden rekonstruiert werden kann. Dieser Fetzen von scharlachrotem Tuch – denn Zeit, Abnutzung und eine Motte, der nichts heilig ist, hatten das Ding zu wenig mehr als einem Fetzen werden lassen – stellte sich bei sorgfältiger Betrachtung als Form eines Buchstabens heraus. Es war der große Buchstabe A. Genau gemessen erwies sich jede Seite als dreieinviertel Zoll lang. Zweifellos war seine Verwendung die eines Kleidungsschmucks gewesen; aber wie es getragen worden war, oder was für einen Rang, welche

Ehre und Würde in vergangener Zeit dadurch zum Ausdruck gebracht werden sollte, blieb ein Rätsel, das ich (so vergänglich sind die Moden dieser Welt in solchen Einzelheiten) zu lösen kaum eine Hoffnung sah. Und doch interessierte es mich auf seltsame Weise. Meine Augen hefteten sich auf den alten scharlachroten Buchstaben und wollten sich nicht von ihm abbringen lassen. Ganz gewiß lag in ihm eine tiefe Bedeutung, die, der Interpretation höchst würdig, gleichsam aus dem mystischen Symbol strömte und sich auf subtile Weise meinen Empfindungen mitteilte, wiewohl es sich der Analyse meines Verstands entzog.

Während ich so im Zweifel war, und unter anderen Hypothesen die überlegte, ob der Buchstabe nicht eine der Verzierungen gewesen sein mochte, die Weiße verfertigt hatten, um indianische Augen mit ihnen zu verlocken, legte ich ihn zufällig an meine Brust. Mir schien es dabei – der Leser mag lächeln, aber muß es mir abnehmen –, es schien mir, daß ich eine nicht ganz körperliche, aber fast körperliche Empfindung wie von sengender Hitze verspürte, so als sei der Buchstabe nicht aus rotem Tuch, sondern von rotglühendem Eisen. Ich schauderte und ließ ihn unwillkürlich auf den Boden fallen.

Die Betrachtung des scharlachroten Buchstabens hatte mich so ausgefüllt, daß ich es verabsäumt hatte, eine kleine Rolle schmuddeligen Papiers zu prüfen, um die er gewickelt gewesen war. Diese öffnete ich nun und fand zu meiner Befriedigung eine leidlich vollständige Erklärung der ganzen Angelegenheit, wie sie von der Feder des alten Zollaufsehers aufgezeichnet worden war. Es gab da mehrere Blätter Kanzleipapier, die viele Einzelheiten enthielten bezüglich des Lebens und Treibens einer Esther Prynne, die in den Augen unserer Vorfahren eine recht beachtliche Figur gemacht zu haben schien. Sie hatte zwischen den frühen Tagen von Massachusetts und dem Ende des siebzehnten Jahrhunderts geblüht. Betagte Personen, die zu Zeiten des Zollaufsehers Pue noch lebten, und aus deren mündlichem Zeugnis er seinen

Bericht zusammengestellt hatte, erinnerten sich aus ihrer Jugendzeit an sie als an eine sehr alte, aber nicht gebrechliche Frau von stattlichem und ernstem Aussehen. Seit unvordenklicher Zeit war es ihre Gewohnheit gewesen, als eine Art freiwilliger Krankenpflegerin durch das Land zu ziehen und hie und da Gutes zu tun, wie sich die Gelegenheit bot; auch nahm sie es auf sich, Rat zu geben in allen Angelegenheiten, zumal denen des Herzens, wodurch sie sich, wie es bei einer Person von solchen Neigungen unvermeidlich ist, bei vielen Leuten eine Ehrfurcht erwarb, wie sie einem Engel zukommt, während sie von andern, wie ich vermute, als zudringlich und lästig angesehen wurde. Nachdem ich weiter neugierig in das Manuskript eingedrungen war, erfuhr ich mehr von den Taten und Leiden dieser einzigartigen Frau, wobei ich den Leser diesbezüglich auf die Geschichte mit dem Titel „Der scharlachrote Buchstabe“ verweise; auch sollte man sich sorgfältig in Erinnerung rufen, daß die wichtigsten Tatsachen dieser Geschichte durch das Dokument des Herrn Zollaufsehers Pue autorisiert und in ihrer Wahrheit verbürgt sind. Die Originalpapiere, mitsamt dem Scharlachbuchstaben – ein höchst seltsames Relikt –, befinden sich noch in meinem Besitz und stehen einem jeden, der durch große Anteilnahme an der Erzählung dazu bewogen wird, frei zur Besichtigung. Freilich möchte ich nicht dahingehend verstanden werden, daß ich mich in der Aufbereitung der Erzählung und beim Nachvollzug der Motive und Leidenschaften der in ihr agierenden Figuren unweigerlich innerhalb der halb dutzend Seiten Kanzleipapier aufgehalten hätte. Im Gegenteil habe ich, was solche Punkte angeht, mir fast oder gar gänzlich so viel Freiheit gelassen, als ob die Fakten allesamt meiner eigenen Erfindung entsprungen wären. Was ich behaupte, ist nur Authentizität des Umrisses.

Dieses Vorkommnis brachte in gewissem Grad meinen Sinn auf seine alte Fährte zurück. Es schien da die Grundlage für eine Erzählung zu sein. Mir kam es so vor, als habe der Zollaufseher in seinem hundert Jahre alten Kostüm und mit seiner unsterblichen Perücke auf dem Kopf – der Perücke, die mit ihm begraben wurde, aber im Grabe nicht verging, – mich in der verlassenen Kammer des Zollhauses getroffen. In seinem Gebaren lag die Würde eines Mannes, der mit Seiner Majestät Bestallung ausgerüstet war und von daher von einem Lichtstrahl erleuchtet wurde, dessen Glanz so blendend um den Thron herum strahlte. Wie anders, ach jeh, das unterwürfige Auftreten eines republikanischen Beamten, der sich als Diener des Volks geringer einschätzt als der Geringste, und niedriger als der Niedrigste seiner Herren. Mit seiner eigenen Geisterhand hatte die nur undeutlich zu sehende, aber majestätische Figur mir das Scharlachsymbol und die kleine Rolle des erklärenden Manuskripts anvertraut. Mit seiner eigenen Geisterstimme hatte er mich auf die heilige Verpflichtung meines kindlichen Gehorsams und meiner Verehrung für ihn hin, der sich nicht grundlos als mein Ahne im Amt ansehen durfte, ermahnt, seine muffigen und mottenzerfressenen gelehrten Abhandlungen vor das Publikum zu bringen. „Tu dies", sagte der Geist des Herrn Zollaufsehers Pue und nickte nachdrücklich mit dem Kopf, der in seiner denkwürdigen Perücke so imposant aussah, „tu dies und dein soll der ganze Lohn sein! Du wirst ihn bald brauchen, denn anders ist es in deinen Tagen als es in meinen war, als eines Mannes Amt ein lebenslanges Lehen war und oft ein Familienerbe dazu. Aber ich trage dir auf, in dieser Sache der alten Frau Prynne, dem Andenken deines Vorgängers die Ehre zu geben, die ihm von Rechts wegen zusteht." Da sagte ich zum Geist des Herrn Zollaufsehers Pue: „Ich werde es tun."

Auf Esther Prynnes Geschichte verwandte ich also viel Nachdenken. Sie war der Gegenstand meiner Meditationen in mancher Stunde, während ich in meinem Zimmer auf und ab schritt oder, in hundertfacher Wiederholung, die lange Strecke von der Vordertür des Zollhauses bis zum Seiteneingang und wieder zurück. Groß waren Ärger und der

Unmut des alten Inspektors und der Waage- und Eichmeister, deren Schlummer durch das gnadenlos ausgedehnte Stampfen meiner vorbeikommenden und wiederkehrenden Schritte gestört wurde. Sich an ihre eigenen früheren Gewohnheiten erinnernd, sagten sie, daß der Zollaufseher das Achterdeck abschreite. Wahrscheinlich nahmen sie an, daß mein einziger Zweck, ja der einzige, für den ein vernünftiger Mensch sich je freiwillig in Bewegung setzen könne, der war, Appetit für das Mittagmahl zu bekommen. Aber um die Wahrheit zu gestehen, ein durch den in dieser Passage meistens blasenden Ostwind geschärfter Appetit war auch alles an wertvollem Ergebnis, was mir die so unermüdliche Übung einbrachte. So wenig ist die Atmosphäre eines Zollhauses geeignet, die empfindliche Ernte der Phantasie und Sensibilität einzubringen, daß ich daran zweifle, ob die Erzählung „Der scharlachrote Buchstabe" je vor das Auge des Publikums gebracht worden wäre, wenn ich durch weitere zehn Präsidentschaften dort verblieben wäre. Meine Einbildungskraft war ein blindgewordener Spiegel. Sie wollte nicht oder nur mit elender Unschärfe die Figuren zurückwerfen, mit der ich sie eifrig zu bevölkern suchte. Die Charaktere der Erzählung wollten sich nicht erwärmen und schmiegsam machen lassen durch die Glut, die ich in meiner intellektuellen Schmiede entfachen konnte. Sie wollten weder die Glut der Leidenschaft noch das Zartgefühl der Rührung annehmen, sondern behielten die Starre von Leichen und stierten mir mit einem unbewegten und geisterhaften Grinsen verächtlichen Trotzes ins Gesicht. „Was hast du mit uns zu schaffen?" schien ihr Ausdruck zu bedeuten. „Das bißchen Macht, das du dereinst über den Stamm der Unwirklichkeiten gehabt haben magst, ist dahin. Du hast es hergegeben für einen Hungerlohn aus dem öffentlichen Säckel. Geh also und nimm den dir gebührenden Lohn!" Kurzum, die fast leblosen Kreaturen meiner eigenen Phantasie zogen mich mit meiner Blödheit auf, und keinesfalls ohne gehörigen Anlaß.

Nicht nur während der dreieinhalb Stunden, die Onkel Sam als Anteil meines täglichen Lebens für sich beanspruchte, hielt diese elende Gefühllosigkeit in mir an. Sie begleitete mich auf meinen Spaziergängen am Meeresufer und über Land, wann immer – was selten und mit Widerstreben geschah – ich mich dazu aufraffte, den kräftigenden Zauber der Natur zu suchen, der mir so viel Frische und Gedankenflug gegeben hatte, damals, als ich die Schwelle zum alten Pfarrhaus überschritt. Die gleiche Stumpfheit hinsichtlich der Fähigkeit zu intellektuellen Anstrengungen begleitete mich nach Hause und drückte mich nieder in der Stube, die ich ganz absurd als mein Studierzimmer bezeichnete. Auch verließ sie mich nicht, wenn ich spät abends in dem verlassenen Wohnzimmer saß, das nur durch das glimmernde Kohlenfeuer und den Mond erleuchtet war, und versuchte, ausgedachte Szenen bildhaft zu gestalten, die am folgenden Tag in vielfarbiger Beschreibung auf die heller werdende Seite fließen sollten.

Wenn sich die Einbildungskraft zu einer solchen Stunde verweigert, dann kann man wohl von einem hoffnungslosen Fall sprechen. Mondlicht, das in einem gewohnten Raum so weiß auf den Teppich fällt und alle seine Figuren so deutlich sehen läßt, das jeden Gegenstand so im Detail sichtbar macht, aber doch so ganz anders erscheinen läßt als in einer Morgen- oder Mittagssichtbarkeit, ist ein für den Romanschreiber höchst passendes Medium, um mit seinen unkörperlichen Gästen bekannt zu werden. Vor ihm liegt die kleine häusliche Szene seines vertrauten Zimmers, die Stühle, deren jeder seine Eigenart hat, der Tisch in der Mitte, auf dem ein Arbeitskorb und ein oder zwei Bücher liegen, sowie eine ausgelöschte Lampe, das Sofa, das Bücherregal, das Bild an der Wand, – all diese Details, so klar zu überblicken, sind durch das ungewohnte Licht so spiritualisiert, daß sie ihre eigentliche Substanz zu verlieren scheinen und Dinge des Geistes werden. Nichts ist zu klein oder zu unbedeutend, um dieser Wandlung unterworfen zu sein und durch sie Dignität zu erhalten. Ein

Kinderschuh, die Puppe, die in ihrem kleinen Korbwagen liegt, das Schaukelpferd – was immer, in einem Wort, während des Tages zu Nutzen oder Spiel gebraucht worden ist, steht jetzt mit einer Eigenheit des Fremden und Entfernten bekleidet da, obwohl es fast ebenso lebhaft gegenwärtig ist wie im Tageslicht. Auf diese Weise ist der Fußboden unseres vertrauten Zimmers zu einem neutralen Territorium geworden, das irgendwo zwischen der wirklichen Welt und dem Feenreich liegt, und wo sich das Wirkliche und das Erdachte treffen und einander mit ihrer verschiedenen Natur zu durchdringen vermögen. Hier könnten Geister eintreten, ohne uns in Furcht zu versetzen. Es wäre so sehr im Stile einer solchen Szene, daß es kaum überraschen würde, blickten wir uns um und entdeckten eine geliebte, aber dahingegangene Gestalt, die nun ruhig in einem Streifen dieses magischen Mondscheins säße, mit einem Ausdruck, der uns zweifeln ließe, ob sie von fern zurückgekehrt sei oder sich vielmehr niemals von unserem Herd weggerührt hätte.

Das etwas trübe Kohlenfeuer trägt sehr zu dem Effekt bei, den ich beschreiben möchte. Es wirft seinen unaufdringlichen Schein über den Raum und überzieht mit einer feinen Röte Decke und Wände und wird von der Möbelpolitur zurückgeworfen. Dieses wärmere Licht mischt sich mit der kalten Geisterhaftigkeit des Mondscheins und gibt sozusagen den Formen, welche die Phantasie herbeizitiert hat, ein Herz und die Empfindsamkeit menschlicher Güte. Aus Schneemännern macht es wirkliche Männer und Frauen. Schauen wir auf den Spiegel, dann sehen wir tief in seinem Geisterbereich die schwelende Glut des halb verlöschten Anthrazits, den weißen Mondschein auf dem Fußboden und eine Wiederholung allen Scheinens und aller Schatten der Szene, aber dem Faktischen um einen Schritt entrückt und dem Imaginativen um soviel näher. Zu einer solchen Stunde und mit einer solchen Szene vor sich sollte jemand, der dort allein sitzt und nicht fähig ist, seltsame Dinge zu erträumen und sie wie Wahrheit aussehen zu lassen, niemals versuchen, Romane zu schreiben.

Aber für mich waren während der ganzen Zeit meiner Zollhauserfahrung Mondschein und Sonnenschein und die Glut des Kohlenfeuers ein und dasselbe, und keines nützte mir einen Deut mehr als das Flackern einer Talgkerze. Eine ganze Gruppe von Empfindsamkeiten und eine mit ihnen verbundene Gabe – von keiner großen Fülle oder Werthaftigkeit, aber die beste, die ich hatte, – waren mir entglitten.

Ich glaube jedoch, daß meine Fähigkeiten nicht so ohne Pointe und so wirkungslos befunden worden wären, hätte ich mich an eine andere Art der Dichtung gewagt. Zum Beispiel hätte ich mich damit begnügen können, die Erzählungen eines altgedienten Kapitäns, der jetzt Zollinspektor war, aufzuschreiben, und den nicht zu erwähnen sehr undankbar gewesen wäre, da kaum ein Tag verging, daß er mich nicht durch seine wundervollen Gaben als Geschichtenerzähler zum Lachen und zur Bewunderung hinriß. Hätte ich die pittoreske Kraft seines Stils bewahren können, mitsamt der humoristischen Färbung, die über seine Beschreibungen zu werfen die Natur ihn gelehrt hatte, dann, so glaube ich ehrlich, wäre das Ergebnis in der Literatur etwas Neues gewesen. Oder ich hätte auch noch eine ernsthaftere Aufgabe anpacken können. Töricht war es, da die Dichtigkeit täglichen Lebens mich so schwer bedrängte, den Versuch zu machen, mich in ein anderes Zeitalter zurückzuversetzen, darauf zu bestehen, den Anschein einer Welt aus der Luft heraus zu schaffen, da ich doch zu jedem Augenblick gewärtig sein mußte, daß die ungreifbare Schönheit meiner Seifenblase durch die rüde Berührung mit einem wirklichen Gegenstand platzen konnte. Die weisere Bemühung wäre gewesen, Gedanken und Phantasie die dunkle Substanz des Alltäglichen durchdringen zu lassen, um so einen hellen Durchblick zu ermöglichen, die Last zu spiritualisieren, die so schwer zu drücken begann, den wahren und unzerstörbaren Wert energisch aufzusuchen, der in den kleinlichen und ermüdenden Vorfällen, den gewöhnlichen Charakteren, mit denen ich jetzt umging, verborgen lag. Es war mein Fehler. Die Seite im Buch des Lebens, die vor mir ausgebreitet lag, erschien mir langweilig und gemeinplätzlich, nur weil ich ihre tiefere Bedeutung nicht hatte ermessen können. Da war ein besseres Buch, als ich je eins schreiben werde, das sich mir Blatt für Blatt anbot, so wie es von der Aktualität der sich jagenden Stunden geschrieben wurde und so schnell wie geschrieben wieder verschwand, nur weil mein Hirn der Einsicht und meine Hand der Geschicklichkeit ermangelten, das Geschriebene festzuhalten und zu übertragen. Vielleicht werde ich mir eines kommenden Tages einmal einige verstreute Bruchstücke und abgebrochene Absätze in Erinnerung rufen und niederschreiben und finden, wie sich die Buchstaben auf der Seite in Gold verwandeln.

Diese Einsichten sind zu spät gekommen. Im Augenblick war mir nur bewußt, daß das, was einst eine Lust gewesen, nun hoffnungslose Mühe geworden war. Es war aber kein Anlaß, über den Stand dieser Dinge ein Stöhnen anzufangen. Ich hatte halt aufgehört, ein Schreiber leidlich schlechter Erzählungen und Essays zu sein, und war ein leidlich guter Zollaufseher geworden. Das war alles. Nichtsdestoweniger ist es alles andere als angenehm, von dem Verdacht verfolgt zu werden, daß einem die Geisteskräfte zu entschwinden drohen, wie Äther aus der Phiole verduftet, ohne daß man es merkt, so daß man bei jedem Hinschauen einen kleineren und weniger flüchtigen Rest vorfindet. Da an der Tatsache kein Zweifel war, und nach Prüfung meiner selbst und der anderen, kam ich zu dem Schluß, daß die Wirkung eines öffentlichen Amts auf den Charakter nicht von der Art ist, die ein gutes Licht auf diese Lebensweise fallen läßt. Vielleicht werde ich später diese Wirkungen in anderer Form entwickeln. Hier möge es genügen, daß ein langgedienter Zollbeamter kaum eine sehr lobenswerte oder angesehene Persönlichkeit sein kann, und das aus vielen Gründen, von denen einer die Bedingung ist, unter der er seinen Posten behält, und ein anderer die Natur seiner Tätigkeit selbst, die – obwohl, wie ich hoffe, ehrenhaft – von der Art ist, daß sie ihn nicht an dem vereinten Bemühen der Menschheit teilhaben läßt.

Eine Wirkung, die, wie ich glaube, sich mehr oder weniger bei jedem Menschen feststellen läßt, der diese Position eingenommen hat, ist die, daß seine ihm eigene Kraft ihn verläßt, während er sich auf den mächtigen Arm der Republik stützt. Er verliert in einem Maße, das der Schwäche seines angeborenen Naturells proportional ist, die Fähigkeit der Selbsterhaltung. Besitzt er von Haus aus einen ungewöhnlichen Anteil Energie, oder wenn der enervierende Einfluß des Orts nicht zu lange auf ihn einwirkt, können seine verwirkten Fähigkeiten zurückgewonnen werden. Der aus dem Amt Verjagte kann zu sich zurückfinden und wieder ganz werden, was er je war, und sollte sich noch glücklich schätzen wegen des herben Stoßes, der ihn rechtzeitig wieder als Kämpfenden in eine kämpfende Welt befördert hat. Aber das passiert selten. Gewöhnlich hält er sich gerade so lange in seiner Stellung, wie es zu seinem Ruin erforderlich ist, und wird dann mit erschlafften Sehnen hinausgeworfen, um auf dem schwierigen Fußpfad des Lebens so gut er eben kann entlangzutorkeln. Da er um seine eigene Schwäche nur zu gut weiß – sein gehärteter Stahl und seine Elastizität sind dahin –, schaut er sich von nun an auf immer sehnsüchtig nach einem Rückhalt um, der außerhalb seiner selbst liegt. Es ist seine ständige und alles durchdringende Hoffnung, er werde endlich, und zwar in nicht zu ferner Zeit, durch eine glückliche Fügung von Umständen wieder in ein Amt eingewiesen werden, – eine Halluzination, die ihn trotz aller Entmutigung, und während Unmögliches leichthin einkalkuliert wird, sein Leben lang heimsucht und ihn sogar, wie ich mir vorstelle, noch für eine kurze Zeit nach dem Tode quält, mechanisch wie die Krämpfe der Cholera. Es ist dieser Glaube, der mehr als alles andere das Mark und die Greifbarkeit aus allen Unternehmungen entfernt, von denen er etwa geträumt hat. Warum sollte er sich abrackern und so sehr bemühen, sich aus dem Schlamm zu ziehen, wenn ihn recht bald schon der starke Arm seines Onkels aufrichten und stützen wird? Warum sollte er hier für seinen Lebensunterhalt sorgen, oder nach Kalifornien Gold graben gehen, wenn er bald in Monatsabständen mit einem kleinen Haufen klingender Münze aus der Tasche des Onkels glücklich gemacht werden wird? Es ist auf melancholische Weise merkwürdig zu beobachten, was für ein geringes Maß an Geschmack, den einer an einem Amt gefunden hat, genügt, ihn mit dieser einzigartigen Krankheit anzustecken. Onkel Sams Gold – wobei ich dem ehrwürdigen alten Herrn nicht zu nahe treten möchte – hat in dieser Beziehung den bindenden Zauber des Teufelslohns. Wer immer ihn berührt, möge auf sich achtgeben, denn er könnte herausfinden, daß der Handel für ihn schlecht ausgeht und wenn nicht seine Seele, so doch viele seiner besseren Eigenschaften antastet: seine trotzige Kraft, seinen Mut und seine Ausdauer, seine Wahrhaftigkeit und sein Selbstvertrauen und alles, was einem mannhaften Charakter Nachdruck verleiht.

Das war eine feine Aussicht vor einem! Nicht daß der Zollaufseher die Lektion auf sich selber anwandte oder zugab, er könne so gänzlich zugrunde gerichtet werden, sei's durch Bestätigung im Amt, sei's durch Ausstoßung. Doch waren meine Überlegungen nicht eben von der angenehmsten Art. Ich fing an, melancholisch und unruhig zu werden und schaute beständig in mich hinein, um herauszufinden, welche meiner armen Fähigkeiten dahin waren und wie groß der Schaden war, den die noch verbliebenen schon genommen hatten. Ich rechnete mir aus, wieviel länger ich noch im Zollhaus verbleiben und es trotzdem noch als Mann verlassen könnte. Um die Wahrheit zu gestehen, war es meine größte Furcht, meine größte Sorge, daß ich in meiner Zollaufseherstelle grau und hinfällig und so eine Art Lebewesen wie der alte Inspektor werden könnte, da es doch niemals eine politische Maßnahme sein würde, ein so ruhiges Individuum, wie ich eins war, hinauszuwerfen und es auch nicht in der Natur eines Amtsträgers lag, von sich aus zurückzutreten. Konnte es mir in dem langweiligen Lauf des vor mir liegenden Amtsdaseins nicht widerfahren, wie es meinem ehrwürdigen Freund gegangen war, – die Mittagsmahlzeit zum Kern des Tages zu machen und den Rest zu verbringen wie ein alter Hund, nämlich schlafend in der Sonne oder im Schatten? Ein trüber Ausblick für einen Mann, der als die beste Definition von Glück die ansah, nach dem vollen Umfang seiner Fähigkeiten und Sensibilitäten zu leben! Doch machte ich mir allderweil völlig unnötige Sorgen. Die Vorsehung hatte Besseres mit mir vor, als ich mir für mich selber hätte ausdenken können.

Ein bemerkenswertes Ereignis des dritten Jahres meiner Aufsehertätigkeit – um den Ton von P. P. anzunehmen – war die Wahl des Generals Taylor zum Präsidenten. Zu einer kompletten Einschätzung der Vorzüge des Amtslebens gehört es, den Amtsinhaber zu dem Zeitpunkt zu beobachten, da eine feindliche Regierung an die Macht kommt. Seine Lage ist zu der Zeit eine der ärgsten und unter jedem Gesichtspunkt widerwärtigsten, die ein elender Sterblicher nur einnehmen kann; wobei von den Alternativen selten eine gut zu nennen ist, obgleich das, was sich ihm als schlimmster Ausgang darstellt, sehr wahrscheinlich zu seinem Besten ausschlägt. Für einen Mann von Stolz und Feingefühl ist es eine seltsame Erfahrung zu wissen, daß seine Interessen von Leuten kontrolliert werden, die ihn weder lieben noch verstehen, und von denen er, da das eine oder das andere notwendig zu geschehen hat, lieber geschädigt als verwöhnt werden möchte. Seltsam ist es auch für einen, der während des Kampfes seine Ruhe bewahrt hat, den Blutdurst zu beobachten, der in der Stunde des Triumphs sich entwickelt, und dabei zu wissen, daß er selbst zu dessen Zielscheibe gehört. Es gibt wenige häßlichere Züge der menschlichen Natur als diese Neigung, grausam zu werden, nur deswegen, weil man die Macht hat, Schaden zuzufügen; eine Neigung, die ich jetzt in Menschen wahrnahm, die nicht schlimmer waren als ihre Nachbarn. Wäre die Guillotine für Amtsinhaber nicht nur die passendste Metapher, sondern wortwörtliche Wahrheit, dann wären die aktiven Mitglieder der siegreichen Partei, so meine ich aufrichtig, durchaus genügend erregt gewesen, all unsere Köpfe abzuhacken, wobei sie dem Himmel noch für die Gelegenheit gedankt hätten! Es scheint mir, der ich in Sieg oder Niederlage ein besonnener und distanzierter Beobachter gewesen bin, daß dieser herbe und bittere Geist der Bosheit und des Hasses niemals die vielen Triumphe meiner eigenen Partei ausgezeichnet hat, wie er jetzt für die Whigs charakteristisch war. Die Demokraten nehmen die Ämter in der Regel deshalb, weil sie sie brauchen und weil die Praxis vieler Jahre dies als Gesetz politischen Kampfes sanktioniert hat, wogegen sich murrend aufzulehnen nur Schwäche und Feigheit wäre, solange nicht ein anderes System proklamiert ist. Doch hat sie die lange Gewohnheit zu siegen großzügig gemacht. Sie wissen zu schonen, wenn dazu Gelegenheit gegeben ist; wo sie aber zuschlagen, mag die Axt scharf sein, aber ihre Schneide ist selten mit Übelwollen vergiftet; auch ist es nicht ihre Art, nach dem eben abgeschlagenen Kopf mit Verachtung zu treten.

Kurzum, so unangenehm meine Situation selbst im besten Fall war, so sah ich doch viel Grund, mich dazu zu beglückwünschen, daß ich der Seite der Verlierer und nicht etwa der Sieger angehörte. Wenn ich bislang keiner der wärmsten Parteigänger gewesen war, so fing ich jetzt in der Zeit der Gefahr und des Unheils an, sehr wohl zu empfinden, bei welcher Partei meine Vorliebe lag; auch fühlte ich so etwas wie Bedauern und Scham, daß ich nach vernünftiger Kalkulation der Chancen meine eigenen Aussichten, das Amt zu behalten, höher einschätzte als die meiner demokratischen Genossen. Wer aber kann auch nur einen Zoll in die Zukunft blicken, über die eigene Nase hinaus? Mein eigener Kopf war's, der als erster fiel!

Der Augenblick, in dem eines Mannes Kopf fällt, ist selten oder nie, wie ich zu glauben geneigt bin, der ausgesucht angenehmste seines Lebens. Nichtsdestoweniger bringt selbst ein so ernster Zwischenfall, wie sehr häufig im Unglück, sein eigenes Heilmittel und seinen Trost mit sich, wenn der, dem es widerfährt, nur das Beste und nicht das Schlechteste aus dem Unfall macht, der ihm begegnet ist. In meinem besonderen Fall lagen die tröstlichen Umstände auf der Hand und hatten sich in der Tat schon längst in meine Gedanken eingeschlichen, bevor es nötig war, von ihnen Gebrauch zu machen. Angesichts meiner vorherigen Amtsmüdigkeit und der vagen Pläne, um Entlassung zu bitten, ähnelte mein Schicksal etwas dem einer Person, die mit dem Gedanken an Selbstmord umgeht und das unverhoffte Glück hat, ermordet zu werden. Im Zollhaus hatte ich, wie zuvor im alten Pfarrhaus, drei Jahre verbracht; Zeit genug, ein müdes Gehirn auszuruhen; lang genug, mit alten intellektuellen Gewohnheiten zu brechen und Raum für neue zu schaffen; lang genug und sogar zu lang, in einem unnatürlichen Zustand zu verharren, zu tun, was zu tun in Wahrheit einem Menschen weder zum Vorteil gereicht hatte noch Spaß machte, und sich der Mühsal zu entziehen, die zumindest die innere Unruhe zum Schweigen gebracht hätte. Darüber hinaus war der ehemalige Zollaufseher, was seine unzeremonielle Ausweisung aus dem Zollhaus betraf, nicht gänzlich unbefriedigt darüber, daß die Whigs ihn als einen Feind anerkannt hatten; nachdem seine politische Untätigkeit, seine Neigung, in jenem weiten und geruhsamen Feld nach seinem Willen zu schweifen, in dem sich die ganze Menschheit treffen kann, statt sich auf die engen Pfade zu begeben, auf denen Brüder aus demselben Hause einander fremd werden müssen, – nachdem diese Neigungen es seinen demokratischen Genossen fraglich hatten erscheinen lassen, ob er wirklich ihr Freund war. Nun, da er die Märtyrerkrone errungen hatte (obwohl er keinen Kopf mehr besaß, um sie aufzusetzen), konnte dieser Punkt als erledigt gelten. Schließlich, so unheroisch, wie er war, schien es ihm würdiger zu sein, mit der Niederlage seiner Partei zu fallen, nachdem er bereit gewesen war, zu ihr zu stehen, denn als verlorenes Relikt zu überleben, während so viele würdigere Männer fielen, um schließlich, nachdem er vier Jahre lang der Gnade einer feindlichen Regierung ausgesetzt gewesen war, gezwungen zu sein, seine Position neu zu bestimmen und die noch demütigendere Gnade einer freundlichen Regierung zu beanspruchen.

Derweil hatte die Presse meinen Fall aufgenommen, und ich ritt ein oder zwei Wochen in meinem enthaupteten Zustand wie Irvings Kopfloser Reiter durch die Gazetten; ein grimmiges Phantom, das beerdigt zu werden wünschte, wie es einem politischen Leichnam zukommt. Soviel zu meinem figurativen Selbst. Der wirkliche Mensch hatte sich während dieser ganzen Zeit mit seinem sicher auf den Schultern sitzenden Kopf zu der beruhigenden Schlußfolgerung durchgerungen, daß alles zum besten sei; er tätigte eine Investition in Tinte, Schreibpapier und Stahlfedern, öffnete sein lange nicht mehr gebrauchtes Schreibpult und war wieder ein Literat.

Hier nun kamen die gelehrten Ausführungen meines Vorgängers aus alter Zeit, des Herrn Zollaufsehers Pue, ins Spiel. Es dauerte seine Zeit, bis meine durch langes Nichtstun rostig gewordene geistige Maschinerie dazu gebracht werden konnte, die Erzählung mit einer leidlich befriedigenden Wirkung zu bearbeiten. Selbst jetzt noch, obwohl endlich meine Gedanken von der Aufgabe sehr absorbiert waren, bietet sie für meine Augen einen strengen und düsteren Anblick; zu ungetröstet durch mitmenschlichen Sonnenschein, zu ungemildert durch zarte und familiäre Einflüsse, die fast jede Szene der Natur und des wirklichen Lebens sanfter machen und zweifellos auch jede Abschilderung sanfter machen sollten. Dieser wenig einnehmende Effekt läßt sich vielleicht auf die Periode der noch kaum vollendeten Umwälzung und noch immer siedenden Unruhe zurückführen, in der die Geschichte Form annahm. Er ist jedenfalls kein Anzeichen für mangelnde Heiterkeit im Geist des Autors, denn er war, während er durch die Düsterkeit dieser unbesonnten Phantasien schritt, glücklicher als zu irgendeiner Zeit, seit er das alte Pfarrhaus verlassen hatte. Einige der kürzeren Artikel, die den Band füllen helfen, sind gleichfalls seit meinem unfreiwilligen Rücktritt von den Mühsalen und Ehren eines öffentlichen Amts geschrieben worden, während der Rest aus Almanachen und Zeitschriften stammt, die schon so alt sind, daß sie den Kreis abgeschritten haben und wieder Neuigkeiten geworden sind.* Die Metapher der Guillotine aufrechterhaltend, könnte man das Ganze bezeichnen als *Die nachgelassenen Papiere eines enthaupteten Zollaufsehers,* und die Skizze, die ich jetzt zu einem Ende bringe, wird, mag sie auch zu autobiographisch für eine zurückhaltende Person sein, um zu Lebzeiten veröffentlicht zu werden, gern entschuldigt werden, wenn sie von einem Herrn kommt, der von jenseits des Grabes spricht. Friede sei mit der ganzen Welt! Mein Segen für meine Freunde! Meine Vergebung für meine Feinde! Denn ich befinde mich im Reich der Ruhe.

Das Leben des Zollhauses liegt wie ein Traum hinter mir. Der alte Inspektor – der übrigens vor einiger Zeit, wie ich zu meinem Bedauern mitteilen muß, von einem Pferd überrannt und getötet wurde, sonst hätte er zweifellos ewig gelebt –, er und alle anderen ehrwürdigen Persönlichkeiten, die mit ihm an der Zolleinnahme saßen, sind nur noch Schatten in meinem Blick; weißhaarige und gerunzelte Abbilder, mit denen meine Phantasie spielte und die sie nun für

* Zur Zeit, als dieser Artikel geschrieben wurde, war es des Autors Absicht, neben „Der scharlachrote Buchstabe“ noch mehrere kürzere Erzählungen und Skizzen zu veröffentlichen. Diese auf später zu verschieben, hat sich als ratsam erwiesen.

immer beiseitegeworfen hat. Die Kaufleute – Pingree, Phillips, Shepard, Upton, Kimball, Bertram, Hunt –, diese und viele andere Namen, die noch vor sechs Monaten einen so klassischen Klang für mein Ohr hatten, diese Geschäftsleute, die einen so gewichtigen Platz in der Welt einzunehmen schienen, – wie wenig Zeit hat genügt, mich von ihnen allen zu trennen, nicht nur tatsächlich, sondern auch in Gedanken! Mit Mühe rufe ich mir das Aussehen und die Namen dieser wenigen ins Gedächtnis. Bald wird auch meine alte Heimatstadt mir durch den Dunst der Erinnerung erscheinen, mit einem Nebel über ihr und um sie herum; so als sei sie nicht Teil der wirklichen Erde, sondern ein übergroß gewordenes Dorf im Wolkenland, in dessen hölzernen Häusern nur eingebildete Bewohner hausen und ihre trauten Gassen und die unmalerische Länge ihrer Hauptstraße betreten. Von nun an hört sie auf, in meinem Leben eine Realität zu sein. Ich bin Bürger eines anderen Orts. Meine guten Mitbürger werden mich nicht sehr vermissen, denn – wiewohl es bei meinen literarischen Bemühungen ein mir so am Herzen liegendes Ziel war wie nur irgendein anderes, in ihren Augen etwas darzustellen und mir ein freundliches Andenken dort zu erringen, wo so viele meiner Vorväter gewohnt haben und begraben sind, – es hat niemals dort für mich die gesellige Atmosphäre gegeben, die ein Literat braucht, um die beste Ernte seines Geistes zur Reife zu bringen. Unter anderen Gesichtern wird es mir besser ergehen; und diese mir vertrauten, wie ich kaum hinzuzufügen brauche, kommen ohne mich genau so gut zurecht.

Jedoch mag es – o hinreißender und triumphaler Gedanke! – dahin kommen, daß die Urenkel der jetzt Lebenden zuweilen freundlich an den Kritzler vergangener Zeit denken, wenn der Antiquar der noch kommenden Tage unter den Sehenswürdigkeiten der Stadtgeschichte hinweist auf die Lokalität der *Stadtpumpe*!

I

Die Gefängnistür

Eine gedrängte Menge von bärtigen Männern, in dunkelfarbigen Kleidern und grauen, hohen, spitz zulaufenden Hüten, wie von mit Kapuzen bedeckten oder barhäuptigen Frauen hatte sich vor einem Holzhause versammelt, dessen Tür aus schweren, starken Eichenbohlen mit eisernen Stacheln besetzt war.

Die Begründer einer neuen Kolonie haben, welches Utopia menschlicher Tugend und Glückseligkeit sie immer auch ursprünglich herbeiführen wollten, doch ohne Ausnahme unter ihren ersten praktischen Bedürfnissen stets gefunden, einen Teil des jungfräulichen Bodens zum Gottesacker und einen andern zum Gefängnis zu bestimmen. Man kann dieser Regel gemäß mit Sicherheit annehmen, daß die Begründer von Boston das erste Gefängnis irgendwo in der Nähe von Cornhill ebenso rechtzeitig gebaut haben, wie sie die Grenzen ihres ersten Begräbnisplatzes auf Isaak Johnsons Feld absteckten, dessen Grab später der Mittelpunkt und Kern aller Begräbnisse auf dem alten Kirchhofe von King's Chapel wurde. Soviel steht fest: fünfzehn bis zwanzig Jahre nach der Anlage der Stadt war das hölzerne Gefängnisgebäude bereits mit Wetterflecken und andern Zeichen des Alters überdeckt, die seiner düstern Front ein noch finstereres Aussehen gaben. Der Rost auf dem schweren Eisenwerk seiner Eichentür sah antiker als alles andere in der Neuen Welt aus; gleich allem, was sich auf das Verbrechen bezieht, schien es nie eine Jugendzeit besessen zu haben. Vor diesem häßlichen Gebäude und zwischen ihm und dem Rädergleise der Straße lag ein Rasenfleck, stark mit Kletten, Huflattich, Stechapfel und ähnlichem häßlichen Unkraut überwachsen, das offenbar etwas Verwandtes in dem Boden fand, der so früh schon die schwarze Blume der Zivilisation, ein Gefängnis, getragen hatte. Aber auf der einen Seite des Portals, fast an der

Schwelle, rankte ein wilder Rosenbusch, der jetzt im Juni mit seinen zarten Juwelen bedeckt war, dem Gefangenen, ging er hinein, und dem verurteilten Verbrecher, kam er heraus, Duft und vergängliche Schönheit zu bieten und ihm zu beweisen, daß das tiefe Herz der Natur ihn bemitleiden und freundlich gegen ihn sein könne.

Dieser Rosenbusch hat sich durch einen sonderbaren Zufall in der Geschichte lebendig erhalten; ob er aber die dunkle alte Wildnis so lange nach dem Fall der riesigen Tannen und Eichen, die ihn ursprünglich beschatteten, überlebt, oder ob er, was zu glauben guter Grund vorhanden ist, unter den Schritten der begnadeten Anna Hutchinson aufgesproßt war, als sie in die Gefängnistür trat: dies zu bestimmen, wollen wir nicht auf uns nehmen. Da wir ihn so hart an der Schwelle unserer Erzählung finden, die jetzt aus jener unglückverkündenden Tür hervortreten soll, konnten wir kaum vermeiden, eine von seinen Blüten zu pflücken und dem Leser darzubieten. Hoffen wir, daß sie als Symbol einer duftigen moralischen Blüte, die sich vielleicht unterwegs findet, diene, oder gegen den düstern Schluß einer Geschichte menschlicher Schwäche und Schmerzen freundlich sich abhebe.

II
Der Marktplatz

Der Rasenfleck vor dem Gefängnis im Kerkergäßchen war also an einem Sommermorgen vor nicht weniger als zwei Jahrhunderten mit einer ziemlich großen Anzahl von Einwohnern Bostons bedeckt, deren Augen aufmerksam auf die eisenbeschlagene Eichentür gerichtet waren. Bei jedem andern Volke oder zu jeder spätern Periode der Geschichte von Neuengland würde die düstere Starrheit, welche die bärtigen Physiognomien dieser guten Leute versteinerte, verkündet haben, daß irgend etwas Entsetzliches bevorstehe: sie hätte nichts Geringeres als die erwartete Hinrichtung eines bekannten Verbrechers bezeichnen können, bei dem der Spruch eines Tribunals nur den der öffentlichen Meinung bestätigt hätte. Aber bei der Strenge des Charakters der frühen Puritaner war ein Schluß dieser Art nicht so zweifellos zu ziehen. Es konnte sein, daß ein träger Dienstmann oder ein ungehorsames Kind, das seine Eltern der Zivilbehörde übergeben hatten, am Schandpfahl gezüchtigt werden sollte. Es konnte sein, daß man einen Antinomisten, einen Quäker oder andern ungläubigen Sektierer aus der Stadt peitschen oder einen faulen indianischen Landstreicher, den das Feuerwasser des weißen Mannes zur Verübung von Straßenunfug getrieben, mit Striemen in den Schatten des Waldes hinausjagen wollte. Es konnte sogar sein, daß eine Hexe, wie die alte Frau Hibbins, die bösartige Witwe einer Magistratsperson, am Galgen sterben sollte. In jedem dieser Fälle wäre ziemlich die gleiche Feierlichkeit auf den Gesichtern der Zuschauer zu bemerken gewesen, wie solches einem Volke ziemte, bei welchem Religion und Gesetz fast identisch und in dessen Charakter beide so vollkommen verschmolzen waren, daß die mildesten Handlungen der öffentlichen Disziplin ihm ebenso ehrwürdig und schauerlich erschienen wie die strengsten. Die Teilnahme, welche eine Gesetzesübertretung von solchen um die Schandbühne versammelten Zuschauern erwarten konnte, war in der Tat nur gering und kalt. Andererseits konnte eine Strafe, mit welcher in unserer Zeit unausbleiblich ein hoher Grad von spöttischer Infamie und Lächerlichkeit verbunden sein würde, damals von einer fast ebenso strengen Würde wie die Todesstrafe selbst begleitet sein.

Es war an dem Sommermorgen, wo unsere Geschichte beginnt, ein bemerkenswerter Umstand, daß die Frauen, von denen sich mehrere unter der Menge befanden, ein besonderes Interesse an der Bestrafung, welche hier bevorstand, zu nehmen schienen. Die Zeit besaß noch nicht so viel Gefühlsverfeinerung, daß eine Empfindung des Unpassenden die

Trägerinnen von Röcken und Miedern abgehalten hätte, auf die öffentlichen Straßen hinauszutreten und ihre nicht unsubstantiellen Personen, wenn Anlaß dazu vorhanden, bei einer Exekution in die dem Schafott nächsten Reihen der Zuschauer hineinzuzwängen.

Jene Frauen und Jungfrauen von altenglischer Geburt und Erziehung waren moralisch wie physisch aus gröberen Fasern gemacht als ihre schönen, durch eine Reihe von sechs bis sieben Generationen von ihnen getrennten Nachkommen. Denn in dieser Kette der Geschlechtsfolge hat jede Mutter ihrem Kinde eine schwächere Blüte, eine bleichere, kürzer dauernde Schönheit und eine zartere physische Konstitution, wo nicht einen Charakter von geringerer Kraft und Solidität wie ihren eigenen, vermacht. Die Frauen, welche jetzt um die Gefängnistür standen, waren weniger als ein halbes Jahrhundert von der Zeit entfernt, wo die männliche Elisabeth die nicht ganz unpassende Vertreterin ihres Geschlechts gewesen war. Sie waren ihre Landsmänninnen, und das Rindfleisch und das Bier ihrer Heimat waren zusammen mit einer um keinen Deut feineren moralischen Diät zu gutem Teil in ihre Zusammensetzung eingegangen. Die helle Morgensonne schien daher auf breite Schultern und volle Busen und runde, tiefrote Wangen, die auf der fernen Insel zur Reife gediehen und in der Atmosphäre von Neuengland kaum erst bleicher oder schmäler geworden waren. Überdies war jenen Matronen, was die meisten von ihnen zu sein schienen, eine Dreistigkeit und Geradheit der Rede eigen, welche uns sowohl in bezug auf ihre Fassung wie auf das Volumen ihres Tones in Schrekken setzen würde.

„Hört, Weiber!“ rief eine Fünfzigjährige mit harten Zügen, „ich will euch etwas sagen. Es würde sehr zum öffentlichen Wohle gereichen, wenn wir Weiber, die wir von reifem Alter und in gutem Rufe stehende Gemeindemitglieder sind, mit der Bestrafung von Missetäterinnen wie dieser Esther Prynne beauftragt würden. Was meint ihr, Gevatterinnen? Würde die schlimme Dirne, wenn sie vor uns fünfen, die wir hier beisammen stehen, zur Aburteilung gelangte, mit einem Spruche, wie ihn die würdigen Richter gefällt haben, davonkommen? Meiner Treu, ich glaub es nicht."

„Die Leute sagen", sprach eine andere, „daß Ehrwürden Pfarrer Dimmesdale, ihr frommer Pastor, sich es schwer zu Herzen nähme, daß seine Gemeinde von einem solchen Skandal betroffen worden ist."

„Die Richter sind gottesfürchtige Herren, aber viel zu gnädig – das ist die Wahrheit", stimmte eine dritte herbstliche Matrone bei. „Sie hätten allerwenigstens Esther Prynne mit einem glühenden Eisen auf der Stirn brennen sollen. Madam Esther würde dabei schön das Gesicht verzogen haben, darauf könnt ihr euch verlassen. Aber sie, das freche Ding, wird sich wenig daraus machen, was man ihr auf ihr Mieder setzt! Sie kann es ja mit einer Brosche oder irgend so einem heidnischen Zierat bedecken und ebenso munter wie sonst auf der Straße umherlaufen."

„Ja, aber", sprach sanfter eine junge Frau, die ein Kind an der Hand hielt, „sie mag das Zeichen bedecken, wie sie will, der Schmerz wird ihr doch immer im Herzen bleiben."

„Was reden wir da von Zeichen und Brandmarkungen auf ihrem Mieder oder am Fleische ihrer Stirn!" rief ein anderes Frauenzimmer, die häßlichste und zugleich die unbarmherzigste unter diesen selbst eingesetzten Richterinnen. „Das Weib hat über uns alle Schande gebracht und sollte von Rechts wegen sterben. Ist kein Gesetz dafür da? Wahrhaftig, es gibt deren, in der Schrift sowohl wie im Gesetzbuch. Die Richter, die sie wirkungslos gemacht haben, mögen es sich dann selbst danken, wenn ihre eigenen Weiber und Töchter auf Abwege geraten."

„Gott sei uns gnädig, Gevatterin!" rief ein Mann aus der Menge; „gibt es denn bei den Weibern keine Tugend, außer jener, die einer heilsamen Furcht vor dem Galgen entspringt? Das ist das härteste Wort, was noch gesprochen worden ist.

Jetzt still, Basen, der Schlüssel dreht sich in der Gefängnistür und hier kommt Frau Prynne selbst.“

Die Tür des Gefängnisses wurde von innen aufgerissen, es zeigte sich zuerst, gleich einem schwarzen, in den Sonnenschein hinaustretenden Schatten, die Schreckensgestalt des Stadtbüttels, Degen an der Seite und Amtsstab in der Hand. Diese Person verkündete und stellte in ihrer Erscheinung die ganze düstere Strenge des puritanischen Gesetzkodex dar, welchen in seiner letzten und den Übertreter zunächst berührenden Anwendung zur Ausübung zu bringen sein Amt war. Er streckte den Amtsstab in seiner linken Hand aus und legte seine rechte auf die Schulter einer jungen Frau, die er so vorwärts zog, bis sie ihn auf der Schwelle der Gefängnistür mit einer Gebärde voll natürlicher Würde und Charakterstärke zurückstieß und wie aus eigenem Antriebe in die freie Luft hinaustrat. Auf ihren Armen trug sie ein Kind, einen etwa drei Monate alten Säugling, der blinzelnd sein kleines Gesicht von dem zu hellen Lichte des Tages abwandte, weil ihn seine Existenz bisher nur mit dem grauen Zwielicht eines Kerkers oder andern düstern Gemaches im Gefängnis bekannt gemacht hatte.

Als die junge Frau, die Mutter dieses Kindes, der versammelten Menge vollkommen sichtbar wurde, schien es ihr erster Impuls zu sein, das Kind dicht an ihren Busen zu schließen, nicht sowohl von mütterlicher Zärtlichkeit getrieben, als um dadurch ein gewisses Zeichen zu verbergen, das in ihr Gewand gewirkt oder daran befestigt war. Im nächsten Augenblick schloß sie jedoch, daß ein Zeichen der Schande nur schlecht dazu dienen würde, ein anderes zu verbergen, nahm das Kind auf ihren Arm und schaute mit brennendem Erröten und doch stolzem Lächeln und einem Blick, der sich nicht einschüchtern lassen wollte, auf ihre Mitbürger und Nachbarn ringsum. Mitten auf dem Brustteile ihres Gewandes zeigte sich, von feinem rotem Tuch geschnitten und mit prächtig gestickten phantastischen Schnörkeln von Goldfäden umgeben, der Buchstabe A, der Anfangsbuchstabe von Adulteress = Ehebrecherin. Er war so kunstvoll und mit so fruchtbarer üppiger Phantasie eingestickt, daß das Ganze wie ein passender letzter Zierat des Gewandes aussah, welches sie trug, und das von dem Geschmack der Zeit entsprechender, aber weit über das von den Aufwandsgesetzen der Kolonie Erlaubte hinausgehender Pracht war.

Die junge Frau war hochgewachsen und besaß eine Gestalt von vollkommener Eleganz im großen Maßstabe. Sie hatte dunkles, üppiges Haar von solchem Glanze, daß es den Sonnenschein schimmernd zurückwarf, und ein Gesicht, das, nicht bloß durch regelmäßige Züge und warme Farbe schön, auch noch den eindrucksvollen Charakter besaß, welchen eine wohlgeformte Stirn und tiefschwarze Augen verleihen. Überdies sah sie vornehm aus, wie man bei den Frauen jener Zeit die Vornehmheit verstand, das heißt, sie besaß mehr eine gewisse Stattlichkeit und Würde als die zarte, vergängliche und unbeschreibliche Grazie, welche heutzutage als ihre Zeichen gelten. Und nie hatte Esther Prynne vornehmer in diesem alten Sinne des Ausdrucks ausgesehen, als da sie aus dem Gefängnisse trat. Die sie früher gekannt und erwartet hatten, daß ihre Schönheit durch die Wolke des Unglücks getrübt und verdunkelt werden würde, waren erstaunt, ja entsetzt, als sie bemerkten, wie diese hervorleuchtete und das Unglück und die Schmach, worin sie gehüllt war, wie eine Glorie um sie erstrahlen ließ. Zwar lag darin für einen empfindenden Beobachter etwas ausgesucht Schmerzliches. Ihre Kleidung, die sie für diesen Anlaß im Gefängnisse selbst gefertigt und ganz nach ihrer Phantasie angeordnet hatte, schien die Lage ihres Geistes, die verzweifelte Gleichgültigkeit ihrer Stimmung, durch eine wilde, malerische Eigentümlichkeit auszudrücken; aber der Punkt, welcher aller Augen anzog und sozusagen die Trägerin verwandelte, war das Zeichen, so daß Männer sowohl wie Frauen, welche mit Esther Prynne in vertrauter Bekanntschaft gewesen waren, jetzt den Eindruck empfingen, als erblickten sie sie zum ersten Male mit dem so phantastisch gestickten und auf ihrem Busen leuchtenden Scharlachbuchstaben. Er hatte die Wirkung eines Zaubers, nahm sie aus den gewöhnlichen Verhältnissen und Verbindungen mit der Menschheit und hüllte sie in eine eigene Sphäre.

„Sie hat viel Geschicklichkeit mit der Nadel, das ist gewiß", bemerkte eine der Zuschauerinnen, „hat aber je ein Frauenzimmer vor dieser schamlosen Dirne eine solche Weise, es zu zeigen, ausfindig gemacht? Nein, Gevatterinnen, wozu dient es, als um unsern wackern Richtern ins Gesicht zu lachen und auf das, was jene, die würdigen Herren, zur Strafe auferlegten, sich etwas zugute zu tun."

„Es wäre gut", krächzte das Weib mit dem eisernsten Gesicht, „wenn wir der Madam Esther ihr reiches Kleid von den zarten Schultern rissen, und was den roten Buchstaben betrifft, den sie so absonderlich eingenäht hat, so will ich einen Fetzen von meinem Rheumatismusfell hergeben, um einen passenderen daraus zu machen."

„Friede, Nachbarinnen, Friede!" flüsterte ihre jüngste Genossin; „laßt sie das nicht hören! In dem gestickten Buchstaben ist kein Stich, den sie nicht in ihrem eigenen Herzen gefühlt hätte."

Jetzt machte der finstere Büttel eine Bewegung mit dem Stabe.

„Macht Platz, gute Leute, macht Platz – im Namen des Königs!" rief er; „öffnet einen Durchgang und ich verspreche euch, daß Esther Prynne an einen Ort gestellt werden soll, wo Mann, Weib und Kind von jetzt an bis eine Stunde nach Mittag eine gute Aussicht auf ihre schöne Kleidung haben sollen. Gesegnet sei die rechtschaffene Kolonie von Massachussets, wo die Bosheit an den Sonnenschein gezogen wird. Kommt voran, Madam Esther, und zeigt Euren Scharlachbuchstaben auf dem Marktplatz!"

Sofort öffnete sich eine Gasse unter der Zuschauermenge.

Unter dem Vorgange des Büttels und in Begleitung einer unregelmäßigen Prozession von finsterblickenden Männern und Weibern mit unfreundlichen Gesichtern brach Esther Prynne nach dem für ihre Strafe bestimmten Platz auf. Neugierige Schuljungen, die von der Sache wenig mehr verstanden, als daß sie einen halben Feiertag dadurch erhielten, liefen vor dem Zuge her und wendeten beständig den Kopf zurück, um in ihr Gesicht und auf das blinzelnde Kind in ihren Armen und den schmachvollen Buchstaben an ihrer Brust zu gaffen. Zu jener Zeit war die Entfernung von der Gefängnistür nach dem Marktplatze nicht groß. Nach der Erfahrung der Gefangenen zu messen, konnte sie jedoch für eine Reise von einiger Länge gelten, da sie, so hochfahrend ihr Benehmen auch war, wohl bei jedem Schritte jener, welche sich herbeidrängten, um sie zu sehen, eine Qual erlitt, als ob ihr Herz auf die Straße geworfen worden sei, damit sie alle darauf treten und es mit den Füßen von sich stoßen konnten. In unserer Natur liegt jedoch die ebenso wunderbare wie gnädige Vorkehrung, daß der Leidende das Äußerste, was er erduldet, nie an seiner gegenwärtigen Qual, sondern hauptsächlich an dem danach zurückbleibenden Schmerze erkennt. Esther schritt daher mit fast heiterer Haltung durch diesen Teil ihrer Prüfung und gelangte zu einer Art von Schandbühne am westlichen Ende des Marktplatzes. Sie stand fast gerade unter dem Giebel der ersten Kirche von Boston und schien dort niet- und nagelfest zu sein.

Wirklich bildete diese Bühne einen Teil von einer Strafmaschinerie, welche jetzt seit zwei bis drei Generationen bei uns nur noch historisch und durch die Sage bekannt ist, aber in den alten Zeiten für ein so wirksames Hilfsmittel zur Beförderung des guten Benehmens der Bürger galt, wie nur je die Guillotine unter den Schreckensmännern von Frankreich; kurz, es war die Bühne des Prangers, und über ihr erhob sich das Gestell dieses Disziplinarwerkzeuges, welches so geformt war, daß es den menschlichen Kopf umfaßte und ihn so den

Blicken des Publikums hinhielt. In diesem Gerüste von Holz und Eisen verkörperte und offenbarte sich ein Ideal von Schmach. Ich glaube, daß es gegen unsere gemeinschaftliche Natur, was auch die Vergehen des Individuums sein mögen, keine größere Mißhandlung geben kann, als dem Schuldigen zu verbieten, sein Gesicht vor Scham zu verbergen, wie es das Wesen dieser Strafe ist. In Esther Prynnes Falle lautete jedoch, wie es nicht selten auch bei anderen vorkam, der Spruch nur darauf, daß sie eine gewisse Zeit auf der Schandbühne stehen solle, ohne aber den Griff um den Hals und die Fesselung des Kopfes zu erleiden, welche die teuflischste Eigenschaft der häßlichen Maschine war. Sie kannte ihre Rolle vollkommen, stieg eine hölzerne Treppe hinauf und zeigte sich so der sie umgebenden Menge in etwa der Höhe einer Mannsschulter über der Straße.

Wenn sich unter den puritanischen Zuschauern ein Papist gefunden hätte, so würde er vielleicht in diesem schönen Weibe mit dem Kinde am Busen einen Gegenstand gesehen haben, der ihn an das Bild der göttlichen Mutter erinnerte, in dessen Darstellung so viele berühmte Maler miteinander gewetteifert haben, etwas, das ihn wirklich, aber nur durch den Kontrast an das geheiligte Bild sündloser Mutterschaft erinnern mußte, deren Kind die Welt erlösen sollte. Hier befleckte die tiefste Sünde die heiligste Eigenschaft des menschlichen Lebens und brachte eine solche Wirkung hervor, daß die Welt um der Schönheit dieses Weibes willen nur noch dunkler und durch das Kind, welches sie geboren hatte, nur um so mehr verloren war.

Das Schauspiel war nicht ohne eine gewisse Schauerlichkeit, wie sie stets den Anblick von Schuld und Schande bei einem Mitgeschöpfe begleiten muß, ehe die Gesellschaft verderbt genug geworden ist, um darüber zu lächeln, statt sich zu entsetzen. Die Zeugen von Esther Prynnes Schmach waren noch nicht über diese ursprüngliche Einfachheit hinausgekommen; sie waren streng genug, um auf ihren Tod, wenn das Urteil auf diesen gelautet hätte, ohne Murren über die Schwere der Strafe zu blicken, besaßen aber nichts von der Herzlosigkeit eines andern sozialen Zustandes, welcher in einer Schaustellung, wie der gegenwärtigen, nur ein Thema zum Scherzen gefunden haben würde. Selbst wenn Neigung vorhanden gewesen wäre, die Sache ins Lächerliche zu ziehen, so hätte sie von der feierlichen Anwesenheit des Gouverneurs mit mehreren seiner Räte, eines Richters, eines Generals und der Geistlichen der Stadt, welche alle auf einem Balkon des Versammlungshauses, der sich über der Bühne befand, saßen oder standen, überwältigt oder zurückgedrängt werden müssen. Wenn solche Personen einen Teil des Schauspiels bilden konnten, ohne die Majestät oder Ehrwürdigkeit ihres Ranges und Amtes auf das Spiel zu setzen, so war mit Sicherheit zu schließen, daß die Vollstreckung eines Richterspruches eine eindringliche, wirksame Bedeutung haben würde. Die Zuschauermenge blieb daher auch düster und ernst. Die unglückliche Delinquentin hielt sich so gut aufrecht, wie es nur ein Weib unter der Last von Tausenden unbarmherziger, auf sie gehefteter und auf ihren Busen konzentrierter Augen vermochte. Fast war es unerträglich. Von leidenschaftlich impulsiver Natur, hatte sie sich gegen die Stiche und giftigen Verwundungen des Hohnes und der Schmähung des Publikums, die sich in jeder Art von Beleidigungen Luft machen konnten, gerüstet, aber die feierliche Geistesstimmung des Volkes besaß etwas um so viel Furchtbareres, daß sie sich fast sehnte, alle jene starren Gesichter zu spöttischer Lustigkeit verzerrt und sich als Gegenstand derselben zu sehen. Wenn ein schallendes Gelächter unter der Menge ausgebrochen wäre, zu dem jeder Mann, jedes Weib, jedes Kind mit seiner schrillen Stimme einen Anteil geliefert hätte, so würde Esther Prynne darauf vielleicht nur mit einem bitteren, verächtlichen Lächeln geantwortet haben; aber unter der bleiernen Wucht, welche zu ertragen ihr Schicksal war, hatte sie in manchen Augenblicken das Gefühl, als ob sie aus voller Kraft ihrer Lunge schreien und sich von dem Gerüste auf den Boden herabstürzen oder plötzlich wahnsinnig werden müsse.

Und doch gab es Zwischenräume, wo das ganze Schauspiel, dessen hervorragendster Gegenstand sie war, ihren Augen zu entschwinden schien oder wenigstens nur undeutlich vor denselben schimmerte, wie eine Masse von unvollkommen geformten Gespenstergestalten. Ihr Geist und besonders ihr Erinnerungsvermögen entwickelte eine übernatürliche Tätigkeit und stellte fortwährend andere Szenen vor sie hin, als jene grob ausgehauene Straße einer kleinen Stadt am Saume der westlichen Wildnis, andere Gesichter als diejenigen, welche unter den Krempen jener hohen Spitzhüte streng auf sie blickten, Erinnerungen von der geringfügigsten und unwesentlichsten Art; Vorgänge aus ihren Kindheits- und Schuljahren, Spiele, kindische Zänkereien und die kleinen häuslichen Züge ihres Jungfernalters drängten sich in Verbindung mit Bildern aus den ernstesten Verhältnissen ihres späteren Lebens vor sie zusammen, und das eine war genau ebenso lebhaft wie das andere, als ob alle von gleicher Wichtigkeit oder alle gleichmäßig nur ein Spiel seien. Vielleicht war das ein instinktmäßiger Kunstgriff ihres Geistes, um sich durch die Vorstellung dieser phantasmagorischen Gestalten von der drückenden Last und Härte der Wirklichkeit zu befreien.

Mochte dem sein, wie ihm wollte, die Schandbühne des Prangers war ein Standpunkt, welcher Esther Prynne den ganzen Weg, den sie seit ihrer glücklichen Kindheit gewandelt war, überblicken ließ. Während sie auf dieser Unglückshöhe stand, erblickte sie von neuem ihr Heimatdorf in Alt-England und ihr Vaterhaus, ein verfallenes Gebäude von grauem Stein und ärmlichem Aussehen, das aber als Beweis seiner früheren Vornehmheit noch ein halbverwischtes Wappenschild ihres Vaters mit seiner kahlen Stirn und seinem ehrwürdigen weißen Bart, welcher über den altmodischen Elisabethkragen herabhing, und das ihrer Mutter mit dem Blicke sorglicher Liebe, welchen es stets in ihrer Erinnerung trug und der selbst nach ihrem Tode so oft das Hemmnis eines sanften Vorwurfs in den Pfad ihrer Tochter gelegt hatte. Sie erblickte ihr eigenes, von mädchenhafter Schönheit glühendes Gesicht, welches das ganze Innere des trüben Spiegels erhellte, in welchem sie gewohnt gewesen war, es zu betrachten. Dort sah sie noch ein Gesicht, das eines Mannes von vorgerückten Jahren, ein bleiches, mageres Gelehrtenantlitz mit von dem Lampenscheine, welcher ihnen beigestanden hatte, so manchen schweren Folianten durchzustudieren, getrübten und geschwächten Augen. Und doch besaßen diese trüben Augen eine seltsame, durchdringende Gewalt, wenn es die Absicht ihres Besitzers war, in der menschlichen Seele zu lesen. Diese Gestalt des Studierzimmers und des Klosters war, wie Esther Prynnes weibliche Phantasie heraufzurufen nicht verfehlte, etwas verwachsen und ihre linke Schulter um ein geringes höher als die rechte. Sodann erhoben sich vor ihr in der Bildergalerie der Erinnerung die winkeligen, schmalen Gassen, die hohen grauen Häuser, die mächtigen Kathedralen und die alten, schnörkeligen öffentlichen Gebäude einer Kontinentalstadt, wo sie ein neues, immer noch mit dem verwachsenen Gelehrten in Verbindung stehendes Leben erwartet hatte – ein neues Leben, welches sich aber von gealterten und abgenutzten Materialien genährt, wie ein Büschel grünen Mooses an einer zerbröckelnden Mauer. Endlich kehrte an die Stelle dieser wechselnden Szenen der unebene Marktplatz der puritanischen Niederlassung zurück mit der ganzen versammelten Bewohnerschaft der Stadt, welche ihre strengen Blicke auf Esther Prynne heftete – ja, auf sie selbst, die auf der Bühne des Prangers stand, mit einem Kinde auf ihrem Arm und dem scharlachroten, phantastisch mit Goldseide durchsäumten Buchstaben A auf ihrer Brust.

Konnte es Wahrheit sein? Sie preßte das Kind so heftig an ihre Brust, daß es einen Schrei ausstieß. Sie senkte ihre Augen auf den Scharlachbuchstaben und berührte ihn sogar mit ihrem Finger, um sich zu überzeugen, daß das Kind und die Schande wirklich existierten. Ja, das waren ihre Wirklichkeiten – alles übrige war verschwunden.

III
Die Erkennung

Von diesem sie gänzlich erfüllenden Bewußtsein, daß sie der Gegenstand einer strengen und allgemeinen Beobachtung sei, wurde die Trägerin des Scharlachbuchstabens endlich dadurch erlöst, daß sie am äußeren Saume der Zuschauermenge eine Gestalt bemerkte, welche unwiderstehlich Besitz von ihren Gedanken ergriff. Dort stand ein Indianer in seiner einheimischen Tracht, aber die roten Männer waren nicht so seltene Besucher der englischen Ansiedlungen, daß einer von ihnen zu solcher Zeit Esther Prynnes Aufmerksamkeit erregt oder gar alle übrigen Gegenstände und Gedanken aus ihrem Geiste verbannt haben würde. An der Seite des Indianers, und offenbar als sein Begleiter, stand ein weißer, in ein saltsames Gemisch von zivilisiertem und wildem Kostüm gekleideter Mann.

Er war von kleiner Statur und zeigte ein gefurchtes Gesicht, welches jedoch noch kaum alt genannt werden konnte. In seinen Zügen lag eine bemerkenswerte Intelligenz, als seien es die einer Person, welche ihren geistigen Teil so ausgebildet hatte, daß er nicht verfehlen konnte, den physischen nach sich zu formen und durch unverwechselbare Zeichen sichtbar zu machen. Wiewohl er durch eine scheinbar nachlässige Anordnung seiner zusammengewürfelten Kleidung versucht hatte, die Eigentümlichkeiten zu vermindern oder zu verringern, so war es für Esther Prynne doch erkennbar genug, daß die eine Schulter dieses Mannes sich über die andere erhob. In dem ersten Augenblick, wo sie dieses magere Gesicht und die geringe Entstellung der Gestalt bemerkte, drückte sie ihr Kind wieder mit so krampfhafter Gewalt an ihre Brust, daß der arme Säugling einen zweiten Schmerzensschrei ausstieß. Die Mutter schien ihn jedoch nicht zu hören.

Sobald er auf den Marktplatz gelangt war und schon einige Zeit, ehe sie ihn gesehen, hatte der Fremde seine Augen auf Esther Prynne geheftet. Anfangs war es nachlässig gewesen, wie der Blick eines Mannes, der gewohnt ist, hauptsächlich nach innen zu blicken, und für welchen äußere Dinge ohne Wert und Wichtigkeit sind, wenn sie sich nicht auf etwas in seinem Geiste beziehen. Sehr bald war jedoch sein Blick scharf und durchdringend geworden. Ein zuckendes Entsetzen trat auf seine Züge, wie eine schnell darüber hingleitende Schlange, die eine kleine Pause machte, während alle ihre verschlungenen Wendungen deutlich sichtbar waren. Sein Gesicht wurde durch eine mächtige Bewegung verdunkelt, die er jedoch durch eine Anstrengung seines Willens so augenblicklich zügelte, daß bis auf diesen einzigen Augenblick dessen Ausdruck für den der Ruhe gegolten haben würde. Nach kurzer Zeit wurde das Zucken fast unmerklich und versank endlich ganz in den Tiefen seiner Natur. Als er fand, daß Esther Prynne ihre Augen auf die seinen heftete und sah, daß sie ihn zu erkennen schien, erhob er langsam und ruhig seinen Finger, machte damit eine Bewegung durch die Luft und legte ihn auf seine Lippen.

Hierauf berührte er die Schulter eines neben ihm stehenden Bürgers und redete ihn auf förmliche, höfliche Art an.

„Ich bitte Euch, guter Herr", sagte er, „mir mitzuteilen, wer dieses Weib ist und weshalb es zur öffentlichen Schande hier steht."

„Ihr müßt wohl ein Fremder in dieser Gegend sein, Freund", entgegnete der Städter mit einem neugierigen Blick auf den Fragenden und dessen wilden Gefährten, „sonst würdet Ihr sicherlich von Frau Esther Prynne und ihren Missetaten gehört haben. Ich darf wohl sagen, daß sie großes Ärgernis in der Kirche des gottesfürchtigen Herrn Dimmesdale erregt hat."

„Ihr habt recht", entgegnete der andere, „ich bin ein Fremder und war zu meinem Schmerz, nicht freiwillig, ein Wanderer. Ich habe schweres Unglück zur See und zu Lande erfahren und bin lange in den Banden des Heidenvolks im Süden gewesen und jetzt von diesem Indianer hierher gebracht worden, um aus meiner Gefangenschaft erlöst zu werden. Wollt Ihr daher die Güte haben, mir zu sagen, worin Esther Prynnes – habe ich den Namen auch recht gehört? –, worin dieses Weibes Vergehen bestanden und was sie auf jene Schandbühne gebracht hat?"

„Wahrlich, Freund, es muß nach Euern Fährnissen und Eurem Aufenthalt in der Wildnis Euer Herz erfreuen, Euch endlich wieder in einem Lande zu befinden, wo die Sünde aufgespürt und angesichts der Vorgesetzen und des Volkes bestraft wird, wie hier in unserem gottesfürchtigen Neu-England. So wißt, Herr, daß jenes Weib die Ehefrau eines gelehrten Mannes von englischer Geburt war, der aber lange in Amsterdam gelebt hatte, wo es ihm vor einer guten Zeit in den Sinn kam, herüber zu fahren und sein Los mit dem unsern in Massachusetts zu vereinigen. Zu diesem Zwecke schickte er seine Frau voraus, während er selbst zurückblieb, um einige notwendige Geschäfte zu besorgen. Nun, guter Herr, in den zwei Jahren oder weniger, wo das Weib hier in Boston gelebt hat, sind keine Nachrichten von dem gelehrten Meister Prynne eingelaufen, und seine junge Frau sehet Ihr, die ihrer eigenen schlimmen Führung überlassen geblieben ist –"

„Oh! ich verstehe Euch," sagte der Fremde mit bitterem Lächeln. „Ein so gelehrter Mann, wie der, von welchem Ihr sprecht, hätte auch dies aus seinen Büchern gelernt haben sollen, und wer mag, mit Eurer Gunst, Herr, der Vater jenes Kindes sein ... es kommt mir drei bis vier Monate alt vor, welches Frau Prynne in ihrem Arm hält?"

„Wahrlich, Freund, die Sache ist ein Rätsel geblieben und der Daniel, welcher es lösen soll, fehlt noch", antwortete der

Städter. „Madam Esther weigert sich unbedingt zu sprechen, und die Richter haben vergeblich ihre Köpfe zusammengesteckt. Vielleicht blickt gar der Schuldige, den Menschen unbekannt, auf dieses traurige Schauspiel und vergißt, daß er von Gott gesehen wird."

„Der gelehrte Mann," bemerkte der Fremde mit einem abermaligen Lächeln, „sollte selbst kommen, um das Geheimnis zu erforschen."

„Das geziemt ihm allerdings, wenn er noch am Leben ist", antwortete der Städter. „Nun, guter Herr, unser Magistrat in Massachusetts hat bedacht, daß dieses Weib jung und schön ist, und ohne Zweifel stark zu ihrem Falle verlockt wurde, und daß überdies aller Wahrscheinlichkeit nach ihr Ehemann auf dem Grunde der See liegt, und deshalb nicht den Mut gehabt, die ganze Strenge unseres gerechten Gesetzes gegen sie zur Anwendung zu bringen. Die Strafe, welches dasselbe auferlegt, ist der Tod, aber in ihrer großen Gnade und Herzensmilde haben sie Frau Prynne nur dazu verurteilt, drei Stunden lang auf dem Gerüste des Prangers zu stehen und von da an bis an ihr Lebensende ein Zeichen der Schande auf ihrer Brust zu tragen."

„Ein weiser Spruch", bemerkte der Fremde, ernst den Kopf neigend; „auf diese Weise wird sie eine lebende Predigt gegen die Sünde sein, bis der schmachvolle Buchstabe auf ihrem Leichenstein ausgehauen wird. Dennoch ist's mir ärgerlich, daß der Teilnehmer ihrer Missetat nicht wenigstens auf der Bühne neben ihr steht; aber man wird ihn kennen ... man wird ihn kennen ... man wird ihn kennen!"

Er verbeugte sich höflich gegen den mitteilsamen Bürger, flüsterte seinem indianischen Begeiter einige Worte zu, und sie drängten sich beide durch die Menge.

Während dies vorging, hatte Esther Prynne auf ihrer Erhöhung gestanden und ihre Augen immer noch mit einem so unverwandten Blicke auf den Fremden geheftet, daß in manchen Momenten alle übrigen Gegenstände der sichtbaren

Welt zu verschwinden und nur sie und ihn zurückzulassen schienen. Eine solche Begegnung würde ohne Zweifel noch weit entsetzlicher gewesen sein, als selbst deren jetzige Art, wo die heiße Mittagssonne auf ihr Gesicht herab brannte und ihre Schande beschien, mit dem scharlachroten Zeichen der Schmach auf der Brust und dem Sündenkinde auf ihren Armen, mit einem ganzen wie zu einem Feste herbeigekommenen Volke, welches die Züge angaffte, die nur in dem stillen Scheine des Kamins im glücklichen Schatten des Heimathauses oder unter einem Frauenschleier in der Kirche hätten sichtbar sein sollen. So entsetzlich es auch war, so wußte sie doch, daß sie einen Schutz an der Gegenwart dieser Tausende von Zeugen besaß. Es war besser, so dazustehen und so viele zwischen ihm und sich zu haben, als ihn, mit ihm allein, von Angesicht zu Angesicht zu begrüßen. Sie suchte sozusagen in der öffentlichen Schaustellung Zuflucht und fürchtete den Augenblick, wo ihr deren Schutz entzogen werden würde. In diese Gedanken versunken, hörte sie kaum, daß eine Stimme hinter ihr sprach, bis diese ihren Namen mehr als einmal in lautem, feierlichem, der ganzen Versammlung hörbarem Tone wiederholt hatte.

„Hört mich an, Esther Prynne!" sagte die Stimme.

Es ist bereits gesagt worden, daß gerade über dem Gerüst, auf welchem Esther Prynne stand, eine Art von Balkon oder offener Galerie an dem Versammlungshause angebracht war. Dies war der Ort, wo im Beisein des versammelten Magistrats und mit dem ganzen Pomp und Zeremoniell, wovon dergleichen öffentliche Vorgänge zu jener Zeit begleitet waren, Proklamationen erlassen zu werden pflegten. Hier saß, um die Szene, welche wir beschreiben, anzusehen, Gouverneur Bellingham selbst, mit einer Ehrenwache von vier Hellebarden tragenden Sergeanten um seinen Stuhl. Er hatte eine dunkle Feder an seinem Hute, einen gestickten Saum an seinem Mantel und darunter einen schwarzen Sammetrock, und war ein Mann von vorgerückten Jahren, in dessen

Gesicht schwere Erfahrungen ihre Furchen eingegraben hatten. Er war nicht übel zum Haupte und Vertreter einer Gemeinschaft geeignet, welche ihren Ursprung und Fortschritt sowie ihren gegenwärtigen Zustand nicht den Impulsen der Jugend, sondern der strengen gezügelten Energie der Mannesjahre und der finstern Klugheit des Alters verdankte, und gerade deshalb so viel bewirkte, weil sie sich so wenig einbildete und erhoffte. Die übrigen herausragenden Köpfe, welche den Gouverneur umgaben, zeichneten sich durch eine würdevolle Miene aus, wie sie einer Zeit angehörte, in der man die Formen der Obrigkeit in der Heiligkeit göttlicher Gesetze geborgen wußte. Sie waren ohne Zweifel gute, gerechte und weise Männer, aber es würde nicht leicht gewesen sein, unter der ganzen Menschenfamilie die gleiche Anzahl von weisen und tugendhaften Personen auszuwählen, die weniger geeignet gewesen wären, über ein irrendes Frauenherz zu Gericht zu sitzen und dessen Gewebe von Gutem und Bösem zu entwirren, als die streng aussehenden Männer, welchen Esther Prynne jetzt ihr Gesicht zuwendete. Sie schien in der Tat zu wissen, daß die Teilnahme, welche sie erwarten konnte, nur in dem größern und wärmern Herzen der Menge liege, denn als sie ihre Augen zu dem Balkon erhob, erbleichte das unglückliche Weib und bebte.

Die Stimme, die ihre Aufmerksamkeit verlangt hatte, war die des ehrwürdigen und berühmten John Wilson, ältesten Geistlichen von Boston, eines großen Gelehrten, wie die meisten seiner Standesgenossen in jener Zeit, und dabei eines Mannes von gütigem, freundlichem Geiste. Diese letzte Eigenschaft war jedoch weniger sorgfältig entwickelt worden als seine intellektuellen Gaben und, die Wahrheit zu gestehen, eher eine Sache der Beschämung als der Genugtuung für ihn. Da stand er nun mit dem Saume von grauen Locken um sein Käppchen, während seine grauen, an das umschattete Licht seines Studierzimmers gewöhnten Augen in dem unvermischten Sonnenschein blinzelten wie die von Esthers Kind. Er sah aus wie die dunkelgestochenen Porträts, welche wir vor alten Predigtbüchern sehen, und besaß ebensowenig Recht wie eines dieser Porträts hervorzutreten, wie er es jetzt tat, und sich in eine Frage menschlicher Schuld, Leidenschaft und Pein zu mischen.

„Esther Prynne", sagte der Geistliche, „ich habe mit meinem jungen Amtsbruder hier gerungen, unter dessen Lehre des göttlichen Wortes du zu sitzen das Vorrecht genossen hast –" hier legte Herr Wilson seine Hand auf die Schulter eines blassen jungen Mannes neben ihm – „ich habe, sage ich, diesen gottesfürchtigen jungen Mann zu überreden gesucht, daß er sich deiner annehmen möchte, um hier im Angesicht des Himmels und vor diesen rechtschaffenen und weisen Beamteten und dem ganzen Volke über die Schwärze und Bosheit deiner Sünde zu sprechen. Da er dein natürliches Temperament besser kennt als ich, so könnte er auch besser beurteilen, welche Gründe der Liebe oder der Furcht anzuführen seien, um über deine Hartnäckigkeit und Verstockung zu siegen, damit du nicht länger den Namen desjenigen verschweigen mögest, welcher dich zu diesem schweren Falle gelockt hat; aber er stellt mir mit der übermäßigen Weichheit eines jungen Mannes, obgleich er über seine Jahre hinaus weise ist, entgegen, daß es der Natur des Weibes Unrecht tun hieße, wenn man es zwinge, die Geheimnisse seines Herzens bei so hellem Tageslichte und in Gegenwart einer so großen Menge aufzudecken. Wahrlich, die Schmach liegt, wie ich ihn zu überzeugen suchte, in der Begehung der Sünde und nicht in deren Offenbarung. Ich frage Euch noch einmal, Bruder Dimmesdale, was sagt Ihr dazu? Mußt du es sein oder ich, der sich der Seele dieser armen Sünderin annimmt?"

Es erhob sich ein Gemurmel unter den ernsten würdevollen Männern auf dem Balkon, und Gouverneur Bellingham sprach dessen Bedeutung aus, indem er mit gebietender, wenn auch aus Achtung für den jungen Geistlichen, welchen er anredete, gemilderter Stimme sagte:

„Guter Master Dimmesdale, die Verantwortlichkeit für die Seele dieses Weibes ist in hohem Maße Eure Sache. Es geziemt Euch daher, solches zur Reue und als Beweis und Folge derselben zum Geständnis zu ermahnen.“

Diese direkte Anrede zog die Augen der ganzen versammelten Menge auf Ehrwürden Dimmesdale, einen jungen Geistlichen, der von einer der großen englischen Universitäten alle Gelehrsamkeiten jener Zeit in unser wildes Waldland mitgebracht hatte. Seine Beredsamkeit und seine fromme Begeisterung hatten ihm bereits in seinem Berufe hohes Ansehen verschafft. Er war ein Mann von höchst auffallendem Äußern, mit weißer, hoher, fast überhängender Stirn, großen, braunen, melancholischen Augen und einem Munde, der, außer wenn er mit Gewalt zusammengepreßt war, leicht bebte und zugleich nervösen Gefühlsreichtum und eine ungeheure Selbstbeherrschung ausdrückte. Trotz seiner hohen Naturgaben und gelehrten Errungenschaften hatte der junge Geistliche ein besorgtes, erschrecktes, halb wie von Furcht erfülltes Aussehen, als ob er sich auf dem Pfade der menschlichen Existenz völlig verirrt und fremd fühlte und sich nur in seiner eigenen Abgeschiedenheit wohlfühlen könnte. Er wandelte daher, soweit es seine Pflichten gestatteten, auf schattigen Nebenwegen, und erhielt sich auf diese Art einfach und kindlich und trat, wenn es an der Zeit war, dann mit einer Frische und einem Duft und einer tauigen Reinheit des Gedankens hervor, welche, wie viele sagten, sie wie die Rede eines Engels berührten.

Solcher Art war der junge Mann, welchen der ehrwürdige Herr Wilson und der Gouverneur so offen vor das Publikum gezogen und ihm geboten hatten, vor aller Ohren über das selbst in seiner Befleckung so heilige Geheimnis einer Frauenseele zu sprechen. Die Schwierigkeit seiner Lage trieb ihm das Blut aus der Wange und ließ seine Lippen erbeben.

„Sprich zu dem Weibe, mein Bruder“, sagte Herr Wilson, „es ist von Wichtigkeit für ihre Seele und daher, wie der verehrte Gouverneur sagt, auch von Wichtigkeit für deine eigene, unter deren Obhut sich die ihre befindet. Ermahne sie, die Wahrheit zu gestehen."

Ehrwürden Dimmesdale neigte, wie es schien, in stummem Gebete den Kopf und trat sodann vor.

„Esther Prynne", sagte er, sich über den Balkon beugend und ihr fest in die Augen blickend, „du hörst, was dieser gute Mann sagt, und siehst die Verantwortlichkeit, in welche ich gestoßen werde. Wenn du fühlst, daß es zur Förderung deines Seelenfriedens beiträgt und daß deine irdische Strafe dadurch wirksamer wird, dir die Seligkeit zu erwerben, so gebiete ich dir, den Namen deines Sünden- und Leidensgenossen auszusprechen. Schweige nicht aus mißverstandenem Mitleid und zarter Rücksicht für ihn, denn glaube mir, Esther, daß es, wenn er auch von einem hohen Platze herabsteigen und dort auf deiner Bühne der Schmach neben dir stehen müßte, doch für ihn so besser wäre, als wenn er lebenslang ein sündiges Herz verbergen müßte. Was kann dein Schweigen für ihn tun, als ihn versuchen, ja gewissermaßen zwingen, seine Sünde durch Heuchelei zu vergrößern! Der Himmel hat dir eine offene Schmach gewährt, damit du dadurch einen offenen Triumph über das Böse in deinem Innern und den äußern Schmerz erringen mögest. Besinne dich, ehe du ihm – der vielleicht nicht den Mut hat, diesen selbst zu erfassen –, den bittern aber heilsamen Kelch verweigerst, welcher jetzt deinen Lippen geboten wird."

Die Stimme des jungen Pastors war bebend, lieblich, voll, tief und gebrochen. Das Gefühl, welches sie so offen kundgab, ließ sie mehr noch als die direkte Bedeutung der Worte in aller Herzen widerhallen und einte die Zuhörer zu gleicher Teilnahme. Selbst der arme Säugling an Esthers Busen wurde von demselben Einflusse berührt, denn er lenkte seinen bis jetzt ziellosen Blick auf Herrn Dimmesdale und hielt seine kleinen Arme mit halb erfreutem, halb klagendem Lallen in die Höhe. Dem Volke kam die Aufforderung des Geistlichen so mächtig vor, daß es nicht anders glaubte, als daß Esther Prynne den Namen des Schuldigen aussprechen, oder daß dieser selbst, auf welchem hohen oder geringen Platze er auch stehen mochte, durch eine innere, unvermeidliche Notwendigkeit hervorgezogen und gezwungen werden würde, die Bühne zu besteigen.

Esther schüttelte den Kopf.

„Weib, überschreite nicht die Grenzen der Gnade des Himmels!“ rief der ehrwürdige Herr Wilson herber als bisher. „Der kleine Säugling ist mit einer Stimme begabt worden, um den Rat, welchen du gehört hast, zu unterstützen und zu bestätigen. Sprich den Namen aus! Dies und deine Reue wird vielleicht bewirken, daß dir der Scharlachbuchstabe von der Brust genommen wird.“

„Nie!“ antwortete Esther Prynne, indem sie nicht auf Herrn Wilson, sondern in die tiefen besorgten Augen des jüngeren Geistlichen blickte. „Er ist zu tief eingebrannt, Ihr könnt ihn nicht hinwegnehmen. Und könnte ich doch seine Pein zugleich mit meiner eigenen auf mich nehmen.“

„Sprich, Weib!“ sagte kalt und streng eine andere, aus der um das Gerüst versammelten Menge herauftönende Stimme. „Sprich und gib deinem Kinde einen Vater!“

„Ich will nicht sprechen“, erwiderte Esther, jetzt bleich wie der Tod, aber doch dieser Stimme, welche sie nur zu sicher erkannte, antwortend: „Und mein Kind muß einen himmlischen Vater suchen, es soll nie einen irdischen kennen.“

„Sie will nicht sprechen“, murmelte Herr Dimmesdale, der, über den Balkon gebeugt, eine Hand auf seinem Herzen, das Resultat seiner Aufforderung abgewartet hatte. Jetzt trat er mit einem tiefen Atemzuge zurück. „Wundersame Kraft und Großmut eines Frauenherzens! sie will nicht sprechen!“

Bei der Wahrnehmung der Unlenksamkeit der armen Sünderin begann der ältere Geistliche, welcher sich sorgfältig darauf vorbereitet hatte, an das Volk eine Rede über die

Sünde in allen ihren Verzweigungen, aber mit stetem Bezug auf den Schandbuchstaben zu halten. Er betrachtete dieses Symbol die Stunde hindurch so eindringlich, während welcher er seine Sätze über die Häupter des Volkes grollen ließ, daß es in dessen Einbildungskraft neue Schrecken annahm und seine Scharlachfarben von den Flammen des höllischen Abgrunds zu erhalten schien. Esther Prynne behielt unterdessen ihre Stellung auf der Schandbühne mit verglasten Augen und einer Miene müder Gleichgültigkeit. Sie hatte den Morgen über alles, was die Natur ertragen konnte, gelitten, und da ihr Temperament nicht von der Art war, welche durch eine Ohnmacht einem zu heftigen Leiden entrinnt, so konnte ihr Geist nur unter einer steinernen Kruste von Unempfindlichkeit Schutz suchen, während die Fähigkeiten des animalischen Lebens unvermindert blieben. In diesem Zustande donnerte die Stimme des Predigers unbarmherzig, aber eindrucklos auf ihre Ohren ein. Das Kind durchdrang während des letzten Teiles ihrer Prüfung die Luft mit seinem Jammer und Geschrei. Sie bemühte sich mechanisch, es zur Ruhe zu bringen, schien aber kaum für seine Not Teilnahme zu fühlen. Mit denselben harten Griffen wurde sie ins Gefängnis zurückgeführt und verschwand hinter seiner eisenbeschlagenen Tür den Blicken der Menge. Die ihr nachlugten flüsterten einander zu, daß der Scharlachbuchstabe einen grellen Schein entlang dem dunklen Gang des Inneren geworfen habe.

IV

Die Zusammenkunft

Nach ihrer Rückkehr in das Gefängnis befand sich Esther Prynne in einem Zustande nervöser Erregung, welcher eine beständige Wachsamkeit erforderte, damit sie nicht gewaltsame Hand an sich legen oder dem armen Säugling in ihrer halben Raserei ein Unheil zufügen möge. Als sich der Abend näherte und Meister Brackett, der Kerkermeister, es unmöglich fand, ihren Ungehorsam durch Tadel oder Strafandrohung zu unterdrücken, hielt er es für angemessen, einen Arzt zu bringen. Er beschrieb ihn als einen Mann von Geschicklichkeit in allen christlichen Arten der Arzneikunst, der aber auch mit dem, was die Wilden in bezug auf heilende Kräuter und Wurzeln, die im Walde wuchsen, lehren konnten, vertraut sei. Die Wahrheit zu gestehen, bedurfte nicht nur Esther sehr des ärztlichen Beistandes, sondern noch dringender das Kind, welches seinen Lebensquell aus der Mutterbrust erhielt, und aus ihr alle Aufregung, Qual und Verzweiflung, die die Seele der Mutter durchdrangen, eingesogen zu haben schien. Es wand sich jetzt in Krämpfen der Pein und bot in seiner kleinen Gestalt ein eindrucksvolles Abbild der moralischen Folter, welche Esther Prynne den Tag über erduldet hatte.

In das düstere Gemach trat dicht hinter dem Kerkermeister das Individuum von seltsamem Aussehen, dessen Gegenwart unter der Menge für die Trägerin des Scharlachbuchstabens von so tiefem Interesse gewesen war. Der Mann war im Gefängnis untergebracht worden, nicht weil man ihn im Verdacht irgendeines Vergehens hatte, sondern weil es die bequemste und paßlichste Weise war, über ihn zu verfügen, bis der Magistrat mit den indianischen Häuptlingen über sein Lösegeld verhandelt haben würde. Er wurde unter dem Namen Roger Chillingworth angemeldet. Der Kerkermeister blieb, nachdem er ihn in den Raum gewiesen, noch einen Augenblick über die verhältnismäßige Ruhe, welche seinem Eintreten gefolgt war, verwundert zurück, denn Esther Prynne war augenblicklich totenstill geworden, wiewohl das Kind zu stöhnen fortfuhr.

„Ich bitte Euch, Freund, mich mit meiner Patientin allein zu lassen“, sagte der Heilkünstler. „Glaubt mir, guter Kerkermeister, daß Ihr in kurzem Frieden in Eurem Hause haben werdet, und ich verspreche Euch, daß Frau Prynne späterhin rechtmäßiger Gewalt fügsamer sein wird, als Ihr sie bisher gefunden haben mögt."

„Nun, wenn Euer Ehren das zuwege bringen kann", antwortete Meister Brackett, „so werde ich gestehen, daß Ihr wirklich ein Mann von Geschicklichkeit seid. Wahrlich, das Weib ist wie besessen gewesen, und es hat wenig daran gefehlt, daß ich es nicht übernahm, ihr den Satan mit Schlägen auszutreiben."

Der Fremde war mit der charakteristischen Ruhe des Standes aufgetreten, als zu welchem gehörig er sich bezeichnet hatte. Sein Benehmen veränderte sich auch dann nicht, als die Entfernung des Gefangenenwärters ihn dem Weibe allein gegenüber ließ, dessen unverwandte Aufmerksamkeit auf ihn unter der Menge ein so nahes Verhältnis zwischen ihm und ihr verkündet hatte. Er wendete seine erste Sorge dem Kinde zu, dessen Geschrei, während es in Krämpfen auf dem Rollbette dalag, allerdings nötig machte, alle andern Geschäfte der Aufgabe seiner Beschwichtigung nachzustellen. Er untersuchte es sorgfältig und öffnete sodann ein ledernes Futteral, welches er unter seinem Gewande hervorzog. Es schien Arzneimittel zu enthalten, von denen er eines in einen Becher mit Wasser schüttete.

„Meine frühern Studien in der Alchemie", bemerkte er, „und mein länger als ein Jahr dauernder Aufenthalt unter einem in den freundlichen Eigenschaften der Heilkräuter gut bewanderten Volke haben mich zu einem bessern Arzt gemacht als viele, welche den medizinischen Doktorhut beanspruchen. Hier, Weib! Das Kind ist dein – ich habe nichts mit ihm zu schaffen ... auch wird es meine Stimme und meinen Anblick nicht als die eines Vaters anerkennen. Gib ihm daher diesen Trank mit deiner eigenen Hand ein."

Esther stieß das angebotene Arzneimittel zurück, indem sie mit ausdrucksvoller Besorgnis in sein Gesicht blickte.

„Solltest du dich an dem unschuldigen Säugling rächen wollen?" flüsterte sie.

„Törichtes Frauenzimmer!“ antwortete der Arzt halb kalt, halb beschwichtigend. „Wie sollte es mich ankommen, diesem ehrlosen und elenden Kinde ein Leid zuzufügen? Die Arznei ist von kräftiger guter Wirkung, und wär es mein Kind, mein eigenes, so wie es deines ist, so könnte ich ihm nichts Besseres geben.“

Da sie immer noch zauderte, indem sie sich allerdings in keinem vernünftigen Geisteszustande befand, nahm er das Kind auf seine Arme und gab ihm selbst den Trank ein. Der bewies bald seine Wirksamkeit und erfüllte das Versprechen des Arztes. Das Stöhnen des kleinen Patienten legte sich, seine Zuckungen hörten allmählich auf, und nach wenigen Augenblicken versank er, wie es bei sehr jungen Kindern nach einer Befreiung von Schmerz gewöhnlich ist, in einen tiefen Schlummer. Der Heilkünstler, wie man ihn mit gutem Rechte nennen konnte, wendete jetzt der Mutter seine Aufmerksamkeit zu. Er fühlte ihr ruhig und aufmerksam forschend den Puls, blickte in ihre Augen – ein Blick, bei dem ihr Herz zusammenzuckte und schauderte, weil er ihr so vertraut und doch so fremd und kalt war, – und ging endlich, sobald er in seinen Forschungen zu einem Resultate gelangt war, daran, einen zweiten Trank für sie zu mischen.

„Ich kenne weder Lethe noch Nepenthes“, bemerkte er, „aber ich habe in der Wildnis viele neue Geheimnisse gelernt, und hier ist eines davon, ein Rezept, welches mir ein Indianer zur Vergeltung für einige Belehrungen, die so alt wie Paracelsus waren, gegeben hat. Trink! Es mag wohl weniger beruhigend sein als ein sündloses Gewissen. Das kann ich dir nicht geben! Aber es wird deine Leidenschaft beruhigen wie auf die Wellen einer stürmischen See geschüttetes Öl.“

Er reichte den Becher, und Esther nahm ihn mit einem langen, eindringlichen Blick in sein Gesicht an – nicht gerade einem Blicke der Furcht, aber doch des Zweifels und der Frage, was wohl seine Absicht sein möge. Auch ihr schlummerndes Kind betrachtete sie.

„Ich habe an den Tod gedacht", sagte sie, „... habe ihn gewünscht ... würde selbst darum gebetet haben, wär es recht, daß eine wie ich überhaupt beten dürfte. Sollte aber der Tod in diesem Becher sein, so bitte ich dich, dich noch einmal zu bedenken, ehe du mich ihn leeren lässest. Sieh! Schon ist er an meinen Lippen!"

„Nun trink schon", antwortete er mit der früheren kalten Fassung. „Kennst du mich so wenig, Esther Prynne? Sind meine Absichten sonst so seicht? Könnte ich, selbst wenn ich einen Racheplan vorhabe, für meinen Zweck etwas Besseres tun, als dich leben zu lassen ... als dir Arzneien gegen alles Unheil und jede Gefahr des Lebens zu geben, damit diese brennende Schmach auf deinem Busen fortlodern möge?" Bei diesen Worten legte er seinen langen Zeigefinger auf den Scharlachbuchstaben, welcher sich sofort in Esthers Brust einzubrennen schien, als ob er glühend wäre. Er bemerkte ihre unwillkürliche Bewegung und lächelte. „Drum lebe und trage dein Urteil mit dir in den Augen von Mann und Weib – vor den Augen desjenigen, den du deinen Gatten genannt hast ..., vor den Augen jenes Kindes mit dir umher! Und damit du leben mögest, so nimm diesen Trank."

Esther Prynne leerte ohne weitere Einwendungen oder Zögerung den Becher und setzte sich auf einen Wink des Heilkünstlers auf das Bett, wo das Kind schlummerte, während er den einzigen Stuhl, welchen der Raum enthielt, heranzog und sich neben ihr niedersetzte. Sie konnte sich eines Bebens bei diesen Vorbereitungen nicht enthalten, denn sie fühlte, daß er, nachdem er alles getan hatte, was ihm Menschlichkeit oder Grundsatz oder vielleicht selbst eine verfeinerte Grausamkeit zur Erleichterung der physischen Leiden zu tun antrieb, jetzt im Begriff stand, mit ihr als der Mann zu sprechen, welchen sie auf das tiefste und unwiederbringlichste verletzt hatte.

„Esther", sagte er, „ich frage nicht, weshalb oder wie du in den Pfuhl gefallen, oder sagen wir lieber zum Pranger aufgestiegen bist, wo ich dich fand. Der Grund braucht nicht weit gesucht zu werden. Es war meine Torheit und deine Schwäche. Ich, ein Mann des Gedankens, der Bücherwurm großer Bibliotheken, ein schon dem Verwelken naher Mann, der seine besten Jahre dahingegeben hatte, um den hungrigen Traum der Erkenntnis zu nähren – was hatte ich mit Jugend und Schönheit wie der deinen zu schaffen! Wie konnte ich von meiner Geburtsstunde an Verunstalteter mich mit der Idee verblenden, daß intellektuelle Gaben in der Phantasie eines jungen Mädchens die physische Mißgestalt verschleiern konnten! Die Menschen nennen mich weise. Wären die Weisen je für sich selbst klug gewesen, so hätte ich alles dies vorhersehen können. Ich hätte wissen können, daß, als ich aus den weiten, düstern Wäldern kam und in diese christliche Ansiedlung trat, der erste Gegenstand, welcher sich meinen Augen bot, du selbst sein würdest, Esther Prynne, als Statue der Schande vor dem Volke, – ja, von dem Augenblicke an, wo wir zusammen die alten Kirchenstufen als Ehepaar herabkamen, hätte ich das Signalfeuer dieses Scharlachbuchstabens am Ende unseres Pfades lodern sehen können."

„Du weißt", sagte Esther – denn so gedrückt sie auch war, konnte sie doch diesen letzten, ruhigen Stich nach dem Zeichen ihrer Schande nicht ertragen –, „du weißt, daß ich gegen dich offen gewesen bin. Ich habe weder Liebe gefühlt noch sie geheuchelt."

„Wohl wahr", antwortete er; „es war meine Torheit! Ich sagte es schon. Aber bis zu jenem Einschnitt meines Lebens hatte ich vergeblich gelebt. Die Welt war so freudlos gewesen. Mein Herz war eine zur Aufnahme vieler Gäste hinreichend große Wohnung, aber einsam und eisig und von keinem häuslichen Feuer erwärmt. Ich sehnte mich, ein solches anzuzünden. Es schien mir kein so phantastischer Traum zu sein, so alt und mürrisch und mißgestaltet ich auch war, daß das einfache Glück mir noch zuteil werden könnte, welches nah und fern verstreut ist, so daß es alle Menschen aufgreifen können. Und so, Esther, zog ich dich in mein Herz, in sein innerstes Gemach, und suchte dich zu wärmen an der Wärme, welche deine Gegenwart dort gab!"

„Ich habe dir großes Unrecht zugefügt", murmelte Esther.

„Wir haben einander Unrecht zugefügt", antwortete er. „Ich tat dir zuerst Unrecht, als ich deine knospende Jugend zu einer falschen und unnatürlichen Verbindung mit meinem welkenden Alter verlockte. Als Mann, der nicht umsonst gedacht und philosophiert hat, suche ich daher keine Rache, sinne auf nichts Böses gegen dich. Zwischen dir und mir hängt die Waagschale im Gleichgewicht, aber, Esther, es gibt einen Mann, der gegen uns beide gesündigt hat! Wer ist er?"

„Frage mich nicht", antwortete Esther Prynne, ihm fest ins Gesicht blickend, „das wirst du nie erfahren."

„Niemals, sagst du?" entgegnete er mit einem hintergründigen und selbstsicheren Wissen. „Ihn niemals kennen! Glaub mir, Esther, es gibt wenige Dinge, sei es nun in der äußeren Welt oder bis zu einer gewissen Tiefe in der unsichtbaren Sphäre des Gedankens, – wenige Dinge, die dem Manne verborgen bleiben, welcher sich ernstlich und rückhaltlos der Lösung eines Geheimnisses widmet. Du magst dein Geheimnis vor der spähenden Menge verhehlen, du kannst es auch vor den Geistlichen und den Gesetzeshütern verbergen, wie du es heute getan hast, wo sie den Namen aus deinem Herzen hervorreißen und dir einen Partner auf dem Pranger geben wollten. Was aber mich betrifft, so komme ich mit anderen Sinnen, als jene besitzen, zu der Untersuchung. Ich werde diesen Mann suchen, wie ich in den Büchern die Wahrheit, wie ich in der Alchemie das Gold gesucht habe. Es gibt eine Sympathie, die mich ihn ahnen lassen wird. Ich werde ihn zittern sehen, ich werde plötzlich und unerwartet einen Schauder fühlen. Früher oder später muß er mein werden."

Die Augen des runzeligen Gelehrten glühten sie so tief eindringend an, daß Esther Prynne ihre Hände über ihr

Herz schlug in der Furcht, er möchte das Geheimnis dort sogleich entziffern.

„Du willst seinen Namen nicht offenbaren. Nichtsdestoweniger ist er mein", fuhr er mit einem zuversichtlichen Blicke fort, als ob das Schicksal mit ihm einig wäre. „Er trägt auf seinem Gewande keinen Schandbuchstaben eingewirkt wie du, aber ich werde ihn auf seinem Herzen lesen. Hab aber keine Furcht um ihn! Denke nicht, daß ich mich in die Vergeltung des Himmels mischen oder ihn zu meinem eigenen Verluste in die Klauen des menschlichen Gesetzes liefern werde. Ebensowenig meine, daß ich etwas gegen sein Leben oder auch nur gegen seinen Ruf unternehmen werde, wenn er, wie ich glaube, ein Mann von guter Reputation ist. Er mag leben! Er mag sich unter äußeren Ehren verbergen, wenn er kann! Nichtsdestoweniger soll er mein sein!"

„Deine Taten sehen nach Barmherzigkeit aus", sagte Esther verwirrt und schaudernd, „aber deine Worte legen sie mit Schrecken aus."

„Eines muß ich dir, die du mein Weib warst, noch auferlegen," fuhr der Gelehrte fort. „Du hast das Geheimnis deines Liebhabers bewahrt; bewahre auch das meine. Es gibt in diesem Lande keinen, der mich kennt. Verrate keiner Menschenseele je mit dem leisesten Hauche, daß du mich je Gatte genannt hast. Hier an diesem wilden Saume der Erde werde ich mein Zelt aufschlagen, denn anderweits bin ich ein Wanderer und von menschlichen Interessen abgesondert. Hier aber finde ich ein Weib, einen Mann und ein Kind, zwischen denen und mir die engsten Bande vorhanden sind, gleichviel, ob sie der Liebe oder dem Haß, gleichviel, ob sie dem Recht oder Unrecht ihren Ursprung verdanken. Du mit den Deinen, Esther Prynne, gehörst mir. Mein Heim ist, wo du bist und wo er ist, aber du verrate mich nicht."

„Weshalb verlangst du das?" fragte Esther, die, ohne daß sie selbst wußte, warum, vor diesem geheimen Bunde zurückschauderte; „warum willst du dich nicht offen verkünden und mich ohne weiteres verstoßen?“

„Vielleicht“, erwiderte er, „weil ich nicht die Unehre ertragen will, welche den Ehemann eines treulosen Weibes besudelt; vielleicht auch aus anderen Gründen. Genug, es ist meine Absicht, unerkannt zu leben und zu sterben. Dein Gatte möge daher für die Welt bereits ein Toter sein, von dem nie wieder Nachricht einlaufen wird. Erkenne mich weder durch Worte, noch durch Zeichen, noch durch Blicke. Verrate vor allem das Geheimnis nicht dem Manne, von dem du weißt. Solltest du mich hierin im Stiche lassen, so hüte dich. Sein Ruf, seine Stellung, sein Leben werden in meinen Händen liegen. Hüte dich!“

„Ich will dein Geheimnis bewahren wie das seine“, sagte Esther.

„Schwöre!“ entgegnete er.

Und sie schwur.

„Und nun, Frau Esther Prynne“, sagte der alte Roger Chillingworth, wie er von nun an genannt wurde, „nun laß ich dich allein, allein mit deinem Kinde und dem Scharlachbuchstaben! Wie ist es, Esther? Zwingt dich dein Urteil, das Zeichen auch beim Schlafen zu tragen? Fürchtest du dich nicht vor dem Alb und vor häßlichen Träumen?“

„Warum lächelst du mich so an?“ fragte Esther, von dem Ausdruck seiner Augen beunruhigt. „Bist du wie der schwarze Mann, der in dem uns umgebenden Walde spukt? Hast du mich zu einem Bunde verlockt, der meine Seele verderben wird?“ .

„Nicht deine Seele“, antwortet er mit einem abermaligen Lächeln, „nein, nicht die deine.“

V

Esther mit der Nadel

Esther Prynnes Gefangenschaft war jetzt zu Ende. Die Gefängnistür wurde ihr geöffnet, und sie trat heraus in den Sonnenschein, der, obwohl er auf alle ohne Unterschied fällt, ihrem Herzen in seiner krankhaften Empfindlichkeit zu keinem andern Zwecke da zu sein schien, als um ihren Scharlachbuchstaben auf ihrer Brust zu offenbaren. Vielleicht lag mehr wahre Folter in ihren ersten unbegleiteten Schritten von der Schwelle des Gefängnisses aus, als selbst in der Prozession und dem Schauspiele, welche wir beschrieben haben und worin sie zu der verkörperten Schmach gemacht wurde, zu welcher man alle Menschen herbeirief, um mit Fingern auf sie zu deuten. Damals war sie durch eine unnatürliche Anspannung der Nerven und die ganze kampfbereite Energie ihres Charakters unterstützt worden, die sie fähig machten, die Szene in eine Art schaurigen Triumph zu verwandeln. Überdies war es ein besonders isoliertes Ereignis, das nur einmal im Laufe ihres Lebens vorkommen und zu dessen Bekämpfung sie daher ohne Rücksicht auf Sparsamkeit die ganze Lebenskraft einsetzen konnte, welche für viele ruhige Jahre ausgereicht hätte. Gerade das Gesetz, welches sie verurteilt – ein Riese von strengen Zügen, der aber in seinen eisernen Armen sowohl die Kraft zu unterstützen wie die zu vernichten besaß –, hatte sie bei der furchtbaren Prüfung ihrer Schmach aufrecht erhalten. Jetzt aber, mit diesem unbegleiteten Gange von ihrer Gefängnistür aus, begann die tägliche Gewohnheit, und sie mußte es entweder durch die gewöhnlichen Hilfsquellen ihrer Natur ertragen und weiterführen oder darunter zusammenbrechen. Sie konnte nicht mehr bei der Zukunft Anleihen machen, um ihre gegenwärtige Not damit zu überwinden. Das Morgen mußte wieder seine eigene Prüfung mitbringen, der darauf folgende Tag ebenfalls und der nach diesem kommende wieder, ein jeder seine eigene

Prüfung und doch gerade dieselbe, welche jetzt so unaussprechlich schwer zu tragen war. Die Tage der fernen Zukunft würden sich vorwärts mühen und jeder wieder die gleiche Last mitbringen, welche sie aufheben und weiterschleppen mußte, aber niemals niederwerfen durfte, denn die auflaufenden Tage und aufgebürdeten Jahre sollten ihr Elend auf die Wucht der Schande häufen. Immerwährend sollte sie ihre Individualität aufgeben und das allgemeine Symbol werden, auf welches der Prediger und Moralist deuten und an welchem sie ihre Bilder von der Schwäche und den sündigen Leidenschaften des Weibes verkörpern und beleben konnten. So auf sie zu schauen würde man die Jungen und Reinen lehren, mit dem auf ihrer Brust flammenden Scharlachbuchstaben; sie, das Kind ehrbarer Eltern, sie, die Mutter eines Kindes, welches dereinst ebenfalls ein Weib werden sollte, sie, die einst unschuldig gewesen war, – jetzt aber die gestaltgewordene, verkörperte, verwirklichte Sünde, und noch auf ihrem Grabe würde die Schande, die sie dorthin zu schleppen hätte, ihr einziges Denkmal sein.

Es wird vielleicht wunderbar erscheinen, daß jenes Weib, welches die Welt vor sich hatte –, welches durch keine bindende Klausel seines Urteils innerhalb der Grenzen der so abgelegenen und wenig bekannten puritanischen Niederlassung festgehalten wurde, dem es freistand, nach seinem Geburtsorte oder irgendeinem anderen europäischen Lande zurückzukehren und dort seinen Charakter und seine Identität so vollständig unter einem neuen Äußeren zu verbergen, als ob es in ein neues Leben träte –, dem überdies die Pfade des dunkeln, unerforschlichen Waldes offen standen, wo sich die Wildheit seiner Natur mit einem Volke assimilieren konnte, dessen Sitten und Lebensweise dem Gesetze, wodurch es verurteilt worden, fremd waren – es mag wunderbar erscheinen, daß dieses Weib noch den Ort, an welchem – und an welchem ausschließlich – es notwendigerweise das Sinnbild der Schande sein müßte, seine Heimat nannte. Aber es gibt ein Schicksal, ein so unwiderstehliches und unvermeidliches Gefühl, daß es die Kraft einer Vorherbestimmung hat, und welches fast stets den Menschen zwingt, in der Nähe des Ortes zu verweilen und gespensterartig denselben heimzusuchen, wo irgendein großes, eingreifendes Ereignis seinem Leben seine Färbung verliehen hat, und welches desto unwiderstehlicher wird, je dunkler die Färbung ist, welche es trübt. Ihre Sünde, ihre Schande waren die Wurzeln, welche sie in den Boden getrieben hatte; es war, als ob eine neue Geburt mit stärkeren Assimilationen als die erste das für jeden anderen Pilger und Wanderer noch immer so unfreundliche Waldland in Esther Prynnes wilde und öde, aber lebenslängliche Heimat verwandelt habe. Alle anderen Plätze der Erde, selbst das Dörfchen im ländlichen England, wo eine glückliche Kindheit und eine fleckenlose Mädchenzeit noch in der Verwahrung ihrer Mutter zu sein schienen, wie schon längst abgelegte Kleider, waren ihr dagegen fremd. Die Kette, die sie hier festhielt, bestand aus eisernen Gliedern und drückte sie bis in die Seele wund, konnte aber nie gebrochen werden.

Überdies konnte es sein – und ohne Zweifel war es auch so, obgleich sie das Geheimnis vor sich selbst verbarg und erbleichte, wenn es sich aus ihrem Herzen hervordrängte wie eine Schlange aus ihrer Höhle –, es konnte sein, daß noch ein anderes Gefühl sie in den Umgebungen und auf dem Pfade festhielt, welche ihr so verderblich gewesen waren. Hier wohnte, hier weilte der Fuß eines Menschen, mit dem sie sich in einer Verbindung für verknüpft hielt, die sie, wenn auch auf Erden nicht anerkannt, doch zusammen vor die Schranken des letzten Gerichts bringen und diese zu ihrem Trauungsaltar für eine gemeinsame Zukunft einer Sühne ohne Ende machen würde. Wieder und immer wieder hatte der Versucher der Seelen diesen Gedanken vor Esthers inneres Auge gedrängt und über die leidenschaftliche, verzweifelte Freude gelacht, womit sie ihn ergriff und sodann von sich zu werfen suchte. Sie blickte dem Gedanken kaum ins Gesicht und beeilte sich, ihn in ihrem Kerker einzuschließen. Was sie sich selbst zu glauben zwang, was sie sich endlich als ihren Beweggrund zum fortdauernden Aufenthalt in Neu-England einredete, war halb eine Wahrheit, halb ein Selbstbetrug. Hier, sagte sie sich, sei der Ort ihrer Schuld gewesen, hier sollte auch der Ort ihrer irdischen Strafe sein, damit vielleicht die Folter ihrer täglichen Schmach endlich ihre Seele reinige und eine andere Reinheit als die von ihr verlorene, eine heiligere Reinheit herbeiführe, weil sie das Resultat eines Märtyrertums war.

Esther Prynne floh daher nicht. Am äußersten Ende der Stadt, noch innerhalb der Halbinsel, aber nicht in der Nähe irgendeiner andern Wohnung befand sich ein kleines, mit Stroh bedecktes Haus. Es war von einem früheren Ansiedler erbaut und wieder verlassen worden, weil der Boden ringsum zum Anbau zu unfruchtbar war, während seine leidliche Abgeschiedenheit es außerhalb der Sphäre jener zwischenmenschlichen Beziehungen liegen ließ, die schon damals die Gewohnheiten der Auswanderer bestimmte. Es stand am Strande und schaute über eine Bucht des Meeres hinweg auf die westlichen, mit Wald bekleideten Hügel. Eine Gruppe von strauchartigen Bäumen, der einzige Bewuchs der Halbinsel, verbarg nicht so sehr die Hütte vor dem Blicke, als daß sie anzuzeigen schien, daß hier eine Sache sei, die sich gern verborgen hätte oder doch wenigstens besser verborgen geblieben wäre. In dieser kleinen, einsamen Behausung richtete sich Esther mittels eines geringen Vermögens, das sie besaß, und mit Erlaubnis des Magistrats, welcher immer noch eine inquisitorische Aufsicht über sie bewahrte, mit ihrem Kinde ein. Unmittelbar darauf begann sich auch ein geheimnisvoller Schatten von Argwohn an die Stelle zu heften. Kinder, die noch zu jung waren, um zu begreifen, weshalb diese Frau aus der Sphäre menschlicher Wohltaten ausgeschlossen blieb, krochen nahe genug, um zu sehen, wie die Frau am Fenster die Nadel spielen ließ, oder unter der

Tür stand, oder in dem kleinen Garten arbeitete, oder auf dem Pfade, welcher stadtwärts führte, herankam; und sie sprangen, sobald sie den Scharlachbuchstaben auf ihrer Brust unterscheiden konnten, mit einer seltsamen, ansteckenden Furcht davon.

So einsam auch Esthers Lage war, und wenn sie auch keinen Freund auf Erden besaß, welcher für sie aufzutreten gewagt hatte, so war sie doch nicht in Gefahr, Mangel zu leiden. Sie kannte eine Kunst, die selbst in einem Lande, welches verhältnismäßig nur geringen Spielraum zu ihrer Ausübung bot, hinreichend war, um ihr aufwachsendes Kind und sich selbst zu ernähren. Es war die Kunst der Nadelarbeit, damals wie noch jetzt fast die einzige, die eine Frau ergreifen konnte. Sie trug auf ihrer Brust an dem schöngestickten Buchstaben eine Probe ihrer zarten, phantasiereichen Geschicklichkeit, welcher sich die Damen eines Hofes mit Freuden bedient hätten, um ihren seidenen und goldenen Stoffen den reicheren und geistigeren Schmuck der menschlichen Erfindungsgabe zuzufügen. Hier bei der dunklen Einfachheit, welche die puritanische Kleidermode zu charakterisieren pflegte, war der Bedarf an feineren Produkten ihrer Hände weniger häufig; aber der Geschmack des Zeitalters, welcher bei Dingen dieser Art das Künstliche und Mühsame verlangte, verfehlte nicht, seinen Einfluß über unsere strengen Vorfahren auszudehnen, die so viele Moden, deren sich zu entäußern schwerer erscheinen mochte, hinter sich geworfen hatten. Die öffentlichen Zeremonien, wie z. B. Ordinationen, die Einführung von Magistratspersonen und alles, was den Formen, worin sich eine neue Regierung dem Volke kundgab, Majestät verleihen konnte, wurden als Sache bewußter Politik durch ein stattliches, gut ausgeführtes Zeremoniell und einen düsteren, aber doch einstudierten Prachtaufwand bezeichnet. Breite Kragen, auf das feinste gearbeitete Manschetten und prächtig gestickte Handschuhe galten als für die offizielle Erscheinung derjenigen, welche die

Zügel der Macht in die Hand nahmen, notwendig, und wurden gern durch Rang oder Reichtum ausgezeichneten Individuen erlaubt, selbst während die Aufwandsgesetze dem Plebejerstande diese und ähnliche Verschwendungen verboten. Auch bei der Anordnung der Leichenbegängnisse – sowohl für die Kleidung der Leiche als um die verschiedenartigsten emblematischen Anwendungen von schwarzem Tuch und schneeweißem Musselin den Schmerz der Überlebenden zu versinnbildlichen – gab es ein häufiges charakteristisches Bedürfnis von Arbeiten, wie sie Esther Prynne liefern konnte. Auch das Kinderzeug – denn damals trugen die Säuglinge schon Staatsgewänder – gewährte eine Aussicht auf Arbeit und Verdienst.

Allmählich, und zwar nicht eben langsam, kamen ihre Arbeiten, wie man es jetzt nennen würde, in die Mode. Sei es nun aus Mitleid für ein Weib von so unglücklichem Schicksal oder aus der krankhaften Neugier, welche selbst gewöhnlichen oder wertlosen Dingen einen eingebildeten Wert verleiht, oder aus irgendeinem andern ungreifbaren Umstande, der damals wie jetzt hinreichend war, um manchen Personen das zu gewähren, was andere vergebens suchen mochten, oder weil Esther wirklich eine Lücke ausfüllte, welche sonst hätte leer bleiben müssen, kurz, sie hatte hinreichende und billig vergütete Beschäftigung für so viele Stunden, als sie mit Nadelarbeit auszufüllen gedachte. Vielleicht wollte sich die Eitelkeit eine Buße bereiten, indem sie bei Prunk und Staatszeremonien die Gewänder anlegte, welche ihre sündigen Hände gearbeitet hatten. Ihre Nadelarbeit war an der Krause des Gouverneurs zu sehen, Bürgerwehr trug sie an ihren Schärpen und der Prediger an seinem Beffchen, sie zierte das Mützchen des Säuglings, sie wurde in die Särge der Toten verschlossen, um dort zu verwesen und zu vermodern. Es wird aber kein einziger Fall berichtet, wo ihre Geschicklichkeit benutzt worden wäre, um den weißen Schleier zu sticken, welcher das reine Erröten einer Braut verhüllen sollte. Diese

Ausnahme zeigte die unermüdliche Wachsamkeit, mit welcher die Gesellschaft ihre Sünde verdammte.

Esther bemühte sich nicht, mehr zu erwerben als einen Lebensunterhalt der einfachsten und asketischsten Art für sich und eine einfache Fülle für ihr Kind. Ihre eigene Kleidung war von dem gröbsten Stoff und der dunkelsten Färbung mit nur dem einen Zierat: dem Scharlachbuchstaben, welchen zu tragen ihr Urteil gebot. Die Kleidung des Kindes zeichnete sich dagegen durch eine phantasiereiche, oder wir möchten lieber sagen eine phantastische Erfindung aus, die zwar den luftigen Zauber erhöhte, welcher sich frühzeitig an dem kleinen Mädchen zu entwickeln begann, aber auch eine tiefere Bedeutung zu haben schien. Wir werden später wohl noch darüber sprechen. Außer diesem kleinen Aufwand für das Herausputzen ihres Kindes verwendete Esther alle ihre überflüssigen Mittel zu Almosen für Unglückliche, die weniger elend waren als sie und nicht selten die sie nährende Hand schmähten. Einen großen Teil der Zeit, welche sie leicht auf die bessere Ausübung ihrer Kunst hätte verwenden können, benutzte sie zur Anfertigung von groben Kleidungsstücken für die Armen. Es ist wahrscheinlich, daß sie bei dieser Art der Beschäftigung eine Idee von Buße hatte und daß sie ein wirkliches Opfer des Genusses darbrachte, indem sie so viele Stunden auf eine so rauhe Arbeit verwendete. Sie hatte in ihrer Natur eine reiche, üppige, orientalische Eigenart – einen Geschmack an dem prachtvoll Schönen, welcher außer in den köstlichen Hervorbringungen ihrer Nadel in dem ganzen Umfange ihres Lebens keinen Raum zur Entwicklung fand. Die Frauen finden ein dem andern Geschlechte unbegreifliches Vergnügen in der zarten Arbeit der Nadel. Für Esther war sie vielleicht eine Art des Ausdrucks und daher vielleicht die Beschwichtigung der Leidenschaft ihres Lebens. Gleich allen andern Freuden verwarf sie auch diese als Sünde. Diese krankhafte Einmischung des Gewissens in unwesentliche Dinge bewies, wie wir fürchten müssen, keine echte, wankellose Bußfertigkeit, sondern etwas Zweifelhaftes, etwas, das darunter zutiefst unrecht sein konnte.

Auf diese Weise kam es, daß Esther Prynne in der Welt eine Rolle zu spielen hatte. Bei der angeborenen Charakterenergie und seltenen Fähigkeit, welche sie besaß, konnte sie jene nicht völlig abwerfen, obgleich sie ihr ein Zeichen aufgedrückt hatte, welches für das Herz eines Weibes unerträglicher war als das Mal auf Kains Stirn. Bei ihrem ganzen Verkehr mit der Gesellschaft kam jedoch nichts vor, was ihr das Gefühl verliehen hätte, als ob sie zu derselben gehörte. Jede Gebärde, jedes Wort und selbst das Schweigen jener, mit welchen sie in Berührung kam, ließen ahnen und drückten sogar oft aus, daß sie verbannt und ebenso allein sei, als ob sie einen andern Planeten bewohne oder mit der gemeinen Natur durch andere Organe und Sinne als die übrigen Menschen verbunden sei. Sie war von den Interessen der Sterblichen abgesondert und doch dicht neben ihnen wie ein Geist, welcher den heimischen Herd wieder besucht und sich nicht mehr sichtbar oder fühlbar machen, nicht mehr mit der Freude der Haushaltung lächeln, nicht mehr mit dem verwandten Kummer trauern kann, oder wenn es ihm gelingen sollte, seine verbotene Teilnahme kundzugeben, nur Schrekken und furchtbaren Widerwillen erweckt. Diese Empfindungen und überdies die bitterste Verachtung schienen das einzige zu sein, was sie noch im Herzen der Menge bewahrte. Es war kein Zeitalter feiner Empfindungen, und ihre Stellung wurde, wiewohl sie sie vollkommen begriff und nur geringe Gefahr lief, sie zu vergessen, oft durch die rauheste Berührung der zartesten Stellen wie eine neue Qual vor das lebhafte Bewußtsein ihrer selbst gebracht. Die Armen, wie schon gesagt, welche sie aufsuchte, um ihnen wohlzutun, schmähten oft die Hand, welche ausgestreckt wurde, um sie zu unterstützen. Damen von hohem Range, in deren Tür sie trat, wenn es ihre Beschäftigung so mit sich brachte, waren ebenfalls gewohnt, Tropfen der Bitterkeit in ihr Herz fließen zu lassen, zuweilen durch die Alchemie ruhiger Malice, womit die Frauen aus gewöhnlichen Kleinigkeiten ein feines Gift zusammenkochen können, zuweilen auch durch einen gröbern Ausdruck, der auf die ungeschützte Brust der Leidenden fiel, wie ein schwerer Schlag auf eine eiternde Wunde. Esther hatte sich lange und gut geschult: sie antwortete auf diese Angriffe nie durch anderes als eine purpurne Röte, welche unwiderstehlich auf ihre bleiche Wange stieg und wieder in die Tiefen ihrer Brust versank. Sie war geduldig, eine wahre Märtyrerin, aber sie enthielt sich des Gebets für ihre Feinde, damit sich nicht, trotz ihres Wunsches zu verzeihen, die Worte der Segnung hartnäckig in einen Fluch verkehrten.

Immerfort und auf tausenderlei Weise fühlte sie das Herzklopfen der Pein ohne Unterlaß, das ihr von dem unvergänglichen, allzeit tätigen Urteilsspruch des puritanischen Tribunals so ausgeklügelt zugedacht worden war. Geistliche blieben auf der Straße stehen, um Worte der Ermahnung an sie zu richten, die einen Auflauf von Menschen mit seinem Gemisch von Spottlächeln und Stirnrunzeln um das arme sündige Weib versammelten. Wenn sie in eine Kirche trat und das Sonntagslächeln des Vaters aller zu teilen hoffte, so war es oft ihr Mißgeschick, zu finden, daß sie selbst den Text der Rede abgab. Allmählich begann sie vor Kindern Furcht zu hegen, da sie von ihren Eltern eine unbestimmte Vorstellung von etwas Entsetzlichem an diesem einsamen Weibe einsogen, welches so stumm und nie mit andern Gefährten als einem einzigen Kinde durch die Stadt glitt. Sie ließen sie daher zuerst vorüber, und verfolgten sie dann aus der Ferne mit schrillem Geschrei und dem Nachrufen eines Wortes, welches für ihr eigenes Bewußtsein keine klare Bedeutung besaß, aber für Esther um so furchtbarer war, weil es von Lippen kam, die es nachschwatzten. Das alles schien eine so weite Verbreitung ihrer Schmach zu beweisen, daß die ganze Natur davon wußte. Es hätte ihr keinen tiefern Schmerz bereiten können, wenn das Laub an den Bäumen sich die düstere Geschichte zugeflüstert, wenn das Sommerlüftchen davon gemurmelt, wenn der Wintersturm sie laut ausgeschrien hätte. Eine andere eigentümliche Folter lag in dem Blicke eines neuen Auges. Schauten Fremde mit Neugier auf den Scharlachbuchstaben – und niemals verfehlte einer dies zu tun –, so brannten sie ihn frisch in Esthers Seele ein; so daß sie sich zuweilen kaum enthalten konnte, sich aber doch stets enthielt, das Symbol mit ihrer Hand zu bedecken. Dann aber hatte auch wieder ein kühles, vertrautes Auge seine eigene Pein aufzuerlegen. Sein kaltes bekanntes Gaffen war unerträglich. Ja, von Anfang bis zu Ende hatte Esther Prynne stets die entsetzliche Qual zu erleiden, daß sie ein menschliches Auge auf dem Zeichen fühlte. Die Stelle wurde nie unempfindlich, es schien sogar, als ob sie durch die tägliche Folter reizbarer werde.

Aber zuweilen in vielen Tagen oder vielleicht in vielen Monaten einmal fühlte sie ein Auge, ein menschliches Auge, auf dem schmählichen Brandmale, und es schien ihr eine vorübergehende Erleichterung zu gewähren, als ob die Hälfte ihrer Pein geteilt werde. Im nächsten Augenblicke strömte sie völlig wieder zurück und fügte ihr eine noch tiefere Qual zu, denn in diesem kurzen Zwischenraum hatte sie von neuem gesündigt. Hatte Esther allein gesündigt?

Ihre Einbildungskraft war einigermaßen von der eigentümlichen einsamen Folter ihres Lebens angegriffen und würde es noch mehr gewesen sein, hätte sie weichere moralische und intellektuelle Fasern besessen. Wenn sie mit ihren einsamen Schritten in der kleinen Welt, mit welcher sie äußerlich verbunden war, her und hin ging, kam es ihr zuweilen vor – war es auch ganz Phantasie, so besaß es doch zu viele Kraft, um Widerstand dagegen leisten zu können –, sie fühlte oder glaubte also zuweilen, daß der Scharlachbuchstabe ihr einen neuen Sinn verliehen habe. Es schauderte ihr bei dem Glauben, und doch konnte sie sich desselben nicht enthalten, daß er ihr eine sympathetische Kenntnis der verborgenen

Sünde in dem Herzen anderer verleihe. Sie wurde von Entsetzen über die ihr so zuteil werdenden Enthüllungen ergriffen. Was waren sie? Konnten sie etwas anderes sein als das hinterlistige Flüstern des bösen Engels, der das widerstrebende Weib, bis jetzt nur halb sein Opfer, zu gern überredet hätte, daß die äußere Hülle der Reinheit nur eine Lüge sei, und daß, müßte überall die Wahrheit gezeigt werden, mancher andere als Esther Prynne den Scharlachbuchstaben auf seiner Brust flammen sehen würde? Oder mußte sie diese ihr dunkeln und doch so lebhaften Andeutungen als Wahrheit nehmen? In ihrer ganzen unglückseligen Erfahrung gab es nichts Furchtbareres und Abscheu Erregenderes als dieses Gefühl. Es verwirrte und entsetzte sie durch das unehrerbietige Unpassende der Anlässe, das es zu lebhafter Tätigkeit brachte. Zuweilen ließ die rote Schmach auf ihrer Brust ein sympathetisches Pochen fühlen, wenn sie an einem ehrwürdigen Geistlichen oder einer Magistratsperson vorüberkam, zu der jene altertümliche Zeit voller Ehrerbietung als Muster der Frömmigkeit und Gerechtigkeit wie zu einem mit Engeln in Gemeinschaft stehenden Sterblichen emporblickte. ‚Welches schlimme Ding ist in der Nähe?' pflegte Esther zu sich zu sagen, und wenn sie ihre widerstrebenden Augen erhob, so war nichts Menschliches sichtbar als die Gestalt dieses irdischen Heiligen. Dann wieder machte sich eine mystische Schwesterschaft schmählich bemerkbar, wenn sie dem scheinheiligen Stirnrunzeln einer Matrone begegnete, die, wie alle Zungen behaupteten, ihr Leben lang kalten Schnee in ihrer Brust bewahrt hatte. Jener Schnee in der Matrone Busen, auf den nie ein Sonnenschein gefallen war, und die brennende Schmach auf der Brust Esther Prynnes – was hatten die beiden miteinander gemein? Oder ein anderes Mal verkündete ihr das elektrisierende Zucken: siehe da, Esther, hier ist eine Genossin! Und wenn sie aufblickte, entdeckte sie die Augen eines jungen Mädchens, welches scheu und verstohlen auf den Scharlachbuchstaben blickte und sich schnell wieder mit einem schwachen, kühlen Purpur auf den Wangen abwendete, als ob ihre Reinheit durch die rasche Betrachtung etwas besudelt worden sei. O Teufel, dessen Talisman dieses Symbol des Schreckens war, wolltest du dieser armen Sünderin weder an der Jugend nach am Alter etwas zu verehren übrig lassen? Ein solcher Verlust des Glaubens ist stets eine von den traurigsten Auswirkungen der Sünde. Man nehme als Beweis, daß an diesem armen Opfer seiner eigenen Schwäche und der harten Gesetze der Menschen doch nicht alles verderbt war, den Umstand an, daß Esther Prynne sich immer noch Mühe gab zu glauben, kein sterblicher Mitmensch sei so schuldig wie sie.

Das gemeine Volk, welches in jenen trüben, alten Zeiten dem, was seine Einbildungskraft interessierte, stets einen grotesken Schrecken beimaß, erzählte sich über den Scharlachbuchstaben eine Geschichte, welche wir leicht zu einer schaurigen Legende verarbeiten könnten. Es behauptete, daß das Symbol nicht bloßes, in einem irdischen Farbtopf gefärbtes Scharlachtuch sei, sondern von höllischem Feuer glühe und leuchtend zu sehen wäre, wenn Esther Prynne bei Nacht ihr Haus verlasse; und wir müssen schon sagen: es brannte in Esthers Busen so tief hinein, daß in dem Gerüchte vielleicht mehr Wahrheit lag, als unser moderner Unglaube zuzugeben geneigt ist.

VI
Perle

Wir haben bis jetzt kaum des Kindes erwähnt, des kleinen Geschöpfes, dessen unschuldiges Leben nach dem unerforschlichen Ratschluß der Vorsehung wie eine liebliche unsterbliche Blume aus der wuchernden Üppigkeit einer schuldig gewordenen Leidenschaft aufgeschossen war. Wie seltsam erschien es dem traurigen Weibe, wenn es das Wachstum und die Schönheit beobachtete, die täglich glanzvoller wurden, und den Verstand, welcher seinen blitzenden Sonnenschein auf die niedlichen Züge dieses Kindes warf! Ihre Perle! Denn so hatte sie Esther genannt, nicht um ihr Äußeres damit zu bezeichnen, welches nichts von dem ruhigen, weißen, leidenschaftslosen Schimmer besaß, welchen die Vergleichung andeuten könnte; aber sie nannte das Kind deshalb Perle, weil es von hohem Preise, mit allem, was sie hatte, erkauft, ihr einziger Mutterschatz war. Wie seltsam. Der Mensch hatte die Sünde dieses Weibes durch einen Scharlachbuchstaben bezeichnet, der eine so gewaltige unheilvolle Wirkung ausübte, daß sie keine menschliche Sympathie erreichen konnte, wenn sie nicht gleich ihr sündig war. Gott hatte ihr als unmittelbare Folge der Sünde, welche der Mensch auf diese Weise bestrafte, ein liebliches Kind gegeben, dessen Platz an eben diesem entehrten Busen war, und das seine Mutter für immer mit dem Geschlecht der Sterblichen verbinden und endlich ein seliger Geist im Himmel werden sollte. Diese Gedanken erfüllten Esther Prynne aber weniger mit Hoffnung als mit Besorgnis. Sie wußte, daß ihre Tat schlimm gewesen war, und konnte daher nicht glauben, daß deren Folgen gut sein würden. Tag um Tag blickte sie voll Furcht auf die sich entfaltende Natur des Kindes und fürchtete stets irgendeine düstere, wilde Eigentümlichkeit zu entdecken, die der Schuld, welcher sie ihr Dasein verdankte, entsprechen würde.

Ein körperlicher Mangel war sicherlich nicht vorhanden. Nach seiner vollkommenen Gestalt, seiner Kraft und natürlichen Geschicklichkeit in der Anwendung aller seiner noch unerprobten Glieder, war das Kind würdig, im Garten Eden gezeugt worden zu sein; würdig auch, dort als Spielzeug der Engel belassen zu werden, nachdem der Welt erste Eltern vertrieben worden waren. Das Kind besaß eine angeborene Anmut, welche nicht stets mit fehlerloser Schönheit vereinigt ist. Seine Kleidung, wie einfach sie auch sein mochte, gab dem Beschauer stets den Eindruck, als sei sie genau das

Gewand, welches ihm am besten anstehe. Perlchen war aber nicht in ländliche Kleidung gesteckt worden. Ihre Mutter hatte mit einer krankhaften Absicht, die später besser verständlich werden wird, die reichsten Stoffe, welche zu erlangen waren, gekauft und ihrer Phantasie in der Anordnung und Verzierung der Kleider, welche das Kind vor den Augen der Menschen trug, freies Spiel gelassen. So prächtig war die kleine Gestalt, wenn sie so geziert war, und so strahlend Perlchens eigene Schönheit, die über die reichen Gewänder, welche seine bleichere Lieblichkeit verwischt haben würden, hervorschimmerte, daß geradezu ein strahlender Lichtkranz auf dem dunklen Hüttenboden um sie schwebte. Und doch gewährte ein von den muntern Spielen des Kindes zerrissenes und beschmutztes braunes Kleidchen ein ebenso vollkommenes Bild von ihr. Perlchens Äußeres war von einem Zauber unendlicher Verschiedenheit erfüllt, in diesem einen Kinde waren viele Kinder vereinigt, und es umfaßte den vollen Spielraum zwischen der Waldblumenfrische eines Bauernkindes und dem Pomp en miniature einer jungen Prinzessin. Bei allen diesen Eigentümlichkeiten war jedoch eine Leidenschaftlichkeit, eine gewisse Tiefe der Färbung vorhanden, welche es nie verlor, und wenn es bei irgendeiner seiner Veränderungen schwächer oder bleicher geworden wäre, so hätte es aufgehört, es selbst zu sein, – es wäre nicht mehr Perle gewesen.

Diese äußere Veränderlichkeit zeigte die verschiedenen Eigenschaften ihres inneren Lebens an und drückte sie nur eben aus. Ihre Natur schien aber nicht nur Verschiedenartigkeit, sondern auch Tiefe zu besitzen, jedoch mangelte es ihr, wenn Esther nicht von ihren Befürchtungen getäuscht wurde, an Beziehung auf und Fügung in die Welt, in die sie geboren war. Das Kind ließ sich keiner Regel unterwerfen. Durch seinen Eintritt in das Leben war ein wichtiges Gesetz gebrochen worden, und das Ergebnis war ein Wesen, dessen Elemente wohl schön und schimmernd waren, aber sich alle in

Unordnung oder in einer ihnen eigentümlichen Ordnung befanden, in welcher der Punkt, von wo die Verschiedenheit und Anordnung ausging, sich schwer oder unmöglich entdecken ließ. Esther konnte den Charakter des Kindes nur dadurch, und selbst so höchst unbestimmt und unvollkommen erklären, daß sie sich an das erinnerte, was sie selbst während jener wichtigen Periode gewesen, in welcher Perle ihre Seele von der geistigen Welt und ihre körperliche Gestalt von ihrem Erdenmaterial eingesogen hatte. Der leidenschaftliche Zustand der Mutter war das Mittel gewesen, durch welches dem noch ungeborenen Kinde die Strahlen seines moralischen Lebens überliefert wurden, und wie weiß und klar sie ursprünglich auch gewesen sein mochten, so hatten sie doch die tiefe, purpurne und goldene Färbung, den feurigen Schimmer, den schwarzen Schatten und das ungemilderte Licht der vermittelnden Substanz angenommen. Vor allem war in Perle der Kampf fortgepflanzt worden, welcher zu jener Zeit in Esthers Geiste stattfand. Sie konnte ihre wilde, verzweifelte, trotzige Stimmung, die Flatterhaftigkeit ihrer Launen und selbst einige von den Wolkengestalten der Düsterheit und Entmutigung wiedererkennen, welche in ihrem Herzen gebrütet hatten. Sie wurden jetzt durch den Morgenstrahl eines kindlichen Charakters erleuchtet, konnten aber beim weiteren Vorrücken des Tages der irdischen Existenz an Stürmen und Wirbelwinden fruchtbar werden.

Die Familiendisziplin war in jener Zeit weit härter als jetzt. Der strenge Blick, der scharfe Tadel, die von der Heiligen Schrift gebotene häufige Anwendung der Rute, wurden nicht nur als Strafen für wirkliche Vergehen, sondern auch als heilsame Zuchtmittel für das Wachstum und die Beförderung aller kindlichen Tugenden betrachtet. Esther Prynne, die alleinstehende Mutter dieses einen Kindes, lief jedoch nur geringe Gefahr, auf der Seite unziemlicher Strenge zu irren; da sie sich indes fortwährend ihrer eigenen Irrtümer und Unfälle erinnerte, bemühte sie sich früh schon, der unsterblichen Seele des ihrer Obhut anvertrauten Kindes eine liebevolle, aber strenge Erziehung zu geben. Die Aufgabe überforderte sie jedoch. Nachdem sie sowohl Güte wie Strenge versucht, aber gefunden hatte, daß keine von beiden Behandlungsweisen einen irgend berechenbaren Einfluß ausübte, sah sich Esther endlich gezwungen, beiseite zu treten und es dem Kinde zu überlassen, wohin es seine eigenen Impulse führen würden. Körperlicher Zwang oder Antrieb war natürlich wirksam, solange er dauerte, was aber jede andere Art der Disziplinierung betraf, mochte sie sich nun an ihren Geist oder ihr Herz wenden, so befand sich die kleine Perle je nach Laune, welche den Augenblick beherrschte, bald in deren Bereich, bald auch nicht. Ihre Mutter lernte, als Perle noch ein Kind war, einen gewissen eigentümlichen Blick kennen, welcher ihr verkündete, wenn es vergebliche Mühe sein würde, zu beharren, zu überreden oder zu bitten; es war ein so intelligenter und doch unerklärlicher, so eigenwilliger, zuweilen so boshafter, gewöhnlich aber von einer so wilden, übermütigen Laune begleiteter Blick, daß Esther sich in solchen Momenten fragen mußte, ob Perle ein Menschenkind sei. Sie schien eher ein Luftgeist zu sein, der, nachdem er eine kurze Zeitlang seine phantastischen Spiele auf dem Boden der Hütte getrieben, mit einem spöttischen Lächeln wieder verschwinden würde. Wenn je sich dieser Blick in ihren unsteten, strahlenden, tiefschwarzen Augen zeigte, so bekleidete er sie mit einer seltsamen Abwesenheit und Unfaßbarkeit; es war, als ob sie in der Luft schwebte und plötzlich wieder unsichtbar werden könne, wie ein schimmerndes Licht, welches kommt und geht, wir wissen nicht woher noch wohin. Wenn ihn Esther wahrnahm, so mußte sie auf das Kind zustürzen, den kleinen Elfen auf der Flucht, die er stets begann, verfolgen und ihn mit innigem Druck und eifrigen Küssen an ihren Busen pressen, nicht sowohl aus überströmender Liebe, wie um sich zu überzeugen, daß Perle ein Wesen von Fleisch und Blut und nicht geradezu ein Blendwerk sei. Wenn Perle aber gefangen wurde, so machte ihr Lachen, wiewohl es voller Heiterkeit und Wohllaut war, die Mutter doch noch zweifelhafter als vorher.

Im tiefsten Herzen über diesen neckenden und verwirrenden Zauber verwundet, welcher sich so oft zwischen sie und ihren einzigen Schatz stellte, den sie so teuer erkauft hatte und der ihre ganze Welt war, brach Esther zuweilen in unaufhaltsames Weinen aus. Dann runzelte vielleicht – denn man konnte nicht voraussehen, wie es sie berühren würde, – Perle die Stirn und ballte ihre kleine Faust und verhärtete ihre niedlichen Züge zu einer finsteren gefühllosen Miene voller Unzufriedenheit. Nicht selten traf es sich, daß sie von neuem und lauter als vorher lachte, wie ein Ding, das des menschlichen Kummers unfähig und dem er unverständlich wäre, oder – aber dies kam seltener vor – sie wurde von einem Schmerzparoxismus durchkrampft und schluchzte ihre Liebe zu ihrer Mutter in gebrochenen Worten aus und schien beweisen zu wollen, daß sie ein Herz habe, indem sie es brechen ließ. Esther konnte sich jedoch kaum mit Zuversicht dieser stürmischen Zärtlichkeit hingeben, denn sie verging ebenso plötzlich wieder, wie sie gekommen war. Die Mutter brütete über allen diesen Dingen und hatte ein Gefühl, als ob sie einen Geist heraufbeschworen, aber infolge irgendeiner Unregelmäßigkeit bei der Beschwörung nicht vermocht habe, das Meisterwort zu erlangen, welches dieses neue, uns unverständliche Wesen beherrschte. Ihr einziger wirklicher Trost war der, das Kind im ruhigen, sanften Schlafe liegen zu sehen. Dann war sie seiner sicher und genoß Stunden stillen, trüben, köstlichen Glückes, bis die kleine Perle erwachte und vielleicht eben jener verkehrte Ausdruck unter ihren neugeöffneten Lidern hervorschimmerte.

Wie bald – mit welcher seltsamen Schnelligkeit – gelangte Perle zu dem Alter, welches eines weiteren geselligen Verkehrs als desjenigen mit dem stets bereiten Lächeln und den kindischen Schmeichelworten der Mutter fähig war! Und welches Glück würde es dann für Esther Prynne gewesen sein, wenn sie gehört hätte, wie ihre klaren, vogelähnlichen Töne sich mit dem Lärm anderer Kinderstimmen vermischten, und sie imstande gewesen wäre, Laute ihres Lieblings unter dem verwirrten Geschrei einer Gruppe von spielenden Kindern zu unterscheiden und herauszufinden. Aber dies konnte niemals sein. Perle war schon von Geburt an von der Kinderwelt ausgeschlossen. Als ein böser Kobold, ein Sinnbild und eine Frucht der Sünde, hatte sie kein Recht, sich unter Christenkinder zu mischen. Es konnte nichts Merkwürdigeres geben, als den Instinkt, denn dies schien es zu sein, womit das Kind seine Einsamkeit, das Schicksal, welches einen undurchdringlichen Kreis um es gezogen hatte, kurz, die ganze Eigentümlichkeit seiner Lage in bezug auf andere Kinder begriff. Seit ihrer Entlassung aus dem Gefängnisse war Esther nie ohne Perle in der Öffentlichkeit erschienen. Bei allen Spaziergängen um die Stadt hatte sie auch ihr Kind bei sich, anfangs als Säugling auf dem Arme und später als kleines Mädchen, als Begleiterin ihrer Mutter, die mit ihrer ganzen Hand einen Zeigefinger umfaßt hielt und auf einen Schritt Esthers drei bis vier nebenhertrippelte. Sie sah die Kinder der Niederlassung auf dem berasten Rande der Straße oder auf den Schwellen der Familienhäuser auf die ernste Weise spielen, wie es die puritanische Erziehung gestattete, etwa In-die-Kirche-gehen oder Quäker peitschen oder in einem Scheingefecht mit Indianern Skalpe nehmen oder einander mit eingebildeten Hexereien in Furcht jagen. Perle sah sie und blickte sie aufmerksam an, bemühte sich aber nie, Bekanntschaft zu machen. Wenn sie angeredet wurde, so antwortete sie nicht. Wenn sich die Kinder um sie versammelten, wie es zuweilen geschah, so wurde Perle in ihrem Kinderzorn wahrhaft entsetzlich, hob Steine auf, um sie nach ihnen zu schleudern und stieß schrille, unzusammenhängende Schreie aus, bei welchen ihre Mutter erbebte, weil sie soviel von dem Klange der Verwünschungen einer Hexe in irgendeiner unbekannten Zunge an sich hatten.

Das Wahre an der Sache war, daß die kleinen Puritaner,

die zu dem unduldsamsten Geschlechte, welches je gelebt, gehörten, eine unbestimmte Idee von etwas Ausländischem, Unmenschlichem oder mit dem gewöhnlichen Leben in Widerspruch Stehendem über Mutter und Kind gefaßt hatten und sie daher in ihrem Herzen verachteten und nicht selten mit ihren Zungen schmähten. Perle fühlte diese Einschätzung und vergalt sie mit dem bittersten Hasse, welcher an einem Kinderherzen fressen kann. Diese Ausbrüche eines zornigen Charakters besaßen eine Art von Wert und selbst Trost für die Mutter, da in dieser Stimmung wenigstens ein verständlicher Sinn statt der unbeständigen Laune lag, welche sie bei den Äußerungen des Kindes so oft in Verwirrung gesetzt hatte. Dessen ungeachtet aber schauderte ihr, als sie auch hier wieder eine schattengleiche Abspiegelung des Bösen entdecken mußte, welches in ihr selbst existiert hatte. Alle diese Feindseligkeit und Leidenschaftlichkeit hatte Perle nach unveräußerlichem Rechte aus Esthers Herzen geerbt. Mutter und Tochter standen in dem gleichen Kreise der Abgeschlossenheit von der menschlichen Gesellschaft beisammen, und in der Natur des Kindes schienen sich die unruhigen Elemente fortzupflanzen, welche Esther Prynne von Perlens Geburt durchwühlt, seitdem aber begonnen hatten, von den erweichenden Einflüssen der Mutterschaft beschwichtigt zu werden.

Daheim in der Hütte ihrer Mutter und um dieselbe fehlte es Perlchen nicht an einem weiten, verschiedenartigen Bekanntenkreise. Der Zauber des Lebens ging von ihrem stets schöpferischen Geiste aus und teilte sich tausenderlei Gegenständen mit, wie eine Fackel eine Flamme entzündet, wo sie auch angelegt werden mag. Die scheinbar untauglichsten Stoffe, ein Stock, ein Lumpenbündel, eine Blume waren die Puppen der Zauberei Perlens und paßten sich, ohne eine äußere Veränderung zu erfahren, geistig jedem Drama an, welches die Bühne ihrer inneren Welt einnahm. Ihre eine Kinderstimme diente einer Menge von eingebildeten Personen, so alten wie jungen, zum Sprechen. Die alten schwarzen, ernsthaften Fichten, welche ihr Stöhnen und andere traurige Töne von dem Winde forttragen ließen, bedurften nur einer geringen Umwandlung, um als puritanische Kirchenälteste zu figurieren, die häßlichsten Unkräuter im Garten waren deren Kinder, die Perle auf das unbarmherzigste niederschlug und ausriß. Es war wunderbar, in welche Vielzahl von Formen sie ihren Verstand fügte, allerdings ohne Zusammenhang, aber sie schossen auf und tanzten in einem Zustande übernatürlicher Beweglichkeit, sanken bald wieder zusammen, wie von einer schnell strömenden, fieberischen Lebensglut erschöpft, und hatten andere Gestalten von gleicher, wilder Energie zu Nachfolgern. Es glich nichts so sehr wie dem phantasmagorischen Spiele des Nordlichtes. In der bloßen Übung der Phantasie und der spielenden Beweglichkeit ihres wachsenden Geistes mochte jedoch wohl wenig mehr sein, als bei anderen Kindern von glänzenden Fähigkeiten zu bemerken ist, außer insofern Perle bei dem Mangel an menschlichen Spielgenossen mehr auf die visionären Wesen, welche sie erschuf, angewiesen war. Die Sonderbarkeit lag in den feindlichen Gefühlen, mit welchem das Kind alle diese Sprößlinge ihres eigenen Herzens und Geistes betrachtete. Sie erschuf nie einen Freund, sondern schien stets die Drachenzähne auszusäen, aus denen eine Ernte von bewaffneten Feinden hervorkeimte, gegen die sie in den Kampf stürmte. Es war unaussprechlich traurig! Welche Tiefe von Kummer mußte es für eine Mutter sein, die in ihrem eigenen Herzen den Grund davon fühlte, an einem so jungen Wesen dieses beständige Erkennen einer feindlichen Welt und eine so gewaltsame Einübung der Kräfte zu erkennen, welche in dem Kampfe, der erfolgen mußte, ihre Sache vertreten sollten!

Wenn Esther Prynne auf Perle blickte, so ließ sie oft ihre Arbeit sinken und rief mit einer Pein, die sie gern verborgen hätte, die sich aber in Tönen, die zwischen der Rede und einem Stöhnen lagen, Luft machte: „Vater im Himmel! Wenn du noch mein Vater bist – was ist dieses Wesen, das ich auf die Welt gebracht habe?“ Und Perle, die den Ausruf hörte oder durch irgendeinen feinen Kanal diese Kundgebungen der Pein bemerkte, wendete dann ihr lebhaftes schönes Gesichtchen ihrer Mutter zu, lächelte mit koboldartigem Verständnis und fuhr in ihren Spielen fort.

Eine Eigentümlichkeit in dem Benehmen des Kindes muß noch mitgeteilt werden. Das erste, was sie in ihrem Leben bemerkt hatte, war – was wohl? – nicht das Lächeln der Mutter, dem sie, wie andere Kinder mit jenem schwachen Lächeln des kleinen Mundes geantwortet hätte, dessen man sich später so zweifelhaft und mit so zärtlicher Überlegung, ob es wirklich ein Lächeln gewesen sei, erinnert – nein, keineswegs. Der erste Gegenstand, welchen Perle zu bemerken schien, war – müssen wir es sagen? – der Scharlachbuchstabe auf Esthers Brust! Eines Tages, als sich die Mutter über die Wiege beugte, waren die Augen des Kindes von dem Schimmer der Goldstickerei um den Buchstaben angezogen worden, und es hatte seine kleine Hand erhoben, und lächelnd, nicht zweifelhaft, sondern mit einem entschiedenen Freudenstrahle, welcher seinem Gesicht das Aussehen eines weit älteren Kindes verlieh, darnach gegriffen. Da hatte Esther Prynne, nach Atem ringend, das schicksalhafte Zeichen erfaßt und instinktgemäß versucht, es hinwegzureißen, so unermeßlich war die Qual, welche die verständige Berührung der Säuglingshand Perlens ihr zugefügt hatte. Und wieder blickte Perle in ihre Augen, als ob die schmerzvolle Gebärde ihrer Mutter nur in der Absicht hervorgebracht worden sei, ihr ein Spiel zu bereiten – und lächelte.

Von dieser Zeit an hatte Esther, außer wenn das Kind schlief, keinen Augenblick der Sicherheit, keinen Augenblick des ruhigen Genusses gefunden. Allerdings vergingen zuweilen Wochen, während welcher Perlens Blick sich nie auf den Scharlachbuchstaben zu heften schien, dann aber kam er unerwartet wie der Streich plötzlichen Todes und stets mit dem eigentümlichen Lächeln und dem sonderbaren Ausdrucke der Augen.

Einmal trat dieser neckische Koboldausdruck in die Augen

des Kindes, während Esther in ihm ihr eigenes Bild anblickte, wie es die Mütter gern tun, und plötzlich – denn einsam lebende Frauen mit geplagtem Herzen werden von unerklärlichen Täuschungen verfolgt – kam es ihr vor, als ob sie nicht ihr eigenes Miniatur-Porträt, sondern ein anderes Gesicht in dem kleinen schwarzen Spiegel in Perlens Auge erblickte. Es war ein dämonisches Gesicht voll lächelnder Bosheit und doch ähnelte es Zügen, welche sie gut gekannt hatte, wenn auch selten mit einem Lächeln und nie mit einem boshaften Ausdruck. Es war, als ob das Kind von einem bösen Geiste besessen sei, der soeben spöttisch herausgeschaut habe. Noch oftmals später war Esther, wenn auch weniger lebhaft, von dem gleichen Gaukelspiel gequält worden.

Am Nachmittage eines Sommertages, als Perle schon groß genug geworden war, um umherzulaufen, unterhielt sie sich damit, daß sie Hände voll wilder Blumen pflückte, sie einzeln nach der Brust ihrer Mutter warf und auf und ab tanzte, wie ein kleiner Kobold, wenn sie den Scharlachbuchstaben traf. Esthers erster Antrieb war es gewesen, ihre Brust mit ihren gefalteten Händen zu bedecken; aber, sei es nun aus Stolz oder aus Resignation, oder dem Gefühle, daß ihre Buße am besten durch diese unaussprechliche Pein befördert werden könne, – sie widerstand der Regung und blieb aufrecht und totenbleich sitzen und bilckte traurig in die milden Augen der kleinen Perle. Die Beschießung mit Blumen dauerte fort, traf fast ohne Ausnahme ihr Ziel und bedeckte die Brust der Mutter mit Wunden, für welche sie auf dieser Welt keinen Balsam finden konnte und nicht wußte, wie sie ihn in einer andern suchen sollte. Endlich waren alle Geschosse verbraucht, und das Kind blieb stehen und blickte Esther an, während das kleine, lachende Dämonenbild aus dem unerforschlichen Abgrund ihrer schwarzen Augen hervorschaute, oder, wenn dies auch nicht der Fall war, es doch ihrer Mutter so vorkam.

„Kind, wer bist du?" rief die Mutter.

„Oh, ich bin deine kleine Perle!" antwortete das Kind.

Während sie es aber sagte, lachte Perle und begann mit den munteren Gestikulationen eines kleinen Teufelchens, dessen nächster Streich es vielleicht sein könnte, den Schornstein hinaufzufliegen, auf und ab zu tanzen.

„Und bist du denn wirklich mein Kind?“ fragte Esther.

Sie stellte die Frage nicht vollkommen müßigerweise, sondern für den Augenblick mit einem Anteil echten Ernstes, denn Perlens wunderbarer Verstand war so groß, daß ihre Mutter halb und halb im Zweifel war, ob sie nicht vielleicht den geheimen Zauberspruch ihrer Existenz kenne und sich jetzt offenbaren werde.

„Ja, ich bin die kleine Perle!“ wiederholte das Kind, indem es seine Sprünge fortsetzte.

„Du bist nicht mein Kind! Du bist nicht meine Perle“, sagte die Mutter halb scherzhaft, denn es traf sich oft, daß mitten in ihrem tiefsten Leiden sich bei ihr ein neckischer Antrieb einstellte. „So sage mir, wer du bist und wer dich geschickt hat.“

„Sage du es mir, Mutter“, sprach das Kind ernsthaft, indem es zu Esther herankam und sich dicht an ihre Knie schmiegte. „Sage du es mir.“

„Dein himmlischer Vater hat dich geschickt“, antwortete Esther Prynne.

Sie sagte dies aber mit einem Zaudern, welches dem Scharfsinn des Mädchens nicht entging. Mochte sie nun bloß von ihrer gewöhnlichen Schelmerei angetrieben werden oder ein böser Geist ihr es eingeflüstert haben, sie erhob ihren kleinen Zeigefinger und rührte den Scharlachbuchstaben an.

„Er hat mich nicht geschickt!“ rief sie bestimmt, „ich habe keinen himmlischen Vater!“

„Still, Perle, still, du darfst nicht so sprechen“, antwortete die Mutter, indem sie ein Stöhnen unterdrückte, „er hat uns alle auf die Welt geschickt; er hat selbst mich, deine Mutter, gesendet; um wieviel mehr also dich! Oder wenn es nicht so ist, du seltsames Elfenkind, woher bist du denn gekommen?“

„Sag es mir! Sag es mir!“ wiederholte Perle, nicht mehr ernsthaft, sondern lachend und im Zimmer umherspringend. „Du bist es, die es mir sagen muß.“

Esther konnte aber die Frage nicht beantworten, da sie sich selbst in einem zwielichtigen Labyrinth des Zweifels befand. Sie erinnerte sich – halb mit Lächeln, halb mit einem Schauder der Reden der benachbarten Städter, die, da sie vergebens anderwärts nach dem Vater des Kindes suchten, nachdem sie einige von seinen sonderbaren Eigenschaften wahrgenommen, behauptet hatten, daß die arme kleine Perle ein Dämonensprößling wäre, wie sie seit den alten katholischen Zeiten durch Vermittlung der Sünde ihrer Mutter und zur Beförderung irgendeines bösen, gottlosen Zweckes zuweilen auf Erden gesehen worden seien. Luther gehörte, den Schmähungen seiner Mönchsfeinde zufolge, zu dieser Höllenbrut, und auch Perle war nicht das einzige Kind, welchem unter den Puritanern von Neu-England dieser häßliche Ursprung zugeschrieben wurde.

VII

Das Haus des Gouverneurs

Esther Prynne ging eines Tages mit einem Paar Handschuhe, die sie auf Bestellung mit Fransen besetzt und gestickt hatte und die bei einer großen Staatsaktion getragen werden sollten, nach dem Haus des Gouverneurs Bellingham, denn wiewohl die Wechselfälle der Volkswahl den früheren Regenten um ein bis zwei Stufen vom höchsten Range herabgerückt hatten, so nahm er doch immer noch eine ehrenvolle, einflußreiche Stellung in der Magistratur der Kolonie ein.

Esther wurde aber zu dieser Zeit noch durch einen andern weit wichtigeren Grund als die Ablieferung eines Paares Handschuhe angetrieben, eine Unterredung mit einer Person von so großer Gewalt und so tätiger Wirksamkeit in den Geschäften der Kolonie zu suchen. Es war ihr zu Ohren gekommen, daß einige von den höherstehenden Bewohnern der Stadt, die sich zu strengeren Grundsätzen der Religion und Regierung bekannten, die Absicht hätten, sie ihres Kindes zu berauben. In der schon angedeuteten Idee, daß Perle dämonischen Ursprungs sei, waren diese guten Leute nicht ganz unvernünftigerweise zu dem Schlusse gekommen, daß die christliche Teilnahme an der Seele der Mutter erfordere, dieser ein solches Hindernis der Seligkeit von ihrem Lebenspfade zu entfernen. Wenn das Kind anderseits wirklich einer moralischen und religiösen Ausbildung fähig sei und die Elemente besitze, welche es in den Stand setzen konnten, dereinst zur Seligkeit zu gelangen, so würde es, wie sie glaubten, bessere Aussicht haben, in Besitz dieser Vorteile zu kommen, wenn man es einer reicheren und besseren Person, als Esther Prynne, zur Erziehung übergebe. Unter denjenigen, welche mit diesem Plane umgingen, war Gouverneur Bellingham, dem Gerüchte nach, einer von den Tätigsten. Es mag unsern Lesern wohl sonderbar, um nicht zu sagen ein bißchen komisch, vorkommen, daß eine Angelegenheit, welche in späteren Zeiten keiner höheren Jurisdiktion übertragen sein würde, als der des Stadtrates, damals ein Gegenstand öffentlicher Diskussion war, in bezug auf welchen hochstehende Staatsmänner für und wider Partei nahmen. Zu jener einfachen Zeit wurden jedoch Dinge von weit geringerem öffentlichen Interesse und weit weniger innerer Wichtigkeit als die Wohlfahrt Esther Prynnes und ihres Kindes als Gegenstände der Beratungen gesetzgebender Körperschaften und der Staatsakte behandelt. Die Periode, wo ein Streit über das Eigentumsrecht an einem Schweine nicht nur einen bitteren, heftigen Streit unter der gesetzgebenden Körperschaft des Staates, sondern auch eine wichtige Modifikation der Verfassung selbst zur Folge gehabt hatte, war zur Zeit unserer Geschichte kaum erst vorüber.

Voller Bekümmernis, aber sich ihres Rechtes so bewußt, daß der Streit zwischen der Öffentlichkeit einerseits und einem schutzlosen Frauenzimmer, welches sich nur auf die Sympathien der Natur berufen konnte, auf der andern Seite ihr kaum ein ungleicher Kampf zu sein schien, verließ Esther Prynne ihr einsames Haus. Natürlich ließ sie sich von Perlchen begleiten. Diese war jetzt alt genug, um leicht neben ihrer Mutter her zu laufen, und hätte, da sie vom Morgen bis Sonnenuntergang in Bewegung war, ohne Mühe auch einen weiteren Weg, als den jetzt vor ihr liegenden, machen können. Dessenungeachtet verlangte sie oft, wenn auch mehr aus Laune als aus Notwendigkeit, auf die Arme genommen zu werden, worauf sie aber bald ebenso heftig forderte, daß sie Esther wieder zur Erde setzen möge und dann unter harmlosen Sprüngen und Scherzen auf dem Graswege vor dieser hin eilte. Wir haben von Perlens üppiger, luxuriöser Schönheit gesprochen; eine Schönheit voll tiefer, lebhafter Farben, einem von der Röte der Gesundheit geschmückten Gesichte, Augen voller Tiefe und Glanz und schon schimmernd braun gefärbtem Haar, welches in späteren Jahren fast schwarz zu werden verhieß. Sie war von Feuer erfüllt und hatte ganz das Wesen des Sprößlings eines unbedachten, leidenschaftlichen Augenblickes an sich. Ihre Mutter hatte bei der Anfertigung der Kleider des Kindes ihrer üppigen Phantasie freien Spielraum gelassen und es in ein Purpursamtkleid von eigentümlichem Schnitt mit Goldstickerei von krausen Kringeln gehüllt. Eine so reiche, warme Färbung, die Wangen von zarterer Blüte hätte bleich erscheinen lassen müssen, war aber für Perles Schönheit aufs trefflichste geeignet und machte sie zu dem glänzendsten kleinen Flämmchen, welches je auf Erden getanzt hatte.

Es war jedoch eine merkwürdige Eigenschaft dieser Kleidung und überhaupt des ganzen Äußeren des Kindes, daß es den Beschauer unwiderstehlich und unvermeidlich an das Zeichen erinnerte, welches Esther auf ihrem Busen zu tragen verdammt war. Es war der Scharlachbuchstabe in einer andern Form – der Scharlachbuchstabe, welcher mit Leben begabt worden war. Die Mutter selbst hatte, als ob die rote Schmach sich so tief und unverlöschlich in ihr Gehirn gebrannt habe, daß alle ihre Vorstellungen die Form derselben annehmen mußten, sorgfältig die Ähnlichkeit herausgearbeitet und viele Stunden krankhafter Übung ihres Scharfsinns darauf verwendet, eine Analogie zwischen dem Gegenstande ihrer Liebe und dem Zeichen ihrer Sünde und Qual zu erschaffen. In der Tat war Perle das eine sowohl wie das andere, und Esther hatte nur infolge dieser Identität den Scharlachbuchstaben in ihrem Äußeren so vollkommen darzustellen vermocht.

Als die beiden Wanderinnen in den Bereich der Stadt kamen, schauten die Kinder der Puritaner von ihren Spielen oder dem, was bei diesen düsteren kleinen Gesellen für Spiele galt, in die Höhe und sprachen gravitätisch zueinander:

„Siehe wahrlich, dort kommt das Weib mit dem Scharlachbuchstaben, und das Bild des Scharlachbuchstabens läuft neben ihr hin. Kommt herbei und laßt uns die beiden mit Dreck bewerfen."

Perle, die ein unerschrockenes Kind war, stürmte aber, nachdem sie die Stirn gerunzelt, mit dem Fuße gestampft und mit ihrer kleinen Hand eine Menge drohender Gebärden gegen ihre Feinde gemacht hatte, auf dieselben ein und trieb sie alle in die Flucht. Sie glich in ihrer wütenden Verfolgung einer Kinderpestilenz, dem Scharlachfieber, oder sonst einem halbflüggen Engel des Gerichts, dessen Sendung es war, die Sünden des aufwachsenden Geschlechts zu bestrafen. Sie kreischte und schrie in furchtbar lauten Tönen, bei denen die Herzen der Flüchtlinge ohne Zweifel erbebten. Sobald sie den Sieg errungen hatte, kam Perle wieder zu ihrer Mutter zurück und blickte ihr lächelnd ins Gesicht.

Sie gelangten ohne weitere Abenteuer in das Gebäude des Gouverneurs. Es war ein großes, hölzernes Haus, in der Bauart, von welcher mitunter noch Proben in den Straßen unserer älteren amerikanischen Städte vorhanden sind, die aber jetzt mit Moos überwachsen, verfallen und über die vielen freudigen und traurigen Ereignisse, welche sich in ihren düsteren Räumen zugetragen haben und teilweise noch innerlich, zum größten Teil aber vergessen sind, von Herzen wehmütig dastehen. Damals war ihr Äußeres aber noch frisch; erst vor kurzem erbaut, schimmerte aus ihren sonnigen Fenstern die Heiterkeit, welche Menschenwohnungen, in die der Tod noch nicht getreten ist, zu besitzen pflegen. In der Tat sah auch das Gebäude freundlich genug aus, da die Wände mit einer Art von Stukkaturarbeit bekleidet waren, in welche man Spiegelscheiben gemischt hatte und die, fiel die Sonne schräg darauf, dem Ganzen ein Aussehen verliehen, als ob man mit beiden Händen Diamanten dagegen geworfen habe. Dieser Glanz wäre eher in Aladins Palaste als in der Wohnung eines ernsthaften alten puritanischen Gesetzgebers am Platze gewesen. Das Haus war mit sonderbaren, dem Anscheine nach kabbalistischen Zeichen und Drudenfüßen, wie sie der ausgefallene Geschmack jener Zeit liebte, verziert und dadurch angebracht, daß man sie beim Bewerfen des Gebäudes in den Gips gezeichnet hatte, worauf sie zur Bewunderung späterer Generationen hart und dauerhaft geworden waren.

Als Perle dieses blanke Wunderwerk von einem Hause wahrnahm, begann sie zu tanzen und zu hüpfen und forderte gebieterisch, daß man ihm die ganze Breite des Sonnenscheins von der Vorderseite abstreifen und ihr zum Spielen geben solle.

„Nein, kleine Perle", sagte ihre Mutter, „du mußt dir selbst deinen Sonnenschein sammeln. Ich kann dir keinen geben".

Sie näherte sich dem Tore, das gewölbt war und auf beiden Seiten etwas hervorragende schmale Türme hatte, in denen sich Fenster mit hölzernen verschließbaren Läden befanden. Esther Prynne hob den an der Pforte hängenden eisernen Hammer und klopfte, worauf einer von den Bediensteten des Gouverneurs erschien, der, einst ein freigeborener Engländer, jetzt aber auf sieben Jahre zum Sklaven geworden war, während welcher Zeit er seinem Herrn geradeso gehörte und ebensogut verkauft werden konnte wie ein Ochs oder Klappstuhl. Der Bedienstete trug einen blauen Rock, die gewöhnliche Tracht der Dienstleute jener Zeit und lange davor in den altvererbten Landsitzen.

„Ist der ehrenwerte Gouverneur Bellingham daheim?" fragte Esther.

„Allerdings", antwortete der Bedienstete, der mit weit offenem Auge auf den Scharlachbuchstaben blickte, den er, vor kurzem erst angekommen, noch nie gesehen hatte. „Ja, Seine Ehren sind daheim. Es befinden sich bei ihm aber ein oder zwei fromme Geistliche und ein Arzt. Ihr könnt jetzt den Herrn nicht sehen."

„Es tut nichts, ich will dennoch eintreten", anwortete Esther Prynne, und der Bedienstete, welcher vielleicht dem schimmernden Symbole auf ihrer Brust und ihrem entschiedenen Wesen nach glaubte, daß sie eine große Dame des Landes sei, leistete keinen Widerstand.

Die Mutter und Perlchen befanden sich also jetzt in der Eingangshalle. Gouverneur Bellingham hatte, wenn auch mit vielen Abänderungen, welche die Art des Baumaterials, die Verschiedenheit des Klimas und der Lebensweise geboten, seine neue Wohnung nach dem Muster der Gebäude wohlhabender Herren in seinem Vaterlande eingerichtet. Hier gab es zuerst eine geräumige und leidlich hohe Halle, die sich durch die ganze Tiefe des Hauses erstreckte und eine mehr oder weniger direkte Verbindung mit allen Gemächern gewährte. An dem einen Ende war diese Halle von den Fenstern der beiden Türme erleuchtet, die an den Seiten des Einganges Nischen bildeten. An der andern Seite fiel das Licht, wenn auch von einem Vorhang gedämpft, durch eins von den erkerartigen Fenstern herein, von welchen wir in alten Büchern lesen. Es war mit einem Kissensitze versehen, auf welchem ein Folioband lag, wahrscheinlich eine Chronik von England oder etwas Gleichgewichtiges, wie wir in unserer Zeit auf den Mitteltisch Goldschnittbücher legen, damit sich der etwa einsprechende Gast daran unterhalten möge. Der Hausrat der Halle bestand aus einigen massiven Stühlen, deren Rücklehne reich mit Girlanden von in das Eichenholz geschnitzten Blumen verziert war, und einem Tische in demselben Geschmacke, sämtliche Gegenstände aus der Zeit der Königin Elisabeth oder wohl auch einer früheren, die der Gouverneur als Erbstücke aus seinem väterlichen Hause mit hierher gebracht hatte. Auf dem Tische stand zum Zeichen, daß das Gefühl der altenglischen Gastlichkeit nicht in England dahinten geblieben sei, ein großer zinnerner Krug, auf dessen Grunde Esther oder Perle, wenn sie hineingeschaut hätten, den Schaum des vor kurzem geleerten Inhaltes an Ale bemerkt haben würden.

An den Wänden hing eine Reihe von Bildnissen, welche die Ahnen der Bellinghamschen Familie darstellten; teilweise mit Brustharnisch, teilweise auch mit stattlichen Krausen und Gewändern des Friedens. Allen eignete die Strenge und Düsterkeit, welche alte Porträts so unweigerlich annehmen, als ob sie nicht sowohl die Abbildungen, sondern vielmehr die Gespenster der entschlafenen Honoratioren wären und mit hartem, unduldsamem Tadel auf die Geschäfte und Freuden der Lebenden blickten.

Ungefähr in der Mitte der eichenen Vertäfelung, mit welcher die Halle ausgekleidet war, hing eine Rüstung, welche, nicht wie die Gemälde, ein Erbteil der Ahnen, aus der allerneuesten Zeit herrührte, denn sie war in demselben Jahre, wo Gouverneur Bellingham nach Neu-England abreiste, von einem geschickten Waffenschmiede in London angefertigt worden. Sie bestand aus einer Stahlhaube, einem Brustharnisch, einer Halsberge und Arm- und Beinschienen, und darunter hingen ein Paar Stahlhandschuhe und ein Schwert. Alles, besonders aber der Helm und der Brustharnisch, war so hoch poliert, daß es mit weißen Strahlen zu glänzen schien und den Fußboden ringsumher erhellte. Dieser helle Waffenschmuck war nicht bloß zu müßigem Prunke bestimmt, sondern von dem Gouverneur bei mehreren feierlichen Musterungen und Manövern getragen worden und hatte sogar an der Spitze eines Regimentes im Kriege gegen die Pequot-Indianer Dienste geleistet. Gouverneur Bellingham war nämlich, obgleich zum Juristen erzogen und gewohnt, von Bacon, Coke, Noye und Finch als seinen Kollegen zu sprechen, doch durch die Bedürfnisse seines neuen Vaterlandes nicht bloß zu einem Staatsmann und Regenten, sondern auch zu einem Soldaten umgewandelt worden.

Perlchen war über die schimmernde Rüstung ebenso erfreut wie vorher über die schimmernde Front des Hauses und blieb einige Zeit vor dem polierten Spiegel des Harnisch stehen, in welchen sie blickte.

„Mutter“, rief sie, „ich sehe dich hier. Sieh nur! sieh!“

Esther blickte hin, um dem Kinde den Willen zu tun, und entdeckte, daß in diesem konvexen Spiegel der Scharlachbuchstabe in übertriebenen, riesenmäßigen Verhältnissen erschien, so daß er bei weitem den hervorragendsten Teil ihrer Erscheinung bildete. Sie schien geradezu hinter demselben zu verschwinden. Perle deutete sodann nach oben, wo an dem Helm ein gleiches Bild zu sehen war; dabei lächelte sie ihre Mutter mit dem koboldartigen verständigen Ausdruck an, der ihr so geläufig war. Auch diese Miene ungezogener Heiterkeit wurde von dem Spiegel mit solcher Breite und Intensität zurückgeworfen, daß Esther Prynne ein Gefühl hatte, als ob es nicht das Bild ihres Kindes sein könne, sondern das eines Kobolds sein müsse, welcher Perlchens Gestalt einzunehmen versuche.

„Komm hierher, Perle“, sagte sie, indem sie ihr Kind hinwegzog, „komm und schau in diesen schönen Garten hinaus; vielleicht sehen wir dort noch schönere Blumen, als wir im Walde finden.“

Perle entsprach dieser Aufforderung, lief nach dem andern Ende der Halle und blickte von dort aus dem Erkerfenster einen Gartenweg entlang, der mit kurzgeschorenem Gras besetzt und von einem unbeholfen angelegten Strauchwerk eingesäumt war. Der Eigentümer schien aber bereits den Versuch als hoffnungslos aufgegeben zu haben, auf der andern Seite des atlantischen Meeres, auf unwirtlichem Boden, wo alles von dem Kampf um die Existenz in Anspruch genommen wurde, seinen angeborenen englischen Geschmack an der Ziergärtnerei fortzuüben. Man sah ganz in der Nähe Kohlstauden stehen, und die Ranken einer in einiger Entfernung wurzelnden Kürbispflanze waren über den zwischenliegenden Raum gelaufen und hatten eines von ihren riesenhaften Produkten dicht unter dem Hallenfenster niedergelegt, wie um den Gouverneur daran zu erinnern, daß dieser große Klumpen von vegetabilischem Gold die üppigste Zierde sei, welche ihm die Erde von Neu-England gewähren werde. Im Garten standen jedoch noch einige Rosensträucher und eine Anzahl von Apfelbäumen, wahrscheinlich Nachkommen derjenigen, welche der ehrwürdige Blackstone gepflanzt hatte, der erste, welcher sich auf der Halbinsel niedergelassen, jene halbmythische Person, die auf dem Rücken eines Stieres sitzend durch die ältesten Annalen des Landes reitet.

Als Perle die Rosensträucher sah, begann sie nach einer roten Rose zu schreien und wollte sich nicht beschwichtigen lassen.

„Still, Kind, still“, sagte ihre Mutter ernst. „Weine nicht, liebe kleine Perle! Ich höre Stimmen im Garten, der Gouverneur wird gleich kommen, und es befinden sich noch andere Herren bei ihm.“

In der Tat sah man den Gartenweg herauf eine Anzahl von Personen sich dem Hause nähern. Perle stieß, trotz des Versuches ihrer Mutter, sie zu beruhigen, einen koboldartigen Schrei aus und wurde dann still, nicht etwa um ihr Gehorsam zu leisten, sondern weil die bewegliche Neugier ihres Charakters durch das Erscheinen dieser neuen Personen erregt wurde.

VIII
Das Elfenkind und der Geistliche

Gouverneur Bellingham ging in einem weiten Gewande und einer weichen Mütze, wie sie ältliche Herren im Hause zu tragen pflegten, voran und schien seine Besitztümer zu zeigen und sich über seine beabsichtigten Verbesserungen zu verbreiten. Der weite Umfang einer feingearbeiteten Krause nach der veralteten Mode, welche unter der Regierung König Jakobs gebräuchlich gewesen war, unter seinem grauen Barte, ließ seinen Kopf fast gerade wie den Johannes des Täufers auf einem Präsentierteller erscheinen. Der Eindruck, welchen sein strenges, starres, von mehr als herbstlichem Alter erkältetes Äußere machte, wollte sich nicht recht mit den Mitteln des weltlichen Genusses vertragen, womit er sich offenbar auf das sorgfältigste umgeben hatte. Es ist aber ein Irrtum, wenn man annimmt, daß unsere ernsten Voreltern, wenn sie auch gewohnt waren, von der menschlichen Existenz nur als einem Zustande der Prüfung und des Kampfes zu denken und zu sprechen, und wenn sie auch ohne Heuchelei bereit standen, Gut und Blut für die Gebote der Pflicht aufzuopfern, es zu einer Gewissenssache gemacht hätten, diejenigen Mittel zur Behaglichkeit und Üppigkeit, welche in ihrem Bereiche lagen, von sich zu werfen. Dieser Glaube wurde z. B. von dem ehrwürdigen Pastor John Wilson nie gelehrt, dessen Bart – weiß wie eine Schneeverwehung – über Gouverneur Bellinghams Schulter sichtbar wurde, und dessen Mund dafür gutzustehen schien, daß Birnen und Pfirsiche noch in dem Klima von Neu-England eingebürgert und vielleicht Purpurtrauben zum Blühen an der sonnigen Gartenmauer gebracht werden könnten; der alte, an der reichen Brust der englischen Kirche genährte Geistliche besaß einen tief eingewurzelten, rechtmäßigen Geschmack an allem Guten und Behaglichen, und wie streng er sich auch auf der Kanzel oder bei dem öffentlichen Tadel von Vergehen, wie das Esther Prynnes gewesen war, erwies, so hatte ihm doch das milde Wohlwollen seines Privatlebens größere Zuneigung erworben, als irgendeinem von seinen damaligen Amtsbrüdern zuteil wurde.

Hinter dem Gouverneur und Pastor Wilson kamen noch zwei Gäste, Ehrwürden Arthur Dimmesdale, der, wie sich der Leser erinnern wird, bei dem mit Esther Prynnes Schmach verbundenen Schauspiele einen kurzen und widerstrebenden Anteil genommen, und dicht neben ihm der alte Roger Chillingworth, ein Mann von großer ärztlicher Geschicklichkeit, der sich seit zwei bis drei Jahren in der Stadt niedergelassen hatte. Man wußte, daß dieser gelehrte Mann nicht bloß der Arzt, sondern auch der Freund des jungen Geistlichen war, dessen Gesundheit letzthin durch sein zu rückhaltloses Dahingeben an die Arbeiten und Pflichten des Pastoralberufes sehr gelitten hatte.

Der Gouverneur stieg vor seinen Besuchern ein paar Stufen hinauf, öffnete die Flügel der großen, in die Halle führenden Glastüre und sah hier Perlchen dicht vor sich. Esther Prynne wurde durch den Schatten des Vorhanges halb verborgen.

„Was haben wir da?“ sagte Gouverneur Bellingham mit einem erstaunten Blicke auf das Scharlachfigürchen vor sich. „Ich gestehe, daß ich seit meinen Tagen der Eitelkeit, zur Zeit des alten Königs Jakob, wo ich es für eine hohe Gunst zu halten pflegte, wenn ich bei einem Hofmaskenspiel zugelassen wurde, nie etwas dergleichen gesehen habe. Es pflegte zur Feiertagszeit ein Schwarm von diesen kleinen Erscheinungen da zu sein, und wir nannten sie nur Kinder des Herrn des Ungehorsams. Wie mag aber ein solcher Gast in meine Halle gekommen sein?“

„Ja wahrhaftig“, rief der gute Pastor Wilson, „was für ein scharlachgefiedertes Vögelchen mag dies sein? Ich habe wohl schon solche Gestalten gesehen, wenn die Sonne durch ein buntgemaltes Fenster schien und die goldenen und purpurnen Bilder auf dem Boden abzeichnete; das war aber im alten Lande. Sprich, Kleines, wer bist du und wie kommt deine

Mutter dazu, dich auf so seltsame Weise herauszuputzen? Bist du ein Christenkind – wie? Kannst du deinen Katechismus hersagen? Oder bist du eine von den garstigen Elfen oder Feen, die wir mit anderen Überbleibseln der Papisterei im lustigen Alt-England zurückgelassen zu haben glaubten.“

„Ich bin meiner Mutter Kind“, antwortete die scharlachene Erscheinung, „und mein Name ist Perle.“

„Perle? eher Rubin! oder Koralle! – oder zum wenigsten rote Rose, wenn du deinen Namen nach deiner Farbe hast erhalten sollen!“ antwortete der alte Geistliche, indem er seine Hand zu einem vergeblichen Versuche, Perlchen auf die Wange zu klopfen, ausstreckte. „Wo ist aber deine Mutter? Oh, ich verstehe“, fügte er hinzu, wendete sich zu Gouverneur Bellingham und flüsterte: „Das ist eben das Kind, über welches wir zusammen gesprochen haben, und siehe, da ist auch das unglückliche Weib, Esther Prynne, seine Mutter!“

„Wirklich?“ rief der Gouverneur, „wir hätten uns ja denken können, daß die Mutter eines solchen Kindes ein scharlachenes Weib und ein würdiges Abbild jenes babylonischen sein müsse. Sie kommt aber zur rechten Zeit, und wir wollen die Sache sofort untersuchen.“

Gouverneur Bellingham trat durch die Glastüre in die Halle, wohin ihm seine drei Gäste folgten.

„Esther Prynne“, sagte er, seinen von Natur strengen Blick auf die Trägerin des Scharlachbuchstabens heftend, „in der jüngsten Zeit ist von dir häufig die Rede gewesen. Es ist gewichtig besprochen worden, ob wir, die wir Gewalt und Einfluß besitzen, unsren Gewissen auch Genüge leisten, wenn wir eine unsterbliche Seele, wie die jenes Kindes dort, der Leitung einer Person überlassen, die gestrauchelt und in die Fallstricke dieser Welt gestürzt ist. Sprich du, die eigene Mutter des Kindes! Denkst du nicht, daß es für das zeitliche und ewige Wohl deiner Kleinen besser wäre, wenn sie deiner Obhut entnommen und geziemend gekleidet und in strenger Zucht gehalten und in den Wahrheiten des Himmels und der

Erde unterrichtet würde? Was kannst du in dieser Hinsicht für das Kind tun?"

„Ich kann meine kleine Perle lehren, was ich hiervon gelernt habe", antwortete Esther Prynne und sie legte ihren Finger auf das rote Zeichen.

„Weib, das ist dein Mal der Schande", antwortete der strenge Richter, „eben wegen des Fleckens, welchen jener Buchstabe anzeigt, möchten wir dein Kind anderen Händen übergeben."

„Dennoch hat mir", sagte die Mutter ruhig, wiewohl sie bei diesen Worten bleicher wurde, „dieses Schandmal Lehren gegeben, gibt sie mir täglich, gibt sie mir selbst in diesem Augenblicke – Lehren, durch die mein Kind weiser und besser werden kann, wenn sie auch mir selbst keinen Vorteil zu bringen vermögen."

„Wir wollen vorsichtig urteilen", sagte Bellingham, „und geziemend überlegen, was wir tun sollen. Ich bitte Euch, guter Pastor Wilson, fragt diese Perle, da dies ihr Name ist, aus, und sehet zu, ob sie eine christliche Erziehung, wie sie einem Kinde ihres Alters geziemt, erhalten hat."

Der alte Pfarrer setzte sich auf einen Lehnstuhl und versuchte Perlchen zwischen seine Knie zu ziehen; das Kind, welches nur an die Berührung und Vertraulichkeit seiner Mutter gewöhnt war, entwischte jedoch durch die offene Glastür und blieb auf der oberen Stufe stehen, wo es aussah wie ein wilder, buntgefiederter, tropischer Vogel, der seinen Flug in die höheren Luftregionen antreten will. Wilson war über diesen Ausbruch nicht wenig erstaunt, denn er hatte eine Art von großväterlichem Wesen an sich und war bei den Kindern sonst ungemein beliebt, versuchte aber dennoch, das Verhör vorzunehmen.

„Perle", sagte er mit großer Feierlichkeit, „du mußt auf Belehrung achten, damit du zur gehörigen Zeit die kostbare Perle in deiner Brust tragen mögest. Kannst du mir sagen, mein Kind, wer dich erschaffen hat?"

Nun wußte Perle recht gut, wer sie geschaffen, da Esther Prynne, die Tochter eines frommen Hauses, sehr bald nach ihrem Gespräch mit dem Kinde über dessen himmlischen Vater, begonnen hatte, es über jene Wahrheiten zu belehren, welche der menschliche Geist selbst im unreifsten Zustande mit so gierigem Interesse einsaugt. Die Kenntnisse, welche Perle in den drei Jahren ihres jungen Lebens gesammelt hatte, waren daher so groß, daß sie recht leidlich eine Verhörung aus der neuenglischen Fibel oder den ersten Seiten des Westminster Katechismus hätte bestehen können, obgleich sie mit der äußeren Form jener beiden berühmten Werke unbekannt war. Die Bockigkeit, welche alle Kinder in höherem oder geringerem Grade besitzen und von welcher Perlchen mit einem zehnfältigen Anteil begabt war, bemächtigte sich ihrer jedoch jetzt gerade in dem unpassendsten Augenblicke und verschloß ihr die Lippen oder trieb sie an, ungehörige Worte auszusprechen. Nachdem das Kind seinen Finger in den Mund gesteckt und sich mehrfach heftig geweigert hatte, die Frage des guten Pfarrers Wilson zu beantworten, erwiderte es endlich, daß es gar nicht geschaffen worden sei, sondern daß seine Mutter es von dem wilden Rosenbusche gepflückt habe, welcher neben der Gefängnistür stand.

Diese phantastische Idee hatte ihr wahrscheinlich die Nähe der roten Rosen des Gouverneurs vor der Glastür nebst ihrer Erinnerung an den Rosenstrauch am Gefängnisse eingegeben, an welchem letzteren sie beim Hierherkommen vorübergegangen war.

Der alte Roger Chillingworth flüsterte dem jungen Geistlichen mit lächelndem Gesichte etwas ins Ohr. Esther Prynne warf einen Blick auf den Heilkünstler und nahm selbst jetzt, wo ihr Schicksal auf dem Spiele stand, mit Schrecken die Veränderung wahr, welche in seinen Zügen stattgefunden hatte. Um wieviel häßlicher er geworden, wie seine dunkle Gesichtsfarbe noch schwärzlicher und sein Körper noch mißgestalter geworden zu sein schien, als zu der Zeit, wo sie in vertrautem

Verhältnisse mit ihm gestanden hatte. Ihre Augen trafen sich; sie sah sich aber sogleich genötigt, dem weiteren Fortgange der Szene vor ihr ausschließliche Aufmerksamkeit zu schenken.

„Das ist entsetzlich!“ rief der Gouverneur, als er sich langsam wieder von dem Erstaunen erholte, worein ihn Perlens Antwort versetzt hatte. „Das Kind ist drei Jahre alt, und es kann noch nicht einmal sagen, wer es geschaffen hat! Ohne Zweifel schwebt die Kleine über ihre Seele, die gegenwärtige Entartung und das künftige Schicksal derselben ebensosehr im Dunkeln. Ich denke, ihr Herren, daß wir nicht weiter zu fragen brauchen.“

Esther erfaßte Perle, preßte sie heftig in ihre Arme und stellte sich dem alten puritanischen Herrscher mit fast wütendem Ausdrucke entgegen. Allein in der Welt, die sie ausgestoßen hatte und nur noch in Besitz dieses einzigen Schatzes, der das Leben ihres Herzens erhalten konnte, fühlte sie, daß sie gegen die Welt unverwirkbare Rechte besitze und war bereit, dieselben bis zum Tode zu verteidigen.

„Gott hat mir das Kind gegeben; er hat es mir als Ersatz aller andern Güter geschenkt, die ihr mir genommen hattet. Sie ist mein Glück, nichtsdestoweniger aber auch meine Qual! Perle erhält mich hier im Leben! Aber Perle bestraft mich auch! Seht ihr nicht, daß sie der Scharlachbuchstabe ist, nur daß sie die Fähigkeit erhalten hat, geliebt zu werden und damit eine millionenfache Gewalt der Vergeltung für meine Sünde? Ihr sollt sie mir nicht nehmen, lieber will ich sterben!“

„Du armes Weib“, sagte der nicht herzlose alte Prediger, „das Kind soll gut versorgt werden; weit besser, als du es vermöchtest.“

„Gott hat es mir zur Bewahrung anvertraut“, wiederholte Esther, mit fast zum Schreien gesteigerter Stimme, „ich will es nicht hergeben!“ und hier wendete sie sich, wie von einem plötzlichen Impuls getrieben, zu dem jungen Geistlichen Dimmesdale, welchen sie bis zu diesem Moment kaum angeblickt hatte. „Sprich du für mich“, rief sie, „du bist mein Pastor gewesen und hast meine Seele in Obhut gehabt und kennst mich besser, als es diese Männer vermögen. Ich will das Kind nicht hergeben; sprich du für mich, du weißt, was in meinem Herzen vorgeht, denn du hast Sympathien, die diesen Männern fehlen, und weißt, was Mutterrechte sind, und um wieviel stärker sie werden, wenn eine Mutter nur ihr Kind und den Scharlachbuchstaben hat. Sieh du zu! Ich will das Kind nicht verlieren! Sieh du zu!"

Als der junge Geistliche diese seltsame Aufforderung vernahm, welche kundgab, daß Esther Prynne durch ihre Lage zu einem dem Wahnsinne nahe kommenden Gemütszustande aufgereizt worden war, trat er augenblicklich vor. Er war bleich und hielt die Hand an sein Herz, wie es seine Gewohnheit war, wenn seine eigentümlich reizbaren Nerven in Aufregung gebracht wurden. Er sah jetzt noch sorgenschwerer und abgezehrter aus als damals, wo wir sein Äußeres bei der öffentlichen Schmachszene Esthers beschrieben, und in der unruhigen, wehmütigen Tiefe seiner großen, schwarzen Augen lag, sei es nun infolge seiner abnehmenden Gesundheit oder aus irgendeinem andern Grunde, eine Welt von Pein.

„In dem, was sie sagt, liegt viel Wahres", begann der Geistliche mit wohlklingender, bebender, aber doch so kräftiger Stimme, daß in der Halle ein Echo hervorgerufen wurde und die hohle Rüstung widerklang. „Es liegt viel Wahres in dem, was Esther sagt, und in dem Gefühle, welches sie beseelt! Gott hat ihr das Kind gegeben und dazu eine instinktmäßige Kenntnis seiner Natur und Bedürfnisse, die beide, dem Anscheine nach, so eigentümlich sind – und die kein anderes sterbliches Wesen besitzen kann. Und liegt nicht überdies eine schaurige Heiligkeit in dem Verhältnisse zwischen dieser Mutter und diesem Kinde?"

„Wieso, guter Herr Dimmesdale?" unterbrach ihn der Gouverneur, „ich bitte Euch, das deutlich zu machen."

„Es muß so sein", fuhr der Geistliche fort, „denn sagen wir nicht, wenn wir anderer Ansicht sind, eben dadurch, daß der himmlische Vater, der Schöpfer alles Fleisches, eine Tat der Sünde leichthin anerkannt und den Unterschied zwischen unheiliger Lust und geheiligter Liebe für nichts geachtet habe? Dieses Kind der Schuld des Vaters und der Schande der Mutter ist aus Gottes Händen gekommen, um in vielerlei Weisen auf das Herz derjenigen zu wirken, welche so eindringlich und mit solcher Bitterkeit des Geistes das Recht, es zu behalten, beansprucht. Es sollte eine Segnung, die einzige Segnung ihres Lebens sein! Es war ohne Zweifel auch, wie uns die Mutter selbst gesagt hat, zu einer Vergeltung bestimmt; einer Folter, die sie in so manchem Augenblicke, von welchem wir nichts ahnen, fühlen sollte; einer Pein, einem Stachel, einem stets wiederkehrenden Schmerze inmitten einer unruhigen Freude! Hat sie nicht diesen Gedanken in der Kleidung des armen Kindes ausgedrückt, welches uns so mächtig an das rote Symbol erinnert, das wie ein Mal auf ihrem Busen brennt?"

„Gut gesagt auch das!" rief der gute Herr Wilson. „Ich fürchtete, daß das Weib keinen besseren Gedanken gehabt habe als den, eine Luftspringerin aus dem Kinde zu machen."

„Oh, nicht so – nicht so", fuhr Dimmesdale fort. „Glaubt mir, daß sie das hohe Wunder anerkennt, welches Gott durch die Existenz dieses Kindes gewirkt hat, und möge sie ferner fühlen – was, wie ich glaube, die volle Wahrheit ist –, daß diese Gnadengabe vor allem dazu bestimmt war, die Seele der Mutter lebendig zu erhalten und sie vor schwärzeren Tiefen der Sünde zu bewahren, in welche sie Satan sonst hätte stürzen können. Es ist daher gut für dieses arme, sündige Weib, daß seiner Fürsorge eine unsterbliche Seele, ein ewiger Freude und Schmerzen fähiges Wesen anvertraut worden ist, welches von ihr zur Rechtschaffenheit aufgezogen worden, sie in jedem Augenblicke an ihren Fall erinnern, aber sie auch gewissermaßen durch ein heiliges Versprechen des Schöpfers lehren soll, daß, wenn sie das Kind in den Himmel bringen, eben dieses auch seine Mutter in denselben bringen werde!

Hierin ist die sündige Mutter besser daran als der sündige Vater. Wir wollen also um Esther Prynnes und nicht weniger um des armen Kindes willen die beiden in dem Verhältnisse lassen, in welches sie zu versetzen die Vorsehung für angemessen erachtet hat."

„Ihr sprecht mit seltsamer Eindringlichkeit, mein Freund", sagte der alte Roger Chillingworth und lächelte ihn an.

„Und das, was mein junger Bruder gesprochen, ist von gewichtiger Bedeutung", fügte Pfarrer Wilson hinzu. „Was meint Ihr, verehrter Herr Bellingham? Hat er nicht gut für das arme Weib geredet?"

„Das hat er in der Tat", antwortete der Gouverneur, „und er hat solche Gründe angeführt, daß wir die Sache lassen wollen, wie sie jetzt steht – auf so lange wenigstens, als das Weib kein weiteres Ärgernis verursacht. Es muß jedoch dafür gesorgt werden, daß das Kind von Euch oder Dimmesdale zu bestimmten Zeiten gehörig aus dem Katechismus verhört wird, und wenn die geeignete Zeit kommt, so müssen die Zehentmänner darauf achten, daß sie sowohl zur Schule wie zum Gottesdienst geht."

Der junge Prediger hatte sich, nachdem er seine Fürsprache beendigt, um einige Schritte von der Gruppe entfernt und stand mit teilweise von den dichten Falten des Türvorhanges verborgenem Gesicht da, während der von dem Sonnenscheine auf den Boden geworfene Schatten seiner Gestalt noch von der Heftigkeit seiner Fürsprache erbebte. Perle, der wilde, flüchtige, kleine Elf, schlich leise zu ihm hin, erfaßte seine Hand mit ihren beiden und legte ihre Wange daran; eine so zärtliche und dabei doch so wenig zudringliche Liebkosung, daß ihre Mutter, welche ihr zusah, sich fragte: ‚Ist das meine Perle?' und doch wußte sie, daß in dem Herzen des Kindes Liebe war, wiewohl sie sich meist in leidenschaftlicher Heftigkeit kundgab und kaum zweimal in dessen Leben von solcher Sanftheit wie jetzt erweicht worden war. Der Geistliche – denn es gibt außer der lange ersehnten Liebe des

Weibes nichts Süßeres, als diese freiwillig durch einen geistigen Instinkt gewährten Zeichen kindlicher, vorzugsweiser Neigung, die daher auf etwas wahrhaft Liebenswertes an uns zu deuten scheint –, der Geistliche blickte sich um, legte seine Hand auf das Haupt des Kindes, zögerte einen Augenblick und küßte dann dessen Stirn. Die ungewohnte Gefühlsentwicklung Perlchens hielt aber auch nicht länger an, sie lachte und sprang so leicht durch die Halle hin, daß der alte Wilson die Frage erhob, ob auch nur ihre Zehenspitzen den Boden berührten.

„Die kleine Bagage ist ein wahres Hexchen, das muß ich gestehen", sagte er zu Dimmesdale. „Sie bedarf keines Besenstieles, wie ein altes Weib, zum Fliegen."

„Ein seltsames Kind!" bemerkte der alte Roger Chillingworth. „Der Anteil, welchen sie von ihrer Mutter hat, ist leicht zu ersehen. Meint Ihr Herren, daß es über die Fähigkeiten eines Philosophen ginge, die Natur dieses Kindes zu analysieren und nach seiner Art und seinen Eigenschaften listig den Vater zu erraten?"

„Nein, es würde sündig sein, in einer solchen Frage den Schlüssen der profanen Philosophie zu folgen", sagte Pastor Wilson, „besser wäre es, mit Fasten und Beten darauf zu sinnen, und vielleicht noch besser, das Geheimnis so zu lassen, wie wir es finden, wenn es nicht die Vorsehung freiwillig offenbarte. Hierdurch hat jeder gute Christ ein Recht, dem armen verlassenen Kinde die Liebe eines Vaters zu beweisen."

Sobald die Sache auf so befriedigende Weise abgemacht worden war, verließ Esther Prynne mit Perle das Haus. Man behauptet, daß, als sie die Stufen vor der Tür hinabstiegen, das Fenster eines Gemaches geöffnet worden sei, und Frau Hibbins, Gouverneur Bellinghams zänkische Schwester, dieselbe, die einige Jahre später als Hexe hingerichtet wurde, in den sonnigen Tag hinausgeschaut habe.

„Pscht, pscht", sagte sie, und ihr unheilverkündendes Gesicht schien einen Schatten auf die heitere Neuheit des Hauses zu werfen. „Willst du heute nacht mit uns kommen, es wird eine lustige Gesellschaft im Walde sein, und ich habe dem schwarzen Manne halb und halb versprochen, daß die hübsche Esther Prynne sich uns anschließen werde."

„Seid so gut, mich bei ihm zu entschuldigen", antwortete Esther mit triumphierendem Lächeln, „ich muß daheim bleiben und meine kleine Perle in Obacht nehmen. Wenn sie mir genommen worden wäre, so würde ich gern mit Euch in den Wald gegangen sein und meinen Namen mit meinem eigenen Blute in das Buch des schwarzen Mannes geschrieben haben."

„Du wirst noch früh genug kommen", erwiderte die Hexendame mit verzogener Stirn und zog ihren Kopf zurück.

Hier zeigte sich aber bereits – wenn wir das Gespräch zwischen Esther Prynne und der Hibbins für wohl verbürgt und nicht für eine Parabel halten – ein Beleg für die Gründe, welche der junge Geistliche gegen die Trennung einer gefallenen Mutter von der Frucht ihrer Schwäche aufgestellt hatte. So früh schon war sie durch das Kind vor den Fallstricken des Satans bewahrt worden.

IX

Der Heilkünstler

Unter dem Namen Roger Chillingworth war, wie sich der Leser erinnern wird, ein anderer Name verborgen, der nach dem Willen seines früheren Trägers nie mehr ausgesprochen werden sollte. Es ist erzählt worden, wie unter der Menge um Esther Prynnes Ausstellung am Pranger ein ältlicher, reisemüder Mann gestanden, der bei seiner Rückkehr aus der gefahrvollen Wildnis das Weib, in welchem er die Wärme und die Frohheit der Heimat verkörpert zu finden gehofft, vor allem Volk als Bild der Sünde aufgestellt sah. Ihr Ruf als Frau wurde von allen mit Füßen getreten, die Schmach war um sie auf öffentlichem Markte zum Geschwätz geworden; für ihre Familie, wenn die Nachricht je bis zu ihr dringen sollte, und die Genossen ihres einst fleckenlosen Lebens war nichts mehr geblieben als die ansteckende Pest ihrer Unehre, welche in strenger Übereinstimmung und im genauen Verhältnisse mit der Innigkeit und Heiligkeit ihrer früheren Bande verteilt werden mußte. Warum sollte also, da ihm die Wahl freistand, der Mann, dessen Verbindung mit der Gefallenen die innigste und heiligste gewesen war, auftreten, um seinen Anspruch auf eine so wenig wünschenswerte Erbschaft geltend zu machen? Er beschloß, sich nicht neben ihr auf das Gerüst der Schande stellen zu lassen: allen, bis auf Esther Prynne, unbekannt, und im Besitz des Schlosses und Schlüssels zu ihrem Schweigen, zog er es vor, seinen Namen aus der Liste der Menschheit zu verwischen, und, so weit es seine früheren Verbindungen und Interessen betraf, so völlig aus dem Leben zu verschwinden, als ob er wirklich auf dem Meeresgrunde liege, wo ihm das Gerücht schon längst seinen Platz angewiesen hatte. Sobald er erst diesen Zweck erreicht, erhoben sich um ihn auch neue Interessen und ein neuer Lebenszweck; allerdings ein düsterer, wo nicht sündiger, der aber Gewalt genug besaß, um die volle Kraft aller seiner Fähigkeiten in Anspruch zu nehmen.

Diesem Entschlusse gemäß schlug er in der Puritanerstadt seinen Wohnsitz als Roger Chillingworth und ohne weitere Empfehlung auf als die Gelehrsamkeit und Talente, von denen er ein mehr als gewöhnliches Maß in Besitz hatte. Da er durch seine in einer früheren Lebensperiode gemachten Studien mit dem damaligen Stande der medizinischen Wissenschaft sehr vertraut war, gab er sich für einen Arzt aus und fand als solcher herzliche Aufnahme. Geschickte Männer ärztlichen und wundärztlichen Standes waren in der Kolonie selten. Sie besaßen, wie es schien, nicht häufig den religiösen Eifer, welcher andere Auswanderer über das atlantische Meer führte. Vielleicht waren durch ihre Forschungen in bezug auf den menschlichen Körper die höheren, geistigen Fähigkeiten solcher Männer zu materiell geworden, und sie hatten über dem Labyrinthe jenes wunderbaren Mechanismus, welches Kunst genug in Anspruch zu nehmen schien, um das ganze Leben in sich zu begreifen, den Blick für eine vergeistigte Existenz verloren. Jedenfalls war die Gesundheit der guten Stadt Boston, sofern die Heilkunde etwas damit zu tun hatte, bisher unter der Obhut eines bejahrten Kirchenältesten und Apothekers gewesen, dessen Frömmigkeit und gutes Benehmen gewichtigere Zeugnisse seiner Kunst zu seinen Gunsten waren, als er in Gestalt eines Diploms beizubringen vermocht haben würde. Der einzige Wundarzt war ein Mann, der die gelegentliche Ausübung jener edlen Kunst mit dem täglichen Schwingen des Rasiermessers verband. Für eine solche medizinische Körperschaft war Roger Chillingworth eine glänzende Akquisition. Er betätigte bald seine vertraute Bekanntschaft mit der schwerfälligen, imposanten Maschinerie der alten Heilkunde, in welcher jedes Heilmittel eine Menge von weithergeholten und verschiedenartigen Ingredienzen enthielt, die so mühsam zusammengemischt waren, als ob das Elixier des Lebens daraus hätte werden sollen. Überdies hatte er in seiner Gefangenschaft bei den Indianern eine umfassende Kenntnis der Eigenschaften der einheimischen Kräuter und Wurzeln erworben und verhehlte seinen Kranken nicht, daß er diesen einfachen, dem ungelehrten Wilden von der Natur geschenkten Heilmitteln ebenso großes Vertrauen gewähre, wie der europäischen Pharmakopöe, auf deren Ausarbeitung so viele gelehrte Doktoren Jahrhunderte verwendet hatten.

Dieser gelehrte Fremde war, wenigstens so weit es die äußeren Formen eines religiösen Lebens betraf, von exemplarischer Frömmigkeit und hatte bald nach seiner Ankunft den ehrwürdigen Herrn Dimmesdale zu seinem geistlichen Führer erwählt. Der junge Prediger, dessen gelehrter Ruhm noch in Oxford nicht untergegangen war, wurde von seinen wärmeren Bewunderern als beinahe wie ein vom Himmel gesandter Apostel betrachtet, der, sollte er die normale Lebenszeit wirken und arbeiten dürfen, dazu bestimmt sei, ebenso große Dinge für die jetzt schwache neuenglische Kirche zu tun, wie die ersten Kirchenväter für die Kindheit des christlichen Glaubens getan hatten. Um diese Zeit hatte jedoch die Gesundheit des Herrn Dimmesdale offenbar abzunehmen begonnen. Die seine Gewohnheiten am besten kannten erklärten die Bleichheit der Wangen des jungen Geistlichen durch seine zu eifrige Hingabe an das Studium, seine peinliche Erfüllung der Seelsorgerpflichten und mehr als alles durch die Fasten und Nachtwachen, die er sich häufig auferlegte, um den groben irdischen Ton abzuhalten, seine geistliche Lampe zu verdunkeln und niederzudrücken. Manche behaupteten, daß, wenn Pastor Dimmesdale wirklich sterben sollte, Grund genug vorhanden sei, daß die Welt nicht verdiene, länger von seinen Füßen betreten zu werden. Er selbst gestand andererseits mit charakteristischer Demut öffentlich den Glauben ein, daß, wenn es die Vorsehung für angemessen halten sollte, ihn zu entfernen, seine eigene Unwürdigkeit, auch die geringfügigste Sendung hier auf Erden auszuüben, daran schuld sei. Bei allen diesen Meinungsverschiedenheiten über den Grund seines körperlichen Verfalls konnte doch über die Tatsache selbst kein Zweifel walten. Seine Gestalt wurde abgezehrt, seine Stimme enthielt, wiewohl sie immer noch voll und wohlklingend war, eine gewisse traurige Prophezeiung des Todes. Man bemerkte oft, daß er bei einem leisen Erschrecken oder irgendeinem andern plötzlichen Vorfalle die Hand auf das Herz legte und zuerst errötete und dann erbleichte, was ohne Zweifel vom Schmerz verursacht wurde.

Dies war der Zustand des jungen Geistlichen, und so drohend war die Aussicht, daß sein aufstrahlendes Licht vor der Zeit verlöschen würde, als Roger Chillingworth in der Stadt ankam. Schon sein erstes Auftreten war sozusagen ein vom Himmel Herabfallen oder aus der Erde Aufsteigen, besaß etwas Geheimnisvolles, was leicht bis zum Wunderbaren gesteigert wurde. Er war als ein geschickter Mann bekannt. Man bemerkte, daß er Kräuter und die Blüten wilder Blumen sammelte und Wurzeln ausgrub und Zweige von Waldbäumen pflückte, als ob er mit den verborgenen Kräften desjenigen, was für gemeine Augen wertlos war, bekannt sei. Man hörte, daß er von Sir Kenelm Digby und andern berühmten Männern, deren wissenschaftliche Kenntnisse als fast übernatürlich betrachtet wurden, so sprach, daß sie seine Korrespondenten oder Genossen gewesen sein mußten. Warum war er hierhergekommen, da er einen solchen Rang in der gelehrten Welt besaß? Was konnte er, dessen Wirkungskreis in großen Städten war, in der Wildnis suchen? Zur Antwort auf diese Fragen gewann ein Gerücht an Glauben und wurde, wie abgeschmackt es auch war, von einigen sehr vernünftigen Leuten unterhalten: daß der Himmel geradezu ein Wunder getan habe, indem er einen ausgezeichneten Doktor der Arzneikunde von einer deutschen Universität körperlich durch die Luft getragen und ihn vor der Studierzimmertür des Herrn Dimmesdale niedergelassen habe. Menschen von weiserem Glauben, welche wußten, daß der Himmel ohne die Bühneneffekte der sogenannten wunderbaren Einmischung seine Zwecke erfüllt, waren aber doch geneigt, in Roger Chillingworths so gelegener Ankunft die Hand der Vorsehung zu erblicken.

Diese Idee wurde durch das starke Interesse unterstützt, welches der Arzt stets an dem jungen Geistlichen kundgab. Er heftete sich als Mitglied seiner Gemeinde an ihn und suchte seiner natürlichen Zurückhaltung eine freundliche Zuneigung und Vertrauen abzugewinnen. Er drückte große Besorgnis über den Gesundheitszustand seines Pastors aus, verlangte aber eifrig danach, die Kur zu versuchen und schien, wenn sie zeitig begonnen würde, an einem günstigen Erfolge nicht zu zweifeln. Die Kirchenältesten, die Diakone, die Matronen und die jungen und schönen Jungfrauen der Gemeinde des Pfarrers Dimmesdale drangen alle gleich stark in ihn, die offen angebotene Geschicklichkeit des Arztes zu benutzen. Dimmesdale wies ihre Bitten sanft zurück.

„Ich bedarf keiner Medizin", sagte er.

Wie konnte aber der junge Geistliche so sprechen, da doch mit jedem Sonntag seine Wange bleicher und magerer und seine Stimme bebender geworden war – da es mehr zu einer beständigen Gewohnheit als zu einer zufälligen Gebärde wurde, seine Hand auf sein Herz zu drücken? War er seiner Arbeiten müde? Wünschte er den Tod? Diese Fragen wurden dem Pastor Dimmesdale von den älteren Geistlichen in Boston und den Vorstehern seiner Kirche vorgelegt, die ihn „sich vornahmen" wegen der Sünde, die Hilfe, die ihm die Vorsehung so offenbar gewähren wollte, zurückweisen. Er hörte ihnen schweigend zu und versprach endlich, mit dem Arzte zu reden.

„Wäre es Gottes Wille", sagte Ehrwürden Dimmesdale, als er seinem Versprechen gemäß den alten Roger Chillingworth um seinen ärztlichen Rat ersuchte, „so würde ich zufrieden sein, wenn meine Arbeiten und Kümmernisse und Sünden und Schmerzen in kurzem mit mir zu Ende gingen, und daß, was daran Irdisches ist, in meinem Grabe beerdigt würde und das Geistige mit mir in das Jenseits hinüberginge. Jedenfalls wäre mir dieses lieber, als wenn Ihr Eure Geschicklichkeit zu meinem Besten auf die Probe stelltet."

„Oh", antwortete Roger Chillingworth mit der Ruhe, welche, mochte sie nun gespielt oder natürlich sein, sein Benehmen stets auszeichnete, „so kann wohl ein junger Geistlicher sprechen. Junge Männer, die noch nicht tiefe Wurzeln geschlagen haben, lassen so leicht vom Leben ab, und fromme Männer, die mit Gott auf Erden wandeln, möchten gern hinweg, um mit ihm in den goldenen Straßen des neuen Jerusalem einherzuschreiten."

„Nicht doch", entgegnete der junge Geistliche, indem er die Hand auf sein Herz legte und eine peinliche Röte über seine Stirne zog, „wenn ich würdiger wäre, dort zu wandeln, so möchte ich zufriedener sein, hier zu wirken."

„Gute Menschen halten sich stets für zu gering", sagte der Arzt.

Auf diese Weise wurde der geheimnisvolle alte Roger Chillingworth der ärztliche Ratgeber des Herrn Dimmesdale. Da nicht nur die Krankheit das Interesse des Arztes erregte, sondern er auch starke Beweggründe hatte, den Charakter und die geistigen Eigenschaften des Patienten zu erforschen, so verbrachten allmählich diese beiden an Alter so verschiedenen Männer einen großen Teil ihrer Zeit miteinander. Zur Beförderung der Gesundheit des Geistlichen und um den Arzt in den Stand zu setzen, heilsame Pflanzen zu suchen, machten sie lange Spaziergänge an der Meeresküste oder im Walde, wo sie verschiedenartige Reden unter dem Plätschern und Murmeln der Wellen und der feierlichen Hymne des Windes in den Baumwipfeln wechselten. Oft war der eine bei dem andern in seinem einsamen Studierzimmer zu Gaste. Für den Geistlichen lag ein gewisser Zauber in der Gesellschaft des Gelehrten, bei welchem er eine intellektuelle Ausbildung von großer Tiefe und Umfang und eine umfassende Freiheit der Ideen fand, welche er vergebens unter den Mitgliedern seines eigenen Standes gesucht haben würde. Er war eigentlich erschreckt, wo nicht entsetzt, diese Eigenschaft an dem Arzte zu finden. Dimmesdale war ein echter Priester, ein wahrer Mann der Religion, bei dem das Gefühl der Ehrfurcht vor Gott stark entwickelt war, und den seine Geistesrichtung zwang, diese mächtig in das Bett eines Glaubensbekenntnisses zu ergießen, wo sie sich im Laufe der Zeit immer tiefer einwühlte. Er würde in keinem Zustande der Gesellschaft das gewesen sein, was man einen Man von liberalen Ansichten nennt, für seinen Frieden mußte es stets ein wesentliches Erfordernis sein, sich von dem Druck eines Glaubens, welcher ihn mit seinem Eisengerüste zugleich einschloß und aufrechterhielt, umgeben zu fühlen. Nichtsdestoweniger empfand er, wenn auch mit einem zitternden Genuß, zuweilen Erleichterung darin, die Welt durch das Mittel einer anderen Art des Geistes als jener, mit welcher er gewöhnlich umging, zu erblicken. Es war, als ob ein Fenster geöffnet würde, welches einer freieren Atmosphäre

Zutritt in das enge, schwüle Studierzimmer verstattete, wo sein Leben bei Lampenlicht oder gedämpftem Sonnenschein und dem den Büchern entströmenden, sinnlich wahrnehmbaren oder moralischen Modergeruch verrann. Die Luft war aber zu frisch und kühl, um sie lange mit Behaglichkeit einzuatmen, und der Geistliche – und mit ihm der Arzt – zog sich daher wieder innerhalb der Grenzen dessen zurück, was seine Kirche als orthodox bezeichnete.

So erforschte Roger Chillingworth sorgfältig seinen Patienten, sowohl wie er ihn im gewöhnlichen Leben sah, wo er einen gewohnten Pfad im Bereiche ihm vertrauter Gedanken erhielt, als auch wie er erschien, wenn er in andere moralische Umgebung geriet, deren Neuheit etwas noch nicht Dagewesenes an die Oberfläche seines Charakters heraufbringen konnte. Er hielt es dem Anscheine nach für eine wesentliche Notwendigkeit, den Mann zu kennen, ehe er den Versuch machte, ihm wohlzutun. Überall, wo sein Herz und ein Verstand vorhanden, färben sich die Krankheiten des Leibes mit deren Eigentümlichkeiten. Bei Arthur Dimmesdale waren die Denkkraft und Phantasie so tätig und das Gefühl so reizbar, daß wahrscheinlich die körperliche Gebrechlichkeit darin ihren Ursprung hatte. Roger Chillingworth, der Mann des Wissens, der gute, freundliche Arzt, bemühte sich daher, einen tiefen Blick in das Innere seines Patienten zu werfen, in seine Grundsätze einzudringen, seine Erinnerungen zu erspähen und alle diese Dinge mit vorsichtiger Berührung zu sondieren, wie ein Schatzgräber in einem dunklen Schachte. Nur wenige Geheimnisse können einem Forscher entgehen, der die Gelegenheit und Erlaubnis hat, eine solche Untersuchung vorzunehmen, und dem es nicht an Talent mangelt, sie durchzuführen. Wer mit einem Geheimnisse beladen ist, sollte den vertrauten Umgang mit einem Arzte ganz besonders meiden. Wenn der Arzt angeborenen Scharfsinn und dabei ein gewisses Namenloses, das wir Intuition nennen wollen, besitzt, wenn er keine zudringliche Egozentrik, keine unangenehmen hervorragenden Eigentümlichkeiten besitzt, wenn er die angeborene Fähigkeit hat, seinen Geist mit dem seines Patienten so gleichzustimmen, daß dieser, ohne es zu wissen, dasjenige ausspricht, was er nur gedacht zu haben glaubt, wenn solche Enthüllungen ohne Aufsehen entgegengenommen und weniger durch ausgesprochene Teilnahme als durch Schweigen, einen unartikulierten tiefen Atemzug und hier und da ein Wort, um anzudeuten, daß alles begriffen sei, anerkannt worden, wenn zu diesen Fähigkeiten eines Vertrauten noch die Vorteile kommen, welche sein anerkannt ärztlicher Charakter gewährt, dann wird in irgendeinem unvermeidlichen Augenblicke die Seele des Leidenden in ihre Bestandteile zerlegt werden und sich in einem dunklen, aber durchsichtigen Strome ergießen, der alle ihre Geheimnisse an das Licht des Tages bringt.

Roger Chillingworth besaß alle oder die meisten von den aufgezählten Eigenschaften. Dessenungeachtet verging die Zeit, eine Art von Vertraulichkeit erzeugte sich, wie wir bemerkt haben, zwischen diesen beiden gebildeten Geistern, die ein Feld so umfassend wie die ganze Sphäre der menschlichen Gedanken und Studien zur Begegnung hatten, sie besprachen jeden Gegenstand der Ethik und Religion, der öffentlichen Angelegenheiten und des Privatcharakters, sie redeten beiderseits viel von Dingen, die sie persönlich zu betreffen schienen, und doch stahl sich aus dem Bewußtsein des Geistlichen nie ein Geheimnis wie das, von welchem sein Gefährte glaubte, daß es dort vorhanden sein müsse. Der Arzt hatte sogar den Verdacht, daß ihm nicht einmal die Natur der Körperkrankheit des Arthur Dimmesdale offen mitgeteilt worden sei; es bestand eine seltsame Zurückhaltung.

Nach einiger Zeit führten auf eine Andeutung Roger Chillingsworths die Freunde Dimmesdales ein Arrangement herbei, dem zufolge die beiden in dem gleichen Hause eingemietet wurden, damit jede Ebbe und Flut in den Lebensgezeiten des Geistlichen dem Auge seines besorgten, anhänglichen Arztes sichtbar werden möge. In der Stadt herrschte große Freude, als dieser allgemein gewünschte Zweck erreicht wurde. Man hielt es für die beste Maßregel, die für die Wohlfahrt des jungen Geistlichen möglich sei, falls er nicht wie jene, welche dazu berechtigt zu sein glauben und es auch von ihm verlangten, eine von den blühenden Jungfrauen der Stadt, die ihn als ihren Seelsorger so innig liebten, zu seiner hingebenden Gattin wählen wollte. Es war jedoch für jetzt keine Aussicht vorhanden, daß Arthur Dimmesdale sich bewegen lassen würde, diesen Schritt zu tun, da er alle derartigen Vorschläge verwarf, als ob das Priesterzölibat zu seinen Artikeln der Kirchenzucht gehöre. Da Dimmesdale also durch eigene Wahl so offenbar dazu bestimmt war, seine Speisen an dem Tische anderer zu genießen und die lebenslängliche Kälte zu ertragen, welche das Los jenes sein muß, welcher sich nur am Kamin eines anderen zu wärmen sucht, schien es wirklich, als ob dieser scharfsinnige, erfahrene, wohlwollende alte Arzt mit seiner zugleich väterlichen und ehrerbietigen Liebe zu dem jungen Pfarrherrn vor allem gerade am besten geeignet sein würde, sich beständig im Bereiche seiner Stimme aufzuhalten.

Die neue Wohnung der beiden Freunde befand sich bei einer frommen Witwe von anständigem sozialen Rang, in einem Hause, das fast genau auf der Stelle stand, wo später der ehrwürdige Bau von King's Chapel errichtet worden ist. Auf dessen einer Seite lag der Begräbnisplatz, ursprünglich Isaak Johnsons Anwesen, und es war daher trefflich geeignet, bei dem Geistlichen sowohl wie bei dem Arzte ernste, ihren Beschäftigungen angemessene Reflexionen zu erregen. Die mütterliche Fürsorge der guten Witwe wies Dimmesdale ein Vorderzimmer auf der Sonnenseite mit dichten Fenstergardinen an, um es des Mittags, falls er es wünschen sollte, zu beschatten. An den Wänden hingen gewirkte Tapeten, angeblich aus der Werkstatt der Gobelins, welche die Geschichte von David und Bathseba und dem Propheten Nathan in noch unverblichenen Farben darstellten, die aber das schöne Weib fast ebenso schaurig erscheinen ließen wie den unheilverkündenden Seher. Hier stellte der bleiche Geistliche seine Bibliothek auf, reich an in Pergament gebundenen Folianten von Kirchenvätern und Büchern voll rabbinischer und Mönchsgelehrsamkeit. Auf der andern Seite des Hauses richtete der alte Roger Chillingworth sein Studierzimmer und Laboratorium ein, welches nicht von der Art war, wie es ein moderner Gelehrter auch nur für leidlich vollständig halten würde, sondern nur einen Destillierapparat enthielt und die Mittel, Kräuter und die Chemikalien zu mischen, die der geübte Alchimist gut anzuwenden verstand. In dieser bequemen Lage ließen sich die beiden Gelehrten, jeder in seinem besonderen Reiche, nieder, gingen aber vertraut zwischen dem einen und dem andern Gemache hin und her und ließen gegenseitig ihren Beschäftigungen eine der Neugier nicht ganz ermangelnde Besichtigung zuteil werden.

Die nachdenklichsten Freunde Dimmesdales waren, wie schon angedeutet, ganz vernünftigerweise der Ansicht, daß die Hand der Vorsehung alles dies zu dem in so vielen öffentlichen und häuslichen und geheimen Gebeten erflehten Zwecke getan habe, dem jungen Geistlichen seine Gesundheit zurückzugeben. Wir müssen aber jetzt sagen, daß ein anderer Teil der Gemeinde in der letzten Zeit seine besonderen Gedanken von dem Verhältnisse zwischen Dimmesdale und dem geheimnisvollen alten Arzte zu fassen begonnen hatte. Wenn eine ungelehrte Menge mit eigenen Augen zu sehen versucht, kommt es ungemein leicht vor, daß sie sich täuscht; wenn sie jedoch ihr Urteil, wie sie es gewöhnlich tut, nach den Eingebungen ihres großen warmen Herzens bildet, so sind die Schlüsse, zu welchen sie auf diese Weise gelangt, oft so tief und richtig, daß sie den Charakter von auf übernatürliche Weise offenbarten Wahrheiten besitzen. Das Volk konnte sein Vorurteil gegen Roger Chillingworth durch keine einer ernstlichen Widerlegung verdienende Tatsachen oder Gründe rechtfertigen. Allerdings gab es im Orte einen betagten

Handwerker, der zur Zeit der Ermordung Sir Thomas Overburys vor einigen dreißig Jahren Bürger von London gewesen war und behauptete, daß er den Arzt unter einem andern Namen, welchen der Erzähler der Geschichte jetzt vergessen hatte, in Gesellschaft des in Overburys Geschichte verwickelten Doktor Forman, des berüchtigten alten Zauberers, gesehen habe. Zwei bis drei Individuen deuteten an, daß der Gelehrte während seiner Gefangenschaft bei den Indianern seine medizinischen Kenntnisse durch Teilnahme an den Beschwörungen der Priester der Wilden erweitert habe, die, wie allgemein bekannt, mächtige Zauberer seien und durch ihre Geschicklichkeit in der Schwarzen Kunst oftmals dem Anscheine nach wunderbare Kuren verrichteten. Eine große Zahl – und viele darunter waren Personen von so nüchternem Verstand und so praktischer Beobachtungsgabe, daß in anderen Dingen ihre Ansichten wertvoll gewesen sein würden, – behauptete, daß Roger Chillingworths Äußeres während seines Aufenthaltes in der Stadt, und besonders in der Zeit seines Zusammenwohnens mit Dimmesdale, eine merkwürdige Veränderung erlitten habe. Anfangs sei sein Ausdruck ruhig, nachdenklich und gelehrtenartig gewesen, jetzt aber zeige sein Gesicht etwas Häßliches und Böses, was sie früher nicht bemerkt hätten und was dem Auge desto deutlicher werde, je öfter sie ihn anblickten. Dem Volksglauben nach stammte das Feuer in seinem Laboratorium aus den unteren Regionen und wurde mit höllischem Material genährt, und sein Gesicht ward daher, wie sich leicht denken ließ, von dem Rauche rußig.

Um alles zusammenzufassen, wollen wir kurz sagen, daß sich allgemein die Ansicht verbreitete, der ehrwürdige Arthur Dimmesdale werde gleich vielen anderen Personen von besonderer Heiligkeit zu allen Perioden der christlichen Welt entweder vom Satan selbst oder einem Sendling des Satans in Gestalt des alten Roger Chillingworth heimgesucht. Dieser teuflische Agent besitze auf einige Zeit die Macht, sich in das Vertrauen des Geistlichen einzuwühlen und gegen seine Seele

Ränke zu schmieden. Kein vernünftiger Mensch konnte aber, wie man dabei zugleich gestand, bezweifeln, auf wessen Seite endlich der Sieg bleiben werde. Das Volk erwartete mit unerschütterlicher Hoffnung, der Geistliche werde, von der Glorie, die er sicher erwerben müsse, verklärt, aus dem Kampfe hervorgehen. Unterdessen war es allerdings ein trauriger Gedanke, welche tödliche Pein er vielleicht überstehen müßte, ehe er seinen Triumph erringen könne.

Der Düsterheit und dem Schrecken im Auge des armen Geistlichen nach zu urteilen, war aber leider der Kampf ein schwerer und der Sieg keineswegs gewiß.

X

Der Arzt und sein Patient

Der alte Roger Chillingworth war sein ganzes Leben hindurch von ruhigem Temperament, menschenfreundlichem, wenn auch nicht warmem Charakter, aber in allen seinen Verhältnissen zu der Welt ein reiner und rechtschaffener Mensch gewesen. Er hatte eine Untersuchung begonnen, und zwar, wie er sich vorstellte, mit der strengen gleichmütigen Lauterkeit eines Richters, der nur die Wahrheit erforschen will, und als ob die Frage nicht mehr in sich begreife, wie die luftigen Linien und Figuren eines geometrischen Problems statt menschlicher Leidenschaften und ihm selbst zugefügten Unrechts. Als er aber tiefer in die Sache eindrang, bemächtigte sich des alten Mannes ein entsetzlicher fesselnder Zauber, eine Art von grimmiger, dabei aber doch ruhiger Notwendigkeit und ließ ihn nicht eher wieder frei, als bis er ihre Gebote vollkommen ausgeführt hatte. Er wühlte jetzt in dem Herzen des armen Geistlichen wie ein nach Gold suchender Bergmann oder vielmehr wie ein Totengräber, der in einem Grabe vielleicht nach einem Juwel sucht, das auf der Brust eines Toten mit begraben worden war, der aber aller Erwartung nach nichts finden sollte als Moder und Verwesung. Wie unglücklich war aber seine eigene Seele, wenn dies das war, was er suchte.

Zuweilen schimmerte aus den Augen des Arztes ein Licht, blau und Unheil verkündend, wie der Widerschein eines Schmelzofens, oder sagen wir, wie das Aufscheinen jenes geisterhaften Feuers, das aus Bunyans furchtbarem Eingang im Hügel schoß und auf des Pilgers Gesicht flackerte. Der Boden, worin der düstere Bergmann grub, hatte ihm vielleicht Zeichen gegeben, welche ihn zum Fortfahren ermunterten.

„Dieser Mann“, sagte er in einem solchen Augenblicke zu sich, „hat, für so rein man ihn auch hält, so geistig er auch scheint, von seinem Vater oder seiner Mutter eine starke animalische Natur ererbt. Graben wir noch etwas weiter in der Richtung dieser Ader.“

Nach langem Suchen in dem nebelig trüben Innern des Geistlichen und vielfachem Umwühlen einer Menge kostbarer Materialien in Gestalt hoher Wünsche für das Glück seines Geschlechts, warmer Liebe der Seelen, reiner Gefühle, natürlicher durch Denken und Studium verstärkter und durch die Offenbarung erleuchteter Frömmigkeit – unschätzbares Gold, das dem Suchenden vielleicht nicht besser erschien als taubes Gestein, – wendete er sich entmutigt zurück und erneuerte seine Suche in anderer Richtung. Er schlich so leise, mit so vorsichtigem Tritt und so umsichtigem Blicke daher wie ein Dieb, der in ein Gemach kommt, wo ein Mensch halb im Schlafe oder vielleicht auch ganz munter daliegt, um den Schatz zu stehlen, welchen jener Mensch wie seinen Augapfel hütet. Trotz seiner wohlbedachten Vorsicht knarrte doch von Zeit zu Zeit der Fußboden, seine Gewänder rauschten, der Schatten seiner Gegenwart in verbotener Nähe fiel auf das Opfer. Mit anderen Worten: Dimmesdale, dessen Nervenreizbarkeit oft die Wirkung geistiger Intuition hatte, nahm unbestimmt wahr, daß sich etwas seinem Frieden Feindliches in erzwungene Verbindung mit ihm gesetzt hatte. Aber auch der alte Roger Chillingworth hatte ein fast intuitives Wahrnehmungsvermögen, und wenn der Prediger seine erschreckten Augen auf ihn warf, so saß der Arzt als gütiger, wachsamer, teilnehmender aber nie aufdringlicher Freund da.

Dimmesdale würde jedoch den Charakter dieses Menschen vollkommener erkannt haben, hätte ihn nicht eine gewisse Krankhaftigkeit, der verletzte Herzen oft ausgesetzt sind, gegen alle Menschen argwöhnisch gemacht. Da er keinem als seinem Freunde traute, so konnte er auch seinen Feind nicht erkennen, als dieser wirklich erschien. Er blieb daher im vertrauten Verkehr mit ihm und empfing den alten Arzt täglich in seinem Studierzimmer oder besuchte das Laboratorium und beobachtete zu seiner Erholung die Verfahrensweisen, durch welche Kräuter in kräftige Heilmittel verwandelt wurden.

Eines Tages sprach er, die Stirne auf die Hand und den Ellbogen auf die Brüstung des offenen Fensters gelehnt, das nach dem Gottesacker hinausging, mit Roger Chillingworth, während der alte Mann ein Bündel von unscheinbaren Pflanzen untersuchte.

„Wo“, fragte er mit einem über sie hingleitenden Blicke, denn es war eine Eigentümlichkeit des Geistlichen, daß er jetzt selten einen belebten oder leblosen Gegenstand gerade anschaute, „wo habt Ihr jene Kräuter mit dem dunkeln lappigen Blatte gesammelt, guter Doktor?“

„Auf dem Gottesacker hier vor uns“, antwortete der Arzt, ohne sich in seiner Beschäftigung stören zu lassen. „Sie sind mir neu. Ich fand sie auf einem Grabe, welches außer diesen häßlichen Kräutern, die es übernommen haben, die Erinnerungen an den Toten zu erhalten, weder einen Leichenstein, noch ein anderes Denkzeichen besaß. Sie wuchsen aus seinem Herzen und bedeuteten vielleicht ein häßliches Geheimnis, das er besser getan haben würde, während seiner Lebenszeit zu bekennen.“

„Vielleicht“, sagte Dimmesdale, „hat er es ernstlich gewünscht, aber nicht gekonnt.“

„Und weshalb?“ erwiderte der Arzt, „weshalb nicht, da alle Kräfte der Natur so eindringlich das Bekenntnis der Sünde verlangen, daß diese schwarzen Kräuter aus einem begrabenen Herzen entsprossen sind, um ein unausgesprochenes Verbrechen offenkundig zu machen.“

„Das ist nur eine Phantasie von Euch, Doktor“, entgegnete der Geistliche, „es kann, ahne ich recht, keine Gewalt, keine unter der göttlichen Gnade stehende Macht geben, die, sei es nun durch ausgesprochene Worte oder durch Zeichen oder Bilder, die mit einem menschlichen Herzen vielleicht begrabenen Geheimnisse offenbaren könnte. Das Herz, welches sich solcher Geheimnisse schuldig macht, muß sie bewahren bis zu dem Tage, da alles Verborgene offenbar werden soll. Auch habe ich die Heilige Schrift nicht so gelesen oder ausgelegt, daß ich der Meinung wäre, die Offenbarung menschlicher Gedanken und Taten, welche dort stattfinden soll, sei als ein Teil der Vergeltung zu betrachten. Das würde sicherlich eine seichte Ansicht von der Sache sein. Nein, diese Enthüllungen sollen, sofern ich nicht sehr irre, bloß dazu dienen, die intellektuelle Genugtuung aller verständigen Wesen zu befördern, die an jenem Tage dastehen und warten werden, um das dunkle Problem dieses Lebens sich aufklären zu sehen. Eine Kenntnis der menschlichen Herzen wird zur vollkommensten Lösung dieses Problems notwendig sein. Und ich bin übrigens der Ansicht, daß diejenigen Herzen, welche so unglückselige Geheimnisse enthalten wie das, von welchem Ihr sprecht, sie an jenem letzten Tage nicht mit Widerstreben, sondern mit einer unaussprechlichen Freude verkünden werden.“

„Warum wollen Sie diese dann nicht hier aufdecken?“ fragte Roger Chillingworth mit einem ruhigen Seitenblicke auf den Geistlichen, „warum sollte nicht der Schuldige früher dieser unaussprechlichen Erquickung teilhaftig werden?“

„Es geschieht auch meistens“, sagte der Geistliche, indem er scharf nach seiner Brust griff, als ob ihm wieder ein lästiger

Schmerz zu schaffen machte. „Gar manche arme Seele hat mir ihr Vertrauen geschenkt, nicht nur auf dem Sterbebett, sondern auch bei kräftigem Leben und gutem Ruf, und welche Erleichterung habe ich stets nach einem solchen Ausschütten bei jenen sündigen Brüdern wahrgenommen! Gerade wie bei einem, der endlich freie Luft einatmet, nachdem er lange in einem von seinem eignen verderbten Atem verunreinigten Zimmer gewesen ist. Wie kann es auch anders sein? Warum sollte ein Unglücklicher, der, sagen wir einmal, eines Mordes schuldig ist, es vorziehen, den Leichnam in seinem eignen Herzen zu begraben, statt ihn ohne weiteres von sich zu werfen und der Welt zu überlassen, sich seiner anzunehmen."

„Und doch begraben manche Menschen ihre Geheimnisse auf diese Weise", bemerkte der ruhige Arzt.

„Ja, es gibt solche Menschen", antwortete Dimmesdale. „Ohne aber nicht am Tage liegende Gründe anzugeben, können wir glauben, daß sie gerade durch die Art ihrer Natur stumm erhalten werden. Oder können wir nicht das annehmen? – so sündig sie vielleicht auch sind, haben sie doch dessenungeachtet in ihrem Herzen Eifer für den Ruhm Gottes und das Wohlergehen des Menschen bewahrt und schrekken davor zurück, sich dem Auge der Menschen schwarz und kotbefleckt zu zeigen, weil von da an nichts Gutes mehr durch sie bewirkt, keine böse Tat der Vergangenheit durch bessere Handlungen wiedergutgemacht werden kann, so gehen sie zu ihrer eignen unsagbaren Qual unter ihren Mitmenschen umher und scheinen diesen weiß wie frischgefallener Schnee, während ihre Herzen von einer Schuld befleckt und besudelt sind, deren sie sich nicht entledigen können."

„Solche Menschen betrügen sich selbst", sagte Chillingworth mit etwas größerem Nachdruck als gewöhnlich und machte eine leichte Geste mit seinem Zeigefinger. „Sie fürchten, die ihnen mit Recht gebührende Schmach auf sich zu nehmen. Ihre Liebe zum Menschen, ihr Eifer im Dienst Gottes – diese frommen Triebe mögen oder mögen nicht in ihrem

Herzen zugleich mit den sündigen Bewohnern vorhanden sein, denen ihre Schuld die Tür aufgeschlossen hat und die notwendigerweise eine Höllenbrut in ihrem Innern fortpflanzen müssen. Wenn sie aber Gott die Ehre geben wollen, so mögen sie ihre unreinen Hände nicht gen Himmel erheben! Wenn sie ihren Nebenmenschen dienen wollen, so mögen sie es dadurch tun, daß sie die Gewalt und das wirkliche Vorhandensein des Gewissens offenbar werden und sich zu bußfertiger Selbsterniedrigung zwingen lassen. Wollt Ihr, mein weiser und frommer Freund, mich überreden, daß ein solcher Schein besser und mehr zum Ruhme Gottes oder der Wohlfahrt des Menschen sein könne als die eigene Wahrheit Gottes? Glaubt mir, solche Menschen betrügen sich selbst!"

„Es mag wohl sein", sagte der junge Geistliche gleichgültig, als mache er einer Diskussion, die er für nicht hierher gehörig oder unpassend halte, ein Ende. Er besaß in der Tat die Fähigkeit, mit leichter Mühe Gegenständen auszuweichen, die sein zu reizbares Temperament in Aufregung versetzten. „Jetzt aber möchte ich meinen geschickten Arzt fragen, ob er wirklich glaubt, daß ich von seiner freundlichen Sorge für diesen meinen schwachen Körper Nutzen gezogen habe?"

Ehe Roger Chillingworth noch antworten konnte, hörten sie das klare, wilde Lachen der Stimme eines jungen Kindes von dem benachbarten Begräbnisplatz her. Der Geistliche blickte instinktmäßig aus dem offenen Fenster, denn sie befanden sich im Sommer, und sah Esther Prynne und die kleine Perle auf dem Fußpfade schreiten, welcher die Einfriedigungen durchschnitt. Perle sah schön wie der Tag aus, war aber in einer jener lustigen und dabei ungehorsamen Launen, durch welche sie, so lange sie dauerten, völlig aus der Sphäre menschlicher Sympathie oder Berührung entfernt zu sein schien. Sie hüpfte jetzt unehrerbietig von einem Grabe zum andern, bis sie zu dem breiten, glatten, mit ausgehauenen Wappenschildern gezierten Grabsteine eines einst angesehenen Mannes – vielleicht Isaak Johnsons selbst – gekommen, darauf zu tanzen anfing. Auf das Gebot und die Bitte ihrer Mutter, sich geziemender zu benehmen, blieb Perlchen einen Augenblick stehen, um vor einer hohen Klettenstaude, die neben dem Grabe stand, die widerhalsigen Kletten zu pflükken. Von diesen nahm sie eine Handvoll und ordnete sie den Linien des Scharlachbuchstabens entlang, welcher den Busen ihrer Mutter dekorierte und an welchem die Kletten, ihrer Natur gemäß, fest hängen blieben. Esther streifte sie nicht ab.

Roger Chillingworth hatte sich jetzt dem Fenster genähert und lächelte trübe.

„In der Natur dieses Kindes ist kein Gesetz, keine Achtung gegen die eingesetzte Gewalt, keine Rücksicht auf menschliche Gebote oder Meinungen, auf Recht oder Unrecht vorhanden", bemerkte er, zu sich selbst so gut gewendet wie zu seinem Gefährten. „Ich sah, wie sie neulich an der Viehtränke im Spring Lane den Gouverneur selber mit Wasser bespritzte. Was in des Himmels Namen mag sie sein? Ist der Kobold ganz und gar bös? Hat sie Gefühle? Läßt sich irgendein Prinzip ihres Daseins erkennen?"

„Keines – als die Freiheit eines gebrochenen Gesetzes", antwortete Dimmesdale ruhig, als ob er den Punkt schon bei sich selbst in Betracht gezogen habe. „Ob sie des Guten fähig sein mag, weiß ich nicht."

Das Kind hatte wahrscheinlich ihre Stimmen gehört, denn es blickte mit einem strahlenden, aber schelmischen Lächeln voll Lust und Verstand zu dem Fenster hinauf und warf eine von den stacheligen Kletten nach Dimmesdale. Der Geistliche schrak, von nervösem Schauder ergriffen, vor dem leichten Wurfgeschoß zurück. Als Perle seine Bewegung wahrnahm, klatschte sie mit dem überschwenglichsten Entzücken in ihre kleinen Hände. Esther Prynne hatte ebenfalls unwillkürlich hinaufgeblickt und diese vier Personen betrachteten einander schweigend, bis das Kind laut auflachte und schrie: „Komm fort, Mutter! Komm, sonst wird dich der alte schwarze Mann dort fangen. Den Prediger hat er schon. Komm mit, Mutter, sonst wird er dich fangen. Perlchen aber kann er nicht haschen!"

Hiermit zog sie ihre Mutter hinweg und hüpfte, tanzte und sprang phantastisch zwischen den Leichenhügeln umher, wie ein Geschöpf, das mit dem vergangenen und begrabenen Geschlechte nichts gemein hat und keine Verwandtschaft mit ihm anerkennt. Es war, als ob sie frisch aus neuen Elementen geschaffen sei und es ihr notwendigerweise gestattet werden müsse, ihr eigenes Leben zu leben und sich selbst Gesetz zu sein, ohne daß ihre Seltsamkeiten ihr zum Verbrechen angerechnet würden.

„Da geht ein Weib", begann Roger Chillingworth nach einer Pause von neuem, „das, was auch seine Fehler sein mögen, doch nichts von dem Geheimnisse verborgener Sündhaftigkeit an sich hat, welches Ihr für so schwer zu tragen haltet. Denkt Ihr, Esther Prynne sei um jenes Scharlachbuchstabens auf ihrer Brust willen weniger elend?"

„Ich glaube es wirklich", antwortete der Geistliche. „Dessenungeachtet kann ich nicht für sie antworten. Auf ihrem Gesicht lag ein Ausdruck der Pein, mit dessen Anblick ich gern verschont geblieben wäre. Dennoch aber denke ich, es würde für den Leidenden besser sein, seine Qual zeigen zu dürfen, wie jenes arme Weib, als sie in seinem Herzen zugedeckt halten zu müssen."

Es entstand wieder eine Pause, und der Arzt begann von neuem, die Pflanzen, welche er gesammelt hatte, zu untersuchen und zu ordnen.

„Ihr habt vor einiger Zeit", sagte er endlich, „mein Urteil über Eure Gesundheit verlangt."

„Das habe ich getan", antwortete der Geistliche, „und möchte es gerne erfahren. Ich bitte Euch, offen zu sprechen, sei es zum Leben oder zum Tode."

„Also offen und ehrlich gesagt", sprach der Heilkünstler, immer noch mit seinen Pflanzen beschäftigt, aber mit einem wachen Auge auf Dimmesdale, „die Krankheit ist eine seltsame; nicht sowohl an sich oder in ihren äußeren Kundgebungen – wenigstens so weit als die Symptome mir klar geworden sind. Da ich Euch täglich anseh, mein guter Herr, und Euer Äußeres jetzt seit einigen Monaten beobachtete, muß ich Euch wohl für einen sehr kranken Mann halten, aber nicht für so krank, daß ein gelehrter und wachsamer Arzt nicht noch mit Grund hoffen könnte, Euch zu heilen – aber – ich weiß nicht, was ich sagen soll – die Krankheit ist von einer Art, die ich zu kennen scheine und doch nicht kenne."

„Ihr sprecht in Rätseln, gelehrter Herr", sagte der blasse Geistliche, indem er seitwärts aus dem Fenster blickte.

„Dann muß ich deutlicher sprechen", fuhr der Arzt fort, „und ich bitte für diese notwendige Deutlichkeit meiner Rede um Verzeihung – wenn sie der Verzeihung zu bedürfen scheinen sollte. Erlaubt mir zu fragen – als Euer Freund – als einer, dem nach der Vorsehung Euer Leben und körperliches Wohlsein anvertraut ist, – habt Ihr mir auch alle Wirksamkeit dieser Krankheit offen dargelegt und berichtet?"

„Wie könnt Ihr das in Frage ziehen?" fragte der Geistliche. „Es würde ja eine Kindertorheit sein, den Arzt herbeizurufen und dann die wunde Stelle zu verbergen."

„Ihr wollt mir damit also sagen, daß ich alles wisse", sagte Roger Chillingworth langsam und heftete sein von hoher konzentrierter Intelligenz strahlendes Auge auf das Gesicht des Geistlichen. „Es mag sein! Aber ich sage wieder: Der, welchem nur das äußere und physische Übel aufgedeckt wird, kennt oftmals nur die Hälfte der Krankheit, deren Heilung man von ihm verlangt. Eine körperliche Krankheit, die wir als ein Ganzes an sich selbst betrachten, kann am Ende doch nur ein Symptom eines Gebrestes unseres geistigen Teiles sein. Ich bitte Euch nochmals um Verzeihung, guter Herr, wenn meine Worte auch nur den Schatten einer Kränkung enthalten sollten. Ihr, Herr, seid von allen Menschen, die ich noch gekannt habe, derjenige, dessen Körper mit dem Geiste, dessen Werkzeug er ist, am engsten zusammenhängt und sich sozusagen identifiziert."

„Dann brauche ich Euch nicht weiter zu fragen", sagte der Geistliche, indem er sich etwas hastig von seinem Stuhle erhob. „Denn ich nehme nicht an, daß Ihr es mit Arznei für die Seele zu tun habt."

„So hat eine Krankheit", fuhr Roger Chillingworth mit unverändertem Tone und ohne auf die Unterbrechung zu achten, fort, indem er aber aufstand und sich mit seiner kleinen, dunklen, verunstalteten Figur vor den verhärmten und bleichgesichtigen Geistlichen hinstellte – „eine wunde Stelle in Eurem Geiste, wenn wir es so nennen wollen, sofort auch ihre geeignete Kundgebung in Eurem Körper. Wollt Ihr daher, daß Euer Arzt das körperliche Übel heile, so muß ich Euch darauf antworten, wie ist das möglich, wenn Ihr ihm nicht vorher die Wunde oder die kranke Stelle in Eurer Seele offen darlegt?"

„Nein! – weder Euch noch irgendeinem irdischen Arzte!" rief Dimmesdale leidenschaftlich und heftete seine Augen voll und schimmernd und mit einer Art von Heftigkeit auf den alten Roger Chillingworth. „Euch nicht! Wenn es aber eine Krankheit der Seele ist, dann empfehle ich mich dem einen Arzt der Seelen! Er kann, wenn es seinem Ratschlusse entspricht, heilen oder töten. Er mag mit mir verfahren, wie es ihm in seiner Weisheit und Gerechtigkeit angemessen erscheint; aber wer bist du, daß du dich in diese Sache mischest? – daß du es wagst, dich zwischen den Leidenden und seinen Gott zu drängen?"

Er eilte mit einer Gebärde halber Raserei aus dem Zimmer.

„Es ist gut, daß ich diesen Schritt getan habe", sagte sich Roger Chillingworth und blickte dem Geistlichen mit einem ernsten Lächeln nach. „Es ist nichts verloren. Wir werden bald wieder Freunde sein, aber sieh einer an, wie sich die Leidenschaft dieses Mannes bemächtigte und ihn außer sich bringt! Wie es sich mit der einen Leidenschaft verhält, so auch mit anderen. Der fromme Herr Dimmesdale wird wohl schon einmal etwas ganz Wildes getan haben."

Es erwies sich nicht als schwierig, die Vertraulichkeit der beiden Gefährten auf demselben Fuße und in demselben Grade wie früher wiederherzustellen. Der junge Geistliche begriff nach einigen allein zugebrachten Stunden, daß seine Nervenreizbarkeit ihn zu einem unziemlichen Zornesausbruch getrieben hatte, der durch nichts in den Worten des Arztes entschuldigt werden konnte. Er wunderte sich in der Tat über die Gewaltsamkeit, womit er den freundlichen alten Mann zurückgestoßen hatte, als dieser ihm bloß den Rat anbot, welchen ihm zu geben seine Pflicht war und den er selbst ausdrücklich verlangt hatte. In diesem reuigen Gefühle brachte er ihm ohne Zeitverlust die umfassendsten Entschuldigungen dar und bat seinen Freund, die Fürsorge fortzusetzen, welche, wenn sie auch nicht imstande sei, ihm die Gesundheit wiederzugeben, doch aller Wahrscheinlichkeit nach bewirkt habe, daß seine schwache Existenz bis zu dieser Stunde verlängert worden sei. Roger Chillingworth willigte gern ein, setzte seine medizinische Obhut über den Geistlichen fort und tat für ihn alles, was er vermochte, verließ jedoch nach jedem ärztlichen Besuche des Patienten dessen Zimmer mit einem geheimnisvollen, rätselhaften Lächeln auf den Lippen. Dieser Ausdruck war in Dimmesdales Gegenwart unsichtbar, zeigte sich jedoch stets von dem Augenblicke an, wo der Arzt über die Schwelle trat.

„Ein seltsamer Fall!" sagte er zu sich selbst; „ich muß einen tieferen Einblick gewinnen; eine seltsame Sympathie zwischen Seele und Körper; ich muß der Sache auf den Grund kommen, wenn es auch nur um der Kunst willen wäre."

Nicht lange nach dem berichteten Auftritte traf es sich, daß Dimmesdale am hellen Mittage und ganz ohne es zu bemerken, während er auf seinem Stuhle saß und einen großen, mit gotischen Buchstaben gedruckten Folianten vor sich geöffnet auf dem Tische liegen hatte, in einen tiefen Schlummer sank. Das Werk mußte ein Beispiel hohen Talentes in der einschläfernden Schule der Literatur sein. Die ungewöhnliche Tiefe der Ruhe des Geistlichen war um so merkwürdiger, als er sonst zu den Personen gehörte, deren Schlaf so leise, so launisch und so leicht verscheuchbar ist wie ein in den Zweigen hüpfendes Vögelchen. Sein Geist hatte sich jedoch jetzt bis zu einer so ungewöhnlichen Ferne in sich selbst zurückgezogen, daß er sich nicht auf seinem Stuhl bewegte, als der alte Roger Chillingworth ohne besondere Vorsichtsmaßregel in das Zimmer trat. Der Arzt ging sogleich auf seinen Patienten zu, legte seine Hand auf dessen Brust und schob das Kleidungsstück beiseite, welches diese bisher stets, selbst vor dem Auge der Wissenschaft, verborgen gehalten hatte.

Jetzt schauerte Dimmesdale in der Tat zusammen und bewegte sich leise.

Nach einer kurzen Pause wendete sich der Arzt von ihm ab.

Aber mit welchem wilden Blick der Verwunderung, der Freude und des Entsetzens! Mit welchem schauderhaften Entzücken, das zu mächtig war, um sich nur durch das Auge und die Züge des Gesichts ausdrücken zu lassen und daher durch die ganze Häßlichkeit seiner Gestalt hervorbrach und sich sogar lärmend in den ausschweifenden Gebärden kundgab, womit er seine Arme nach der Decke emporwarf und mit dem Fuße auf den Boden stampfte. Wer den alten Roger Chillingworth in jenem Augenblicke seiner Ekstase gesehen hätte, würde sich nicht zu fragen gebraucht haben, wie sich Satan benimmt, wenn eine kostbare Menschenseele dem Himmel verlorengeht und seinem Reiche gewonnen wird.

Was aber die Ekstase des Arztes von der des Satans unterschied, das war der Zug von Verwunderung, welcher sich darin kundgab.

XI

Das Innere eines Herzens

Nach dem letztbeschriebenen Vorfalle war der Verkehr zwischen dem Geistlichen und dem Arzte, wiewohl äußerlich noch der gleiche, doch wirklich von einem anderen Charakter als früher. Roger Chillingworths Verstand hatte jetzt einen Weg vor sich, der klar genug dalag. Allerdings war es nicht gerade der, auf dessen Betretung er sich vorbereitet hatte. So ruhig, sanft und leidenschaftslos er auch schien, besaß der unglückliche alte Mann doch, wie wir fürchten müssen, eine stille, tiefe Bosheit, die bisher geschlummert hatte, jetzt aber zur Tätigkeit gelangte und ihn antrieb, sich eine seelische Rache auszudenken, wie sie noch nie ein Sterblicher an einem Feinde geübt hatte. Er wollte sich zu dem einzigen vertrauten Freunde machen, dem alle Furcht, Gewissensbisse, Qual, wirkungslose Reue, jede Rückströmung sündiger, vergebens verbannter Gedanken mitgeteilt werden sollte. Der ganze sündige Schmerz, der vor der Welt verborgen gehalten wurde, deren großes Herz ihn bemitleidet und ihm verziehen haben würde, sollte ihm, dem Mitleidlosen, ihm, dem Nieverzeihenden, offenbart, alle jene dunkeln Schätze gerade an denjenigen verschwendet werden, welchem nichts anderes so angemessen die Schuld der Rache zu zahlen vermochte!

Die scheue, reizbare Zurückhaltung des Geistlichen hatte diesen Plan zunichte gemacht. Roger Chillingworth war jedoch kaum geneigt, mit der Lage der Dinge weniger zufrieden zu sein, welche die Vorsehung, sich des Rächers und seines Opfers zu ihren eigenen Zwecken bedienend und vielleicht da verzeihend, wo sie am schwersten zu strafen schien, an die Stelle seiner schwarzen Absichten gesetzt hatte. Er konnte beinahe sagen, ihm sei eine Offenbarung zuteil geworden, und für seinen Zweck war es fast gleichviel, ob dieselbe vom Himmel oder aus einer andern Region kam. Mit ihrer Hilfe schien ihm in allen späteren Beziehungen zwischen ihm und Dimmesdale nicht bloß die äußerliche Gegenwart, sondern auch das Innerste von dessen Seele vor die Augen gestellt zu werden, so daß er jede ihrer Bewegungen sehen und begreifen konnte. Er war von da an nicht mehr bloß ein Zuschauer, sondern spielte eine Hauptrolle in der inneren Welt des armen Geistlichen. Er konnte auf ihm spielen, wie es ihm beliebte. Wollte er ihn durch ein Zucken der Qual aufstacheln? Das Opfer lag beständig auf der Folter, er brauchte nur die Feder zu kennen, wodurch die Maschine in Tätigkeit geriet, und der Arzt kannte sie vollkommen. Wollte er ihn durch plötzliche Furcht erschrecken? Wie durch die Bewegung eines Zauberstabes erhob sich ein grausiges Gespenst, drängte sich in vielfacher Gestalt, in der des Todes oder noch entsetzlicherer Schmach, um den Geistlichen und deutete mit den Fingern auf seine Brust.

Alles dies geschah mit so vollkommener Feinheit, daß der Geistliche, wiewohl in beständiger unbestimmter Ahnung, daß ein böser Einfluß über ihm wache, doch nie zur Kenntnis von deren eigentlicher Natur gelangen konnte. Allerdings blickte er voller Zweifel und Furcht, zuweilen sogar mit dem Abscheu und der Bitterkeit des Hasses auf die unförmige Gestalt des alten Arztes. Seine Gebärden, sein Gang, sein grauer Bart, seine gewöhnlichsten und gleichgültigsten Handlungen, ja selbst der Schnitt seiner Kleider waren ihm verhaßt – ein unbedingt zuverlässiges Merkmal einer tieferen Antipathie in seiner Brust, als er sich selber gestehen wollte; denn da es unmöglich war, einen Grund für ein solches Mißtrauen und solchen Abscheu anzugeben, schrieb Dimmesdale in dem Bewußtsein, daß das Gift der einen kranken Stelle sein ganzes Herz angesteckt habe, alle seine Ahnungen keiner anderen Ursache zu. Er warf sich selbst seine Abneigung gegen Roger Chillingworth vor, ließ die Lehre, welche er daraus hätte ziehen sollen, unbeachtet und strengte sich an, sie auszurotten. Obgleich er dies nicht vermochte, setzte er doch grundsatzmäßig den gewohnten vertraulichen Umgang mit dem alten Manne fort und gewährte ihm so beständig Gelegenheiten zur Ausführung des Zweckes, welchem sich der Rächer geweiht hatte, dieses arme, vereinsamte Geschöpf, dessen Unglück noch tiefer als das seines Opfers war.

Während er so an körperlicher Krankheit litt und die schwarze Unruhe seiner Seele an ihm nagte und ihn folterte und er dem Tun seines Todfeindes ausgesetzt war, hatte Dimmesdale in seinem heiligen Amte einen glänzenden Ruhm erworben. Er errang ihn in der Tat zum großen Teil eben durch seine Verzweiflungen. Seine intellektuellen Gaben, seine moralischen Fähigkeiten, seine Kraft, Empfindungen zu fühlen und mitzuteilen, wurden durch den Stachel und die Pein seines täglichen Lebens in einem Zustande nicht mehr ganz natürlicher Tätigkeit erhalten. Sein Ruhm überschattete, obgleich er seinen Gipfelpunkt noch nicht erreicht hatte, doch bereits den weniger glänzenden Ruf seiner Amtsbrüder, so ausgezeichnet auch einige davon waren. Es gab unter ihnen Gelehrte, die auf die Erwerbung abstruser theologischer Kenntnisse eine größere Anzahl von Jahren verwendet hatten als Dimmesdales ganzes Leben umfaßte, und die daher in dergleichen soliden und wertvollen Dingen größere Erfahrung besitzen mußten als ihr jugendlicher Kollege. Es gab ferner Männer von robusterer Geistesart und mit größerem Anteil an gewitztem harten, eisernen und granitenen Verstande, der im gehörigen Gemisch mit einer guten Quantität von dogmatischen Ingredienzen eine höchst achtbare, wirksame und unliebenswürdige Varietät des klerikalen Geschlechtes bildet. Weiter befanden sich unter ihnen wahrhaft heilige Väter, deren Fähigkeiten durch mühsame Arbeit an ihren Büchern, durch geduldiges Denken erweitert und, mehr noch, durch geistliche Verbindung mit einer besseren Welt verfeinert worden waren, in die sie durch die Reinheit ihres Lebens fast schon eingetreten wären, während die Kleidung des Fleischlichen noch an ihnen hing. Ihnen mangelte weiter nichts als die Gabe, welche am Pfingstfeste in Flammenzungen auf die erwählten Jünger herabgestiegen war, was, so will es uns scheinen, nicht die Macht der Rede in fremden und unbekannten Zungen bedeuten soll, sondern die Fähigkeit, das ganze Menschengeschlecht in der dem Herzen angeborenen Sprache anzureden. Diesen in jeder andern Hinsicht so apostolischen Vätern mangelte des Himmels letztes und köstlichstes Zeugnis ihres Amtes, die Flammenzunge. Sie würden sich vergeblich bestrebt haben, wenn ihnen dieses Streben auch nur im Traum eingefallen wäre, die höchsten Wahrheiten durch das bescheidenste Mittel bekannter Worte und Bilder auszudrücken. Ihre Stimmen drangen fern und undeutlich aus den oberen Höhen herab, wo sie ihre Wohnung aufgeschlagen hatten.

Es ist nicht unwahrscheinlich, daß Dimmesdale durch viele seiner Charakterzüge eigentlich zu dieser letztern Menschenklasse gehörte. Er wäre zu den hohen Berggipfeln des Glaubens und der Frömmigkeit emporgeklommen, wenn nicht sein Streben durch die Last, sei es nun des Vergehens oder der Pein, gehemmt worden wäre, unter welcher dahinzuschwanken sein Schicksal mit sich brachte. Sie hielt ihn nieder auf dem gleichen Niveau mit dem Geringsten, ihn, den Mann der sublimen Eigenschaften, auf dessen Stimme sonst die Engel gelauscht und geantwortet hätten. Aber gerade diese Bürde war es, welche ihm ein so inniges Gleichgefühl mit der sündigen Brüderschaft der Menschheit verlieh, so daß sein Herz mit dem ihren gleichgestimmt schlug und ihre Pein in sich selbst aufnahm und seinen eigenen Pulsschlag des Schmerzes in Strömen trauriger, überzeugender Beredsamkeit durch tausend andere Herzen trieb. Am häufigsten sprach er überredend, zuweilen aber auch entsetzlich. Das Volk wußte nicht, durch welche Kraft es so bewegt wurde. Es hielt den jungen Geistlichen für ein Wunder von Heiligkeit. Es glaubte, daß durch seinen Mund der Himmel Botschaften der Weisheit und des Tadels und der Liebe herabsende. In den Augen des Volkes war schon der Boden, welchen er betrat, geheiligt. Die Jungfrauen seiner Gemeinde wurden um ihn her bleich, sie waren die Opfer einer so von religiöser Empfindung gedrängten

Liebe, daß sie diese für nichts als Religion hielten und offen in ihrem weißen Busen als ihr annehmbarstes Opfer vor dem Altare darbrachten. Die bejahrten Mitglieder seiner Herde, welche Dimmesdales Körper so schwach sahen, während sie selbst noch in ihrer Altersschwäche so kräftig waren, glaubten, daß er vor ihnen zum Himmel emporsteigen würde und schärften ihren Kindern ein, daß sie ihre Gebeine direkt bei dem heiligen Grabe ihres jungens Pastors begraben sollten. Und diese ganze Zeit über fragte sich vielleicht der arme Dimmesdale, wenn er an sein Grab dachte, ob je Gras darauf wachsen würde, weil ein fluchbeladener Leichnam darin begraben liegen müsse.

Mit welcher Qual folterte ihn diese öffentliche Verehrung! Es war seine Natur, die Wahrheit anzubeten und alles, was nicht ihre göttliche Wesenheit als das Leben in seinem Leben besaß, für Schatten anzusehen, die gänzlich ohne Wert oder Gewicht seien. Was war er aber? Ein Körper – der nebelhafteste aller Schatten! Er sehnte sich, von seiner Kanzel herab mit voller Kraft seiner erhobenen Stimme zu sprechen und dem Volke zu sagen, was er sei. „Ich, den ihr in diesen schwarzen Priestergewändern erblickt, ich, der ich zu der geheiligten Kanzel emporsteige und mein blasses Gesicht gen Himmel kehre und es auf mich nehme, für euch mit dem Höchsten, dem Allwissenden in Verbindung zu treten, ich, in dessen täglichem Leben ihr die Frömmigkeit eines Henoch erblickt, ich, dessen Schritte, eurem Glauben nach, auf meinem irdischen Pfade einen Schimmer zurücklassen, welcher die nach mir kommenden Pilger nach den Regionen der Seligen führen wird, ich, der ich die Hand der Taufe auf eure Kinder gelegt habe, ich, der ich das letzte Gebet über eure sterbenden Freunde gehaucht habe, denen das Amen nur noch schwach aus einer Welt, die sie verlassen hatten, nachklang, ich – euer Pastor, den ihr so verehrt und dem ihr so innig vertraut, bin nichts als Moder und Lüge!“

Mehr als einmal war Dimmesdale in der Absicht auf die

Kanzel gestiegen, nicht eher wieder herabzukommen, als bis er Worte wie die obigen gesprochen hätte, mehr als einmal hatte er sich geräuspert und den langen, tiefen, bebenden Atemzug getan, welcher bei seinem Wiederausströmen mit dem schwarzen Geheimnisse seiner Seele belastet hervorkommen sollte. Mehr als einmal, mehr als hundert Male hatte er wirklich gesprochen! Gesprochen, aber wie? Er hatte seinen Zuhörern gesagt, daß er ganz und gar schlecht, ein lasterhafter Genosse der Lasterhaften, der schlimmste aller Sünder, ein Abscheu vor Gott und den Menschen, ein Ding von unerdenklicher Sündhaftigkeit sei, und daß das größte Wunder nur das wäre, daß sie nicht seinen elenden Körper vor ihren Augen durch den glühenden Zorn des Allmächtigen verschrumpfen sähen. Konnte es deutlichere Worte geben als diese? Sollte darauf nicht das Volk, von einem gemeinschaftlichen Antriebe ergriffen, aus seinen Kirchenstühlen aufspringen und ihn von der Kanzel, welche er entweihte, herabschleppen? Aber nicht doch! sie hörten es alle und verehrten ihn nur um so mehr. Sie ahnten nicht, welch tödlicher Sinn in diesen sich selbst verdammenden Worten lauerte. „Der fromme, junge Mann!" sagten sie zueinander. „Der Heilige auf Erden! Ach wenn er in seiner eignen reinen Seele solche Sündhaftigkeit entdecken kann, welches grausige Schauspiel würde er dann in der deinen oder meinen erblicken!" Der Prediger, jener feine, aber reuige Heuchler wußte recht gut, in welchem Lichte sein unbestimmt gefaßtes Bekenntnis aufgenommen würde. Er hatte sich bemüht, sich selbst zu betrügen, indem er das Geständnis eines sündigen Gewissens ablegte, aber nur noch eine weitere Sünde und eine sich selbst gestandene Schande erworben, ohne auch nur die augenblickliche Erleichterung der Selbsttäuschung zu erlangen. Er hatte die volle Wahrheit gesprochen und sie in die größte Lüge umgewandelt. Und doch liebte er von Natur die Wahrheit und verabscheute die Lüge so sehr, wie außer ihm nur wenige. Deshalb verabscheute er vor allen andern Dingen sein elendes Ich.

Seine innere Unruhe trieb ihn zu Gebräuchen, die eher mit dem alten, verderbten Glauben Roms im Einklang standen als mit dem helleren Licht der Kirche, in welcher er geboren und erzogen war. In Dimmesdales Schlafgemach befand sich unter Schloß und Riegel eine blutige Geißel. Oftmals hatte sie der protestantische und puritanische Geistliche gegen seine eigenen Schultern geschwungen und dabei bitter über sich selbst gelacht und wegen eben jenes bittern Lachens um so unbarmherziger zugeschlagen. Er hatte überdies die Gewohnheit zu fasten wie so viele andere fromme Puritaner, aber nicht, um, wie sie, den Körper zu höherer Reinheit zu führen und ihn zu einem passendern Gegenstand himmlischer Erleuchtung zu machen, sondern als einen strengen Akt der Buße, und bis seine Knie unter ihm zitterten. Dann hielt er eine Nachtwache um die andere, zuweilen in völliger Finsternis, zuweilen bei einer schwach schimmernden Lampe und mitunter vor einem Spiegel, in dem er sein eigenes Gesicht bei dem stärksten Lichte, welches er darauf werfen konnte, betrachtete. Auf diese Weise versinnbildlichte er die beständige Selbstschau, womit er sich folterte, aber sich nicht zu reinigen vermochte; bei diesen anhaltenden Vigilien drehte sich ihm oft das Hirn im Kreise und vor ihm schienen Visionen vorüberzuschweben, die er vielleicht zweifelhaft und in einem schwachen, von ihm selbst ausgeströmten Lichte in dem entfernten Düster des Gemaches erblickte, oder die lebhafter und dicht neben ihm im Spiegel zu sehen waren. Bald war es eine Herde diabolischer Gestalten, die den blassen Geistlichen angrinsten und verspotteten und ihm winkten mitzukommen, bald eine Gruppe schimmernder Engel, die schwer, wie kummerbeladen aufwärtsflogen, aber desto ätherischer wurden, je höher sie stiegen. Dann kamen die toten Freunde seiner Jugend und sein weißbärtiger Vater mit fromm gerunzelter Stirn und seine Mutter, die im Vorübergleiten ihr Gesicht abwendete. Der Geist einer Mutter, die körperloseste Phantasie von einer Mutter, sie hätte doch wohl einen mitleidigen Blick auf ihren

Sohn werfen können! Und nun glitt durch das Gemach, welches diese gespenstischen Gedanken so schaurig gemacht hatten, Esther Prynne mit Perlchen in ihrem Scharlachgewande und deutete mit dem Zeigefinger zuerst auf den Scharlachbuchstaben an ihrem Busen und dann auf des Geistlichen eigene Brust.

Von diesen Visionen täuschte ihn keine je vollkommen. Er konnte jeden Augenblick mit einer Anstrengung seines Willens Gegenstände durch ihre nebelhafte Körperlosigkeit erkennen und sich überzeugen, daß sie nicht von solider Natur seien, wie jener geschnitzte Eichentisch oder das dicke, viereckige, ledergebundene Buch mit Messingklappen dort. Bei alledem waren sie aber in einem Sinne die wirklichsten und wesenhaftesten Dinge, mit welchen jetzt der arme Geistliche zu tun hatte. Es ist das unnennbare Elend eines so falschen Lebens wie des seinigen, daß es allem Wirklichen, was uns umgibt und was von dem Himmel zur Freude und Nahrung des Geistes bestimmt ist, sein Mark und seine Wesenhaftigkeit raubt. Dem Unwahren ist die ganze Welt eine Lüge, ist ungreifbar, zerfließt in seiner Hand in nichts, und er selbst wird, soweit er sich in einem falschen Lichte zeigt, zu einem Schatten oder hört eigentlich völlig zu existieren auf. Die einzige Wahrheit, welche dem Pfarrer Dimmesdale eine wirkliche Existenz auf dieser Erde zu geben fortfuhr, war die Seelenqual in seinem tiefsten Innern und der unverstellte Ausdruck davon auf seinem Gesicht. Hätte er nur ein einziges Mal die Kraft gefunden zu lächeln und eine heitere Miene zu zeigen, so würde es gar keinen solchen Menschen mehr gegeben haben!

In einer jener häßlichen Nächte, die wir nur angedeutet, uns aber enthalten haben, völlig auszumalen, sprang der Prediger von seinem Stuhle auf. Ein neuer Gedanke hatte sich seiner bemächtigt. Es war möglich, daß er dadurch auf einen Augenblick zu Frieden gelangte. Er kleidete sich mit ebenso großer Sorgfalt wie zum öffentlichen Gottesdienst und genau auf die gleiche Weise an, stahl sich leise die Treppe hinab, öffnete die Tür und trat auf die Straße hinaus.

XII
Die Vigilie des Geistlichen

Gewissermaßen in Traumesschatten dahinschreitend und vielleicht auch wirklich unter dem Einflusse einer Art von Somnambulismus erreichte Dimmesdale die Stelle, wo vor jetzt so langer Zeit Esther Prynne ihre erste Stunde der öffentlichen Schmach durchlebt hatte. Unter dem Balkon des Versammlungshauses stand noch dasselbe Gerüst, schmerzlich und von dem Sturm und Sonnenschein sieben langer Jahre gefärbt und von den Schritten der vielen Sünder, welche seitdem hinaufgestiegen waren, ausgetreten. Der Geistliche erstieg die Stufen.

Es war eine dunkle Nacht zu Anfang des Monats Mai. Der ganze Himmel war vom Zenit bis zum Horizont von einer ununterbrochenen Wolkendecke verhüllt. Wenn jetzt dieselbe Volksmenge, welche Augenzeuge der Strafe Esther Prynnes gewesen war, hätte herbeigerufen werden können, so würde sie auf dem Gerüste kein Gesicht, ja in dem dunklen Grau der Mitternacht kaum die Umrisse einer menschlichen Gestalt wahrgenommen haben. In der Stadt schlief jedoch alles, es war keine Gefahr der Entdeckung. Der Geistliche konnte, wenn es ihm beliebte, dort stehen bleiben, bis der Morgen sich im Osten rötete, ohne weitere Gefahr zu laufen, als daß die feuchte, kalte Nachtluft in seinen Körper drang und seine Glieder mit rheumatischer Steifheit erfüllte und seine Kehle durch Katarrh und Husten heiser machte und dadurch die erwartungsvolle Gemeinde um das Gebet am nächsten Morgen und die Predigt brachte. Kein Auge konnte ihn erblicken, außer dem stets wachenden, welches ihn in seinem Gemach die blutige Geißel hatte schwingen sehen. Warum war er aber dann hierhergekommen? War es bloß die Parodie eines Bußaktes? Allerdings eine Parodie, bei der seine Seele ihrer selbst spottete, eine Parodie, über welche Engel erröteten und weinten, während Teufel mit höhnischem Gelächter jubelten. Er war von der Macht der Reue, die ihn überall verfolgte und deren Schwester und engverbundene Gefährtin die Feigheit war, welche ihn stets mit ihrer zitternden Hand zurückzog, wenn ihn der andere Impuls bis zur Grenze eines Geständnisses gedrängt hatte, hierher getrieben worden. Der unglückliche Mann! Welches Recht hatte eine Schwäche, wie die seine, sich mit einem Verbrechen zu belasten? Das Verbrechen ist für mit eisernen Nerven Begabte, welche die Wahl haben, es entweder zu tragen oder, wenn es zu schwer lasten sollte, ihre wilde, wütige Kraft zu einem guten Zwecke anzuwenden und es mit einem Male von sich zu werfen! Dieser schwache und von seinen Gefühlen beherrschte Geist konnte keines von beiden tun, und doch tat er beständig eines oder das andere, was die Qual dem Himmel trotzender Sünde und vergebliche Reue zu dem gleichen unauflöslichen Knoten verschlang.

Und während Dimmesdale in dieser eitlen Nachäfferei der Sühne auf dem Gerüste stand, bemächtigte sich seiner ein tiefer Schrecken des Geistes, als blicke die ganze Welt auf ein scharlachrotes Zeichen auf seiner nackten Brust gerade über dem Herzen. An dieser Stelle befand sich in der Tat und schon lange der nagende, giftige Zahn körperlichen Schmerzes. Ohne eine Anstrengung seines Willens, ohne Kraft, sich zurückzuhalten, schrie er laut auf, daß es durch die Nacht hallte und von einem Hause gegen das andere geworfen wurde und von dem Hügel im Hintergrund antwortete, als ob eine Gesellschaft von Teufeln so großes Elend und Entsetzen in dem Laute entdeckt habe und ihn zu ihrem Spielwerk gemacht hätte und scherzend hin und her schleudere.

„Es ist vollbracht“, flüsterte der Geistliche und bedeckte sein Gesicht mit den Händen. „Die ganze Stadt wird erwachen und herbeieilen und mich hier finden!“

Aber dem war nicht so. Der Schrei war vielleicht mit weit größerer Kraft, als er wirklich besaß, in seinen eigenen erschreckten Ohren erklungen. Die Stadt erwachte nicht, oder wenn sie es tat, so hielten die müden Schläfer den Schrei entweder für einen furchtbaren Traum oder für den Lärm der Hexen, deren Stimmen man zu damaliger Zeit oft über die Niederlassungen und einsamen Hütten hinziehen hörte, wenn sie mit Satan durch die Luft ritten. Da der Geistliche kein Zeichen einer Störung seiner Einsamkeit wahrnahm, entfernte er die Hand, womit er sein Gesicht bedeckt hatte, von den Augen und blickte um sich. An einem von den Kammerfenstern des Herrschaftshauses des Gouverneurs Bellingham, welches in einiger Entfernung in der Linie einer andern Straße stand, bemerkte er die Gestalt des alten Magistratsherrn selbst mit einer Lampe in der Hand, einer weißen Nachtmütze auf dem Kopfe und einem langen, weißen Nachtgewande, das seine Figur einhüllte. Er sah aus wie ein zur unrechten Zeit aus dem Grabe heraufbeschworener Geist. Der Schrei hatte ihn offenbar aufgeschreckt. An einem andern Fenster desselben Hauses zeigte sich überdies die alte Hibbins, die Schwester des Gouverneurs, ebenfalls mit einer Lampe, die selbst in so weiter Ferne den Ausdruck ihres versäuerten, unzufriedenen Gesichtes erkennen ließ. Sie streckte ihren Kopf aus dem Fenster und blickte aufmerksam in die Höhe. Ohne allen Zweifel hatte die ehrwürdige Hexendame Dimmesdales Schrei gehört und ihn mit seinen zahlreichen Widerhallen und Echos für den Lärm der Dämonen und Nachtgespenster gehalten, mit welchen sie bekanntlich Ausflüge in den Wald machte.

Als die alte Dame den Schimmer der Lampe des Gouverneurs Bellingham bemerkte, löschte sie schnell ihr Licht aus und verschwand. Vielleicht fuhr sie hinauf in die Wolken. Der Prediger sah von ihren Bewegungen weiter nichts. Der Gouverneur zog sich nach einigen in die Dunkelheit hinausgeworfenen Blicken, die ihn jedoch nicht tiefer in diese dringen ließen wie in einen Mühlstein, vom Fenster zurück.

Der Geistliche wurde etwas ruhiger. Seine Augen bemerkten jedoch bald ein kleines schimmerndes Licht, welches anfänglich eine weite Strecke entfernt die Straße entlang herankam. Es warf einen Strahl des Erkennens hier auf einen Pfosten, dort auf einen Gartenzaun, da wieder auf eine Fensterscheibe und dann auf einen Brunnen mit seinem vollen Wassertroge und hier endlich auf eine gewölbte, eichene Tür mit einem eisernen Klopfer und einem behauenen Klotze statt der Schwelle. Dimmesdale bemerkte alle diese kleinen Einzelheiten, selbst während er fest überzeugt war, daß das Strafgericht seiner Existenz in den Schritten, die er jetzt hörte, heranschleiche, und daß in wenigen Augenblicken der Strahl der Laterne auf ihn fallen und sein lange verborgen gehaltenes Geheimnis enthüllen würde. Als das Licht näher kam, erblickte er in dem erhellten Kreise seinen Kollegen oder genauer gesagt, seinen geistlichen Vater und hochgeschätzten Freund, den ehrwürdigen Herrn Wilson, der, wie Pfarrer Dimmesdale jetzt vermutete, am Bette eines Sterbenden gebetet hatte. So war es auch. Der gute alte Pfarrer kam direkt aus dem Sterbezimmer des Gouverneurs Winthrop, der in eben jener Stunde die Erde mit dem Himmel vertauscht hatte, und nun begab sich, wie die Heiligen des Altertums mit einer Strahlenglorie umgeben, die ihn mitten in dieser düsteren Nacht der Sünde erhellte, als ob ihm der dahingeschiedene Gouverneur seine Herrlichkeit zum Erbteil zurückgelassen, als ob auf ihn selbst der ferne Glanz des himmlischen Jerusalems gefallen sei, während er emporblickte, um den triumphierenden Pilger in dessen Tore eingehen zu sehen – jetzt begab sich der gute Vater Wilson nach Hause, indem er seine Schritte nach dem Scheine einer Laterne lenkte. Deren Licht gab dem Dimmesdale diese Gedanken ein und er lächelte, ja er lachte sogar fast über sie und fragte sich dann selbst, ob er nicht wahnsinnig werde.

Als der ehrwürdige Pastor Wilson unter dem Gerüst vorüber ging und sein Genfer Mäntelchen mit der einen Hand dicht um sich schlang, während er mit der andern die Laterne vor seine Brust hielt, konnte der junge Geistliche sich kaum des Sprechens enthalten.

„Guten Abend, ehrwürdiger Vater Wilson. Ich bitte Euch, kommt herauf und bringt mit mir ein angenehmes Stündchen zu."

Lieber Himmel! Hatte Dimmesdale wirklich gesprochen? Einen Augenblick glaubte er, daß diese Worte über seine Lippen gegangen seien, sie waren aber nur in seiner Phantasie ausgesprochen worden. Der ehrwürdige Vater Wilson schritt ruhig weiter, blickte vorsichtig auf den schmutzigen Weg zu seinen Füßen und wendete den Kopf nicht ein einziges Mal der Schandbühne zu. Als das Licht der Laterne gänzlich verschwunden war, bemerkte der Prediger an der Schwäche, die sich seiner bemächtigte, daß die letzten Augenblicke eine Krisis furchtbarer Angst gewesen waren, wiewohl sein Geist eine unwillkürliche Anstrengung gemacht hatte, sich durch eine Art von gewitterschwüler Scherzhaftigkeit zu erleichtern.

Bald nachher schlich sich das gleiche grauenhafte Gefühl für das Komische wieder unter die ernsten Phantome seiner Gedanken ein. Er fühlte, wie seine Glieder von der ungewohnten Kälte der Nacht steif wurden, und bezweifelte, daß er imstande sein würde, wieder die Stufen des Prangers hinabzusteigen. Der Morgen mußte bald anbrechen und ihn dort finden. Die Nachbarschaft würde anfangen sich zu ermuntern. Der am zeitigsten Aufstehende würde aus dem trüben Zwielicht auftauchen und eine undeutliche Gestalt hoch auf dem Schandplatz stehen sehen, halb irre zwischen Angst und Neugier von Tür zu Tür eilen und klopfen und alle Bewohner herausrufen, damit sie das Gespenst – denn dafür mußte er ihn halten – eines verstorbenen Sünders anschauen könnten. Ein trüber Tumult würde seine Schwinge von einem Hause zum andern schwingen, dann würden mit dem stärker werdenden Morgenlichte alte Patriarchen hastig in ihren Flanellröcken und Matronen, ohne sich zum Ablegen ihrer Nachtgewänder Zeit zu nehmen, herauseilen. Alle jene anständigen

Personagen, die sich bisher noch nie mit auch nur einem verkrümmten Haare ihres Hauptes hatten sehen lassen, würden mit einer Verstörung wie vom Alpdrücken vor die Augen der Menge treten. Der alte Gouverneur Bellingham würde finster und mit verkehrt umgebundener Krause herauskommen, und am Saume des Gewandes der Hibbins würden noch einige Zweige des Waldes haften und jene selbst sauertöpfischer denn je aussehen, da sie nach ihrem nächtlichen Ritt kaum einen Augenblick hätte schlafen können. Auch der gute Vater Wilson würde, nachdem er die halbe Nacht an einem Sterbebette gewesen, sich nicht gern so früh aus seinen Träumen von den Heiligen im Himmel stören lassen. Hierher würden ferner die ältesten der Kirche Dimmesdales und die Jungfrauen kommen, die ihren Prediger so vergötterten und ihm Altäre in ihren weißen Busen errichtet hatten, die sie sich jetzt in ihrer Eile und Verwirrung kaum Zeit gelassen haben würden, mit ihrem Brusttüchlein zu bedecken. Kurz, die ganze Stadt würde aus den Häusern stolpern und ihre erstaunten und entsetzten Gesichter zu dem Pranger erheben. Wen würde man dort mit dem roten Morgenlicht auf seiner Stirn entdecken? Wen anders als Seine Ehrwürden, den Arthur Dimmesdale, der halb erfroren, von Scham niedergedrückt dastand, wo einst Esther Prynne gestanden hatte.

Von dem grotesken Grausen dieses Bildes mit fortgerissen, brach der Prediger unwillkürlich und zu seinem eigenen unendlichen Schrecken in lautes Gelächter aus. Diesem antwortete augenblicklich ein leichtes, lustiges, kindisches Lachen, in welchem er mit einem Beben des Herzens, von dem er nicht wußte, ob er es unendlicher Pein oder ebenso großer Freude zuschreiben sollte, die Stimme Perlchens erkannte.

„Perle, Perlchen!“ rief er nach einer momentanen Pause, und dann mit gedämpfter Stimme: „Esther! Esther Prynne! Bist du da?“

„Ja, es ist Esther Prynne“, antwortete sie im Tone des Erstaunens, und der Geistliche hörte, wie sich ihre Schritte von dem Bürgersteig her, auf welchem sie gegangen war, näherten. „Ich bin es mit meiner kleinen Perle."

„Woher kommst du, Esther?" fragte der Prediger. „Was bringt dich hierher?"

„Ich habe an einem Sterbebette gewacht!" antwortete Esther Prynne, „an Gouverneur Winthrops Sterbebette und ihm das Maß zu einem Leichenkleid genommen, und gehe jetzt heim nach meiner Wohnung."

„Komm herauf, Esther, du und Perlchen!" sagte Dimmesdale. „Ihr seid beide schon hier gewesen, aber ich war nicht bei euch. Kommt noch einmal herauf, und wir wollen alle drei beisammenstehen."

Sie erstieg schweigend die Stufen und stellte sich, mit Perlchen an der Hand, auf die Bühne. Der Geistliche faßte nach der andern Hand des Kindes und nahm sie. In dem Augenblicke, wo er dies tat, kam, wie es ihm schien, eine brausende Flut neuen Lebens, anderen Lebens als das seine, wie ein Bergstrom in sein Herz und jagte durch alle seine Adern, als ob Mutter und Kind seinem halb erstarrten Körper die Lebenswärme mitteilten. Die drei bildeten eine elektrische Kette.

„Prediger", flüsterte Perlchen.

„Was willst du, Kind?" fragte Dimmesdale.

„Willst du morgen mittag mit der Mutter und mir hier stehen?" fragte Perle.

„Nicht so, mein Perlchen", antwortete der Geistliche, denn mit der neuen Energie des Augenblicks war die ganze Furcht vor öffentlicher Schmach, die so lange die Qual seines Lebens gewesen war, zurückgekehrt, und er zitterte bereits über die Lage, in welcher er sich, wenn auch mit einer seltsamen Freude, gegenwärtig befand.

„Nicht so, mein Kind, wir werden in der Tat noch eines Tages beisammenstehen, aber nicht morgen."

Perle lachte und versuchte, ihre Hand hinwegzuziehen; der Geistliche hielt diese aber fest. „Einen Augenblick noch, mein Kind!" sagte er.

„Willst du mir versprechen“, sagte Perle, „morgen mittag meine und meiner Mutter Hand zu nehmen?“

„Morgen nicht, Perle“, sagte der Geistliche, „aber ein anderes Mal“.

„Welch anderes Mal?“ fragte das Kind von neuem.

„Am großen Tage des Gerichtes!“ flüsterte der Geistliche. Und seltsam genug trieb ihn das Bewußtsein, daß sein Amt das eines Lehrers der göttlichen Wahrheit sei, an, dem Kinde so zu antworten. „Dann müssen vor dem großen Richterthrone deine Mutter und du und ich beisammen stehen! Aber das Tageslicht dieser Welt soll unsere Vereinigung nicht bescheinen.“

Perle lachte von neuem.

Ehe aber Dimmesdale noch zu Ende gesprochen hatte, strahlte weit und breit ein Licht über den ganzen bewölkten Himmel hinweg. Ohne Zweifel kam es von einem jener Meteore, welche der die Nacht Durchwachende so oft in den leeren Regionen der Atmosphäre verglühen sieht. So mächtig war sein Strahlenglanz, daß er die dichten Wolken zwischen dem Himmel und der Erde völlig erleuchtete. Das große Gewölbe hellte sich auf wie die Glocke einer ungeheueren Lampe; es zeigte die bekannten Gegenstände der Straße mit der Deutlichkeit des Mittags, aber auch mit der Schauerlichkeit, welche bekannten Gegenständen stets durch ein ungewohntes Licht erteilt wird. Die hölzernen Häuser mit ihren hervorspringenden Stockwerken und wunderlichen Giebelspitzen, die Türstufen und Schwellen, um welche das Frühlingsgras aufsproßte, die Gartenbeete, auf welchen schwarz die frisch umgestürzte Erde lag, das wenig benutzte Wagengleise, zu dessen beiden Seiten selbst auf dem Marktplatze grüne Ränder zu sehen waren. Alles dies war sichtbar, aber mit einer Eigentümlichkeit, welche den Dingen dieser Welt eine andere moralische Bedeutung zu verleihen schien, als sie je vorher besessen hatten. Und da stand der Geistliche mit der Hand auf dem Herzen und Esther Prynne mit dem auf ihrem Busen schimmernden und gestickten Buchstaben und Perlchen, selbst ein Symbol und das Verbindungsglied zwischen jenen beiden. Sie standen in der Mittagshelle jenes seltsamen feierlichen Glanzes da, als ob er das Licht wäre, welches alle Geheimnisse offenbaren, und der Morgen, welcher alle, die zueinander gehören, vereinigen soll.

In den Augen Perlchens lag ein zauberhafter Ausdruck, und ihr Gesicht ließ, als sie zu dem Geistlichen hinaufblickte, das schelmische Lächeln wahrnehmen, welches seinen Ausdruck oftmals so elfenartig gemacht hatte. Sie zog ihre Hand aus der Dimmesdales und deutete über die Straße hin. Aber er faltete beide Hände auf seiner Brust und richtete seine Augen zu dem Zenit empor.

Es gab in jener Zeit nichts Gewöhnlicheres, als daß man alle meteorischen Erscheinungen und andere Naturphänomene, die sich mit weniger Regelmäßigkeit als das Aufgehen der Sonne und des Mondes ereigneten, als Offenbarungen einer übernatürlichen Macht auslegte. So verkündete ein glühender Speer, ein Flammenschwert, ein Bogen oder ein Bündel Pfeile, welches man am mitternächtlichen Himmel sah, Krieg mit den Indianern. Man wußte, daß eine Pest durch einen Regen von Purpurlicht im voraus angezeigt worden war. Wir zweifeln, ob in Neu-England von der ersten Kolonisation an bis zur Revolutionszeit je ein bedeutendes, gutes oder schlimmes Ereignis vorgefallen ist, welches nicht den Einwohnern voraus durch irgendein Schauspiel dieser Art angezeigt worden wäre. Nicht selten war es von einer Menge von Menschen gesehen worden; häufiger jedoch beruhte seine Glaubwürdigkeit auf dem Worte eines einzelnen Augenzeugen, der das Wunder durch das gefärbte, vergrößernde und entstellende Mittel seiner Einbildungskraft erblickte und ihm in seinen späteren Gedanken eine bestimmtere Form gab. Es war gewiß ein majestätischer Gedanke, daß das Schicksal von Nationen in dieser feurigen Hieroglyphe am Himmelsgewölbe offenbart werde. Man konnte eine so weit gefaßte Schriftrolle nicht für zu ausgedehnt halten, als daß die Vorsehung das Schicksal eines Volkes darauf nicht verzeichnen dürfte. Es war ein Lieblingsglaube unserer Vorväter, da er zu verstehen gab, daß ihr jugendlicher Staat unter einer himmlischen Obhut von besonderer Intimität und Strenge stehe. Was sollen wir aber sagen, wenn ein Individuum eine an sich allein gerichtete Offenbarung auf jenem ungeheuern Aktenbogen entdeckt? In einem solchen Falle konnte es nur ein Symptom von einem in große Unordnung geratenen Geiste sein, wenn ein durch langen, tief einschneidenden geheimen Schmerz krankhaft selbstbeschaulich gewordener Mensch seine Egozentrik über die ganze Ausdehnung der Natur entdeckt hatte, bis das Firmament selber ihm als nicht mehr als ein Blatt zur Aufzeichnung der Geschichte und des Schicksals seiner Seele erschien.

Wir schreiben es daher nur der Krankheit in seinem eigenen Auge und Herzen zu, daß der Geistliche, als er zum Zenit empor sah, dort die Erscheinung eines ungeheuern Buchstaben, den Buchstaben A in Linien eines matten roten Lichtes erblickte. Vielleicht zeigte sich der Meteor an jenem Punkte und glühte düster durch die verschleiernden Wolken, aber er besaß keine Gestalt wie die, welche ihm seine sündige Phantasie zuschrieb, oder mindestens eine so wenig scharf umgrenzte, daß ein anderer Schuldiger ein anderes Symbol darin hätte sehen können.

Ein sonderbarer Umstand charakterisierte Dimmesdales psychologische Verfassung in diesem Augenblicke. Während er zu dem Zenit emporblickte, wußte er doch ganz sicher, daß Perlchen mit dem Finger nach dem alten Roger Chillingworth deutete, der in geringer Entfernung von der Bühne stand. Der Geistliche schien ihn mit demselben Blicke zu sehen, welcher den wunderbaren Buchstaben erkannte. Das meteorische Licht erteilte seinen Zügen, wie allen andern Gegenständen, einen neuen Ausdruck; vielleicht gab sich auch der Arzt in diesem Augenblicke nicht wie sonst stets die Mühe, die Bösartigkeit, womit er sein Opfer betrachtete, zu verbergen.

Als der Meteor den Himmel entzündete und die Erde mit einer Furchtbarkeit, welche Esther Prynne und den Geistlichen an den Tag des Gerichts denken ließ, enthüllte, konnte Roger Chillingworth ihnen wohl als der Erzfeind gelten, der mit einem Hohnlächeln dastand, um sein Eigentum zu fordern. So lebhaft war der Ausdruck oder so heftig die Wahrnehmung des Geistlichen davon, daß er noch in die Finsternis gemalt zu bleiben schien, nachdem der Meteor mit einem Effekt verschwunden war, als ob die Straße und alles andere mit ihm zur gleichen Zeit vernichtet worden sei.

„Wer ist jener Mann, Esther?“ stöhnte Dimmesdale vom Schrecken überwältigt. „Er bringt mich zum Beben. Kennst du den Mann? Ich hasse ihn, Esther!“

Sie erinnerte sich ihres Eides und schwieg.

„Ich sage dir, meine Seele erbebt vor ihm“, flüsterte der Prediger von neuem. „Wer ist er? Wer ist er? Kannst du nichts für mich tun? Ich habe ein namenloses Entsetzen vor dem Manne!“

„Prediger“, sagte Perlchen, „ich kann dir sagen, wer er ist.“

„Dann schnell, Kind“, sagte der Geistliche und neigte sein Ohr dicht an ihre Lippe. „Schnell! und so leise du flüstern kannst.“

Perle murmelte etwas in sein Ohr, was allerdings wie eine menschliche Rede lautete, aber nur solcher Unsinn war, wie der, mit welchem man Kinder sich oft stundenlang unterhalten hören kann. Auf alle Fälle war es, wenn es auch geheime Mitteilungen in bezug auf den alten Roger Chillingworth enthielt, in einer dem gelehrten Geistlichen unbekannten Sprache und erhöhte nur die Verwirrung seines Geistes.

Das Elfenkind lachte laut auf.

„Verspottest du mich noch?“ sagte der Geistliche.

„Du warst nicht mutig! Du warst nicht treu!“ antwortete das Kind; „du wolltest nicht versprechen, morgen mittag mich und die Mutter bei der Hand zu nehmen.“

„Hochwürdiger Herr“, sprach der Arzt, der jetzt an den

Fuß des Gerüstes gekommen war. „Frommer Herr Dimmesdale! seid Ihr es wirklich? Nun, nun, wahrhaftig! Wir Gelehrten, die wir den Kopf in unsern Büchern haben, müssen scharf beaufsichtigt werden! Wir träumen in unsern wachen Augenblicken und wandeln in unserm Schlafe. Kommt, guter Herr und lieber Freund, ich bitte Euch, laßt Euch heimgeleiten."

„Woher wußtest Ihr, daß ich hier sei?" fragte der Geistliche voll Furcht.

„Wahrhaftig", antwortete Roger Chillingworth, „ich habe von der Sache nichts gewußt. Ich hatte den größten Teil der Nacht am Bette des wackern Gouverneurs Winthrop zugebracht und getan, was meine geringe Geschicklichkeit vermochte, um ihm Erleichterung zu gewähren. Nachdem er zu einer bessern Welt heimgegangen war, befand ich mich ebenfalls auf dem Heimwege, als dieses seltsame Licht so zu scheinen begann. Kommt mit mir, hochwürdiger Herr, ich bitte Euch inständig, sonst werdet Ihr nur schlecht imstande sein, morgen Eure Sonntagspflichten zu erfüllen. Ja, ja, seht nur, wie sie den Kopf verwirren, die Bücher! die Bücher! Ihr solltet weniger studieren, guter Herr, und Euch etwas Zeitvertreib machen, sonst werden Euch diese nächtlichen Launen auch am Tage überfallen."

„Ich werde mit Euch nach Hause gehen", sagte Dimmesdale.

Er gab mit eisiger Trostlosigkeit wie einer, der, aller Fassung bar, aus einem häßlichen Traum erwacht, den Bitten des Arztes nach und wurde weggeführt.

Am folgenden Tage, dem Sonntag, hielt er eine Predigt, welche für die schönste und gewaltigste und von himmlischen Einflüssen durchdrungenste gehalten wurde, welche je über seine Lippen gekommen war. Es hieß, daß mehr als eine Seele durch die Kraft dieser Predigt zur Wahrheit gebracht worden sei und sich gelobt habe, ewig eine fromme Dankbarkeit gegen Dimmesdale zu hegen. Als er aber die Kanzeltreppe herabkam, trat ihm der graubärtige Küster mit einem schwarzen

Handschuh entgegen, welchen der Prediger als den seinen erkannte.

„Er ist diesen Morgen auf dem Gerüste gefunden worden, wo Missetäter zur öffentlichen Schande stehen müssen", sagte der Küster. „Der Satan wird ihn wohl dorthin gelegt haben, um einen unehrerbietigen Scherz gegen Euer Hochwürden zu machen. Er ist aber blind und töricht gewesen, wie er stets und immer ist; eine reine Hand bedarf zu ihrer Bedeckung keines Handschuhs!"

„Ich danke Euch, mein guter Freund", sagte der Prediger ernst, aber im Herzen erschrocken, denn sein Gedächtnis war so wirr, daß er sich fast überredet hatte, die Ereignisse der vergangenen Nacht als einen schweren Traum zu betrachten. „Ja, es scheint wirklich mein Handschuh zu sein."

„Und da Satan es für angemessen erachtet hat, ihn zu stehlen, so muß ihn Euer Hochwürden von nun an ohne Handschuhe bekämpfen", bemerkte der alte Küster mit einem grimmigen Lächeln. „Hat Euer Hochwürden aber von dem Zeichen gehört, welches vergangene Nacht zu sehen war? Ein großer roter Buchstabe am Himmel, der Buchstabe A, welchen wir als Angelus auslegen, denn da unser guter Gouverneur Winthrop diese vergangene Nacht zu einem Engel geworden ist, so hat man es oben ohne Zweifel für passend gehalten, eine Notiz davon zu nehmen."

„Nein", antwortete der Prediger, „davon hatte ich noch nichts gehört."

XIII

Ein zweiter Blick auf Esther

Esther Prynne hatte sich bei ihrem sonderbaren Zusammentreffen mit Dimmesdale über den Zustand entsetzt, zu welchem sie den Geistlichen herabgesunken fand. Seine Nerven schienen unwiederbringlich zerstört zu sein. Seine moralische

Kraft war zu mehr als kindischer Schwäche reduziert, kroch hilflos auf dem Boden, während seine intellektuellen Fähigkeiten ihre ursprüngliche Stärke bewahrt oder vielleicht sogar eine krankhafte Energie angenommen hatten, die ihnen nur das Leiden gegeben haben konnte. Bei ihrer Bekanntschaft mit einer allen anderen verborgenen Kette von Umständen konnte sie leicht erraten, daß außer der Tätigkeit seines Gewissens eine entsetzliche Foltermaschinerie gegen Dimmesdales Wohlsein und Ruhe gerichtet worden war und immer noch wirkte. Sie wußte, was dieser arme gefallene Mann einst gewesen war, und ihre ganze Seele wurde von dem schaudernden Schrecken gerührt, womit er sich zu ihr, der Ausgestoßenen gewendet hatte, um Schutz gegen seinen instinktmäßig entdeckten Feind zu suchen. Sie kam überdies zu der Überzeugung, daß er ein Recht auf ihren kräftigsten Beistand habe. In ihrer langen Abgeschiedenheit von der Gesellschaft von der Gewohnheit abgekommen, ihre Gedanken von Recht und Unrecht nach irgendeinem außer ihr liegenden Maßstabe zu bemessen, glaubte Esther zu sehen, daß ihr dem Geistlichen gegenüber eine Verantwortlichkeit obliege, welche sie gegen keinen andern, gegen die ganze übrige Welt nicht hatte. Die Bande, welche sie mit der übrigen Menschheit verknüpften, mochten sie nun aus Blumen oder Seide oder Gold oder irgendeinem andern Material bestanden haben, waren alle zerrissen worden. Mit ihm war sie aber durch die eiserne Kette des gemeinsamen Vergehens verbunden, die weder er noch sie zu brechen vermochte und die gleich allen andern Verbindungen ihre Pflichten mit sich brachte.

Esther Prynne nahm jetzt nicht mehr genau die Stellung ein, in der wir sie in der ersten Zeit gesehen hatten. Jahre waren vorübergegangen. Perle war jetzt sieben Jahre alt. Ihre Mutter, mit dem in seiner phantastischen Stickerei schimmernden Scharlachbuchstaben auf der Brust, war für die Mitbürger längst schon ein vertrauter Anblick. Wie es leicht geschieht, wenn eine Person unter den übrigen hervorragt und zu gleicher Zeit weder öffentliche noch private Interessen und Konvenienzen stört, war auch in bezug auf Esther Prynne eine Art von schließlich allgemeiner Achtung entstanden. Man muß zur Ehre der menschlichen Natur sagen, daß sie, mit Ausnahme der Fälle, wo ihre Selbstsucht ins Spiel kommt, eher liebt als haßt. Der Haß wandelt sich in einem allmählichen ruhigen Übergang sogar in Liebe, wenn die Veränderung nicht durch eine beständig neue Aufreizung des ursprünglichen Gefühls der Feindseligkeit verhindert wird. Bei Esther Prynne war weder Aufreizung noch Unbehaglichkeit im Spiele. Sie kämpfte nie gegen die Öffentlichkeit an, sondern unterwarf sich klaglos schlimmster Behandlung; sie erhob zur Vergeltung für das, was sie litt, keine Ansprüche, lastete nicht auf der Menschen Mitleid. Überdies wurde ihr die tadellose Reinheit ihres Lebens während all der Jahre, in denen man sie der Schande anheimgegeben, sehr günstig angerechnet. Jetzt, wo sie in den Augen der Menschen nichts mehr zu verlieren und keine Hoffnung und dem Anscheine nach auch keinen Wunsch mehr besaß, etwas zu gewinnen, konnte es nur eine echte Liebe zur Tugend sein, welche die arme Verirrte wieder auf deren Pfad zurückgeführt hatte.

Ferner bemerkte man, daß Esther, ohne auch nur den geringsten Anspruch auf eine weitergehende Teilnahme an den Rechten der Welt als den, die allen gemeinsame Luft zu atmen und für die kleine Perle und sich durch die Arbeit ihrer Hände das tägliche Brot zu verdienen, stets bereit war, ihre Verwandtschaft mit dem Menschengeschlechte anzuerkennen, wenn sie eine Wohltat erweisen konnte. Niemand war bereitwilliger als sie, ihre kleine Habe mit jedem Anspruche der Armut zu teilen, wenn auch der verbitterte Arme die Nahrung, welche sie regelmäßig an seine Tür brachte, oder die Gewänder, welche ihm die Finger gearbeitet hatten, die fähig gewesen wären, das Prunkkleid eines Monarchen zu sticken, mit Schmähreden vergalt. Niemand war hingebender als Esther, wenn eine Seuche durch die Stadt schritt. Zu allen

Zeiten des Unglücks, des allgemeinen sowohl wie des einzelnen, fand die von der Gesellschaft Ausgestoßene sofort ihre Stelle. Sie erschien nicht als Gast, sondern als rechtmäßige Teilhaberin in der Familie, welche von Unglück verdüstert wurde, als ob dessen dunkles Zwielicht das Mittel sei, sie zum Verkehr mit ihren Mitmenschen zu berechtigen. Hier schimmerte der eingestickte Buchstabe freundlich in seinem unirdischen Schein. An andern Orten das Zeichen der Sünde, war er im Krankenzimmer das des Lichts. Er hatte sogar seinen Glanz in der schweren äußersten Not des Leidenden über die Schranken der Zeit hinausgeworfen. Er hatte ihm gezeigt, wohin er seinen Fuß setzen sollte, während ihm das Licht der Erde verblich und ehe der Glanz der Zukunft zu ihm dringen konnte. In solchen Notfällen erwies sich Esthers Natur warm und reich, als eine Quelle von Menschenliebe, die jeder wahren Anforderung entsprach und selbst durch das stärkste Verlangen nicht erschöpft werden konnte. Ihre Brust mit ihrem Zeichen der Schmach war nur ein weicheres Kissen für das Haupt, welches eines solchen bedurfte. Sie war eine selbsternannte barmherzige Schwester, oder vielmehr, die schwere Hand der Welt hatte sie dazu gemacht, als weder die Welt noch sie selbst dieses Ergebnis erwarteten. Der Buchstabe war das Symbol ihrer Berufung. Sie war so hilfreich, besaß so viele Kraft, zu wirken und mit anderen zu fühlen, daß viele das scharlachrote A nicht nach seiner ursprünglichen Bedeutung auslegen wollten, sondern sagten, daß es „aufrecht" heißen müsse; so viel größer war Esther Prynnes Seelenstärke als die anderer Frauen.

Nur in dem verdunkelten Hause war sie zu finden. Wenn der Sonnenschein wieder durch die Wolken brach, so erblickte man sie nicht mehr. Ihr Schatten war über die Schwelle hinaus verschwunden. Die Hilfreiche war geschieden, ohne einen Blick zurückzuwerfen, um sich der Dankbarkeit jener zu versichern, welchen sie so eifrig gedient hatte. Begegnete sie ihnen auf der Straße, so erhob sie nie das Haupt, um deren Gruß zu empfangen. Waren sie entschlossen, sie anzureden, so legte sie ihren Finger auf den Scharlachbuchstaben und schritt weiter. Dies mochte Stolz sein, aber er war der Demut so ähnlich, daß er den vollen sänftigenden Einfluß der letzteren Eigenschaft auf den Geist der Menge ausübte. Die Menschen sind in ihren Launen despotisch; sie können die größte Gerechtigkeit verweigern, wenn sie zu heftig und als Recht gefordert wird. Ebenso häufig aber gewährt die Menge mehr als Gerechtigkeit, wenn die Berufung, wie es die Despoten lieben, nur an ihre Großmut geht. Die Gesellschaft legte Esther Prynnes Benehmen als eine Berufung dieser Art aus und war geneigt, ihrem früheren Opfer ein freundlicheres Gesicht zu zeigen, als dieses wünschte oder vielleicht sogar verdiente.

Die Regierenden und die Klugen und Gelehrten des Staates erkannten den Einfluß der guten Eigenschaften Esthers nicht so leicht an wie das Volk. Die Vorurteile, welche sie mit diesem in Gemeinschaft besaßen, wurden bei ihnen durch ein eisernes Gedankengerüst verstärkt, welches die Arbeit, sie auszutreiben, weit schwieriger machte. Dessenungeachtet glätteten sich mit jedem Tage ihre sauertöpfischen und strengen Mienen mehr zu etwas, das im Laufe der Jahre fast zu einem Ausdruck des Wohlwollens werden mochte. So war es bei den Männern von Rang, denen durch ihre hervorragende Stellung die Wächterschaft über die öffentliche Moral auferlegt war. Die Privatleute hatten Esther Prynne unterdessen ihre Schwäche völlig vergeben, ja sogar den Scharlachbuchstaben als das Zeichen nicht der einen Sünde, wofür sie eine so lange und schwere Strafe ertragen, sondern ihrer vielen, seitdem geübten guten Taten zu betrachten begonnen. „Seht Ihr das Weib dort mit dem eingestickten Buchstaben?“ pflegten sie zu Fremden zu sagen; „es ist unsere Esther, die Esther unserer Stadt, die so gütig gegen die Armen, so hilfreich gegen die Kranken, so trostreich gegen die Bekümmerten ist!“ Dann zwang sie freilich die Geneigtheit der menschlichen Natur, das Schlimmste von sich zu sprechen, wenn es in der Person eines andern verkörpert ist, den schwarzen Skandal der Vergangenheit aufzudecken. Es war jedoch um nichts weniger eine Tatsache, daß in den Augen jener, welche so sprachen, der Scharlachbuchstabe den Eindruck des Kreuzes auf der Brust einer Nonne machte. Er verlieh der Trägerin eine Art von Weihe, welche sie in den Stand setzte, sicher durch alle Gefahren zu wandeln. Wenn sie selbst unter Räuber gefallen wäre, so würde er ihre Sicherheit verbürgt haben. Man erzählte, und viele glaubten es, daß ein Indianer seinen Pfeil gegen den Buchstaben abgeschossen und daß ihn das Geschoß auch getroffen habe, aber unschädlich zu Boden gefallen sei.

Die Wirkung des Symbols, oder vielmehr die Stellung in bezug auf die Gesellschaft, welche dadurch angedeutet wurde, auf den Geist Esther Prynnes selbst war mächtig und eigentümlich. Alles leichte und graziöse Laubwerk ihres Charakters war durch dieses rotglühende Brandmal verdorrt und längst schon abgefallen, so daß nur ein nackter rauher Stamm zurückgeblieben war, welcher abstoßend gewesen wäre, hätte sie Freunde oder Gefährten besessen, die dadurch zurückgestoßen werden konnten. Selbst die Reize ihres Äußeren hatten eine ähnliche Veränderung erlitten. Sie mochte wohl teilweise der studierten Strenge ihrer Kleidung und zum Teil der Unaufdringlichkeit ihres Benehmens zuzuschreiben sein. Auch war es eine traurige Umwandlung, daß ihr üppiges reiches Haar entweder abgeschnitten oder durch eine Haube so völlig versteckt war, daß nie eine glänzende Locke an das Tageslicht hervorkam. Alle diese Ursachen, noch mehr aber etwas anderes trugen die Schuld, daß in Esthers Gesicht nichts mehr von dem Ausdrucke zu erblicken war, auf welchem die Liebe hätte verweilen mögen, in Esthers majestätischer, statuenhafter Gestalt nichts mehr, was die Leidenschaft zu umfassen gewünscht haben würde, an Esthers Busen nichts, was ihn je wieder zum Kissen der Zuneigung hätte machen können. Es war ihr eine Eigenschaft verlorengegangen, deren dauerndes Vorhandensein wesentlich war, um das Weib in ihr zu erhalten. Dies ist oft das Schicksal und die herbe Entwicklung des weiblichen Charakters und persönlichen Wesens, wenn das Weib eine Erfahrung von ungewöhnlicher Strenge durchlebt hat. Wenn es ganz Liebe ist, so wird es sterben. Überlebt es die Erfahrung, so wird ihm entweder die Liebe völlig ausgerissen oder – was dem äußern Scheine nach auf dasselbe herauskommt – so tief in das Herz hinabgedrückt, daß sie nie wieder zum Vorschein kommen kann. Letzteres ist vielleicht die richtigere Anschauung. Die einst ein Weib gewesen ist und aufgehört hat, es zu sein, könnte in jedem Augenblicke wieder ein Weib werden, wenn nur die Berührung des Zauberstabes erfolgte, welcher die Umwandlung bewirken könnte. Ob Esther Prynne später je so berührt und umgewandelt wurde, wird sich zeigen.

Ein großer Teil des marmorkalten Eindrucks, den Esther machte, war dem Umstande zuzuschreiben, daß sich ihr Leben in hohem Maße von der Leidenschaft und Empfindung ab- und dem Denken zugewendet hatte. Da sie allein in der Welt dastand – allein, soweit es Abhängigkeit irgendeiner Art von der Gesellschaft betraf, während sie Perlchen leiten und schützen mußte –, allein und ohne Aussicht, wieder in ihr früheres Leben zu kommen, selbst wenn sie nicht verschmäht hätte, dies für wünschenswert zu halten, so warf sie die Trümmer der zerbrochenen Kette von sich. Das Gesetz der Welt war kein Gesetz mehr für ihren Geist. In jener Zeit hatte der jüngst emanzipierte menschliche Verstand einen rüstigeren Aufschwung und ausgedehnteren Wirkungskreis gewonnen als seit vielen Jahrhunderten. Männer des Schwertes hatten den Adel und das Königtum gestürzt. Noch kühnere als jene hatten – nicht in der Wirklichkeit, aber in der Theorie, dort wo sie am besten zuhause waren – das ganze System alter Vorurteile über den Haufen geworfen und neu geordnet; ein System von Vorurteilen, mit dem freilich auch alte Prinzipientreue verkettet war. Esther Prynne hatte diesen Geist eingesogen. Sie nahm eine Freiheit des Denkens an, die damals auf der andern Seite des Atlantischen Ozeans gewöhnlich genug war, die aber für unsere Vorväter, wenn sie dieselbe gekannt hätten, ein tödlicheres Verbrechen gewesen wäre als das durch den Scharlachbuchstaben gebrandmarkte. Sie wurde in ihrer einsamen Hütte an der Meeresküste von Gedanken heimgesucht, wie sie in keine andere Wohnung in Neu-England zu dringen wagten, – schattenhafte Gäste, die für jene, welche sie aufnahmen, ebenso gefahrvoll wie Dämonen gewesen sein würden, wenn man sie an der Tür hätte klopfen sehen können.

Es ist bemerkenswert, daß die kühnsten Denker sich oft mit der vollkommensten Ruhe den äußeren Regeln der Gesellschaft fügen. Für sie ist der Gedanke hinreichend, ohne in das Fleisch und Blut der Tat überzugehen. So schien es auch bei Esther zu sein. Wäre aber Perlchen nie aus der Geisterwelt zu ihr gekommen, so wäre es vielleicht ganz anders geworden; dann wäre ihr Name möglicherweise Hand in Hand mit dem Anna Hutchinsons als der der Stifterin einer religiösen Sekte auf uns gekommen; in einer ihrer Phasen wäre sie am Ende gar eine Prophetin gewesen. Sie hätte von den strengsten Tribunalen jener Zeit nicht unwahrscheinlich den Tod dafür erlitten, daß sie es versucht, die Grundlagen des puritanischen Gemeinwesens zu untergraben. In der Erziehung ihres Kindes konnte sich jedoch der denkerische Enthusiasmus der Mutter Luft machen. Die Vorsehung hatte Esthers Obhut in Gestalt dieses Kindes den Keim und die Blüte der Weiblichkeit anvertraut, um ihn unter einem Heere von Schwierigkeiten zu pflegen und zu entwickeln. Alles war gegen sie. Die Welt war ihre Feindin, das Kind hatte in seiner eigenen Natur etwas Unrechtes, das beständig bewies, daß es infolge der gesetzlosen Leidenschaft ihrer Mutter geboren war und Esther oftmals antrieb, in der Bitterkeit ihres Herzens zu fragen, ob das kleine Geschöpf zum Bösen oder Guten in die Welt gekommen sei.

Dieselbe düstere Frage stieg oft in bezug auf das ganze

Frauengeschlecht in ihrem Geiste auf. War die Existenz selbst für die Glücklichsten darunter der Annahme wert? Soweit es ihre individuelle Existenz betraf, hatte sie die Frage längst schon verneinend entschieden und den Punkt als abgemacht von sich gewiesen. Die Neigung zum theoretischen Denken mag zwar das Weib still machen wie den Mann, sie macht es aber zugleich auch traurig. Vielleicht kommt dies daher, daß es eine so hoffnungslose Aufgabe vor sich sieht. Beim ersten Schritte schon muß das ganze System der Gesellschaft niedergerissen und neu aufgebaut werden. Dann muß die Natur des andern Geschlechts oder seine lange erblich gewordene Gewohnheit, welche der Natur gleich geworden ist, wesentlich modifiziert werden, ehe das Weib eine dem Anscheine nach passende, billige Stellung einnehmen kann. Sind endlich alle andern Schwierigkeiten überwunden, so kann das Weib diese vorläufigen Reformen nicht eher benützen, als bis es selbst eine noch mächtigere Veränderung erlitten hat, bei der es sich vielleicht finden wird, daß das ätherische Wesen, worin dessen wahrstes Leben besteht, verschwunden ist. Das Weib kann diese Probleme durch keine Übung des Gedankens bewältigen. Sie lassen sich entweder gar nicht oder nur auf eine Art lösen. Wenn das Herz die Oberhand gewinnt, so verschwinden sie. So irrte Esther Prynne, deren Herz seinen regelmäßigen, gesunden Pulsschlag verloren hatte, ohne leitenden Faden in dem dunkeln Labyrinthe des Geistes, wo sie bald auf eine unübersteigliche Felswand stieß, bald vor einem tiefen Abgrund zurückschreckte. Rund umher erblickte sie eine wilde gespenstische Szenerie; nirgends war eine Heimat und Trost zu finden. Zuweilen wollte sich der furchtbare Gedanke ihrer Seele bemächtigen, ob es nicht besser sei, Perle sofort in den Himmel zu senden und selber in ein Jenseits zu schreiten, welches ihr die ewige Gerechtigkeit bereiten werde.

Der Scharlachbuchstabe hatte seinen Zweck nicht erfüllt.

Jetzt hatte ihr jedoch das Zusammentreffen mit Arthur

Dimmesdale in der Nacht seiner Vigilie einen neuen Gegenstand zum Nachdenken gegeben und ihr einen Zweck gezeigt, der jeder Anstrengung und jedes Opfers zu seiner Erreichung würdig zu sein schien. Sie hatte das tiefe Elend wahrgenommen, mit welchem der Prediger rang, oder, um es genauer auszudrücken, zu ringen aufgehört hatte. Sie sah, daß er auf der Grenze des Wahnsinns stand, wenn er diese nicht schon überschritten hatte. Es ließ sich unmöglich bezweifeln, daß, welche peinliche Wirkung der geheime Stachel der Reue auch haben mochte, diesem doch durch die Hand, welche Erleichterung und Hilfe bot, ein tödlicheres Gift eingehaucht worden war. Ein geheimer Feind war unter dem Scheine eines Freundes und Helfers beständig an seiner Seite gewesen und hatte die so gebotenen Gelegenheiten benutzt, in die zarten Triebfedern der Natur des Arthur Dimmesdale einzugreifen. Esther konnte sich der Frage nicht enthalten, ob es nicht ursprünglich schon ihrerseits ein Mangel an Wahrhaftigkeit, Mut und Treue gewesen sei, als sie es zugegeben, daß der Geistliche in eine Lage versetzt wurde, von welcher so viel Böses zu ahnen und nichts Günstiges zu hoffen war. Ihre einzige Rechtfertigung lag in dem Umstande, daß sie nicht imstande gewesen war, eine Weise zu entdecken, um ihn von schwärzerem Ruin als dem, welcher sie selbst betroffen hatte, zu retten, außer indem sie sich in Roger Chillingworths Plan der Verstellung fügte. Unter diesen Umständen hatte sie ihre Wahl getroffen, und wie es sich jetzt zeigte, die qualvollere Alternative gewählt. Sie beschloß, ihren Irrtum, sofern es noch möglich war, wieder gutzumachen. Durch Jahre schwerer, ernster Prüfung gekräftigt, fühlte sie sich nicht mehr so unfähig, es mit Roger Chillingworth aufzunehmen wie in jener Nacht, da sie von Sünde entwürdigt und durch die ihr noch neue Schmach halb wahnsinnig gemacht mit ihm in der Gefängniszelle gesprochen hatte. Sie hatte seitdem eine höhere Ebene erstiegen, während der alte Mann durch die Rache, zu welcher er sich erniedrigt, auf ihr Niveau oder vielleicht sogar unter dasselbe gesunken war.

Kurzum, Esther Prynne beschloß, ihren früheren Gatten aufzusuchen und alles, was in ihrer Macht stand, zur Rettung des Opfers zu tun, in das er so offenbar seine Krallen eingeschlagen hatte. Sie brauchte nicht lange auf eine Gelegenheit zu warten. Als sie eines Nachmittags mit Perle in einer abgelegenen Gegend der Halbinsel spazierenging, sah sie den alten Arzt mit einem Korbe an dem einen Arm und einem Stabe in der andern Hand gebückt vor sich hin schreiten, um Wurzeln und Kräuter zur Bereitung seiner Arzneien zu suchen.

XIV
Esther und der Arzt

Esther hieß die kleine Perle an das Wasser hinablaufen und mit den Muscheln und Seepflanzen spielen, bis sie mit jenem Kräutersammler gesprochen hätte. Das Kind flog davon wie ein Vogel, entblößte seine weißen Füße und plätscherte in das seichte Wasser der See. Hier und da blieb sie stehen und schaute neugierig in eine Pfütze, welche die Ebbe beim Zurückweichen als Spiegel zurückgelassen hatte, damit Perle ihr Gesicht darin sehen könne. Aus der Pfütze blickte sie mit dunkeln, schimmernden Locken um den Kopf und einem Elfenlächeln in den Augen das Bild eines kleinen Mädchens an, welches Perle, da sie keinen andern Spielkameraden besaß, einlud, ihre Hand zu nehmen und mit ihr um die Wette zu laufen. Aber das andere kleine Mädchen winkte ihr ebenfalls, wie um zu sagen: dies ist ein besserer Ort! Komm du in die Pfütze! und Perle schritt bis an das Knie hinein und erblickte auf dem Grunde ihre eigenen weißen Füße, während aus einer noch größeren Tiefe der Schimmer einer Art von fragmentarischem Lächeln kam, welches in dem bewegten Wasser hin und her schwamm.

Unterdessen hatte ihre Mutter den Arzt angesprochen.

„Ich möchte ein Wort mit Euch sprechen – ein Wort, das uns beide gleich stark angeht."

„Ah, hat Frau Esther ein Wort für den alten Roger Chillingworth?" sagte er, indem er sich aus seiner gebückten Stellung erhob. „Von Herzen gern! Ich höre von allen Seiten Gutes über Euch! Erst gestern abend noch sprach eine Magistratsperson, ein weiser und frommer Mann, von Euern Angelegenheiten, Frau Esther, und flüsterte mir zu, daß von Euch die Rede im Rate gewesen sei. Es war besprochen worden, ob Euch der Scharlachbuchstabe mit Sicherheit für das Gemeinwohl von der Brust genommen werden könne oder nicht. Ich gebe Euch mein Wort, Esther, daß ich den Ehrenmann bat, es sofort geschehen zu lassen."

„Es liegt nicht in dem Belieben des Magistrats, dieses Zeichen abzunehmen", antwortete Esther ruhig. „Wenn ich verdiente, seiner entledigt zu werden, so würde es von selbst abfallen oder in einen Gegenstand von einer anderen Bedeutung umgewandelt werden."

„Nun, wenn es Euch besser zusagt, so tragt den Buchstaben nur fort", entgegnete er. „Ein Frauenzimmer muß bei der Ausschmückung seiner Person seinem eigenen Geschmacke folgen. Der Buchstabe ist hübsch gestickt und sieht auf Euerm Busen ganz vortrefflich aus."

Während dieses Gespräches hatte Esther den alten Mann unverwandt betrachtet und war entsetzt und von Verwunderung ergriffen, als sie entdeckte, welche Veränderung die letzten sieben Jahre bei ihm hervorgebracht hatten. Es war weniger das, daß er älter geworden wäre, denn wiewohl die Spuren des vorrückenden Lebens sichtbar waren, trug er doch sein Alter gut und schien eine sehnige Kraft und Rüstigkeit zu bewahren. Aber der frühere Ausdruck eines ruhigen, stillen Forschers im Geiste, dessen sie sich bei ihm am besten erinnerte, war völlig verschwunden und durch einen unsteten, einbohrenden, fast wilden und doch sorgfältig verdeckten Blick ersetzt worden. Es schien sein Wunsch und seine Absicht zu sein, diesen Ausdruck durch ein Lächeln zu maskieren, aber dieses wurde ihm untreu und zuckte so höhnisch über sein Gesicht, daß der Beschauer eben dadurch seine Schwärze nur um so besser sehen konnte. Dann und wann kam aus seinen Augen eine rote Glut, als ob die Seele des alten Mannes brenne und dumpf in seiner Brust glimme, bis sie durch einen vorübergehenden Windstoß der Leidenschaft zu einer momentanen Flamme angefacht wurde. Diese drückte er aber so schnell wie möglich wieder zurück und bemühte sich auszusehen, als ob nichts Derartiges vorgefallen sei.

In einem Wort, der alte Roger Chillingworth war ein auffallender Beweis der Fähigkeit des Menschen, sich in einen Teufel zu verwandeln, wenn er nur eine anständige Zeitlang das Amt des Teufels übernehmen will. Der Unglückliche hatte diese Verwandlung dadurch bewirkt, daß er sich sieben Jahre lang beständig der Analyse eines gequälten Herzens gewidmet und darin seinen Genuß gefunden und die glühenden Qualen, welche er analysierte und an denen er sich weidete, mit neuem Brennstoff versehen hatte.

Der Scharlachbuchstabe brannte auf Esther Prynnes Brust. Vor sich hatte sie einen weiteren Verfall, für den die Verantwortung zu einem Teil auf sie zurückfiel.

„Was seht Ihr in meinem Gesicht", fragte der Arzt, „daß Ihr es so ernstlich anschaut?"

„Etwas, worüber ich weinte, wenn es Tränen gäbe, die bitter genug dafür wären", antwortete sie. „Aber lassen wir das! Ich möchte mit Euch über jenen Unglücklichen sprechen."

„Was ist mit ihm?" rief Roger Chillingworth begierig, als liebe er den Gegenstand und freue sich der Gelegenheit, mit der einzigen Person, die er darüber ins Vertrauen ziehen konnte, davon zu sprechen. „Die Wahrheit zu gestehen, Frau Esther, meine Gedanken beschäftigen sich gerade jetzt ebenfalls mit dem Herrn. Sprecht also ohne Rückhalt, ich werde Euch antworten."

„Das letzte Mal, als wir zusammen redeten", sagte Esther,

„es sind jetzt sieben Jahre her – beliebte es Euch, mir ein Versprechen der Schweigsamkeit über das früher zwischen uns bestandene Verhältnis abzupressen. Da das Leben und der gute Ruf jenes Mannes in Euern Händen waren, schien ich keine andere Wahl zu haben, als Euerm Verlangen gemäß zu schweigen. Ich wurde jedoch von Ahndungen bedrückt, als ich mich so verbindlich machte, denn nachdem ich alle Pflichten gegen andere menschliche Wesen von mir geworfen, blieb immer noch eine Pflicht gegen ihn zurück, und etwas flüsterte mir zu, daß ich diese Pflicht verrate, indem ich mich verbindlich machte, Euer Geheimnis zu bewahren. Seit jenem Tage steht ihm kein Mensch so nahe wie Ihr. Ihr folgt ihm auf Schritt und Tritt. Ihr seid im Schlafe und im Wachen an seiner Seite. Ihr durchforscht seine Gedanken. Ihr wühlt Euch in seine Brust und nagt an seinem Herzen. Ihr habt sein Leben in Euern Krallen und laßt ihn täglich einen neuen Tod sterben, und dennoch kennt er Euch nicht. Ich habe, indem ich dies zugab, gegen den einzigen Mann, dem ich noch treu zu sein vermochte, eine falsche Rolle gespielt."

„Welche Wahl hattet Ihr?" fragte Roger Chillingworth. „Hätte ich mit meinem Finger auf den Mann gedeutet, so würde ich ihn von seiner Kanzel in einen Kerker geschleudert und von dort vielleicht sogar an den Galgen gebracht haben."

„Das wäre besser gewesen", sagte Esther Prynne.

„Was habe ich dem Manne Übels getan?" fragte Roger Chillingworth noch einmal. „Ich sage dir, Esther Prynne, daß der reichste Lohn, welchen je ein Arzt von einem Herrscher erhalten hat, nicht die Fürsorge hätte erkaufen können, die ich an jenen erbärmlichen Priester verschwendet habe. Ohne meine Hilfe würde sein Leben in den ersten zwei Jahren nach seinem und deinem Verbrechen in Qualen verglüht sein. Seinem Geiste mangelte die Kraft, welche den deinen, Esther, unter einer Bürde wie die deines Scharlachbuchstabens aufrechterhalten hat. Oh, ich könnte ein herrliches Geheimnis enthüllen! Aber lassen wir's. Was die Kunst tun kann, habe ich an ihm erschöpft. Daß er jetzt noch atmet und auf Erden umherschleicht, verdankt er nur mir!“

„Besser, er wäre schnell gestorben“, sagte Esther Prynne.

„Ja, Weib, du sprichst die Wahrheit!“ rief der alte Roger Chillingworth, und das düstere Feuer seines Herzens loderte vor ihren Augen; „ja besser wäre er schnell gestorben! Noch nie hat ein Sterblicher gelitten wie dieser Mann, und immer vor den Augen seines schlimmsten Feindes! Er hat geahnt, er hat gefühlt, daß beständig ein Einfluß über ihm hing wie ein Fluch. Er wußte durch ein geistiges Gefühl – denn der Schöpfer hat nie einem Wesen ein reizbareres Empfindungsvermögen verliehen als ihm –, er wußte, daß keine freundliche Hand an den Fasern seines Herzens zog und daß ein Auge, das nur Böses suchte und es fand, aufmerksam in sein Inneres blickte. Aber er wußte nicht, daß das Auge und die Hand die meinen waren! Mit dem seiner Bruderschaft eigenen Aberglauben bildete er sich ein, daß er einem Teufel überliefert sei, der ihn mit furchtbaren Träumen und verzweifelten Gedanken, dem Stachel der Reue und der Verzweiflung an der Verzeihung foltere, um ihm einen Vorgeschmack von dem zu geben, was ihn jenseits des Grabes erwartet. Aber es war der stete Schatten meiner Gegenwart – die nächste Nähe des Mannes, dem er schmähliches Unrecht zugefügt und der am Ende nur noch von diesem ewigen Gifte der grausamsten Rache existierte! Wahrhaftig, er irrte nicht! An seiner Seite stand ein Teufel! Ein sterblicher Mensch mit einst menschlichem Herzen ist, nur um ihn zu quälen, zu einem Teufel geworden.“

Der unglückliche Arzt erhob bei diesen Worten seine Hände mit einem Blick des Entsetzens, als ob er im Spiegel gesehen hätte, wie eine furchtbare Gestalt, die er nicht wiederzuerkennen vermochte, seine Stelle eingenommen habe. Es war einer von den Augenblicken, die nur zuweilen in jahrelangen Zwischenräumen wiederkehren, wenn das moralische Aussehen des Menschen sich seinem geistigen Auge treu widerspiegelt. Vielleicht hatte er sich noch nie so wie jetzt gesehen.

„Hast du ihn noch nicht genug gequält?" sagte Esther, die den Blick des Alten bemerkt hatte; „hat er dir noch nicht genug bezahlt?"

„Nein! Er hat die Schuld nur vergrößert!" antwortete der Arzt, dessen Wesen jetzt seine Wildheit verlor und in Trübsinn fiel. „Erinnerst du dich meiner, Esther, wie ich vor neun Jahren war? Schon damals stand ich im Herbst meiner Tage, und es war nicht der Frühherbst, aber mein ganzes Leben hatte aus fleißigen, eifrig forschenden, gedankenvollen, stillen Jahren bestanden, die ich getreulich zur Vergrößerung meines Wissens und ebenso getreulich, wiewohl der letztere Zweck nur nebenbei mit dem andern zusammenhing, zur Beförderung der menschlichen Wohlfahrt angewendet hatte. Kein Leben war friedlicher und unschuldiger als das meine, wenige Leben so reich an erwiesenen Wohltaten gewesen. Erinnerst du dich meiner? War ich nicht, wenn du mich auch für kalt halten mochtest, dennoch ein Mann, der für andere vorsorglich, für sich nur weniges bedürfend, gütig, wahrhaft, gerecht und von beständiger, wo nicht warmer Zuneigung war? War ich nicht all dies, Esther?"

„All dies und mehr", sagte Esther.

„Und was bin ich jetzt?" fragte er, indem er in ihr Gesicht blickte und alles Böse seines Innern auf seine Züge heraustreten ließ. „Ich habe dir bereits gesagt, was ich bin – ein Teufel! Wer hat mich dazu gemacht?"

„Ich war es", rief Esther schaudernd; „ich war es nicht weniger als er. Warum hast du dich nicht an mir gerächt?"

„Ich habe dich dem Scharlachbuchstaben überlassen", antwortete Roger Chillingworth, „wenn der mich nicht gerächt hat, so kann ich weiter nichts tun."

Er legte seine Finger darauf und lächelte.

„Er hat dich gerächt!" antwortete Esther Prynne.

„Ich hatte nicht weniger erwartet", sagte der Arzt. „Und nun, was verlangst du von mir in bezug auf jenen Mann?"

„Ich muß das Geheimnis enthüllen", antwortete Esther fest;

„er muß dich in deinem wahren Charakter erblicken: was die Folgen sein mögen, weiß ich nicht, aber diese lange Schuld des Vertrauens, die ihm, dessen Fluch und Verderben ich gewesen bin, von mir gebührt, soll endlich bezahlt werden. Soweit es den Umsturz oder die Bewahrung seines guten Rufes und irdischen Standes und vielleicht auch sein Leben betrifft, ist er in deinen Händen, und ich, die der Scharlachbuchstabe zur Wahrheit erzogen hat, wenn es auch die Wahrheit des in die Seele dringenden, rotglühenden Eisens ist – ich sehe keinen so großen Vorteil für ihn in einem längeren Leben gespenstischer Leere, daß ich mich erniedrigen sollte, dich um Gnade anzuflehen. Tu mit ihm, was du willst! Es ist für ihn nichts Gutes zu hoffen – nichts Gutes für mich –, nichts Gutes für dich! Da ist nichts Gutes für die kleine Perle. Es gibt keinen Pfad, der uns aus diesem finsteren Labyrinthe führen könnte."

„Weib, fast möchte ich dich bemitleiden", sagte Roger Chillingworth, der ein Gefühl von Bewunderung nicht unterdrücken konnte; denn die Verzweiflung, der sie Ausdruck verlieh, hatte etwas Majestätisches an sich. „Du hast große Eigenschaften gehabt. Vielleicht wäre dieses Übel nicht geschehen, wenn du früher auf eine bessere Liebe als die meine gestoßen wärest. Ich bemitleide dich um des Guten willen, das in deiner Natur vergeudet worden ist."

„Und ich dich", antwortete Esther Prynne, „wegen des Hasses, der einen weisen und gerechten Mann in einen Teufel verwandelt hat. Willst du ihn von dir austreiben und wieder ein Mensch werden? Wenn auch nicht um meinetwillen, doch doppelt wegen deiner selbst! Verzeih und überlaß die weitere Vergeltung der Macht, welche sie für sich in Anspruch nimmt. Ich habe gesagt, daß nichts Gutes für ihn oder dich oder mich vorhanden sei, die wir hier zusammen in diesem düstern Labyrinth des Übels wandern und bei jedem Schritte über die Schuld straucheln, womit wir unsern Pfad angefüllt haben. Es ist nicht so! Es könnte etwas Gutes für dich, für dich allein geben, da du tief gekränkt worden bist und es dir freisteht zu verzeihen. Willst du dieses einzige Vorrecht aufgeben? Willst du diese unschätzbare Wohltat von dir stoßen?"

„Laß ab, Esther, laß ab!" erwiderte der alte Mann mit trüber Strenge; „es ist mir nicht gegeben zu verzeihen. Ich besitze nicht die Macht, von der du zu mir sprichst. Mein alter, lange vergessener Glaube stellt sich ein und erklärt alles, was wir tun und alles, was wir leiden. Du hast durch deinen ersten Schritt auf den Irrweg das Samenkorn des Bösen gepflanzt, von jenem Augenblicke an aber ist alles düstere Notwendigkeit gewesen. Ihr, die ihr mir Unrecht zugefügt habt, seid nur in einer Art von typischer Illusion sündig, und ich, der ich dem Satan sein Amt aus den Händen gerissen habe, bin ebensowenig ein Teufel. Es ist unser Schicksal. Laßt die schwarze Blume des Bösen blühen wie sie mag. Jetzt geh deines Weges und verfahre mit jenem Manne, wie du willst."

Er winkte ihr mit der Hand, hinwegzugehen, und bückte sich wieder zu den Kräutern am Boden.

XV

Esther und Perle

Auf solche Weise nahm Roger Chillingworth, eine verwachsene alte Gestalt mit einem Gesicht, welches den Menschen länger im Gedächtnis spukte als ihnen angenehm war, von Esther Prynne Abschied, und ging, zur Erde gebückt, weiter. Er pflückte hier eine Pflanze oder grub dort eine Wurzel aus und steckte sie in den Korb, den er am Arme trug. Sein grauer Bart berührte fast den Boden, als er vorankroch.

Esther blickte ihm ein Weilchen mit einer halb phantastischen Neugier nach, um zu sehen, ob das zarte Frühlingsgras nicht unter seinen Tritten verwelken und vergilbt und braun die Spur seines schwankenden Ganges durch das heitere Grün zeigen würde. Sie hätte gern gewußt, welche Art von Kräutern der alte Mann so eifrig sammelte. Ob nicht die durch die Sympathie seines Auges zu schlimmen Zwecken befruchtete Erde ihm unter seinen Fingern aufwachsende giftige Sträucher von bisher unbekannten Arten bieten würde? Oder war es für ihn genügend, daß jeder heilsame Wuchs bei seiner Berührung in etwas Bösartiges und Schädliches verwandelt ward? Beschien ihn die Sonne, die alles andere so hell erleuchtete, wirklich? Oder befand sich dort, wie es vielmals schien, ein trüber Schattenkreis, der sich mit seiner verwachsenen Gestalt bewegte, wohin er sich auch wenden mochte? Und wohin ging er jetzt? Würde er nicht plötzlich in die Erde versinken und eine hohle verbrannte Stelle zurücklassen, wo im Verlauf der Zeit giftiger Nachtschatten, Schierling, Belladonna und was sonst das Klima von bösen Pflanzen hervorbringen konnte mit häßlicher Üppigkeit wuchern würde? Oder würde er Fledermausschwingen entfalten und hinwegfliegen und um so häßlicher aussehen, je höher er zum Himmel aufstieg?

„Gleichviel, ob es Sünde ist oder nicht", sagte Esther Prynne bitter, indem sie ihm nachblickte, „ich hasse den Mann."

Sie machte sich Vorwürfe über das Gefühl, konnte es aber weder besiegen noch verwinden. Sie dachte an die lang vergangenen Tage in einem fernen Lande, wo er des Abends aus seinem einsamen Studierzimmer kam und sich am Schimmer des Kaminfeuers ihrer Heimat und im Lichte ihres bräutlichen Lächelns niedersetzte. Er habe es nötig, sich an diesem Lächeln zu wärmen, wie er sagte, um die Kälte so vieler einsamer Stunden unter seinen Büchern vom Herzen abzutauen. Solches war ihr einst nicht anders als glücklich erschienen, jetzt aber, wo sie es durch den Trauerflor ihres späteren Lebens sah, reihten sich diese Szenen unter ihre häßlichsten Erinnerungen. Sie wunderte sich, wie solches nur hatte sein können. Sie wunderte sich, wie sie sich je hatte bewegen lassen, ihn zu heiraten. Sie hielt es für ihr bereuenswertestes Verbrechen, daß sie je den lauen Druck seiner Hand erduldet und erwidert und das Lächeln ihrer Lippen und Augen sich mit dem seinen habe vermischen und verschmelzen lassen. Und es erschien ihr als ein schlimmeres, von Roger Chillingworth begangenes Vergehen, als irgendeine Kränkung, die ihm je zugefügt worden war, daß er sie zu der Zeit, wo ihr Herz es nicht besser wußte, überredet hatte, sich an seiner Seite für glücklich zu halten.

„Ja, ich hasse ihn!" wiederholte Esther bitterer noch als vorher, „er hat mich verraten! Er hat mir schlimmeres Unrecht zugefügt als ich ihm."

Die Männer mögen sich hüten, die Hand eines Weibes zu gewinnen, wenn sie nicht damit zugleich die höchste Leidenschaft ihres Herzens erwerben, sonst kann es ihr unglückliches Schicksal werden, wie das Roger Chillingworths, wenn irgendeine mächtigere Berührung als die ihre alle ihre Gefühle erweckt hat, Vorwürfe selbst über die ruhige Zufriedenheit, das Marmorbild des Glückes zu erhalten, die sie ihr anstelle der warmen Wirklichkeit des Glückes gegeben haben. Aber Esther Prynne hätte längst schon über diese Ungerechtigkeit hinaus sein sollen. Was bewies sie? Hatten sieben lange Jahre unter der Folter des Scharlachbuchstabens ihr so viele Schmerzen auferlegt, ohne Reue hervorzubringen?

Die Empfindungen der kurzen Zeit, während welcher sie stand und der gekrümmten Gestalt des alten Roger Chillingworth nachblickte, warfen ein trübes Licht auf Esthers Zustand und enthüllten vieles, was sie sich sonst vielleicht nicht gestanden hätte.

Sobald er verschwunden war, rief sie ihr Kind zurück.

„Perle! Perlchen! Wo bist du?"

Dem Kinde, dessen Geistestätigkeit nie ermattete, hatte es, während seine Mutter mit dem alten Kräutersammler sprach, nicht an Unterhaltung gefehlt. Anfangs hatte Perle, wie schon berichtet, phantastisch mit ihrem eigenen Bilde in einer Wasserpfütze kokettierend, dem Phantome gewinkt herauszukommen und, da es dies nicht tat, sich selbst einen Durchgang in dessen Sphäre einer unerfaßbaren Erde und eines unerreichbaren Himmels gesucht. Da sie jedoch bald fand, daß es entweder ihr oder dem Bilde an Wirklichkeit mangelte, hatte sie sich anderwärts nach einem bessern Zeitvertreib umgesehen. Sie machte kleine Kähne aus Birkenrinde und befrachtete sie mit Schneckenhäusern und sandte mehr Fahrzeuge auf die See hinaus als irgendein Kaufmann in Neu-England, aber der größte Teil davon scheiterte nahe der Küste. Sie erfaßte eine lebende Krabbe am Schwanze und bemächtigte sich mehrerer Seesterne und legte eine Qualle zum Zerschmelzen an die warme Sonne. Dann nahm sie den weißen Schaum, welcher die Linie der herankommenden Flut säumte, warf ihn in den Wind und sprang ihm mit beflügelten Schritten nach, um die großen Schneeflocken einzuholen, ehe sie fielen. Als sie eine Gesellschaft von Strandläufern wahrnahm, die am Ufer hinliefen und ihre Nahrung suchten, sammelte das garstige Kind eine Schürze voll Kiesel, schlich den kleinen Seevögeln von einem Felsen zum andern nach und bewies eine große Geschicklichkeit im Werfen nach ihnen. Ein kleines graues Vögelchen mit weißer Brust war, wie Perle sicher glaubte, von einem Kiesel getroffen worden und flatterte mit gebrochenem Flügel davon. Dann aber seufzte das Elfenkind und gab seine Jagd auf, weil es ihm leid tat, einem kleinen Wesen Schmerz zugefügt zu haben, das ebenso wild war wie der Seewind oder wie Perle selbst.

Ihr letztes war, Seetang zu suchen und sich daraus eine Schärpe oder einen Mantel oder einen Kopfputz zu machen und auf diese Weise das Aussehen einer kleinen Seejungfer anzunehmen. Sie hatte die Gabe ihrer Mutter geerbt, Draperien und Kostüme zu erfinden. Als letzte Zutat zu ihrer Nereidenkleidung nahm Perle ein paar Riedgrashalme und ahmte, so gut sie konnte, auf ihrer Brust den Zierat nach, der ihr auf ihrer Mutter so vertraut war. Ein Buchstabe – der Buchstabe A –, aber frisch grün, statt scharlachrot! Das Kind legte sein Kinn auf die Brust und betrachtete die Anordnung mit seltsamem Interesse, als ob es nur darum in die Welt geschickt worden wäre, seine verborgene Bedeutung ausfindig zu machen.

,Ich bin gespannt, ob die Mutter mich fragen wird, was er bedeutet!' dachte Perle.

Gerade jetzt hörte sie die Stimme ihrer Mutter, flatterte so leicht dahin wie einer von den kleinen Seevögeln und erschien tanzend, lachend und mit dem Finger auf den Zierat an ihrer Brust deutend vor Esther Prynne.

„Mein Perlchen", sagte Esther nach kurzem Schweigen, „der grüne Buchstabe hat keine Bedeutung auf deiner kindlichen Brust, aber weißt du, mein Kind, was der Buchstabe, welchen deine Mutter tragen muß, zu bedeuten hat?"

„Ja, Mutter", sagte das Kind, „es ist der große Buchstabe A. Du hast ihn mir in der Fibel gezeigt."

Esther blickte forschend in ihr kleines Gesicht; wiewohl aber dasselbe den eigentümlichen Ausdruck zeigte, welchen sie so oft in ihren schwarzen Augen bemerkt hatte, konnte sie doch nicht zur Gewißheit darüber kommen, ob Perle irgendeine Bedeutung mit dem Symbole verband. Sie fühlte einen krankhaften Wunsch, die Sache zu ermitteln.

„Weißt du, Kind, weshalb deine Mutter diesen Buchstaben trägt?"

„Freilich weiß ich das!" antwortete Perle und schaute lustig in das Gesicht ihrer Mutter; „aus demselben Grunde, aus dem der Pfarrer die Hand auf sein Herz hält."

„Und was für ein Grund ist das?" fragte Esther mit einem halben Lächeln über die Ungereimtheit der kindlichen Beobachtung, über die sie jedoch allsogleich erbleichte. „Was hat der Buchstabe mit irgendeinem andern Herzen als dem meinen zu tun?"

„Aber Mutter, ich habe dir alles gesagt, was ich weiß", sagte Perle ernsthafter, als sie sonst zu sprechen gewohnt war. „Frage den alten Mann, mit dem du soeben sprachst, vielleicht kann er es dir sagen. Aber sag, Mutter, was bedeutet der Scharlachbuchstabe? Und weshalb trägst du ihn auf deiner Brust? Weshalb hält der Prediger die Hand auf sein Herz?"

Sie nahm die Hand ihrer Mutter in ihre beiden Hände und blickte mit einer Innigkeit, welche bei ihrem wilden, launischen Charakter selten war, in ihre Augen. Esther glaubte, daß sich das Kind ihr wirklich mit kindlichem Zutrauen zu nähern suche und alles, was es könne, und so verständig als es ihm möglich war, tue, um einen gemeinsamen Bereich sympathetischen Gefühls zu finden. Dies zeigte das Kind in einem ungewohnten Lichte. Bisher hatte sich die Mutter, ihr Kind mit der Innigkeit eines einzigen Gefühles liebend, darein ergeben, fast keine andere Vergeltung zu hoffen, als die Kaprice eines Aprilwindes, der seine Zeit in lustiger Jagd hinbringt und seine Anfälle unerklärlichen Zornes hat und selbst in seiner besten Laune aufbrausend ist und einen öfter erkältet als liebkost, wenn man ihn an seine Brust nimmt, zur Vergeltung für diese Ungezogenheit aber zuweilen in seiner Laune die Wange mit zweideutiger Zärtlichkeit küßt und einem sanft mit dem Haar spielt und dann wieder seine eignen müßigen Wege geht und einem ein träumerisches Wohlgefühl im Herzen zurückläßt. Dies war das Urteil der Mutter über die Anlage des Kindes. Jeder andere Beobachter würde vielleicht wenige liebenswürdige Züge erblickt und den unliebenswürdigen eine weit dunklere Färbung gegeben haben. Jetzt aber trat der Gedanke lebendig vor Esthers Geist, daß sich Perle mit ihrer auffallenden Frühreife und ihrem Scharfsinne vielleicht schon dem Alter genähert haben möge, wo sie zu einer Freundin gemacht und ihr so viel von den Kümmernissen ihrer Mutter anvertraut werden könne, als sich ihr ohne peinliche Zudringlichkeit für das Kind wie für die Mutter mitteilen lasse. Von Anfang an konnte man aus dem kleinen Chaos des Charakters Perlens die Grundsätze eines unerschütterlichen Mutes, eines unbezähmbaren Willens, eines standhaften Stolzes, der zum Selbstrespekt geschult werden konnte – und einer bitteren Verachtung vieler Dinge, die bei näherer

Untersuchung den Makel der Lüge an sich trugen, hervortreten sehen. Sie besaß Neigungen, liebevolle Neigungen, obgleich sie sich bisher noch scharf und unangenehm gezeigt hatten, wie die köstlichsten Früchte, solange sie unreif sind. ‚Bei allen diesen trefflichen Eigenschaften', dachte Esther, ‚muß das Böse, welches sie von ihrer Mutter geerbt hat, sehr groß sein, wenn dieses Elfenkind nicht zu einem edlen Weibe erwächst.'

Perlens unvermeidliche Neigung, über das Rätsel des Scharlachbuchstabens Aufschluß zu verlangen, schien eine angeborene Eigenschaft ihres Wesens zu sein. Sie hatte dies von der frühesten Zeit ihres bewußten Lebens als die ihr zugewiesene Mission betrachtet. Esther hatte oft geglaubt, daß die Vorsehung, als sie das Kind mit dieser auffallenden Neigung begabte, einen Plan der Gerechtigkeit und Vergeltung gehabt haben müsse, aber bis jetzt noch nie daran gedacht zu fragen, ob nicht mit diesem Plan vielleicht auch eine gnädige und freundliche Absicht verbunden sein möge. Konnte es nicht, wenn Perlchen mit Glauben und Vertrauen als geistiger Bote sowohl wie als Erdenkind aufgenommen wurde, ihre Sendung sein, den Kummer zu verscheuchen, welcher kalt im Herzen ihrer Mutter lag und es in ein Grab verwandelte, und ihr in der Bewältigung der Leidenschaft beizustehen, die einst so glühend gewesen und selbst jetzt noch nicht verstorben oder eingeschlafen, sondern nur in diesem Herzensgrabmale eingekerkert war?

Solcher Art waren die Gedanken, welche sich jetzt mit einer Lebhaftigkeit, als ob sie ihr ins Ohr geflüstert worden wären, in Esthers Geiste regten, und die ganze Zeit über hielt Perlchen die Hand ihrer Mutter in ihren beiden eigenen und wandte ihr Gesicht empor, während sie ein-, zwei-, dreimal die forschenden Fragen stellte.

„Was bedeutet der Buchstabe, Mutter, und warum trägst du ihn? Warum hält der Prediger die Hand auf das Herz?"

‚Was soll ich sagen?' dachte Esther. ‚Nein, wenn dies der

Preis der Teilnahme des Kindes ist, so kann ich ihn nicht zahlen.‘

Hierauf sagte sie:

„Törichte Perle, was sind das für Fragen? Es gibt viele Dinge in der Welt, nach denen ein Kind nicht fragen darf. Was weiß ich vom Herzen des Predigers? Und was den Scharlachbuchstaben betrifft, so trage ich ihn wegen seiner Goldfäden.“

Während der ganzen vergangenen sieben Jahre hatte Esther das Symbol auf ihrem Busen noch nie verleugnet. Vielleicht war es der Talisman eines strengen, aber doch schützenden Geistes, der sie jetzt verließ, als er erkannte, daß sich trotz seiner eifrigen Wache über ihr Herz ein neues Übel in dasselbe geschlichen hatte, oder ein altes nicht völlig aus ihm vertrieben war. Aus Perlchens Gesicht verschwand sofort der Ernst. Aber das Kind hielt es nicht für angemessen, die Sache fallen zu lassen. Noch zwei, drei Male, während es mit seiner Mutter heimwärts ging, und ebensooft beim Abendessen und als es von Esther zu Bett gebracht wurde, und einmal, nachdem sie schon eingeschlafen schien, blickte Perle mit neckisch strahlenden schwarzen Augen auf.

„Mutter“, sagte sie, „was hat der Scharlachbuchstabe zu bedeuten?“

Und den folgenden Morgen gab das Kind dadurch das erste Zeichen seines Erwachens, daß es den Kopf vom Kissen erhob und die andere Frage stellte, welche es so unerklärlich mit seinen Forschungen über den Scharlachbuchstaben verknüpft hatte:

„Mutter! Mutter! Warum hält der Prediger seine Hand auf sein Herz?“

„Halt deinen Mund, du ungezogenes Kind“, antwortete seine Mutter mit einer Rauheit, welche sie sich noch nie gestattet hatte, „plage mich nicht, sonst sperre ich dich in die finstere Kammer.“

XVI
Ein Spaziergang im Walde

Esther Prynne beharrte bei ihrem Entschlusse, Dimmesdale auf jede Gefahr gegenwärtiger Pein oder späterer Folgen hin mit dem wahren Charakter des Mannes, welcher sich in sein Vertrauen geschlichen hatte, bekanntzumachen. Mehrere Tage lang suchte sie vergeblich eine Gelegenheit, ihn auf einem der nachdenklichen Spaziergänge anzureden, die er, wie sie wußte, den Strand der Halbinsel entlang oder auf den waldigen Hügeln der Umgegend zu machen pflegte. Es würde weder üble Nachreden noch Gefahr für den guten Namen des Geistlichen verursacht haben, wenn sie ihn in seinem Studierzimmer besucht hätte, wo schon so manche Büßerin Sünden von vielleicht ebenso dunkler Färbung, wie die durch den Scharlachbuchstaben bezeichnete, bekannt hatte; aber weil sie die geheime oder unverhohlene Einmischung des alten Roger Chillingworth fürchtete, teils auch, weil ihr sündenbewußtes Herz da Verdacht erblickte, wo keiner gefühlt werden konnte, und dann auch, weil sowohl der Geistliche wie sie der ganzen weiten Welt zum Atmen bedürfen würden, während sie miteinander sprachen, aus all diesen Gründen dachte Esther nie daran, ihm in einem beschränkteren Raume als unter dem freien Himmel entgegenzutreten.

Endlich erfuhr sie beim Besuch eines Krankenzimmers, wohin der ehrwürdige Herr Dimmesdale berufen worden war, um ein Gebet zu verrichten, daß er am Tage vorher zu dem Missionar Eliot gegangen sei, um ihm unter seinen indianischen Bekehrten einen Besuch zu machen. Aller Wahrscheinlichkeit nach würde er zu einer gewissen Stunde des morgenden Nachmittags zurückkehren. Esther nahm daher den folgenden Tag beizeiten Perlchen, die notwendigerweise die Gefährtin aller Ausgänge ihrer Mutter war, wie unbequem auch ihre Gegenwart sein mochte, bei der Hand und brach auf.

Der Weg war, nachdem die beiden Wanderinnen von der

Halbinsel auf das Festland gekommen waren, nicht mehr als ein Fußpfad. Er zog sich in den geheimnisvollen Urwald, der ihn so eng einschloß und zu beiden Seiten so schwarz und dicht dastand und nur so unvollkommene Ausblicke auf den Himmel erlaubte, daß er für Esthers Geist kein unrichtiges Bild der moralischen Wildnis abgab, in welcher sie so lange umhergeirrt war; der Tag war rauh und düster. Am Himmel hing eine graue Wolkendecke, die jedoch leise vom Winde bewegt wurde, so daß man von Zeit zu Zeit einen flackernden Sonnenstrahl einsam auf dem Pfade sehen konnte. Diese flüchtige Heiterkeit befand sich stets am fernsten Ende einer langen Durchsicht im Walde. Das scherzende Sonnenlicht – nur zaghaft scherzend unter der herrschenden Gedankenschwere des Tages und der Szene – entfernte sich, sobald sie ihm nahe kamen, und hinterließ die Stellen, wo es getanzt hatte, um so trüber, als sie gehofft hatten, diese heiter erleuchtet zu finden.

„Mutter", sagte Perle, „der Sonnenschein hat dich nicht lieb, er läuft davon und versteckt sich, weil er sich vor etwas auf deiner Brust fürchtet. Sieh nur, da spielt er eine große Strecke entfernt. Bleib du hier stehen und laß mich ihm nachlaufen und ihn fangen. Ich bin ein Kind, er wird nicht vor mir fliehen, denn ich trage noch nichts auf meiner Brust."

„Und wirst es hoffentlich auch nie, mein Kind", sagte Esther.

„Und warum nicht, Mutter?" fragte Perle, indem sie gerade im Beginn ihres Laufes stehenblieb; „wird er nicht von selbst kommen, wenn ich ein erwachsenes Frauenzimmer bin?"

„Lauf, Kind", antwortete die Mutter, „und fange den Sonnenstrahl, er wird bald verschwunden sein."

Perle lief davon und fing, wie Esther lächelnd merkte, wirklich den Sonnenschein und stand lachend und durch seinen Glanz erhellt und von der Munterkeit, welche die schnelle Bewegung erregt hatte, schimmernd mitten darin. Das Licht verweilte auf dem einsamen Kinde, als freue es sich eines solchen Spielkameraden, bis seine Mutter fast nahe genug gekommen war, um ebenfalls in den Zauberkreis zu treten.

„Jetzt wird er gehen!“ sagte Perle kopfschüttelnd.

„Sieh“, antwortete Esther lächelnd, „jetzt kann ich meine Hand ausstrecken und etwas davon erfassen.“

Als sie es versuchte, verschwand der Sonnenschein, oder, nach dem strahlenden Ausdrucke zu urteilen, welcher auf Perlens Zügen tanzte, hätte ihre Mutter glauben können, das Kind habe ihn eingesogen und würde ihn wieder mit einem Schimmer auf ihrem Pfade von sich geben, wennn sie in einen düsteren Schatten gelangten. Keine andere Eigenschaft flößte ihr so sehr das Gefühl einer neuen und ursprünglichen Kraft in Perlens Natur ein, wie diese sie nie verlassende Lebhaftigkeit. Sie besaß nicht die Krankheit des Trübsinns, welche fast alle Kinder unserer Zeit mit den Skrofeln von den Leiden ihrer Vorfahren geerbt haben. Vielleicht war dies ebenfalls eine Krankheit und nur der Widerschein der wilden Energie, mit welcher Esther vor Perlens Geburt gegen ihren Schmerz angekämpft hatte. Sicher war es ein zweideutiger Zauber, der dem Charakter des Kindes einen harten, metallischen Glanz gab. Es mangelte ihm, was manchen Menschen lebenslänglich mangelt, ein Schmerz, der es tief berührte und menschlich und des Mitgefühls fähig machte. Die kleine Perle hatte aber noch Zeit genug vor sich.

„Komm, mein Kind“, sagte Esther und schaute von der Stelle, wo Perle im Sonnenschein stehengeblieben war, um sich. „Wir wollen uns ein wenig im Walde niedersetzen und ausruhen.“

„Ich bin nicht müde, Mutter“, antwortete das kleine Mädchen, „aber du kannst dich niedersetzen, wenn du mir unterdessen eine Geschichte erzählen willst.“

„Eine Geschichte, Kind!“ sagte Esther. „Wovon?“

„Oh, eine Geschichte von dem schwarzen Manne“, antwortete Perle, indem sie das Gewand ihrer Mutter erfaßte und halb ernst, halb neckisch in ihr Gesicht aufblickte. „Wie er in diesem Walde spukt und ein Buch trägt – ein dickes, schweres Buch mit eisernen Haspen, und wie dieser häßliche schwarze Mann jedem, der ihm hier unter den Bäumen begegnet, sein Buch und eine eiserne Feder anbietet, und der Mensch seinen Namen mit seinem eigenen Blute einschreiben soll. Und dann setzt er ihm sein Zeichen auf die Brust! Bist du je dem schwarzen Mann begegnet, Mutter?"

„Und wer hat dir diese Geschichte erzählt, Perle?" fragte ihre Mutter, die darin einen gewöhnlichen Aberglauben ihrer Zeit erkannte.

„Es war die alte Frau am Kaminwinkel in dem Hause, wo du vergangene Nacht wachtest", sagte das Kind. „Sie dachte aber, daß ich schliefe, als sie davon sprach. Sie sagte, daß tausend und aber tausend Menschen ihn hier getroffen und in sein Buch geschrieben und sein Zeichen an sich hätten. Und die widrige Dame, die alte Hibbins, sei eine davon. Und Mutter, die alte Frau sagte, daß dieser Scharlachbuchstabe das Zeichen sei, welches der schwarze Mann auf dich gesetzt hätte, und daß es wie eine rote Flamme glühe, wenn du um Mitternacht hier im finstern Walde mit ihm zusammenkämst. Ist das wahr, Mutter? Und gehst du ihm des Nachts entgegen?"

„Hast du je beim Erwachen deine Mutter nicht gefunden?" fragte Esther.

„Nein, nein", sagte das Kind. „Wenn du mich in unserm Häuschen allein zu lassen fürchtetest, so könntest du mich mitnehmen. Ich würde recht gern gehen! Aber Mutter, sag, ob es einen solchen schwarzen Mann gibt, und ob du ihm je begegnet? Ist dies sein Zeichen?"

„Wirst du mich in Frieden lassen, wenn ich es dir einmal sage?" fragte ihre Mutter.

„Ja, wenn du mir alles sagst", antwortete Perle.

„Ich habe einmal in meinem Leben den schwarzen Mann getroffen", sagte ihre Mutter; „dieser Scharlachbuchstabe ist sein Zeichen."

Sie waren tief genug in den Wald gelangt, um vor der

Beobachtung der etwa Vorübergehenden auf dem Fußpfade sicher zu sein. Hier setzten sie sich auf eine Moosbank, die im vergangenen Jahrhundert einmal eine riesige Fichte mit ihren Wurzeln und ihrem Stamme in den düstern Schatten und ihrem Wipfel hoch oben in der freien Luft gewesen war. Es war eine kleine Vertiefung, in der sie sich niedergesetzt hatten, durch deren Mitte ein Bach über ein Bett von gefallenen Blättern floß, während sich zu beiden Seiten sanfte, laubbedeckte Abhänge hoben. Die darüberhängenden Bäume hatten von Zeit zu Zeit große Äste fallen lassen, welche die Strömung hemmten und sie zwangen, an einigen Punkten Wirbel und schwarze Löcher zu bilden, während an den schnelleren muntereren Stellen ein Grund von Kieseln und braunem, glitzerndem Sand zu sehen war. Wenn sie mit den Augen dem Laufe des Baches folgten, konnten sie das von seinem Wasser zurückgeworfene Licht noch eine kleine Strecke weit im Walde sehen, verloren aber bald dessen Spuren in der Wildnis von Baumstämmen und Gebüsch und hier und da einem mächtigen, mit grauen Flechten bedeckten Felsen. All diese hohen Bäume und Blöcke von Granit schienen verschworen, aus dem Lauf des kleinen Baches ein Geheimnis zu machen, vielleicht weil sie fürchteten, er möchte mit seiner ununterbrochenen Geschwätzigkeit Geschichten erzählen mitten aus dem Herzen des alten Waldes, aus dem er strömte, oder dessen Offenbarungen auf der blanken Oberfläche eines Tümpels spiegeln. Das Bächlein unterhielt während seines Vorwärtsgleitens beständig ein freundliches, ruhiges beschwichtigendes Geplauder, das aber wehmütig war wie die Stimme eines kleinen Kindes, das seine Kindheit ohne Gespielen verlebt und nicht weiß, wie sie unter trübseligen Bekannten und Ereignissen von düsterer Färbung munter sein soll.

„Du törichter und langweiliger kleiner Bach“, rief Perle, nachdem sie eine Zeitlang gehorcht hatte. „Warum bist du so betrübt? Fasse Mut und seufze und murmele nicht die ganze Zeit über.“

Der Bach hatte aber im Verlauf seines kurzen Lebens unter den Waldbäumen so ernste Erfahrungen gemacht, daß er sich nicht enthalten konnte, davon zu sprechen und nichts anderes sagen zu wollen schien. Perle glich dem Bache, insofern der Strom ihres Lebens aus ebenso dunkler Quelle durch eine ebenso düster beschattete Umgebung geflossen war. Aber dem Bächlein unähnlich tanzte und glitzerte und plauderte sie munter in ihrem Laufe.

„Was sagt der traurige kleine Bach, Mutter?“ fragte Perle.

„Wenn du selbst einen Kummer hättest, so könnte dir der Bach davon erzählen“, sagte ihre Mutter; „gerade wie er mir von dem meinen erzählt. Jetzt aber, Perle, hör ich einen Schritt auf dem Pfad und das Geräusch, welches ein Mensch macht, der die Äste beiseite biegt. Geh und spiele, und laß mich mit dem, der dort kommt, sprechen.“

„Ist es der schwarze Mann?“ fragte sie.

„Willst du wohl gehen und spielen, Kind?“ wiederholte ihre Mutter; „lauf aber nicht tief in den Wald und hab acht, auf meinen ersten Ruf zu kommen.“

„Ja, Mutter!“ antwortete Perle. „Willst du mich aber nicht einen Augenblick verweilen und ihn mit seinem dicken Buche unter dem Arme anblicken lassen, wenn es der schwarze Mann ist?“

„Geh, törichtes Kind“, sagte die Mutter, „es ist kein schwarzer Mann. Du kannst ihn jetzt durch die Bäume sehen. Es ist der Prediger.“

„Ja, er ist es wirklich!“ rief das Kind. „Und Mutter, er hat seine Hand auf dem Herzen. Ist es, weil der schwarze Mann sein Zeichen auf die Stelle gesetzt hat, als der Prediger seinen Namen in das Buch schrieb? Warum trägt er es aber nicht außen auf seiner Brust, wie du, Mutter?“

„Geh jetzt, Kind, ein andermal sollst du mich plagen wie du willst!“ rief Esther Prynne. „Aber geh nicht weit weg. Bleib, wo du das Plaudern des Baches hören kannst.“

Das Kind entfernte sich singend, folgte dem Laufe des

Baches und versuchte, mit dessen wehmütiger Stimme heitere Töne zu vermischen, aber der kleine Bach ließ sich nicht trösten und fuhr fort, sein unverständliches Geheimnis von einem höchst traurigen Ereignis, welches sich im Bezirk des dunklen Waldes zugetragen hatte, zu erzählen oder erhob eine prophetische Wehklage über etwas, was noch darin geschehen sollte. Perle, die in ihrem eignen kleinen Leben Schatten genug hatte, brach also alle Bekanntschaft mit diesem klagenden Bache ab und begann, Veilchen und Anemonen und einige scharlachrote Mohnblumen zu pflücken, die sie in den Spalten eines hohen Felsens fand.

Sobald sich ihr Elfenkind entfernt hatte, tat Esther ein paar Schritte nach dem durch den Wald führenden Pfade hin, ohne jedoch aus dem tiefen Schatten der Bäume hervorzutreten. Sie sah den Geistlichen völlig allein, auf einen Stab gestützt, den er sich am Wege geschnitten hatte, herankommen. Er sah verstört und schwach aus und verriet in seiner Miene eine abgespannte Mutlosigkeit, die auf seinen Spaziergängen in der Ansiedlung und in jeder Situation, in der er sich der Beobachtung ausgesetzt sah, nie so auffallend gewesen war. Hier zeigte sie sich schmerzlich in der tiefen Abgeschiedenheit des Waldes, welche an sich schon eine schwere Prüfung für die Heiterkeit gewesen wäre. Sein Gang zeigte eine Mattigkeit, als ob er keinen Grund sähe, noch einen weiteren Schritt zu tun und auch keinen Wunsch dazu fühlte, sondern froh gewesen wäre, wenn er über irgend etwas hätte froh sein können, sich am Fuße des nächsten Baumes niederzuwerfen und dort ewig ohne Bewegung liegen zu bleiben. Das Laub mochte dann auf ihn herabfallen und die Erde sich allmählich zusammenhäufen und einen kleinen Hügel über seinem Körper bilden, gleichviel, ob noch Leben darin war oder nicht. Der Tod war ein zu bestimmter Gegenstand, als daß er ihn hätte wünschen oder vermeiden mögen.

Für Esthers Augen jedoch ließ der ehrwürdige Herr Dimmesdale kein Symptom eines bestimmten und heftigen Leidens erblicken, außer daß er, wie Perlchen bemerkt hatte, die Hand auf sein Herz hielt.

XVII
Der Pfarrer und sein Pfarrkind

So langsam auch der Geistliche daherkam, war er doch beinahe schon vorüber, ehe Esther Prynne laut genug sprechen konnte, um seine Aufmerksamkeit zu erregen. Endlich gelang es ihr.

„Arthur Dimmesdale!“ sagte sie anfangs leise, dann lauter, aber mit heiserem Tone. „Arthur Dimmesdale!“

„Wer spricht?“ fragte der Prediger.

Er sammelte sich schnell und stand aufrechter da, als sei er in einer Stimmung überrascht worden, für welche er keine Zeugen zu haben wünschte. Als er besorgt nach der Richtung, von welcher die Stimme gekommen war, blickte, sah er undeutlich unter den Bäumen eine in so dunkle Gewänder gekleidete und von dem grauen Zwielicht, zu welchem der bewölkte Himmel und das dichte Laub die Mittagszeit verdüstert hatten, so wenig abstechende Gestalt, daß er nicht wußte, ob es ein Weib oder ein Schatten sei. Vielleicht wurde er auf seinem Lebenspfade so von einem Gespenste, welches sich aus seinen Gedanken hervorgestohlen hatte, verfolgt.

Er trat einen Schritt näher und entdeckte den Scharlachbuchstaben.

„Esther! Esther Prynne! Bist du es? Bist du noch am Leben?“

„So ist es. In einem solchen Leben wie seit vielen Jahren das meine gewesen ist. Und du, Arthur Dimmesdale, lebst du noch?“

Es war kein Wunder, daß sie so gegenseitig ihre wirkliche und körperliche Existenz in Frage zogen und selbst an ihrer eignen zweifelten. Sie begegneten einander in dem düstern Walde auf so seltsame Weise, daß es dem ersten Zusammentreffen zweier Geister in der Welt jenseits des Grabes glich, die in ihrem frühern Leben in vertrauter Verbindung, jetzt mit kaltem Schauder in gegenseitiger Furcht dastanden, weil sie noch nicht mit ihrer Lage vertraut, nicht an die Gesellschaft entkörperter Wesen gewöhnt waren. Jedes ein Geist und über des andern Geist entsetzt! Auch über sich selbst waren sie entsetzt, weil die Krisis sie auf ihr Bewußtsein zurückwarf und dem Herzen beider seine Geschichte und Erfahrungen enthüllte, wie es das Leben mit Ausnahme solcher atemlosen Momente nie tut. Die Seele erblickte ihre Züge in dem Spiegel des flüchtigen Augenblickes. Es geschah mit Furcht und Beben und wie von einer langsamen, widerstrebenden Notwendigkeit getrieben, daß Arthur Dimmesdale seine leichenkalte Hand ausstreckte und die eisige Hand Esther Prynnes berührte. So kalt der Druck auch war, benahm er doch der Begegnung ihr Traurigstes. Sie fühlten jetzt wenigstens, daß sie Bewohner der gleichen Sphäre waren.

Ohne daß wieder ein Wort gesprochen worden wäre, ohne daß er oder sie das Führeramt auf sich genommen hätte, sondern mit wortloser Übereinstimmung glitten sie in den Schatten des Waldes, aus welchem Esther hervorgekommen war, zurück und setzten sich auf die Moosbank, wo sie vorher mit Perle zusammen gesessen hatte. Sobald sie ihre Stimme wiederfanden, taten sie anfangs nur Bemerkungen und Fragen über den düsteren Himmel, den drohenden Sturm und dann ihre beiderseitige Gesundheit, wie es zwei gewöhnliche Bekannte getan hätten. So näherten sie sich, nicht kühn, sondern Schritt für Schritt den Gegenständen, die in ihrem tiefsten Herzen brüteten. Die durch das Schicksal und die Umstände einander so lange Entfremdeten mußten etwas Gewöhnliches und Unbedeutendes haben, was vorauslief und die Türen des Verkehrs öffnete, damit ihre wahren Gedanken über die Schwelle geführt werden konnten.

Nach einer Weile heftete der Geistliche seine Augen auf die Esther Prynnes.

„Esther“, sagte er, „hast du Frieden gefunden?“

Sie lächelte trüb und blickte auf ihren Busen hinab.

„Und du?“ fragte sie.

„Keinen. Nichts als Verzweiflung“, antwortete er. „Was konnte ich, der ich bin, was ich bin, und ein Leben, wie das meine führe, anders erwarten? Wäre ich ein Atheist, ein Mensch ohne Gewissen, ein Bösewicht mit rohen Instinkten, so würde ich längst schon vielleicht Frieden gefunden haben, ja, ich hätte ihn nie verloren. Wie aber die Sachen mit meiner Seele stehen, so ist alles, was ich ursprünglich an guten Fähigkeiten besaß, jede herrliche Gabe Gottes zum Diener der geistigen Qual geworden. Esther, ich bin überaus elend.“

„Das Volk verehrt dich“, sagte Esther, „und du wirkst doch gewiß Gutes unter ihm. Gewährt dir dies keinen Trost?“

„Nur um so mehr Elend – nur um so größeres Elend, Esther“, antwortete der Geistliche bitter. „Was das Gute betrifft, das ich vielleicht zu tun scheine, so habe ich daran keinen Glauben. Es muß ein Blendwerk sein. Was kann eine verderbte Seele, wie die meine, zur Erlösung anderer Seelen oder eine befleckte Seele zu ihrer Reinigung tun? Und wollte Gott, daß sich die Ehrfurcht und Verehrung des Volkes in Haß und Verachtung wandelte. Kannst du es für einen Trost halten, Esther, daß ich auf meine Kanzel treten und so vielen Augen begegnen muß, die zu meinem Gesichte emporgewendet sind, als ob daraus das Licht des Himmels strahlte? Daß meine Herde nach der Wahrheit hungrig nur meinen Worten lauschen muß, als ob eine der Zungen des Pfingstfestes zu ihnen spräche? Und dann nach innen blicke und die schwarze Wirklichkeit dessen, was sie vergöttern, erkenne. Ich habe in Bitternis und Herzenspein über den Kontrast zwischen dem, was ich scheine und was ich bin, gelacht! Und Satan lacht dazu!“

„Darin tust du dir selber Unrecht“, sagte Esther sanft. „Du hast tief und schwer bereut. Deine Sünde ist in den Tagen der Vergangenheit zurückgeblieben. Dein gegenwärtiges Leben ist in voller Wahrheit nicht weniger fromm, als es den Augen des Volkes erscheint. Hat die so durch gute Werke besiegelte und bezeugte Bußfertigkeit keine wirkliche Existenz? Und weshalb sollte sie dir nicht Frieden bringen?"

„Nein, Esther, nein", antwortete der Geistliche, „es ist nichts Substantielles darin! Sie ist kalt und tot und kann nichts für mich tun. Buße habe ich genug geübt. Wahre Reue aber war da nicht, sonst würde ich schon längst diese Gewänder der erheuchelten Frömmigkeit abgeworfen und mich den Menschen gezeigt haben, wie sie mich am Jüngsten Tage vor dem Richterstuhl Gottes erblicken werden. Glücklich bist du, Esther, daß du den Scharlachbuchstaben offen auf deiner Brust trägst. Der meine glüht im Verborgenen. Du ahnst nicht, welch ein Trost es nach der Qual siebenjährigen Betruges für mich ist, in ein Auge zu blicken, das mich als das erkennt, was ich bin! Hätte ich nur einen Freund, oder wäre es auch mein bitterster Feind, zu dem ich mich täglich, wenn mich alle übrigen bis zum Ekel mit Lob überschütten, wenden und dem ich als der niedrigste aller Sünder bekannt sein könnte, so würde sich meine Seele dadurch vielleicht noch am Leben erhalten. Selbst ein so geringer Anteil von Wahrheit würde mich erretten. Aber jetzt ist alles Lüge. Alles Leere – alles Tod!"

Esther Prynne blickte in sein Gesicht, zögerte aber zu sprechen. Indem er jedoch seine lang gezügelten Empfindungen so heftig aussprach, boten ihr seine Worte hier gerade den Punkt, an welchem sie das, was sie zu sagen gekommen war, einschieben konnte. Sie bezwang ihre Furcht und sprach:

„Einen Freund, wie du ihn soeben jetzt gewünscht hast", sagte sie, „mit dem du deine Sünde beweinen kannst, hast du an mir, der Teilhaberin dieser Sünde." Von neuem zauderte sie, bezwang sich aber und brachte mit Anstrengung die Worte heraus: „Einen solchen Feind hast du schon lange gehabt und mit ihm unter demselben Dache gewohnt."

Der Geistliche sprang keuchend auf und griff nach seinem Herzen, als wolle er es aus seiner Brust reißen.

„Was sagst du?“ rief er, „einen Feind? Und unter meinem eigenen Dache? Was meinst du?“

Esther Prynne war jetzt vollkommen zum Bewußtsein des tiefen Unrechts gekommen, das sie diesem Unglücklichen zugefügt hatte, indem sie ihn so viele Jahre – doch ein einziger Augenblick wäre schon ebenso schlimm gewesen – der Gnade und Ungnade eines Mannes überlassen hatte, dessen Zwecke nur bösartig sein konnten. Schon die Nähe seines Feindes, unter welcher Maske er sich auch immer verbergen mochte, war hinreichend, um die magnetische Sphäre eines so reizbaren Wesens, wie Arthur Dimmesdale, zu beunruhigen. Es hatte eine Periode gegeben, da Esther dieser Rücksicht weniger Beachtung geschenkt, oder vielleicht hatte sie auch in der Menschenfeindlichkeit ihrer eignen Not dem Geistlichen überlassen das zu ertragen, was sie sich als ein leidlicheres Schicksal vorstellen mochte. Aber in der jüngsten Zeit, seit der Nacht seiner Vigilie, waren alle ihre Gefühle in bezug auf ihn zugleich gemildert und gekräftigt worden. Sie las jetzt besser in seinem Herzen. Sie bezweifelte nicht, daß die beständige Gegenwart Roger Chillingworths, der durch das geheime Gift seiner Bosheit die ganze ihn umgebende Luft verpestete, und seine ärztliche Einmischung in die körperlichen und geistigen Gebrechen des Geistlichen, kurz, alle diese Gelegenheiten grausam benutzt worden waren. Mittelst ihrer war das Gewissen des Leidenden in einem gereizten Zustande erhalten worden, dessen Zweck es nicht war, ihn durch heilsamen Schmerz zur Gesundheit zu bringen, sondern sein geistiges Wesen zu zerstören und zu verderben. Das irdische Resultat davon mußte fast notwendigerweise Wahnsinn und das im Jenseits die ewige Entfremdung von dem Guten und Wahren sein, wovon der Wahnsinn vielleicht der irdische Typus ist.

Dies war das Verderben, in welches sie den Mann gestürzt, den sie einst so leidenschaftlich geliebt hatte, den – warum sollten wir es nicht aussprechen – sie immer noch so leidenschaftlich liebte. Esther fühlte, daß die Aufopferung des guten Namens des Geistlichen, ja der Tod selbst, wie sie bereits Roger Chillingworth gesagt hatte, der Alternative, welche sie gewählt, unendlich vorzuziehen gewesen wäre, und jetzt würde sie sich gern auf das Waldlaub niedergelegt haben und dort zu Arthur Dimmesdales Füßen gestorben sein, wenn sie nur nicht dieses schwere Unrecht zu bekennen gehabt hätte.

„Arthur, verzeih mir! In allen andern Dingen habe ich mich bemüht, wahr zu sein! Die Wahrheit war die einzige Tugend, die ich hätte bewahren können, und die ich selbst in der äußersten Not bewahrt habe, außer wenn dein Bestes – dein Leben, dein Ruf auf dem Spiele standen. Da willigte ich in eine Täuschung. Aber die Lüge ist nie gut, selbst wenn auf der andern Seite der Tod steht! Verstehst du nicht, was ich sagen will? Jener alte Mann, der Arzt, er, den man Roger Chillingworth nennt – er war mein Gatte."

Der Geistliche blickte sie einen Moment mit der ganzen auflodernden Leidenschaftlichkeit an, die, in mehr als einer Gestalt mit seinen höheren, reineren, sanfteren Eigenschaften vermengt, derjenige Teil von ihm war, welchen der Teufel als sein Eigentum ansprach und durch den er das übrige zu gewinnen suchte. Esther hatte noch nie einen schwärzeren oder einen wütenderen Blick auf sich geheftet gesehen. Während des kurzen Zeitraumes, welchen er dauerte, brach er als eine düstere Verwandlung hervor. Sein Charakter war durch Leiden aber so sehr geschwächt worden, daß selbst seine niederen Kräfte für das Böse nur eines kurzen Kampfes fähig waren. Er sank auf den Boden nieder und begrub sein Gesicht in den Händen.

„Ich hätte es wissen können", murmelte er; „ich wußte es! Wurde mir nicht das Geheimnis durch das natürliche Zurückschrecken meines Herzens bei seinem ersten Anblicke und so oft ich ihn seitdem gesehen habe, verkündet. Warum verstand ich es nicht? O Esther Prynne, du ahnst nicht, wie entsetzlich das ist! Und die Schmach! Das Ungehörige und die abscheuliche Häßlichkeit dieser Bloßlegung eines kranken und sündigen Herzens gerade vor dem Auge, welches sich daran weiden mußte! Weib, Weib, dafür bist du verantwortlich! Ich kann dir nicht verzeihen."

„Du mußt mir verzeihen!" rief Esther und warf sich neben ihm auf das abgefallene Laub nieder. „Überlaß Gott die Strafe, du mußt verzeihen."

Mit plötzlicher, verzweifelter Zärtlichkeit schlang sie ihre Arme um ihn und drückte seinen Kopf an ihren Busen, ohne sich darum zu kümmern, daß seine Wange an dem Scharlachbuchstaben ruhte.

Er wollte sich losmachen, rang aber vergeblich. Esther wollte ihn nicht freigeben, damit er ihr nicht streng ins Gesicht blikken möge. Die ganze Welt hatte sie finster angeblickt, sieben lange Jahre hatte sie das alleinstehende Weib mit Zorn betrachtet – und sie hatte alles ertragen und ihre festen traurigen Augen nicht ein einziges Mal abgewendet. Auch der Himmel hatte sich zornig gegen sie erwiesen, und doch war sie nicht gestorben. Aber den erzürnten Blick dieses bleichen, schwachen, sündigen und schmerzbeladenen Mannes konnte Esther nicht ertragen und damit leben.

„Willst du mir doch vergeben?" wiederholte sie aber- und abermals. „Willst du nicht bös dareinsehen? Willst du verzeihen?"

„Ich verzeihe dir, Esther!" antwortete der Prediger endlich mit tiefer, aus einem Abgrund von Trauer, aber nicht Zorn, heraufkommender Stimme. „Ich verzeihe dir jetzt von ganzem Herzen. Gott vergebe uns beiden. Esther, wir sind nicht die schlimmsten Sünder der Welt. Es gibt einen schlimmeren als selbst den befleckten Priester! Die Rache jenes alten Mannes ist schwärzer gewesen als meine Sünde. Er hat mit kaltem Blute das Heiligtum eines Menschenherzens geschändet. Wir beide, Esther, haben das nie getan."

„Nie, nie!" flüsterte sie. „Was wir taten, hatte seine eigene

Weihe. Wir fühlten es so – wir sagten es zueinander! Hast du es vergessen?"

„Still, Esther!" sagte Arthur Dimmesdale, sich vom Boden erhebend, „nein, ich habe es nicht vergessen."

Sie setzten sich wieder nebeneinander und mit verschlungenen Händen auf den moosbedeckten Stamm des gestürzten Baumes. Das Leben hatte nie eine düsterere Stunde für sie gehabt. Es war der Punkt, auf welchen ihr Pfad so lange zugegangen und in seinem Verlaufe immer dunkler geworden war – und doch umschloß er einen Zauber, der sie zwang, dabei zu verweilen, und noch einen und wieder einen und endlich noch einen Augenblick zu verlangen.

Der Wald um sie her war düster und knarrte in einem hindurchgehenden Sturme. Die Zweige schwankten schwer über ihren Köpfen, während ein gewichtiger alter Baum dem anderen seine Trübsal zublies, als ob er ihm die traurige Geschichte der beiden erzählte, die unter ihm saßen, oder gezwungen war, Übles zu prophezeien. Und doch zauderten sie. Wie öde sah der Waldpfad aus, welcher zurück nach der Ansiedelung führte, wo Esther Prynne wieder die Bürde ihrer Schmach und der Geistliche das Trugbild seines guten Namens wieder auf sich nehmen mußte.

So verweilten sie noch einen Augenblick. Kein goldenes Licht war ihnen je so köstlich gewesen wie das Dunkel dieses düsteren Waldes. Hier, wo sie nur von seinen Augen gesehen wurde, brauchte sich der Scharlachbuchstabe nicht in die Brust der Gefallenen einzuglühen. Hier, wo ihn nur ihre Augen erblickten, konnte Arthur Dimmesdale, der Lügner vor Gott und Menschen, auf einen Augenblick wahr sein.

Er schrak zusammen, denn ein Gedanke stieg plötzlich in ihm auf.

„Esther", rief er, „hier ist ein neues Entsetzen! Roger Chillingworth kennt deine Absicht, seinen wahren Charakter zu enthüllen. Wird er noch weiter unser Geheimnis bewahren? Welchen Weg wird jetzt seine Rache einschlagen?"

„In seiner Natur ist eine seltsame Verschwiegenheit", antwortete Esther gedankenvoll, „und durch seine versteckten Rachegelüste ist sie nur noch stärker geworden. Ich glaube nicht, daß er das Geheimnis verraten wird. Er wird andere Mittel suchen, seine schwarze Leidenschaft zu sättigen."

„Und ich! wie soll ich länger leben und dieselbe Luft mit diesem Todfeind atmen?" rief Arthur Dimmesdale schaudernd und die Hand auf sein Herz pressend – eine Gebärde, die bei ihm zu einer unwillkürlichen geworden war. „Denke für mich, Esther, du bist stark. Fasse du für mich einen Entschluß."

„Du darfst nicht länger mit diesem Manne zusammenwohnen", sagte Esther langsam und fest. „Dein Herz darf nicht länger unter seinem bösen Blicke liegen."

„Es wäre weit schlimmer als der Tod", antwortete der Geistliche. „Aber wie es vermeiden? Welche Wahl steht mir frei? Soll ich mich wieder auf dieses verwelkte Laub niederlegen, auf das ich mich warf, als du mir sagtest, wer er sei? Muß ich hier niedersinken und auf der Stelle sterben?"

„Ach, welcher Untergang ist über dich gekommen", sprach Esther, der die Tränen aus den Augen kamen. „Willst du aus Schwäche sterben? Ein anderer Grund ist dazu nicht da."

„Das Gericht Gottes ist über mir", antwortete der von seinem Gewissen gepeinigte Priester. „Es ist zu mächtig, als daß ich dagegen ankämpfen könnte."

„Der Himmel würde dir Gnade erweisen", erwiderte Esther, „wenn du nur die Kraft hättest, sie zu nutzen."

„Sei du stark für mich", antwortete er. „Rate mir, was ich tun soll?"

„Ist denn die Welt so klein?" fragte Esther, indem sie ihre dunkeln Augen auf die des Geistlichen heftete und instinktmäßig eine magnetische Kraft über einen Geist ausübte, der so geschwächt und niedergedrückt war, daß er sich kaum aufrecht zu halten vermochte.

„Liegt die Welt im Umfange jener Stadt, die erst vor

kurzem noch nur eine laubige, ebenso einsame Wildnis war, so einsam wie die um uns? Wohin führt jener Waldweg? Zurück zu der Ansiedelung, sagst du. Ja, aber auch vorwärts. Tiefer geht er und immer tiefer in die Wildnis, mit jedem Schritt ist er weniger deutlich zu sehen, bis wenige Meilen von hier die vergilbten Blätter keine Spuren mehr von den Tritten des weißen Mannes zeigen. Dort bist du frei. Eine so kurze Reise würde dich aus einer Welt, in der du elend gewesen bist, in eine andere bringen, wo du noch glücklich sein kannst. Gibt es in diesem ganzen unbegrenzten Walde nicht Schatten genug, um dein Herz vor dem Blicke Roger Chillingworths zu verbergen?"

„Ja, Esther, aber nur unter dem gefallenen Laube", antwortete der Prediger mit einem trüben Lächeln.

„Dann haben wir noch die breite Straße des Meeres", fuhr Esther fort. „Sie hat dich hierher gebracht. Wenn du willst, wird sie dich auch wieder zurücktragen. In unserm Heimatlande, sei es nun in einem abgelegenen Dorf oder in dem unermeßlichen London, oder sicherlich dort in Deutschland, in Frankreich, im lieblichen Italien – würdest du seiner Macht und seinem Wissen entronnen sein. Und was hast du mit allen diesen eisernen Männern und ihren Meinungen zu schaffen? Sie haben dein besseres Teil nur zu lange schon in Banden gehalten."

„Es kann nicht sein!" antwortete der Geistliche, der lauschte, als ob er aufgerufen sei, einen Traum zu verwirklichen. „Ich habe nicht die Kraft zu gehen. So elend und sündig ich auch bin, habe ich doch keinen andern Gedanken gehabt als den, meine irdische Existenz in dem Wirkungskreise, wohin mich die Vorsehung versetzt hat, weiterzuschleppen. So verloren auch meine eigene Seele ist, möchte ich doch für andere menschliche Seelen immer noch tun, was ich kann. Ich wage nicht, meinen Posten zu verlassen, wenn ich auch ein ungetreuer Wächter bin, dessen sicherer Lohn Tod und Schande sein wird, wenn seine traurige Wachtzeit zu Ende geht."

„Du bist von dieser siebenjährigen Last des Elends erdrückt", antwortete Esther, fest entschlossen, ihm durch ihre eigne Energie wieder Spannkraft zu verleihen. „Du sollst aber alles hinter dir zurücklassen. Es darf weder deine Schritte hemmen, wenn du auf dem Waldpfad dahinschreitest, noch darfst du das Schiff damit befrachten, wenn du es vorziehst, über das Meer zu gehen. Laß diese Trümmer hier, wo der Einsturz geschehen ist! Kümmere dich nicht weiter darum. Beginne ganz von neuem! Hast du durch das Fehlschlagen dieses einen Versuches alle Möglichkeiten erschöpft? Nicht doch! Die Zukunft ist noch voller Versuche und Erfolge. Es gibt Glück, das du genießen, Gutes, das du tun kannst! Vertausche dein falsches Leben mit einem wahren. Sei, wenn dich dein Geist zu einer solchen Sendung auffordert, der Lehrer und Apostel der roten Männer oder, wie es deiner Natur mehr zusagt, sei ein Gelehrter und Weiser unter den Weisesten und Berühmtesten der gebildeten Welt. Predige! Schreibe! Handle! Tue alles, nur leg dich nicht nieder und stirb! Gib den Namen Arthur Dimmesdale auf und erwirb dir einen anderen und großen, den du ohne Furcht und Scham tragen kannst. Warum willst du auch nur einen Tag in den Qualen verharren, die sich so in dein Leben genagt, die dich schwach in Wollen und Handeln gemacht haben und dich selbst zur Reue unfähig machen werden? Auf, und fort von hier!"

„Esther", rief Arthur Dimmesdale, in dessen Augen ein durch ihren Enthusiasmus entzündetes, flackerndes Licht aufgelodert und wieder verlöscht war. „Du sagst einem Manne, dessen Knie beben, daß er einen Wettlauf machen solle! Ich muß hier sterben. Ich habe weder die Kraft noch den Mut mehr, mich allein in die weite, fremde und schwierige Welt hinauszuwagen."

Es war der letzte Ausdruck der Mutlosigkeit eines gebrochenen Geistes. Es fehlte ihm an der Energie, das bessere Glück zu erfassen, welches im Bereich seiner Hände zu sein schien.

Er wiederholte das Wort:

„Allein, Esther!“

„Du sollst nicht allein gehen!“ antwortete sie, die Worte flüsternd.

Damit war alles gesagt.

XVIII
Flut von Sonnenschein

Arthur Dimmesdale schaute in Esthers Gesicht mit einem Blick, in welchem wohl Hoffnung und Freude glänzten, dabei aber doch eine Art von Furcht und Schrecken über ihre Kühnheit schimmerten, die das ausgesprochen hatte, was er angedeutet, aber nicht zu sagen gewagt hatte.

Aber Esther Prynne, die einen Geist voll Tatkraft und angeborenen Mutes besaß und eine so lange Zeit der Gesellschaft nicht bloß entfremdet, sondern selbst von ihr geächtet gewesen war, hatte sich an eine Denkfreiheit gewöhnt, wie sie der Geistliche nicht zu fassen vermochte. Sie war ohne Regeln und Führer in einer moralischen Wildnis umhergeirrt, die ebenso unermeßlich verworren und schattig war wie der ungezähmte Urwald, in dessen Dunkel sie jetzt ein Gespräch hielten, welches ihr Schicksal entscheiden sollte. Ihr Verstand und Herz hatten ihre Heimat sozusagen an öden Orten, wo sie ebenso frei wie der wilde Indianer in seinen Wäldern umherschweifte. Seit Jahren hatte sie die menschlichen Institutionen und alles, was Priester und Gesetzgeber festgestellt, aus diesem entfremdeten Gesichtspunkte betrachtet und mit kaum größerer Ehrerbietung beurteilt als ein Indianer für das geistliche Beffchen, das richterliche Gewand, den Pranger, den Galgen, den häuslichen Herd oder die Kirche fühlen würde. Fatum und Fortuna hatten sie freigesetzt. Der Scharlachbuchstabe war ihr Paß für Regionen, welche andere Frauen nicht zu betreten wagten. Schande, Verzweiflung, Einsamkeit waren ihre Lehrer gewesen – und zwar strenge und grimmige. Diese hatten sie stark gemacht, aber auch öfter in die Irre geführt.

Der Geistliche dagegen hatte nie eine Erfahrung durchgemacht, die ihn über den Bereich der allgemein angenommenen Gesetze hinaus hätte führen können, wenn er auch ein einziges Mal eines von den geheiligtsten derselben so furchtbar übertreten hatte. Dies war aber eine Sünde der Leidenschaft und nicht eine des Grundsatzes oder auch nur der Absicht gewesen. Seit jener Unglückszeit hatte er mit krankhaftem Eifer und Berücksichtigung jedes einzelnen nicht bloß seine Handlungen – denn diese zu ordnen war leicht –, sondern jeden Hauch einer Bewegung und jeden Gedanken beobachtet. An der Spitze des sozialen Systems stehend, wie die Geistlichen jener Zeit im allgemeinen, wurde er durch dessen Regulationen, Grundsätze und selbst Vorurteile nur um so enger gefesselt. Als Priester hemmte ihn das Gerüst seines Standes unvermeidlich; als Mensch, der einmal gesündigt, aber sein Gewissen durch das Nagen einer ungeheilten Wunde in voller Tätigkeit und Empfindlichkeit erhalten hatte, wäre zu erwarten gewesen, daß er sicherer innerhalb der Grenze der Tugend sei, als wenn er nie gesündigt hätte.

So schien es, daß, was Esther Prynne betraf, die ganzen sieben Jahre der Ächtung und Schmach fast nichts gewesen waren als eine Vorbereitung auf gerade diese Stunde.

Aber Arthur Dimmesdale: – Was konnte ein solcher Mann, wenn er nochmals fallen sollte, zur Entschuldigung seines Vergehens vorbringen? Nichts, wenn nicht das, daß er durch langes, tiefes Leiden niedergebrochen, daß sein Geist gerade durch die Reue, welche ihn quälte, verdunkelt und verwirrt war, daß das Gewissen es schwer finden mochte, zwischen dem Fliehen als geständiger Verbrecher und dem Dableiben als Heuchler zur Entscheidung zu kommen, daß es nicht mehr als menschlich war, die Gefahr des Todes und der Schande und die unerforschlichen Machinationen eines Feindes zu vermeiden, daß endlich dem armen, schwachen, kranken, unglücklichen Pilger auf seinem traurigen und öden Pfade ein Lichtblick menschlicher Liebe und Teilnahme ein neues und wahres Leben statt des schweren Fluches, unter welchem er jetzt litt, schimmerte. Es ist strenge, traurige Wahrheit, und doch sei sie gesagt, daß der Bruch, den die Schuld einmal in der menschlichen Seele aufgerissen hat, in unserm sterblichen Leben nie wieder geheilt wird. Man mag ihn beobachten und bewachen, damit der Feind nicht wieder in die Zitadelle dringe und bei seinen späteren Angriffen lieber einen andern Zugang als den, wo es ihm früher gelungen war, suche. Aber die zertrümmerte Mauer ist immer noch vorhanden und in ihrer Nähe der schleichende Schritt des Feindes, welcher seinen noch nicht vergessenen Triumph von neuem erringen möchte.

Der Kampf, wenn ein solcher stattfand, braucht nicht beschrieben zu werden. Genug, daß der Geistliche beschloß, zu fliehen, und nicht allein.

‚Wenn ich mich in diesen ganzen sieben Jahren', dachte er, ‚auch nur eines einzigen Augenblicks des Friedens oder der Hoffnung erinnern könnte, so würde ich um dieser Probe der Gnade des Heiles willen noch länger ausharren. Warum sollte ich aber jetzt, wo ich unwiderruflich verdammt bin, nicht nach der Tröstung greifen, die dem verurteilten Verbrecher vor seiner Hinrichtung gewährt ist? Oder wenn dies der Pfad zu einem bessern Leben ist, wie mich Esther überreden möchte, so gebe ich sicherlich keine bessern Aussichten auf, indem ich ihn betrete! Ebensowenig kann ich länger ohne ihre Gesellschaft leben, so kräftig vermag sie aufrecht zu erhalten, so zärtlich weiß sie zu trösten! Du, zu dem ich meine Augen nicht zu erheben wage, wirst Du mir noch verzeihen?'

„Du wirst gehen", sagte Esther ruhig, als er ihrem Blicke begegnete.

Sobald der Entschluß einmal gefaßt war, warf eine Glut seltsamer Lust ihren flackernden Schimmer über die Unruhe seines Herzens. Es war die erheiternde Wirkung, welche das

Atmen der wilden freien Atmosphäre einer unbebauten, unchristianisierten, gesetzlosen Gegend auf einen eben erst dem Kerker seines eignen Herzens entronnenen Gefangenen macht. Sein Geist erhob sich sozusagen mit einem Sprunge und erlangte einen näheren Blick auf den Himmel als während des ganzen Elends, das ihn im Staube kriechend an die Erde gefesselt hatte. Bei seinem tiefreligiösen Temperamente nahm diese Stimmung unvermeidlich eine andächtige Färbung an.

„Fühle ich wieder Freude?“ rief er, über sich selbst verwundert, aus. „Ich hatte gedacht, daß ihr Keim in mir erstorben sei. O Esther, du bist mein besserer Engel! Es ist mir, als habe ich mich krank, sündebefleckt und schmerzverdüstert auf dieses Waldlaub niedergeworfen und sei neugeschaffen und mit neuen Kräften wieder aufgestanden, um ihn, der mir Gnade bewiesen, zu verherrlichen! Dies ist bereits das bessere Leben. Warum haben wir es nicht früher gefunden?“

„Wir wollen nicht zurückschauen“, antwortete Esther Prynne, „die Vergangenheit ist dahinten. Warum sollten wir noch bei ihr verweilen? Sieh! Mit diesem Symbole lege ich alles von mir ab und mache es wie nie geschehen.“

Mit diesen Worten löste sie die Spange ab, womit der Scharlachbuchstabe befestigt war, nahm ihn von ihrem Busen und warf ihn von sich unter das verwelkte Laub.

Das mystische Zeichen fiel auf das diesseitige Ufer des Baches. Wäre es nur eine Handbreit weiter geflogen, so würde es in das Wasser gefallen sein und dem kleinen Bache außer der unverständlichen Geschichte, von welcher er immer noch murmelte, ein weiteres Weh zu tragen gegeben haben. Aber da lag der gestickte Buchstabe, schimmernd wie ein verlorenes Juwel, und ein unglückseliger Wanderer konnte ihn vielleicht aufheben und von dem Augenblicke an durch seltsame Gespenster der Sünde, Herzensbeklemmung und unerklärliches Unglück verfolgt werden.

Sobald das Brandmal fort war, holte Esther einen langen, tiefen Seufzer herauf, mit welchem die Last der Scham und

Pein von ihrer Brust entfloh. O die köstliche Erleichterung! Sie hatte die Last nicht eher gekannt, als bis sie die Befreiung fühlte. Mit einem zweiten Antriebe nahm sie die förmliche Haube ab, welche ihr Haar umschloß, und dunkel und reich, mit zugleich einem Schatten und einem Lichte in seiner Üppigkeit rollte es herab auf ihre Schultern und erteilte ihren Zügen den Zauber der Milde. Um ihren Mund spielte und aus ihren Augen strahlte ein zärtliches, frohes Lächeln, welches aus dem innersten Herzen der Weiblichkeit hervorzuquellen schien. Auf ihren so lange so bleich gewesenen Wangen brannte eine purpurne Röte. Ihr Geschlecht, ihre Jugend und der ganze Reichtum ihrer Schönheit kamen aus dem, was die Menschen die unwiderrufliche Vergangenheit nennen, zurück und drängten sich mit ihrer jungfräulichen Hoffnung und einer bis jetzt unbekannt gewesenen Glücklichkeit in den Zauberkreis dieser Stunde. Und als ob das Dunkel der Erde und des Himmels nur der Ausfluß dieser beiden sterblichen Herzen gewesen wäre, verschwand es ebenfalls mit ihrem Schmerze. Der Sonnenschein brach plötzlich wie ein Lächeln des Himmels durch die Wolken, ergoß eine wahre Lichtflut in den düsteren Wald, erhellte jedes grüne Blatt, verwandelte das gelbe, abgefallene Laub in Gold und schimmerte auf den grauen Stämmen der feierlich ernsten Bäume. Die Gegenstände, welche bisher das Dunkel gemacht hatten, verkörperten jetzt das Licht; auch die Bahn des kleinen Baches war durch dessen munteres Glitzern tief in das geheimnisvolle Herz des Waldes, dessen Geheimnis eines der Freude geworden, zu verfolgen.

In solcher Sympathie stand die Natur, die wilde heidnische, nie von menschlichen Gesetzen unterjochte, nie von höherer Wahrheit erleuchtete Natur des Waldes mit der Seligkeit dieser beiden Geister. Die Liebe, gleichviel ob sie neugeboren oder aus einem Totenschlafe erwacht ist, muß stets einen Sonnenschein erzeugen, der das Herz so strahlend erfüllt, daß er auf die äußere Welt überströmt. Selbst wenn der Wald in seinem Düster verharrt hätte, würde er in Esthers und Arthur Dimmesdales Augen heiter gewesen sein.

Esther blickte ihn noch mit dem Schauer einer andern Freude an.

„Du mußt Perle kennenlernen", sagte sie, „unser Perlchen! Du hast sie gesehen – ich weiß es! – aber du wirst sie jetzt mit andern Augen betrachten. Sie ist ein seltsames Kind! Ich begreife sie kaum, aber du wirst sie innig lieben, gleich mir, und mir raten, wie ich sie behandeln soll".

„Denkst du, daß das Kind erfreut sein wird, mich zu kennen?" fragte der Geistliche etwas verwirrt. „Ich bin seit langem vor Kindern zurückgeschreckt, weil sie oft ein gewisses Mißtrauen, eine Abneigung, sich mir anzuschließen, bewiesen. Ich habe sogar die kleine Perle gefürchtet."

„Ach, das war traurig", antwortete die Mutter. „Aber sie wird dich lieben und du sie ebenfalls. Sie ist nicht weit, ich will sie rufen. Perle! Perle!"

„Ich sehe das Kind", sagte der Geistliche. „Dort steht es in ziemlicher Entfernung in einem Streifen von Sonnenschein auf der andern Seite des Baches. Du denkst also, daß mich das Kind lieben wird?"

Esther lächelte und rief abermals Perle, die, wie es der Geistliche beschrieben hatte, in einiger Entfernung wie eine glänzende Erscheinung in einem Streifen von Sonnenschein sichtbar war, der durch ein Laubgewölbe auf sie niederfiel. Der Strahl zitterte hin und her und machte ihre Gestalt undeutlich und unbestimmt, bald wie die eines wirklichen Kindes, bald gleich der eines Kindergeistes, je nachdem der Glanz kam oder verschwand. Sie hörte die Stimme ihrer Mutter und näherte sich langsam durch den Wald.

Für Perle war die Stunde, während welcher ihre Mutter mit dem Geistlichen beisammen gesessen hatte, nicht langweilig gewesen. Der große schwarze Wald, so finster er auch denen erschien, welche die Schuld und Qual der Welt in seinen Schoß mitbrachten, wurde zum Spielkameraden des einsamen

Kindes, so gut er es verstand. Trotz seiner Dunkelheit legte er doch sein heiterstes Kleid an, um sie willkommen zu heißen; er bot ihr Mitschellabeeren, die im vergangenen Herbst gewachsen, aber erst im Frühling gereift waren und jetzt rot wie Blutstropfen auf dem welken Laube schimmerten. Perle pflückte sie und erfreute sich an ihrem wilden Waldgeschmacke. Die kleinen Bewohner der Wildnis nahmen sich kaum die Mühe, ihr aus dem Wege zu gehen. Zwar lief ihr ein Rebhuhn mit einer Brut von zehn Jungen drohend entgegen, bereute aber bald seinen Zorn und gluckte seinen Jungen zu, daß sie nichts fürchten möchten. Eine auf einem niedrigen Zweige allein sitzende Taube ließ Perlchen bis dicht unter sich kommen und stieß einen Ton der Begrüßung sowohl wie der Besorgnis aus. Ein Eichhörnchen schwatzte von seinem hohen Wohnsitze im Baume zornig oder lustig herab, denn das Eichhörnchen ist eine so cholerische und launische kleine Person, daß es schwer ist, einen Unterschied zwischen seinen verschiedenen Stimmungen zu machen, es schwatzte zu dem Kinde herab und warf ihm eine Nuß auf den Kopf. Es war eine Nuß vom vergangenen Jahre und von seinem scharfen Zahne bereits angenagt. Ein durch ihren leichten Schritt auf den Blättern aus dem Schlafe geweckter Fuchs schaute Perlchen forschend an, als sei er ungewiß, ob es besser wäre, davonzuschleichen oder sein Schläfchen auf derselben Stelle fortzusetzen. Ein Wolf, so erzählt man sich – aber hier gleitet die Geschichte unzweifelhaft ins Unwahrscheinliche ab –, kam herbei und schnupperte an Perlchens Kleid und bot seinen rauhen Kopf ihrer Hand zum Tätscheln dar. Was aber wahr zu sein scheint, ist, daß der mütterliche Wald und die wilden Wesen, denen er Nahrung bot, alle eine verwandte Wildheit in dem Menschenkind wiedererkannten.

Und Perle war hier sanfter als in den grasumsäumten Straßen der Ansiedlung oder der Hütte ihrer Mutter. Die Blumen schienen es zu wissen und flüsterten ihr, als sie vorüberging, zu: Schmücke dich mit mir, du schönes Kind, schmücke dich mit mir! Und um ihnen den Gefallen zu tun, pflückte Perle die Veilchen und die Anemonen und Mohnblumen und einige Zweige vom frischesten Grün, die ihr die alten Bäume vor die Augen hielten. Mit diesen zierte sie ihr Haar und ihren jungen Leib und wurde ein Nymphenkind oder eine junge Dryade oder was sonst in der engsten Sympathie mit dem altertümlichen Walde stand. Auf diese Weise hatte sich Perle geschmückt, als sie die Stimme ihrer Mutter hörte und langsam zurückkam.

Langsam – denn sie sah den Geistlichen.

XIX
Das Kind am Bache

„Du wirst sie sehr lieben“, wiederholte Esther Prynne, als sie und der Geistliche Perle beobachteten; „findest du sie nicht schön? Sieh nur, mit welchem natürlichen Geschick sie die einfachen Blumen zu ihrer Zierde verwendet hat! Wenn sie im Walde Perlen und Diamanten und Rubinen gesammelt hätte, so könnten sie ihr nicht besser anstehen. Sie ist ein herrliches Kind. Aber ich weiß, wessen Stirn sie hat.“

„Weißt du, Esther“, sagte Arthur Dimmesdale mit einem unruhigen Lächeln, „daß dieses liebe, stets an deiner Seite dahintrippelnde Kind mir manche Besorgnis verursacht hat? Ich dachte – o Esther, welch ein Gedanke! und wie entsetzlich, es zu fürchten! daß sich meine eignen Züge teilweise in ihrem Gesicht abspiegelten und so auffallend, daß es die Welt sehen könne! Aber sie gehört zum größten Teile dir an!“

„Nein, nein! nicht zum größten Teil“, antwortete die Mutter mit einem zärtlichen Lächeln; „nur noch ein wenig länger und du brauchst nicht mehr zu fürchten, wenn man sieht, wessen Kind sie ist. Aber wie eigentümlich schön sie mit jenen wilden Blumen in ihrem Haare aussieht. Es ist, als ob eine von den Feen, die wir in unserm lieben Alt-England zurückließen, sie für uns geschmückt habe."

Mit einem Gefühle, welches keines von beiden bisher empfunden hatte, saßen sie und betrachteten die langsam näherkommende Perle. In ihr war das Band, welches sie verknüpfte, sichtbar. Sie war seit sieben Jahren der Welt als die lebende Hieroglyphenschrift dargeboten worden, in welcher sich das Geheimnis, das sie so eifrig zu verbergen suchten, offenbarte, in diesem Symbol war alles geschrieben, alles offenkundig – wenn es einen Propheten oder Zauberer gegeben hätte, der imstande gewesen wäre, die Flammenzeichen zu lesen. Und Perle war die Einheit des Wesens beider. Was auch das vorhergegangene Übel sein mochte, nie konnten sie bezweifeln, daß ihr irdisches Leben und zukünftiges Geschick verknüpft war, wenn sie die zugleich materielle Verbindung und geistige Idee erblickten, in welcher sie sich vereinigten und unsterblich zusammen leben sollten. Gedanken wie diese und vielleicht noch andere, die sie sich selbst nicht gestanden oder klarmachten, umgaben das Kind mit Feierlichkeit, als es sich näherte.

„Laß sie nichts Seltsames, keine Leidenschaftlichkeit oder Begier in der Art sehen, wie du sie empfängst!" flüsterte Esther. „Unsere Perle ist manchmal ein launischer und phantastischer kleiner Elf; besonders mag sie nur selten innere Bewegung leiden, wenn sie das Warum und Weshalb nicht vollkommen einsieht. Aber das Kind ist starker Neigungen fähig. Es liebt mich und wird dich lieben."

„Du kannst dir kaum vorstellen", sagte der Geistliche, mit einem Seitenblick auf Esther, „wie mein Herz dieses Zusammentreffen fürchtet und sich doch nach ihm sehnt. In Wahrheit aber, wie ich dir schon sagte, werden Kinder mit mir nicht leicht vertraut, sie klettern nicht auf meine Knie, plaudern nicht in mein Ohr, antworten nicht auf mein Lächeln, sondern stehen abseits und schauen mich seltsam an. Selbst Säuglinge weinen bitterlich, wenn ich sie auf meine Arme nehme. Und doch ist Perle zweimal in ihrem kurzen Leben freundlich gegen mich gewesen! Das erste Mal, weißt du noch. Das letzte Mal, als du sie nach dem Hause jenes strengen alten Gouverneurs führtest."

„Und du so wacker für mein Kind und mich sprachst!" antwortete die Mutter. „Ich erinnere mich des Umstandes und Perlchen soll es auch. Fürchte nichts! Anfangs mag sie wohl fremd und schüchtern sein, bald aber wird sie dich lieben lernen."

Perle war jetzt an den Rand des Baches gelangt und stand auf dessen anderer Seite, von wo sie stumm auf Esther und den Geistlichen blickte, die noch auf dem bemoosten alten Baumstamme saßen und sie erwarteten. Gerade, wo sie stehen geblieben war, bildete der Bach zufällig eine so glatte und ruhige Stelle, daß er ein vollkommenes Bild ihrer kleinen Figur mit ihrer ganzen malerischen Schönheit in ihrem Schmucke von Blumen und Laubgewinden abspiegelte, welches aber ätherischer und geistiger als die Wirklichkeit war. Dieses der lebenden Perle so sehr gleichende Bild schien dem Kinde selbst etwas von seiner Schattenhaftigkeit und Körperlosigkeit mitzuteilen. Es war seltsam, wie Perle dastand und sie so fest durch die trübe Luft des dunklen Waldes anblickte, während sie selbst mit einer Glorie von Sonnenschein umgeben war, den sie durch eine gewisse Sympathie angezogen zu haben schien. Unter ihr in dem Bache stand ein zweites Kind, ein anderes und doch dasselbe, gleichfalls mit seinem Strahle goldenen Lichtes. Esther fühlte sich auf eine undeutliche, quälende Weise von Perle entfremdet, als ob sich das Kind bei seiner einsamen Wanderung durch den Forst aus der Sphäre, in welcher es mit seiner Mutter zusammen lebte, verirrt habe und nun vergebens in dieselbe zurückzukehren suche.

Der Eindruck enthielt sowohl Wahrheit wie Täuschung. Das Kind und die Mutter waren einander entfremdet, aber nicht durch Perlens Schuld, sondern durch die Esthers. Seit das Kind von ihrer Seite hinweggegangen war, hatte die Mutter einen andern Genossen in den Kreis ihrer Gefühle aufgenommen und deren ganzes Aussehen so verändert, daß Perle, die zurückkehrende Wanderin, ihren gewohnten Platz nicht wiederfinden konnte und kaum wußte, wo sie war.

„Es kommt mir seltsamerweise so vor", bemerkte der sensible Geistliche, „daß dieser Bach die Grenze zwischen zwei Welten ist und daß du nie wieder mit deiner Perle zusammenkommen kannst. Oder ist sie ein elfischer Geist, der, wie uns die Märchen unserer Kindheit gelehrt haben, nicht über ein fließendes Wasser gehen darf? Bring sie schnell herbei, denn dieser Verzug hat meine Nerven bereits zum Zittern gebracht."

„Komm, liebstes Kind!" sagte Esther aufmunternd und ihre beiden Arme ausstreckend. „Wie langsam du bist! Wann bist du je so träge gewesen? Hier ist ein Freund von mir, der auch dein Freund werden muß, du wirst von nun an doppelt so viel Liebe haben, als deine Mutter allein dir geben kann! Spring über den Bach und komm zu uns. Du kannst springen wie ein junges Reh."

Perle blieb, ohne irgendwie auf diese Schmeichelreden zu antworten, auf der andern Seite des Baches. Bald heftete sie ihre glänzenden, wilden Augen auf ihre Mutter, bald auf den Geistlichen, und bald umfaßte sie beide mit dem gleichen Blicke, wie um sich die Verbindung, in welcher sie miteinander standen, zu erklären. Aus irgendeinem unbegreiflichen Grunde stahl sich die Hand Arthur Dimmesdales, als er die Augen des Kindes auf sich fühlte, mit der ihm so gewohnt gewordenen, unwillkürlichen Bewegung nach seinem Herzen. Endlich nahm Perle eine eigentümliche gebieterische Miene an, streckte ihre Hand mit offenbar nach der Brust ihrer Mutter deutendem Zeigefinger aus, und unten in dem Spiegel des Baches war das blumenumgürtete, sonnige Bild der kleinen Perle und deutete ebenfalls mit seinem kleinen Zeigefinger.

„Du sonderbares Kind, warum kommst du nicht zu mir?" rief Esther.

Perle deutete immer noch mit ihrem Zeigefinger auf sie, und auf ihrem Gesicht zog sich ein zorniger Ausdruck zusammen, der das kindische, ja fast säuglingshafte Aussehen der Züge nur um so eindrucksvoller machte. Als die Mutter fortfuhr, ihr zu winken und ihr Gesicht in ein ungewohntes lächelndes Feiertagsgewand kleidete, stampfte das Kind mit noch befehlenderen Blicken und Gebärden auf den Boden. Wieder war im Bache die phantastische Schönheit der Gestalt mit ihrem zornigen Gesichtsausdruck, ihrem ausgestreckten Finger und der gebieterischen Gebärde zu sehen, die dem Anblick der kleinen Perle Nachdruck verlieh.

„Beeile dich, Perle, sonst werde ich auf dich böse!“ rief Esther Prynne, die zwar an ein solches Benehmen des Elfenkindes gewöhnt war, aber doch eine artigere Aufführung gewünscht hätte. „Spring über den Bach, du garstiges Kind, und lauf hierher! Sonst muß ich zu dir kommen.“

Perle, durch die Drohungen ihrer Mutter ebensowenig erschreckt wie durch ihre Bitten erweicht, brach aber jetzt in einen Zornesanfall aus, gestikulierte heftig und verzerrte ihre kleine Gestalt auf das gewaltsamste. Dies begleitete sie mit durchdringenden Schreien, die im Walde widerhallten, so daß es, wenn sie auch in ihrem kindischen, unverständigen Zorne allein war, schien, als ob eine verborgene Menge sie mit ihrer Sympathie unterstützte.

Auch im Bache spiegelte sich Perlens zorniges Bild, das zwar mit Blumen gekrönt und umgürtet war, aber mit dem Fuße stampfte, wild gestikulierte und dabei mit seinem kleinen Zeigefinger auf Esthers Busen deutete.

„Ich sehe, was dem Kinde fehlt –“, flüsterte Esther dem Geistlichen zu und erbleichte trotz einer kräftigen Anstrengung, ihre Unruhe und ihren Ärger zu verhehlen. „Kinder können nicht die geringste Veränderung in dem gewohnten Aussehen der Dinge, die sich täglich vor ihren Augen befinden, ertragen. Perle vermißt etwas, was sie mich stets hat tragen sehen!“

„Ich bitte dich", antwortete der Prediger, „wenn du imstande bist, das Kind zu beruhigen, es sofort zu tun. Außer dem giftigen Groll einer alten Hexe wie der Frau Hibbins", fügte er mit einem Versuch zu lächeln hinzu, „wüßte ich nichts, was ich nicht lieber ertragen möchte als diesen Zorn eines Kindes. Er macht in Perlens junger Schönheit eine ebenso übernatürliche Wirkung wie in der runzeligen Häßlichkeit der Hexe. Bring sie zur Ruhe, Esther, wenn du mich lieb hast."

Esther wendete sich mit dunklem Erröten und einem befangenen Seitenblick auf den Geistlichen und dann mit einem schweren Seufzer wieder Perlen zu. Ehe sie aber noch zu sprechen vermochte, verwandelte sich die Röte in eine leichenartige Blässe.

„Perle!" sagte sie trübe; „schau zu deinen Füßen, dort – vor dir – auf dieser Seite des Baches!"

Das Kind wendete seine Augen nach dem angedeuteten Punkte, und dort lag der Scharlachbuchstabe so dicht am Rande des Baches, daß sich die Goldstickerei darin widerspiegelte.

„Bring es her!" sagte Esther.

„Komm du und heb es auf!" antwortete Perle.

„Hat man je ein solches Kind gesehen?" bemerkte Esther beiseite gegen den Geistlichen. „Oh, ich habe dir viel über sie zu sagen. Aber sie hat wirklich in bezug auf dieses verhaßte Zeichen recht. Ich muß seine Qual noch ein wenig länger ertragen, nur noch wenige Tage – bis wir diese Gegend verlassen haben und hierher wie nach einem Lande, von dem wir geträumt, zurückblicken werden. Der Wald kann es nicht verbergen! Der Ozean soll es aus meiner Hand nehmen und für immer verschlingen."

Mit diesen Worten schritt sie auf den Rand des Baches zu, hob den Scharlachbuchstaben auf und befestigte ihn wieder an ihrem Busen. So hoffnungsvoll Esther vor einem Augenblicke davon gesprochen hatte, ihn in das tiefe Meer zu schleudern, so wurde sie doch von einem Gefühle bedrückt, als ob sie ihren Urteilsspruch nie wieder von sich abwälzen könne, als sie dieses tödliche Symbol wieder aus den Händen des Geschickes annahm. Sie hatte es in den unendlichen Raum geworfen! Sie hatte eine Stunde lang frei Atem geschöpft! – und schon glänzte wieder das scharlachene Elend an seinem alten Platze.

So aber ist es immer. Eine böse Tat bekleidet sich mit dem Charakter des Unabwendbaren, ob sie nun durch ein solches Zeichen oder nicht zur Erscheinung kommt. Sodann sammelte Esther wieder ihre schweren Haarflechten und verbarg sie unter ihrer Haube. Als ob in dem Buchstaben ein versengender Zauber gelegen habe, verschwanden ihre Schönheit, die Wärme und Fülle ihrer Weiblichkeit ebenfalls wie verbleichender Sonnenschein, und ein grauer Schatten schien sie umschleiert zu haben.

Sobald die traurige Veränderung bewirkt war, streckte sie ihre Hand gegen Perlen aus.

„Kennst du jetzt deine Mutter, Kind? Willst du jetzt über den Bach kommen und deine Mutter anerkennen, seit sie ihre Schande an sich trägt, seit sie traurig ist?" fragte sie vorwurfsvoll, aber mit verhaltenem Ton.

„Ja, nun will ich es", antwortete das Kind, indem es über den Bach sprang und Esther mit ihren Armen umfaßte; „jetzt bist du meine wahre Mutter, und ich bin deine kleine Perle."

Mit einer Zärtlichkeit, die bei ihr nicht gewöhnlich war, zog sie den Kopf ihrer Mutter nieder und küßte sie auf die Stirn und beide Wangen, dann aber hob Perle, von einer Art von Notwendigkeit getrieben, welche dieses Kind stets zwang, jeden Trost, den es etwa gewähren mochte, mit einem Tropfen von Pein zu vermischen, ihren Mund und küßte auch den Scharlachbuchstaben.

„Das war nicht lieb", sagte Esther, „wenn du mir ein wenig Liebe bezeigt hast, so spottest du meiner."

„Warum sitzt der Prediger dort?" fragte Perle.

„Er wartet, um dich zu bewillkommnen", antwortete ihre

Mutter. „Komm und bitte ihn um seinen Segen. Er liebt dich, mein Perlchen, und liebt deine Mutter ebenfalls. Willst du ihn nicht lieb haben? Komm, er sehnt sich, dich zu begrüßen."

„Hat er uns lieb?" fragte Perle und blickte mit scharfem Verständnis in das Gesicht ihrer Mutter. „Wird er mit uns Hand in Hand in die Stadt gehen?"

„Jetzt noch nicht, liebes Kind", antwortete Esther; „aber in künftigen Tagen wird er Hand in Hand mit uns gehen. Wir werden ein eigenes Haus haben, und du sollst am Kamin auf seinen Knien sitzen, und er wird dich eine Menge von Dingen lehren und dich sehr lieben. Nicht wahr, du wirst ihn auch sehr lieb haben?"

„Und wird er immer seine Hand über dem Herzen halten?" fragte Perle.

„Törichtes Kind, was für eine Frage das ist!" rief ihre Mutter. „Komm und bitte ihn um seinen Segen."

Perle wollte aber dem Geistlichen keine Gunst erweisen, sei es nun, daß sie von der Eifersucht erfüllt war, welche jedes verhätschelte Kind instinktmäßig gegen einen gefährlichen Nebenbuhler fühlt, oder von welcher Laune ihrer unberechenbaren Natur sie sonst immer ergriffen sein mochte. Nur durch Anwendung von Gewalt brachte sie ihre Mutter zu ihm heran, aber selbst da widerstrebte sie und gab ihren Widerwillen durch seltsame Fratzen kund, die ihr seit ihrem zartesten Alter in merkwürdiger Reichhaltigkeit zu Gebote gestanden hatten, so daß sie ihrer beweglichen Physiognomie eine Reihe von verschiedenen Ausdrücken geben konnte, von denen der eine immer koboldartiger war als der andere.

Der Geistliche war in peinlicher Verlegenheit, hoffte aber, daß ein Kuß sich als Talisman erweisen und eine freundlichere Zuneigung des Kindes gegen ihn zur Folge haben könne, weshalb er sich vorwärts beugte und einen auf ihre Stirn drückte. Hierauf riß sich indes Perle von ihrer Mutter los, lief an den Bach, kniete auf das Ufer nieder und badete ihre Stirn, bis der unwillkommene Kuß völlig abgewaschen und auf eine weite Wasserstrecke verteilt war. Dann blieb sie abgesondert da stehen und beobachtete schweigend Esther und den Geistlichen, während sie zusammen sprachen und die Anordnungen trafen, welche durch ihre neue Lage und die Absichten, die sie bald auszuführen gedachten, bedingt wurden.

Und nun war diese schicksalsvolle Zusammenkunft zu Ende gediehen. Das Tälchen sollte einsam mit seinen dunklen alten Bäumen zurückbleiben, die mit ihren vielfachen Zungen lange von dem, was dort vorgegangen war, flüstern würden, ohne daß ein Sterblicher dadurch klüger ward; und der traurige Bach hatte diese weitere Geschichte zu dem Geheimnis zu fügen, womit sein kleines Herz bereits überlastet war, und von dem es fortwährend ein murmelndes Geschwätz mit ebenso geringer Heiterkeit des Tones wie seit Jahrhunderten unterhielt.

XX

Der Geistliche im Labyrinth

Als sich der Geistliche von Esther Prynne und Perlchen entfernte, warf er noch einen Blick hinter sich, indem er halb und halb erwartete, daß er nur noch einige schwach umgrenzte, langsam in der Dämmerung des Waldes verschwindende Züge und Umrisse der Mutter und des Kindes entdecken würde. Er konnte sich ein so großes Ereignis in seinem Leben nicht sogleich als wirklich denken. Aber Esther stand mit ihrem grauen Kleide noch immer neben dem Baumstamme, der vor langen Jahren durch einen Sturm niedergestürzt war und den die Zeit seither mit Moos bedeckt hatte, damit diese beiden mit der schwersten Last der Erde Beladenen zusammen darauf sitzen und eine Stunde lang Ruhe und Trost finden konnten. Und Perle tanzte jetzt, da die aufdringliche dritte Person fort war, leicht vom Rande des Baches hinweg und nahm wieder ihren alten Platz an der Seite ihrer Mutter ein. Der Geistliche hatte also nicht geschlafen und geträumt.

Um seinen Geist von der Unbestimmtheit und Zweifelhaftigkeit des Eindruckes zu befreien, welcher ihn mit einer seltsamen Unruhe erfüllte, rief er sich die Pläne zurück, die er mit Esther für ihre Abreise entworfen hatte und stellte sie schärfer umgrenzt vor sein Inneres. Sie waren übereingekommen, daß die alte Welt mit ihrer gedrängten Bevölkerung und ihren Städten ihnen bessern Schutz und Verborgenheit gewähren würde als die Wildnisse von Neu-England oder ganz Amerika mit ihren Alternativen eines indianischen Wigwams oder die wenigen dünn an der Meeresküste gesäten europäischen Siedlungen. Ohne der Gesundheit des Geistlichen zu gedenken, die zu schwach war, um die Mühseligkeiten und Entbehrungen des Waldlebens zu ertragen, konnten ihm seine angeborenen Gaben, seine Geistesbildung und seine ganze Entwicklung nur inmitten der Zivilisation und Kultur eine Heimat verschaffen. Je höher der Bildungszustand war, desto besser eignete sich der Mann dafür. Um diese Wahl zu befördern, traf es sich gerade, daß ein Schiff im Hafen lag, einer von den zu jener Zeit häufigen zweideutigen Kreuzern, die, ohne unbedingt Geächtete des Meeres zu sein, doch mit einer bemerkenswerten Unverantwortlichkeit und Unbestimmtheit des Charakters über dessen Fläche dahin schweiften. Dieses Schiff war vor kurzem aus Westindien angekommen und sollte in drei Tagen nach Bristol absegeln. Esther Prynne, deren Beruf als selbstgeweihte, barmherzige Schwester sie mit dem Kapitän und der Mannschaft bekannt gemacht hatte, konnte es auf sich nehmen, die Überfahrt zweier Individuen und eines Kindes auf so geheime Weise, wie es die Umstände mehr als wünschenswert machten, auszudingen.

Der Prediger hatte Esther mit nicht geringem Interesse nach der genauen Zeit gefragt, in welcher das Absegeln des Schiffes zu erwarten sei, wahrscheinlich würde die Abfahrt am vierten Tage nach der Besprechung stattfinden. ‚Das ist ein Glück!‘

hatte er dann zu sich gesagt. Wir zaudern zu enthüllen, weshalb es Ehrwürden Dimmesdale für ein so großes Glück hielt. Da wir jedoch dem Leser nichts vorenthalten dürfen, so wollen wir melden, daß er am dritten Tage, von dem gegenwärtigen gerechnet, die Wahlpredigt halten sollte und er, da ein solcher Anlaß eine ehrenvolle Epoche im Leben eines neuenglischen Geistlichen bildete, keine passendere Weise und Zeit zur Beendigung seiner amtlichen Laufbahn hätte wählen können. ‚Man soll wenigstens von mir sagen', dachte dieser exemplarische Mann, ‚daß ich keine öffentliche Pflicht ungeübt gelassen oder schlecht geübt habe.' Es war zu bedauern, daß eine so tiefe und scharfsinnige Einsicht wie die dieses armen Geistlichen sich so traurig täuschte. Wir haben schlimmere Dinge von ihm zu erzählen gehabt und werden vielleicht deren noch zu erzählen haben, aber unserer Ansicht nach nichts so bemitleidenswert Schwaches; keinen zugleich so leise angedeuteten und unumstößlichen Beweis von einer geheimen Krankheit, die sich längst schon in das Mark seines Charakters zu fressen begonnen hatte. Kein Mensch kann längere Zeit gegen sich ein anderes Gesicht tragen als gegen die Menge, ohne endlich irre zu werden, welches das wahre sei.

Dimmesdale erhielt durch die Aufregung seiner Gefühle, als er von seiner Zusammenkunft mit Esther zurückkehrte, ungewohnte körperliche Energie und eilte mit schnellen Schritten der Stadt zu. Der Pfad durch den Wald schien wilder, durch seine natürlichen Hindernisse rauher und weniger von Menschenfüßen betreten zu sein, als er sich von seinem Hingehen her erinnern konnte, aber er sprang über die sumpfigen Stellen, drängte sich durch das dornige Gebüsch, erkletterte die Anhöhen, plantschte in die Vertiefungen hinab, kurz er überwand alle Schwierigkeiten des Pfades mit einer unermüdlichen Rüstigkeit, die ihn in Erstaunen setzte. Er konnte nicht vergessen, wie schwach und mit welchen häufigen Pausen, um Atem zu schöpfen, er erst noch vor zwei Tagen auf demselben Pfade dahingekeucht war. Als er sich der Stadt näherte, bemerkte er, daß auch die Reihe von bekannten Gegenständen, welche sich ihm zeigten, eine Veränderung erfahren hatten. Er schien sie nicht gestern, nicht vor einem, sondern vor vielen Tagen, ja selbst Jahren verlassen zu haben. Allerdings war noch jedes frühere Kennzeichen der Straße, dessen er sich erinnern konnte, und alle Eigentümlichkeiten der Häuser mit der gehörigen Zahl von spitzen Giebeln und an jedem Punkte, wo sein Gedächtnis einen Wetterhahn gelassen hatte, ein solcher vorhanden. Nichtsdestoweniger stellte sich dieses Gefühl der Veränderung zudringlich bei ihm ein. Das gleiche war auch von den Bekannten, welche er traf, und allen so gut erinnerlichen Gestaltungen des menschlichen Lebens in der kleinen Stadt zu sagen. Sie sahen weder älter noch jünger aus als sonst, die Bärte der Greise waren nicht weißer geworden, ebensowenig konnte der Säugling, welcher gestern gekrochen war, heute auf den Füßen gehen; es war vollkommen unmöglich zu beschreiben, in welcher Beziehung sie von den Individuen abwichen, denen er vor so kurzem erst einen Scheideblick zugeworfen hatte, und doch schien der Pfarrer durch sein tiefstes Gefühl von ihrer Veränderung in Kenntnis gesetzt zu werden. Als er an der Mauer seiner eigenen Kirche vorbeikam, machte diese merkwürdigerweise einen ganz gleichen Eindruck. Das Gebäude hatte ein so fremdartiges und doch so bekanntes Aussehen angenommen, daß Dimmesdales Geist zwischen zwei Gedanken schwankte – entweder, daß er es bisher nur im Traume gesehen habe oder daß er jetzt bloß davon träume.

Diese Erscheinung und die verschiedenartigen Gestaltungen, welche sie annahm, verkündete keine äußere Veränderung, wohl aber eine so plötzliche und wichtige Veränderung bei dem Beschauer jener vertrauten Dinge, daß der Zwischenraum eines einzigen Tages auf sein Bewußtsein gewirkt hatte wie eine ganze Reihe von Jahren. Der Wille des Predigers und der Esthers und das zwischen ihnen erwachsende Schicksal hatten diese Umwandlung bewirkt. Es war noch dieselbe

Stadt wie sonst, aber derselbe Geistliche war nicht aus dem Walde zurückgekehrt. Er hätte zu den Freunden, die ihn begrüßten, sagen können: „Ich bin nicht der Mann, für den ihr mich haltet. Ich habe ihn dort im Walde, in ein geheimes Tälchen zurückgezogen, an einem bemoosten Baumstamme bei einem traurig murmelnden Bache zurückgelassen. Geht, sucht euren Prediger und seht zu, ob seine abgezehrte Gestalt, seine eingefallenen Wangen, seine weiße, bewölkte, schmerzgefurchte Stirn nicht dort liegen wie ein abgeworfenes Gewand." Ohne Zweifel würden seine Freunde gegen ihn darauf bestanden haben: „Du selbst bist der Mann!", aber der Irrtum wäre der ihre gewesen, nicht der seine.

Ehe Dimmesdale nach Hause gelangte, gab ihm sein Inneres noch andere Beweise einer in der Sphäre des Gedankens und Gefühls vorgegangenen Umwälzung. Wirklich konnte nichts Geringeres als ein völliger Wechsel der Dynastie und des Moralkodex in seinem inneren Reiche die Impulse erklären, welche der arme erschreckte Geistliche empfand. Bei jedem Schritte fühlte er sich versucht, die eine oder andere seltsame, phantastische Gottlosigkeit auszuüben, und hatte dabei das Bewußtsein, daß es zugleich unwillkürlich und absichtlich ihm selbst zum Trotz und doch aus einem tieferen Selbst als demjenigen, welches sich dem Antriebe widersetzte, erwachsen wäre. Er begegnete einem von seinen eigenen Kirchenältesten. Der gute alte Mann redete ihn mit der väterlichen Zuneigung und dem patriarchalischen Vorrecht an, wozu ihn sein ehrwürdiges Alter, sein rechtschaffener frommer Charakter und seine Stellung in der Kirche berechtigte im Verein mit der tiefen, fast anbetenden Achtung, welche das Amt und die Persönlichkeit des Geistlichen forderte. Es konnte kein schöneres Beispiel davon geben, wie sich die Majestät des Alters und der Weisheit mit dem Gehorsam und der Achtung verträgt, die ein niedrigerer sozialer Rang und ein geringerer Grad von Begabung gegen einen höheren beweisen sollte. Bei dem kurzen Gespräch zwischen dem ehrwürdigen Arthur Dimmesdale und diesem trefflichen graubärtigen Kirchenältesten vermochte sich der erstere nur durch die sorgfältigste Selbstbeherrschung zurückzuhalten, einige gotteslästerliche Ideen über das Abendmahl, die ihm in den Sinn kamen, auszusprechen. Er zitterte und wurde aschenbleich, als er fürchtete, daß seine Zunge diese abscheulichen Dinge aussprechen und sich auf seine eigene Zustimmung dazu berufen könne, ohne daß er sie völlig gegeben habe. Und selbst mit diesem Schrecken in seinem Herzen konnte er sich kaum des Lachens enthalten, wenn er sich vorstellte, wie der fromme, alte patriarchalische Kirchenälteste von der Gottlosigkeit seines Predigers versteinert werden würde.

Dann ereignete sich wieder ein Vorfall der gleichen Art. Als Arthur Dimmesdale die Straße entlang eilte, begegnete er dem ältesten weiblichen Mitgliede seiner Kirche, einer als äußerst fromm bekannten alten Frau, die arm, verwitwet, alleinstehend und deren Herz so voller Erinnerungen an ihren verstorbenen Gatten und ihre Kinder und ihre toten Freunde aus alter Zeit war wie ein Kirchhof voller Leichensteine. Und doch wurde alles dies, was sonst ein so schweres Leid gewesen sein würde, der frommen alten Seele durch die religiösen Tröstungen und Wahrheiten der Heiligen Schrift, womit sie sich seit länger als dreißig Jahren beständig genährt hatte, fast zu einer erhabenen Freude, und seit sie zu der Gemeinde des Predigers Dimmesdale gehörte, war es der größte irdische Trost der guten Alten – ein Trost, der zugleich ein himmlischer sein mußte, sonst wäre es gar keiner gewesen –, ihrem Pfarrer entweder zufällig oder absichtlich zu begegnen und mit einem Worte warmer, himmlischer evangelischer Wahrheit von seinen geliebten Lippen in ihr abgestumpftes, aber verzückt aufmerksames Ohr erquickt zu werden. Bei diesem Anlasse konnte sich aber Dimmesdale nach dem Willen des großen Seelenfeindes bis zu dem Augenblicke, wo er seine Lippen an das Ohr des alten Weibes legte, keinen Bibelspruch und auch sonst nichts als eine kurze, kräftige und, wie es ihm in jenem Augenblicke schien, unwiderlegliche Beweisführung gegen die Unsterblichkeit der menschlichen Seele ins Gedächtnis rufen. Wenn er diese ihrem Geiste eingeflößt, so wäre die betagte Schwester aller Wahrscheinlichkeit nach plötzlich tot niedergesunken, als ob sie ein heftiges Gift genossen hätte. Was er ihr wirklich zuflüsterte, konnte sich der Geistliche später nie wieder entsinnen. Vielleicht hatten seine Worte eine glückliche Undeutlichkeit, die dem Begriffsvermögen der guten Witwe keine bestimmte Idee zukommen ließ oder die Vorsehung auf ihre eigene Weise auslegte. Jedenfalls sah der Geistliche, als er zurückschaute, einen Ausdruck frommer Dankbarkeit und Ekstase, der dem Abglanze des himmlischen Jerusalem auf ihrem so runzeligen und aschenbleichen Gesichte glich.

Und wiederum ein drittes Beispiel! Nachdem er von dem alten Kirchenmitgliede geschieden war, begegnete er der jüngsten Schwester von allen. Es war eine Jungfrau, die Arthur Dimmesdale erst am Sonntage nach seiner Vigilie gewonnen hatte, die vergänglichen Freuden der Welt gegen die himmlische Hoffnung zu vertauschen, die um so heller werden sollte, je dunkler das Leben um sie herum würde, und die endlich selbst die tiefste Finsternis mit einer Glorie vergolden würde. Sie war schön und rein wie eine im Paradiese erblühte Lilie. Der Prediger wußte recht gut, daß er selbst in der fleckenlosen Reinheit ihres Herzens aufgenommen war, daß um sein Bild die schneeigen Gardinen hingen und der Religion die Wärme der Liebe und der Liebe eine religiöse Reinheit verliehen waren. Sicherlich hatte der Satan jenen Nachmittag das arme junge Mädchen von der Seite seiner Mutter hinweggeführt und es diesem schwergeprüften, oder – eigentlich wohl besser gesagt – verlorenen und verzweifelten Manne in den Weg geworfen. Als sie ihm näher kam, flüsterte ihm der Erzfeind zu, daß er einen Keim des Bösen, der sicher bald üppige Blüten treiben und schwarze Früchte tragen würde, in wenige Worte zusammendrängen und in diesen zarten Busen senken möge. Sein

Bewußtsein der Gewalt über diese gegen ihn so vertrauensvolle reine Seele war so stark, daß der Geistliche sich für fähig hielt, das ganze Feld der Unschuld mit einem einzigen sündigen Blicke zu versengen und das ganze Gegenteil davon mit einem Worte zu entwickeln. Mit einem schwereren Kampfe, als er je einen bestanden, hielt er also sein Genfer Mäntelchen vor das Gesicht, eilte vorüber, ohne ein Zeichen des Erkennens zu geben, und überließ es der jungen Schwester, seine Unhöflichkeit, so gut sie konnte, zu ertragen. Sie durchforschte ihr Gewissen, welches mit harmlosen Kleinigkeiten angefüllt war wie ihre Tasche oder ihr Arbeitsbeutel, und das arme Ding machte sich Vorwürfe über tausend eingebildete Fehler und ging den folgenden Morgen mit geschwollenen Augenlidern an ihre Haushaltungsarbeiten.

Ehe der Prediger noch Zeit hatte, seinen Sieg über diese letzte Versuchung zu feiern, wurde er sich eines andern Impulses bewußt, der noch lächerlicher und fast ebenso gräßlich war. Er bestand darin – und wir schämen uns des Berichts –, auf der Straße stehen zu bleiben und eine Gruppe von kleinen Puritanerkindern, welche dort spielten und eben erst zu sprechen angefangen hatten, einige sehr unanständige Worte zu lehren. Er versagte sich diesen Genuß als seines Gewandes unwürdig; kurz darauf begegnete er aber einem betrunkenen Matrosen von dem aus Westindien angekommenen Schiffe, und hier sehnte sich der arme Dimmesdale, da er doch so tapfer alle andern Versuchungen zurückgeschlagen hatte, wenigstens dem beteerten Schlingel die Hand zu schütteln und sich an einigen ungehörigen Scherzen, wie sie bei liederlichen Matrosen in solchem Überflusse zu finden sind, und einer Salve von guten, runden, strotzenden, dem Himmel trotzenden Flüchen zu erquicken. Es war weniger ein besseres Prinzip als teilweise sein natürlicher guter Geschmack und noch mehr seine Gewohnheit steifer geistlicher Würde, die ihn wohlbehalten aus dieser letzten Krisis führte.

‚Was ist es, das mich so verfolgt und versucht?' rief der

Prediger endlich sich selbst zu, indem er auf der Straße stehenblieb und mit der Hand an seine Stirn fuhr. ‚Bin ich toll oder gehöre ich gänzlich dem Bösen an? Habe ich im Walde einen Kontrakt mit ihm geschlossen und mit meinem Blute unterzeichnet, und fordert er mich jetzt dadurch zur Erfüllung auf, daß er mir jede Gottlosigkeit eingibt, die sich seine schändliche Phantasie erdenken kann?'

In dem Augenblicke, wo Seine Ehrwürden auf diese Weise mit sich sprach und mit der Hand an seine Stirn schlug, soll die alte Hibbins, die im Rufe einer Hexe stand, vorübergekommen sein. Sie sah sehr großartig aus und trug einen hohen Kopfputz, ein schweres Samtkleid und eine Krause, die mit der famosen gelben Stärke gesteift war, wozu ihr Anna Turner, ihre besondere Freundin, das Rezept gegeben hatte, ehe diese gute Dame wegen der Ermordung Sir Thomas Overburys gehängt wurde. Ob die Hexe in den Gedanken des Geistlichen gelesen hatte, weiß man nicht, aber soviel ist gewiß, daß sie vor ihm stehenblieb, schlau in sein Gesicht blickte, listig lächelte und, obwohl sie sonst nicht liebte, sich mit Geistlichen zu unterhalten, ein Gespräch begann.

„Ihr habt also einen Besuch im Walde gemacht, ehrwürdiger Herr", bemerkte die Hexe, indem sie ihn mit ihrem hohen Kopfputze annickte. „Ich bitte Euch, mich es das nächste Mal voraus wissen zu lassen, wo ich dann stolz sein werde, Euch Gesellschaft zu leisten. Ohne mich zu sehr zu rühmen, aber eine Empfehlung von mir reicht weit, um jedem fremden Herrn einen angenehmen Empfang bei jenem bewußten Potentaten zu verschaffen."

„Ich gestehe, Madame", antwortete der Geistliche mit einer ernsten Verbeugung, wie sie der Rang der Dame verlangte und seine eigene Höflichkeit gebieterisch forderte, „ich gestehe auf mein Gewissen und meinen Charakter, daß mir der Sinn Eurer Worte ein völliges Rätsel ist! Ich bin nicht in den Wald gegangen, um einen Potentaten zu suchen, auch beabsichtige ich zu keiner künftigen Zeit einen Besuch daselbst, um die Gunst einer solchen Personage zu erlangen. Mein einziger und genügender Zweck war es, einen frommen Freund von mir, den Missionar Eliot, zu begrüßen und mich mit ihm der vielen kostbaren Seelen zu erfreuen, die er dem Heidentum abgewonnen hat.“

Da kicherte die alte Hexe und nickte mit ihrem hohen Kopfputze dem Geistlichen zu. „Nun, nun, bei Tage müssen wir schon so sprechen! Ihr bekommt das hin wie einer, der schon lange dabei ist! Aber um Mitternacht und im Walde werden wir anders reden.“

Sie ging weiter mit der Würde ihres Alters, blickte aber oft zurück und lächelte ihm zu, als wünsche sie, eine geheime, vertraute Verbindung anzuerkennen.

‚Habe ich mich denn‘, dachte der Geistliche, ‚dem Bösen verkauft, den, wenn die Leute die Wahrheit sprechen, jene gelbgestärkte, sammetbekleidete alte Vettel zu ihrem Herrn und Meister erwählt hat?‘

Der Unglückliche! Er hatte einen dem ganz ähnlichen Handel geschlossen. Von einem Traum des Glückes verlockt, hatte er sich mit überlegter Wahl, wie er es noch nie zuvor getan, dem, was er als eine Todsünde kannte, ergeben. So hatte sich das ansteckende Gift dieser Sünde schnell durch seine ganze Seele verbreitet. Es hatte alle gesegneten Triebe betäubt und die ganze Genossenschaft der schlechten zum Leben erweckt. Verachtung, Bitterkeit, unprovozierte Böswilligkeit, mutwilliges Verlangen nach dem Schlechten, Verspottung alles Guten und Frommen – alle diese Triebe hatten sich erhoben, um ihn zu versuchen, wenn sie ihn auch zugleich erschreckten. Und sein Zusammentreffen mit der alten Hibbins zeigte, wenn sie ein wirkliches Ereignis war, nur sein Gleichgefühl und seine Kameradschaft mit bösen Sterblichen und der Welt der verführten Geister.

Er war jetzt in seine Wohnung am Rande des Kirchhofs gelangt, eilte die Treppe hinauf und suchte ein Asyl in seinem Studierzimmer. Der Geistliche war froh, daß er diesen

Zufluchtsort erreicht, ohne sich der Welt durch eine von den seltsamen, gottlosen Exzentrizitäten zu verraten, zu welchen er sich auf seinem Wege durch die Straßen beständig angetrieben gefühlt hatte. Er trat in das gewohnte Zimmer und schaute auf die Bücher, die Fenster, den Kamin und die gewirkten Tapeten der Wände mit demselben Gefühl von Fremdartigkeit, welches ihn auf seinem Wege aus dem Waldtälchen nach der Stadt und bis in sein Haus verfolgt hatte. Hier hatte er studiert und geschrieben, hier sich Fasten und Nachtwachen auferlegt, aus denen er nur halb lebendig herausgekommen war, hier hatte er darum gekämpft zu beten und Hunderttausende von Qualen ertragen. Da lag die Bibel in ihrem alten hebräischen Urtext, aus welchem Moses und die Propheten und durch alle die Stimme Gottes zu ihm sprach. Dort auf dem Tische mit der tintengeschwärzten Feder daneben sah er eine unbeendigte Predigt mit einem in der Mitte abgebrochenen Satze, wo seine Gedanken zwei Tage vorher aufgehört hatten, auf das Papier zu strömen. Er wußte, daß er selber, der abgezehrte, bleichwangige Geistliche, es gewesen war, der diese Dinge getan und gelitten und sich so tief in die Wahlpredigt hineingeschrieben hatte. Aber er schien davon getrennt zu stehen und dieses frühere Selbst mit geringschätziger, mitleidiger, aber halb neidischer Neugier zu betrachten. Jenes Selbst war verschwunden. Aus dem Walde war ein anderer Mensch zurückgekehrt, ein weiserer, mit einer Kenntnis verborgener Geheimnisse begabter, in welche die Einfalt des früheren nie hätte dringen können. Es war eine bittere Art von Erkenntnis.

Während er solchen Gedanken hingegeben war, klopfte es an der Tür des Studierzimmers, und der Geistliche rief: „Herein!“ ohne sich der Idee, daß er vielleicht einen bösen Geist erblicken würde, gänzlich entledigen zu können. Und so war es auch. Der Eintretende war der alte Roger Chillingworth. Der Geistliche stand bleich und sprachlos da; seine eine Hand auf die hebräische Bibel gelegt, die andere über sein Herz gebreitet.

„Willkommen daheim, Ehrwürden", sagte der Arzt. „Wie habt Ihr den frommen Eliot gefunden? Mich dünkt aber, lieber Herr, daß Ihr bleich ausseht, als ob die Reise durch die Wildnis Euch zu sehr angegriffen hätte. Wird nicht meine Hilfe erforderlich sein, um Euch die Kraft und den Mut zur Abhaltung Eurer Wahlpredigt zu verleihen?"

„Nein, das denke ich nicht", anwortete Dimmesdale. „Meine Reise und der Anblick des frommen Missionars und die freie Luft, die ich geatmet, haben mir nach der langen Eingeschlossenheit in meinem Studierzimmer wohlgetan. Ich glaube Eurer Medizin nicht weiter zu bedürfen, mein gütiger Arzt, so gut sie auch ist, und von so freundlicher Hand sie auch eingegeben wird."

Während dieser ganzen Zeit hatte Roger Chillingworth den Geistlichen mit dem ernsten, aufmerksamen Blicke eines Arztes auf seinen Patienten betrachtet. Trotz dieses äußern Scheines war dieser aber doch von der Kenntnis oder wenigstens dem zuversichtlichen Verdacht des Alten in bezug auf seine eigene Zusammenkunft mit Esther Prynne überzeugt. Der Arzt wußte also, daß er in den Augen des Geistlichen nicht mehr ein Freund, dem man vertraut, sondern sein bitterster Feind war. Da so viel bewußt war, möchte es nur natürlich erscheinen, daß ein Teil ausgesprochen würde. Es ist jedoch seltsam, welch lange Zeit oftmals vergeht, ehe Dinge in Worten Gestalt annehmen und mit welcher Sicherheit zwei Menschen, die einen gewissen Gegenstand vermeiden wollen, sich diesem bis an die äußerste Grenze nähern und wieder zurückziehen können, ohne ihn zu berühren. So fühlte der Geistliche keine Besorgnis, daß Roger Chillingworth mit ausdrücklichen Worten die Lage berühren werde, in welcher sie gegenseitig zueinander standen. Jedoch kroch der Arzt in seiner dunklen Weise furchtbar nahe an das Geheimnis heran.

„Wäre es nicht besser", sagte er, „wenn Ihr Euch heute abend meiner geringen Geschicklichkeit bedientet? Wahrlich, lieber Herr, wir müssen uns Mühe geben, Euch zum Halten der Wahlpredigt stark und kräftig zu machen. Das Volk erwartet von Euch große Dinge, denn es besorgt, daß ein anderes Jahr kommen, aber sein Pastor gegangen sein möchte."

„Fürwahr, in eine andere Welt", antwortete der Geistliche mit frommer Ergebenheit. „Der Himmel gebe, daß es eine bessere ist, denn ich denke wahrlich kaum, daß ich noch einmal durch die vier flüchtigen Jahreszeiten bei meiner Herde ausharren werde. Was aber Eure Medizin betrifft, mein guter Herr, so bedarf ich ihrer in meinem jetzigen Körperzustande nicht."

„Es freut mich, das zu hören!" antwortete der Arzt. „Vielleicht beginnen meine so lange vergebens angewendeten Heilmittel jetzt die gehörige Wirkung zu üben. Ich würde ein glücklicher Mann sein, und die Dankbarkeit von Neuengland verdienen, wenn ich diese Kur bewerkstelligen könnte."

„Ich danke Euch von Herzen, mein höchst wachsamer Freund", sagte Dimmesdale mit feierlichem Lächeln. „Ich danke Euch und kann Eure Guttaten nur mit meinem Gebete vergelten."

„Das Gebet eines guten Menschen ist ein goldener Lohn", entgegnete der alte Roger Chillingworth, als er sich verabschiedete. „Es ist die goldene Münze des neuen Jerusalem und trägt das eigene Gepräge des Königs!"

Sobald der Prediger allein war, ließ er einen Diener des Hauses rufen und verlangte Speisen, die er, als sie ihm vorgesetzt wurden, mit heißhungrigem Appetit verzehrte. Hierauf warf er die bereits geschriebenen Blätter zur Wahlpredigt in das Feuer und begann sofort eine andere, die er mit einem solchen drängenden Zufluß von Gedanken und Empfindungen schrieb, daß er sich für inspiriert hielt und sich nur wunderte, wie der Himmel darauf kam, die feierlichen Töne seiner Orakel durch ein so sündenbeflecktes Organ wie ihn aussprechen zu lassen. Er überließ jedoch diesem Rätsel, sich selbst zu lösen oder für immer ungelöst zu bleiben, und fuhr mit großer Hast und Verzückung in seiner Aufgabe fort.

So flog die Nacht vorüber, als sei sie ein beflügeltes Roß, auf dem er dahinsprenge. Der Morgen kam rötend durch die Fenstervorhänge,, und endlich warf die aufgehende Sonne einen goldenen Strahl in das Studierzimmer und gerade auf die geblendeten Augen des Geistlichen. Da saß er mit der Feder immer noch zwischen den Fingern und hinter ihm lag eine mächtige unermeßliche Strecke geschriebenen Raumes.

XXI

Feiertag in Neu-England

In der Morgenfrühe des Tages, an welchem der neue Gouverneur sein Amt aus den Händen des Volkes empfangen sollte, kamen Esther und Perlchen auf den Marktplatz. Er war bereits von den Handwerkern und andern gemeinen Bewohnern der Stadt angefüllt, die sich in bedeutender Zahl versammelt hatten, und unter ihnen eine Menge rauher Gestalten, deren Kleidung von Hirschfellen sie als zu den Waldansiedlungen gehörig kennzeichnete, wovon die kleine Hauptstadt der Kolonie umgeben war.

An diesem öffentlichen Feiertage, wie seit sieben Jahren bei jedem anderen Anlasse, war Esther in ein Gewand von grobem grauen Stoff gekleidet. Sowohl durch die Farbe wie durch irgendeine Eigentümlichkeit seines Schnittes hatte es die Wirkung, sie persönlich fast verschwinden zu lassen, während sie der Scharlachbuchstabe wieder aus dieser dämmernden Undeutlichkeit hervorhob und aus dem moralischen Gesichtspunkte seiner eigenen Strahlkraft zeigte. Ihr den Städtern so lange schon vertraut bekanntes Gesicht trug die Marmorruhe, die sie darauf zu erblicken gewohnt waren. Einer Maske glich es oder vielmehr der starren Stille der Züge einer Toten, und es verdankte diese Ähnlichkeit dem Umstand, daß Esther, was jeden Anspruch auf Mitgefühl betraf, wirklich tot und aus der Welt geschieden war, mit welcher sie sich noch zu vermengen schien.

Vielleicht besaß es an jenem einen Tage einen bisher nie gesehenen Ausdruck, der allerdings auch jetzt nicht lebhaft genug war, um sich entdecken zu lassen, wenn nicht ein übernatürlich begabter Beobachter zuerst im Herzen gelesen und sodann in Gesicht und Miene einen entsprechenden Ausdruck gesucht hätte. Ein solcher geistiger Seher hätte denken können, daß sie, nachdem sie sieben Unglücksjahre hindurch den Blick der Menge als Notwendigkeit, als Buße und etwas, dessen Erleiden ihr eine strenge Religion gebot, ertragen, jetzt zum letzten Male ihm freiwillig und offen entgegentrat, um, was so lange eine Folter gewesen war, in eine Art von Triumph zu verwandeln. „Seht euch nur zum letzten Male den Scharlachbuchstaben und seine Trägerin an", konnte das Opfer des Volkes, und, wie es glaubte, seine lebenslängliche Leibeigene zu ihm sagen. Nur noch ein kleines, und sie wird euerm Bereich entschwunden sein, nur noch wenige Stunden, und der tiefe, geheimnisvolle Ozean wird das Symbol, welches ihr auf ihrem Busen habt glühen lassen, verlöschen und für immer verbergen. Die Annahme würde übrigens kein für die menschliche Natur zu unwahrscheinlicher Widerspruch sein, daß Esther in dem Augenblicke, wo sie zur Freiheit von der Pein gelangen sollte, die so lange mit ihrem Leben verkörpert gewesen, ein Gefühl von Bedauern verspürte. Konnte sie nicht von einem unwiderstehlichen Wunsche ergriffen sein, einen letzten langen, atemlosen Zug aus dem Wermut- und Aloebecher zu tun, von welchem fast alle ihre Frauenjahre bitter waren? Der Wein des Lebens, der hinfort ihren Lippen anzubieten wäre, mußte in seinem reich verzierten goldenen Becher wahrhaft köstlich und erheiternd sein, wenn er nicht nach der bittern Hefe, womit sie beständig getränkt worden war, eine unvermeidliche Schalheit und Mattigkeit zurücklassen sollte.

Perle war mit luftigem Frohsinn gekleidet. Unmöglich hätte man erraten können, daß diese glänzende sonnige Erscheinung ihre Existenz jener düstergrauen Gestalt verdankte, oder daß eine so prachtliebende und dabei doch zarte Phantasie, wie sie erforderlich gewesen sein mußte, um die Kleidung des Kindes zu ersinnen, die gleiche war, welche eine vielleicht noch schwierigere Aufgabe gelöst hatte, indem sie dem einfachen Gewande Esthers eine so bestimmte Eigentümlichkeit verlieh. Die Kleidung war Perlchen so angemessen, daß sie ein Ausfluß oder eine unvermeidliche Entwicklung und äußerliche Manifestation ihres Charakters zu sein schien, die sich von ihr ebensowenig trennen ließ wie der bunte Schimmer vom Flügel eines Schmetterlings oder die Farbenpracht vom Blatte einer schönen Blume. Wie bei jener, so war auch bei dem Kinde das Äußere mit ihrer Natur eins. An diesem ereignisvollen Tage besaß ihre Stimmung überdies eine gewisse eigentümliche Unruhe und Aufregung, die mit nichts anderem so viel Ähnlichkeit besaß wie mit dem Schimmer eines Diamanten, der seine Funken oder Blitze sprüht, je nachdem die Brust, auf welcher er angebracht ist, stärker oder schwächer klopft. Kinder haben stets eine gewisse Sympathie mit der innern Bewegung ihnen Nahestehender, besonders, wenn in häuslichen Umständen eine Umwälzung, welcher Art auch immer, bevorsteht, und Perle, die das Juwel auf dem unruhigen Busen ihrer Mutter war, verriet eben durch ihre aufgeregte Stimmung die Empfindungen, welche keiner in der marmornen Ruhe auf Esthers Gesicht zu entdecken vermochte.

Diese Aufregung trieb sie, mehr mit einer vogelartigen Bewegung dahinzutanzen als ruhig neben ihrer Mutter zu gehen. Sie brach beständig in wilde, unartikulierte und zuweilen durchdringende Rufe aus. Als sie auf den Marktplatz gelangten und hier die Geschäftigkeit bemerkten, wurde sie noch ruheloser. Für gewöhnlich sah er eher dem einsamen Rasenplatze vor einem Dorfversammlungshause als dem Mittelpunkte der Geschichte einer Stadt ähnlich, und Perle rief:

„Was ist das, Mutter? Warum haben die Leute alle heute ihre Arbeit verlassen? Ist es für die ganze Welt ein Spieltag? Sieh, dort ist der Schmied! Er hat sein rußiges Gesicht gewaschen und seine Sonntagskleider angezogen und sieht aus, als möchte er gern lustig sein, wäre nur jemand so gut, ihn zu lehren, wie er es anfangen solle! Und dort ist Herr Brackett, der alte Kerkermeister, und nickt und lächelt mich an. Warum tut er das, Mutter?"

„Er hat dich gekannt, als du noch ein ganz kleines Geschöpf warst, mein Kind", antwortete Esther.

„Deshalb sollte er mich aber doch nicht annicken und -lächeln, der schwarze, böse, finster blickende alte Mann!" sagte Perle. „Dir mag er zunicken, wenn er will, denn du bist in Grau gekleidet und trägst den Scharlachbuchstaben! Aber sieh, Mutter, die vielen fremden Gesichter, auch Indianer sind darunter und Seeleute. Was wollen sie alle hier auf dem Marktplatz tun?"

„Sie wollen den Aufzug vorüberkommen sehen", sagte Esther; „der Gouverneur und der ganze Magistrat sollen vorüberkommen und die Geistlichen und alle vornehmen und guten Leute, und vor ihnen her werden die Musiker und die Soldaten marschieren."

„Wird der Pfarrer auch dabei sein?" fragte Perle, „und wird er mir auch seine beiden Hände hinhalten wie neulich, wo du mich am Bache zu ihm führtest?"

„Er wird da sein, Kind", antwortete ihre Mutter; „aber er wird dich heute nicht begrüßen, und du darfst es auch nicht tun."

„Welch ein sonderbarer trauriger Mann er ist", sagte das Kind halb in sich selbst gekehrt. „Bei dunkler Nacht ruft er uns zu sich und hält dich und mich bei der Hand. Weißt du noch, damals, wie wir dort auf dem Gerüste standen und im tiefen Walde, wo es nur die alten Bäume hören und ein Streifen vom Himmel sehen kann, setzt er sich auf einen Haufen Moos und spricht mit dir! Und dann küßt er mich auf die Stirn, daß es der kleine Bach kaum abzuwaschen vermag! Aber hier, am hellen Tage und vor allen Leuten, kennt er uns nicht, und wir dürfen ihn nicht kennen! Er ist ein sonderbarer, trübseliger Mann, mit seiner Hand beständig auf dem Herzen."

„Sei ruhig, Perle, dergleichen Dinge verstehst du nicht", sagte ihre Mutter. „Denk jetzt nicht an den Pfarrer, sondern schau dich um und sieh, wie heiter heute alle Gesichter sind. Die Kinder sind aus ihren Schulen gekommen und die erwachsenen Leute aus ihren Werkstätten und von den Feldern, nur um sich zu freuen, denn heute fängt ein neuer Mann an, über sie zu regieren, und so freuen sie sich und jubeln wie jedesmal seit unvordenklichen Zeiten, als ob die arme alte Welt endlich ein gutes goldenes Jahr erleben sollte."

Es war, wie es Esther gesagt hatte, die Gesichter des Volkes wurden von ungewohnter Heiterkeit hell. In diese festliche Zeit des Jahres drängten die Puritaner während des größten Teiles zweier Jahrhunderte alle Heiterkeit und öffentliche Freude zusammen, welche sie der menschlichen Schwäche gestatteten, und vertrieben dadurch die gewöhnlich über ihnen schwebende Wolke insoweit, daß sie einen einzigen Festtag über fast nicht ernsthafter aussahen als die meisten andern Gemeinwesen zu einer Zeit allgemeiner Betrübnis.

Wir übertreiben jedoch vielleicht die graue oder schwarze Färbung, welche unbezweifelt die Sitten und Gebräuche jener Zeit charakterisierte. Die jetzt auf dem Marktplatz von Boston versammelten Personen waren nicht zu puritanischem Murrsinn in die Welt gekommen. Sie waren Engländer von Geburt, deren Väter in dem sonnigen Glanze der Elisabethanischen Epoche gelebt hatten, einer Zeit, wo das Leben in England, wenn man es im ganzen betrachtet, so stattlich, prächtig und freudig gewesen zu sein scheint, wie die Welt nur je eins gesehen hat. Wenn sie ihrem angeerbten Geschmacke gefolgt wären, so würden die neuenglischen Ansiedler alle Ereignisse von öffentlicher Wichtigkeit durch Freudenfeuer, Schmäuse, Mummereien und Aufzüge gefeiert haben. Auch wäre es nicht untunlich gewesen, bei dem Begängnisse magistratischer Zeremonien heitere Ergötzlichkeit mit Feierlichkeit zu verbinden und dem prächtigen Staatsgewande, welches sozusagen ein Volk bei solchen Festen anlegt, eine groteske, schimmernde

Stickerei zu geben. Man sah den Schatten eines Versuches dieser Art in der Weise, wie der Tag, an welchem das politische Jahr der Kolonie begann, gefeiert wurde. Ein bleiches Spiegelbild eines ihnen erinnerlichen Glanzes, die farblose und vielfach abgeschwächte Wiederholung dessen, was sie in dem stolzen alten London, wir wollen noch gar nicht sagen bei einer Krönung, sondern bei eines Lord-Mayors Aufzuge wahrgenommen hatten, ließ sich in den Gebräuchen verfolgen, welche die alten Puritaner von Neuengland bei der jährlichen Einführung ihrer Amtspersonen einrichteten. Die Väter und Begründer des Staates – der Staatsmann, der Priester und der Soldat – hielten es damals für eine Pflicht, den äußern Prunk und die Majestät anzulegen, welche dem alten Stile gmäß als das geeignetste Gewand öffentlicher oder sozialer Auszeichnung betrachtet wurde. Sie kamen alle hervor, um in Prozessionen an den Augen des Volkes vorüberzugehen und so dem einfachen Gerüste einer so neuerrichteten Regierung die nötige Würde zu verleihen.

Damals wurde dem Volke auch nachgesehen, wenn es nicht gar dazu aufgemuntert wurde, daß es in dem strengen und anhaltenden Fleiße in seinen verschiedenartigen Fächern einer rohen, unbehilflichen Industrie nachließ, welche zu jeder andern Zeit mit seiner Religion aus einem Stücke gemacht zu sein schien. Hier gab es allerdings nichts von den Einrichtungen, welche die Lustbarkeiten des Volkes so leicht in dem England der Zeit Elisabeths oder Jakobs gefunden hätten – keine rohen theatralischen Vorstellungen, keine Sänger mit Harfe und legendärer Ballade, keine Tierbändiger mit zu ihrer Musik tanzenden Affen, keine Gaukler mit ihren der Hexerei nahekommenden Künsten, keine Lustigmacher, welche die Menge mit vielleicht jahrhundertealten, aber durch ihre Beziehung auf die allgemeinsten Quellen des Gelächters immer noch wirksamen Späßen aufheiterten. Alle derartigen Ausübenden der verschiedenen Zweige der Belustigung würden nicht nur durch das strenge Gesetz, sondern auch durch das allgemeine Gefühl, welches dem Gesetz seine Lebenskraft verleiht, zurückgewiesen worden sein. Nichtsdestoweniger lächelte das große ehrliche Gesicht des Volkes, wenn auch etwas ernsthaft, doch nicht minder herzlich. Auch fehlte es nicht an Übungen, wie sie die Kolonisten vor langen Jahren bei den Provinzial-Jahrmärkten und auf den Dorfwiesen von England gesehen und daran teilgenommen hatten, und deren Aufrechterhaltung auf diesem neuen Boden wegen des Mutes und der Mannhaftigkeit, die für sie wesentlich waren, für gut erachtet wurde. Hier und da sah man auf dem Marktplatze, wie auf die verschiedenen Arten von Cornwall und Devonshire um die Wette gerungen wurde. In einer Ecke fand ein freundschaftlicher Kampf mit langen zweikantigen Stöcken statt, und was das größte Interesse von allem erregte, auf der Plattform des in unserer Geschichte so vielfach erwähnten Prangers begannen zwei Meister der Verteidigungskunst eine Schaustellung mit Schild und Schwert. Zum großen Ärger der Menge wurde diese aber durch die Einmischung des Stadtbüttels unterbrochen, welcher nicht zugeben wollte, daß die Majestät des Gesetzes durch einen solchen Mißbrauch des ihr geweihten Platzes verletzt werde.

Wir behaupten vielleicht nicht zu viel, wenn wir sagen, daß für das Volk, welches damals in den ersten Stadien des ernsten freudlosen Benehmens stand und von Vätern abstammte, die zu ihrer Zeit lustig zu sein verstanden hatten, im Punkte der Feier eines Festtages der Vergleich selbst mit seinen heutigen Nachkommen günstig ausgefallen wäre. Ihre unmittelbare Nachkommenschaft, die nächste Generation nach den ersten Einwanderern, hüllte sich in den schwärzesten Schatten des Puritanismus und verfinsterte damit das Antlitz der Nation auf solche Weise, daß alle späteren Jahre nicht vermocht haben, es aufzuhellen. Wir müssen noch die vergessene Kunst der Heiterkeit erlernen.

Das Lebensbild auf dem Marktplatz wurde, wenn auch seine allgemeine Färbung das tiefe Grau, Braun oder Schwarz der englischen Auswanderer war, doch durch einige Farbenabwechslung belebt. Eine Gruppe von Indianern in ihrem wilden Putz von merkwürdig gestickten Hirschhautröcken, Wampumgürteln, rotem und gelbem Ocker und Federn, ihrer Bewaffnung mit Bogen und Pfeilen und Speeren mit Steinspitzen stand, mit Gesichtern voll unveränderlicher Gravität, wie sie selbst die Puritaner nicht erreichen konnten, abgesondert da. Aber selbst diese wilden, bemalten Söhne zeigten nicht den wildesten Teil des Schauspiels. Diese Auszeichnung konnte mit größerm Rechte von einigen Seeleuten, einem Teil der Mannschaft des aus Westindien angekommenen Schiffes, beansprucht werden, die ans Land gekommen waren, um das Treiben des Wahltages mit anzusehen. Es waren rauh blickende Gesellen mit sonnverbrannten Gesichtern und ungeheuern Bärten. Ihre weiten, kurzen Beinkleider wurden um den Leib von Gürteln zusammengehalten, die oftmals eine Spange von roh bearbeitetem Gold besaßen und in denen stets ein langes Messer, mitunter auch ein Säbel stak. Unter ihren breitkrempigen Palmblatthüten glimmten Augen, die, selbst wenn sie gut gelaunt und lustig waren, eine tierische Wildheit an sich hatten. Sie übertraten ohne Furcht oder Bedenken die Verhaltungsregeln, welche für alle andern bindend waren, rauchten vor der Nase des Büttels Tabak, obgleich jede Rauchwolke, die ein Bürger ausgestoßen, diesen einen baren Schilling gekostet hätte, und tranken reichliche Quantitäten von Wein oder Aquavit aus Korbflaschen, welche sie der maulaufsperrenden Menge um sie her freigebig darboten. Es charakterisierte die unvollkommene Moralität jenes Zeitalters, welches wir so streng nennen, auffallend, daß den Seefahrern nicht bloß für ihre lustigen Streiche am Lande, sondern auch für weit verzweifeltere Taten auf ihrem eigenen Elemente eine große Nachsicht zuteil wurde. Der Matrose jener Zeit würde, wenn er in der unsern gelebt hätte, schwerlich einer Anklage als Seeräuber entgangen sein. So konnte etwa wenig Zweifel daran bestehen, daß die hier versammelte Schiffsmannschaft, wiewohl durchaus nicht aus abschreckenden Beispielen der seefahrenden Kumpanei zusammengesetzt, sich – wie wir sagen würden – Übergriffe gegen den spanischen Handel zuschulden kommen gelassen hatte, die heutzutage vor einem modernen Gerichtshof ihre Hälse in Gefahr gebracht hätten.

Aber die See wogte und schäumte zu jener Zeit so ziemlich nach ihrem Willen und Belieben oder war nur dem stürmischen Winde unterworfen, während das menschliche Gesetz kaum je einen Versuch machte, dort Regeln einzuführen. Der Bukanier des Ozeans konnte seinen Beruf aufgeben und sofort, wenn es ihm beliebte, am Lande ein Mann von Rechtschaffenheit und Frömmigkeit werden. Ja selbst mitten in seinem unbekümmerten Leben galt er nicht für eine Person, mit der es unreputierlich gewesen wäre, Handel zu treiben, oder wie es die Gelegenheit bot zu verkehren. So lächelten die puritanischen Ältesten in ihren schwarzen Mänteln, gestärkten Manschetten und spitzigen Hüten nicht ohne Wohlwollen zu dem Lärm und rauhen Benehmen jener lustigen Seefahrer, und es erregte weder Überraschung noch Unwillen, als selbst ein so geachteter Bürger wie der alte Roger Chillingworth, der Arzt, in ein eifriges und vertrautes Gespräch mit dem Kapitän des zweideutigen Schiffes auf den Marktplatz trat.

Der Kapitän war, was die Kleidung betraf, bei weitem die auffallendste Gestalt, welche man unter der Menge erblickte. Er trug an seinem Rock einen Überfluß von Bändern und an seinem Hute, der überdies mit einer goldenen Kette umschlungen war und auf dem eine wallende Feder steckte, eine breite goldene Tresse. An der Seite hatte er einen Degen, und auf der Stirn erblickte man eine Narbe von einem Schwerthieb, die er, nach der Anordnung der Haare zu schließen, eher zu zeigen als zu verbergen bemüht war. Ein Landbewohner hätte schwerlich diese Kleidung tragen und dieses Gesicht besitzen und dabei eine solche renommistische Miene zeigen können, ohne vor einer Magistratsperson ein strenges Verhör bestehen und vielleicht eine Geld- oder Kerkerstrafe oder wohl gar eine Ausstellung am Pranger erleiden zu müssen. Bei dem Schiffskapitän wurde jedoch alles dies als zu seinem Charakter gehörig betrachtet, so wie zum Fisch seine glitzernden Schuppen gehören.

Nachdem sich der Befehlshaber des Bristoler Schiffes von dem Arzte getrennt hatte, schlenderte er auf dem Marktplatze umher, bis er zufällig an die Stelle kam, wo Esther Prynne stand, diese zu erkennen schien und ohne weiteres anredete. Wie gewöhnlich hatte sich da, wo Esther stand, ein kleiner leerer Raum, eine Art von Zauberkreis um sie gebildet, in welchen sich, obwohl die Menschen einander in geringer Entfernung hin und her stießen, niemand wagte oder zu drängen versuchte. Es war ein eindrucksvolles Sinnbild von der moralischen Einsamkeit, in welche der Scharlachbuchstabe seine Trägerin, teils durch ihre eigene Zurückhaltung, teils durch das instinktmäßige, wenn auch nicht mehr unfreundliche Zurückziehen ihrer Mitmenschen versetzt hatte. Jetzt war ihr dies zum ersten Male von Nutzen, indem es Esther ermöglichte, ohne Gefahr des Behorchtwerdens mit dem Seemann zu sprechen, und in den Augen der Menge war Esther Prynnes Ruf so verändert, daß selbst die durch strengste Moralität ausgezeichnete Matrone der Stadt durch ein solches Gespräch nicht in geringerer Gefahr vor übler Nachrede gewesen sein würde als sie.

„Nun, Frau“, sagte der Seemann, „ich muß meinem Aufwärter also den Auftrag geben, noch einen Verschlag mehr bereit zu halten, als Ihr ausgemacht hattet. Bei dieser Reise brauchen wir uns vor Skorbut und Schiffsfieber nicht zu fürchten. Der Schiffswundarzt und dieser andere Doktor werden mit ihren Mixturen und Pillen unsere einzige Gefahr sein, um so mehr, als ich eine Menge von Apothekerzeug an Bord habe, das ich einem spanischen Schiffe abgehandelt.“

„Was meint Ihr?“ fragte Esther erschrockener, als sie wahrnehmen ließ. „Habt Ihr noch einen Passagier?“

„Wißt Ihr nicht“, rief der Schiffskapitän, „daß der Arzt

hier – Chillingworth nennt er sich – die Absicht hat, mit Euch meine Kajütenkost zu versuchen? Ihr müßt es ja gewußt haben, denn er sagt mir, daß er zu Eurer Gesellschaft gehöre und ein vertrauter Freund des Herrn sei, von dem Ihr gesprochen habt –, desjenigen, der in Gefahr vor der sauertöpfischen alten Puritanern hier schwebt."

„Sie kennen einander allerdings gut", antwortete Esther mit ruhiger Miene, wiewohl in höchster Bestürzung, „sie haben lange zusammen gewohnt."

Es wurde zwischen dem Seemann und Esther Prynne kein weiteres Wort gewechselt, aber in jenem Augenblicke sah sie den alten Roger Chillingworth selbst in der entferntesten Ecke des Marktplatzes stehen und ihr über den breiten wimmelnden Platz und das Gespräch und Gelächter und die verschiedenartigen Gedanken, Stimmungen und Interessen der Menge hinweg ein Lächeln von geheimer, furchtbarer Bedeutung zuwerfen.

XXII
Der Aufzug

Ehe Esther Prynne ihre Gedanken zu sammeln und zu überlegen vermochte, was sich in dieser neuen und unerwarteten Lage der Dinge tun lasse, hörte man den Klang der Militärmusik aus einer nahen Straße herankommen. Er bezeichnete das Näherrücken des Aufzuges der Amtspersonen und Bürger auf ihrem Wege nach dem Versammlungshause, wo einem schon früh eingeführten und seither stets beobachteten Brauche gemäß der ehrwürdige Herr Dimmesdale die Wahlpredigt halten sollte.

Bald darauf bog die Spitze der Prozession mit langsamem stattlichem Schritt um eine Ecke und bewegte sich quer über den Marktplatz. Zuerst kam die Musik. Sie umfaßte eine Menge verschiedenartiger Instrumente, die vielleicht wohl nur unvollkommen zueinander paßten und mit eben nicht großer

Geschicklichkeit gespielt wurden, aber doch den Hauptzweck erreichten, zu welchem sich die Harmonie der Trommel und Trompete an die Menge wendet, dem vor dem Auge vorübergehenden Schauspiele ein erhabeneres und heroischeres Aussehen zu verleihen. Anfangs klatschte Perlchen in die Hände, verlor aber dann für einen Augenblick die rastlose Aufregung, welche sie den Morgen über in beständiger Bewegung gehalten hatte, blickte schweigend darauf hin und schien gleich einem schwimmenden Seevogel auf den langen Wellen der Töne dahingetragen zu werden. Der Schimmer des Sonnenscheines auf den Waffen und der Rüstung der hinter der Musik marschierenden und die Ehrenbegleitung des Zuges bildenden Soldatenkompanie brachte sie indes wieder zu ihrer alten Laune zurück. Diese Truppe von Soldaten, welche immer noch Teil unseres Vereinswesens ist und mit altehrwürdigem Ruhm aus den vergangenen Jahrhunderten in unsere Zeit marschiert ist, bestand nicht aus käuflichem Material. Ihre Reihen rekrutierten sich aus Männern von Stand, welche von martialischem Treiben begeistert waren und eine Art von Waffenkollegium zu errichten suchten, wo sie wie in einem Ritterorden die Wissenschaft und, soweit es eine friedliche Übung gestattete, auch die Praxis des Krieges lernen wollten. Die hohe Achtung, in welcher damals der militärische Charakter stand, war in der stolzen Haltung jedes einzelnen Mitgliedes dieser Kompanie zu erkennen. Einige hatten überdies durch ihre Dienste in den Niederlanden und auf anderen europäischen Schlachtfeldern ihr Recht auf den Namen und den Pomp des Soldatentums erworben. Der ganze in polierten Stahl gekleidete Zug, mit seinen über die glänzenden Helme nickenden Federn, machte einen prächtigen Eindruck, dem keine moderne Schaustellung nahekommen kann.

Und doch verdienten die Männer von Auszeichnung im Zivilfache, welche unmittelbar hinter der militärischen Eskorte kamen, eher die Berücksichtigung eines nachdenkenden Beobachters. Selbst in ihrem äußeren Benehmen ließen sie eine Majestät erkennen, welche den hochmütigen Schritt des Kriegers gemein, wo nicht abgeschmackt erscheinen ließ. Es war eine Zeit, als das, was man jetzt als Talent bezeichnet, weit weniger Beachtung fand als heute, die massiven Materialien, welche Stabilität und Würde des Charakters erzeugen, dagegen bedeutend mehr. Das Volk besaß durch erbliches Recht noch die Fähigkeit der Ehrerbietung, welche, wenn überhaupt noch bei seinen Nachkommen vorhanden, heute in geringerem Maße existiert und bei der Auswahl der Schätzung öffentlicher Männer mit sehr verminderter Kraft wirkt.

Die Veränderung mag nun zum Guten oder Bösen sein und ist zum Teil wahrscheinlich beides. Zu jenen alten Zeiten, da der englische Ansiedler der rauhen amerikanischen Küsten König, Adel und alle Rangstufen hinter sich gelassen, aber die Fähigkeit und Notwendigkeit der Ehrerbietung noch in starkem Maße bewahrt hatte, übertrug er sie auf das weiße Haar und ehrwürdige Antlitz des Alters, auf lange geprüfte Rechtschaffenheit, auf solide Weisheit und ehrfurchtgebietende Erfahrung, auf Gaben der ernsten und gewichtigen Art, welche die Idee der Dauer erzeugt und mit dem allgemeinen Ausdruck der Respektabilität bezeichnet wird. Diese Staatsmänner der ersten Stunde – Bradstreet, Endicott, Dudley, Bellingham und ihresgleichen –, die durch die Wahl des Volkes zur Macht erhoben wurden, scheinen daher nicht glänzende Talente besessen, sondern mehr durch eine gewichtige Nüchternheit als durch Tätigkeit des Verstandes sich ausgezeichnet zu haben. Sie besaßen Standhaftigkeit und Selbstvertrauen und erhoben sich für das Wohl das Staates in Zeiten der Schwierigkeit oder Gefahr wie eine sich gegen die stürmische See anstemmende Klippenreihe. Diese Charakterzüge wurden durch die massigen Gesichter und die starke physische Entwicklung der neuen kolonialen Obrigkeit gut dargestellt. Was ein Benehmen voll natürlicher Würde betraf, hätte sich das Mutterland nicht zu schämen brauchen, diese ersten Männer einer verwirklichten Demokratie in das Haus der Pairs oder den Staatsrat des Souveräns aufzunehmen.

Zunächst hinter der Magistratsperson kam der junge, ausgezeichnete Geistliche, von dessen Lippen man die religiöse Ansprache des Jahrestages erwartete. Sein Stand war zu jener Periode derjenige, in welchem sich weit mehr intellektuelle Befähigung zeigte als im politischen Leben, denn er bot – von höheren Beweggründen ganz abgesehen – durch die fast anbetende Ehrfurcht der Gemeinde Beweggründe genug, um selbst den kühnsten Ehrgeiz für seinen Dienst zu gewinnen. Selbst politische Macht – wie im Falle von Increase Mather – lag im Bereich eines angesehenen Priesters.

Die, welche jetzt den Pastor Dimmesdale erblickten, machten die Feststellung, daß er, seit er seinen Fuß zum ersten Male auf die Küste von Neu-England gesetzt, nie solche Energie in Gang und Miene gezeigt hatte wie jetzt, da er in dem Zuge einherschritt. Man bemerkte keine Schwäche des Ganges wie zu andern Zeiten; sein Körper war nicht gebeugt, seine Hand ruhte nicht auf seinem Herzen. Wenn man aber den Geistlichen recht betrachtete, so zeigte es sich, daß seine Kraft nicht die des Körpers war. Vielleicht war sie geistlicher Art und ihm durch dienende Engel erteilt, vielleicht bestand sie in der Anregung durch jenes mächtige Stärkungsmittel, welches nur in der Schmelzofenglut ernsten und lange anhaltenden Denkens destilliert wird; vielleicht wurde auch sein reizbares Temperament von der lauten durchdringenden Musik gekräftigt, die zum Himmel emporstieg und ihn auf ihre Wogen hob. So zerstreut war jedoch sein Blick, daß sich bezweifeln ließ, ob Dimmesdale überhaupt die Musik hörte. Sein Körper bewegte sich mit ungewohnter Kraft vorwärts. Aber wo war sein Geist? Fern und tief in seinen eigenen Regionen und mit übernatürlicher Tätigkeit geschäftig, einen Zug von majestätischeren Gedanken zu ordnen, welche bald ans Licht treten sollten. Und so sah und hörte und wußte er nichts von dem, was um ihn vorging, aber das geistige Element nahm den schwachen Körper und trug ihn, ohne die Last zu merken, dahin und machte ihn zu einem Teil seiner selbst.

Männer von ungewöhnlichen Verstandeskräften, welche krankhaft geworden sind, besitzen diese Fähigkeit gelegentlicher, mächtiger Anstrengungen, in welche sie das Leben vieler Tage werfen und dann ebenso viele andere hindurch leblos sind.

Esther Prynne blickte den Geistlichen unverwandt an und fühlte, daß über sie ein Trübes kam. Woher und weshalb wußte sie jedoch nicht, außer daß jener von ihrem eigenen Kreise so entfernt und so gänzlich außer ihrem Bereich zu sein schien. Sie hatte sich vorgestellt, daß doch wenigstens ein Blick des Erkennens zwischen ihnen gewechselt werden müsse. Sie dachte an den dunkeln Wald mit seinem Tälchen voller Einsamkeit und Liebe und Pein und den bemoosten Baumstamm, wo sie Hand in Hand sitzend neben dem melancholischen Murmeln des Baches ihr trauriges und leidenschaftliches Gespräch hatten. Wie genau hatten sie sich dort gekannt! Und war dies der Mann? Sie erkannte ihn kaum wieder. Ihn, der so stolz, gewissermaßen von der rauschenden Musik umhüllt, mit dem Zuge majestätischer und ehrwürdiger Väter vorüberschritt; ihn, der in seiner weltlichen Stellung und mehr noch in dem fernen Reiche seiner teilnahmslosen Gedanken, durch welche sie ihn jetzt erblickte, so unerreichbar war. Ihr Mut sank in dem Gedanken, daß alles ein Blendwerk gewesen sein müsse und daß, so lebhaft sie auch geträumt, kein wahres Band zwischen dem Geistlichen und ihr bestehen könne. Und Esther hatte so viel Weibliches an sich, daß sie ihm kaum verzeihen konnte – am wenigsten aber jetzt, da der schwere Schritt ihres Schicksals zu hören war, wie er näher, näher, näher rückte. Daß er sich so vollkommen aus ihrer beiderseitigen Welt zurückziehen konnte, während sie im Finstern tastete und ihre kalten Hände ausstreckte und ihn nicht fand.

Perle sah und teilte entweder die Gefühle ihrer Mutter oder fühlte selbst die Ferne und Unfaßbarkeit, welche sich um den

Prediger gelegt hatte. Während der Aufzug vorüber ging, war das Kind unruhig und flatterte auf und ab wie ein Vogel, der im Begriff steht emporzufliegen.

Als alles vorbei war, blickte sie in Esthers Gesicht auf.

„Mutter", sagte sie, „war das derselbe Mann, der mich am Bache küßte?"

„Sei ruhig, liebes Perlchen", flüsterte ihre Mutter, „wir dürfen auf dem Marktplatze nicht immer von dem sprechen, was uns im Walde begegnet."

„Er sah so fremd aus, daß ich nicht gewiß war, ob er es sei", fuhr das Kind fort; „ich wäre sonst zu ihm hingelaufen und hätte ihn gebeten, mich vor aller Welt zu küssen, wie er dort unter den finstern alten Bäumen tat. Was würde der Prediger gesagt haben, Mutter? Würde er die Hand auf das Herz gelegt und mich finster angeblickt und mir befohlen haben zu gehen?"

„Was sollte er sagen, Perle", antwortete Esther, „außer daß es keine Zeit zum Küssen sei und daß auf dem Marktplatz keine Küsse gegeben würden? Gut für dich, törichtes Kind, daß du ihn nicht anredetest."

Eine andere Schattierung desselben Gefühles in bezug auf Dimmesdale wurde von einer Person ausgedrückt, welche ihre Exzentrizität – oder ihr Wahnsinn, wie wir es jetzt nennen würden – bewog, das zu tun, was wenige von den Bewohnern der Stadt gewagt haben würden: ein öffentliches Gespräch mit der Trägerin des Scharlachbuchstabens zu beginnen. Es war die alte Hibbins, die prächtig gekleidet mit einer dreifachen Krause, einem gestickten Mieder, einem schweren Sammetkleide und einem goldbeknopften Stocke ausgegangen war, um den Aufzug zu sehen. Da diese alte Dame in dem Rufe stand – welcher sie später einen nicht geringeren Preis als ihr Leben kostete –, eine Hauptrolle in allen den Werken der Zauberei zu spielen, welche beständig vorkommen, machte ihr die Menge Platz und schien die Berührung ihres Gewandes zu fürchten, als trage es die Pest in seinen schweren Falten. Als man sie in Gesellschaft Esther Prynnes erblickte, verdoppelte sich, so freundlich auch das Gefühl war, welches jetzt viele gegen Esther hegten, die durch die Hibbins eingeflößte Furcht und verursachte eine allgemeine Entfernung von dem Teile des Marktplatzes, wo die beiden Frauen standen.

„Wer hätte es denken sollen!“ flüsterte die alte Dame Esther vertraulich zu; „jener göttliche Mann, jener Heilige auf Erden, wie ihn die Leute nennen und wie – das muß ich schon sagen – er auch wirklich aussieht! Wer, der ihn in dem Zuge vorübergehen sah, hätte gedacht, vor wie kurzem er noch aus seinem Studierzimmer ging, wobei er sicher einen hebräischen Bibelspruch kaute, um im Walde Luft zu schöpfen. Ah, wir wissen, was das zu bedeuten hat, Esther Prynne! Es wird mir aber wahrhaft schwer zu glauben, daß er derselbe Mann ist. Ich habe gar manches Gemeindemitglied hinter der Musik gesehen, das mit mir in der gleichen Figur getanzt hat, als ein gewisser Jemand aufspielte und vielleicht ein indianischer Pauwau oder ein lappländischer Hexenmeister mit uns herumsprang. Das ist nur eine Kleinigkeit, wenn man als Frau die Welt kennt, aber dieser Prediger! Weißt du gewiß, Esther, daß er derselbe Mann ist, der dir auf dem Waldpfade begegnete?“

„Madame, ich weiß nicht, wovon Ihr sprecht“, antwortete Esther Prynne, welche fühlte, daß Frau Hibbins labilen Geistes war, aber doch durch die Zuversicht, womit sie sich auf eine persönliche Verbindung zwischen so vielen Personen und dem Bösen berief, seltsam erschreckt und verschüchtert wurde. „Es ziemt mir nicht, leichtfertig von einem gelehrten und frommen Prediger des Worts, wie der ehrwürdige Herr Dimmesdale, zu sprechen.“

„Pfui, pfui, Weib!“ rief die alte Dame, indem sie ihren Finger gegen Esther schüttelte. „Denkst du, daß ich so viele Male im Walde gewesen bin, ohne beurteilen zu können, wer sonst noch dort gewesen ist? Wahrlich, auch wenn kein Blatt von den Girlanden, die sie beim Tanzen trugen, mehr in ihrem Haare ist! Ich kenne dich, Esther, denn ich erblicke das Zeichen. Wir können es alle im Sonnenschein sehen und im Finstern glüht es wie eine rote Flamme. Du trägst es offen, wir brauchen also nicht weiter davon zu sprechen. Aber der Prediger! Ich will dir etwas in das Ohr flüstern. Wenn der schwarze Mann sieht, daß einer von seinen gezeichneten und besiegelten Dienern zu scheu ist, sich zu dem Bunde zu bekennen, wie Ehrwürden Dimmesdale, so weiß er es so einzurichten, daß das Zeichen den Augen der Welt am hellen Tage offenbart wird. Was ist es, das der Prediger beständig mit auf das Herz gelegter Hand zu verbergen sucht? Sag mir das, Esther Prynne!"

„Was ist es, gute Frau Hibbins?" fragte Perlchen begierig. „Hast du es gesehen?"

„Kümmere dich nicht darum, mein Herzchen", antwortete Frau Hibbins mit einer tiefen Verbeugung gegen Perle. „Du wirst es selbst noch einmal sehen. Man sagt, Kind, daß du von dem Fürsten der Luft abstammst. Willst du einmal, wenn es eine schöne Nacht ist, mit mir reiten und deinen Vater besuchen? Dann wirst du erfahren, weshalb der Prediger seine Hand auf das Herz hält."

Mit einem Lachen, das man über den ganzen Marktplatz hören konnte, entfernte sich die grausliche alte Dame.

Jetzt war in dem Versammlungshause das einleitende Gebet vorüber, und man vernahm die Stimme Dimmesdales, welcher die Wahlpredigt begann. Esther wurde durch ein unwiderstehliches Gefühl festgehalten. Da das ehrwürdige Gebäude zu sehr von Menschen angefüllt war, um weitere Zuhörer aufzunehmen, stellte sie sich dicht neben dem Gerüste des Prangers auf. Es war nahe genug, um die ganze Predigt in Gestalt eines undeutlichen, aber wechselvollen Murmelns, der eigentümlichen Stimme des Predigers, zu ihren Ohren zu bringen.

Dieses Organ war an sich schon eine reiche Begabung, so daß ein Zuhörer, selbst wenn er nichts von der Sprache verstand, in welcher der Prediger redete, doch durch den bloßen Fall und Ausdruck des Tones bewegt werden mußte. Wie jede andere Musik atmete er in einer dem menschlichen Herzen, wo es auch erzogen sein mochte, angeborenen Zunge Leidenschaft und Pathos, Hohn oder zarte Empfindungen. So sehr auch der Ton auf seinem Wege durch die Kirchenmauern gedämpft wurde, lauschte Esther Prynne doch mit solcher Aufmerksamkeit und nahm so starken Teil daran, daß die ganze Predigt von Anfang bis zu Ende eine von ihren unverständlichen Worten völlig gesonderte Bedeutung für sie besaß. Wenn sie die Worte deutlicher gehört hätte, so würden sie vielleicht ein gröberes Vehikel des Verständnisses gewesen sein und die geistige Bedeutung eher gehemmt haben. Jetzt vernahm sie den leisen Unterton, als ob der Wind zur Ruhe gehe, er stieg dann an und erhob sich durch allmähliche Abstufung voller Lieblichkeit und Gewalt, bis sein Volumen sie mit einer Atmosphäre von feierlicher Großartigkeit zu umhüllen schien. So majestätisch die Stimme zuweilen wurde, besaß sie doch stets einen wesentlich klagenden Charakter, einen lauten oder leisen Ausdruck der Pein, das Flüstern, oder wenn man es so nennen wollte, den Schrei der leidenden Menschheit, welcher in jeder Brust eine gleichgestimmte Saite in Bewegung setzt. Mitunter war dieser tief rührende Ton alles, was sich vernehmen ließ, und auch dies nur mit Mühe, und schien seufzend in einer öden Stille zu verklingen. Aber selbst wenn die Stimme des Predigers laut und gebietend wurde, wenn sie unwiderstehlich emporquoll, wenn sie den äußersten Umfang und die höchste Gewalt annahm und die Kirche so überflutete, daß sie sich einen Weg durch die festen Mauern bahnte und in der freien Luft ausbreitete, selbst dann konnte der aufmerksame Zuhörer, wenn er darauf achtete, denselben Schmerzensschrei darin entdecken. Was war es? Die Klage eines schmerzbeladenen, vielleicht sündigen Menschenherzens, welches sein Geheimnis der Sünde oder des Kummers dem großen Herzen der Menschheit offenbarte und in jedem Augenblicke, in jedem Tone, und nie vergebens, um dessen Teilnahme oder Verzeihung flehte. Dieser tiefe, fortwährend anhaltende Unterton war es, der dem Geistlichen seine eigentliche Macht verlieh.

Die ganze Zeit über stand Esther statuengleich am Fuße des Prangers. Hätte die Stimme des Geistlichen sie nicht dort festgehalten, so würde dessenungeachtet ein unwiderstehlicher Magnetismus in der Stelle gewesen sein, von welcher sie die erste Stunde ihres Lebens der Schmach datierte. Sie hatte eine Empfindung, zu undeutlich umgrenzt, um für einen Gedanken zu gelten, die aber schwer auf ihrem Geiste lastete, daß ihr ganzes früheres wie späteres Leben mit dieser Stelle als dem Punkte, welcher ihm Einheit verlieh, verknüpft sei.

Perlchen hatte unterdessen die Seite ihrer Mutter verlassen und spielte nach ihrem Belieben bald hier, bald dort auf dem Marktplatz. Sie machte durch ihren kometenartigen Glanz die dunkle Menge heiter, wie ein buntgefiederter Vogel einen ganzen düsterbelaubten Baum dadurch erhellt, daß er halb sichtbar und halb versteckt in der Dämmerung des dichten Laubes hin und her schießt. Sie hatte eine wellenförmige, zuweilen aber auch eine eckige und unregelmäßige Bewegung an sich. Sie verkündete die rastlose Lebhaftigkeit ihres Geistes, welcher heute dadurch doppelt unermüdlich in seinem Spitzentanz wurde, daß die Unruhe ihrer Mutter darauf spielte und ihn in vibrierende Bewegung setzte. Wenn Perle etwas sah, wodurch ihre stets lebendige, umherschweifende Neugier erregt wurde, so flog sie darauf zu und bemächtigte sich sozusagen des Menschen oder Dinges, soweit sie es wünschte, als ihres Eigentums, ohne aber auch nur den geringsten Grad von Herrschaft über ihre Bewegungen zu gestatten. Die Puritaner blickten ihr nach und waren, wenn sie auch lächelten, doch nichtsdestoweniger geneigt, das Kind für einen Dämonensprößling zu erklären, so unbeschreiblich war der Zauber der Schönheit und Exzentrizität, welcher ihre kleine Gestalt durchleuchtete und in ihrer Lebhaftigkeit funkelte. Sie lief auf den wilden Indianer zu und blickte ihm ins Gesicht, und er erkannte in ihr eine wildere Natur als seine eigene. Dann flog sie mit angeborener Dreistigkeit, dabei aber mit einer ebenso charakteristischen Zurückhaltung mitten in eine Gruppe von Seeleuten – den dunkelwangigen Wilden des Ozeans, wie die Indianer die des Landes waren –, und sie schauten verwundert und voller Bewunderung auf Perle, als ob die Schaumflocke des Meeres die Gestalt eines kleinen Mädchens angenommen habe und mit einer Seele von dem Seeufer begabt sei, welches bei Nacht unter dem Bug aufblitzt.

Der Schiffskapitän, der mit Esther Prynne gesprochen hatte, war von Perlens Anblick so angetan, daß er den Versuch machte, sie zu packen, um ihr einen Kuß zu rauben. Da er es jedoch ebenso unmöglich fand, sie zu erfassen, wie einen Kolibri in der Luft zu fangen, so nahm er die um seinen Hut geschlungene Kette von diesem ab und warf sie dem Kinde zu. Perle schlang sie augenblicklich mit so glücklicher Geschicklichkeit um ihren Hals und Leib, daß sie, einmal dort gesehen, zu einem Teile von ihr wurde, und man sie sich kaum noch ohne diese vorstellen konnte.

„Deine Mutter ist jenes Weib dort mit dem scharlachroten Buchstaben?“ sagte der Seemann. „Willst du ihr von mir eine Botschaft überbringen?“

„Gern, wenn mir der Auftrag gefällt“, antwortete Perle.

„So sag ihr“, entgegnete er, „daß ich wieder mit dem griesgrämigen, verwachsenen alten Doktor gesprochen habe, und daß er versprochen hat, seinen Freund, den Herrn, von dem sie weiß, an Bord mitzubringen. Deine Mutter soll sich also um nichts weiter als um sich und dich kümmern. Willst du ihr das sagen, du kleine Hexe?“

„Frau Hibbins sagt, mein Vater sei der Fürst der Luft“, rief Perle mit ihrem schelmischen Lächeln. „Wenn du mich bei dem garstigen Namen rufst, so werde ich es ihm sagen, und er wird dein Schiff mit einem Sturme verfolgen.“

Das Kind lief im Zickzack über den Marktplatz, kehrte zu

seiner Mutter zurück und teilte ihr das, was der Seemann gesagt hatte, mit. Esthers kräftiger, ruhiger, standhaft duldender Geist wurde fast gänzlich zu Boden gedrückt, als sie das finstere, grausige Antlitz eines unvermeidlichen Schicksals bemerkte, welches sich gerade in dem Augenblicke, wo sich für den Prediger und sie ein Ausweg aus ihrem Labyrinthe des Elends zu zeigen schien, mit einem unbarmherzigen Lächeln mitten auf ihren Pfad stellte.

Während ihr Geist von der entsetzlichen Not gepeinigt wurde, in welche sie die Nachricht des Schiffskapitäns versetzt hatte, mußte sie sich noch einer andern Prüfung unterwerfen. Es waren viele Leute aus dem umliegenden Lande zugegen, die oft von dem Scharlachbuchstaben gehört und denen er durch Hunderte von falschen oder übertriebenen Gerüchten zu einem Schreckbilde gemacht worden war, die ihn aber noch nie mit ihren leiblichen Augen erblickt hatten. Nachdem diese alle übrigen Belustigungen erschöpft, stellten sie sich jetzt mit roher, bäuerischer Zudringlichkeit um Esther Prynne auf. Unverfroren wie diese waren, kamen sie doch nicht näher als bis zu einem Umkreis von einigen Metern heran. In dieser Entfernung blieben sie stehen, fixiert von der zentrifugalen Kraft des Abstoßes, die das mystische Symbol ausstrahlte. Auch die Matrosen, die das Zudringen der Zuschauer bemerkt und die Bedeutung des Scharlachbuchstabens erfahren hatten, kamen und steckten ihre sonnenverbrannten Räubergesichter in den Kreis. Selbst die Indianer wurden von einem gewissen kalten Schatten der Neugier des weißen Mannes ergriffen, glitten durch die Menge und hefteten ihre schwarzen Schlangenaugen auf Esthers Busen, indem sie vielleicht glaubten, daß die Trägerin dieses glänzend gestickten Zeichens eine Person von hoher Wichtigkeit unter ihrem Volke sein müsse. Endlich kamen die Bewohner der Stadt, deren eignes Interesse an dem abgenutzten Gegenstande sich durch die Teilnahme an dem, was sie andere fühlen sahen, allmählich wieder belebte, müßig in dieselbe Gegend geschlendert und quälten Esther vielleicht mehr als alle übrigen durch ihren kaltblütigen, vertraulichen Blick auf das ihnen längst bekannte Zeichen der Schmach. Esther sah und erkannte die Gesichter der Gruppe von Matronen, welche sie vor sieben Jahren beim Herauskommen aus der Gefängnistür erwartet hatten. Sie waren alle hier bis auf eine, die jüngste und einzig mitleidige von ihnen, deren Leichenkleid sie seitdem gefertigt hatte. In der letzten Stunde, wo sie den glühenden Buchstaben alsbald beiseite werfen sollte, war er seltsamerweise zum Mittelpunkte einer noch aufmerksameren Betrachtung und Aufregung geworden und brannte sich so peinvoller als zu jeder Zeit, seit jenem ersten Tage, als sie ihn anlegte, in ihre Brust ein.

Während Esther in jenem Zauberkreise der Schmach stand, in welchen sie die ausgeklügelte Grausamkeit ihres Urteilsspruches für immer gebannt zu haben schien, blickte der treffliche Prediger von der geweihten Kanzel auf eine Gemeinde herab, deren Innerstes völlig von seinen Worten beherrscht wurde. Der einem Heiligen gleiche Priester in der Kirche, das Weib mit dem Scharlachbuchstaben auf dem Marktplatze – welche Phantasie würde unehrerbietig genug gewesen sein, zu vermuten, daß auf beiden das gleiche versengende Brandmal haftete?

XXIII

Die Offenbarung des scharlachroten Buchstabens

Die beredte Stimme, auf welcher die Seelen der lauschenden Gemeinde himmelwärts getragen worden waren wie auf den schwellenden Wogen der See, verstummte endlich. Es trat eine tiefe Stille ein, wie sie den Aussprüchen von Orakeln folgen sollte; dann kam ein Murmeln und halberstícktes Geräusch, als ob die von dem mächtigen Zauber, welcher sie in die Region des Geistes eines andern getragen, erlösten Zuhörer mit noch auf ihnen lastender Bewunderung und Ehrfurcht in sich zurückkehrten. Einen Augenblick darauf begann die Menge aus den Kirchentüren zu strömen. Jetzt, wo die Predigt zu Ende war, bedurften sie eines andern zur Beförderung des groben irdischen Lebens, in welches sie zurücksanken, passenderen Atems als der Atmosphäre, welche der Prediger in Flammenworte verwandelt und mit seinen reichen Gedanken erfüllt hatte.

Sobald sie im Freien ankamen, machte sich ihr Entzücken in Worten Luft. Beifall für den Prediger war das Geräusch der Straße und des Marktplatzes, von einem Ende zum andern. Seine Zuhörer ruhten nicht eher, als bis jeder dem andern erzählt hatte, was der eine besser wußte als der andere. Ihrem vereinten Zeugnis zufolge hatte nie ein Mensch in so weisem, so hohem und so frommem Geiste gesprochen wie der, welcher an diesem Tage geredet, und die himmlische Eingebung hatte nie offenbarer durch sterbliche Lippen gehaucht als durch die seinen. Man hatte sehen können, wie ihr Einfluß sich sozusagen auf ihn niederließ und sich seiner bemächtigte und ihn beständig über die geschriebene Predigt erhob, die vor ihm lag, und ihn mit Ideen erfüllte, die für ihn ebenso wunderbar gewesen sein mußten wie für seine Gemeinde. Sein Gegenstand, so erschien es, war das Verhältnis zwischen der Gottheit und den menschlichen Gemeinschaften mit besonderer Beziehung auf das Neu-England gewesen, welches sie hier in der Wildnis gründeten. Als er sich dem Ende näherte, war ein prophetischer Geist auf ihn herabgestiegen und hatte ihn so mächtig wie einst die alten Propheten von Israel zu seinen Zwecken gezwungen, nur mit dem Unterschiede, daß die jüdischen Seher Strafen Gottes und Verderben für ihr Vaterland verkündet hatten, während es seine Sendung gewesen war, für das neu zusammengetretene Volk des Herrn eine hohe herrliche Bestimmung zu weissagen. Bei alledem war aber doch die ganze Predigt von einem traurigen Unterton des Leidens durchzogen worden, welcher nicht anders als der natürliche Schmerz eines seinem Ende Nahen ausgelegt werden konnte. Ja, ihr

Prediger, den sie so sehr liebten und der sie alle so lieb hatte, daß er nicht ohne einen Seufzer himmelwärts gehen konnte, er hatte eine Ahnung seines frühzeitigen Todes und wollte sie bald in Tränen zurücklassen! Diese Idee von seinem kurzen Verweilen auf Erden gab der Wirkung, welche der Prediger hervorgebracht hatte, den besonderen Nachdruck; es war, als ob ein Engel auf seinem Fluge zum Himmel hin einen Augenblick seine leuchtenden Flügel über dem Volke geschüttelt und – zugleich ein Schatten und ein Glanz – einen Regen voll goldener Wahrheiten auf es herabgesendet habe.

So war bei Dimmesdale – wie bei den meisten Menschen in ihren verschiedenen Wirkungskreisen, obwohl sie es selten eher erkennen, als bis sie es weit hinter sich sehen – eine glänzendere und triumphreichere Lebensepoche eingetreten als irgendeine frühere oder irgendeine später mögliche. Er stand in diesem Augenblicke auf der stolzesten Höhe, zu welcher die Gaben des Verstandes, eine umfassende Gelehrsamkeit, hervorragende Beredsamkeit und ein Ruf der makellosesten Frömmigkeit in den ersten Tagen von Neu-England erheben konnten, wo die Eigenschaft eines Geistlichen an sich schon hohe Auszeichnung verlieh. Dies war die Stellung, die der Prediger einnahm, als er am Schlusse seiner Wahlpredigt das Haupt auf die Kissen der Kanzel niederbeugte. Unterdessen stand Esther neben dem Gerüste des Prangers, und auf ihrer Brust brannte der scharlachne Buchstabe immer noch.

Von neuem hörte man das Schmettern der Musik und den gemessenen Tritt der aus der Kirchtür kommenden militärischen Eskorte. Der Zug sollte von hier nach dem Stadthause gehen und dort ein Bankett die Feierlichkeiten des Tages beschließen.

Zum zweiten Male sah man also den Zug der ehrwürdigen und majestätischen Väter durch eine breite Gasse des Volkes schreiten, das sich auf beiden Seiten ehrerbietig zurückzog, als der Gouverneur und die Magistratspersonen, die Alten und Weisen, die frommen Priester und alle, die auf Auszeichnung und Berühmtheit Anspruch machten, sich ihm näherten. Als sie sämtlich auf den Marktplatz gelangt waren, wurden sie von einem lauten Ruf begrüßt. Dieses mochte zwar durch den kindlichen Gehorsam und die Zuneigung, welche jene Zeiten ihren Herrschern zuteil werden ließen, verstärkt werden, aber man fühlte, daß es ein unwiderstehlicher Ausbruch des Enthusiasmus war, welchen die noch in den Ohren der Gemeinde widerhallende hohe Beredsamkeit bei ihr entzündet hatte. Ein jeder fühlte den Antrieb in sich selbst und teilte ihn in demselben Atemzuge seinem Nachbarn mit. Innerhalb der Kirche war er nur mit Mühe zurückgehalten worden, unter freiem Himmel donnerte er zum Zenit empor. Es waren Menschen und gleichgestimmtes, hochgespanntes Gefühl genug vorhanden, um den Ton hervorzubringen, welcher eindrucksvoller ist als die Orgelklänge des Sturmwindes oder der Donner oder das Brausen der See – das mächtige Anschwellen vieler Stimmen, welche durch den allgemeinen Impuls, der aus den vielen ebenfalls nur ein einziges hochklopfendes Herz macht, zu einem einzigen Rufe verschmilzt. Nie noch hatte sich auf dem Boden von Neu-England ein solcher Ruf erhoben. Noch nie hatte auf dem Boden von Neu-England ein Mann gestanden, der von seinen sterblichen Brüdern so geehrt worden wäre wie der Prediger.

Und wie war es mit ihm? Strahlte um sein Gesicht nicht ein Heiligenschein? Betraten seine Füße wirklich den Staub der Erde, da er vom Geiste hinweggerissen und von verehrenden Bewunderern so verherrlicht wurde?

Wie die Reihen der Militärs und der Zivilbeamten vorwärts rückten, wendeten sich aller Augen dem Punkte zu, wo man den Geistlichen unter ihnen herankommen sah. Der Lärm verklang zu einem Murmeln, als ihn ein Teil der Menge nach dem andern erblickte. Wie schwach und bleich er mitten in seinem Triumph aussah! Die Energie oder vielmehr die Begeisterung, welche ihn aufrecht erhalten hatte, bis er die heilige Botschaft, die ihre eigene Kraft vom Himmel herabbrachte, verkündet, war ihm jetzt, wo sie ihr Amt so getreulich geübt, entzogen worden. Die Glut, die sie soeben erst noch auf seiner Wange gesehen, war erloschen wie eine hoffnungslos unter die verglimmende Asche herabsinkende Flamme. Sein totenbleiches Gesicht schien kaum das Antlitz eines lebenden Menschen zu sein. Es war kaum ein belebter Mensch, der so kraftlos auf seinem Pfade dahinschwankte, aber doch nur schwankte und nicht fiel.

Einer von seinen geistlichen Brüdern, es war der ehrwürdige John Wilson, bemerkte den Zustand, in welchen Dimmesdale von der zurückweichenden Welle der geistigen Spannung und Erregbarkeit versetzt wurde, und trat hastig auf ihn zu, um ihn zu stützen. Der Prediger wies bebend, aber entschieden den Arm des alten Mannes zurück. Er schritt vorwärts, wenn man die Bewegung so nennen konnte, welche eher den schwankenden Versuchen eines Kindes glich, welches die Arme seiner Mutter ausgestreckt sieht, um es vorwärts zu locken. Und jetzt war er während seiner letzten Schritte fast unmerklich dem ihm wohlbekannten, wettergebräunten Gerüste gegenüber angekommen, wo vor langen Jahren, welche ein so trauriger, trüber Zeitraum mit dem heutigen Tage verband, Esther Prynne schmachvoll den Blicken der Welt ausgesetzt worden war. Dort stand Esther mit Perlchen an der Hand. Und auf ihrer Brust glühte der Scharlachbuchstabe. Der Geistliche blieb hier stehen, wiewohl die Musik immer noch den jubelnden Triumphmarsch spielte, nach welchem sich der Zug bewegte. Er rief ihn vorwärts, vorwärts zum Feste – aber hier blieb er stehen.

Bellingham hatte ihn während der letzten Augenblicke mit besorgten Blicken betrachtet. Er verließ jetzt seinen eigenen Platz in dem Zuge und kam auf ihn zu, um ihn zu stützen, da er nach des Predigers Aussehen glaubte, daß dieser sonst unvermeidlich fallen müsse. In dessen Ausdruck lag aber etwas, das den Gouverneur zurückhielt, obgleich er sonst ein Mann war, der den unbestimmten, aus einem Geiste in den andern übergehenden Kundgebungen nicht leicht gehorchte. Die Menge schaute ihm unterdessen mit Ehrfurcht und Verwunderung zu. Diese irdische Schwäche war in ihren Augen nur eine andere Phase der himmlischen Stärke des Geistlichen, und sie würden es bei einem so frommen Manne für kein zu hohes Wunder gehalten haben, wenn er sich vor ihren Augen erhoben hätte, undeutlicher und glänzender werdend, um endlich im Lichte des Himmels aufzugehen.

Er wendete sich zu dem Gerüste und streckte seine beiden Arme aus.

„Esther", sagte er, „komm hierher! Komm, meine kleine Perle!"

Es war ein gespenstischer Blick, mit welchem er sie betrachtete, aber in ihm lag zugleich etwas Zärtliches und seltsam Triumphierendes. Das Kind flog mit der vogelartigen Bewegung, welche eine von seinen Eigentümlichkeiten war, auf ihn zu und schlang die Arme um seine Knie. Esther Prynne näherte sich ebenfalls, langsam, wie von einem unvermeidlichen Schicksal getrieben und gegen ihren stärksten Willen – blieb aber stehen, ehe sie ihn erreichte. In diesem Augenblicke drängte sich der alte Roger Chillingworth durch die Menge, so finster, verstört und böse war sein Blick, daß man hätte glauben können, er sei aus der Erde aufgestiegen, um sein Opfer von dem, was es im Sinne hatte, zurückzuhalten. Wie dem auch sein möge, der alte Mann stürzte herbei und erfaßte den Prediger am Arme.

„Wahnsinniger! Was wollt Ihr tun?" flüsterte er. „Weist jenes Weib zurück! Stoßt das Kind von Euch. Es wird noch alles gut werden – wollt Ihr Euren Ruf schwärzen und in Unehre untergehen? Noch kann ich Euch retten! Wollt Ihr Schmach über Euren geweihten Stand bringen?"

„Versucher, mir scheint, du kommst zu spät", sagte leise der Prediger, indem er seinem Blicke furchtsam, aber fest begegnete. „Mit Gottes Hilfe werde ich dir jetzt entgehen! Deine Macht ist nicht mehr, was sie war."

Von neuem streckte er seine Hand gegen das Weib mit dem Scharlachbuchstaben aus.

„Esther Prynne!“ rief er mit durchdringendem Ernst, „im Namen dessen, der so furchtbar und so gnädig ist, der mir in diesem letzten Augenblicke die Kraft verleiht, das zu tun, wovor ich mich zu meiner schweren Sünde und tiefen Qual vor sieben Jahren zurückhielt, komm jetzt hierher und umschlinge mich mit deiner Kraft! Mit deiner Kraft, Esther! Aber lasse sie von dem Willen lenken, welchen uns Gott verliehen hat. Dieser unglückliche, schwer gekränkte alte Mann widerstrebt mit aller seiner Macht, mit aller seiner eigenen und des Erbfeindes Macht. Komm, Esther, komm! Hilf mir jenes Gerüst ersteigen.“

Die Menge war in höchster Aufregung. Die zunächst um den Geistlichen stehenden Männern von Rang und Würden waren so überrascht und über die Bedeutung dessen, was sie sahen, so verblüfft und ebenso unfähig, die Erklärung, welche sich ihnen zunächst bot, anzunehmen, wie sich irgendeine andere vorzustellen, daß sie schweigende und untätige Zuschauer des Gerichts blieben, das die Vorsehung zu üben im Begriff schien. Sie sahen, wie sich der Geistliche, auf Esthers Schultern gelehnt und von ihrem um ihn geschlungenen Arm gestützt, dem Gerüst näherte und dessen Stufen erstieg, während die kleine Hand des in Sünden geborenen Kindes immer noch von der seinen umschlossen wurde. Ihnen folgte der alte Roger Chillingworth, als mit dem Drama von Sünde und Pein eng verbunden und deshalb vollkommen berechtigt, bei der letzten Szene gegenwärtig zu sein.

„Wenn du die ganze Erde durchsucht hättest“, sagte er mit einem düstern Blick auf den Geistlichen, „so würde kein Ort so geheim, keiner so hoch oder niedrig gewesen sein, wo du mir hättest entrinnen können – keiner außer diesem Gerüste!“

„Dank sei Ihm, der mich hierher geleitet hat!“ antwortete der Prediger.

Und doch bebte er und wendete sich mit einem Ausdruck

des Zweifels und der Besorgnis in seinen Augen, der trotz des schwachen Lächelns auf seinen Lippen um nichts weniger deutlich zu erkennen war, zu Esther.

„Ist dies nicht besser?“ flüsterte er, „als das, wovon wir im Walde träumten?“

„Ich weiß es nicht, ich weiß es nicht!“ antwortete sie hastig. „Besser! Ja, wenn wir beide sterben und Perlchen mit uns.“

„Für dich und Perle möge es gehen, wie Gott es will!“ sagte der Prediger, „nur Gott ist gnädig. Laß mich jetzt dem Willen gehorchen, den er meinen Augen deutlich gemacht hat. Ja, Esther, ich bin ein Sterbender, laß mich also eilen, meine Schande auf mich zu nehmen.“

Halb auf Esther gestützt und eine Hand Perlchens in der seinen haltend, wendete sich Dimmesdale zu den würdevollen, ehrwürdigen Herrschern, zu den frommen Predigern, die seine Amtsbrüder waren, zu dem Volke, dessen großes Herz erschüttert war und von tränenvollem Mitgefühl überströmte, denn es wußte, daß ihm eine in das tiefste Leben schneidende Sache jetzt offenbar werden sollte, die, wenn auch voller Sünde, doch zugleich voller Qual und Reue war. Die erst wenig über ihre Mittagshöhe hinausgekommene Sonne beschien den Geistlichen und beleuchtete seine Gestalt, wie er so von der ganzen Erde gesondert dastand, um sich vor den Gerichtsschranken der ewigen Gerechtigkeit schuldig zu bekennen.

„Volk von Neu-England!“ rief er mit einer Stimme, die sich laut, feierlich und majestätisch hob, aber immer von einem Beben erfüllt und zuweilen von einem Schrei durchzuckt wurde, welcher sich aus einer unergründlichen Tiefe der Reue und des Schmerzes emporrang – „Ihr, die ihr mich geliebt, ihr, die ihr mich für einen Heiligen gehalten habt – seht mich hier als den einzigen Sünder der Welt. Endlich! Endlich stehe ich an dem Orte, wo ich vor sieben Jahren hätte stehen sollen. Hier mit diesem Weibe, dessen Arm mich mehr als die geringe Kraft, womit ich mich hierher geschleppt habe, in diesem furchtbaren Augenblick verhindert, nieder auf mein Angesicht zu stürzen!

Seht den scharlachroten Buchstaben, den Esther trägt! Ihr habt alle bei seinem Anblick geschaudert! Überall, wohin sie gegangen ist, überall, wo sie, die so schwer Belastete, gehofft haben mag, Ruhe zu finden, hat er sie mit einem falben Lichte der Furcht und des Abscheus umgeben, aber in eurer Mitte stand einer, vor dessen Brandmal der Sünde und Schmach ihr nicht zurückgeschreckt seid!"

Es schien in diesem Augenblicke, als ob der Geistliche den Rest seines Geheimnisses unenthüllt lassen müsse; aber er kämpfte die körperliche Schwäche und mehr noch die Mutlosigkeit nieder, welche mit ihm um die Oberhand rang, wies allen Beistand von sich und trat leidenschaftlich um einen Schritt vor das Weib und das Kind.

„Er trug das Zeichen!" fuhr er mit einer wilden Glut fort, so entschlossen war er, alles auszusprechen, „Gottes Auge erblickte es! Die Engel deuteten ständig darauf. Dem Teufel war es wohl bekannt, und er reizte es beständig mit der Berührung seines glühenden Fingers. Aber er verbarg es schlau vor den Menschen und ging unter euch mit der Miene eines Engels umher, welcher trauerte, weil er so rein in einer sündigen Welt dastand und betrübt war, weil er seine himmlischen Verwandten vermißte. Nun in seiner Todesstunde steht er vor euch. Er fordert euch auf, Esthers Scharlachbuchstaben nochmals anzublicken! Er sagt euch, daß dieser mit seinem ganzen geheimnisvollen Schrecken nur der Schatten von dem ist, was er auf seiner eigenen Brust trägt und selbst dieses, sein eignes rotes Brandmal, nicht mehr als das schwache Abbild desjenigen vorstellt, welches das Innerste seiner Seele versengt hat! Wenn unter euch einer stehen sollte, der bezweifelte, daß Gott die Sünder richtet, so seht, seht einen furchtbaren Zeugen davon!"

Mit einer krampfhaften Bewegung riß er sich die Priesterkrause von der Brust: Da war es offenbar! Es wäre jedoch ehrfurchtslos, die Offenbarung zu beschreiben. Auf einen Moment waren die Blicke der entsetzten Menge auf das grausige Wunder gerichtet, während der Geistliche, mit einer Röte des

Triumphs auf seinem Gesicht, wie ein Held, der in der Krisis des schneidendsten Schmerzes einen Sieg errungen, dastand. Dann sank er nieder auf das Gerüst. Esther richtete ihn etwas auf und lehnte seinen Kopf an ihren Busen. Der alte Roger Chillingworth kniete mit einem stumpfen, ausdruckslosen Gesicht, aus welchem alles Leben entwichen schien, neben ihm nieder.

„Du bist mir entronnen", sagte er immer wieder. „Du bist mir entronnen!"

„Möge Gott dir verzeihen!" rief der Prediger, „auch du hast schwer gesündigt."

Er wandte seine matter werdenden Augen von dem Greise ab und heftete sie auf das Weib und das Kind.

„Mein Perlchen", sagte er schwach, und auf sein Gesicht trat ein süßes, mildes Lächeln, wie wenn sein Geist in tiefe Ruhe sänke, ja jetzt, seit die Last von ihm genommen war, schien es fast, als ob er mit dem Kinde scherzen wolle – „mein liebes Perlchen, willst du mich jetzt küssen? Dort in dem Walde wolltest du es nicht! Jetzt aber wirst du es tun."

Perle küßte seine Lippen. Der Zauber war gebrochen. Der große Schmerz, an welchem das wilde Kind teilnahm, hatte alle seine Sympathien entwickelt, und seine auf die Wangen des Vaters herabrinnenden Tränen waren das Pfand, daß es unter menschlichen Freuden und Kümmernissen aufwachsen werde, nicht, um ewig mit der Welt zu kämpfen, sondern um darin ein Weib zu werden. Auch für ihre Mutter war Perlens Bestimmung, einer Botin der Pein, vollkommen erfüllt.

„Esther", sagte der Geistliche, „leb wohl!"

„Sollen wir einander nicht mehr treffen?" flüsterte sie mit dicht zu dem seinen herabgebeugtem Gesicht: „Sollen wir unser unsterbliches Leben nicht zusammen zubringen? Wahrlich! Wir haben einander durch unser Leid losgekauft. Du blickst mit deinen hellen sterbenden Augen tief in die Ewigkeit, so sage mir, was du siehst."

„Still, Esther, still!" antwortete er mit bebender, feierlicher

Stimme. „Laß das Gesetz, das wir gebrochen – die Sünde, die sich hier so schauervoll offenbart hat, laß diese allein in deinem Gedanken sein. Ich fürchte – ich fürchte, daß es, als wir unsern Gott vergaßen, – als wir gegenseitig die Achtung für unsere Seelen verletzten –, daß es von da an vergeblich war zu hoffen, jenseits wieder zum ewigen fleckenlosen Verein zusammenzukommen. Gott weiß es, und er ist gnädig. Er hat seine Gnade vor allen bei meinen Leiden bewiesen. Er hat mir diese brennende Qual auf meine Brust gelegt. Er hat jenen finstern, entsetzlichen alten Mann gesandt, um das Folterwerkzeug stets in Glut zu erhalten. Er hat mich hierher geführt, um vor dem Volke diesen Tod triumphierender Schmach zu sterben. Wenn einer von diesen Schmerzen gemangelt hätte, so wäre ich auf ewig verloren gewesen! Gepriesen sei Sein Name. Sein Wille geschehe! Leb wohl!"

Dieses Wort war das letzte, das der Priester sprach. Seine Seele wich von ihm. Die bis dahin schweigende Menge brach in eine seltsame, tiefe Äußerung der Ehrfurcht und der Verwunderung aus, ein Gemurmel, das dumpf dem entwichenen Geist nachhallte.

XXIV
Schluß

Nach vielen Tagen, als das Volk Zeit genug gehabt hatte, seine Gedanken in bezug auf die erlebte Szene zu ordnen, war mehr als ein Bericht über das, was man auf der Prangerbühne wahrgenommen, im Umlauf.

Die meisten Zuschauer behaupteten, daß sie auf der Brust des unglücklichen Priesters einen scharlachroten Buchstaben in das Fleisch eingeprägt gesehen hätten, der dem von Esther Prynne vollkommen gleich gewesen. Über dessen Entstehung gab es verschiedenartige Erklärungen, die alle nur Vermutung sein konnten. Die einen behaupteten, daß Dimmesdale an dem

Tage, da Esther Prynne zuerst ihr Schandzeichen trug, dadurch daß er sich eine furchtbare Folter auferlegt, eine später auf so mancherlei nutzlose Weise fortgesetzte Büßung begonnen habe. Andere behaupteten, daß das Stigma nicht eher entstanden sei als zu der Zeit, da es der alte Roger Chillingworth, der ein mächtiger Zauberer gewesen, durch Magie und giftige Tränke zum Vorschein gebracht habe. Noch andere – und dies waren diejenigen, welche die eigentümliche Empfindungsreizbarkeit des Priesters und die wunderbare Wirkung, welche sein Geist auf den Körper übte, am besten beurteilen konnten – flüsterten ihren Glauben, daß das entsetzliche Symbol die Wirkung des stets tätigen Zahnes der Reue gewesen sei, welcher von dem Herzen nach außen genagt und endlich das schwere Gericht des Himmels durch die sichtbare Gegenwart des Buchstabens kundgegeben habe. Der Leser mag wählen.

Wir haben alles Licht, welches wir selbst bei all diesen Theorien erlangen konnten, auf das Zeichen geworfen und möchten gern, nachdem es sein Amt verrichtet hat, seinen tiefen Eindruck aus unserm Gehirn verwischen, wo er durch langes Nachdenken darüber mit einer höchst unerfreulichen Deutlichkeit eingeprägt worden ist.

Es ist jedoch sonderbar, daß gewisse Personen, welche der ganzen Szene beigewohnt hatten und behaupteten, daß sie ihre Augen kein einziges Mal von dem ehrwürdigen Herrn Dimmesdale abgewendet hätten, bestimmt behaupteten, daß seine Brust ebenso rein wie die eines neugeborenen Kindes gewesen sei. Ihrem Berichte nach hatte er auch durch seine letzten Worte nicht die mindeste Verbindung mit dem Vergehen, für welches Esther Prynne so lange den Scharlachbuchstaben getragen, eingestanden oder auch nur im entferntesten angedeutet. Diesen höchst respektablen Zeugen zufolge hatte der Prediger, im Bewußtsein seines nahen Todes und des Umstandes, daß ihn die Verehrung der Menge bereits unter die Heiligen und Engel versetzt, durch das Aushauchen seines letzten Atemzuges in den Armen jenes gefallenen Weibes der Welt gegenüber ausdrücken wollen, wie nichtig auch die ausgesuchteste Rechtschaffenheit des Menschen sei. Nachdem er seine Lebenskraft in Anstrengungen für das geistige Wohl der Menschheit erschöpft, habe er die Art seines Todes zu einer Parabel gemacht, um seinen Bewunderern die mächtige, aber traurige Lehre einzuprägen, daß wir in den Augen Gottes allzumal Sünder sind. Sie habe sie lehren sollen, daß selbst der frömmste unter uns sich nur so weit über seine Nebenmenschen erhoben habe, daß er deutlicher die ewige Gnade, welche auf uns herabblickt, zu erkennen und unbedingter das Phantom menschlichen Verdienstes, welches ehrgeizig nach oben blicken will, zu verwerfen vermöchte. Ohne eine so wichtige Wahrheit bestreiten zu wollen, müssen wir doch die Erlaubnis in Anspruch nehmen, diese Lesart der Geschichte des Herrn Dimmesdale als nichts als das Beispiel der hartnäckigen Treue zu betrachten, womit die Freunde eines Mannes – und besonders eines Geistlichen – zuweilen seinen Ruf vertreten, wenn selbst so klare Beweise wie der Mittagssonnenschein auf dem Scharlachbuchstaben feststellen, daß er ein falches und sündiges Geschöpf des Staubes ist.

Die Autorität, welcher wir hauptsächlich gefolgt sind – ein altes, nach dem mündlichen Zeugnisse von Individuen, die teilweise Esther Prynne gekannt, teils ihre Geschichte von gleichzeitigen Zeugen gehört hatten, aufgesetztes Manuskript – bestätigt die Ansicht, welcher wir auf den vorhergehenden Blättern gefolgt sind, vollkommen. Unter einer Menge von Moralen, die sich uns aus der unglücklichen Erfahrung des armen Geistlichen aufdrängen, wollen wir nur diese in Worte kleiden: Seid wahr! Seid wahr! Seid wahr! Zeigt der Welt, wenn auch nicht euern schlimmsten, doch irgendeinen Zug, aus welchem sich der schlimmste schließen läßt!

Nichts war merkwürdiger als die Veränderung, welche fast unmittelbar nach Herrn Dimmesdales Tod in dem Äußern und Benehmen des unter dem Namen Roger Chillingworth bekannten alten Mannes eintrat. Alle seine Stärke und Energie, alle seine körperliche und geistige Kraft schien ihn plötzlich zu verlassen, so daß er geradezu verwelkte, verschrumpfte und fast aus den Augen der Menschen verschwand wie eine mit der Wurzel ausgerissene, an der Sonne liegende Pflanze. Der Unglückliche hatte in der Verfolgung und systematischen Ausübung der Rache sein Lebensprinzip gesucht, und als durch seinen vollkommensten Triumph dieses böse Prinzip alles Material zu seiner Unterstützung verloren, als es für ihn auf Erden kein Teufelswerk mehr zu tun gab, blieb dem entmenschlichten Sterblichen nichts weiter übrig, als sich dahin zu begeben, wo ihm sein Herr und Meister Arbeit genug verschaffen und seinen Lohn gehörig zahlen würde. Gegen alle diese schattenhaften Wesen, die so lange unsere nahestehenden Bekannten gewesen sind, gegen Roger Chillingworth sowohl wie gegen seine Genossen, möchten wir gern Gnade beweisen. Es ist ein merkwürdiger Gegenstand für die Beobachtung und Forschung, ob nicht Haß und Liebe im Grunde das gleiche sind. Beide setzen in ihrer äußersten Entwicklung einen hohen Grad von Vertraulichkeit und Herzenskenntnis voraus, beide machen ein Individuum, was die Nahrung seiner Neigungen und seines geistigen Lebens anlangt, von einem andern abhängig, und wenn der leidenschaftlich Liebende oder nicht weniger leidenschaftlich Hassende den Gegenstand seiner Empfindungen verliert, so bleibt er gleich verödet und einsam zurück. Philosophisch betrachtet, scheinen die beiden Leidenschaften daher einander wesentlich gleich zu sein, außer daß man die eine im himmlischen Strahlenglanze, die andere aber in düsterer und greller Glut erblickt. In der Geisterwelt haben vielleicht der alte Arzt und der Priester, jene gegenseitigen Opfer, unerwartet ihren irdischen Vorrat an Haß und Widerwillen in goldene Liebe verwandelt gefunden.

Wir verlassen jedoch diesen Gegenstand, da wir dem Leser eine Geschäftssache mitzuteilen haben. Nach dem Ableben des alten Roger Chillingworth, welches kaum ein Jahr nach dem des Geistlichen stattfand, zeigte es sich, daß er durch sein Testament, zu dessen Vollstrecker er den Gouverneur Bellingham und den ehrwürdigen Herrn Wilson ernannt, der kleinen Perle, Esther Prynnes Tochter, ein bedeutendes Vermögen sowohl in Amerika wie in England hinterlassen hatte.

Perle, das Elfenkind, der Dämonensprößling, wie sie manche Leute bis zu jener Epoche noch hartnäckig nannten, wurde also die reichste Erbin ihrer Zeit in der Neuen Welt. Nicht unwahrscheinlich brachte dieser Umstand eine wesentliche Veränderung in der öffentlichen Meinung hervor, und wenn Mutter und Kind in Amerika geblieben wären, so hätte Perlchen, zu einem heiratsfähigen Alter gelangt, ihr Blut mit dem eines Sprößlings des frömmsten Puritaners vermischen können. Nicht lange nach dem Tode des Arztes verschwand jedoch die Trägerin des Scharlachbuchstabens und Perle mit ihr. Viele Jahre hindurch fand zwar mitunter ein unbestimmtes Gerücht, wie ein an den Strand geworfenes formloses Stück Treibholz mit den Anfangsbuchstaben eines Namens darauf, seinen Weg über das Meer, doch erhielt man keine Nachrichten von unbezweifelter Gewißheit über sie. Die Geschichte von dem Scharlachbuchstaben wurde zu einer Legende. Ihr Zauber war jedoch immer noch kräftig und umgab das Gerüst, wo der arme Prediger gestorben war, sowie die Hütte am Strande, wo Esther gelebt hatte, mit seinen Schrecken. In der Nähe dieser Hütte waren eines Nachmittags Kinder beim Spielen, als sie plötzlich ein hochgewachsenes Weib in einem grauen Gewande auf die Hüttentür zukommen sahen. Sie war seit den verflossenen Jahren nicht geöffnet worden, aber die Fremde schloß sie entweder auf, oder das morsche Holz und verrostete Eisen wichen ihrer Hand, oder sie glitt wie ein Schatten durch diese sich ihr entgegenstellenden Hindernisse und trat auf alle Fälle ein.

Auf der Schwelle blieb sie stehen, wendete sich halb um, denn vielleicht war doch der Gedanke, ganz allein und so verändert den Schauplatz eines an heißen Empfindungen so reichen früheren Lebens zu betreten, trauriger und bedrückender, als selbst sie ihn zu ertragen vermochte. Ihr Zaudern dauerte aber nur einen Augenblick, wiewohl es lange genug anhielt, um einen Scharlachbuchstaben auf ihrer Brust erkennen zu lassen.

Esther Prynne war also zurückgekehrt und hatte ihr so lange abgelegtes Schandzeichen wieder aufgenommen. Wo war aber Perlchen? Wenn sie noch lebte, so mußte sie sich jetzt in voller Frauenblüte befinden. Niemand wußte oder erfuhr je mit voller Gewißheit, ob das Elfenkind so frühzeitig in ein jungfräuliches Grab gesunken oder ob seine wilde, reiche Natur gemildert und gezügelt und sanften Frauenglückes fähig geworden sei. Esthers übriges Lebens hindurch kamen jedoch häufig Zeichen vor, daß die Einsiedlerin mit dem Scharlachbuchstaben ein Gegenstand der Liebe und Teilnahme für einen Bewohner eines andern Landes war. Es liefen Briefe mit Wappensiegeln, wiewohl von der englischen Heraldik unbekannten Prägungen, für sie ein. In der Hütte befanden sich Gegenstände des Behagens und des Luxus, deren sich Esther zwar nie bediente, die aber nur Reichtum erkauft und Liebe für sie ersonnen haben konnten. Außerdem erblickte man Kleinigkeiten, Zieraten, schöne Zeichen beständiger Erinnerung, die von zarten Fingern nach der Eingebung eines liebenden Herzens gearbeitet worden sein mußten, und einmal sah man Esther ein Kinderkleidchen mit so verschwenderischem Reichtum an goldener Phantasie sticken, daß es einen öffentlichen Auflauf erregt hätte, wenn dem düster gekleideten Neu-Engländer ein in solche Gewänder gehülltes Kind gezeigt worden wäre.

Kurz, die Klatschmäuler jener Zeit glaubten – und der Zolldirektor Pue, der ein Jahrhundert später seine Nachforschungen anstellte, glaubte – und einer von seinen neuerlichen Amtsnachfolgern glaubt getreulich –, daß Perle nicht nur lebte, sondern verheiratet und glücklich war und auch ihre traurige und einsame Mutter mit Freuden an ihrem Herd aufgenommen hätte.

Für Esther Prynne gab es in Neu-England aber ein wirklicheres Leben als in der unbekannten Gegend, wo Perle eine neue Heimat gefunden hatte. Hier war der Schauplatz ihrer Sünde und der ihres Schmerzes, und hier sollte noch der ihrer Buße sein. Sie war deshalb zurückgekehrt und hatte freiwillig, denn selbst der strengste Richter jener strengen Zeit würde sie nicht dazu gezwungen haben, wieder das Symbol angelegt, von welchem wir eine so trübe Geschichte erzählt haben. Von da an verließ es ihren Busen nie wieder. Aber im Verlauf der mühseligen, gedankenvollen und ihren Nebenmenschen geweihten Jahre, aus welchen Esthers späteres Leben bestand, hörte der scharlachrote Buchstabe auf, ein Brandmal zu sein, welches die Verachtung und Erbitterung der Welt erregte, und wurde das Zeichen von etwas Beklagenswertem und mit Beben sowohl wie mit Ehrerbietung zu Betrachtendem. Und da Esther Prynne keine selbstsüchtigen Zwecke verfolgte und in keiner Weise ihrem eigenen Nutzen und Vergnügen lebte, trug man ihr alle Kümmernisse und Verlegenheiten zu und bat sie als eine Person, die selbst schwere Prüfungen erlebt hatte, um ihren Rat, Besonders Frauen kamen in den beständig wiederkehrenden Prüfungen verwundeter, verschwendeter, gekränkter, übel angelegter oder irrender und sündiger Liebe oder mit der traurigen Bürde eines unvergebenen, weil ungeschätzten und ungesuchten Herzens in Esthers Hütte und fragten, weshalb sie so elend seien, und welches Mittel es dagegen gäbe. Esther unterstützte sie mit Trost und Rat, so gut sie konnte. Sie versicherte sie ihres festen Glaubens, daß zu einer schöneren Zeit, wenn die Welt dafür reif geworden sei, und nach des Himmels eigenem Ratschluß eine neue Wahrheit offenbart werden würde, um das ganze Verhältnis zwischen Mann und Weib auf einer sichereren Grundlage gegenseitigen Glückes zu errichten. In der früheren Zeit ihres Lebens hatte Esther sich irrigerweise vorgestellt, daß sie selbst die bestimmte Prophetin sein könnte, aber längst schon die Unmöglichkeit anerkannt, daß irgendeine Sendung göttlicher, geheimnisvoller

Wahrheit einem von Sünde befleckten, von Schande niedergebeugten oder selbst nur mit einem lebenslangen Schmerze belasteten Weibe anvertraut werde. Allerdings muß der Engel und Apostel der nächsten Offenbarung ein Weib sein, aber ein hohes, reines und schönes und ein nicht durch Schmerz und Kummer, sondern durch die ätherische Vermittlung der Freude weises Weib, das durch die beste Probe beweisen würde, wie uns eine geweihte Liebe glücklich macht –: die eines darin erfolgreichen Lebens.

So sprach Esther Prynne und blickte mit ihren kummervollen Augen auf den scharlachenen Buchstaben nieder, und nach vielen Jahren wurde auf dem Gottesacker, an welchem später King's Chapel erbaut worden ist, ein neues Grab neben einem alten eingesunkenen gemacht. Es war neben jenem alten und eingesunkenen Grabe, aber doch mit einem Raume zwischen den beiden, als ob der Staub der beiden Schläfer nicht das Recht habe, sich zu vermischen. Und doch diente ein Grabstein beiden. Rund umher befanden sich Steine, auf denen Wappenschilder ausgehauen waren, und auch auf dieser einfachen Schieferplatte zeigte sich – wie der wißbegierige Forscher noch jetzt erkennen und über die Bedeutung desselben sich den Kopf zerbrechen kann – ein eingegrabenes Schild.

Es trug eine Devise, die, wenn man sie aus der Sprache der Heraldik überträgt, als ein Motto und eine kurze Beschreibung unserer nun vollendeten Legende dienen kann. So düster ist sie, und erleuchtet nur von einem immer glühenden Lichtpunkt, der düsterer ist als ihr Schatten:

„Auf schwarzem Feld, der Buchstabe A, rot."

DIE BLITHEDALE-MASKERADE

Vorrede

In dem Blithedale dieses Buches werden manche Leser vielleicht eine schwache und nicht eben getreue Umrißzeichnung von Brook Farm in Roxbury vermuten, die vor nun ein wenig länger als zehn Jahren von einer Sozialistengesellschaft in Besitz genommen und bearbeitet wurde. Der Verfasser will nicht leugnen, daß er diese Gemeinschaft im Sinne gehabt und daß er, da er so glücklich gewesen ist, eine Zeitlang persönlich mit ihr in Verbindung zu stehen, hin und wieder in der Hoffnung, der auf den nachstehenden Seiten enthaltenen Phantasie eine lebensvollere Färbung zu erteilen, seine Erinnerungen benutzt hat. Er möchte jedoch dahingehend verstanden sein, daß er jene Institution ebensogut zum Gegenstand einer dichterischen Behandlung gemacht hat wie die von ihm darin aufgeführten imaginierten Personen. Seine ganze Darstellung dieser Sache ist dem Hauptzwecke des Romans völlig untergeordnet, und er macht nicht den geringsten Anspruch darauf, eine Theorie über den Sozialismus zu erläutern oder zu günstigen oder anderen Schlüssen darüber anzuregen.

Er beabsichtigt, kurz gesagt, durch seine gegenwärtige Vorführung der Sozialistengemeinde nur eine von der allgemein besuchten Reisestraße etwas entlegene Schaubühne zu errichten, auf welcher die Geschöpfe seines Geistes ihre phantasmagorischen Sprünge machen können, ohne sich einer zu genauen Vergleichung mit den wirklichen Ereignissen des gewöhnlichen Lebens auszusetzen. In der alten Welt, in der man mit der Dichtung schon längst vertraut ist, scheint dem Romanschreiber ein gewisses konventionelles Vorrecht gewährt zu werden; sein Werk wird nicht geradezu neben die Natur gehalten, und man gestattet ihm in bezug auf die alltägliche Wahrscheinlichkeit aus Rücksicht auf die größeren Effekte, welche er dadurch hervorzubringen gehalten ist, eine gewisse Freiheit. Bei uns gibt es dagegen noch kein solches Feenland, das der wirklichen Welt so ähnlich wäre, daß man in gehöriger Entfernung den Unterschied kaum erkennen könnte, das aber dennoch eine fremdartige magische Atmosphäre besitzt, welche den durch sie betrachteten Bewohnern eigentümliche Eigenschaften erteilt. Diese Atmosphäre ist das, wessen der amerikanische Romancier bedarf. In ihrer Abwesenheit sind die Wesen der Einbildungskraft genötigt, sich in derselben Kategorie zu zeigen wie wirklich lebende Sterbliche – eine Notwendigkeit, welche die Schminke und die Pappe, woraus sie zusammengesetzt sind, meist nur zu schmerzlich wahrnehmbar werden läßt. In der Absicht, diese Schwierigkeit (deren Bewußtsein stets sehr schwer auf ihm gelastet hat) teilweise zu umgehen, hat sich der Verfasser Freiheiten mit seinem früheren und noch in freundlicher Erinnerung stehenden Aufenthalte auf Brook Farm zu nehmen erlaubt, welche jedenfalls die romantischste Episode seines eigenen Lebens, ein Traum und doch eine Wirklichkeit ist, und ihm hierdurch einen zwischen dem Reiche der Dichtung und der Wirklichkeit liegenden brauchbaren Boden darbietet. Überdies paßte der Schauplatz trefflich zu den Personen, welche er darzustellen wünschte.

Er fühlt sich im Recht, wenn er sagt, daß diese Charaktere völlig erdichtet sind; es würde in der Tat – wenn man berücksichtigt, wie wenig liebenswürdige Eigenschaften er unter die Geschöpfe seiner Einbildungskraft verteilt – das schreiendste Unrecht gegen seine früheren trefflichen Genossen sein, wenn der Verfasser annehmen ließe, daß er Porträts von ihnen gezeichnet habe. Hätte er dies versucht, so würden sie wenigstens die Striche eines freundschaftlichen Griffels erkannt haben. Er hat jedoch nichts Derartiges getan. Den in sich versenkten Menschenfreund, das temperamentvolle Weib, das sich an den eng gezogenen Schranken seines Geschlechts wundstößt, das schwächliche Mädchen, dessen vibrierende Nerven sibyllinische Eigenschaften verleihen, den Dichter zweiten Ranges, der mit anspruchsvollem Streben ins Leben tritt, das aber seine jugendliche Begeisterung nicht zu überleben vermag –: alle diese hätte man auf Brook Farm zu finden erwarten können, aber sie ließen sich aus dem einen oder anderen Grunde nie dort blicken.

Der Autor kann seinen Hinweis auf diesen Gegenstand nicht beschließen, ohne einen sehr ernsthaften Wunsch zu äußern, nämlich den, es möchte einer der vielen gebildeten und philosophischen Geister, die sich für jenes Unternehmen interessierten, nunmehr für die Welt seine Geschichte aufschreiben. Ripley, der sich die Vaterschaft dieser Institution zur Ehre anrechnen kann, Dana, Dwight, Channing, Burton, Parker zum Beispiel – nebst anderen, die der Autor nicht zu nennen wagt, weil sie sich vor dem Auge der Öffentlichkeit verbergen –: bei diesen liegt die Fähigkeit, sowohl die äußeren Umrisse wie auch die innere Wahrheit und den Geist der Sache darzustellen, zusammen mit den Lehren, welche jene Jahre des Nachdenkens und der körperlichen Mühsal zu Nutz und Frommen künftiger Experimentatoren herausgearbeitet haben müssen. Selbst der brillante Mekkapilger könnte in seinen jugendlichen Erinnerungen von Brook Farm ein ebenso reiches und zudem neuartigeres Thema finden (so nahe es auch liegt) als jene abgeben, für die er seither so lange Pilgerfahrten unternommen hat – nach Syrien und entlang der Strömung des Nils.

Concord, Massachusetts, im Mai 1852

I
Der alte Moodie

Ich hatte am Abend vor meiner Abreise nach Blithedale die seltsame Schaustellung der Verschleierten Dame besucht und befand mich auf dem Heimwege in meine Junggesellenwohnung, als mir ein ältlicher Mann von ziemlich fadenscheinigem Äußeren in einem dunkeln Teile der Straße entgegenkam.

„Herr Coverdale", sagte er milde, „kann ich auf einen Augenblick mit Ihnen sprechen?"

Da ich beiläufig von der Verschleierten Dame gesprochen habe, wird es zu Nutz und Frommen derjenigen meiner Leser, welche ihre jetzt vergessene Berühmtheit nicht kennen, wohlgetan sein, wenn ich erwähne, daß sie ein mesmerisches Phänomen war, und zwar eines von den ersten, welche die Geburt einer neuen Wissenschaft oder die Auferstehung einer alten Scharlatanerie verkündeten. Seit jener Zeit ist ihre Schwesternschaft zu zahlreich geworden, um individuell große Beachtung zu erregen, und in der Tat ist auch keines ihrer Mitglieder dem Publikum wieder unter so geschickt angeordneten Vorrichtungen für den Bühneneffekt vorgestellt worden wie jene, welche die merkwürdigen Vorstellungen der erwähnten Dame zugleich mit einem mystischen Schleier umhüllten und in ein höheres Licht stellten. Heutzutage affektiert der Schausteller in der Behandlung seines „Hellsehers" oder „Mediums" die Einfachheit und Offenheit eines wissenschaftlichen Experiments, und selbst wenn er darauf Ansprüche macht, ein paar Schritte über die Grenze der Geisterwelt zu treten, nimmt er doch die Gesetze unseres wirklichen Lebens dorthin mit und dehnt sie auf seine übernatürlichen Eroberungen aus. Vor zwölf oder fünfzehn Jahren benutzte man dagegen alle Kunstgriffe eines mysteriösen Arrangements, einer malerischen Anordnung und künstlerischer Licht- und Schattenkontraste, um das anscheinende Wunder den Tatsachen des Alltagslebens aufs stärkste entgegenzustellen. Bei der

Verschleierten Dame wurde überdies das Interesse des Zuschauers noch weiter durch das Rätsel ihrer Identität und ein abgeschmacktes Gerücht – welches wahrscheinlich der Schausteller in Umlauf gebracht hatte und das eine Zeitlang sehr allgemein verbreitet war – erweckt, daß eine schöne junge Dame von Familie und Vermögen unter der nebelhaften Draperie des Schleiers verborgen sei. Er war weiß, mit einem gewissen gedämpften Silberglanz, wie die von der Sonne erleuchtete Seite einer Wolke, und da er vom Kopf bis zum Fuße die ihn Tragende völlig verhüllte, nahm man an, daß er sie von der materiellen Welt, von Zeit und Raum isoliere und ihr viele von den Vorrechten eines entkörperten Geistes verleihe.

Ihre Ansprüche, mochten sie nun wunderbar sein oder nicht, haben jedoch mit der vorliegenden Erzählung wenig zu tun, außer daß ich der Verschleierten Dame eine Frage über den Erfolg unseres Blithedaler Unternehmens zur prophetischen Lösung vorgelegt hatte. Die Antwort trug, beiläufig gesagt, das echte Orakelgepräge: sie war auf den ersten Blick offenbarer Unsinn, gestattete jedoch bei näherem Studium eine Menge verschiedenartiger Auslegungen, von denen freilich die eine dem Ausgange entsprochen hat. Ich war gerade beschäftigt, dieses Rätsel von allen Seiten zu betrachten und womöglich seinen aalschlüpfrigen Sinn am Schwanz zu fassen, als mich der obenerwähnte alte Mann unterbrach.

„Herr Coverdale, Herr Coverdale!“ sagte er, meinen Namen zweimal wiederholend, um die zaudernde, eindruckslose Art, in welcher er ihn aussprach, auszugleichen. „Ich bitte um Verzeihung, Herr, aber wie ich höre, gehen Sie morgen nach Blithedale.“

Ich kannte das blasse, ältliche Gesicht mit der roten Nasenspitze und der Binde über dem einen Auge und sah überdies etwas Charakteristisches in der Art, wie der alte Knabe unter einem Torweg stand und nur so viel von sich wahrnehmen ließ, daß er sich mir als Bekannter offenbarte. Dieser alte

Moodie war eine sehr schüchterne Person, was um so seltsamer erschien, da die Art seines Broterwerbes ihn notwendigerweise stärker als die meisten anderen Männer in das Treiben und Brausen der Welt brachte.

„Ja, Herr Moodie", antwortete ich in Verwunderung über das Interesse, welches er an der Sache nahm, „es ist meine Absicht, morgen nach Blithedale zu gehen. Kann ich Ihnen vor meiner Abreise irgendwie zu Diensten sein?"

„Wenn Sie so gut sein wollten, Herr Coverdale", sagte er, „so könnten Sie mir eine sehr große Gefälligkeit erweisen."

„Eine sehr große", wiederholte ich in einem Tone, welcher nur geringe Bereitwilligkeit ausgedrückt haben muß, obgleich ich dem alten Manne gern jeden Liebesdienst erwiesen hätte, welcher mit keiner besonderen Mühe für mich verknüpft war. „Eine sehr große Gefälligkeit, sagen Sie? Meine Zeit ist kurz, lieber Herr Moodie, und ich habe noch eine Menge von Zurüstungen zu machen; seien Sie indes so gut, mir zu sagen, was Sie wünschen."

„Ach, Herr", antwortete der alte Moodie, „ich möchte das doch nicht gerne tun. Und wenn ich es weiter überlege, Herr Coverdale, so denke ich, daß ich vielleicht besser täte, mich an einen älteren Herrn oder eine Dame zu wenden, wenn Sie nur die Freundlichkeit haben wollten, mich einer Person vorzustellen, die ebenfalls nach Blithedale geht. Sie sind ein junger Mann, Herr Coverdale."

„Vermindert dieser Umstand meine Nutzbarkeit für diesen Zweck?" fragte ich. „Wenn ein älterer Mann besser für Sie paßt, so haben Sie Herrn Hollingsworth, der mir um drei bis vier Jahre im Alter voraus und ein weit soliderer Mensch und überdies ein Philanthrop ist. Ich bin nur ein Dichter, und, wie mir die Kritiker sagen, darin nichts Großes. Was mag die Sache aber betreffen, Herr Moodie? Sie fängt an mich zu interessieren, besonders da Sie darauf hindeuten, daß der Einfluß einer Dame erwünscht sein dürfte. Sprechen Sie, ich möchte Ihnen wirklich gern zu Diensten sein."

Aber der alte Knabe war bei all seinem höflichen und bescheidenen Benehmen launisch und eigensinnig, und er hatte sich jetzt irgendeine Idee in den Kopf gesetzt, die ihn veranlaßte, in seiner früheren Absicht schwankend zu werden.

„Ich möchte wissen, Herr Coverdale“, sagte er, „ob Sie eine Dame, die man Zenobia nennt, kennen.“

„Persönlich nicht“, antwortete ich, „obwohl ich dieses Vergnügen auf morgen erwarte, da sie uns übrigen vorausgegangen ist und sich bereits in Blithedale aufhält. Haben Sie sich aber der Literatur zugewendet, Herr Moodie, oder sind Sie zum Fürsprecher der Frauenrechte geworden, oder was kann Ihnen sonst an dieser Dame Interesse eingeflößt haben? Zenobia ist, beiläufig gesagt, wie Sie wahrscheinlich wissen, nur ihr Name dem Publikum gegenüber, eine Art von Maske, in welcher sie vor die Welt tritt und dabei doch alle Vorrechte des Privatlebens bewahrt, – kurz, eine Vorrichtung wie die weiße Draperie der Verschleierten Dame, nur etwas durchsichtiger. Aber es ist spät; wollen Sie mir sagen, was ich für Sie tun kann?“

„Haben Sie die Güte, mich davon für heute abend zu entbinden, Herr Coverdale“, sagte Moodie, „Sie sind sehr gütig, aber ich fürchte, Sie vielleicht ohne Not belästigt zu haben. Wenn Sie es erlauben, so komme ich wohl morgen früh vor Ihrer Abreise nach Blithedale in Ihre Wohnung. Ich wünsche Ihnen eine gute Nacht, Herr, und bitte um Verzeihung, Sie aufgehalten zu haben.“

Und hiermit entschlüpfte er mir, und da er sich am folgenden Morgen nicht blicken ließ, so bin ich nur durch spätere Ereignisse zu einer plausiblen Vermutung über seine Absicht gelangt. Sobald ich in mein Zimmer kam, warf ich ein Stück Steinkohle auf das Kaminfeuer, zündete eine Zigarre an und verlebte eine Stunde unter Gedanken jeder Färbung von der heitersten bis zur düstersten, denn ich glaubte, die Wahrheit zu gestehen, nicht mehr mit der früher gehegten Zuversicht, daß dieser letzte Schritt, welcher mich unwiderruflich mit der

Blithedaler Angelegenheit in Verbindung bringen sollte, der weiseste sei, welcher getan werden könnte. Es war tatsächlich Mitternacht, als ich zu Bett ging, nachdem ich ein Glas besonders guten Sherry, auf welchen ich zu jener Zeit stolz war, getrunken hatte. Es war die allerletzte Flasche, und ich leerte sie vollends in Gesellschaft eines Freundes am folgenden Vormittag, bevor ich mich nach Blithedale in Marsch setzte.

II
Blithedale

Für mich, der ich wirklich anfange, ein frostiger Junggeselle zu werden, in dessen Schnurrbart fast mit jeder Woche ein neues weißes Haar zum Vorschein kommt, kann wohl schwerlich wieder ein so erheiterndes Feuer im Kamin lodern wie das, dessen ich mich am folgenden Tage in Blithedale erinnere. Es war ein Holzfeuer im Wohnzimmer eines alten Farmhauses an einem Aprilnachmittag, an welchem aber die Stöße eines winterlichen Schneesturmes im Schornstein brausten. Jener Kamin stellt sich wieder lebhaft vor mich hin, während ich in meinem Gedächtnis die Asche von den Kohlen streife und sie in Ermangelung eines wärmeren Hauches mit einem Seufzer anfache. Die Lebhaftigkeit ist nur für einen Augenblick; bald aber wird der Schimmer wieder sehr trübe und besitzt für mein Herz ebensowenig wärmende Kraft wie für meine Fingerspitzen. Die dicken Eichenklötze sind längst ausgebrannt, ihre erheiternde Glut muß, wenn es überhaupt geschieht, durch einen bloßen phosphorischen Schimmer dargestellt werden, welcher aus feuchten Trümmern vermoderter Bäume eher hervorsickert als erglänzt und den von der Nacht ereilten Wanderer im Walde irre führt. Um ein solches frostiges Trugbild eines Feuers könnten einige von uns auf dem dürren Laube sitzen, die Hände gegen die eingebildete Wärme ausbreiten und über unseren zugrunde gegangenen Plan, das Leben des Paradieses von neuem zu beginnen, sprechen.

Ein schönes Paradies! Ich behaupte dreist, daß außer uns kein anderer Mensch der Welt – wenigstens niemand in unserer frostigen kleinen Welt von Neuengland – an jenem Tage an das Paradies gedacht hat, außer etwa in der Art, wie der Pol an die Tropenländer denken läßt. Mit den Materialien, welche wir zur Hand hatten, hätte auch der geschickteste Baumeister keine bessere Nachahmung der Laube Evas errichten können, als man sie in der Schneehütte eines Eskimos erblicken kann. Wir machten jedoch trotz des treibenden Schnees einen Sommer daraus.

Es war, wie schon angedeutet, ein Apriltag und ziemlich gegen die Mitte des Monats. Als in der Stadt der Morgen über mir heraufdämmerte, war seine Temperatur mild genug, um von einem, der wie ich in einem der mittleren Häuser einer von Backsteinen erbauten Straße wohnte – worin ein jedes Gebäude außer der Schwüle seiner individuellen Ofenhitze an der Wärme aller übrigen teilhatte –, sogar balsamisch genannt zu werden. Gegen Mittag war jedoch Schnee gekommen, den ein nordöstlicher Sturm die Straße entlang trieb und der die Dächer und Trottoirs mit einer geschäftsmännischen Ausdauer puderte, welche unseren stärksten Januarstürmen Ehre gemacht haben würde. Er ging allem Anschein nach ebenso ernstlich an seine Aufgabe, als ob er auf Monate hinaus gegen das Tauen Garantie gehabt hätte. Um so größer war also auch sicherlich mein Heldenmut, als ich die letzte Rauchwolke aus meiner Zigarre blies, meinen traulichen Junggesellenzimmern, wo ein gutes Kaminfeuer brannte und ein Kämmerchen bei der Hand war, worin sich im Champagnerkorb noch ein paar Flaschen und auch in einer Kiste noch einiger Rotwein befand, nebst Gütlichem im Bauche einer großen Korbflasche, den Rücken wandte und mich mitten in den unbarmherzigen Schneesturm stürzte, auf der Suche nach einem besseren Leben.

Das bessere Leben! Jetzt würde es wohl schwerlich so aussehen – genug, wenn es damals so erschien. Das größte Hindernis des Heldenmutes ist der Zweifel, ob man sich nicht als

Narr erweisen werde; der echteste Heldenmut ist der Widerstand gegen den Zweifel und die tiefste Weisheit zu wissen, wann man ihm Widerstand leisten und wann man ihm gehorchen müsse.

Bei alledem wollen wir aber doch gestehen, daß es weiser, wo nicht klüger ist, seinen Träumereien bis zu ihrem natürlichen Ausgang Spielraum zu gewähren, wenn auch die Vision, falls sie des Habens wert gewesen ist, sicher nie anders als mit einem Mißlingen enden kann, und was tut das? Ihre luftigsten und ungreifbarsten Fragmente besitzen doch einen Wert, welcher in den gewichtigsten Wirklichkeiten eines ausführbaren Planes nicht vorhanden ist. Sie sind nicht der Plunder des Geistes. So viel ich daher auch sonst zu bereuen habe, möge man es doch weder zu meinen Sünden noch zu meinen Torheiten zählen, daß ich einst Glauben und Kraft genug besaß, um großherzige Hoffnungen für die Bestimmung der Welt zu fassen – ja, und selbst zu ihrer Erfüllung alles, was an mir lag, beizutragen, worin ich selbst so weit ging, daß ich ein warmes Zimmer verließ, eine frisch angezündete Zigarre wegwarf und weit über den Schall der Stadtglocke hinaus durch einen treibenden Schneesturm reiste.

Wir waren unser vier, die zusammen in dem Sturme dahinfuhren; Hollingsworth, der sich uns anzuschließen versprochen hatte, war zufällig daran verhindert worden und brach zu einer späteren Stunde allein auf. Als wir die Straßen durchzogen, schienen sich die Häuser auf beiden Seiten so dicht gegen uns heranzudrängen, daß unsere mächtigen Herzen zwischen ihnen kaum Platz genug zum Klopfen fanden. Auch der fallende Schnee, der durch eine Atmosphäre von Stadtrauch herabkam und nur dazu auf das Trottoir geworfen wurde, um den Abdruck des geflickten Stiefels oder Überschuhes eines Menschen aufgeprägt zu erhalten, sah unaussprechlich trübselig und beinahe schmutzig aus. So zeigte sich die Spur eines alten Konventionalismus selbst an dem, was frisch vom Himmel herabgekommen war. Als wir aber das Pflaster verließen und der gedämpfte Hufschlag unserer Pferde auf einer öden Landstraße erschallte und von dem zügellosen Sturm fast ebenso schnell, wie er ertönt war, wieder verwischt wurde, gab es eine bessere Luft zum Atmen. Luft, die nicht schon wieder und immer wieder geatmet worden war, Luft, die nicht schon zum Aussprechen von Worten der Lüge, Förmlichkeit und des Irrtums verwendet worden war, wie die ganze Luft der düsteren Stadt.

„Wie angenehm es heute ist", bemerkte ich, während mir die Schneeflocken in den Mund flogen, sobald ich ihn öffnete, „wie mild und balsamisch die Landluft ist!"

„Ach, Coverdale, lach nicht über den geringen Enthusiasmus, den du noch hast", sagte einer von meinen Gefährten. „Ich behaupte, diese salpeterhaltige Atmosphäre ist wahrhaft erheiternd, und auf alle Fälle können wir uns nicht eher neugeborene Menschen nennen, als bis ein Nordsturm im Februar uns ebenso angenehm sein wird wie das weichste Junilüftchen."

Wir faßten also Mut und fuhren schnell und lustig dahin, an Steinmauern vorüber, die halb in den wellenförmigen Triften vergraben waren, und durch Waldstrecken, wo die Baumstämme dem Nordosten eine schneebedeckte Seite entgegenstellten, und in Sehweite von verlassenen Villen, in deren Alleen kein Fußstapfen zu sehen war, und an zerstreuten Wohnstätten vorbei, aus denen der stark mit dem stechenden Aroma des brennenden Torfes erfüllte Rauch des Kaminfeuers stieg. Zuweilen, wenn wir einem Reisenden begegneten, schrien wir ihm einen freundlichen Gruß hinüber, und er enthüllte seine Ohren dem Windspfeifen und dem treibenden Schnee und lauschte begierig und schien unsere Fröhlichkeit für weniger wert zu halten als die Mühe, welche sie kostete. Der Flegel! Er verstand das schrille Pfeifen des Sturmes, hatte aber kein Verständnis für unsere heiteren Töne der Brüderschaft. Dieser mangelnde Glaube seitens des Reisenden an unsere herzliche Sympathie war eines von den unzähligen Zeichen, welche bewiesen, wie schwer die Weltverbesserungsaufgabe sei, welche wir uns gestellt hatten. Wir fuhren jedoch ungetrübten Mutes weiter und schlossen so gute Kameradschaft mit dem Sturme, daß wir am Ziele unserer Reise behaupteten, wir sagten dem rauhen Bläser fast ungern Lebewohl. Aber die Wahrheit zu gestehen, war ich nur um wenig besser als ein Eiszapfen und begann mich dem Verdachte hinzugeben, daß ich mich furchtbar erkältet habe.

Und nun saßen wir an dem lodernden Kaminfeuer des alten Farmhauses – demselben Feuer, welches zu Anfang dieses Kapitels so schwach unter meinen Erinnerungen schimmerte. Da saßen wir, und der Schnee schmolz aus unserem Haar und Bart, und unsere Gesichter glühten von der vergangenen Unfreundlichkeit des Wetters und der gegenwärtigen Wärme. Es war wirklich ein recht gutes Feuer, das uns, wie wir fanden, erwartete, ein Feuer von großen rohen Klötzen und knorrigen Ästen und zersplitterten Trümmern einer Eiche, wie sie die Landleute für ihren eigenen Kamin zu erhalten pflegen, da diese verkrümmten und unbehülflichen Äste sich nie zu verkäuflichen Klaftern für den Markt vermessen lassen können. Eine Familie der alten Pilger hätte ihren Kessel über gerade so ein Feuer, wie dieses, nur ohne Zweifel ein größeres, hängen können, und als ich es mit meinem Kohlenrost verglich, fühlte ich um so mehr, daß wir uns in eine weltweite Ferne von dem Gesellschaftssystem, dessen Fesseln uns noch zur Frühstückszeit umgaben, verfügt hatten.

Die gute, behagliche Frau Foster – die Frau des wackern Silas Foster, der um ein billiges Gehalt die Farm verwalten und unser Lehrer in der Kunst des Landbaues werden sollte – hieß uns herzlich willkommen. Hinter ihrem Rücken – einem Rücken von stattlicher Breite – erschienen zwei junge Frauenzimmer mit dem gastlichsten Lächeln, aber dabei doch etwas verlegenen Mienen, da sie nicht recht wußten, welche Stellung sie in unserer neuen Weltordnung einnehmen sollten. Wir schüttelten allen in der Runde freundlich die Hand und wünschten uns dazu Glück, daß der selige Zustand der Brüder- und Schwesternschaft, welcher unser Ziel war, von diesem Augenblicke mit Recht zu datieren sei. Unsere Begrüßungen waren kaum zu Ende, als sich die Tür öffnete und Zenobia – die ich trotz des wichtigen Platzes, den sie in unserem Unternehmen ausfüllte, noch nie gesehen hatte – in das Zimmer trat.

Dies war (wie ich dem Leser, wenn er mit unserer literarischen Biographie nur einigermaßen bekannt ist, kaum zu sagen brauche) nicht ihr wahrer Name. Sie hatte ihn zuerst als Unterschrift ihrer Journalartikel angenommen, und da er gut mit etwas Kaiserlichem übereinstimmte, welches ihre Freunde der Figur und dem Benehmen dieser Dame zuschrieben, so adoptierten sie ihn halb lachend in ihrem vertraulichen Verkehr mit ihr. Sie nahm die Bezeichnung mit guter Miene auf und ermunterte sogar zu ihrer beständigen Anwendung, welche in der Tat insofern passend war, als unsere Zenobia – wie wenig arrogant auch ihre neue Philosophie aussehen mochte – doch ein großes Maß angeborenen Stolzes besaß, wie es eine Königin nur immer zu verwenden gewußt haben würde.

III
Ein Trupp von Träumern

Zenobia hieß uns mit einer schönen, offenen, vollklingenden Stimme willkommen und gab einem jeden von uns ihre Hand, welche sehr weich und warm war. Ich erinnere mich, daß sie jedem etwas Angemessenes zu sagen wußte, und was sie zu mir sprach, war folgendes:

„Ich habe schon lange gewünscht, Sie kennenzulernen, Herr Coverdale, und Ihnen für Ihre schönen Gedichte zu danken, von denen ich einige auswendig gelernt oder die sich mir vielmehr in das Gedächtnis gestohlen haben, ohne daß ich in der Sache einen Willen oder eine Wahl besessen hätte. Natürlich – erlauben Sie mir, das zu sagen – denken Sie nicht daran, eine Beschäftigung aufzugeben, in welcher Sie sich so viel Ehre erworben haben. Ich möchte Sie beinahe eher als Genossen aufgeben, als daß die Welt einen von ihren wahren Dichtern verlieren sollte.“

„O nein, das wird nicht die mindeste Gefahr haben, besonders nach diesem unschätzbaren Lobe Zenobias“, sagte ich lächelnd und ohne Zweifel im Übermaß der Freude errötend. „Ich hoffe im Gegenteil, jetzt etwas hervorzubringen, das wirklich den Namen von Poesie verdienen soll, etwas Wahres, Kräftiges, Natürliches und Liebliches, wie das Leben, welches wir führen werden, etwas, worin der Gesang der Waldvögel zwitschert oder Harfenklänge wie die Windeshymnen im Forste rauschen, je nachdem, wie es kommt.“

„Ist es Ihnen zuwider, Ihre Verse singen zu hören?“ fragte Zenobia mit einem graziösen Lächeln. „Das sollte mir sehr leid tun, denn Sie werden sicherlich an Sommerabenden hören, wie ich singe.“

„Das wird mich vor allem entzücken“, antwortete ich.

Unterdessen und während sie mit meinem Gefährten sprach, beobachtete ich Zenobias Äußeres, und es prägte sich mir so deutlich ein, daß ich sie jetzt gleich einem Geiste, etwas bleicher als im Leben, aber sonst mit ihm identisch, heraufbeschwören kann. Sie war so einfach wie möglich in bedruckten amerikanischen Kattun gekleidet (so, glaube ich, nennt man das im Bekleidungsfach), trug aber ein seidenes Halstuch, zwischen welchem und ihrem Kleide ein Blick auf die weiße Schulter vergönnt blieb. Es schien mir als ein großes Glück, daß gerade dieser schmale Streif zu sehen war. Ihr dunkles, glänzendes und eigentümlich üppiges Haar war sehr einfach und gesetzt hinaufgestrichen und weder in Locken geordnet noch mit anderen Zieraten als einer einzigen Blume versehen. Dies war eine exotische Blüte von seltener Schönheit und so großer Frische, als ob sie der Gewächshausgärtner soeben erst vom Stengel abgeschnitten hätte. Diese Blume hat in meiner Erinnerung tiefe Wurzeln geschlagen. Ich kann sie in diesem

Augenblicke sehen und ihren Duft riechen. So glänzend, so selten, so kostbar, wie sie gewesen sein muß und doch nur von der Dauer eines Tages, war sie eine bessere Verkünderin des Stolzes und der Prachtliebe, welche üppig in Zenobias Charakter wuchsen, als wenn in ihrem Haar ein großer Diamant gefunkelt hätte.

Ihre Hand war, wenn auch sehr weich, doch größer, als sie die meisten Frauen haben möchten oder als sie sie ohne Mißverhältnis haben könnten, wiewohl um kein Haarbreit zu groß im Verhältnis zu der ganzen vollen Entwicklung Zenobias. Es tat einem wohl, einen scharfen Intellekt (wie der ihre wirklich war, obwohl seine natürliche Ausrichtung nicht nach der Literatur hin lag) in einer so passenden Hülle zu sehen. Sie war wirklich eine bewunderungswürdige Frauengestalt, gerade an der Schwelle ihrer vollsten Reife und mit einer Kombination von Zügen, welche man mit Sicherheit auffallend schön nennen kann, selbst wenn sie auch überkritische Personen für an Weichheit und Zartheit etwas mangelhaft erklären mochten. Aber wir finden von diesen Eigenschaften überall genug, und wenigstens der Abwechslung wegen verdiente Zenobias Blüte, Gesundheit und Lebenskraft, die sie in solchem Überflusse besaß, daß sich ein Mann schon ihretwegen in sie hätte verlieben können, den Vorzug. In ihren ruhigen Stimmungen schien sie etwas träg zu sein, wenn sie aber wirklich bei der Sache war, ganz besonders, wenn noch eine Beimischung bitteren Gefühls dazukam, so lebte sie bis in ihre Fingerspitzen.

„Ich bin zuerst gekommen“, fuhr Zenobia fort, während ihr Lächeln Wärme auf uns strahlte, „ich übernehme daher für heute die Rolle der Wirtin und bewillkommne euch, als ob es mein eigener Herd wäre. Auch zum Abendessen sollt ihr meine Gäste sein. Morgen werden wir, wenn es euch so gefällt, Brüder und Schwestern sein und mit Tagesanbruch unser neues Leben beginnen.“

„Sind uns unsere verschiedenen Rollen schon zuerteilt?“ fragte jemand.

„Oh, wir, die wir zum schwächeren Geschlechte gehören", entgegnete Zenobia mit ihrem saftigen, fast schon derben Lachen, welches köstlich zu hören war, wenn es auch nicht im mindesten dem Lachen gewöhnlicher Frauen ähnlich war, „wir Weiber (es sind unser hier bereits vier) werden, wie es sich von selbst versteht, all die Geschäfte übernehmen, die sich im Hause abspielen. Backen, Kochen, Braten, Schmoren, Dämpfen, Waschen und Plätten und Scheuern und Fegen und in unseren müßigeren Zwischenräumen Ausruhen beim Stricken und Nähen, das müssen, wie ich vermute, für jetzt weibliche Beschäftigungen sein. Mit der Zeit vielleicht wird sich herausstellen, je nachdem, wie wir persönlich uns der neuen Lage anpassen, daß einige von uns, die wir Röcke tragen, aufs Feld gehen und es den schwächlicheren Brüdern überlassen, unsere Plätze in der Küche einzunehmen."

„Wie schade", bemerkte ich, „daß die Küche und die Hausarbeit im allgemeinen bei unserem System nicht gänzlich ausgelassen werden können. Es ist seltsam genug, daß die Art von Arbeit, welche das Teil der Frauen bildet, gerade diejenige ist, die hauptsächlich das künstliche Leben, das Leben entarteter Sterblicher von dem Leben des Paradieses unterscheidet. Eva hat keinen Kochtopf und keine Kleider auszubessern und keinen Waschtag gehabt."

„Ich fürchte", sagte Zenobia mit lustig funkelnden Augen, „daß es uns etwas schwer werden wird, auf wenigstens einen Monat hinaus die paradiesische Lebensweise anzunehmen. Blicken Sie auf den am Fenster vorübertreibenden Schnee! Denken Sie, daß es reife Feigen gebe? Sind die Ananas heute gepflückt worden? Möchten Sie eine Brotfrucht oder eine Kokosnuß haben? Soll ich hinauslaufen und Ihnen einige Rosen holen? Nein, nein, Herr Coverdale, die einzige Blume dieser Gegend ist die in meinem Haar, die ich heute früh aus einem Gewächshaus erhalten habe. Was die Tracht des Paradieses betrifft", fügte sie mit scherzhaftem Frösteln hinzu, „so werde ich sie nicht eher als am ersten Mai anlegen!"

Sicherlich konnte es Zenobia nicht beabsichtigen – die Schuld muß ganz an meiner Phantasie gelegen haben. Aber die letzten Worte im Verein mit etwas in ihrem Wesen Liegendem beschwor unwiderstehlich ein Bild jener schönen, vollkommen entwickelten Gestalt in Evas erstem Kleide herauf. Ihre freie, sorglose, großzügige Ausdrucksweise hatte oft die Wirkung, Bilder zu erschaffen, die, wiewohl rein, doch kaum als ganz schicklich empfunden werden, sobald sie zwischen einem Mann und einer Frau gewechselt werden. Ich schrieb es zu jener Zeit dem edlen Mute Zenobias zu, der sich keines Unrechts bewußt war und die kleinlicheren Fesseln verachtete, die der Unterhaltung der anderen Frauen das Leben und die Farbe nehmen. Sie hatte noch eine Eigentümlichkeit an sich. Wir stoßen heutzutage und in unserem Vaterlande selten auf Frauen, die auf uns überhaupt den Eindruck von Frauen machen – ihr Geschlecht verbleicht und bleibt im gewöhnlichen Verkehr unbeachtet. Nicht so war es aber bei Zenobia. Man fühlte einen aus ihr atmenden Einfluß, wie wir annehmen könnten, daß er von Eva ausgegangen sei, als sie gerade erst geschaffen war und ihr Schöpfer sie zu Adam brachte und sprach: Siehe da! Hier ist ein Weib! Ich will hiermit keineswegs die Vorstellung einer besonderen Sanftmut, Grazie, Verschämtheit und Schüchternheit geben, sondern die einer gewissen Wärme und Üppigkeit, welche zum größten Teile aus den Frauen hinwegraffiniert worden zu sein scheint.

„Jetzt muß ich aber gehen und das Abendessen bereiten helfen“, fuhr Zenobia fort. „Denken Sie, daß Sie sich statt der Feigen, Ananas und aller der anderen Delikatessen von Adams Abendtische mit Tee und Toast und einem bescheidenen Vorrat von Schinken und Zunge begnügen können, den ich mit dem Instinkt einer Hausfrau in einem Korbe mitgebracht habe. Es soll auch Brot und Milch geben, wenn es die Unschuld Ihres Geschmacks verlangt.“

Jetzt ging die ganze Schwesternschaft an ihre häuslichen Verrichtungen, wobei sie unsere Hilfsanerbietungen bis auf das Herbeibringen des Holzes für das Küchenfeuer von einem mächtigen Haufen im Hofe völlig ablehnte.

Nachdem wir eine mehr als hinlängliche Quantität aufgehäuft hatten, kehrten wir in das Wohnzimmer zurück, zogen unsere Stühle dicht an den Kamin und begannen unsere Aussichten zu besprechen. Bald erschien mit entsetzlichem Stampfen im Hausgange Silas Foster, der lange, kräftige, ungeschlachte und graubärtige. Er kam vom Füttern des Viehs in der Scheune und vom Felde, wo er gepflügt hatte, bis die Tiefe des Schnees es unmöglich machte, eine weitere Furche zu ziehen. Er begrüßte uns in so ziemlich dem gleichen Tone, als ob er zu seinen Ochsen spräche, nahm ein Stück Kautabak aus seiner eisernen Tabaksdose, zog seine nassen rindsledernen Stiefel aus und setzte sich in Strümpfen vor das Feuer. Der Dampf stieg von seinen durchnäßten Kleidungsstücken auf, so daß der kräftige Bauer dunstig und gespenstisch aussah.

„Nun Leute", bemerkte Silas, „ihr werdet euch wieder in die Stadt zurückwünschen, wenn dieses Wetter anhält."

Und wirklich sah es düster genug aus, als das Zwielicht still und trübe vom Himmel herabfiel und seine grauen oder schwarzen Flocken mit dicht herniederkommendem Schnee vermengte. Das abendliche Aussehen des Sturmes war entschieden traurig. Er schien sich zu unserem besonderen Nutz und Frommen erhoben zu haben – als Symbol der kalten, trostlosen, mißtrauischen Phantome, welche am Vorabend gewagter Unternehmungen stets den Geist verfolgen, um uns in die Grenzen des gewöhnlichen Lebens zurückzuwarnen.

Aber unser Mut wurde nicht wankend. Wir wollten uns ebensowenig von dem am Fenster vorübertreibenden Schnee bedrücken lassen, als wäre er der Seufzer des Sommerwindes im rauschenden Laube gewesen. Es hat für uns nur wenig heiterere Zeiten gegeben wie jene. Wann jemals Menschen rechtmäßigerweise wache Träume hegen und ihre phantastischen Visionen laut aussprechen durften, ohne von seiten der Zuhörer Gelächter oder Spott zu fürchten – ja wenn sie von irdischem

Glück für sich und die Menschheit als einem Gegenstande, nach dem man hoffnungsvoll streben und den man vielleicht erreichen könne, reden durften –, so waren wir, die wir jenen kleinen Halbkreis um das lodernde Feuer bildeten, eben diese Menschen. Wir hatten das verrostete eiserne Gerüst der Gesellschaft hinter uns zurückgelassen; wir hatten vielerlei Hindernisse durchbrochen, welche mächtig genug sind, um die meisten Menschen auf der langweiligen Tretmühle des bestehenden Systems zu erhalten, selbst wenn sie das Drückende desselben fast ebenso unleidlich fühlen, wie wir es taten. Wir waren von der Kanzel herabgestiegen, wir hatten die Feder beiseite geworfen, wir hatten das Hauptbuch zugeschlagen, wir hatten die süße, bezaubernde, entnervende Trägheit abgeschüttelt, die am Ende doch noch besser ist als die meisten im Bereich der Sterblichen befindlichen Genüsse. Es war unser Vorsatz – sicherlich ein hochsinniger und ohne Zweifel im vollen Verhältnis zu seiner Hochsinnigkeit abgeschmackter –, alles, was wir bisher erreicht hatten, aufzugeben, um der Menschheit durch das Beispiel ein Leben zu zeigen, welches von anderen als den falschen und grausamen Grundsätzen, worauf die menschliche Gesellschaft stets basiert hat, geleitet wird.

Und vor allem hatten wir uns vom Stolze losgerissen und strebten danach, seine Stelle durch vertrauliche Liebe zu ersetzen. Wir gedachten, die große Last der Mühe des Arbeiters dadurch zu vermindern, daß wir unseren geziemenden Anteil davon auf Kosten unserer eigenen Sehnen und Muskeln verrichteten. Wir suchten unsern Vorteil im gegenseitigen Beistand, statt ihn mit starker Hand einem Feinde zu entringen oder ihn schlau von denjenigen zu stehlen, welche weniger gewitzt waren als wir (falls es überhaupt in Neu-England solche Leute gab), oder ihn durch egoistischen Wettstreit mit unseren Nächsten zu gewinnen, auf die eine oder andere Weise, wie jeder vom Weibe Geborene seinen Anteil vom allgemeinen Übel erfüllt und leidet, mag er nun wollen oder nicht. Und als Basis unserer Institutionen beabsichtigten wir die ernstliche Arbeit unseres Leibes darzubringen, nicht weniger als Gebet wie als Anstrengung, um das Fortschreiten unseres Geschlechts zu befördern.

Wenn wir daher glänzende Schlösser erbauten – Phalansterien, wie sie vielleicht passender genannt werden müßten – und uns in den glühenden Kohlen des Kamins, um den wir uns versammelt hatten, schöne Sachen ausmalten, und wenn alles mit der zerbröckelnden Asche zerfiel und seitdem nie wieder daraus emporgestiegen ist, so wollen wir dies als keine Schande für uns annehmen. Was mich betrifft, so freue ich mich darüber, daß ich einst von der Verbesserungsfähigkeit der Welt besser denken konnte, als sie es verdiente. Es ist ein Fehler, in welchen die Menschen selten zweimal verfallen, oder wenn dem so wäre, so ist die Natur, welche auf diese Weise hochsinnig im Irrtum verharren kann, eine um so seltenere und höhere.

Der wackere Silas Foster mischte sich nur selten in unsere Unterhaltung, wenn er aber sprach, so galt es ganz einem praktischen Zweck, zum Beispiel:

„Wer unter euch", sagte er, „ist der beste Schweinekenner? Einige von uns müssen auf den nächsten Brightoner Viehmarkt gehen und ein halbes Dutzend Schweine kaufen."

Schweine! – gütiger Himmel! Hatten wir dazu die schweinische Menge verlassen? Und wiederum in bezug auf eine Diskussion wegen des Anbauens von Frühgemüsen für den Markt:

„Wir werden nie mit der Marktgärtnerei etwas ausrichten", sagte Silas Foster, „wenn es nicht das Weibsvolk übernimmt, das Jäten zu besorgen. Wir haben nicht Kräfte genug, um das und die regelmäßige Landarbeit zu bestreiten, wobei ich drei von euch Städtern als ebensoviel wert rechne wie einen gewöhnlichen Feldarbeiter. Nein, nein, ich sage euch, wir würden des Morgens etwas zu früh aufstehen müssen, um mit den Marktgärtnern von Boston konkurrieren zu können."

Es erschien mir ziemlich seltsam, daß eine von den ersten Fragen, die nach unserer Trennung von der habgierigen, streitenden, eigensüchtigen Welt sich auf die Möglichkeit bezog, den Vorteil über die äußeren Barbaren auf ihrem eigenen Arbeitsfelde davonzutragen. Aber ich erkannte, die Wahrheit zu gestehen, sehr bald, daß wir in bezug auf die Gesellschaft im allgemeinen eher in einer Lage neuer Feindseligkeit als neuer Bruderschaft waren. Auch konnte dies nicht ausbleiben, bis die größere und bessere Hälfte der Gesellschaft sich auf unsere Seite gestellt hätte. Als die klägliche Minorität, welche wir jetzt bildeten, waren wir der übrigen Menschheit unvermeidlich in so ziemlich dem gleichen Verhältnisse entfremdet, wie uns das gegenseitige Band unter uns selbst zusammenhielt.

Dieser aufdämmernde Gedanke wurde jedoch durch das Eintreten Zenobias in mein inneres Bewußtsein zurückgetrieben. Sie kam mit der willkommenen Nachricht, daß das Abendessen auf dem Tische stehe. Als sie sich im Spiegel sah und bemerkte, daß ihre prächtige Blume etwas welk geworden war – wahrscheinlich weil sie der Glut des Küchenfeuers ausgesetzt gewesen war –, warf sie die Blüte ebenso gleichgültig, wie ein Dorfmädchen ein verwelktes Veilchen wegwerfen würde, auf den Boden. Die Bewegung schien ihrem Charakter angemessen zu sein, wiewohl mir war, als hätte es der füllreichen Natur dieser Frau noch besser angestanden, frische Blumen aus ihrer Hand zu streuen und durch die Berührung verwelkte neu zu beleben. Dessenungeachtet war es eine sonderbare, aber unwiderstehliche Wirkung. Die Gegenwart Zenobias ließ unser heroisches Unternehmen als eine Illusion, eine Maskerade, ein Hirtengedicht, ein nachgeahmtes Arkadien erscheinen, worin wir erwachsenen Männer und Frauen aus den Jahren, die uns zum Leben verliehen waren, einen Spieltag machten. Ich versuchte, diesen Eindruck zu analysieren, aber nicht mit großem Erfolg.

„Es ist mir wirklich ärgerlich“, bemerkte Zenobia, als wir das Zimmer verließen, „daß Herr Hollingsworth ein solcher

Nachzügler ist. Ich hätte ihn an sich nicht für den Mann gehalten, der sich von einem widrigen Windstoß oder von dem Treiben einiger Schneeflocken in sein Gesicht zurückhalten ließe.“

„Kennen Sie Hollingsworth persönlich?“ fragte ich.

„Nein, nur als Zuhörer – Zuhörerin, meine ich, einiger seiner Vorträge“, sagte sie. „Welche Stimme er hat, und welch ein Mann er ist – und doch sollte ich meinen, nicht sowohl ein intellektueller Mann wie vielmehr ein großes Herz; wenigstens hat er mich tiefer bewegt, als ich bewegt zu werden mich für fähig halte, wenn es nicht durch das Schlagen eines ehrlichen starken Herzens gegen mein eigenes geschieht. Es ist jammerschade, daß er seine herrlichen Kräfte einem so schmutzigen, so unschönen und geradezu hoffnungslosen Zwecke geweiht hat, wie es die Bekehrung von Verbrechern ist, mit welcher er sich und seine erbärmlich kleinen Zuhörerkreise so äußerst unglücklich macht. Um Ihnen ein Geheimnis zu verraten, muß ich Ihnen sagen, daß ich bisher nie einen Philanthropen habe ausstehen können. Konnten Sie es?“

„Keineswegs“, antwortete ich, „und ich kann es auch jetzt noch nicht.“

„Sie sind wirklich eine odiös widerwärtige Bande von Sterblichen“, fuhr Zenobia fort; „ich könnte Herrn Hollingsworth weit besser leiden, wenn die Philanthropie draußen geblieben wäre. Jedenfalls und als bloße Geschmackssache wünsche ich, daß er die schlechten Menschen unbehelligt ließe und denjenigen, die nicht bereits über seine Hilfe hinaus sind, zu nützen versuchte. Denken Sie, daß er sich damit begnügen wird, sein Leben, oder auch nur einige Monate davon, unter leidlich anständigen und behaglichen Individuen wie wir zuzubringen?“

„Auf mein Wort, das bezweifle ich“, entgegnete ich ihr. „Wenn wir ihn bei uns zu behalten wünschen, so muß systematisch jeder von uns mindestens ein Verbrechen begehen! Bloße Lappersündchen werden ihn nicht zufriedenstellen.“

Zenobia warf seitwärts einen sonderbaren Blick auf mich; ehe ich aber noch ausfindig machen konnte, was er zu bedeuten habe, waren wir in die Küche getreten, wo, der ländlichen Einfachheit unseres neuen Lebens gemäß, der Abendbrottisch gedeckt stand.

IV
Der Abendbrottisch

Der heitere Feuerschein: Ich muß noch mehr darüber sprechen.

Der Küchenkamin war von altmodischer Geräumigkeit, breit und tief, in seinem Innern lag das dicke Ende eines tüchtigen Eichenstammes, an dem die Feuchtigkeit lustig auf beiden Seiten hervorsprudelte. Es war jetzt eine halbe Stunde nach Einbruch der Dämmerung; die Flamme von einem Armvoll tüchtiger Stecken, welche durch Reisig und Fichtenholz noch brennbarer wurden, flackerte mächtig auf den rauchgeschwärzten Wänden und erheiterte unseren Mut so sehr, daß wir uns nicht um die Unfreundlichkeit kümmerten, die auf der äußeren Seite unserer erleuchteten Fenster wüten und brausen mochte. Eine noch schwülere Wärme wurde von einer Quantität Torf erzeugt, der unter den brennenden Holzstükken zu weißer Asche zerbröckelte und die Küche mit seinem nicht unangenehmen Dufte erfüllte. Das Übermaß dieses häuslichen Feuers würde allein schon hingereicht haben, zu verraten, daß wir keine echten Landwirte waren, denn wenn der Bauer in Neu-England das Unglück hat, in erreichbarer Nähe von einem Holzmarkte zu wohnen, so geht er mit jedem Ast ebenso knauserig um, als ob es ein Barren kalifornischen Goldes wäre.

Für uns war es aber an jenem winterlichen Vorabend unseres noch unerprobten Lebens ein Glück, die üppige, strahlende Wärme eines etwas zu reichlichen Feuers zu genießen. Diente sie auch keinem andern Zwecke, so ließ sie doch die

Männer voller Jugend, warmen Blutes und Hoffnung und die Frauen – wenigstens diejenigen, welche irgendwie durch seinen Zauber verwandelt werden konnten, – so ungemein schön erscheinen, daß ich mit Freuden meinen letzten Dollar dahingegeben hätte, um die Glut zu verlängern. Was Zenobia betraf, so brannte auf ihren Wangen eine Glut, welche mich an Pandora denken ließ, die, soeben frisch aus Vulkans Werkstätte gekommen, noch von der himmlischen Wärme, wodurch er sie geschmolzen und geformt hatte, erfüllt war.

„Nehmt eure Plätze ein, meine lieben Freunde alle", rief sie; „setzt euch ohne alle Umstände, und ihr sollt mit Tee beglückt werden, wie ihn außer euch nicht viele von den Arbeitern der Welt heute Abend in ihren Tassen finden. Nach diesem einen Abendessen mögt ihr Buttermilch trinken, wenn ihr wollt. Heute abend wollen wir diesen Nektar genießen, der, ich versichere euch, nicht mit Gold erkauft werden könnte."

Wir alle setzten uns nieder – der borstige Silas Foster, seine runde Gehilfin und die beiden kräftigen Mägde mit eingeschlossen – und blickten einander freundschaftlich, aber etwas verlegen an. Es war die erste praktische Probe unserer Theorien gleicher Brüder- und Schwesternschaft, und wir Leute von höherer Bildung und Verfeinerung (denn als solche glaube ich, daß wir uns unbedenklich erachteten) fühlten, als ob bereits etwas zum tausendjährigen Reich der Liebe getan wäre. Das Wahre an der Sache ist jedoch das, daß das schwerste Ruder unseren unverfeinerten Gefährten zuerteilt war, denn es ist weit leichter, sich herabzulassen, als Herablassung anzunehmen. Ferner ermangelte ich nicht, mich insgeheim zu fragen, ob manche unter uns – wozu ich auch Zenobia rechnete – so ruhig ihre Plätze unter diesen guten Leuten genommen haben würden, wenn sie nicht das Bewußtsein gehegt hätten, daß es nicht aus Notwendigkeit, sondern aus freier Wahl geschehe. Wenn wir es auch für angemessen hielten, diesen Abend unseren Tee aus irdenen Tassen und in irdener Gesellschaft zu trinken, so stand es doch in unserem eigenen Belieben, morgen wieder bemaltes Porzellan zu benutzen und silberne Löffel zu führen. Derselbe Vorbehalt in bezug auf die Fähigkeit, unsere frühere Tätigkeit wieder zu erlangen, trug, wie ich fürchte, viel zu dem Gleichmut bei, womit wir später viele von den Mühseligkeiten und Demütigungen eines arbeitsvollen Lebens ertrugen. Wenn ich je verdient habe (was nicht oft, und wie ich denke, sogar nie der Fall gewesen ist), wenn ich aber je verdient habe, von einem Nebenmenschen gehörig dafür geknufft zu werden, daß ich insgeheim Gewicht auf einen eingebildeten sozialen Vorzug gelegt, so muß es zu der Zeit gewesen sein, als ich danach strebte, mich mit Ostentation als nicht mehr als seinesgleichen zu erweisen. Es war zu der Zeit, wo ich neben ihm auf seiner Schuhflickerbank saß oder auf dem Kornfelde mit meiner Hacke gegen die seine klirrte oder mit meiner erdigen Hand an der seinen, bei unserm Mittagsmahle die gleiche Brotrinde mit ihm brach. Ein armer Mann mit Stolz sollte dergleichen Sympathie von beiden Seiten betrachten.

Die Stille, welche unserm Niedersitzen am Tische folgte, wurde etwas drückend, ja sie ward während der ersten Runde, die Zenobias duftiger Tee machte, kaum durch ein Wort unterbrochen.

„Ich hoffe", sagte ich endlich, „daß unsere hellerleuchteten Fenster weithin sichtbar sein werden. Es gibt für einen einsamen Reisenden in einer stürmischen Nacht nichts Erfreulicheres und Ermutigenderes, als wenn er eine Flut von Licht durch die Finsternis erblickt. Diese rotleuchtenden Fensterscheiben können nicht ermangeln, die Herzen aller, die auf sie blicken, zu erheitern. Werden sie nicht von dem Leuchtfeuer, das wir für die Menschheit entzündet haben, erwärmt und erhellt?"

„Dieses Reißholz wird nur noch ein paar Minuten brennen", bemerkte Silas Foster; ob er aber damit anzudeuten gedachte, daß unsere moralische Illumination eine ebenso kurze Dauer haben würde, vermag ich nicht zu sagen.

„Unterdessen“, meinte Zenobia, „kann es dazu dienen, einen Wanderer zu einem Obdach zu geleiten.“

Und eben als sie dies sprach, klopfte es an der Haustür.

„Da ist einer von den Pilgern der Welt“, sagte ich.

„Ja, ja, ganz richtig“, meinte Silas Foster, „unser Feuerschein zieht die Vagabunden an wie ein Licht in einer Sommernacht die Maikäfer.“

Mochten wir nun die dramatische Spannung genießen wollen, oder kontrastierten wir selbstsüchtig unsere eigene Behaglichkeit mit der frostigen, schlimmen Lage der unbekannten Person auf der Schwelle, oder fühlten einige von uns Städtern sich von dem Klopfen, welches so unerwartet in Nacht und Sturm an der Tür des einsamen Farmhauses erschallte, etwas erschreckt, – kurz, es erhob sich in den ersten Augenblicken niemand, um der Aufforderung zu entsprechen. Bald darauf klopfte es von neuem. Das erste Klopfen war mäßig laut gewesen, das zweite war aber so heftig, daß die Knöchel des Einlaßfordernden ihre Spuren in dem Türfelde zurückgelassen haben mußten.

„Er klopft, als wenn er ein Recht zum Hereinkommen hätte!“ sagte Zenobia lachend; „aber woran denken wir? Es muß Hollingsworth sein.“

Hiermit ging ich an die Tür, riegelte sie auf und öffnete sie weit. Da stand richtig Hollingsworth mit seinem ganz von Schnee bedeckten zottigen Überrocke, so daß er ebensosehr einem Eisbär wie einem modernen Philanthropen glich.

„Das ist eine träge Gastlichkeit“, sagte er in seinem tiefen Ton, der aus einer Brust von der Geräumigkeit einer Tonne zu kommen schien. „Es wäre euch schon recht geschehen, wenn ich mich zu eurer Schande auf die Türstufen gelegt und die Nacht dort zugebracht hätte. Aber hier ist ein Gast, der eines wärmeren und weicheren Bettes bedürfen wird.“

Und Hollingsworth trat an den Wagen, mit welchem er hierher gereist war, zurück und nahm eine in einen Mantel gehüllte Gestalt in seine Arme und setzte sie auf der Türstufe ab. Es war offenbar eine Frau oder vielmehr – nach der Leichtigkeit, womit er sie trug, und dem geringen Raume, den sie in seinen Armen auszufüllen schien – ein zartes, schlankes Mädchen. Da sie einigen Anstand nahm, in die Tür zu treten, drängte sie Hollingsworth mit seiner gewohnten Geradheit und seinem Mangel an Zeremonien nicht bloß in die Vorhalle, sondern auch in die warme, stark erleuchtete Küche vorwärts.

„Wer ist das?" flüsterte ich, bei ihm verweilend, während er seinen Überrock auszog.

„Wer? – Das weiß ich wahrhaftig nicht", antwortete Hollingsworth, indem er mich mit einiger Überraschung anblickte; „es ist jedoch eine junge Person, die hierher gehört und ohne Zweifel erwartet wird. Zenobia oder irgendeine andere von dem Weibsvolk kann Ihnen alles sagen, was sie betrifft."

„Das denke ich nicht", sagte ich mit einem Blick auf die Neugekommene und die übrigen in der Küche Befindlichen. „Es scheint sie niemand willkommen zu heißen. Ich möchte kaum glauben, daß sie ein erwarteter Gast ist."

„Nun, nun", meinte Hollingsworth ruhig, „wir werden es schon recht machen."

Die Fremde oder was sie sonst war, blieb genau auf der Stelle in der Küche, wohin sie Hollingsworths freundliche Hand gedrängt hatte, stehen. Als der Mantel sich etwas öffnete, sah man, daß sie ein sehr junges Frauenzimmer war, welches ein ärmliches, aber anständiges, bis zum Halse hinaufgehendes und ohne Rücksicht auf Mode und Eleganz gemachtes Kleid trug. Ihr braunes Haar fiel unter einer Kapuze hervor, aber nicht in Locken, sondern nur mit einer leichten Welle. Ihr Gesicht war von bleicher, fast kränklicher Färbung und verriet die Gewohnheit des Abgeschlossenseins von der Sonne und freier Luft, gleich einem Blumenstrauche, der sich aufs beste bemüht hat, in zu spärlichem Lichte zu blühen. Um die Bemitleidenswürdigkeit ihres Äußeren zu vervollständigen, bebte sie entweder vor Kälte oder Furcht oder nervöser Aufregung so, daß man ihren Schatten auf der vom Feuer beschienenen Wand zittern sehen konnte; kurz, man hat selten eine so niedergedrückte und traurige Gestalt gesehen wie die dieses jungen Mädchens, und es war kaum möglich, sich des Zornes gegen sie zu enthalten, bloß, weil man daran verzweifeln mußte, etwas für ihre Behaglichkeit zu tun. Mir drängte sich die phantastische Idee auf, daß sie irgendein trostloses Wesen sei, welches in Schneestürmen umherwandern müsse, und daß sie zwar der rote Schimmer unserer Fensterscheiben in eine Menschenwohnung gelockt habe, sie jedoch nicht lange genug bleiben würde, um die Eisteilchen in ihrem Haar schmelzen zu lassen.

Dann kam mir noch eine andere Vermutung in den Sinn. Ich erinnerte mich an Hollingsworths philanthropischen Wirkungskreis und hielt es für möglich, daß er einen von seinen schuldbeladenen Patienten mitgebracht haben könnte, um ihn durch die reinen Einflüsse, welche unsere Lebensweise erzeugen würde, zu bearbeiten und ihm die geistige Gesundheit wiederzugeben.

Bis jetzt hatte sich das Mädchen noch nicht geregt. Sie stand an der Tür und heftete ein paar große, braune, wehmütige Augen auf Zenobia – nur auf Zenobia! Offenbar sah sie im Zimmer außer diesem glänzenden, blühenden, schönen Weibe nichts. Es war der seltsamste Blick, den ich je gesehen habe. Für mich lange ein Rätsel und auf ewig eine Erinnerung. Einmal schien sie im Begriff zu sein, sich vorwärts zu bewegen und sie zu begrüßen – ich weiß nicht, mit welcher Wärme oder welchen Worten –, endlich aber sank sie stattdessen auf ihre Knie nieder, faltete ihre Hände und schaute flehentlich in Zenobias Gesicht. Da sie keinen freundlichen Empfang fand, fiel ihr der Kopf auf die Brust.

Ich habe Zenobia ihr Benehmen bei diesem Anlasse nie ganz verziehen; aber die Frauen sind in ihrer beiläufigen Gastlichkeit stets vorsichtiger als die Männer.

„Was denkt sich das Mädchen?“ rief sie mit einem etwas scharfen Tone. „Ist sie verrückt? Hat sie keine Zunge?“

Und hier trat Hollingsworth vor.

„Kein Wunder, wenn dem armen Kinde die Zunge im Munde gefroren ist“, sagte er, und ich glaube, daß er Zenobia geradezu einen zürnenden Blick zuwarf. „Das Herz wird ihm in der Brust gefrieren, wenn ihr Frauen es nicht mit der Wärme auftauen könnt, die in der euren sein sollte.“

Hollingsworths Erscheinung war in diesem Momente sehr eindrucksvoll. Er war damals etwa dreißig Jahre alt, sah aber mit seinem großen buschigen Kopfe, seinen dichten Brauen, seiner dunklen Gesichtsfarbe, seinem vollen Bart und der rauhen Kraft, womit seine Züge nicht sowohl aus einem feineren oder weicheren Material gemeißelt oder geformt, als vielmehr aus Eisen gehämmert zu sein schienen, um mehrere Jahre älter aus. Seine Gestalt war nicht hoch, aber massiv und muskulös und vollkommen für seine ursprüngliche Beschäftigung, die, wie der Leser wahrscheinlich weiß, die eines Grobschmieds war, geeignet. Was äußere Politur oder auch nur Höflichkeit des Benehmens betraf, so besaß er davon nie mehr als ein leidlich abgerichteter Bär, wiewohl in seinen sanfteren Stunden in seiner Stimme, den Augen, dem Munde, in seinen Gebärden und in jeder unbeschreiblichen Kundgebung eine Innigkeit lag, welcher nur wenige Männer und keine Frau zu widerstehen vermochte. Aber er sah jetzt streng und vorwurfsvoll aus und mit dieser wenig verheißenden Bedeutung im Blick war es, daß Hollingsworth Zenobias Augen zuerst begegnete und sein Einfluß auf ihr Leben begann.

Zu meiner Überraschung wechselte Zenobia, von deren hochfahrendem Geiste man mir so viele Beispiele erzählt hatte, geradezu die Farbe und schien verwirrt und bestürzt zu sein.

„Sie lassen mir nicht ganz Gerechtigkeit widerfahren, Herr Hollingsworth“, sagte sie beinahe demütig, „ich will gegen das arme Mädchen gern freundlich sein. Ist sie einer von Ihren Schützlingen? Was kann ich für sie tun?“

„Habt Ihr etwas von dieser Dame zu verlangen?“ sagte Hollingsworth gütig zu dem Mädchen, „ich entsinne mich, daß Ihr ihren Namen erwähntet, ehe wir die Stadt verließen."

„Nur, daß sie mir Obdach gewähren möge," antwortete das Mädchen mit bebender Stimme, „nur, daß sie mich stets in ihrer Nähe lassen möge."

„Nun, wahrhaftig", rief Zenobia lachend und mit neuerlangter Fassung, „das ist ein Abenteuer, das es wohl verdient, das erste Ereignis in unserem Leben der Liebe und Offenherzigkeit zu sein! Aber ich nehme es für jetzt ohne weitere Frage an – nur", fügte sie hinzu, „würde es eine Annehmlichkeit sein, wenn wir Euren Namen wüßten."

„Priscilla!" sagte das Mädchen, und es schien mir, als zaudere sie, ob sie etwas weiteres hinzufügen solle und entscheide sich, es nicht zu tun. „Bitte fragen Sie mich nicht nach meinem anderen Namen – wenigstens jetzt noch nicht, wenn Sie gegen ein verlassenes Geschöpf gütig sein wollen."

Priscilla! – Priscilla! Ich wiederholte mir den Namen drei-, viermal, und in diesem kleinen Zeitraume hatte sich der altertümliche, etwas steife Taufname mit meiner Idee von dem Mädchen so amalgamiert, daß es schien, als ob kein anderer Name nur auf einen Augenblick habe hängen bleiben können. Bisher hatte das arme Ding noch keine Tränen vergossen, jetzt aber, wo sie sich aufgenommen und wenigstens zeitweilig untergebracht fand, begannen die großen Tropfen unter ihren Augenlidern hervorzuquellen, als ob sie davon voll sei. Vielleicht bewies es die Eisenhärte meines Herzens, daß ich mich nicht enthalten konnte, über diese seltsame Szene eines unbekannten und unerklärlichen Unglücks, in welche unsere heitere Gesellschaft gerissen worden war, ohne die Wahl zu haben, ob sie Teilnahme bezeigen wolle oder nicht, zu lächeln. Hollingsworths Benehmen machte ihm jedenfalls mehr Ehre als mir das meine.

„Wir wollen nicht weiter in ihre Geheimnisse dringen", sagte er zu Zenobia und uns übrigen beiseite – und sein dunkles, rauh behaartes Gesicht erhielt durch seinen Ausdruck fürsorglichen Wohlwollens etwas wahrhaft Schönes. „Nehmen wir an, daß sie uns von der Vorsehung als erste Frucht der Welt, die wir glücklicher, als wir sie finden, zu machen unternommen haben, gesandt worden sei. Wir wollen ihren armen fröstelnden Körper mit diesem guten Feuer und ihr armes, bebendes Herz mit unsrer besten Güte erwärmen. Wir wollen sie speisen und sie zu einer von uns machen. In dem Maße, wie wir diesem freundlosen Mädchen wohltun, möge es uns auch wohlergehen. Und zu gegebener Zeit wird das, was zu wissen für uns wünschenswert ist, ebenso unvermeidlich wie die Tränen, welche wir jetzt sehen, aus ihr herausschmelzen."

„Wenigstens könnten Sie uns sagen, wo und wie Sie sie gefunden haben", bemerkte ich.

„Ein alter Mann", entgegnete Hollingsworth, „hat sie in meine Wohnung gebracht und mich gebeten, sie nach Blithedale zu befördern, wo sie, wie ich seine Worte verstand, Freunde habe, und das ist positiv alles, was ich von der Sache weiß."

Der wackere Silas Foster war unterdessen an dem Abendtische fleißig gewesen, hatte sich seinen Tee selbst eingeschenkt und ihn, ebenso ohne ein Bewußtsein seiner ausgesuchten Qualität, als ob er ein Absud von Löwenzahn gewesen wäre, hinabgeschluckt, sich mit der flachen Messerklinge Stücke von eingetunktem Röstbrot zugelangt und die Hälfte davon auf das Tischtuch fallen lassen, sich des gleichen, nützlichen Werkzeugs bedient, um ein Stück Schinken nach dem andern herunterzuschneiden, furchtbare Sünden mit dem Butterteller begangen und sich in jeder anderen Beziehung weniger wie ein zivilisierter Christenmensch als wie der schlimmste Menschenfresser benommen. Jetzt völlig gestopft, krönte er seine liebenswürdigen Heldentaten mit einem Trunk aus dem Wasserkrug und beglückte uns darauf mit seiner Ansicht über die Sache. Und wenn auch seine Worte aus einem ungewischten Munde kamen, so muß man doch gestehen, daß sie ihm große Ehre machten.

„Gebt dem Mädchen eine Tasse heißen Tee und einige dicke Schnitten von diesem ausgezeichneten Speck", sagte Silas als ein verständiger Mann. „Das fehlt ihr. Laßt sie bei uns bleiben, so lange es ihr gefällt, und in der Küche helfen und zur Melkzeit den Kuhdunst einatmen und in ein paar Wochen wird sie anfangen, wie ein Geschöpf dieser Welt auszusehen."

Wir setzten uns also wieder zum Abendessen und Priscilla mit uns.

V

Bis zum Schlafengehen

Silas Foster hatte, als wir unsere Mahlzeit beendigten, seinen Rock ausgezogen und sich mit einem Schlagstein, einem Hammer, einem Stück Sohlenleder und einigen gewichsten Fäden auf einen niedrigen Stuhl am Küchenfeuer gehockt, um ein Paar alte rindslederne Stiefel zu flicken, denn er war, seinem Ausdruck zufolge, „so was wie ein Könner" – ich weiß nicht, welchen Grad von Geschicklichkeit das bezeichnet – in der Schuhmacherei. Wir hörten den übrigen Abend hindurch von Zeit zu Zeit das Klopfen des Hammers. Der Rest der Gesellschaft begab sich in das Wohnzimmer. Die gute Frau Foster nahm ihr Strickzeug und versank bald in einen festen Schlaf, währenddessen sie immer noch ihre Nadeln in schneller Bewegung erhielt und, wie ich zu bemerken glaubte, aus dem Gewebe eines Traumes einen Strumpf strickte. Und es schien ein sehr handfester Strumpf zu sein. Eine von den beiden Dienstmädchen säumte ein Handtuch, und die andere schien aus einem Stückchen geflickten Musselins, welches ihr wahrscheinlich Zenobia gegeben hatte, eine Krause zum Sonntagsputz zu machen.

Es war merkwürdig, wie vertrauensvoll und doch wie schüchtern unsere arme Priscilla sich in den Schatten der Protektion Zenobias begab. Sie saß neben ihr auf einem Schemelchen und blickte von Zeit zu Zeit mit einem Ausdruck demütigen Entzückens zu der Schönheit ihrer neuen Freundin empor. Eine glanzvolle Frau wird oftmals der Gegenstand der ergebenen Bewunderung – man möchte es fast Anbetung oder Abgötterei nennen – eines jungen Mädchens, das vielleicht diesen Polarstern nur aus ehrfurchtsvoller Ferne erblickt und auf einen persönlichen Verkehr ebenso geringe Hoffnung hat wie auf das Klettern zu den Sternen des Himmels. Wir Männer sind zu grob organisiert, um das zu begreifen; selbst eine Frau von gereiftem Alter verachtet oder belacht eine solche Leidenschaft. Es fiel mir keine andere Erklärung für Priscillas Benehmen ein als die Vermutung, daß sie einige von Zenobias Geschichten – da solche Literatur überallhin dringt – oder ihre Abhandlungen zur Verteidigung des schönen Geschlechts gelesen habe und nur in der Absicht, ihre Sklavin zu werden, hierhergekommen sei. In der männlichen Natur gibt es, zu welcher Epoche des Lebens man sie auch betrachtet, soviel ich glaube, nichts so töricht Uneigennütziges und kaum irgend etwas so Schönes, oder wenn es das gäbe, so könnte man bei dem Jüngling, der sich einer solchen selbstvergessenen Liebe fähig erwiese, mit Recht eine schöne und seltene Charakterentwicklung erwarten.

Als Zenobia sich zufällig auf einen anderen Sitz begab, benutzte ich die Gelegenheit, um ihr leise meinen Gedanken mitzuteilen.

„Da Sie die junge Person in einem so poetischen Lichte erblicken“, antwortete sie im gleichen Tone, „so würden Sie wohl daran tun, die Sache zu einer Ballade zu verwenden. Es ist ein großartiger Gegenstand, der die Anwendung übernatürlicher Maschinerie verdient. Der Sturm, das erregende Klopfen an der Tür, das Eintreten des schwarzen Ritters Hollingsworth und dieser schattenhaften Schneejungfrau, die mit dem Schlage der Mitternacht zu meinen Füßen in eine Pfütze eiskalten Wassers zerschmelzen und mir mit einem Paar nasser Pantoffeln den Tod geben wird. Und wenn die Verse geschrieben und ganz zu Ihrer Zufriedenheit ausgefeilt sein werden, so will ich Sie mit meiner Idee über das, was das Mädchen wirklich ist, beglücken.“

„Bitte, teilen Sie mir sie jetzt mit“, sagte ich, „sie soll in die Ballade verwoben werden.“

„Sie ist weder mehr noch weniger“, antwortete Zenobia, „als eine Näherin aus der Stadt, und wahrscheinlich hat sie keine transzendentalere Absicht, als das Ausbessern und Nähen meiner Wäsche zu besorgen, denn ich vermute, daß sie sich schwerlich so hoch versteigen wird, das Anfertigen meiner Kleider zu erwarten.“

„Wie können Sie so leicht über sie entscheiden?“ fragte ich.

„Oh, wir Frauen beurteilen einander nach Kennzeichen, die der Stumpfheit der männlichen Wahrnehmungskraft entschlüpfen“, sagte Zenobia. „Es ist kein Beweis vorhanden, den Sie zu ermessen imstande wären, außer etwa die Nadelspuren an der Spitze ihres Zeigefingers. Dann erklärt meine Annahme auch vollkommen ihre Blässe, ihr nervöses Wesen und ihre unglückselige Zartheit. Das arme Ding! Sie ist von der Hitze eines Salamanderofens in einem kleinen, engen Zimmer erstickt worden und hat Kaffee getrunken und sich an Krapfen, Rosinen, Zuckerkant und was sonst dergleichen Zeug ist, halb tot gegessen, und so, da sie fast nichts Körperliches an sich hat, kann man einem Dichter wie Herrn Miles Coverdale wohl verstatten, sie für vergeistigt zu halten.“

„Sehen Sie sie doch jetzt an!“ flüsterte ich.

Priscilla blickte mit unaussprechlicher Betrübnis in ihrem blassen Gesicht und über ihre Wangen herabströmenden großen Tränen nach uns. Es war schwer, dem Eindruck zu widerstehen, daß sie, so vorsichtig wir auch unsere Stimmen gesenkt hatten, Zenobias geringschätzige Beurteilung ihres Charakters und ihrer Absichten gehört haben und davon verwundet worden sein müsse.

„Was für Ohren das Mädchen haben muß!“ flüsterte Zenobia mit einer Miene halb komischen und halb wirklichen Unmutes. „Ich will Ihnen nur gestehen, daß sie mir noch nicht ganz klar ist. Ich bin jedoch bestimmt keine bösartige Person, wenn ich nicht gerade sehr heftig gereizt werde, und da Sie und besonders Herr Hollingsworth so viel Interesse an dem seltsamen Geschöpf nehmen – und da sie auch mit einem sehr leisen Schlage bei meinem eigenen Herzen anklopft –, nun, so will ich sie hereinlassen. Von diesem Augenblick an will ich gegen sie alle vernünftige Güte haben. Es macht kein Vergnügen, eine Person vom eigenen Geschlecht zu quälen, selbst wenn sie einen mit etwas mehr Liebe beglückt, als man bequem unterbringen kann, – und das, Herr Coverdale, das ist das Ärgerlichste, was Sie einer Frau antun können."

„Danke Ihnen", sagte ich lächelnd, „ich gedenke mich dessen nicht schuldig zu machen."

Sie ging auf Priscilla zu, nahm ihre Hand und strich mit ihren rosigen Fingerspitzen in einer hübschen, liebkosenden Bewegung über das Haar des Mädchens. Die Berührung machte einen magischen Eindruck. Unter den Fingern blitzte ein so strahlender Freudenblick auf, daß es schien, als ob die trübe, bleiche Priscilla entführt und an ihrer Stelle ein Wesen von einer ganz anderen Art herbeigezaubert worden sei. Diese eine ihr freiwillig von Zenobia erteilte Liebkosung wurde offenbar als ein Pfand alles desjenigen betrachtet, was die Fremde von ihr wünschte, welcher Art auch das unausgesprochene Verlangen sein mochte. Und von diesem Augenblick an verschmolz sie still mit uns und hörte auf, ein fremdes Element zu sein. Wenn auch fortwährend ein Gegenstand eines eigentümlichen Interesses, ein Rätsel oder ein Thema häufiger Diskussion, war doch ihr Bleiben in Blithedale von nun an gesichert. Wir dachten ebensowenig daran, es in Frage zu ziehen, wie wenn Priscilla als ein Hauskobold anerkannt worden wäre, der seinen Platz schon vor alters an dem ländlichen Kamin gehabt habe, ehe wir noch von dessen Glut erwärmt worden waren.

Jetzt nahm sie aus einem Arbeitsbeutel, welchen sie mitgebracht hatte, einige kleine hölzerne Werkzeuge (wie sie genannt werden, habe ich nie erfahren) und begann, einen Gegenstand, der endlich die Form einer seidenen Börse annahm, zu stricken oder zu häkeln. Während die Arbeit ihren Fortgang nahm, erinnerte ich mich, dergleichen Börsen schon sonst gesehen zu haben, ja ich war selbst der Besitzer einer solchen. Ihr eigentümlicher Vorzug lag außer der großen Zartheit und Schönheit des Gewebes in dem Umstande, daß es für einen Uneingeweihten beinahe unmöglich war, die Öffnung zu entdecken, obwohl sie sich für eine geübte Hand so weit auftat, wie es die Wohltätigkeit oder Verschwendungsliebe nur immer wünschen mochte. Ich dachte, es möchte ein Symbol von Priscillas eigenem Geheimnis sein.

Trotz der neuen Zuversicht, welche ihr Zenobia eingeflößt hatte, wurde unser Gast doch von dem Sturme in Unruhe versetzt. Wenn die starken Windstöße den Schnee gegen die Fenster trieben und das Eichengerüst des Farmhauses knarren ließen, so blickte sie uns besorgnisvoll an, wie um zu fragen, ob diese stürmischen Erschütterungen nicht eine ungewöhnliche Bösartigkeit in dem Wesen des heulenden Windes verkündete. Sie war ohne Zweifel in einem engen Winkelchen eines rund umher von Häusern umgebenen Hofes der Stadt aufgewachsen, wo die höchste Wut des Sturmes, selbst wenn sie die Schieferplatten des Daches in den gepflasterten Hof hinabschleuderte, doch nicht das Fenster ihres kleinen Zimmers erschüttern konnte. Das Gefühl des unermeßlichen, unbegrenzten Raumes, welcher von außen gegen die schwarzen Scheiben unserer vorhanglosen Fenster andrängte, war für das arme Mädchen, das bisher an die Enge menschlicher Grenzen, wo die Lampen benachbarter Wohnungen von jenseits der Straße hereingeschimmert hatten, gewöhnt gewesen war, etwas Furchtbares. Das Haus schien ihr wahrscheinlich auf dem großen Ozean der Nacht dahinzutreiben. Ein kleines Parallelogramm vom Himmel war alles gewesen, was sie bisher von der Natur gekannt hatte, so daß sie das Ehrfurchterwekkende, welches wirklich in ihrer unbegrenzten Ausdehnung liegt, empfand. Einmal, während der Sturm am lautesten tobte, erfaßte sie Zenobias Kleid, ganz mit der Miene einer Person, die ihren Namen in der Ferne rufen hört, aber ein unaussprechliches Widerstreben fühlt, dem Rufe zu gehorchen.

Wir erlebten einen ziemlich stillen Abend. Hollingsworth sagte kaum eine Silbe, wenn er nicht wiederholt und hartnäckig angeredet wurde. Und dann stierte er uns aus dem dichten Gebüsch seiner Versonnenheit an wie ein Tiger aus einem Dschungel, gab die kürzeste Antwort, welche ihm möglich war und verfügte sich in die Einsamkeit seines Herzens und Geistes zurück. Der arme Bursche hatte diese ungnädige Gewohnheit von der Intensität, womit er seine Ideen betrachtete, und der seltenen Teilnahme angenommen, die sie bei seinen Zuhörern fanden, ein Umstand, der das unbedingte Vertrauen, welches er ihnen gewährte, nur zu verstärken schien. Sein Herz war, glaube ich, niemals wahrhaft an unserem sozialistischen Vorhaben interessiert gewesen, sondern beständig mit seinem seltsamen und, wie die meisten Leute dachten, unausführbaren Plane zur Bekehrung von Verbrechern durch einen Appell an ihre höheren Instinkte beschäftigt. So gern ich Hollingsworth auch hatte, kostete es mich doch manchen Seufzer, mit ihm in dieser Beziehung Nachsicht zu haben. Er hätte seine Untersuchung des Gegenstandes damit beginnen sollen, daß er in eigener Person eine große Sünde beging, um nachher den Zustand seiner höheren Instinkte zu untersuchen.

Wir übrigen bildeten unter uns ein Komitee, um unsere jugendliche Gemeinschaft mit einem passenden Namen zu versehen – eine Sache von weit größerer Schwierigkeit, als der uneingeweihte Leser denken sollte. Blithedale klang weder gut noch schlecht. Wir würden den alten indianischen Namen des Grundstücks wieder angenommen haben, wenn er den Öl- und Honigklang besessen hätte, welchen die Ureinwohner ihren Ortsbenennungen so oft mit Glück erteilten. Dieses aber war zufällig ein rauhes, schlechtverbundenes, endloses Wort, das den Mund mit einem Gemisch von sehr steifem Lehm und sehr bröckeligen Steinen anzufüllen schien. Zenobia schlug den Namen „Sonnenblick" vor, weil er die Aussicht auf ein besseres Gesellschaftssystem ausdrückte. Wir wendeten ihn eine Zeitlang um und um, erkannten seinen hübschen Klang an, fanden aber endlich doch, daß er ein etwas zu schöner, sentimentaler Name sei (ein Fehler, welchen literarische Damen bei solchen Versuchen stets begehen), als daß sonnenverbrannte Männer darunter arbeiten konnten. Ich wagte es, „Utopia" zu flüstern, was jedoch einstimmig verworfen und wofür der Vorschlagende mit sehr harten Worten malträtiert wurde, als ob er eine verborgene Satire beabsichtigt habe. Einige waren dafür, unsere Anlage die „Oase" zu nennen, in Hinsicht darauf, daß sie das einzige grüne Fleckchen in der moralischen Sandwüste der Welt sei, aber andere bestanden auf einem Vorbehalte, um die Sache nach einem Jahre wieder zu überlegen, wo dann die endgültige Entscheidung, ob der Name die „Oase" oder die „Sahara" sein sollte, erfolgen würde. Endlich beschlossen wir aber, da wir es als unausführbar erkannten, etwas Besseres herauszuhämmern, daß das Gut Blithedale, Frohtal, bleiben solle, indem das Omen gut genug sei.

Der Abend verging, und die äußere Einsamkeit schaute düster, wild und unbestimmt wie ein anderer Daseinszustand dicht neben der kleinen Sphäre von Wärme und Licht, worin wir die Geschwätzigen und die Geschäftigen des Augenblicks waren, durch die Fenster zu uns herein. Nach einiger Zeit wurde die Tür von Silas Foster, mit einem Kattuntuche um den Kopf und einem Talglichte in der Hand, geöffnet.

„Folgt meinem Rate, Farmerbrüder", sagte er mit einem großen, breiten, bodenlosen Gähnen, „und geht zu Bett, sobald ihr könnt. Ich werde mit Tagesanbruch das Horn blasen, und wir haben das Vieh zu füttern und neun Kühe zu melken und ein Dutzend anderer Dinge zu tun, ehe wir frühstücken können."

Auf diese Weise endete der erste Abend in Blithedale. Ich suchte fröstelnd meine kalte Kammer, mit dem unglückseligen Bewußtsein, welches die letzten Stunden hindurch immer stärker geworden war, daß ich mich furchtbar erkältet hatte und wahrscheinlich beim Blasen des Hornes als ein für ein Hospital geeigneter Patient erwachen würde. Die Nacht war eine fieberische. Während des größten Teiles derselben befand ich mich in dem abscheulichsten aller Zustände, wo eine fixe Idee wie der Nagel in Siseras Gehirn im Geiste bleibt, während unzählige andere Ideen gehen und kommen und hin und her flattern und eine beständige Abwechslung mit unerträglicher Gleichförmigkeit verbinden. Wenn ich die halbwachen Träume jener Nacht aufgezeichnet hätte, so glaube ich, daß der Bericht mehrere von den Hauptereignissen dieser Erzählung mit Einschluß eines nebeligen Schattens ihrer Katastrophe umfaßt hätte. Endlich fuhr ich aus dem Bett hoch und sah, daß der Sturm vorübergezogen war und der Mond die schneebedeckte Landschaft beleuchtete, die wie eine leblose Marmorkopie der Welt aussah.

Von dem Ufer des fern im Mondschein schimmernden Flusses kam der schwarze Schatten der einzigen Wolke am Himmel, welcher schnell vom Winde herangetrieben wurde und über Wiesen und Hügel zog und unter entlaubten Baumgruppen verschwand, aber diesseits derselben wieder erschien, bis er über unsere Türschwelle streifte.

Welch kaltes Arkadien war das!

VI

Coverdales Krankenzimmer

Bei Tagesanbruch tönte das Horn, wie uns Silas Foster voraus verkündet hatte, rauh, lärmend, unerbittlich hinausgezogen und so schlafvertreibend, als ob der hartherzige alte Farmer die Posaune des Jüngsten Gerichts am Munde habe.

Ich konnte auf allen Seiten das Knarren der Bettstätten hören, als die Brüder von Blithedale aus dem Schlummer emporsprangen und in ihrer Eile, die Verbesserung der Welt zu beginnen, ohne Zweifel ihre Kleider verkehrt anzogen. Zenobia streckte den Kopf in die Vorhalle hinaus und ersuchte Silas Foster, seinen Lärm einzustellen und so gut zu sein, einen Arm voll Brennholz und einen Eimer Wasser an ihre Kammertür zu bringen. Von der ganzen Haushaltung – wenn es nicht etwa Priscilla tat, für deren Gewohnheiten in dieser Beziehung ich nicht bürgen kann –, von unserer ganzen apostolischen Gesellschaft, deren Mission es war, die Menschheit zu beseligen, war Hollingsworth wohl der einzige, der das Unternehmen mit einem Gebete begann. Da mein Schlafzimmer nur durch eine dünne Scheidewand von dem seinen getrennt war, drang das feierliche Murmeln seiner Stimme zu meinen Ohren und zwang mich, ein Zuhörer bei seinem ehrfurchtsvollen Zwiegespräch mit dem Schöpfer zu werden. Es flößte mir eine tiefe Ehrerbietung für Hollingsworth ein, die weder die damals existierende Vertraulichkeit noch das später inniger werdende Verhältnis zwischen uns – ja nicht einmal mein nachheriges Wahrnehmen seiner großen Irrtümer – je ganz verwischt hat. Es ist in unserer Zeit so selten, einen Mann, der die Gewohnheit des Betens hat – außer natürlich auf der Kanzel – anzutreffen, daß ein solcher entschieden von einem verklärten Licht umkleidet wird, welches in der göttlichen Unterredung, aus welcher er in sein tägliches Leben übergeht, herabströmt.

Was mich betraf, so blieb ich im Bett liegen, und wenn ich ein Gebet hersagte, so geschah es rückwärts, indem ich meinen Tag so bitterlich verwünschte wie der Dulder Hiob selber. Das Wahre an der Sache war, daß die Treibhauswärme einer Stadtwohnung und das luxuriöse Leben, welchem ich mich hingab, meinem Körpersystem einen großen Teil des Marks genommen und der winterliche Sturm des gestrigen Tages im Verein mit der allgemeinen Kälte unseres luftdurchzogenen, alten Farmhauses geradezu bis in mein Herz und das Mark meiner Knochen gezogen war. In dieser Lage wünschte ich ernstlich, so selbstsüchtig es auch erscheinen mag, daß die Verbesserung der Gesellschaft um etwa ein halbes Jahrhundert oder nur eine solche Zeit, daß meine Einmischung in dieselbe ganz außer Frage geraten müßte, verschoben worden sein möchte.

Was im Namen des gesunden Menschenverstandes hatte ich mit einer bessern Gesellschaft als der, worin ich stets gelebt, zu schaffen? Sie hatte mich hinlänglich befriedigt. Mein hübsches, sonniges und schattiges, mit Vorhängen und Teppichen versehenes Junggesellenzimmer mit der anstoßenden Schlafkammer, mein mit Büchern und Zeitschriften bedeckter Mitteltisch, mein Schreibpult mit einem halbfertigen Gedicht in einer von mir selbst erfundenen Versart, mein Morgenaufenthalt im Lesezimmer oder der Bildergalerie, mein Mittagsspaziergang auf dem munteren Trottoir mit der gedankenbringenden Reihenfolge menschlicher Gesichter und dem rüstigen Pulsschlage des menschlichen Lebens, woran ich teilhatte, mein Diner im Albion, wo mir hundert Schüsseln zu Gebote standen und ich ebenso delikat speisen konnte wie der Zauberer Michael Scott, als ihn der Teufel aus der Küche des Königs von Frankreich bewirtete. Mein Abend im Billard-Klub, im Konzert, im Theater, oder wo es mir beliebte, in irgendeiner Gesellschaft – was konnte besser sein, als alles dies? War es besser, zu mähen, zu hacken, zu wühlen und sich zu placken unter den Aufhäufungen eines Bauernhofes, den Kammerdiener von zwei Joch Ochsen und einem Dutzend Kühen abzugeben, eingepökeltes Rindfleisch zu essen und im Schweiße meines Gesichts zu verdienen und dadurch den zähen Bissen aus dem Munde irgendeines armen Teufels zu nehmen, in dessen Beruf ich mich gedrängt hatte? Vor allem aber war es besser, ein Fieber zu haben und unter Flüchen zu sterben, wie es mir möglicherweise bevorstand?

In dieser erbärmlichen Verfassung, mit einem Schmelzofen

im Herzen und einem zweiten im Kopfe, deren Hitze mich beständig auf dem Siedepunkte erhielt, und doch schon bei dem bloßen Gedanken, auch nur einen Finger in die eisige Atmosphäre des Zimmers zu stecken, fröstelnd, hütete ich das Bett bis zur Frühstückszeit, als Hollingsworth an die Tür klopfte und eintrat.

„Nun, Coverdale", rief er, „Sie scheinen einen trefflichen Landmann abgeben zu wollen. Gedenken Sie heute gar nicht aufzustehen?"

„Weder heute noch morgen", sagte ich hoffnungslos; „ich zweifle, ob ich je wieder aufstehen werde."

„Was gibt es?" fragte er.

Ich teilte ihm meine klägliche Lage mit und flehte ihn an, mich in einem verschlossenen Wagen nach der Stadt zu schikken.

„Nein, nein", sagte Hollingsworth mit gütigem Ernst, „wenn Sie wirklich krank sind, so müssen wir für Sie Sorge tragen."

Er zündete auch wirklich Feuer in meinem Zimmer an und warf sich, da er, solange der Schnee auf dem Boden lag, sonst nicht viel zu tun hatte, zu meinem Krankenwärter auf. Es wurde ein Doktor geholt, der ein Homöopath war und mir im Lauf von vierzehn Tagen so viel Medizin gab, als auf einer Nadelspitze Platz gehabt hätte. Man fütterte mich mit Wassergrütze, und ich wurde bald zu einem unbegrabenen Skelett. Dennoch aber sind mit jenem Krankheitsfalle eine Menge von kostbaren Erinnerungen verknüpft.

Hollingsworths mehr als brüderliche Pflege gewährte mir unaussprechlichen Trost. Die meisten Männer – und auch ich habe sicherlich nicht immer darauf Anspruch machen können, eine von den Ausnahmen zu sein – haben eine natürliche Gleichgültigkeit, wo nicht ein geradezu feindseliges Gefühl gegen diejenigen, welche Krankheit oder Schwäche oder Unfälle irgendeiner Art in dem rauhen Gedränge unserer selbstsüchtigen Existenz straucheln oder schwach werden läßt. Allerdings kann eine christliche Erziehung die Sympathie einer gleichen Erfahrung und das Beispiel der Frauen diesen häßlichen Charakterzug unsers Geschlechts mildern und möglicherweise beseitigen, aber er ist ursprünglich vorhanden und hat seine Analogie in der Praxis unserer tierischen Brüder, die auf das kranke oder verkrüppelte Mitglied der Herde wie auf einen Feind Jagd machen. Aus diesem Grunde geschieht es, daß sich das verwundete Reh versteckt und der kranke Löwe sich grimmig in seine Höhle zurückzieht. Außer in der Liebe oder den Neigungen der Verwandtschaft oder einer anderen sehr langen und zur Gewohnheit gewordenen Freundschaft haben wir wirklich kein zärtliches Mitgefühl; aber in dem großen, kräftigen Körper Hollingsworths war ein weibliches Element eingeknetet, und er schämte sich dessen nicht, wie die Männer oftmals desjenigen, was in ihnen das Beste ist, und schien nicht einmal zu wissen, daß es in seinem Herzen eine solche weiche Stelle gäbe. Ich wußte es zu jener Zeit jedoch recht gut, wenn ich auch später nahe daran war, es zu vergessen. Ich glaubte, daß auf Erden keine zwei Männer wie Hollingsworth leben könnten. In dem Sinken und Beben meines Mutes hat mich keine Kaminglut so wirksam gewärmt und erheitert wie das Licht aus jenen Augen, die so tief und dunkel unter seinen buschigen Brauen lagen.

Glücklich ist der Mann, der einen solchen Freund bei sich hat, wenn es an das Sterben geht, und wenn er nicht einen Freund wie Hollingsworth in der Nähe besitzt – wie es höchstwahrscheinlich der Fall sein wird –, sollte er sich lieber entschließen, allein zu sterben. Ich möchte wissen, wieviele Männer man während eines Lebens antrifft, die man zu Gefährten eines Sterbebettes wählen würde. In der Krisis meines Fiebers bat ich Hollingsworth, keinen andern Menschen in das Zimmer zu lassen, sondern mir beständig seine eigene Anwesenheit durch einen Händedruck, ein Wort, ein Gebet, wenn er für gut halte, es auszusprechen, zu erkennen zu geben, und daß er dann Zeuge davon sein würde, wie mutig ich dem Schlimmsten entgegentrete. Es ist für mich noch jetzt beinahe eine Sache des Bedauerns, daß ich damals, wo ich mich wirklich darein ergeben hatte, nicht gestorben bin, denn Hollingsworth würde mit mir bis an die äußerste Grenze des Lebens gegangen sein und seine freundlichen und hoffnungsvollen Worte weit auf die andere Seite hinübergesendet haben, während ich den unbekannten Pfad betreten hätte. Wenn ich jetzt zu ihm schickte, so würde er kaum an mein Bett kommen, und auch ich würde wegen seiner Gegenwart um nichts leichter scheiden.

„Diesmal werden Sie noch nicht sterben“, sagte er mit einem ernsten Lächeln, „Sie wissen nichts von Krankheit und halten Ihren Fall für weit verzweifelter als er ist.“

„Der Tod sollte mich holen, während ich in der rechten Stimmung bin“, antwortete ich mit einem Anklang an meine gewohnte Leichtfertigkeit.

„Haben Sie im Leben nichts zu tun?“ fragte Hollingsworth, „daß Sie sich für so bereit halten, es zu verlassen?“

„Nichts“, erwiderte ich, „nichts, daß ich wüßte, außer hübsche Verse zu machen und mit Zenobia und den übrigen Dilettanten eine Rolle in unserem Hirtengedicht zu spielen. Es scheint, durch den Nebel des Fiebers betrachtet, doch nur eine unsolide Geschichte zu sein. Aber, lieber Hollingsworth, Ihr eigener Beruf ist offenbar der eines Priesters und Ihre Tage und Nächte darauf zu verwenden, Ihren Nebenmenschen dazu zu verhelfen, ihre allerletzten Atemzüge in Frieden zu tun.“

„Und nach welchen meiner Eigenschaften“, fragte er, „können Sie mich für zu diesem ehrfurchtgebietenden Dienst geeignet halten?“

„Nach Ihrem liebevollen Wesen“, sagte ich. „Es scheint mir eine Abspiegelung von Gottes eigner Liebe zu sein.“

„Und Sie nennen mich liebevoll?“ sagte Hollingsworth nachdenklich. „Ich sollte eher denken, daß der hervorragendste Zug meines Charakters eine unbeugsame und strenge

Zweckgerichtetheit ist. Der sterbliche Mensch hat nicht das Recht, so unbeugsam zu sein, wie es mir Natur und Notwendigkeit gebieten.“

„Ich glaube es nicht“, antwortete ich.

Aber es kam eine Zeit, wo ich mich an das, was er gesagt, erinnerte.

Wahrscheinlich war, wie Hollingsworth andeutete, meine Krankheit nie eine so ernsthafte, wie ich es in meiner Unbekanntschaft mit solchen Dingen zu glauben geneigt war. Nach so vielen tragischen Zurüstungen erschien es mir wirklich etwas ärgerlich, mich auf dem Wege der Genesung zu finden.

Alle übrigen Mitglieder der Gemeinschaft bewiesen mir eine dem vollen Maße ihrer Fähigkeit entsprechende Güte. Zenobia brachte mir täglich meine Grütze, die sie mir mit ihren eigenen Händen bereitet hatte (nicht eben geschickt, wenn ich die Wahrheit gestehen muß), und wenn ich geneigt schien, mich zu unterhalten, so pflegte sie sich an mein Bett zu setzen und mit solcher Lebhaftigkeit zu plaudern, daß mein Puls um mehrere überflüssige Schläge beschleunigt wurde. Ihre geringfügigen kleinen Geschichtchen und Broschüren haben ihrem Geiste nie, auch nur halb, Gerechtigkeit widerfahren lassen. Nur der Mangel an einem passenderen Auswege war es, was sie antrieb, eine Entfaltung in der Literatur zu suchen. Sie war, unter tausend anderen Dingen, die sie hätte sein können, zu einer Volksrednerin geschaffen. Ich erkannte an Zenobia keine strenge Geisteskultur, ihr Kopf war voller Unkraut. In meinem Zustande moralischer wie körperlicher Kleinmütigkeit erschreckte es mich zuweilen, die Dreistigkeit ihrer Philosophie wahrzunehmen. Sie bedachte sich nicht, alle menschlichen Institutionen über den Haufen zu werfen und sie zu zerstreuen wie mit einem Luftzug ihres Fächers. Ein weiblicher Reformer hat in seinen Angriffen auf die Gesellschaft ein instinktmäßiges Gefühl für die Stelle, wo das Leben liegt, und ist geneigt, direkt auf diesen Punkt zu zielen. Besonders das Verhältnis zwischen den Geschlechtern ist eines von den ersten Dingen, welche seine Beachtung erregen.

Zenobia war wirklich eine prachtvolle Frau. Die bescheidene Einfachheit ihrer Kleidung konnte ihr königliches Äußeres nicht verbergen, ja kaum vermindern. Das Bild ihrer Gestalt und ihres Gesichtes hätte über die ganze Erde vervielfältigt werden sollen; es hieß der übrigen Menschheit unrecht tun, wenn man sie nur dem Anblick einiger weniger vergönnte. Die Bühne wäre die geeignete Sphäre für sie gewesen. Sie hätte es überdies zu einer Sache der Pflicht machen sollen, unablässig Malern ud Bildhauern zu sitzen, und vorzugsweise den letzteren, weil das kalte Dekorum des Marmors sich mit der äußersten Spärlichkeit der Draperie in Einklang bringen ließ, so daß das Auge keusch mit ihrer materiellen Vollkommenheit in ihrem vollen Umfange erfreut werden könnte. Ich weiß nicht recht, wie ich es ausdrücken soll, daß die angeborene Glut der Färbung in ihren Wangen und selbst der warme Fleischton auf ihren runden Armen und das, was von ihrer vollen Büste sichtbar war – mit einem Worte, ihre inkarnierte Weiblichkeit –, mich zuweilen zwang, meine Augen zu schließen, als vertrage es sich nicht ganz mit der Schamhaftigkeit, sie anzublicken. Krankheit und Erschöpfung hatten mich ohne Zweifel zu reizbar und empfänglich gemacht.

Ich bemerkte – und wunderte mich, wie es Zenobia anstellte –, daß sie stets eine neue Blume in ihrem Haar trug. Und es war immer eine Treibhausblume – eine ausländische Blume –, eine Blume der Tropenländer, welche üppig aus einem Boden emporgeschossen zu sein schien, dessen Unkraut schon glutvoll und würzig sein mußte. So unähnlich die Blume eines jeden folgenden Tages der vorhergegangenen auch war, assimilierte sie ihre Herrlichkeit doch so mit der herrlichen Schönheit der Frau, daß ich sie immer wieder für die einzig passende Blume hielt, so passend, daß die Natur in einem Augenblick glücklichen Übermuts dies blumige Juwel zu dem einzigen Zweck geschaffen hatte, Zenobias Kopf würdig zu schmücken. Es konnte sein, daß meine fieberische Phantasie sich um diese Eigentümlichkeit zusammendrängte und sie prächtiger und wunderbarer erscheinen ließ, als man sie mit nüchternen Augen erblickte. Als meine Krankheit den höchsten Punkt erreicht hatte, ging ich, wie ich mich recht wohl erinnere, so weit, sie für übernatürlich zu erklären.

„Zenobia ist eine Zauberin", flüsterte ich einst Hollingsworth zu. „Sie ist eine Schwester der Verschleierten Dame. Die Blume in ihrem Haar ist ein Talisman. Wenn man sie ihr entrisse, so würde sie verschwinden oder in etwas anderes verwandelt werden."

„Was sagt er?" fragte Zenobia.

„Nichts, was einen Funken von Verstand an sich hätte", antwortete Hollingsworth, „er ist, glaube ich, etwas von Sinnen und spricht, daß Sie eine Hexe seien und daß die Blume, die Sie in Ihrem Haar tragen, eine magische Eigenschaft habe."

„Es ist eine Idee, die eines fiebernden Dichters würdig erscheint", sagte sie lachend und nahm die Blume aus dem Haar. „Ich verschmähe es, der Magie etwas zu verdanken. Hier, Herr Hollingsworth, Sie mögen den Zauber behalten, solange er noch Kraft an sich hat; aber ich kann Ihnen nicht versprechen, nicht morgen mit einer neuen zu erscheinen. Es ist das einzige Überbleibsel meiner glänzenderen, meiner glücklicheren Tage."

Das Eigentümlichste an der Sache war, daß noch lange nach dem Verschwinden meines Deliriums – ja so lange, wie ich dieses bemerkenswerte Weib kannte – ihre täglich neue Blume auf meine Einbildungskraft wenn auch weniger stark, doch so ziemlich auf die gleiche Weise einwirkte. Der Grund muß darin gelegen haben, daß dieser Lieblingsschmuck, sei es nun auf ihrer Seite absichtlich oder nicht, ein subtiler Ausdruck von Zenobias Charakter war.

Ein Gegenstand, über den ich sehr ungehöriger Weise eine Menge Überlegungen aufstellte, war die Frage, ob Zenobia je verheiratet gewesen sei. Der Gedanke wurde, wie ich hinzufügen muß, durch keinen Umstand, keine mir zu Ohren gekommene Andeutung gerechtfertigt. Jung und unter Tausenden die frischeste und blühendste Frau, wie ich sie erblickte, war es jedenfalls unnötig, ihr ein bereits erfülltes Schicksal zuzuschreiben, und weit größer war die Wahrscheinlichkeit, daß ihre kommenden Jahre noch die reichsten Gaben des Lebens mitbringen würden. Wenn das Hauptereignis einer Frauenexistenz erfüllt war, so wußte die Welt nichts davon, obgleich die Welt Zenobia gut zu kennen meinte. Es war ohne Zweifel eine lächerliche Romanhaftigkeit sich einzubilden, daß dieses schöne Wesen bei seinem Reichtum und einer Stellung, welche unbedingt distinguiert genannt werden konnte, sich so geheim hingegeben haben könne, daß nicht durch Verdacht und Flüstern allmählich eine volle Kenntnis der Sache unter die Leute gekommen wäre. Freilich aber lag, wie ich nicht zu beachten verfehlte, ihre ursprüngliche Heimat in einer Entfernung von vielen hundert Meilen. Dort konnten Gerüchte die soziale Atmosphäre erfüllen oder einst erfüllt haben, welche nur langsam gegen den Wind nach unserer nordöstlichen Hauptstadt gedrungen und vielleicht in der Luft zerschmolzen sein würden, ehe sie dieselbe erreichten.

In dem, was mir bekannt geworden war, lag, wie ich ausdrücklich wiederhole, nicht die mindeste Begründung einer derartigen Ansicht; aber es gibt eine Art von Intuition – entweder eine innere Lüge oder das ahnende Erkennen einer Tatsache –, welche uns in geschwächten Zuständen des Körpers kommt. Die Seele erhält nach verzehrenden Krankheiten oder wenn eine vegetabilische Diät dem Blute zuviel Äther beigemischt hat, die Herrschaft über den Körper; dann steigen Dünste zu dem Gehirn auf und nehmen Gestalten an, welche oftmals Lügen, zuweilen aber auch die Wahrheit vorstellen. Die Sphären unserer Gefährten haben in solchen Perioden einen unermeßlich größeren Einfluß auf unsere eigene, als wenn uns eine robuste Gesundheit eine zurückstoßende und selbstverteidigende Energie erteilt. Zenobias Sphäre übte, wie ich mir denke, einen mächtigen Einfluß auf die meine und verwandelte mich während dieser Periode meiner Schwäche in eine Art von mesmerischem Hellseher.

Dann war auch, wie jeder bemerken konnte, die Freiheit ihres Benehmens – wiewohl es sich dem Geschmacke mancher als höchste Vollkommenheit des Wesens einer jungen Witwe oder einer blühenden Frau empfehlen mochte – nicht gerade jungfräulich. Welches Mädchen hatte jemals so gelacht wie Zenobia? Welches Mädchen hatte je mit dieser Reife im Ton gesprochen? Ihr ungezwungenes und unwillkürliches Benehmen war, wie ich oft zu mir sagte, das einer Frau, welcher die Ehe die Tore des Reiches der Geheimnisse weit geöffnet hatte. Jedoch gab ich mir zuweilen alle Mühe, mich für diese Überlegungen zu schämen. Ich gestand es als eine männliche Roheit, eine Sünde bösartiger Auslegung, deren der Mann sich gegen das andere Geschlecht so oft schuldig macht, so die süße, freie, aber weibliche Offenheit eines edeln, hochsinnigen Charakters zu verkennen. Dennoch nützte es nichts, mir selbst Vorstellungen zu machen, mich mit Vorwürfen zu überhäufen. Der Gedanke ‚Zenobia ist verheiratet – Zenobia hat geliebt und gelebt! es ist kein unentfaltetes Blatt, kein verborgener Tautropfen in dieser vollkommen entwickelten Rose!' –, unwiderstehlich und hartnäckig vertrieb dieser Gedanke jeden anderen, so oft ich zu dem Gegenstande zurückkehrte.

Zenobia kannte meine Beobachtungen, wenn auch vermutlich nicht den Punkt, auf den sie mich führten.

„Herr Coverdale“, sagte sie eines Tages, als sie sah, wie ihr meine Augen folgten, während sie meine Grütze auf den Tisch stellte, „ich bin in den wenigen Jahren, die ich in der Welt gelebt habe, vielen Augenbombardements ausgesetzt gewesen, aber, soviel ich glaube, nie gerade solchen Blicken, wie die, womit Sie mich zu beglücken pflegen. Ich scheine Ihnen großes Interesse einzuflößen, und doch – wenn nicht mein Fraueninstinkt getäuscht wird – kann ich Sie nicht zu meinen Anbetern zählen. Was suchen Sie in mir zu entdecken?“

„Das Rätsel Ihres Lebens", antwortete ich, durch die Überraschung ihres unerwarteten Angriffs zur Wahrheit gedrängt, „und Sie werden es mir nie verraten."

Sie neigte ihren Kopf zu mir und ließ mich in ihre Augen blicken, als fordere sie mich heraus, ein Senkblei in die Tiefen ihres Bewußtseins zu werfen.

„Ich sehe jetzt nichts", sagte ich, meine eigenen Augen schließend, „wenn es nicht das Gesicht eines Kobolds ist, der mich aus dem Grund eines tiefen Brunnens anlacht."

Ein Junggeselle fühlt sich stets beraubt, wenn er weiß oder argwöhnt, daß ein weibliches Wesen seiner Bekanntschaft sich weggegeben hat. Sonst hätte mich die Sache nicht kümmern können. Es war eine rein theoretische Spekulation, denn ich würde mich unter keinen Umständen in Zenobia verliebt haben. Das Rätsel machte mich in meinem reizbaren Geistes- und Körperzustande jedoch so nervös, daß ich auf das undankbarste zu wünschen begann, von ihr unbehelligt gelassen zu werden. Dann war auch ihre Grütze erbärmliches Zeug und hatte fast stets den Geruch von Fichtenrauch an sich, wie der üble Geschmack, der sich mit den bestzubereiteten Leckereien einer Hexe verbinden soll. Warum konnte sie nicht einem von den andern Frauenzimmern erlauben, die Grütze zu bereiten? Welche Gaben Zenobia auch sonst besitzen mochte, so war sie doch von der Natur nie zu einer Köchin bestimmt worden. Oder wäre dies der Fall gewesen, so hätte sie sich nur auf die köstlichsten und würzigsten Gerichte, wie sie bei Festmahlen zwischen Zügen berauschenden Weines genossen werden, verstanden.

VII

Der Rekonvaleszent

Sobald mein Unwohlsein mir gestattete, an Vergangenes zu denken, verfehlte ich nicht zu fragen, was aus dem sonderbaren kleinen Gast geworden sei, den uns Hollingsworth vermittelt hatte. Es zeigte sich jetzt, daß die arme Priscilla nicht so buchstäblich aus den Wolken gefallen war, wie wir anfänglich zu vermuten geneigt gewesen waren. Wir hatten später von einem Angehörigen der Inneren Mission einen Brief erhalten, welcher sie eigentlich hätte einführen sollen und der ein Leumundszeugnis und eine Anspielung auf Umstände enthielt, die es, dem Urteile des Schreibers nach, besonders wünschenswert machten, daß sie in unserer Gesellschaft einen Unterschlupf finde. Es kam darin eine nicht sehr verständliche Andeutung vor, daß Priscilla entweder vor kurzem einer bestimmten Gefahr oder unangenehmen Lage entronnen sei oder daß sie immer noch dieser Gefahr oder Schwierigkeit, welcher Art sie auch sein mochte, ausgesetzt sei. Wir hätten den Ruf einer menschenfreundlichen Brüderschaft schlecht verdient, wenn wir Anstand genommen hätten, eine in solcher Not befindliche und unserer Güte so stark empfohlene Bittende aufzunehmen, selbst ohne Rücksicht darauf, daß das seltsame Mädchen fleißig ans Werk gegangen war und mit ihrer Nadel gute Dienste leistete. Über Priscilla schwebte jedoch immer noch ein leichter Nebel der Ungewißheit, der sie abhielt, eine sehr entschiedene Stelle unter Geschöpfen von Fleisch und Blut einzunehmen.

Die geheimnisvolle Anziehung, welche sie von ihrem ersten Auftreten unter uns für Zenobia kundgegeben, hatte nichts von ihrer Kraft verloren. Ich hörte oft ihre Schritte sanft und leise den leichten, aber entschiedenen Schritt Zenobias die Treppe herauf begleiten, sich im Gange neben ihrer neuen Freundin hinstellen und warten, während Zenobia in mein Zimmer trat. Zuweilen wurde Zenobia über Priscillas zu unablässige Begleitung ärgerlich. Sie empfahl ihr mit einem gebieterischen und nicht eben freundlichen Tone, die reine Luft auf einem Spaziergange einzuatmen oder mit ihrer Arbeit in die Scheune zu gehen, wobei sie ihr halb und halb das Versprechen gab, zu ihr zu kommen und sich bei ihr aufs

Heu zu setzen, sobald sie nur Zeit hätte. Offenbar fand Priscilla nur eine spärliche Vergeltung für ihre Liebe. Auch Hollingsworth schloß sie sich mit Vorliebe an. Solange meine Gehörnerven noch die Empfindlicheit angegriffener Gesundheit hatten, hörte ich zuweilen mehrere Minuten lang ein leises, angenehmes Murmeln aus dem Zimmer unter mir heraufsteigen und fand endlich, daß es die Stimme Priscillas war, die wie ein Bächlein mit Hollingsworth plauderte. Sie sprach ausführlicher und unverhohlener mit ihm als mit Zenobia, gegen welche in der Tat ihre Gefühle nicht sowohl die des Vertrauens wie die der unwillkürlichen Neigung zu sein schienen. Ich würde weit besser von meinen eigenen Vorzügen gedacht haben, wenn Priscilla mich für den dritten Platz in ihrer Zuneigung bestimmt hätte. Aber wenn sie mich auch ziemlich gut zu leiden schien, so konnte ich mir doch nie schmeicheln, von ihr so ausgezeichnet zu werden, wie es Hollingsworth und Zenobia wurden.

Eines Vormittags, in der Zeit meiner Genesung, hörte ich ein leises Klopfen an meiner Kammertür. Mit dem sicheren Gefühle der Identität der Anklopfenden sagte ich sogleich: „Komm herein, Priscilla!“ Auch hatte ich mich nicht getäuscht. Es war wirklich Priscilla – ein blasses, großäugiges, kleines Frauenzimmerchen – (denn sie war dem zwanzigsten Jahre nahe genug, um wenigstens auf der äußern Grenze ihrer Jungmädchenzeit zu stehen), aber weit weniger bleich, als da ich sie das erste Mal gesehen hatte, und in weit besserem Zustande der Gesundheit und des Lebensmutes. Als ich sie das erste Mal sah, hatte sie mich an Pflanzen erinnert, die man zuweilen findet und die ihr Bestes tun, um zwischen den Räumen eines eingeschlossenen Hofes zu vegetieren, wo es nur spärlichen Boden und fast niemals Sonnenschein gibt. Jetzt waren – wiewohl noch kein blühendes Leben – doch Spuren davon zu sehen, daß das Mädchen menschliches Blut in seinen Adern hatte.

Priscilla kam leise an mein Bett und hielt mir einen auf

das sorgfältigste glatt geplätteten Gegenstand von schneeweißer Leinwand entgegen. Sie schien weder verschämt, noch sonst verlegen zu sein. Wahrscheinlich bot ihr mein schwächlicher Zustand ein Medium, worin sie sich mir nähern konnte.

„Können Sie dies brauchen?“ fragte sie, „ich habe es für Sie gemacht.“

Es war eine Nachtmütze.

„Meine liebe Priscilla“, sagte ich lächelnd, „ich habe in meinem Leben nie eine Nachtmütze getragen, vielleicht aber wird es für mich besser sein, jetzt, wo ich ein armer Kranker bin, eine aufzusetzen. Wie bewunderungswürdig Sie sie gemacht haben! Nein, nein, ich kann nie daran denken, eine so köstlich gearbeitete Nachtmütze wie diese zu tragen, außer etwa bei Tage, wenn ich aufstehe, um Gesellschaft zu empfangen.“

„Sie ist zum Gebrauch und nicht der Schönheit wegen da“, antwortete Priscilla. „Ich hätte sie sticken und weit hübscher machen können, wenn mir daran gelegen gewesen wäre.“

Während ich die Nachtmütze emporhielt und die feine Nadelarbeit bewunderte, bemerkte ich, daß Priscilla einen versiegelten Brief in der Hand hatte und darauf wartete, daß ich ihn nehmen möge. Er war an jenem Morgen vom Postamte des Dorfes herübergeschickt worden. Da ich ihr den Brief nicht augenblicklich abnahm, zog sie ihn zurück und hielt ihn auf eine ihr wahrscheinlich zur Gewohnheit gewordene Weise gegen ihren Busen, indem sie beide Hände darüber faltete. Als ich jetzt meine Augen von der Nachtmütze zu Priscilla wendete, fiel es mir ungemein auf, daß ihre Haltung, wenn auch nicht ihre Gestalt und der Ausdruck ihres Gesichts, jedoch nicht dessen Züge, eine Ähnlichkeit mit dem besaß, was ich oft an einer Freundin von mir, einer der begabtesten Frauen unserer Zeit, gesehen hatte. Ich kann sie schlecht beschreiben. Diejenigen Punkte, welche dem Leser am leichtesten mitzuteilen sind, waren eine gewisse Biegung der Schultern und ein teilweises Schließen der Augen, die durch die verengten Öffnungen durchdringender in meine eigenen Augen zu blicken schienen, als wenn sie völlig offen gewesen wären. Es war eine eigentümliche Anomalie der Ähnlichkeit, die mit einer vollkommenen Unähnlichkeit zusammen existierte.

„Wollen Sie mir den Brief geben, Priscilla?“ fragte ich.

Sie schrak zusammen, legte den Brief in meine Hand und verlor das Aussehen, welches meine Beachtung erregt hatte, völlig.

„Priscilla“, fragte ich, „haben Sie je Fräulein Margarete Fuller gesehen?“

„Nein“, antwortete sie.

„Sie haben mich eben jetzt an sie erinnert, und es trifft sich seltsam genug, daß dieser Brief gerade von ihr kommt.“

Priscilla sah aus irgendeinem Grunde sehr verstört aus.

„Ich wollte, die Leute bildeten sich bei mir keine solchen sonderbaren Dinge ein“, sagte sie etwas auffahrend. „Wie habe ich mich dieser Dame bloß dadurch ähnlich machen können, daß ich ihren Brief in meiner Hand hielt?“

„Wahrhaftig, Priscilla, es würde mich in Verlegenheit setzen, das zu erklären“, antwortete ich, „und ich nehme auch nicht an, daß der Brief etwas damit zu tun gehabt hat. Es war eben ein Zusammentreffen und weiter nichts.“

Sie eilte aus dem Zimmer, und dies war das letzte Mal, daß ich Priscilla sah, bis mich meine Krankheit völlig verließ.

Da ich während meiner Genesung häufig allein war, las ich viel in Emersons Essays, in „The Dial“, Carlyles Werken, George Sands Romanen, die mir Zenobia lieh, und anderen Büchern, die mir der eine oder andere von den Brüdern oder von der Schwesternschaft mitbrachte. Wenn auch die meisten dieser Werke in nichts anderem übereinstimmten, so glichen sie doch alle dem Rufe einer einsamen Schildwache auf den Vorposten der Avantgarde des menschlichen Fortschritts, und zuweilen kam die Stimme auch trübe aus den zerfallenen Ruinen der Vergangenheit, hatte aber doch ein hoffnungsvolles Echo in der Zukunft. Sie paßten gut (wenigstens besser als andere intellektuelle Erzeugnisse, deren flüchtige Essenz bisher gedruckte Seiten gefärbt hatte) für Pilger wie wir, deren gegenwärtiges Biwak um ein Bedeutendes weiter hinaus in den Wüsten des Chaos lag, als irgendeine sterbliche Armee von Kreuzfahrern jemals marschiert war. Auch Fouriers Werke nahmen wegen der Analogie, die ich zwischen seinem System und dem unsern bemerken mußte, ein gutes Teil meiner Aufmerksamkeit in Anspruch. Allerdings war eine weit geringere Ähnlichkeit vorhanden, als sich die Welt einzubilden beliebte, indem die beiden Theorien in ihren Hauptgrundsätzen so weit voneinander entfernt waren wie der Zenit von dem Nadir.

Ich sprach mit Hollingsworth über Fourier und übersetzte zu seinem Nutz und Frommen einige von den Stellen, die den meisten Eindruck auf mich machten.

„Wenn infolge der menschlichen Verbesserungen", sagte ich, „der Erdball zu seiner größten Vollkommenheit gelangen wird, soll der Große Ozean in eine Art von Limonade verwandelt werden, die zu Fouriers Zeit in Paris beliebt war. Er nennt sie Limonade à Cèdre. Es ist eine positive Tatsache. Stellen Sie sich nur vor, daß die Docks am Hafen täglich mit einer Flut dieses wohlschmeckenden Getränks gefüllt wären."

„Warum hat der Franzose nicht sogleich Punsch daraus gemacht?" fragte Hollingsworth. „Die Teerjacken würden mit Freuden zur See fahren und ihre Arbeit in einem solchen Element verrichten."

Ich setzte ihm ferner, so gut mir es die Schamhaftigkeit gestattete, mehrere Punkte des Systems Fouriers auseinander, erläuterte sie hier und da mit ein paar Seiten und fragte Hollingsworth um seine Meinung über die Zweckmäßigkeit der Einführung dieser schönen Eigentümlichkeit in unsere eigne Praxis.

„Lassen Sie mich nichts weiter davon hören!" rief er mit dem äußersten Ekel, „ich werde dem Kerl nie verzeihen. Er hat die Sünde wider den Heiligen Geist begangen, denn welchen ungeheuerlicheren Frevel hätte der Teufel selber ersinnen können als das Prinzip der Selbstsucht, das Prinzip alles menschlichen Unrechts, die Schwärze des menschlichen Herzens, den Teil unseres Wesens, vor welchem wir schaudern und dessen Ausrottung das ganze Ziel der geistigen Zucht ist, als den Hauptarbeiter an seinem System zu wählen, sich aller erbärmlichen, kleinlichen, schmutzigen, kotigen, bestialischen und abscheulichen Verderbnisse, die sich in unsere Natur eingefressen haben, zu bemächtigen und sie als wirksame Werkzeuge seiner höllischen Regeneration zu pflegen. Und sein vollkommenes Paradies, wie er es ausmalt, würde der Kräfte, auf die er zur Errichtung desselben rechnet, würdig sein – der widerliche Kerl!"

„Dessenungeachtet", bemerkte ich, „kann ich mich in Betracht der verheißenen Freuden seines Systems, die jedenfalls ganz darauf abgestellt sind, Fouriers Landsleuten zu gefallen, nur darüber wundern, daß nicht ganz Frankreich augenblicklich seine Theorie angenommen hat. Liegt aber nicht in der Art, wie Fourier seine Ansichten darlegt, etwas für seine Nation sehr Charakteristisches? Er erhebt keinen Anspruch auf höhere Eingebung, er hat sich nicht eingeredet – wie es Swedenborg getan und wie es jeder andere als ein Franzose, wenn er eine Mission von gleicher Wichtigkeit mitzuteilen hätte, tun würde –, daß er im Auftrag von oben spreche. Er verkündigt sein System, soviel ich bemerken kann, völlig auf seine eigene Verantwortlichkeit hin. Er hat bloß durch die Kraft und Schärfe seines individuellen Verstandes den ganzen Rat des Allmächtigen in bezug auf die Menschheit für die Vergangenheit, Gegenwart und genau siebzigtausend Jahre der Zukunft erforscht und ergründet!"

„Schaffen Sie mir das Buch aus den Augen!" rief Hollingsworth mit einem äußerst heftigen Ausdruck, „oder ich sage Ihnen ehrlich, daß ich es ins Feuer werfen werde! Und was Fourier betrifft, so mag er, wenn er kann, ein Paradies aus Gehenna machen, wo er, wie ich inständig glaube, in diesem Augenblick umherwatet."

„Und wahrscheinlich nach einem Tropfen seiner geliebten Limonade à Cèdre brüllt!“ sagte ich, nicht weil ich einen besonderen Haß gegen Fourier fühlte, sondern bloß, weil ich an die Ausmalung Hollingsworths die letzte Hand legen wollte.

Bei dem Versuch mit einem Manne, der sich erlaubt, auf diese Art zu deklamieren, ist nur geringer Vorteil zu erwartei. Ich ließ daher den Gegenstand fallen und nahm ihn nie wieder auf.

Wenn aber das System, über welches er so wütend war, auch fast jeden beliebigen Grad menschlicher Weisheit, geistiger Einsicht und imaginativer Schönheit vereinigt hätte, so bezweifle ich doch, ob sich Hollingsworths Geist in einem zu seiner Aufnahme passenden Zustande befand. Ich begann zu erkennen, daß er von keiner wahren Sympathie für unsere Gefühle und Hoffnungen getrieben zu uns gekommen war, sondern hauptsächlich, weil wir uns der Welt entfremdeten, mit welcher ihn sein einsamer und ausschließlicher Lebenszweck bereits in Mißhelligkeiten gebracht hatte. Hollingsworth muß ursprünglich mit großer Menschenliebe begabt gewesen sein, tief und warm genug, um die Quelle von so vielem uneigennützigen Guten zu werden, wie es die Vorsehung nur immer einem menschlichen Wesen gestattete, seinen Mitgeschöpfen zu erweisen. Dieser angeborene Instinkt lebte in ihm noch jetzt. Ich hatte in meiner Not selbst davon Vorteil gezogen. Er wurde auch in seiner Behandlung Priscillas sichtbar. Zufällige Umstände wie die, um welche es sich hier handelte, verstärkten seine göttliche Kraft der Sympathie und ließen ihn, so lange ihr Einfluß dauerte, als den liebevollsten Mann und treuesten Freund auf Erden erscheinen. Mit der Zeit vermißte man aber das zarte Gefühl von gestern und erhielt das traurige Bewußtsein, daß Hollingsworth einen näheren Freund habe, als man ihm je sein konnte, und dieser Freund war das kalte, gespenstische Ungeheuer, welches er selbst heraufbeschworen hatte und an das er die ganze

Wärme seines Herzens vergeudete und dessen Sklave er endlich geworden war, wie es diesen Männern von mächtiger Zweckhaftigkeit so ohne Ausnahme ergeht. Es war seine philanthropische Theorie.

Dies war ein äußerst trauriges Resultat, wenn man bedachte, daß es hauptsächlich gerade die Glut und das Überströmen seiner Philanthropie herbeigeführt hatte. Wahrhaft traurig, aber keineswegs ungewöhnlich. Er hatte seiner Menschenliebe beigebracht, ihre warme Flut ausschließlich durch einen Kanal zu ergießen, so daß nichts für andere große Kundgebungen der Liebe zum Menschen übrigblieb, ja kaum etwas für die Nährung individueller Neigungen, wenn sie nicht auf irgendeine Weise dem entsetzlichen Egotismus, den er für einen Engel Gottes hielt, dienen konnten. Wenn Hollingsworths Erziehung umfassender gewesen wäre, so würde er vielleicht nicht so unvermeidlich in diese Fallgrube gestolpert sein, aber eben die Verfolgung dieses Zieles hatte ihn erzogen. Er wußte absolut nichts, außer nach einer einzigen Seite hin, wo freilich er so energisch nachgedacht hatte und so tief fühlte, daß sich für ihn ohne Zweifel die ganze Vernunft und Gerechtigkeit des Universums hier zu konzentrieren schien.

Es ist meine Privatansicht, daß Hollingsworth zu dieser Periode seines Lebens sich dem Wahn mit schnellen Schritten näherte, und wie es bei andern verrückten Leuten (zu denen ich die Schrullköpfe jeden Grades rechne) der Fall ist, so bedurfte es auch bei ihm der standhaftesten Freundschaft, um diejenigen, welche mit ihm umgingen, davon abzuhalten, ihn für einen unleidlichen Langweiler zu erklären. Welches ewige Geigen auf einer Saite, welche vielfältige Darstellung einer einzigen Idee! Sein besonderer Zweck (welchen er das Publikum mehr als genügend vermittelst Vorlesungen und Broschüren kennen lehrte) war der, Geldmittel zur Errichtung eines Gebäudes mit einer Art von Kollegienunterhaltungsfonds zu erlangen. In dieser Stiftung gedachte er sich und einige Schüler der Bekehrung und Geistesbildung unserer verbrecherischen Brüder zu weihen. Dieses Traumgebäude war Hollingsworths einziges Luftschloß, es war der materielle Typus, in welchem sich sein philanthropischer Traum zu verkörpern strebte, und er machte den Plan umgrenzter und erfaßte ihn stärker und hielt ihn hartnäckiger in seinen Klauen fest, indem er ihn dem körperlichen Auge sichtbar machte. Ich habe ihn wohl hundertmal mit einem Bleistift und einem Bogen Papier so liebevoll, wie ein anderer den Plan des projektierten Heims, worin er mit Frau und Kindern glücklich zu sein gedachte, entwerfen würde, die Fassade, die Seiten oder Rückansicht des Gebäudes zeichnen oder die inneren Einrichtungen aufstellen sehen. Ich habe bemerkt, wie er mit kleinen Steinen, die er am Bache gesammelt, wohin wir gegangen waren, um uns während der schwülen Mittagszeit der Heuernte abzukühlen, ein Modell des Gebäudes begann. Im Unterschied von allen andern Gespenstern spukte sein Geist in einem Gebäude, welches, statt von der Zeit ergraut und von Schätzen der Liebe und Freude und des Schmerzes erfüllt zu sein, bisher noch nicht einmal zur Existenz gelangt war.

„Lieber Freund", sagte ich einst, ehe ich mein Krankenzimmer verließ, zu Hollingsworth, „ich wünsche von Herzen, daß ich Ihre Pläne zu meinen Plänen machen könnte, denn es würde für mich das größte Glück sein, mich auf dem gleichen Pfade mit Ihnen zu sehen. Aber ich fürchte, daß ich in mir kein Material habe, zäh genug für einen Philanthropen – oder nicht für einen dieser eigentümlichen Richtung – oder auf alle Fälle nicht einzig für diese. Können Sie Nachsicht mit mir haben, wenn das der Fall sein sollte?"

„Ich will wenigstens eine Zeitlang warten", entgegnete Hollingsworth, indem er mich streng und düster anblickte, „aber wie können Sie mein lebenslänglicher Freund sein, wenn Sie nicht mit mir dem Hauptzweck meines Lebens zustreben?"

Der Himmel verzeih mir! Ein entsetzlicher Argwohn beschlich mein Herz und stach dessen Innerstes wie mit

Natterzähnen. Konnte es möglich sein, daß Hollingsworth nur in der Absicht, mich später zu seinen Ansichten zu bekehren, mit aller jener hingebenden Sorgfalt an meinem Bett gewacht hatte?

VIII

Ein neues Arkadien

Der erste Mai war – ich weiß nicht mehr, ob bloß auf Zenobias alleinige Verfügung oder durch einstimmigen Beschluß unserer Gemeinde – für ein bewegliches Fest erklärt worden. Seine Feier war hinausgeschoben, bis die Sonne Zeit genug gehabt hatte, um die Schneelager auf der Schattenseite der Steinmauern wegzuschmelzen und einige von den ersten wilden Blumen hervorzulocken. Am Morgen des angesetzten Tages entschied ich, nachdem ich die balsamische Luft zu meinem Fenster eingelassen hatte, daß es Unsinn und Weibischkeit sei, länger ein Gefangener zu bleiben. Ich ging daher in das Wohnzimmer hinunter und begab mich, da ich dort keinen Menschen fand, nach der Scheune, von wo ich bereits Zenobias Stimme und mit ihr ein Mädchenlachen, welches sich nicht so leicht erkennen ließ, gehört hatte. Bei meiner Ankunft an Ort und Stelle war ich ein wenig überrascht, als ich entdeckte, daß diese Ausbrüche der Heiterkeit von Priscilla herrührten.

Die beiden waren zusammen im Walde gewesen, um Blumen zu pflücken. Sie hatten Anemonen im Überfluß, Hände voll Houstonien, einige Columbinen, ein paar langstengelige Veilchen und eine Menge von weißen Immortellen gefunden und ihren Korb mit den zarten Kätzchen von Sträuchern und Bäumen gefüllt. Unter diesen waren keine hübscher als die Ahornzweige, deren Blatt im Mai wie eine Scharlachknospe und im Oktober wie eine Platte vegetabilischen Goldes aussieht. Zenobia, die in solchen Dingen kein Gewissen kannte, hatte auch einen Kirschbaum eines seiner Blütenzweige beraubt und mit allen diesen bunten Waldzieraten Priscilla aufgeputzt. Es war mit vielem Geschmack geschehen, und sie sah darin reizender aus, als ich es bei meinen Erinnerungen an das bleiche, fröstelnde Mädchen, das ich früher beschrieben, für möglich gehalten hätte. Unter diesen duftigen Blüten war jedoch, und noch dazu an einer auffallenden Stelle, ein Unkraut von schlechtem Geruch und häßlichem Aussehen angebracht, welches, sobald ich es entdeckte, den Effekt alles übrigen zerstörte. In Zenobias Auge blitzte ein Strahl verborgener Neckerei – um es nicht Teufelei zu nennen –, welcher anzudeuten schien, daß bei dem Arrangement eine etwas boshafte Absicht gewaltet habe.

Was sie selbst betraf, so verschmähte sie die ländlichen Knospen und Blättchen und trug nichts als ihre gewöhnliche Tropenblume.

„Was denken Sie jetzt von Priscilla, Herr Coverdale?“ fragte sie, indem sie diese betrachtete wie ein Kind seine Puppe. „Ist sie nicht ein paar Verse wert?“

„Ich sehe an ihr nur eines, was mir nicht am rechten Orte erscheint“, antwortete ich.

Zenobia lachte und schleuderte das giftige Unkraut hinweg.

„Ja, jetzt verdient sie, daß Verse auf sie gemacht werden, und zwar von einem besseren Dichter, als ich es bin. Sie ist das echte Bild des Frühlings in unserer Gegend Neuenglands, von gedämpfter Färbung und etwas kühl; aber mit einer Fähigkeit begabt, den Sonnenschein zu bringen und Alpenblumen als Bürgschaft für etwas Späteres, Üppigeres, wenn auch kaum Schöneres aufsprießen zu lassen. Der beste Typus, welchen ich für sie kenne, ist eine von diesen Anemonen.“

„Was ich jetzt, wo sich ihre Gesundheit verbessert, am eigentümlichsten finde, das ist ihre Wildheit“, bemerkte Zenobia. „Sie schien ein so stilles Geschöpfchen zu sein, daß man es gar nicht von ihr erwartet hätte. Als wir zusammen den Wald durchwanderten, konnte ich sie kaum daran hindern, wie ein Eichhörnchen auf die Bäume zu klettern. Sie hat früher nie gewußt, was es heißt, im Freien zu leben, und es berauscht sie so, als ob sie Wein getrunken hätte. Und sie hält unseren Aufenthalt hier für ein wahres Paradies und uns alle, aber besonders Hollingsworth und mich, für Engel. Es ist wahrhaft lächerlich und ärgert einen beinahe, ein Geschöpf – besonders ein weibliches – so glücklich zu sehen."

„Sie sind stets glücklicher als männliche Geschöpfe", sagte ich.

„Diese Idee müssen Sie berichtigen, Coverdale, wenn ich nicht denken soll, daß es Ihnen an der poetischen Einsicht mangelt", antwortete Zenobia geringschätzig. „Haben Sie in Ihrem Leben je eine glückliche Frau gesehen? Natürlich meine ich nicht ein Mädchen wie Priscilla und tausend andere, denn die sind einander sämtlich gleich, solange sie sich auf der Sonnenseite der Erfahrung befinden – sondern ein erwachsenes Frauenzimmer. Wie kann sie glücklich sein, nachdem sie entdeckt hat, daß ihr vom Schicksal nur ein einziges Ereignis zugewiesen worden ist, welches sie so gut wie möglich zum Kern ihres ganzen Lebens machen muß. Ein Mann hat die Wahl unter unzähligen Ereignissen."

„Ich denke mir", entgegnete ich, „daß sie durch beständige Wiederholung ihres einen Ereignisses den Mangel an Verschiedenartigkeit ausgleichen kann."

„Was Sie nicht sagen", erwiderte Zenobia.

Während unseres Gespräches hatte Priscilla in der Ferne Hollingsworth erblickt, der in einer blauen Bluse und mit einer Hacke auf der Schulter vom Felde zurückkehrte. Sie brach sofort auf, um ihm laufend und springend mit einem Mute, der so leicht war wie das Lüftchen des Maimorgens, aber mit Gliedern, die zu wenig Übung besaßen, um ihrem Willen gänzlich gehorsam zu sein, entgegenzueilen. Sie klatschte mit einem Übermaß von Gebärden, wie es bei einem jungen Mädchen gewöhnlich ist, wenn sie wie mit Elektrizität überladen sind, in die Hände. Plötzlich aber, als sie kaum die

Hälfte des Weges zu Hollingsworth gemacht hatte, blieb sie stehen, schaute um sich nach dem Flusse, dem Wege, dem Walde und rückwärts nach uns und schien zu lauschen, als ob sie jemand ihren Namen rufen höre und nicht recht wisse, von welcher Seite her dies geschehe.

„Haben Sie sie behext?“ rief ich.

„Es ist keine Zauberei von meiner Seite“, sagte Zenobia, „aber ich habe das Mädchen genau dasselbe schon ein paarmal tun sehen. Können Sie sich vorstellen, was ihr ist?“

„Nein“, sagte ich, „wenn sie nicht die Gabe hat, die ‚luftigen Zungen, welche Menschennamen rufen‘, von denen uns Milton erzählt hat, zu hören.“

Aus irgendeinem Grunde schien Priscilla gänzlich von ihrer Lebhaftigkeit verlassen worden zu sein. Sie setzte sich auf ein Felsstück und blieb dort, bis Hollingsworth kam, und als er ihre Hand nahm und sie zu uns zurückführte, glich sie eher meinem ursprünglichen Bilde der bleichen, mutlosen Priscilla als der blumigen Maikönigin von vorhin. Diese plötzlichen Umwandlungen, welche sich nur als ein Übermaß von Nervenreizbarkeit erklären ließen, fuhren fort, das Mädchen zu charakterisieren, wenn auch mit verminderter Häufigkeit, als ihre Gesundheit allmählich kräftiger wurde.

Ich war jetzt wieder völlig auf den Beinen. Mein Krankheitsfall war ein Scheideweg zwischen zwei Existenzen gewesen, der niedrige, dunkle Torweg, durch welchen ich einem Leben kalter Konventionalität, gewissermaßen auf Händen und Knien, entrann und den Zutritt in die jenseits liegende, freiere Region erlangte. In dieser Beziehung glich er dem Tode, und wie bei dem Tode, war es auch hier gut, durch ihn gegangen zu sein. Auf keine andere Weise hätte ich mich von tausend Torheiten, Tändeleien, Vorurteilen, Gewohnheiten und anderm solchen Weltstaub befreien können, der sich unvermeidlich dem Wanderer auf der großen Landstraße ansetzt und ihm noch vor dem Herankommen des Mittags stets ein schmutziges Aussehen erteilt, wie frisch er auch am tauigen

Morgen seine Pilgerreise begonnen haben mag. Nicht einmal das Fleisch auf meinem Gebein war dazu passend gewesen, auf irgendeine bessere, wahrere oder energischere Weise zu leben, als die mir gewohnte. Es wurde mir also abgenommen und beiseite geworfen, wie irgendein anderes abgetragenes oder unpassendes Kleid, und nachdem ich in meinem Skelett ein wenig gefröstelt, begann ich von neuem und weit zufriedenstellender als in meinem früheren Anzuge bekleidet zu werden. Ich war in buchstäblicher und physischer Hinsicht ein ganz anderer Mensch geworden. Ich empfand ein lebhaftes Gefühl des Triumphes, mit welchem der Geist die Reise nach der nächsten Station seines ewigen Fortschrittes antreten wird, nachdem er die schwere Bürde seiner Sterblichkeit mit ebenso geringer Teilnahme für das, was daraus werden mag, als ich jetzt für das von mir verlorene Fleisch empfand, in einem irdischen Grabe zurückgelassen hat.

Als ich in den warmen Sonnenschein hinauskam, war es mir beinahe, als ob die Arbeiten der Bruderschaft bereits einige von Fouriers Weissagungen verwirklicht hätten. Ihre aufgeklärte Pflege des Bodens und die Tugenden, womit sie ihr Leben heiligten, hatten eine Wirkung auf die materielle Welt und ihr Klima hervorzubringen begonnen. In meinem neuen Enthusiasmus erschien der Mann stark und majestätisch – und die Frau, o so schön! – und die Erde als ein in bunter Herrlichkeit blühender grüner Garten. So benahm sich die Natur, deren Gesetze ich auf vielerlei künstliche Weise gebrochen hatte, gegen mich als eine strenge, aber liebende Mutter, die gegen ihren kleinen Knaben für seine Ungezogenheit die Rute anwendet und ihm dann ein Lächeln, einen Kuß und hübsche Spielsachen gibt, um den Schlingel über ihre Strenge zu trösten.

In der Zeit, wo ich das Zimmer gehütet hatte, war zu unserm kleinen Heere von Heiligen und Märtyrern eine Anzahl von Rekruten gestoßen. Sie waren meist Individuen, die eine Erfahrung durchgemacht, welche ihnen Ekel gegen gewöhnliche Beschäftigungen einflößte, die aber noch nicht so alt waren und noch nicht so tief gelitten hatten, daß sie ihren Glauben an die bevorstehenden besseren Zeiten verloren gaben. Wenn sie ihre Ideen miteinander verglichen, entdeckten sie oft, daß dieser Gedanke an eine Gemeinschaft seit Jahren in stiller einander unbekannter Sympathie in ihnen emporgewachsen war. Unter ihnen befanden sich gedankenvolle, starke, markierte Gesichter, düstere Stirnen, aber Augen, die der Brillen nicht bedurften, außer wenn sie vorzeitig durch das Lampenlicht des Forschers getrübt waren, und Haar, das selten einen Silberfaden zeigte. Das mit der Vergangenheit vermählte, mit einer Steinschicht von Gewohnheiten inkrustierte Alter, welches in seinem Besitz nichts Flüssiges mehr hat, würde in einem Unternehmen wie diesem völlig am unrechten Ort gewesen sein. Auch die Jugend in ihrer Morgendämmerung war kaum besser für unseren Zweck geeignet, denn sie sah die Morgenstrahlen ihres eigenen Geistes gerade die Stätten mit verdorrtem Gras und kahlem Sand erleuchten, von wo die meisten unter uns nur das Verschwinden des Glanzes erblickt hatten. Allerdings hatten wir sehr junge Leute bei uns, flaumenbärtige Burschen, rosige Mädchen im Backfischalter und Kinder jeder Größe vom Knie aufwärts – aber diese waren hauptsächlich zur Erziehung hierher geschickt worden, welche eine von den Aufgaben unserer Institution war. Ferner hatten wir Kostgänger aus der Stadt und von anderwärts, die vertraulich mit uns lebten, mehr oder weniger mit unseren Theorien sympathisierten und zuweilen unsere Arbeiten teilten.

Im ganzen war es eine Gesellschaft, wie sie sich selten zusammengefunden hat, und von der man vielleicht vernünftigerweise auch nicht erwarten konnte, daß sie lange zusammenhalten werde. Personen von markierter Individualität, krumme Stäbe, wie manche von uns genannt werden konnten, lassen sich nicht gerade leicht in ein Bündel zusammenbinden, aber so lange unsere Verbindung existierte, hätte ein

Mann von Verstand und Gefühl und einer freien Natur weit und breit suchen können, ohne so viele Anziehungspunkte zu finden, wie ihn hierher locken mußten. Wir waren Anhänger aller Glaubensbekenntnisse und Meinungen und ganz allgemein aufgeschlossen für alle, was auch immer ihr Inhalt gewesen sein möge. Unser Band war, wie es mir erscheint, nicht ein affirmatives, sondern ein negatives: ein jeder von uns hatte in seinem vergangenen Leben das eine oder das andere gefunden, womit er unzufrieden war, und wir stimmten alle so ziemlich darin überein, daß es nicht rätlich sei, uns weiter mit dem alten Systeme hinzuschleppen. In bezug auf das, was an seine Stelle gesetzt werden sollte, herrschte weit geringere Einstimmigkeit. Wir kümmerten uns nicht viel – wenigstens tat ich es nie – um die geschriebene Verfassung, unter welcher unser tausendjähriges Reich begonnen hatte. Meine Hoffnung war, daß zwischen Theorie und Praxis eine echte und ausführbare Lebensweise gefunden werden möge, und daß, selbst wenn uns dies endlich mißlingen sollte, die auf den Versuch verwendeten Monate oder Jahre, sowohl in bezug auf den vorübergehenden Genuß wie auf die Erfahrung, welche die Menschen weise macht, nicht verschwendet gewesen wären.

Wenn wir auch Arkadier waren, hatte doch unser Kostüm keine Ähnlichkeit mit den bebänderten Wämsern, seidenen Kniehosen und Strümpfen und mit künstlichen Rosen besetzten Schuhen, welche die Hirtenwelt der Dichtung und der Bühne auszeichnen. Dem Äußeren nach sahen wir, nach meiner bescheidenen Meinung, eher wie eine Bettler- oder Räuberbande aus als wie eine Gesellschaft von ehrlichen Arbeitern oder ein Konklave von Philosophen: welche Verschiedenheiten auch zwischen uns obwalten mochten, so schienen wir doch alle mit der gleichen sparsamen und löblichen Idee, unsere alten Kleider abzutragen, nach Blithedale gekommen zu sein. Wenn wir aufs Feld hinaus gingen, erhielten kuriose Kleidungsstücke eine Lüftung, Röcke mit hohen Krägen und ohne alle Krägen, mit breiten Schößen oder Schwalbenschwänzen und mit der Taille auf jedem möglichen Punkte zwischen der Hüfte und der Achsel, Beinkleider, die einem Dutzend verschiedener Epochen angehörten und auf den Knien durch die Demütigungen des Trägers vor seiner Geliebten bedeutend entstellt waren – kurz, wir waren eine lebende Musterkarte dahingeschiedener Moden und das zerlumpteste Regiment von Männern, die bessere Tage gesehen hatten. Es war eine Vornehmheit in Lumpen. Oftmals bewahrten wir noch ein gelehrtes oder geistliches Aussehen, und man hätte uns dann für Anwohner der Grubstreet halten können, die darauf bedacht waren, durch Feldarbeit ihr Auskommen zu erlangen, oder für Coleridges geplante Pantisokratie im Zuge der Erprobung oder für Candide und seine bunte Gesellschaft bei der Arbeit in ihrem Kohlgarten oder für irgend etwas anderes, das an dem Ellenbogen erbärmlich zerrissen und auf der Rückseite auf das ungeschickteste geflickt war. Man hätte darauf schwören können, daß wir Kameraden aus Falstaffs Lumpenregiment wären. So geringer Geschicklichkeit wir uns auch in anderen Punkten des Ackerbaues rühmen konnten, würde doch jeder Mutter Sohn von uns als Vogelscheuche die trefflichsten Dienste geleistet haben. Und das schlimmste an der Sache war, daß die erste energische Bewegung, die nötig war, um eine wirkliche Arbeit zu verrichten, diesen armseligen Kleidungsstücken mit Sicherheit ein Ende machen mußte. Wir warfen sie daher allmählich alle beiseite und benutzten ehrliches Haustuch und Halbwollenes, das im ganzen genommen besser war als die Manier, welche, glaube ich, Virgil empfiehlt – ara nudus, sere nudus – die, wie Silas Foster bemerkte, als ich ihm eine Übersetzung der Maxime gab, das Weibervolk gewaltig erstaunt hätte.

Nach einiger Übung sagte uns das Bauernleben trefflich zu. Unsere Gesichter wurden von der Sonne verbrannt, unsere Brust gewann an Geräumigkeit und unsere Schultern an Breite und Vierschrötigkeit, unsere großen, braunen Fäuste sahen aus, als seien sie nie der Glacéhandschuhe würdig gewesen.

Der Pflug, die Hacke, die Sense und die Heugabel wurden unserem Griffe vertraute Dinge, die Ochsen folgten unseren Stimmen, wir konnten ein fast ebenso gutes Tagwerk verrichten wie Silas Foster selbst, traumlos darnach schlafen und bei Tagesanbruch nur mit einiger Steifheit der Gelenke erwachen, welche zur Frühstückszeit ganz verschwunden war.

Allerdings gaben unsere nächsten Nachbarn Unglauben an unserer wirklichen Geschicklichkeit in dem Geschäfte vor, welches wir unternommen hatten – sie erzählten verleumderische Fabeln von unserer Unfähigkeit, unsere eigenen Ochsen einzujochen oder, wenn sie angejocht waren, aufs Feld zu treiben oder des Abends das arme Vieh von seinem Joch zu erlösen. Dann hatten sie die Unverschämtheit zu sagen, daß die Kühe zur Melkzeit unsere Unbehilflichkeit verlachten und jedesmal, ohne Ausnahme, die Melkeimer umstießen, teils weil wir den Schemel auf die unrechte Seite stellten und teils weil wir uns von den Wedeln ihrer Schwänze beleidigt fühlten und die Gewohnheit hätten, diese natürliche Fliegenklatsche mit der einen Hand zu halten und mit der anderen zu melken. Ferner behaupteten sie, daß wir ganze Maisfelder und andere Feldfrüchte aufhackten, aber dafür die Erde sorgfältig um das Unkraut häuften, und daß wir fünfhundert Klettensträucher zögen, die wir irrigerweise für Kohlpflanzen hielten, und daß infolge des ungeschickten Pflanzens nur wenige von unseren Saaten überhaupt aufgingen oder daß dies, wenn es der Fall sei, hinterrücks geschehe, und daß wir den größten Teil des Juni darauf verwendet hätten, ein Feld mit Bohnen, die sich auf diese unziemliche Weise aus dem Boden gewagt, von neuem umzuackern. Sie sagten, daß es etwas ganz Gewöhnliches sei, daß der eine oder andere von uns sich des Morgens durch unbeholfenen Gebrauch der Häckselbank zwei bis drei Finger absäbele. Und endlich brachten die lügnerischen Schelme das Gerücht über eine letzte Katastrophe in Umlauf, nämlich, daß wir Kommunitären bis auf den letzten Mann ausgerottet seien, indem wir uns selbst mit unseren eigenen Sensen mitten auseinandergehauen hätten, und daß die Welt durch diesen kleinen Unfall nichts verloren habe.

Aber dies war von seiten benachbarter Farmer purer Neid und Bosheit. Die Gefahr, welche uns bei unserer neuen Lebensweise drohte, war nicht die, daß es uns mißlingen könne, praktische Landwirte zu werden, sondern die, daß wir wahrscheinlich aufhören würden, noch irgend etwas außerdem zu sein. Solange unser Unternehmen noch der Theorie angehörte, hatten wir uns an köstlichen Träumen von Vergeistigung der Arbeit delektiert. Sie sollte unsere Lebensform und das Ritual unserer Gottesverehrung werden. Ein jeder Schlag der Hacke sollte eine bisher der Sonne verborgen gebliebene aromatische Wurzel der Weisheit zum Vorschein bringen. Wir wollten, wenn wir auf dem Felde ausruhten, um im Winde den Schweiß von unserer Stirn verdunsten zu lassen, emporschauen und Blicke in die ferne Seele der Wahrheit werfen. In dieser Beziehung fiel die Sache nicht ganz so gut aus, wie wir es erwartet hatten. Immerhin erkannte ich zuweilen, wenn ich mich zufällig inmitten meiner Arbeit umblickte, in dem sichtbaren Schauspiel der Erde und des Himmels eine malerischere Schönheit. In solchen Momenten besaß das Antlitz der Natur etwas Neues und Ungewohntes, als sei sie überrascht und unvorbereitet gesehen worden, ohne Gelegenheit gehabt zu haben, ihre wahre Miene abzulegen und die Maske vorzunehmen, hinter welcher sie sich dem Sterblichen so rätselhaft verbirgt. Aber das war alles. Die Erdschollen, welche wir so ununterbrochen bearbeiteten und um und um wendeten, wurden nie zu Gedanken ätherisiert. Im Gegenteil, unsere Gedanken nahmen mit schneller Verwandlung ein schollenhaftes Wesen an; unsere Arbeit wies auf nichts Höheres hin und ließ uns beim Abendgrauen geistig träg zurück. Intellektuelle Tätigkeit ist mit einem großen Anteil von körperlicher Arbeit unverträglich. Der Landmann und der Gelehrte – der Landmann und der Mann der feinsten moralischen Bildung, wenn auch nicht der Mann des kräftigsten

Verstandes und der größten Redlichkeit – sind zwei voneinander verschiedene Individuen, die nie zu einer Substanz zusammengeschmiedet oder -geschmolzen werden können.

Zenobia sah diese Wahrheit bald ein und spöttelte gegen mich darüber, als Hollingsworth und ich eines Abends nach einem schweren Tagewerk im Grase lagen.

„Ich fürchte, daß Sie heute beim Heuladen nicht ein Lied gemacht haben, wie Burns beim Gerstenmähen“, sagte sie.

„Burns hat zur Heuzeit auch kein Lied gemacht“, antwortete ich sehr bestimmt, „er war während der Feldarbeit kein Dichter und wenn er dichtete, kein Landmann.“

„Und welche von den beiden Rollen gefällt Ihnen im ganzen am besten?“ fragte Zenobia. „Ich habe die Idee, daß Sie sie auch nicht besser vereinigen können, als es Burns getan hat. Oh, ich sehe im Geiste schon, was für ein Individuum Sie in ein bis zwei Jahren abgeben werden. Ihr Prototyp ist der alte Silas Foster mit seiner Handfläche von Sohlenleder und seinen Gelenken von rostigem Eisen, die den ganzen Sommer über die Steifheit seines Winterrheumatismus, wie er es nennt, bewahren und in seinem Gehirn von – ich weiß nicht, woraus sein Gehirn besteht – es müßte denn Weißkohl sein, aber das Ihre könnte vielleicht zu Blumenkohl, als einer feineren Varietät werden. Ihr physischer Mensch wird sich, wie ich es anschlage, in dem Maße von täglich anderthalb Pfunden in gepökeltes Rindfleisch und Schweinebraten verwandeln, denn das ist ungefähr das Durchschnittsquantum, welches wir in der Küche brauchen. Sie werden Ihre Tagestoilette – ebenfalls wie der köstliche Silas Foster – damit machen, daß Sie sich Ihre Finger und den Oberteil Ihres Gesichtes in einer kleinen Blechschüssel mit Wasser auf der Türstufe abspülen und Ihr Haar mit einem hölzernen Taschenkamm vor einem sieben- bis neunzölligen Spiegel kitzeln. Ihr einziger Zeitvertreib wird der sein, abscheulich schlechten Tabak aus einem schwarzen Pfeifenstummel zu rauchen.“

„Bitte schonen Sie meiner!“ rief ich, „aber die Pfeife ist

nicht die einzige Weise, auf welche sich Silas am Tabak erquickt."

„Ihre Literatur", fuhr Zenobia, wie es schien über ihre Beschreibung entzückt, weiter fort, „wird der Bauernkalender sein, denn ich bemerkte, daß sich unser Freund Foster nie bis zur Zeitung versteigt. Wenn Sie sich in einem müßigen Augenblick einmal niedersetzen, so werden Sie einschlafen und, gleich ihm, den Umstand durch Ihre Nase verkünden, und nach dem Abendessen müssen Sie von der künftigen Frau Coverdale stets aus einem Schläfchen gerissen und überredet werden, ordentlich zu Bett zu gehen. Und wenn Sie des Sonntags einen blauen Rock mit Messingknöpfen anziehen, so wird Ihnen nichts anderes zu tun beifallen, als hinzugehen und sich über Feldmauern und Zäune zu lehnen und dem Wachsen des Kornes zuzusehen. Und Sie werden mit Kennermiene auf Ochsen blicken und die Neigung haben, in Schweinehöfe zu klettern und die Säue anzufühlen und Vermutungen aufzustellen, wieviel sie wiegen werden, nachdem sie von Ihnen gestochen und ausgeschlachtet sind. Ich habe bereits bemerkt, daß Sie gedehnt und durch die Nase zu sprechen anfangen. Wenn Sie heute wirklich ein Gedicht gemacht haben, so bitte ich Sie, es uns in dieser Sprechweise hören zu lassen."

„Coverdale hat jetzt das Versemachen aufgegeben", sagte Hollingsworth, der meine Poesie nie im mindesten geschätzt hatte. „Denken Sie sich ihn nur, wie er mit einer solchen Faust ein Sonett schreibt! Ein mühevolles, arbeitsames Leben hat wenigstens das Gute an sich, daß es dem Menschen den Unsinn und die Einbildung benimmt und ihm nichts läßt, als was ihm wirklich angehört. Wenn ein Bauer hinter dem Pfluge Gedichte machen kann, so muß es daher kommen, daß seine Natur darauf besteht, und sobald dies der Fall ist, so mag er es in des Himmels Namen tun."

„Und wie steht es mit Ihnen?" fragte Zenobia mit anderer Stimme, denn sie lachte Hollingsworth nie aus, wie sie es oftmals mit mir tat. „Sie, denke ich, können nie aufgehört haben, ein Leben der Gedanken und des Gefühls zu führen."

„Ich habe es stets ernst gemeint", antwortete Hollingsworth, „ich habe die Gedanken aus dem Eisen gehämmert, nachdem ich das Eisen in meinem Herzen heiß gemacht hatte. Mir kommt es wenig auf das an, was meine äußerliche Arbeit sein mag. Wenn ich ein Sklave auf dem Grunde eines Bergwerkes wäre, so würde ich doch den gleichen Zweck und denselben Glauben an seine endliche Erfüllung bewahren wie jetzt. Miles Coverdale meint es nicht ernst, weder als Dichter noch als Arbeiter."

„Sie messen mich mit einem harten Maße, Hollingsworth", sagte ich ein wenig betroffen; „ich habe auf dem Felde mit Ihnen Schritt gehalten, und meine Knochen fühlen sich an, als ob es mir ernst gewesen wäre, was auch immer mit meinem Gehirn der Fall sein mag."

„Ich kann mir nicht vorstellen", bemerkte Zenobia mit großem Nachdruck – und sie sprach ohne Zweifel ehrlich das Gefühl des Augenblicks aus –, „ich kann mir nicht vorstellen, wie jemand so anhaltend wie Coverdale in der Sphäre einer starken und edlen Natur zu leben vermöchte, ohne von ihrem Einflusse gekräftigt und veredelt zu werden."

Diese liebenswürdige Bemerkung der schönen Zenobia bestärkte mich in dem, was ich bereits zu vermuten begonnen hatte, daß nämlich Hollingsworth, gleich vielen andern berühmten Propheten, Reformatoren und Philanthropen, aller Wahrscheinlichkeit nach unter den Frauen zwei Proselyten auf jeden Mann finden würde. Zenobia und Priscilla! Diese beiden, glaube ich (es sei denn, mein unwürdiges Selbst sei ihnen als Dritter zuzurechnen), waren die einzigen Jünger seiner Mission; und ich verschwendete eine Menge von Zeit nutzlos mit Spekulationen über das, was Hollingsworth mit ihnen anzufangen gedachte – und sie mit ihm.

IX

Hollingsworth, Zenobia, Priscilla

Ich glaube nicht, daß es eine heilsame, geistige Beschäftigung ist, sich zu ausschließlich dem Studium individueller Männer und Frauen zu widmen. Wenn man selbst die der Erforschung ausgesetzte Person ist, so wird das Resultat mit ziemlicher Gewißheit, fast ehe wir noch einen zweiten Blick tun können, eine krankhafte Tätigkeit des Herzens sein; oder wenn wir uns die Freiheit nehmen, einen Freund unter unser Mikroskop zu legen, so isolieren wir diesen dadurch von vielen seiner wahren Beziehungen, vergrößern seine Eigentümlichkeiten, zerreißen ihn unvermeidlich in Teile und flicken ihn natürlicherweise sehr ungeschickt wieder zusammen. Kein Wunder, daß wir dann durch den Anblick eines Ungeheuers erschreckt werden, welches am Ende doch – wenn wir auch auf jeden einzelnen Zug seiner Ungestalt in der wirklichen Person hinweisen können – hauptsächlich unsere eigene Schöpfung ist.

So tat ich, wie mir mein Gewissen oftmals zugeflüstert hat, Hollingsworth großes Unrecht, indem ich spähend in seinen Charakter blickte, und tue ihm vielleicht in diesem Augenblicke ein ebenso großes, indem ich in die Entdeckungen, welche ich zu machen schien, Glauben setze. Aber ich konnte nicht anders. Hätte ich ihn weniger geliebt, hätte ich ihm vielleicht besser gedient. Er – und Zenobia und Priscilla, sowohl um ihrer selbst willen, wie auch wegen ihrer Verbindung mit ihm, waren für meine Einbildungskraft von den übrigen Mitgliedern der Gemeinschaft abgetrennt und standen als Anzeichen eines Problems da, dessen Lösung mir oblag. Andere Genossen hatten einen Teil meiner Zeit, andere Dinge unterhielten mich, Vorgänge des Lebens rissen mich mit sich fort, so lange sie dauerten; aber hier war der Strudel meiner Betrachtungen, um welchen sie sich in die Runde drehten und welchem sie nur zu beständig zustrebten. Mitten in heiterer

Gesellschaft fühlte ich mich oft einsam, denn es war unmöglich, nicht zu empfinden, daß, während diese drei Personen auf meinem Privattheater eine so große Rolle spielten, ich – wenn ich auch von allen wahrscheinlich als Freund betrachtet wurde – doch im besten Falle nur eine Persönlichkeit zweiten oder dritten Ranges für sie war.

Ich liebte Hollingsworth, wie bereits hinlänglich ausgesprochen ist, aber es drängte sich mir immer stärker und stärker auf, daß in diesem Manne eine grimmige und furchtbare Eigentümlichkeit liege, wie sie sich unvermeidlich dem Glücke derjenigen, die in eine zu vertraute Verbindung mit ihm gezogen würden, verderblich erweisen mußte. Er war nicht ganz und gar menschlich. Hollingsworth hatte außer Fleisch und Blut und Sympathien und Neigungen und einem himmlischen Geiste noch etwas anderes an sich.

Dies ist bei denjenigen Männern, welche sich einem alles beherrschenden Zwecke hingegeben haben, stets wahr. Es treibt sie nicht sowohl von außen an und wirkt nicht einmal als bewegende Kraft im Innern, sondern verkörpert sich mit allem, was sie denken und fühlen, und verwandelt sie endlich in fast nichts als dieses eine Prinzip. Wenn dieser Fall einzutreten beginnt, so ist es nicht Feigheit, sondern Weisheit, solche Opfer zu meiden; sie haben kein Herz, keine Sympathie, keine Vernunft, kein Gewissen; sie wollen keinen Freund behalten, wenn er sich nicht zum Spiegel ihres Zwekkes macht; sie werden nach euch schlagen und euch erschlagen und euren Leichnam unter den Füßen zertrampeln, und dies noch eifriger, wenn ihr den ersten Schritt mit ihnen geht, aber nicht den zweiten und den dritten und jeden weiteren auf ihrem entsetzlich geraden Weg gehen könnt. Sie haben ein Idol, zu dessen hohen Priestern sie sich weihen und dem Opfer von allem, was am köstlichsten ist, darzubringen sie für ein frommes Werk halten, wobei sie nie zu argwöhnen scheinen – so schlau ist der Teufel gegen sie gewesen –, daß diese falsche Gottheit, in deren eisernen, für alle übrigen Menschen unerbittlichen Zügen sie nur Güte und Liebe sehen, nichts als ein auf die sie umgebende Finsternis geworfenes Bild des Priesters selbst ist. Je höher und reiner der ursprüngliche Zweck war, und je uneigennütziger die Arbeit dafür begonnen worden sein mag, desto geringer ist die Wahrscheinlichkeit, daß sie darauf geführt werden können, den Vorgang wahrzunehmen, durch welchen gottähnliche Menschenliebe zu alles verzehrendem Egotismus herabgewürdigt wurde.

Natürlich weiß ich recht gut, daß die obige Darstellung durch den Versuch, der Sache gerecht zu werden, übertrieben worden ist. Menschenfreunde von Profession sind weit gegangen, aber, wie ich glaube, kein ursprünglich guter Mensch je so weit wie dieser. Der Leser möge also so viele Abstriche machen, wie ihm möglich scheint. Der Absatz soll jedoch stehenbleiben, sowohl wegen seiner Wahrheit wie wegen seiner Übertreibung, denn er drückt die Tendenzen, welche wirklich in Hollingsworth tätig waren, vollkommen aus und gewährt ein Beispiel der Art von Irrtum, in welche mich meine Beobachtungsweise zu führen geeignet war. Am Ende schauderte mir in der Einsamkeit oftmals vor meinem Freunde. In meiner Erinnerung an sein dunkles, ausdrucksvolles Gesicht wurden seine Züge düsterer markiert als in der Wirklichkeit, schauriger in ihrer Tiefe und ihrem Schatten und greller in ihrem Licht. Die Falte, welche bloß über seine Stirn gezogen war, schien sie mit einer diamantharten Runzel entstellt zu haben. Traf ich dann wieder mit ihm zusammen, so wurde ich oft von Reue erfüllt, wenn seine tiefen Augen freundlich auf mich strahlten, wie mit dem Lichte eines in einer Höhle brennenden Herdfeuers. „Er ist doch ein Mensch“, dachte ich, „das treueste Abbild seines Schöpfers, ein menschenliebender Mensch! – nicht die vom Teufel selbst erfundene Stahlmaschine – ein Philanthrop!“ Aber auf meinen Waldspaziergängen und in meiner stillen Kammer starrte mich das dunkle Gesicht wieder düster an.

Wenn ein junges Mädchen in die Sphäre eines solchen

Mannes kommt, so befindet es sich in einer ebenso gefahrvollen Lage wie die Jungfrau, welche, den alten klassischen Mythen nach, einem Drachen ausgesetzt wurde. Sofern ich irgendeine Pflicht in bezug auf Hollingsworth hatte, so war sie die des Bemühens, Priscilla vor der Art von persönlicher Anbetung zu retten, die ihr Geschlecht im allgemeinen geneigt ist, verschwenderisch über Heilige und Helden auszugießen. Es bedarf oft nur eines Lächelns aus den Augen des Helden in das Herz des Mädchens oder der Frau, um diese Ergebenheit aus einem Gefühl der höchsten Billigung und des Vertrauens in leidenschaftliche Liebe zu verwandeln. Nun lächelte Hollingsworth Priscilla häufig an, häufiger als andere Personen. Es war nicht zu verwundern, wenn sie ihn für schön hielt. Mir kam er oft selbst so vor, wenn ich den Ausdruck innigliebender, menschlicher Fürsorge und sanftester Sympathie sah, den sie allein auf seinen Zügen hervorzurufen die Macht zu haben schien. Ich könnte mir vorstellen, daß Zenobia ihre Augen, so strahlend sie auch waren, um einen solchen Blick hingegeben hätte – es war das wenigste, was unsere arme Priscilla tun konnte, daß sie ihr Herz für eine große Menge davon hingab. Die Gefahr, daß dies geschehe, war um so größer, als der Fuß, auf welchem wir alle in Blithedale miteinander umgingen, weit von dem der konventionellen Gesellschaft abwich. Während er uns der sanften Liebe des Goldenen Zeitalters näherte, schien er ein jedes Individuum beider Geschlechter zu autorisieren, sich in jedes beliebige andere, ohne Rücksicht auf das, was anderwärts für klug und passend gehalten würde, zu verlieben. Demnach war unter uns auch die holde Leidenschaft in verschiedenen Arten der Milde oder Heftigkeit sehr häufig zu finden, verflog aber meist mit dem Zustand der Dinge, welchem sie ihren Ursprung verdankte. Dies war schon alles in seiner Art recht gut, aber es stand zu erwarten, daß es kein Kinderspiel sein würde, wenn ein Mädchen wie Priscilla und eine Frau wie Zenobia in ihrer Liebe zu einem Manne wie Hollingsworth miteinander in Kollision gerieten.

Wenn mein Herz so kalt gewesen wäre, wie ich zuweilen selbst dachte, so würde mich nichts mehr interessiert haben, als Zeuge von dem Spiel der Leidenschaften zu werden, die sich auf diese Weise entwickeln mußten; aber ich würde, die reine Wahrheit zu sagen, wirklich weit gegangen sein, um wenigstens Priscilla vor der Katastrophe zu retten, in welcher solch ein Drama nur zu leicht enden würde.

Priscilla war jetzt zu einem sehr hübschen Mädchen geworden und fuhr immer noch fort, zu knospen und zu blühen und täglich einen neuen Reiz anzunehmen, den man kaum merkte, da man ihn auch für ebenso viel wert hielt wie alles, was sie bisher besessen hatte. Ungeformt und körperlos, wie sie zu uns gekommen war, schien es, als ob wir sehen könnten, wie die Natur vor unseren Augen eine Frau herausbildete, und wir hatten doch nur ein ehrerbietiges Gefühl vom Rätsel einer Frauenseele und -gestalt. Gestern war ihre Wange noch bleich gewesen, heute blühte sie bereits. Priscillas Lächeln war gleich dem ersten eines Säuglings etwas wunderbar Neues. Ihre Unvollkommenheiten und Mängel flößten mir eine Art von neckischer Rührung ein, die eine von den bezaubernsten Empfindungen war, welche ich je erlebt habe. Nachdem sie ein oder zwei Monate in Blithedale verlebt, trat ihre animalische Lebenskraft stark hervor, erhielt sie fast beständig in einem Zustande des Auftriebes und der Gärung und setzte sie zu einer weit größeren körperlichen Tätigkeit an, als sie noch zu ertragen die Stärke besaß. Sie liebte es, mit den übrigen Mädchen im Freien zu spielen. Es gibt in der Welt kaum einen hübscheren Anblick als den einer Gesellschaft von jungen, halberwachsenen Mädchen beim Spiele, die sich so ihrem luftigen Impulse hingeben, daß kaum ihre Zehen den Boden berühren.

Mädchen sind unvergleichbar wilder und brausender als Knaben, unbezähmbarer als diese, rücksichtslos für Regeln und Grenzen, von einer stets abwechselnden Verschiedenartigkeit erfüllt, beständig in neue Arten des Scherzes ausbrechend und doch bei allem von einem harmonischen Anstande belebt. Ihre Schritte, ihre Stimmen erscheinen frei wie der Wind, bewahren aber den Einklang mit einer für uns unhörbaren Musik. Junge Männer und Knaben spielen dagegen dem anerkannten Gesetze gemäß alte, von der Tradition überlieferte Spiele, die keine Laune der Phantasie zulassen, aber Spielraum genug für das Ausbrechen wilder Instinkte gewähren. Jung wie alt, im Spiel wie im Ernst, neigt der Mann zum Brutalen.

Besonders köstlich ist es, ein kräftiges, junges Mädchen mit zurückgeworfenem Kopfe, sich stärker als nötig bewegenden Gliedern und einem Wesen, welches zwischen dem eines Vogels und dem eines jungen Füllens die Mitte hält, einen Wettlauf machen zu sehen. Aber Priscillas eigentümlicher Zauber beim Wettrennen war die Schwäche und Unregelmäßigkeit, womit sie lief. Sie war ohne Übung für etwas anderes als ihre armen kleinen Finger aufgewachsen und hatte noch nicht die vollkommene Herrschaft über ihre Beine erlangt. Sie brach daher elastisch auf, als ob keine Rivalin von geringerer Geschwindigkeit als eine Atalanta es mit ihr aufnehmen könne, lief aber schwankend und fiel oft in das Gras. Ein solcher Vorfall war, wenn er auch zu geringfügig erscheint, um daran zu denken, etwas zum Lachen, trieb einem aber die Tränen in die Augen und blieb im Gedächtnis zurück, nachdem weit größere Freuden und Schmerzen als veralteter Plunder daraus hinweggefegt worden waren. Priscillas Leben, wie ich es sah, war voller Kleinigkeiten, die mich genau auf diese Weise berührten.

Als sie unter uns vollkommen heimisch geworden war, pflegte ich mir einzubilden, daß Priscilla mehr neckische Streiche spielte und mehr Unheil anstiftete als irgendein Mädchen in der Gesellschaft. Ich hörte z. B. einmal Silas Foster mit höchst mürrischer Stimme drohen, daß er drei Hufeisen um Priscillas Hals nieten und sie an einen Pfosten ketten wolle, weil sie mit einigen andern jungen Leuten auf einen Heuhaufen geklettert war und verursacht hatte, daß er vom Rüstwagen herabglitt. Ich weiß bis heute nicht, wie sie sich mit ihm versöhnte, aber bald darauf sah ich den alten Silas mit seinen breiten Händen um Priscillas Leib diese hin- und herschwingen und sie endlich auf einen von den Ochsen setzen, um ihr ihre erste Lektion im Reiten zu geben. Es begegneten ihr bei ihren Versuchen, eine Kuh zu melken, entsetzliche Mißgeschicke, sie ließ das Federvieh in den Garten, sie verdarb gewöhnlich jeden Teil der Mittagsspeisen, dessen Bereitung sie übernahm, sie zerbrach Geschirr, sie ließ unsern größten Eimer in den Brunnen fallen und war – außer mit ihrer Nadel und jenen kleinen hölzernen Werkzeugen zum Börsenmachen – ein so nutzloses Mitglied der menschlichen Gesellschaft wie nur irgendeine junge Dame im Lande. Sie hatte keine andere Art von Tüchtigkeit vorzuweisen. Und doch war ein jeder gegen Priscilla gütig, ein jeder liebte sie und lachte sie ins Gesicht aus und lachte nicht hinter ihrem Rükken, ein jeder würde ihr die Hälfte seiner letzten Brotrinde oder den größten Teil seines Rosinenkuchens gegeben haben. Dies waren ziemlich sichere Zeichen, daß wir uns alle einer sympathischen Schwäche an dem Mädchen bewußt waren und sie für nicht ganz fähig hielten, auf ihren eigenen Vorteil zu sehen oder ihren Streit mit der Welt auszukämpfen. Und Hollingsworth – vielleicht weil er das Mittel gewesen war, Priscilla in ihre neue Umgebung zu bringen –, Hollingsworth schien sie als seinen speziellen Schützling zu betrachten.

Ihre einfache, sorglose, kindliche Frohmütigkeit stimmte mich oftmals trübe, sie erschien mir wie ein in einem warmen Sonnenstrahle spielender und ihn für einen weiten und ewigen Sommer haltender Schmetterling. Wir lassen die Heiterkeit oftmals strengere Rechenschaft ablegen als den Schmerz – sie muß einen guten Grund für sich aufweisen, wenn nicht das Echo ihres Gelächters traurig erschallen soll. Priscillas Munterkeit war überdies von einer Art, die mir zeigte, welches zarte Instrument sie war und welche gebrechlichen

Harfensaiten ihre Nerven bildeten. So wie sie bei der leisesten Berührung liebliche Musik machten, mußte es auch nur einer stärkeren bedürfen, um sie alle zu zerreißen. So absurd es auch sein mochte, versuchte ich doch, ihr Vorstellungen zu machen und sie zu überreden, nicht so fröhlich zu sein, indem ich dachte, daß ihr Glücksfonds, wenn sie nicht so verschwenderisch daraus schöpfte, länger aushalten würde. Ich entsinne mich, es eines Sommerabends getan zu haben, als wir müden Arbeiter unter dem Weißdornbaum des Dorfes saßen und zuschauten wie die alten Leute bei Goldsmith, während sich die jungen Leute ihren Spielen hingaben.

„Welchen Nutzen oder Verstand hat es, so sehr munter zu sein", sagte ich zu Priscilla, während sie nach einem lärmenden Spiele Atem schöpfte. „Ich sehe gern einen hinreichenden Grund für alles, und ich kann für dies keinen erblicken. Sagen Sie mir bitte doch, für welche Art von Welt Sie diese halten, daß Sie darin so lustig sind."

„Ich denke nie darüber nach", antwortete Priscilla lachend, „aber so viel ist mir gewiß, daß es eine Welt ist, worin jeder gegen mich gütig ist und worin ich jeden liebe. Das Herz tanzt mir in der Brust, und alle die närrischen Dinge, die Sie mich tun sehen, sind nur die Bewegungen meines Herzens. Wie kann ich trübselig sein, wenn es mein Herz nicht zuläßt?"

„Haben Sie keine trüben Erinnerungen?" meinte ich. „Wenn das nicht der Fall ist, so sind Sie in der Tat sehr glücklich."

„Ah!" sagte Priscilla langsam.

Und dann kam die unverständliche Gebärde, als ob sie auf eine ferne Stimme lausche.

„Was mich betrifft", fuhr ich fort, um sie womöglich wohltätig von meinem eigenen düstern Humor überschatten zu lassen, „so ist mein bisheriges Leben langweilig genug gewesen, und doch möchte ich zehnmal lieber rückwärts als einmal vorwärts blicken, denn so wenig wir auch von unserm zukünftigen Leben wissen, so können wir doch des einen sehr sicher sein, daß das Gute, nach welchem wir hinzielen, nicht erreicht werden wird. Die Menschen erlangen nie genau dasjenige Gute, wonach sie streben. Wenn es überhaupt kommt, so ist es etwas anderes, von dem sie sich nie haben etwas träumen lassen und wonach sie nicht besonders verlangten. Ferner können wir gewiß sein, daß unsere heutigen Freunde in einigen Jahren nicht mehr unsere Freunde sein werden. Wenn wir aber einen davon bewahren, so wird es auf Kosten der übrigen geschehen, und höchst wahrscheinlich werden wir gar keinen behalten. Allerdings sind ihrer mehr zu haben, aber wem läge daran, eine neue Gruppe von Freunden zu erwerben, selbst wenn sie besser sein würden, als die uns umgebenden!"

„Mir nicht!" sagte Priscilla, „ich will mit diesen leben und sterben!"

„Nun, lassen Sie selbst die Zukunft unbeobachtet", fuhr ich fort, „was würden Sie im gegenwärtigen Augenblicke zu sehen erwarten, wenn wir in die Herzen derjenigen blicken könnten, von denen wir am höchsten geschätzt zu werden wünschen? Ihr eigenes Bild in der innersten heiligen Nische? Ach, ich weiß es nicht. Vielleicht ist es gar nicht dort – vielleicht ist es ein bestaubtes Bild, das in einen Winkel gesteckt worden ist, um in kurzem aus der Tür geworfen zu werden, wo jeder Mensch es mit Füßen treten kann. Wenn auch nicht heute, dann morgen. Und so, Priscilla, sehe ich keine große Weisheit darin, wenn man in dieser Art von Welt so äußerst heiter ist."

Ich hatte beinahe sieben Jahre eines weltlichen Lebens dazu gebraucht, den bittern Honig, welchen ich hier Priscilla anbot, aufzuspeichern, und sie wies ihn zurück.

„Ich glaube kein Wort von dem, was Sie sagen", antwortete sie, von neuem lachend. „Sie haben mich auf eine Minute dadurch traurig gemacht, daß Sie von der Vergangenheit sprachen, aber die Vergangenheit kehrt nie wieder. Träumen wir wohl den gleichen Traum zweimal? Vor etwas anderem fürchte ich mich nicht."

Hiermit lief sie davon und fiel auf den grünen Rasen nieder, wie es ihr so oft geschah, stand aber wieder auf, ohne daß ihr Schaden geschehen wäre.

„Priscilla! Priscilla!“ rief Hollingsworth, der auf der Türstufe saß. „Sie würden am besten tun, wenn Sie heute abend nicht mehr liefen. Sie werden sich zu sehr ermüden. Und setzen Sie sich nicht im Freien nieder, denn es fängt ein starker Tau zu fallen an.“

Auf sein erstes Wort kam sie unter das Vordach und setzte sich völlig zufrieden und froh zu Hollingsworth. Welcher Zauber lag in seiner rauhen Massigkeit, daß er dieses schattenhafte Mädchen so anzog und beschwichtigte? Mir, der ich über solche Dinge stets nachgeforscht habe, erschien es, als ob Priscillas unbestimmte und, dem Anscheine nach, grundlose Flut glücklicher Gefühle diejenige sei, womit die Liebe unerfahrene Herzen beseligt, ehe sie zu ahnen beginnen, was in ihnen vorgeht. Sie trägt sie in den siebten Himmel, und wenn ihr fragt, was sie dorthin gebracht hat, so können sie es weder sagen, noch wünschen sie es zu erfahren, sondern geben sich freudig dem ekstatischen Glauben hin, daß sie ewig dort bleiben werden.

Zenobia stand unfern von Hollingsworth unter der Tür. Sie blickte Priscilla auf eine sehr eigentümliche Weise an. Wirklich war es auch ein betrachtenswerter Anblick und ein schöner Anblick dazu, wie das blonde Mädchen zu den Füßen jener dunklen, kräftigen Gestalt dasaß. Ihre Haltung war vollkommen schamhaft, zart und jungfräulich, verkündete aber zugleich, daß sie, von Hollingsworth beherrscht, zu ihm hingezogen wurde und, ihrer selbst unbewußt, auf seiner Kraft zu ruhen suchte. Ich konnte meine eigenen Augen nicht abwenden, hoffte aber, daß, außer Zenobia und mir, keiner dies Bild bemerken möge. Es steht jetzt vor mir, nur daß das Abendzwielicht von der Dämmerung des Gedächtnisses etwas tiefer wird.

„Kommen Sie hierher, Priscilla“, sagte Zenobia, „ich habe Ihnen etwas zu sagen.“

Sie sprach kaum lauter als im Flüstertone, aber es ist seltsam, wie sehr oftmals ein Flüstern die Stimmung ausdrücken kann. Priscilla fühlte sofort, daß etwas nicht recht sei.

„Sind Sie auf mich böse?“ fragte sie, indem sie sich langsam erhob und in gebeugter Haltung vor Zenobia trat. „Was habe ich getan? Ich hoffe, daß Sie nicht böse sind.“

„Nein, nein, Priscilla“, sagte Hollingsworth lächelnd. „Ich bürge dafür, daß sie es nicht ist. Sie sind das einzige Wesen auf der Welt, auf welches niemand böse sein kann.“

„Böse auf Sie, Kind! Welch törichte Idee!“ rief Zenobia lachend. „Nein, wahrhaftig nicht. Aber, meine liebe Priscilla, Sie fangen an, so hübsch zu werden, daß Sie unbedingt eine Duenna brauchen, und da ich älter bin als Sie und selbst einige kleine Lebenserfahrungen gemacht habe und mich für ausnehmend weise halte, so gedenke ich, die Stelle einer alten unverheirateten Tante bei Ihnen auszufüllen. Ich werde Ihnen täglich eine Vorlesung von einer Viertelstunde über die Sitten, die Manieren und den Anstand des gesellschaftlichen Lebens halten. Wenn unser Schäferspiel ganz ausgespielt sein wird, Priscilla, so dürfte Ihnen meine weltliche Weisheit gute Dienste leisten.“

„Ich fürchte, daß Sie auf mich böse sind!“ wiederholte Priscilla trübe, denn während das Mädchen jedem Eindruck nachzugeben schien wie Wachs, zeigte es doch oftmals auch ein zähes Beharren auf seinen eigenen Ideen, welches ebenso hartnäckig wie sanft war.

„Du lieber Gott, was kann ich nur dem Kinde sagen!“ rief Zenobia in einem Tone gespielten Ärgers.

„Nun wohl, da Sie darauf bestehen, daß ich böse bin, kommen Sie unverzüglich in mein Zimmer und lassen Sie sich von mir schlagen.“

Zenobia wünschte Hollingsworth mit der sanftesten Stimme eine gute Nacht und nickte mir lächelnd zu. Aber gerade, als sie sich mit Priscilla in dem Halbdunkel des Vordaches abwendete, konnte ich noch einen Blick auf ihr Gesicht werfen.

Eine tragische Schauspielerin würde ihr Glück gemacht haben, wenn sie es hätte für den Moment leihen können, wo sie in ihrem Busen nach dem versteckten Dolche oder der scharfgeschliffenen Haarnadel sucht oder das Gift in den Weinbecher ihres Geliebten oder in die Teetasse ihrer Nebenbuhlerin schüttet. Allerdings erwartete ich nicht im mindesten eine solche Katastrophe, denn es ist eine bemerkenswerte Wahrheit, daß das Herkommen in keiner Beziehung eine größere Herrschaft ausübt als in der Art, wie wir unsern wilden Leidenschaften Luft machen. Und selbst wenn wir in Italien gewesen wären, statt in Neuengland, so war überdies doch schwerlich schon eine Krisis für den Dolch oder den Giftbecher eingetreten.

Es setzte mich jedoch oftmals in Erstaunen, wie sich Hollingsworth so rücksichtslos zärtlich gegen Priscilla zeigen konnte, ohne, wie es schien, ein einziges Mal an die Wirkung zu denken, welche es auf ihr Herz haben könnte; aber der Mann war, wie ich mich darzulegen bemüht habe, völlig aus seinem moralischen Gleichgewicht gekommen und durch seinen großen Auswuchs von einem philanthropischen Systeme ganz über seine persönlichen Beziehungen in Verwirrung geraten. Ich sah zuweilen Andeutungen oder glaubte, deren zu bemerken, daß er für Zenobias weiblichen Einfluß nicht ganz stumpf sei. Ohne Zweifel fand er jedoch einen noch köstlicheren Genuß an Priscillas stiller Sympathie mit seinen Plänen, die so ganz ohne Beimischung von Kritik und daher angenehmer war als jede intellektuelle Billigung, welche stets einen möglichen Vorbehalt von verborgenem Tadel einschließt. Ein Mann überredet sich – mag er nun Dichter, Prophet oder sonst etwas sein – leicht, daß er ein Recht auf alle ihm freiwillig dargebrachte Anbetung habe. Es würde hart gewesen sein, Hollingsworth zur Vergeltung für die reichen Wohltaten, welche er der Menschheit erweisen wollte, den einfachen Genuß eines jungen Mädchenherzens, das er in seiner Hand hielt und wie eine Rosenknospe beroch, zu versagen. Aber wie, wenn er, während er den Duft heraussog, zugleich auch das zarte Rosenknöspchen in seiner Faust zerdrückte?

Was Zenobia betraf, so sah ich keinen Anlaß, um mir Besorgnisse zu machen. Bei ihrer angeborenen Stärke und ihrer Welterfahrenheit konnte man nicht annehmen, daß sie meiner Hilfe bedürfte. Dessenungeachtet war ich wirklich großmütig genug, auch für Zenobia einige Teilnahme zu fühlen. Bei allen ihren Fehlern – deren, außer dem Überflusse, womit ich bekannt war, noch eine große Menge vorhanden sein konnten – besaß sie edle Züge und ein Herz, welches wenigstens zur Zeit seiner Neuheit wertvoll gewesen sein mußte. Und sie schien bereit zu sein, es eben so berechnungslos wie Priscilla selbst hinwegzuwerfen. Ich konnte mich der Ahnung nicht enthalten, daß sie, wenn sie bloß mit Hollingsworth spielte, mit einer Macht, die sie nicht völlig ermaß, ihren Scherz trieb; oder wenn es ihr ernst war, so konnte es bei Zenobias leidenschaftlicher Kraft und seinem düstern, selbstrügerischen Egotismus dazu kommen, daß ein Ernst daraus wurde, welcher sich zu einer hinlänglich tragischen Katastrophe entwickelte, wenn auch Dolch und Giftbecher keine Rolle dabei spielten.

Derweil waren sie dem Klatsch der Gemeinschaft zufolge ein Liebespaar. Sie machten zusammen Spaziergänge und wurden nicht selten auf den Waldpfaden angetroffen, wo Hollingsworth in feierlichen, eindrucksvoll strengen Tönen tief in die Darlegung seiner Pläne versenkt war. Zenobia, auf deren Wangen dann eine warme Röte lag und deren Augen ihren gewöhnlichen Strahlenglanz gemildert hatten, sah dabei so schön aus, daß es, wenn ihr Begleiter auch zehnmal ein Philanthrop gewesen wäre, doch unmöglich schien, ihn nicht durch einen einzigen Blick wieder zu einem Manne umzuschmelzen. Am häufigsten war das Ziel ihrer Ausflüge ein gewisser Punkt auf dem Abhange einer Wiese, welcher fast unser ganzes Gebiet beherrschte und überdies die Aussicht auf den Fluß und die fernen Hügel gewährte. Nach den Bedingungen, unter welchen unsere Gesellschaft zusammengetreten war, hatten die Mitglieder das Recht, sich kleine Häuser zur Wohnung im Bereich unseres Gebietes zu erbauen und sich so einen Herd zu gründen und eine Privatwohnstätte, so groß sie dieselbe brauchten, zu umgrenzen, während die Inhaber doch fortfuhren, an den Vorteilen eines genossenschaftlichen Lebens teilzunehmen. Man schloß aus dem obigen Umstande, daß Hollingsworth und Zenobia ihre Wohnung auf dieser Lieblingsstelle zu errichten beabsichtigten.

Ich erwähnte diese Gerüchte scherzweise gegen Hollingsworth.

„Wenn Sie mich zu Rate gezogen hätten", bemerkte ich, „so würde ich Ihnen eine Stelle empfohlen haben, die weiter links, etwas im Walde, liegt und zwischen den Bäumen hindurch ein paar Blicke auf die Umgegend vergönnt. Sie werden schon längst in dem schattigen Tale der Jahre angelangt sein, ehe Sie eine bessere Art von Schatten um Ihr Haus herstellen können, wenn Sie auf diesen nackten Abhang bauen."

„Aber ich biete mein Gebäude der Welt als ein Schauspiel dar, damit sie es sich zum Exempel dienen lasse und viele andere dergleichen bauen möge", sagte Hollingsworth. „Deshalb gedenke ich es auf den offenen Hügelabhang zu setzen."

Die Worte boten keinen zufriedenstellenden Sinn, wie ich sie auch drehen und wenden mochte. Es schien kaum wahrscheinlich, daß es Hollingsworth daran lag, den Geschmack des Publikums in häuslicher Architektur zu erziehen, so wünschenswert eine solche Verbesserung auch gewesen wäre.

X

Ein Besuch aus der Stadt

Hollingsworth und ich – wir hatten an jenem Vormittage Kartoffeln gehäufelt, während die übrigen Mitglieder der

Brüderschaft auf einem entfernten Teile der Farm beschäftigt waren – saßen unter einer Gruppe von Ahornbäumen und verzehrten unser Elfuhrfrühstück, als wir einen Fremden den Feldrain entlang kommen sahen. Er war von der Landstraße aus durch ein Drehkreuz hereingekommen und schien die Absicht zu haben, mit uns zu sprechen.

Und hier will ich beiläufig erwähnen, daß wir in Blithedale eine Menge von Besuchen erhielten, besonders von Leuten, die mit unseren Theorien sympathisierten und sich vielleicht bereit hielten, sich unserem Experimente selbst anzuschließen, sobald sich eine zuverlässige Aussicht auf dessen Gelingen an den Tag stellen würde. Es war daher ziemlich lächerlich – wenigstens für mich, dem der Enthusiasmus unmerklich mit dem Schweiße so vieler Tage harter Arbeit ausgetrieben worden war –, es war geradezu lustig, wenn man beobachtete, welche Glorie von der Einbildungskraft dieser sehnenden Proselyten unser Leben und unsere Arbeit umstrahlte. In ihren Augen waren wir nicht bloß so poetisch wie Arkadier, sondern auch so praktisch, wie es der hartfäustigste Ackersmann in Massachusetts nur immer sein konnte. Allerdings verschwendeten wir nicht viel Zeit darauf, unsern Schafen auf der Schalmei etwas vorzublasen, oder der Schwesternschaft unsere unschuldige Liebe vorzutrillern; aber sie glaubten, daß wir den gewöhnlichen, ländlichen Beschäftigungen eine Art von religiöser Poesie einflößten, so daß selbst unsere Kuhställe und Schweinekoben den köstlichen Duft eines Blumengartens besäßen. Nichts pflegte mir größeren Spaß zu machen, als wenn einer von diesen Enthusiasten, wie es häufig geschah, eine Hacke ergriff und mit einer Tatkraft, die im besten Falle ein halbes Dutzend schlecht geleitete Schläge zu machen gestattete, zu arbeiten anfing. Die Menschen sind in unserer Zeit beschämender körperlicher Entkräftung, wo von einem Ende des Lebens bis zum andern eine so große Menge niemals die süße Müdigkeit kostet, welche zu Gewohnheit gewordener Mühe folgt, wunderbar schnell zufriedengestellt.

Ich sah selten einen neuen Enthusiasmus, der nicht von einer viertelstündigen Arbeit im Scheine der Julisonne ebenso schlaff und schwabbelig geworden wäre wie der durchnäßte Hemdkragen des Proselyten.

Aber die jetzt nahende Person hatte keineswegs die Miene eines von diesen liebenswürdigen Träumern. Es war ein ältlicher Mann, etwas fadenscheinig, aber doch anständig genug in einem zu einer bräunlichen Färbung verschossenen grauen Rock gekleidet, und er trug einen breitkrempigen, weißen Hut von einer Form, wie sie mehrere Jahre früher in Mode gewesen war. Sein Haar war vollkommen silbern und ohne einen einzigen dunklen Faden, seine Nase hatte zwar eine scharlachrote Spitze, verkündete aber keineswegs die Liebe zu lustiger Gesellschaft, deren allgemein anerkanntes Symbol eine rote Nase ist. Er war ein stiller, undemonstrativer, alter Mann, der ohne Zweifel dann und wann ein Glas trank und wahrscheinlich sogar mehr, als für ihn gut war, jedoch nicht in der Absicht, sich auf ungeziemende Weise zu erheitern, sondern in der Hoffnung, seine Stimmung zu dem gewöhnlichen Niveau der Munterkeit der Welt hinaufzuschrauben. Beim Näherkommen zeigte er eine schüchterne Miene, als ob er sich seiner Armut schäme oder es jedenfalls aus dem einen oder anderen Grunde lieber sähe, wenn wir ihn eher schräg anguckten als voll ins Gesicht. Er hatte ein kurioses Aussehen, als verstecke er sich hinter der Binde auf seinem linken Auge.

„Ich kenne den alten Herrn“, sagte ich zu Hollingsworth, als wir so dasaßen und ihn beobachteten, „das heißt, ich bin in der Stadt wohl hundertmal mit ihm zusammengetroffen und habe mich oft mit Mutmaßungen über das, was er gewesen war, ehe er zu dem wurde, was er ist, unterhalten. Er treibt sich in Restaurationen und dergleichen Orten herum und hat eine sonderbare Manier, sich in Winkel zu verstecken oder, wenn es sich tun läßt, hinter eine Tür zu treten und einem seine Hand mit einem kleinen Gegenstand darin, welchen er zum Kauf anbietet, entgegenzuhalten. Das Auge der Welt scheint ihn zu beunruhigen, obgleich er notwendigerweise so viel in ihr lebt. Ich hätte nie erwartet, ihn auf freiem Felde zu sehen."

„Haben Sie etwas von seiner Geschichte kennengelernt?" fragte Hollingsworth.

„Keinen einzigen Umstand", entgegnete ich, „aber sie muß manches Merkwürdige enthalten. Ich glaube, daß er eine ganz harmlose und leidlich ehrliche Kreatur ist; aber sein Benehmen ist so schleichend, daß es mich an das einer Ratte erinnert – einer Ratte, ohne die Bösartigkeit, das glühende Auge, die Zähne zum Beißen oder den Wunsch des Beißens. Sehen Sie nur – er will an jenem Buschsaume hinschleichen und sich uns von der anderen Seite unserer Ahorngruppe nähern."

Bald darauf hörten wir im Grase den sammetgleichen Schritt des alten Mannes und entnahmen daraus, daß er sich der Stelle, wo wir saßen, bis auf wenige Fuß genähert hatte.

„Guten Morgen, Herr Moodie", sagte Hollingsworth zu dem Fremden, wie zu einem alten Bekannten, „Sie müssen von der Stadt her einen heißen und ermüdenden Weg gehabt haben. Setzen Sie sich her und nehmen Sie ein Stück von unserem Brot und Käse."

Der Besucher ließ ein dankbares Murmeln der Einwilligung vernehmen und setzte sich auf einer etwas entfernten Stelle nieder, so daß ich, wenn ich mich umsah, seine grauen Beinkleider und staubigen Schuhe sehen konnte, während sein Oberkörper meist hinter Gebüsch verborgen war. Auch kam er während des ganzen jetzt folgenden Gesprächs nicht aus diesem Hinterhalte hervor. Wir reichten ihm die Speisen, die wir hatten, nebst einem braunen irdenen Kruge mit Melasse und Wasser hin – ich wollte um seines fröstelnden, alten Herzens willen, daß es Branntwein oder etwas Besseres gewesen wäre! –, wie Priester, die einem unsichtbaren Götterbilde in seiner Nische köstliche Opfergaben darbringen. Ich denke nicht, daß er wirklich der Nahrung bedurfte, aber es war trotzdem wahrhaft rührend, ihn an unseren Brot- und Käserinden nagen zu hören.

„Herr Moodie", sagte ich, „erinnern Sie sich noch, wie Sie mir eine von den hübschen, kleinen Seidenbörsen verkauft haben, von denen Sie das Monopol zu haben scheinen? Ich kann Ihnen versichern, daß ich sie heutigen Tages noch besitze."

„Oh, ich danke Ihnen", sagte unser Gast. „Ja, Herr Coverdale, ich habe sonst eine Menge von diesen kleinen Börsen verkauft."

Er sprach mit matter Stimme und nur diese wenigen Worte, wie eine Uhr mit einer schlaffen Feder, die ein paar Augenblicke tickt und dann wieder stehenbleibt. Er schien ein völlig vereinsamter, alter Mann zu sein. Ich versuchte in der Üppigkeit der Jugend, Kraft und behaglichen Lage, in welcher ich, meiner Gewohnheit nach, die Individualitäten der Menschen zu meiner Beute machte, meinen Geist mit dem des alten Burschen zu identifizieren und seine Ansicht von der Welt anzunehmen, als ob ich durch ein rauchgeschwärztes Glas nach der Sonne blickte. Er beraubte die Landschaft ihres ganzen Lebens. Die schön anschwellenden Hügelabhänge unserer Farm, welche sich nach den breiten Wiesen hinuntersenkten, durch die sich der volle Strom des Charlesflusses schlängelte, der die langen Schilfrohre auf dem diesseitigen und dem jenseitigen Ufer netzte, der helle Sonnenschein auf dem Wasser, das eigentümlich Malerische der Landschaft, wo sich Vorgebirge kühn auf die vollkommen ebene Wiese wie auf einen grünen See hinausdrängten und kleine Buchten bildeten, das schattige Waldgelände, in dessen Tiefe ein blinkender Lichtregen fiel, der schwüle Hitzedunst, der sich überall wie Weihrauch hob und an dem sich meine Seele labte, da er eine so üppige Glut des Tages und der von seiner Liebe entbrannten Erde verkündete – alle diese Dinge erblickte ich wie durch die Augen des alten Moodie. Wenn meine Augen trüber geworden sein werden, als sie es bis jetzt sind, so werde ich wieder dorthin gehen und sehen, ob ich nicht die Stimmung seines Geistes richtig aufgefaßt hatte und ob sich die kalte, leblose Färbung seines Wahrnehmungsvermögens dann nicht in dem meinen wiederholen wird.

Und doch war mir die Teilnahme, die ich für ihn fühlte, unerklärlich.

„Haben Sie etwas dawider, mir zu sagen, von wem jene kleinen Börsen gemacht worden sind?" fragte ich.

„Diese Frage ist mir oftmals von Herren gestellt worden", sagte Moodie langsam, „aber ich schüttle den Kopf und sage wenig oder nichts und schleiche mich aus dem Wege, so gut ich kann. Ich bin ein Mann von wenig Worten, und wenn man den Herren das eine sagte, so würden sie mich wahrscheinlich oft etwas anderes fragen; aber es trifft sich eben jetzt, Herr Coverdale, daß Sie mir von der Verfertigerin jener kleinen Börsen mehr sagen können, als ich Ihnen mitzuteilen vermag."

„Warum quälen Sie ihn mit unnützen Fragen, Coverdale", fiel Hollingsworth ein. „Sie müssen schon längst wissen, daß es Priscilla war. Sie sind also gekommen, um sie zu sehen, mein guter Freund? Nun, das freut mich. Sie werden sie seit dem Winterabend, wo Sie sie meiner Obhut anvertrauten, bedeutend zum Bessern verändert finden. Priscilla hat jetzt blühende Wangen!"

„Ist mein blasses Mädchen blühend?" fragte Moodie mit langsam aufdämmernder Verwunderung. „Priscilla hat blühende Wangen! Ach, ich fürchte, daß ich mein kleines Mädchen nicht wiedererkennen werde. Und ist sie glücklich?"

„Glücklich wie ein Vögelchen", antwortete Hollingsworth.

„Dann meine Herren", sagte unser Gast besorgt, „dann halte ich es für gut, weiterzugehen. Ich habe mich nur deshalb hierhergestohlen, um nach Priscilla zu fragen, und jetzt, wo Sie mir so gute Nachrichten gegeben haben, kann ich wohl nichts Besseres tun, als mich wieder wegschleichen. Wenn das Kind mein altes Gesicht sähe, so würde es sich an sehr trübe Zeiten, die wir zusammen verlebt haben, erinnern. Wirklich sehr trübe Zeiten! Ich weiß, daß sie sie vergessen hat – sie und mich –, sonst könnte sie nicht so glücklich sein und blühende Wangen haben." „Ja – ja – ja!" fuhr er, immer noch in seiner halberstarrten Weise, fort, „Ihnen vielen Dank, Herr Hollingsworth, aber ich will mich wieder nach der Stadt schleichen."

„Sie werden nichts dergleichen tun, Herr Moodie", sagte Hollingsworth schroff. „Priscilla spricht oft von Ihnen und wenn ihr noch etwas mangelt, um ihre Wangen erblühen zu lassen wie zwei Damaszener Rosen, so ist es sicherlich nur der Anblick Ihres Gesichts. Kommen Sie, wir wollen sie aufsuchen."

„Herr Hollingsworth!" sagte der alte Mann in seiner zaudernden Weise.

„Nun?" antwortete Hollingsworth.

„Ist Priscilla besucht worden?" fragte Moodie, und wenn auch sein Gesicht vor uns verborgen war, gab doch sein Ton eine sichere Andeutung des geheimnisvollen Kopfnickens und Blinzelns, womit er die Frage stellte. „Ich glaube, Herr, Sie wissen, was ich meine."

„Ich habe nicht die entfernteste Vermutung von dem, was Sie meinen, Herr Moodie", antwortete Hollingsworth. „Meines Wissens hat außer Ihnen kein Mensch nach Priscilla gefragt; aber kommen Sie, wir verlieren Zeit, und ich habe Ihnen unterwegs verschiedenes zu sagen."

„Und – Herr Hollingsworth?" wiederholte Moodie.

„Schon wieder!" rief mein Freund etwas ungeduldig." Was jetzt?"

„Es befindet sich eine Dame hier", sagte der alte Mann, und seine Stimme verlor etwas von ihrem ermüdenden Zaudern. „Sie werden es für sehr sonderbar halten, daß ich davon spreche, aber ich habe diese Dame zu der Zeit gekannt, als sie noch ein kleines Kind war. Wenn ich recht unterrichtet bin, so ist sie zu einem sehr schönen Frauenzimmer aufgewachsen und spielt mit ihrer Schönheit und ihren Talenten und der noblen Weise, wie sie ihre Reichtümer verwendet, eine glänzende Figur in der Welt. Man hat mir gesagt, daß ich diese Dame an einer herrlichen Blume in ihrem Haar erkennen würde."

„Welche reiche Färbung er seinen farblosen Gedanken gibt, wenn er von Zenobia spricht", flüsterte ich Hollingsworth zu; „aber wie kann zwischen ihm und ihr wohl irgendeine Verbindung existieren?"

„Der alte Mann ist seit vielen Jahren, wie Sie wahrscheinlich sehen, nicht mehr recht bei Trost", sagte Hollingsworth leise.

„Ich möchte fragen, ob diese Dame gegen meine arme Priscilla gütig ist", fuhr Moodie fort.

„Sehr gütig!" sagte Hollingsworth.

„Hat sie sie lieb?" fragte Moodie.

„Es scheint so", erwiderte mein Freund, „sie sind beständig beisammen."

„Wohl wie eine Dame und ihr Kammermädchen, stell ich mir vor", meinte der Greis.

Es lag etwas so Eigentümliches in der Art, wie er dies sagte, daß ich dem Antriebe nicht widerstehen konnte, mich völlig umzuwenden und einen Blick auf sein Gesicht zu werfen, indem ich mir fast einbildete, daß ich eine andere Person als Moodie sehen würde; aber da saß er und kehrte mir die verdeckte Seite seines Gesichtes zu.

„Eher wie eine ältere und jüngere Schwester", entgegnete Hollingsworth.

„Ach", sagte Moodie freundlicher, denn in seinen letzten Worten hatte Rauhheit und Bitterkeit gelegen, „es würde meinem alten Herzen wohltun, das zu sehen. Wenn mich eines glücklicher machen könnte als irgend etwas anderes, Herr Hollingsworth, so würde es das sein, wenn ich jene schöne Dame mein kleines Mädchen an der Hand halten sähe."

„Kommen Sie mit", sagte Hollingsworth, „vielleicht werden Sie es."

Nach einem weiteren Verzuge unseres launischen Besuchers machten sie sich zusammen auf, wobei sich der alte Moodie um ein paar Schritte hinter Hollingsworth hielt, so daß ihm der letztere nicht wohl ins Gesicht blicken konnte. Ich blieb unter den Ahornbäumen zurück und strengte mich aufs äußerste an, aus dem soeben vorübergegangenen Auftritt einen Schluß zu ziehen. Trotz Hollingsworths kurzer Erläuterung schien es mir nicht, daß unser seltsamer Gast wirklich von Sinnen sei, sondern nur, daß sein Geist des Heraufschraubens bedürfte, wie ein lange verstimmt gewesenes Instrument, dessen Saiten aufgehört haben, mit gehöriger Schärfe zu vibrieren. Ich dachte, daß es für uns Sucher nach einem glücklichen Leben vorteilhaft sein könnte, diesen alten grauen Schatten zu bewillkommnen und als einen von uns aufzunehmen und ihn auf unserem Gebiet umherschleichen zu lassen, damit er um unseretwillen etwas heiterer und wir um seinetwillen zuweilen etwas trüber werden möchten. Die menschliche Bestimmung sieht ominös aus, wenn sie nicht eine wahrnehmbare Beimischung von Schwarz oder Grau erhält, und dann würde es auch, wenn irgendeiner von unserer Brüderschaft durch das übermäßige Gefühl des Wohlseins fiebrig wurde, eine Art von kühlender Diät gewesen sein, in den Wald zu gehen und eine Stunde oder einen Tag oder so viele Tage, wie für die Kur nötig sein konnten, in ununterbrochenem Verkehr mit diesem beklagenswerten alten Moodie zuzubringen.

Als ich zum Mittagessen nach Hause ging, sah ich ihn hinter einem Baumstumpfe eifrig nach einem Fenster des Farmhauses blicken, und nach einiger Zeit erschien an diesem Fenster Priscilla, welche scherzhaft Zenobia mit sich zog, die ebenso strahlend aussah wie der auf uns herabglühende Tag, nur bei weitem noch nicht so sehr gegen Mittag vorgerückt. Ich war überzeugt, daß Priscilla dieses hübsche Schauspiel absichtlich für den alten Mann angeordnet hatte, aber entweder hielt das Mädchen sie zu lange oder ihr liebevolles Benehmen wurde als eine zu große Freiheit betrachtet, denn Zenobia schob plötzlich Priscilla entschieden von sich und warf ihr einen hochmütigen Blick zu, wie eine Herrin ihrer Dienerin. Der alte Moodie schüttelte den Kopf. Wieder und immer wieder sah ich ihn den Kopf schütteln, als er sich auf der Landstraße entfernte und auf dem letzten Punkte, von welchem das Farmhaus sichtbar war, wendete er sich um und drohte mit seinem erhobenen Stocke zurück.

XI
Der Waldpfad

Nicht lange nach dem eben erzählten Vorfall nahm ich mir einen Feiertag, um die Schmerzen von der ununterbrochenen Arbeit aus meinen Gliedern zu vertreiben und meinen Geist des Drückenden einer gewohnten Routine zu entledigen. Es war meine Absicht, ihn von der Frühstückszeit bis zur Abenddämmerung völlig allein in der tiefsten Waldeinsamkeit, welche in unserer Gegend zu finden war, zu verleben. Wenn ich auch die Gesellschaft liebte, so war ich doch so beschaffen, daß ich dieser gelegentlichen Zurückgezogenheit selbst in einem Leben bedurfte, welches, wie das von Blithedale, an sich schon durch eine Entferntheit von der Welt charakterisiert wurde. Sobald ich meine Individualität nicht durch ein noch weiteres Zurückziehen in den innern Kreis meines Seelenlebens erneuerte, verlor ich deren besten Teil. Meine Gedanken verloren ihren Wert, und meine Gefühle verdorrten wie ein Moosbüschel, ein Ding, dessen Leben im Schatten, im Regen oder im Tau liegt und nach langem Harren nach einem Regenschauer im Sonnenschein zerbröckelt. Ich eilte also mit von einer halbschläfrigen Freude erfülltem Herzen hinweg, hütete mich, meine Stimmung durch ein vorheriges Zusammentreffen mit irgend jemandem zu zerstreuen, und schritt bald auf einem Waldpfade dahin, der mir zu Häupten von Zweigen überwölbt und unter meinen Füßen von einem dämmerigen Braun gefärbt war.

Anfangs schritt ich sehr schnell aus, als ob die volle Flut des sozialen Lebens mir auf den Fersen brause und mich einholen und überschütten würde, wenn ich mich nicht zu entrinnen beeilte. Als ich jedoch ein großes Stück des Weges zurückgelegt hatte, mäßigte ich meinen Schritt und sah mich nach einem Seitenflügel um, der mir in das innerste Allerheiligste dieser grünen Kathedrale Zutritt gewähren sollte, gerade wie bei menschlichen Bekanntschaften eine zufällige Öffnung uns plötzlich in die lange gesuchte Vertrautheit eines rätselhaften Herzens einläßt. Ich war in meine Reflexionen – oder vielmehr in meine Stimmung, deren Wesen bis jetzt noch zu formlos war, um Gedanken genannt werden zu können – tief versunken, als auf dem Laube Schritte raschelten und eine Gestalt an mir vorüberstreifte, fast ohne mir durch das Gehör oder das Gesicht wahrnehmbar zu werden.

Im nächsten Augenblicke hörte ich eine Stimme in geringer Entfernung hinter mir so scharf und impertinent sprechen, daß sie mit meinem geistigen Zustande die größte Dissonanz bildete und meine Stimmung mit einer Plötzlichkeit zerstörte, wie eine Seifenblase, wenn man mit dem Finger hineinstößt.

„Holla, Freund!“ rief die unangenehme Stimme: „Warten Sie einen Augenblick, ich muß ein Wort mit Ihnen sprechen.“

Ich wendete mich in lächerlich zorniger Laune um. Einmal war die Unterbrechung jedenfalls eine schwere Kränkung, dann mißfiel mir auch der Ton, und endlich kann der Mensch, wenn sein Herz nicht von wahrer Liebe erfüllt ist, bei dem schlimmen Zustande, in welchen sich die Welt selbst versetzt hat, seine Verachtung gegen einen sterblichen Bruder nicht wirksamer zeigen und nicht drückender eine überlegene Stellung annehmen, als indem er ihn mit dem Worte „Freund“ anredet. Die falsche Anwendung dieses Ausdrucks bringt besonders die schlummernde Feindseligkeit zum Ausbruch, welche stets abgesonderte Sekten und solche, die sich, wenn auch in der edelsten Absicht, von der Menge zurückgezogen haben, beseelt, ein Gefühl, welches allerdings in irgendeiner Hundehütte des Herzens versteckt liegen und dort im Finstern knurren mag, aber nicht eher völlig verlöscht, als bis die dissentierende Partei Macht und Spielraum genug erworben hat, um die Welt großmütig zu behandeln. Ich meinesteils würde es weit weniger beleidigend gefunden haben, wenn man mich „Kerl" oder „Bursche" oder „Bauernbengel!" genannt hätte. Zu diesen Benennungen berechtigte mich meine bäuerische Kleidung – es war eine Leinwandbluse, ein kariertes Hemd, gestreifte Beinkleider, ein Basthut auf dem Kopfe und ein Saroher Nußholzstock in der Hand. Bei diesem Stande der Sache schoß mein Gefühl sofort nach dem entgegengesetzten Pole herum. Nicht „Freund", sondern Feind.

„Was wollen Sie von mir?" sagte ich, indem ich mich umdrehte.

„Kommt etwas näher, Freund", sagte der Fremde, indem er mir zuwinkte.

„Nein", antwortete ich. „Wenn ich etwas für Sie tun kann, ohne mir selbst zu große Mühe zu machen, so sagen Sie es; aber seien Sie so gut, sich zu erinnern, daß Sie nicht zu einem Bekannten, geschweige denn zu einem Freunde sprechen."

„Auf mein Wort, das glaube ich auch nicht", erwiderte er, indem er mich neugierig anblickte, und er zog seinen Hut und machte mir eine Verbeugung, die Sarkasmus genug an sich hatte, um beleidigend zu sein, zugleich aber auch hinlängliche, zweifelhafte Höflichkeit besaß, um ein Grollen darüber abgeschmackt zu machen. „Aber ich bitte um Verzeihung, ich erkenne, daß ich mich ein wenig geirrt habe. Wenn ich mir die Freiheit nehmen darf, eine Vermutung aufzustellen, Sir, so sind Sie wahrscheinlich einer von den ästhetischen – oder soll ich lieber sagen, ekstatischen Arbeitern, die sich in dieser Gegend angesiedelt haben. Dies ist Ihr Ardenner Wald und Sie sind entweder der verbannte Herzog in Person oder einer von den ersten Adeligen seines Gefolges, vielleicht der trübsinnige Jacques. Es mag wohl sein. In diesem Falle können Sie mir wahrscheinlich eine Gefälligkeit erweisen.“

Ich war in meinem Leben nie weniger geneigt gewesen, einem Menschen eine Gefälligkeit zu erweisen.

„Ich habe Geschäfte“, sagte ich.

Der Fremde hatte mir seine Anwesenheit so unerwartet wahrnehmbar gemacht, daß er fast den Eindruck einer Geistererscheinung auf mich machte. Und jedenfalls paßte er zu der dämmernden Waldeinsamkeit um uns her weniger, als wenn der Wilde Mann des Altertums behaart und mit einem Blätterkranz umgürtet aus einem Dickicht hervorgesprungen wäre. Er war noch jung, dem Anscheine nach etwas weniger als dreißig Jahre alt, von hoher, gut entwickelter Gestalt und einer der hübschesten Männer, die ich je gesehen hatte. Die Art seiner Schönheit empfahl sich jedoch, wenn sie auch eine männliche war, meinem Geschmacke keineswegs. Sein Gesicht – ich weiß kaum, wie ich die Eigentümlichkeit beschreiben soll, war von einer Unanständigkeit, einer gewissen Roheit, einer harten, groben, zudringlichen Freiheit des Ausdrucks, welche keine äußere Politur um ein Jota zu vermindern imstande gewesen wäre. Es war keineswegs gemein, aber er besaß keine Zartheit der Natur, in seinen Augen lag, wenn sie auch List von anderer Art in hinlänglichem Maße besitzen mochten, die nackte Darlegung von einem Etwas, das sich nicht hätte aufdrängen dürfen. Mit diesen unbestimmten Anspielungen auf einen Ausdruck, den ich auf anderen Gesichtern sowohl wie auf dem seinen gesehen habe, überlasse ich es denjenigen, welche am wenigsten von der Eigenschaft besitzen, sie am besten – weil mit einem intuitiven Widerwillen – zu begreifen.

Sein Haar und Bart wie auch sein Schnurrbart waren kohlschwarz, auch seine Augen schwarz und funkelnd, und seine Zähne auffallend weiß. Er war etwas nachlässig, aber doch gut und modisch in ein Sommermorgenkostüm gekleidet. Über seine Weste hing eine fein gearbeitete, goldene Kette. Ich habe nie einen glatteren oder weißeren Schimmer gesehen als den auf dem Brustteile seines Hemdes, worin eine Nadel mit einem Juwel stak, das in dem laubigen Schatten, wo er stand, wie ein lebender Feuerfunken blitzte. Er trug einen Stock mit einem hölzernen Knopfe, der in getreuer Nachahmung eines Schlangenkopfes geschnitzt war. Ich haßte ihn teilweise, wie ich glaube, infolge der Vergleichung, die ich zwischen meiner einfachen Tracht und seiner gut arrangierten Stutzerhaftigkeit anstellte.

„Mein Herr", sagte ich, über meine erste Gereiztheit etwas beschämt, aber immer noch mit keinem Überfluß an Höflichkeit, „seien Sie so gut, sofort zu sprechen, da ich meine eigenen Geschäfte zu besorgen habe."

„Ich bedaure, daß die Art meiner Anrede etwas unglücklich gewählt war", sagte der Fremde lächelnd, denn er schien eine sehr scharfblickende Person zu sein, und er sah so ziemlich, wie ich gegen ihn gestimmt war. „Ich habe Sie nicht beleidigen wollen und werde mich sicher von nun an mit dem gehörigen Zeremoniell benehmen. Ich wünschte nur einige Erkundigungen nach einer Dame anzustellen, die ich früher gekannt habe und welche jetzt in Ihrer Ansiedelung wohnt und, wie ich glaube, bei Ihren sozialen Unternehmungen eine große Rolle spielt. Sie nennen sie, denke ich, Zenobia."

„Das ist ihr Name in der Literatur", bemerkte ich, „ein Name, mit dem sie sich vielleicht wohl von ihren Privatfreunden anreden läßt – aber nicht derjenige, welchen Sie anzuerkennen sich erlauben dürfen, wenn er von einem Fremden oder zufälligen Bekannten zur Bezeichnung ihrer Person gebraucht wird."

„Was Sie nicht sagen!" antwortete der widerwärtige Mensch, und er wendete sein Gesicht auf einen Augenblick mit einem kurzen Lachen ab, welches mir als ein bemerkenswerter Ausdruck seines Charakters auffiel. „Vielleicht könnte ich mit der von Ihnen selbst angestellten Begründung einen Anspruch erheben, die Dame mit einem ihren glänzenden Eigenschaften so angemessenen Namen zu bezeichnen; aber ich bin bereit, sie unter jeder Benennung, die Sie mir vorschlagen werden, zu kennen."

Mit dem herzlichen Wunsche, daß er etwas beleidigender oder ein gutes Teil weniger Anstoß erregend sein oder unsern Verkehr völlig abbrechen möge, erwähnte ich Zenobias wahren Namen.

„Ganz richtig", sagte er, „und in der Gesellschaft ganz allgemein habe ich sie auch nie anders nennen hören. Unsere Diskussion über den Punkt ist übrigens unnötig gewesen; meine Absicht ist nur die, mich zu erkundigen, wann, wo und wie diese Dame am bequemsten zu sehen ist."

„Natürlich in ihrer gegenwärtigen Wohnung", antwortete ich. „Sie brauchen bloß hinzugehen und nach ihr zu fragen. Dieser Pfad wird Sie so weit führen, bis Sie das Haus sehen können, und ich wünsche Ihnen also einen guten Morgen!"

„Noch einen Augenblick, wenn es beliebt", sagte der Fremde. „Das Verfahren, auf welches Sie mich verweisen, würde allerdings bei einem gewöhnlichen Morgenbesuche das Geziemendste sein, aber mein Geschäft ist privat, persönlich und von etwas eigentümlicher Natur. Nun glaube ich, daß in einer Gemeinschaft wie dieser jeder kleine Vorfall ausführlicher besprochen werden wird, als es meinen Absichten zusagen dürfte. Ich beziehe mich, wie ich Sie zu verstehen bitte, nur auf mich und ohne anzudeuten, daß es für die Dame nicht eine ganz gleichgültige Sache sein dürfte. Kurz, ich wünsche ganz besonders, sie insgeheim zu sehen. Wenn ihre Gewohnheiten noch von derselben Art sind, wie ich sie gekannt habe, so ist sie wahrscheinlich oft im Walde oder am Flusse zu finden, und ich denke, Sie könnten mir die Gefälligkeit erweisen, mir einen Lieblingsspaziergang zu zeigen, wo ich um diese Stunde vielleicht so glücklich sein könnte, sie zu sprechen."

Ich bedachte, daß es ein ganz unnötiger Quichottismus von mir sein würde, die Vormundschaft über Zenobia zu übernehmen und zum Lohne für meine Mühe von ihr zur Zielscheibe endloser Scherze gemacht zu werden, wenn der Umstand je zu ihrer Kenntnis kommen sollte. Ich beschrieb daher eine Stelle, wo Zenobia zu dieser Tageszeit häufig zu finden war und die nicht so entfernt von dem Farmhause lag, daß sie in großer Gefahr gewesen wäre, welcher Art auch immer der Charakter des Fremden sein mochte.

„Noch ein einziges Wort", sagte er, und seine schwarzen Augen blitzten mich an, ob mit einem Ausdruck der Heiterkeit oder mit dem der Bosheit, weiß ich nicht, jedenfalls aber, als ob der Teufel aus ihnen hervorspähe. „Unter Ihrer Brüderschaft befindet sich, wie ich gehört habe, ein gewisser heiliger und menschenfreundlicher Grobschmied, ein Mann von Eisen in mehr als einer Bedeutung, ein rauhes, querköpfiges, wohlmeinendes Individuum von etwas bäuerlichen Manieren und wie sich erwarten läßt von keineswegs der höchsten, intellektuellen Ausbildung. Er hält oft philanthropische Vorlesungen, hat zwei bis drei Schüler und einen Plan im Kopf, zu dessen Ausführung vor allem ein bedeutender Landankauf und die Errichtung eines geräumigen Gebäudes gehört, dessen Kosten bedeutend über seine Mittel hinausgehen würden, insofern sich diese weit bequemer in Kupfer oder altem Eisen berechnen lassen als in Gold und Silber. Er hämmert auf seiner einzigen Idee so wunderbar herum, wie nur je auf einem Hufeisen. Kennen Sie eine solche Person?"

Ich schüttelte den Kopf und wendete mich ab.

„Unser Freund", fuhr er fort, „ist mir als eine muskulöse, stark behaarte, grimmig aussehende, häßliche Person beschrieben worden, die, wie man denken sollte, nicht besonders gut geeignet wäre, sich bei dem schönen Geschlechte einzuschmeicheln. Und doch ist es diesem ehrlichen Burschen bei einer Dame, die wir kennen, so gut gelungen, daß er von ihren reichlichen Mitteln die nötigen Fonds erwartet, um seinen Plan in Stein und Mörtel zu verwirklichen."

Hier schien der Fremde durch seine Skizze von Hollingsworths Charakter und Absichten selbst so belustigt zu werden, daß er in einen Anfall von Heiterkeit ausbrach, der von derselben Natur, wie das bereits erwähnte, kurze, metallische Lachen, aber unendlich verlängert und verstärkt, war. Im Überschwang seines Entzückens öffnete er den Mund weit, wodurch ein goldenes Band um den oberen Teil seiner Zähne sichtbar wurde und auf diese Weise erkennen ließ, daß seine glänzenden Kauwerkzeuge falsch waren. Diese Entdeckung beeindruckte mich auf das merkwürdigste. Es war mir, als ob der ganze Mann ein moralischer und physischer Scharlatan sei, seine wunderbare Gesichtsschönheit ließ sich am Ende auch abnehmen wie eine Maske, und so hoch und gefällig auch seine Gestalt aussah, war er vielleicht doch nur ein grauer, gebrechlicher, verschrumpfter, kleiner Gnom, der nichts Echtes an sich hatte als den bösartigen Ausdruck seines Grinsens. Die Vorstellung, daß er vielleicht nur ein Spektrum sei, wirkte zugleich mit der Ansteckung seiner seltsamen Lustigkeit so auf mich ein, daß ich bald ebenso laut wie er selbst zu lachen begann.

Nach einiger Zeit hielt er plötzlich inne, und zwar so plötzlich, daß mein Lachen das seine noch um einen Moment überdauerte.

„Ah, entschuldigen Sie“, sagte er, „unser Gespräch scheint einen heitereren Fortgang zu nehmen, als der Anfang gewesen ist.“

„Hier endet es“, antwortete ich, „und ich schäme mich vor mir selbst, daß meine Torheit mir das Recht geraubt hat, die Art, wie Sie meinen Freund lächerlich machen, zu rügen.“

„Erlauben Sie“, sagte der Fremde, indem er mir um einen Schritt nähertrat und seine handschuhbedeckte Hand auf meinen Ärmel legte, „ich muß Sie um noch eine Gefälligkeit bitten. Sie haben hier in Blithedale eine junge Person, von der ich gehört – die ich vielleicht gekannt – und an der ich auf alle Fälle ein besonderes Interesse nehme. Sie ist eines von den zarten, nervösen jungen Geschöpfen, wie man sie nicht selten in Neu-England findet und von denen ich annehme, daß sie so geworden sind, weil ihr bei euren Frauen allmählich die Körperlichkeit durch Verfeinerung zum Verschwinden bringt. Gewissen Philosophen hat es beliebt, diese Körpereigentümlichkeit dadurch zu verherrlichen, daß sie sie spirituell nennen, aber meiner Ansicht nach ist es eher die Wirkung ungesunder Nahrung, schlechter Luft, der Mangel an Bewegung im Freien und an Bädern seitens dieser jungen Damen und ihrer mütterlichen Vorfahren, aus all dem sich eine Art erblicher Verdauungsschwäche ergibt. Zenobia ist selbst mit ihrem beunruhigenden Übermaß von Vitalität ein weit besseres Musterbild der Weiblichkeit. Aber um wieder auf diese junge Person zurückzukommen – sie hört unter Ihnen auf den Namen Priscilla. Könnten Sie mir wohl die Möglichkeit verschaffen, ein paar Worte mit ihr zu sprechen?"

„Sie haben so viele Fragen an mich gestellt", bemerkte ich, „daß ich Sie wenigstens mit einer belästigen darf. Wie heißen Sie?"

Er bot mir eine Karte, auf welcher „Professor Westervelt" gedruckt stand. Zu gleicher Zeit setzte er, wie um seinen Anspruch auf die Professorenwürde, die so oft mit sehr zweifelhafter Begründung angenommen wird, zu rechtfertigen, eine Brille auf, die den Charakter seines Gesichtes so veränderte, daß ich ihn kaum wiederkannte. Aber das gegenwärtige Aussehen gefiel mir nicht besser als das frühere.

„Ich muß jede weitere Verbindung mit Ihren Angelegenheiten ablehnen", sagte ich, indem ich mich zurückzog. „Ich habe Ihnen gesagt, wo Sie Zenobia finden können; was Priscilla betrifft, so hat sie vertrautere Freunde als mich, durch welche Sie, wenn jene es für passend halten, Zutritt bei ihr erlangen werden."

„In diesem Falle", antwortete der Professor, zeremoniös seinen Hut ziehend, „wünsche ich Ihnen einen guten Morgen."

Er entfernte sich und wurde bald von den Windungen des Waldpfades meinen Blicken entzogen. Nach einiger Überlegung konnte ich mich jedoch des Bedauerns nicht enthalten, daß ich das Gespräch so peremtorisch abgebrochen hatte, während der Fremde geneigt schien, es fortzusetzen. Seine offenbare Bekanntschaft mit Dingen, welche meine drei Freunde betrafen, hätte zu Aufschlüssen oder Eröffnungen und Schlußfolgerungen führen können, die vielleicht nutzbar gewesen wären – besonders fiel mir der Umstand auf, daß die Ereignisse seit dem Erscheinen Priscillas fortwährend darauf hinzudeuten schienen, daß zwischen Zenobia und ihr eine Verbindung bestand. Sie war zuerst, wie es schien, bloß in der Absicht gekommen, sich unter Zenobias Schutz zu begeben; der Besuch des alten Moodie war, so schien es, hauptsächlich zu dem Zwecke erfolgt, um zu sehen, ob diese Absicht erreicht worden sei, und hier war heute der zweifelhafte Professor, welcher in seinen Fragen die eine mit der andern verknüpfte und mit beiden eine Zusammenkunft zu erlangen suchte.

Unterdessen blieb ich, da mir die Neigung zu einem Spaziergange vertrieben worden war, vielleicht in der unbestimmten Idee, daß aus Westervelts beabsichtigter Unterredung mit Zenobia sich etwas Neues entwickeln könnte, in der Nähe der Farm. Meine Rolle bei diesen Vorgängen war eine eigentümlich untergeordnete. Sie glich der des Chores in einem antiken Schauspiele, der von der Möglichkeit eines persönlichen Betroffenseins entfernt zu sein scheint und das ganze Maß seiner Hoffnung oder Furcht, seiner Freude oder seines Schmerzes den Schicksalen anderer zuteil werden läßt, mit denen ihn allein diese Sympathie verbindet. Vielleicht beliebt es dem Schicksal – dem geschicktesten aller Bühnenregisseure – selten, seine Szenen zu arrangieren und sein Drama weiter zu spielen, ohne sich der Gegenwart wenigstens eines ruhigen Beobachters zu versichern. Es ist sein Amt, Beifall zu erteilen, wo er gebührt, und zuweilen eine unwillkürliche Träne zu weinen, die Angemessenheit der Ereignisse für die Rollen zu entdecken und in seinen langen, brütenden Gedanken die ganze Moral des Stückes herauszudestillieren.

Um nicht zu weit entfernt zu sein, falls es nötig werden sollte und um es zu gleicher Zeit zu vermeiden, mich da vorzudrängen, wo vielleicht weder das Schicksal noch die Sterblichen meine Gegenwart wünschen würden, blieb ich ziemlich am Rande des Waldes. Mein Posten war nicht in der Richtung des gewöhnlichen Spazierganges Zenobias, aber doch auch nicht so entfernt davon, daß ich nicht auf das Wahrnehmen eines Anlasses dazu schnell dorthin hätte gelangen können.

XII
Coverdales Einsiedelei

Schon vor langer Zeit hatte ich in diesem Teil des uns umgebenden Waldes für mich eine kleine Einsiedelei gefunden. Es war eine Art von laubiger Höhle, hoch oben in der Luft zwischen den mittleren Ästen einer Kiefer. Ein wilder Weinstock von ungewöhnlicher Größe und Üppigkeit hatte sich in den Baum hinaufgerankt und geschlungen, und nachdem er seine Läufer fast um jeden Zweig gewunden, noch drei bis vier benachbarte Bäume erfaßt und die ganze Gruppe zu einem völlig unauflöslichen Knoten von Polygamie vermählt. Es hatte mich einst, als ich vor einem Sommerregen Zuflucht suchte, die Laune erfaßt, in diese scheinbar undurchdringliche Laubmasse hinaufzuklettern. Die Äste gestatteten mir einen Durchweg und schlossen sich wieder unter mir, als ob nur ein Eichhörnchen oder ein Vogel hindurchgekommen wäre. Hoch oben rund um den Stamm der den Mittelpunkt bildenden Kiefer sah ich ein vollkommenes Nest für einen Robinson Crusoe oder König Karl. Durch das Absterben einiger von den Fichtenästen, welche der Weinstock liebevoll in seiner Umarmung erwürgt und sie vor dem Lichte des Tages in einem luftigen Mausoleum von seinen eigenen Blättern begraben hatte, war eine Kammer von seltener Abgeschiedenheit gebildet worden. Es kostete mich nur geringe Kunstfertigkeit, das Innere zu erweitern und durch die grünen Wände

Spählöcher zu öffnen. Wenn das Glück mir jemals beschieden hätte, Flitterwochen zu feiern, so würde ich ernstlich daran gedacht haben, mein Weibchen hier herauf einzuladen, wo unsere nächsten Nachbarn zwei Golddrosseln in einem andern Teil der Baumgruppe gewesen wären.

Es war ein trefflicher Ort, um Verse zu machen und den Rhythmus nach der Windessymphonie zu bemessen, die so oft das Weinlaub bewegte, oder sich einen Essay für „The Dial" auszudenken, in dem die vielen Zungen der Natur Geheimnisvolles flüsterten und nur einen etwas bewegteren Windstoß zu verlangen schienen, um auch des Rätsels Lösung mitzuteilen. Wegen des freien Zugangs, den das Plätzchen den Luftströmungen gestattete, war es ferner der passendste Ort, um sich dem Genuß einer Zigarre hinzugeben. Diese Einsiedelei war, solange ich mich als Genosse der Sozialisten zählte, mein einziges, ausschließliches Besitzteil. Es bildete ein Symbol meiner Individualität und half mir sie unverletzt bewahren. Kein lebendes Wesen hat mich je darin gesehen, außer ein einziges Mal ein Eichhorn. Ich brachte keinen Gast herein, weil es, nachdem ich Hollingsworth verloren hatte, keinen Menschen mehr auf Erden gab, mit dem ich alles hätte teilen mögen. Ich pflegte also dort oben zu sitzen wie eine Eule, jedoch nicht ohne freigebige, gastliche Gedanken. Ich zählte die ungeheure Menge von Trauben an meinem Weinstock und berechnete im voraus den Überfluß meiner Ernte. Es freute mich, wenn ich an die Überraschung der Gemeinde dachte, sobald ich gleich einer allegorischen Gestalt des üppigen Oktober mit unter der Last reifer Trauben gebückten Schultern und von den zerdrückten wie mit Blut gefärbter Stirn erscheinen würde.

Ich stieg auf diesen natürlichen Turm und spähte der Reihe nach aus mehreren seiner kleinen Fenster. Die Fichte war ein alter Baum und ragte hoch über den vergleichsweise jugendlichen Rest des Waldes empor. Selbst da, wo ich saß, etwa in der Mitte zwischen der Wurzel und dem höchsten Aste, war mein Posten erhaben genug, um als Observatorium zu dienen, allerdings nicht zu Forschungen unter den Sternen, sondern für die Dinge unter dem Monde, worin ebenso unendliche Kenntnisse wie unter den Planeten zu erwerben waren. Durch das eine Spähloch sah ich den Fluß, während auf der Wiese nahe an deren Rande einige von den Brüdern Torf zur Winterfeuerung für uns stachen. Auf dem inneren Fahrwege unserer Farm unterschied ich Hollingsworth mit einem Joch Ochsen vor einer Schleife mit Steinen, die zu einem Zaun aufgehäuft werden sollten, mit dessen Errichtung wir uns dann und wann in den Pausen anderer Arbeiten beschäftigten. Die rauhen Töne der Stimme, womit er den trägen Tieren zuschrie, ließen mich selbst in dieser Entfernung erkennen, daß er sich in seiner Haut nicht wohlfühlte und daß im Herzen des enttäuschten Menschenfreunds der Schlachtruf tönte.

„Ho, Buck!" rief er, „vorwärts ihr faulen Burschen. Was macht ihr da! Hü!"

Die Menschheit, dachte ich, ist Hollingsworths Ansicht nach nur ein anderes Joch Ochsen und ebenso halsstarrig, dumm und träg wie unsere alten Braun und Bläß. Er schmäht uns laut und verwünscht uns in seinem Herzen und wird bald anfangen, uns mit dem Treiberstecken anzustacheln. Aber sind wir seine Ochsen? Und welches Recht hat er auf das Treiberamt? Und warum sollen wir, wenn es genug andere Dinge zu tun gibt, unsere Kräfte damit verschwenden, daß wir die schwere Last seiner philanthropischen Schrullen nachschleppen? Von meiner Höhe über der Erde sieht die ganze Sache lächerlich aus.

Als ich mich gegen das Farmhaus wendete, sah ich Priscilla – denn wenn sie auch ein großes Stück Weges entfernt war, versicherte mir doch das Auge des Glaubens, daß sie es sei – an Zenobias Fenster sitzen und wahrscheinlich kleine Börsen machen oder vielleicht die alte Wäsche der Gemeinschaft ausbessern. An meinem Baume flog ein Vogel vorüber, und als er sich in die sonnige Atmosphäre hinaufschwang, warf ich ihm einen Auftrag für Priscilla zu.

„Sag ihr", rief ich, „daß ihr zarter Lebensfaden sich unauflösbar mit anderen zäheren Fäden verknotet hat und höchstwahrscheinlich zerrissen werden wird. Sag ihr, daß Zenobia nicht lange ihre Freundin bleiben wird – sage ihr, daß Hollingsworths Herz für seine Pläne entzündet, aber für alle menschliche Neigung eiskalt ist und daß sie, wenn sie ihm ihre Liebe geschenkt, eine Blume in ein Grab geworfen hat. Und sage ihr, daß, wenn sich irgendein Sterblicher wirklich um sie kümmert, ich es bin und nicht einmal ich ihrer wirklichen Eigenschaften wegen – die arme kleine Nähterin, wie sie Zenobia richtig nannte –, sondern wegen des Phantasieputzes, womit ich sie müßigerweise geschmückt habe."

Der von der heißen Sonne entwickelte angenehme Waldgeruch stahl sich in meine Nase, als wäre ich ein Götterbild in seiner Nische. Eine Menge von Bäumen vermischte ihren Duft zu einem tausendfältigen Aroma. Vielleicht lag ein sinnlicher Einfluß in dem vollen Mittagslichte unter mir. Er kann teilweise der Grund gewesen sein, daß ich mich plötzlich von einer Stimmung des Unglaubens an moralische Schönheit und Heroismus und von einer Überzeugung besessen fand, es sei töricht, der Welt aufhelfen zu wollen. Unser spezielles Reformschema, das ich von meinem Observatorium aus mit dem leiblichen Auge erfassen konnte, erschien mir so lächerlich, daß ich mich eines lauten Lachens nicht erwehren konnte.

„Aber der Spaß ist etwas zu schwerfällig", dachte ich. „Wenn ich klug wäre, so würde ich mich in aller Eile aus der Patsche ziehen und dann meine Gefährten dafür auslachen, daß sie darinblieben."

Während ich diesen Gedanken nachhing, hörte ich mit der größten Deutlichkeit unter mir im Walde das eigentümliche Lachen, welches ich als eines von den unangenehmen Charakterzügen des Professor Westervelt erwähnt habe. Es führte meine Gedanken auf unser vor kurzem beendigtes Gespräch zurück. Ich erkannte, daß die zweiflerische, spöttische Ansicht in bezug auf alle bessern Zwecke des Lebens, welche soeben mein geistiges Auge erfüllt hatte, hauptsächlich von dem Einflusse dieses Mannes herrührte; und es war mehr durch sein Auge als mein eigenes gewesen, daß ich Hollingsworth mit seinem herrlichen, wenn auch unausführbaren Traume und die schöne Irdischkeit des Charakters Zenobias und selbst Priscillas, deren unerfaßbare Anmut so eigentümlich zwischen Krankheit und Schönheit lag, betrachtete. Ihr wesentlicher Zauber war entschwunden. Es gibt Sphären, die durch ihre Berührung unvermeidlich das Hohe entwürdigen, das Reine erniedrigen, das Schöne entstellen. Es gehört ein Geist von ungewöhnlicher Stärke und geringer Eindrucksfähigkeit dazu, um sich die Gewohnheit eines solchen Verkehrs gestatten zu können, ohne auf die Dauer Schaden zu nehmen, und doch stellte der Ton des Professors den der weltlichen Gesellschaft im allgemeinen dar, worin eine kalte Zweifelsucht von unseren geistigen Bestrebungen soviel sie kann erstickt und das übrige lächerlich macht. Ich verabscheute diesen Menschen, und das um so mehr, da sich ein Teil meiner eigenen Natur als ihm verwandt erwies.

Jetzt näherten sich Stimmen dem Waldteil, in dessen Nähe mein Baum stand. Bald darauf erhaschte ich den Anblick von zwei Gestalten, einer Frau und einem Manne – Zenobia und dem Fremden; sie sprachen im Herankommen eifrig miteinander.

Zenobia hatte eine reiche, jedoch wechselnde Farbe. Sie war wie eine Flamme, und dann wieder befiel sie eine plötzliche Blässe. Ihre Augen leuchteten so, daß deren Licht zuweilen zu mir heraufblitzte, als ob die Sonne von einem glänzenden Gegenstande auf den Boden zurückgespiegelt werde. Ihre Gebärden waren frei und auffallend ausdrucksvoll. Die ganze Frau war von einer leidenschaftlichen Energie belebt, der Phase – wie ich jetzt wahrnahm –, in welcher ihre Schönheit den Gipfelpunkt erreichte. Jede Leidenschaft würde ihr gut gestanden haben, und leidenschaftliche Liebe von allem am besten. Dies war nicht Liebe, sondern stark mit Verachtung gemischter Zorn. Und doch drängte sich mir seltsamerweise die Idee auf, daß zwischen diesen beiden Gefährten eine Art von Vertrautheit obwalte, welche notwendigerweise die Folge einer innigen Liebe – wenigstens von Zenobias Seite – in vergangenen Tagen sein müsse, die sich aber für alle Zukunft zu einem ebenso innigen Haß gewandelt hatte. Während sie unter den Bäumen dahingingen, trug sie, so unbekümmert auch ihre Bewegung war, doch dafür Sorge, daß selbst der Saum ihres Gewandes nicht gegen die Person des Fremden anstreifte. Ich hätte gern wissen mögen, ob zwischen den beiden stets ein so sorgfältig beachteter Abstand gelegen habe.

Was Westervelt betraf, so wurde er von Zenobias Leidenschaft um kein Haar stärker erwärmt als ein Salamander von der Hitze seiner feurigen Sphäre. Er würde geradezu statuenhaft gewesen sein, wenn nicht seine Miene den stark mit Spott gefärbten Ausdruck einer leichten Verlegenheit getragen hätte. Es war eine Krisis, durch welche ihm sein intellektuelles Wahrnehmungsvermögen nicht ganz helfen konnte. Es gelang ihm nicht zu begreifen, und er legte nur wenig Wert darauf, zu begreifen, weshalb Zenobia sich in solche Aufregung versetzte, aber er überzeugte sich davon, daß es alles Torheit und nur eine andere Form der vielfachen Abgeschmacktheiten der Frauen sei, welche die Männer nie verstehen können. Wie viele Frauen sind durch ihr schlimmes Geschick an einen Mann wie diesen gejocht worden! Die Natur setzt manche von seiten der Empfindung kläglich, unvollständig und fast ohne ein größeres Gefühlsvermögen als das uns als Tieren zukommende in die Welt. Sie haben keine Leidenschaft als die der Sinne, keine heilige Liebe und ebensowenig das daraus entspringende Zartgefühl. Äußerlich besitzen sie eine täuschende Ähnlichkeit mit anderen Männern und haben vielleicht alles, bis auf die feinste Grazie. Wenn aber eine Frau an einem solchen Wesen scheitert, so findet sie zuletzt, daß die wahre Weiblichkeit in ihr keinen entsprechenden Teil in ihm besitzt. Selbst ihrer tiefsten Herzensstimme wird keine Antwort zuteil. Je tiefer ihr Schrei, desto eisiger sein Schweigen. Vielleicht liegt die Schuld nicht an ihm. Er kann ihr das nicht geben, was nicht in seiner Seele gelebt hat. Aber das Elend auf ihrer Seite und die moralische Verschlechterung, welche ein falsches und seichtes Leben ohne hinlängliche Kraft, um sich unbesudelt zu erhalten, begleitet, gehören zu den beklagenswertesten Leiden, welche Sterbliche erdulden können.

Als ich jetzt aus meiner höheren Region auf dieses Paar blickte, das äußerlich ein so schönes Schauspiel darbot und wie zwei Liebende durch den Wald hinwanderte, stellte ich mir vor, daß Zenobia zu früherer Jugendzeit vielleicht in das oben angedeutete Unglück geraten sein könnte. Und sobald ihre leidenschaftliche Weiblichkeit, wie unvermeidlich, ihren Irrtum entdeckte, war daraus der exzentrische und trotzige Charakter geworden, welcher den öffentlicheren Teil ihres Lebens auszeichnete.

Da ich sah, wie gut sich bisher alles getroffen hatte, begann ich es für die Absicht des Schicksals zu halten, mich mit allen Geheimnissen Zenobias bekannt zu machen, und dachte daher, daß sich das Paar unter meinen Baum niedersetzen und ein Gespräch führen würde, welches mir nichts mehr zu fragen lassen sollte. Ohne Zweifel würde ich mich jedoch, wenn es sich so getroffen hätte, für verbunden gehalten haben, ihnen die Gegenwart eines Lauschers dadurch bemerklich zu machen, daß ich eine Handvoll unreifer Trauben hinabgeworfen oder ein gespenstisches Stöhnen aus meinem Versteck entsendet hätte, als ob dies einer von den Bäumen in Dantes Geisterwalde gewesen wäre. Aber das wirkliche Leben trifft seine Anordnungen nie ganz wie ein Roman. Erstens setzten sie sich gar nicht nieder, zweitens war, selbst während sie unter dem Baume vorübergingen, Zenobias Rede so hastig und abgebrochen und die Westervelts so kaltblütig und leise, daß ich von beiden Seiten kaum einen verständlichen Satz zusammenbringen konnte. Wessen ich mich zu erinnern scheine, ist vielleicht auch nur von meiner Phantasie zusammengeflickt worden, als ich später über die Sache nachdachte.

„Warum willst du das Mädchen nicht von dir stoßen und gehen lassen?“ sagte Westervelt.

„Sie hat sich vom ersten Augenblicke an mich gehalten“, antwortete Zenobia. „Ich weiß nicht und es ist mir auch gleichgültig, was sie an mir so stark anzieht, aber sie liebt mich und ich werde sie nicht verlassen.“

„Nun, dann wird sie dich“, sagte er, „auf mehr als eine Weise plagen.“

„Das arme Kind!“ rief Zenobia; „sie kann mir weder Gutes noch Böses zufügen, wie sollte sie auch?“

Ich weiß nicht, welche Antwort Westervelt gab, auch gab mir Zenobias darauffolgender Ausruf keinen Aufschluß darüber, außer, daß er ihr offenbar Ekel und Entsetzen einflößte.

„An welch ein Wesen bin ich gekettet!“ rief sie, „wenn mein Schöpfer meine Seele nur einigermaßen wert hält, so möge er mich von dieser schmählichen Kette befreien.“

„Ich hatte nicht gedacht, daß sie so schwer laste“, sagte ihr Begleiter.

„Trotzdem“, antwortete Zenobia, „wird sie mich am Ende noch erwürgen.“

Und dann hörte ich sie ein hilfloses Stöhnen ausstoßen, einen Ton, der, sich aus dem Herzen einer Person von ihrem Stolze und ihrer Kraft emporringend, für mich rührender war, als hätte sie den Wald mit tausend Schreien und Jammertönen erfüllt.

Sie sprachen, außer den oben niedergeschriebenen, noch andere rätselhafte Worte zusammen, aber ich verstand nichts weiter und bezweifle sogar, ob ich wirklich soviel wie dieses ordentlich verstanden hatte. Durch langes Brüten über unsern Erinnerungen verfeinern wir sie zu etwas einem imaginären Stoffe Verwandtem und kaum davon Unterscheidbarem. Nach wenigen Momenten waren die beiden völlig außer Hörweite. Hinter ihnen erhob sich ein Wind und erweckte die Laubzungen der umstehenden Bäume, die sofort zu plaudern begannen, als ob unzählige Klatschbasen zugleich Zenobias Geheimnis erfahren hätten. Als aber der Wind stärker wurde, klang seine Stimme in den Zweigen wie: „Still, still!", und ich beschloß, keinem sterblichen Wesen zu enthüllen, was ich gehört hatte, und wenn auch dabei für die Kasuistik Spielraum vorhanden sein mag, so ist dies doch, wie ich denke, unter dergleichen Umständen stets das billigste Verfahren.

XIII
Zenobias Legende

Die hohe Gesellschaft von Blithedale mühte sich zwar im vollen Ernste für das Beste der Menschheit ab, erheiterte aber doch auch nicht selten ihr mühseliges Leben mit einem Nachmittag oder Abend des Zeitvertreibs. Picknicks unter den Bäumen waren sehr beliebt und im Hause ebenso theatralische Aufführungen einzelner Akte von Trauer- oder Schauspielen oder dramatisierte Sprichwörter und Charaden. Außerdem liebte es Zenobia, aus Shakespeare vorzulesen, und zwar oft mit einer Tiefe tragischer Kraft oder einer Breite komischen Effektes, welche es für die Welt als ein Unrecht erscheinen ließ, daß sie nicht sofort auf die Bühne ging. Lebende Bilder gehörten ebenfalls zu unseren gelegentlichen Belustigungen, und scharlachrote Schals, alte seidene Kleider, Krausen, Sammet- oder Pelzstücke und alle Arten bunten Flitterkrams verwandelten dann unsere bekannten Genossen in die Bewohner einer malerisch ausgestatteten Welt. Auf diese Weise waren wir am Abend nach dem im vorigen Kapitel erzählten Ereignisse beschäftigt gewesen. Es waren mehrere herrliche Kunstwerke vorgeführt worden, entweder nach Stichen von alten Meistern arrangiert oder

Originalillustrationen von Szenen aus Geschichte oder Dichtung, und wir baten Zenobia, uns noch mehr zu geben.

Sie stand mit nachdenklicher Miene da und hielt ein großes Stück Gaze oder sonst einen durchsichtigen Stoff in der Hand, als überlegte sie, welches Bild zunächst den Rahmen einnehmen solle, während ihr zu Füßen ein Haufen bunter Lappen lag, die ihre schnelle, bewegliche Phantasie und magische Geschicklichkeit so leicht in prächtige Drapierungen für Helden und Prinzessinnen verwandeln konnte.

„Ich fange an, dieses Spieles müde zu werden", sagte sie nach kurzem Bedenken; „unsere eigenen Züge und unsere eigenen Gestalten und Mienen zeigen sich durch alle die Rollen, welche wir annehmen, doch etwas zu aufdringlich. Wir sind gegenseitig mit unserer Wirklichkeit so vertraut, daß wir uns nicht nach Belieben in eine Sphäre der Imagination versetzen können. Heute abend wollen wir keine Bilder mehr darstellen; wie würde es Ihnen aber gefallen, wenn ich Ihnen zur Vergütung dafür eine phantastische Gespenstergeschichte improvisierte?"

Zenobia besaß die Gabe, eine phantastische kleine Geschichte ohne Vorbereitung auf eine Weise zu erzählen, die sie weit effektvoller machte, als sie sich zu erweisen pflegte, wenn später dieselbe Produktion mit der Feder mehr ausgearbeitet wurde. Ihr Vorschlag ward daher mit einstimmigem Beifall begrüßt.

„Ja, eine Geschichte!" riefen die jungen Mädchen. „Wenn sie auch noch so wunderbar ist, so wollen wir sie doch Wort für Wort glauben. Unbedingt eine Geschichte, eine Gespenstergeschichte!"

„Nicht gerade eine Gespenstergeschichte", antwortete Zenobia, „aber etwas einer solchen so Nahekommendes, daß ihr den Unterschied kaum erkennen werdet. Priscilla, treten Sie vor mich, daß ich Sie anblicke und meine Inspiration aus Ihren Augen schöpfen kann, die heute abend sehr tief und träumerisch sind."

Ich weiß nicht, ob folgende Nacherzählung ihrer Geschichte irgend etwas von deren ursprünglichem Charakter bewahrt hat; während sie aber Zenobia schnell und wie begeistert erzählte, vor keiner Extravaganz zauderte und Unsinn, zu dessen Wiederholung ich zu schüchtern bin, mit hineinwob – ihr den wechselnden Nachdruck ihrer unnachahmlichen Stimme und die malerische Erläuterung ihres beweglichen Gesichtes verlieh, während wir in dem Ganzen das frischeste Aroma der Gedanken, wie sie in ihrem Geiste aufsprudelten, empfingen, schien die Legende, so erzählt und so gehört, wirklich etwas ganz Bemerkenswertes zu sein. Ich wußte damals kaum, ob sie beabsichtigte, daß wir lachen oder daß wir einen ernsteren Eindruck erhalten sollten. Es war vom Anfang bis zum Ende unleugbarer Unsinn, wurde aber dadurch keineswegs schlechter.

Der silberne Schleier

Ihr habt, meine lieben Freunde, von der Verschleierten Dame gehört, die vor wenigen Monaten plötzlich so hochberühmt wurde. Und ihr habt nie daran gedacht, wie merkwürdig es war, daß dieses wunderbare Wesen auf einmal verschwand, während ihr Ruf sich noch im Zunehmen befand, ehe das Publikum ihrer müde geworden war, und als das Rätsel ihres Charakters statt gelöst zu werden, sich in jeder Vorstellung noch mystischer erwies. Ihr letztes Auftreten erfolgte, wie ihr wißt, vor einem großen Publikum. Am nächsten Abend war, obgleich die Anschlagzettel sie an jeder Straßenecke mit roten Buchstaben in riesenhafter Größe angekündigt hatten, keine Verschleierte Dame zu sehen. Hört nur meine einfache kleine Geschichte an, und ihr sollt das letzte Ereignis in dem bekannten Leben – wenn man das Leben nennen kann, was nicht mehr Wesenhaftigkeit zu haben schien als das Kerzenlicht, Abbild unserer selbst, welches uns von außen auf einer dunklen Fensterscheibe anblickt –, in dem Leben dieses schattenhaften Phänomens vernehmen.

Stellt euch bitte eine Gesellschaft von jungen Herren vor, die sich eines Nachmittags, wie das junge Herren zuweilen gern machen, bei einer oder zwei Flaschen Champagner amüsieren. Dabei kam – neben anderen weniger mysteriösen Damen – das Gespräch auch auf die Verschleierte Dame, wie das nur natürlich war. Sie erhob sich sozusagen mit dem brausenden Schaum ihres Weines vor ihnen und erschien durch das Medium, in dem sie sie sahen, in einem luftigeren und phantastischeren Lichte. Sie erzählten einander, halb im Scherz, halb im Ernst, alle die wilden Geschichten, welche über sie im Umlauf waren, und machten sich vermutlich auch kein Gewissen daraus, kleine Umstände, die ihnen die erfinderische Laune des Augenblicks eingab, hinzuzufügen, um die Wunderbarkeit ihres Gesprächsgegenstandes zu erhöhen.

„Aber welch ein freches Gerücht das war", bemerkte einer, „das die Identität dieses seltsamen Wesens mit einer jungen Dame – und hier nannte er ihren Namen –, der Tochter einer unserer distinguiertesten Familien, behaupten wollte."

„Oh, an der Geschichte ist mehr, als sich erklären läßt", bemerkte ein anderer, „ich habe es von guter Hand, daß in den Stunden, wo sich die Verschleierte Dame vor dem Publikum befindet, die erwähnte junge Person unsichtbar und selbst von ihrer eigenen Familie nirgends zu finden ist und daß über ihr Verschwinden keine befriedigende Erklärung gegeben werden kann. Betrachtet die Sache nur selbst. Ihr Bruder ist ein junger lebhafter Mensch; ihm können diese Gerüchte in bezug auf die Schwester nicht unbekannt sein. Warum tritt er dann nicht auf, um sie zu verteidigen, wenn er sich nicht bewußt ist, daß eine Untersuchung die Sache nur verschlimmern würde?"

Es ist für den Zweck meiner Legende wesentlich, einen dieser jungen Männer von seinen Genossen zu unterscheiden; eines weichen und hübschen Namens wegen (so, wie wir literarischen Damen ihn unweigerlich unseren Helden verleihen) halte ich es für angemessen, ihn Theodor zu nennen.

„Ach was", rief Theodor, „ihr Bruder ist kein solcher Narr; kein Mensch, dessen Gehirn nicht ebenso voller Blasen ist wie dieser Wein, kann ernstlich daran denken, dem lächerlichen Gerüchte Glauben zu schenken. Wenn mich meine Augen nicht betrogen haben, was bis jetzt noch nie der Fall gewesen ist, so behaupte ich, daß ich gerade jene Dame gestern abend bei der Schaustellung sah, während das verschleierte Phänomen seine Taschenspielerkünste machte. Was könnt ihr dazu sagen?"

„Es war ein Trugbild, das du gesehen hast", antworteten seine Freunde mit allgemeinem Gelächter. „Die Verschleierte Dame ist solcher Dinge vollkommen fähig."

Da die oben erwähnte Fabel sich jedoch gegen Theodors unbedingte Widerlegung nicht aufrechterhalten konnte, so begannen sie von anderen Geschichten zu sprechen, welche das Stadtgeschwätz in Umlauf gesetzt hatte. Einige behaupteten, daß der Schleier das schönste Antlitz von der Welt bedecke; andere – und sicherlich mit mehr Grund, wenn man das Geschlecht der Verschleierten Dame in Betracht zieht –, daß das Gesicht das häßlichste und abscheulichste sei, und dies ihr einziger Grund sei, es zu verbergen. Es sei das Gesicht einer Leiche, es sei der Kopf eines Skeletts, es sei ein monströses Antlitz mit Schlangenlocken, wie das der Medusa, und einem großen roten Auge in der Mitte der Stirn. Ferner wurde behauptet, daß unter dem Schleier keine bestimmte und wechsellose Physiognomie verborgen sei, sondern daß derjenige, welcher kühn genug wäre, ihn zu heben, die Züge derjenigen Person der Welt erblicken würde, welche bestimmt sei, auf sein Schicksal den größten Einfluß zu üben. Vielleicht würde er von dem zärtlichen Lächeln der Geliebten begrüßt werden, oder, ebenso wahrscheinlich, würde das tödlichste Zürnen des bittersten Feindes Verderben über sein Leben bringen. Sie führten ferner diese schlagende Erklärung der ganzen Affäre an: daß der Magier, welcher die Verschleierte Dame zeigte – und der, beiläufig erwähnt, der schönste Mann auf Erden war –, seine Seele um den siebenjährigen Besitz eines Spiritus familiaris verkauft habe und das letzte Jahr seines Kontraktes seinem Ende zugehe.

Wenn es die Mühe lohnte, so könnte ich euch bis lange nach Mitternacht tausend andere ähnliche Absurditäten anhören lassen. Endlich fand aber unser Freund Theodor, der auf seinen gesunden Menschenverstand stolz war, daß die Sache die Grenzen seiner Geduld zu überschreiten begann.

„Ich biete euch jede beliebige Wette an", rief er, indem er sein Glas so heftig niedersetzte, daß dessen Fuß zerbrach, „daß ich noch diesen Abend das Geheimnis der Verschleierten Dame herausbekomme."

Junge Männer schrecken, wie man mir gesagt hat, beim Weine vor nichts zurück; nach einigen weiteren Hin- und Herreden wurde aber wirklich eine Wette um eine bedeutende Geldsumme gemacht, der Einsatz niedergelegt und Theodor selbst die Wahl der Methode, um dem Streit ein Ende zu machen, überlassen.

Wie er es bewerkstelligte, weiß ich nicht und ist für diese wahrhafte Legende auch von keiner großen Wichtigkeit. Die natürlichste Weise war freilich die, den Türhüter zu bestechen, aber vielleicht zog er es vor, zum Fenster hineinzuklettern. Auf alle Fälle wußte jedoch Theodor noch an demselben Abend, während im großen Saale die Schaustellung vor sich ging, Zutritt in das Privatgemach zu erlangen, wohin sich die Verschleierte Dame nach dem Schlusse der Vorstellungen zurückzuziehen gewohnt war. Hier wartete er und lauschte wahrscheinlich auf das gedämpfte Summen der großen Zuschauermenge, und ohne Zweifel konnte er die tiefen Töne des Zauberers unterscheiden, der die Wunder, welche er zum Vorschein kommen ließ, durch seine mystischen Erklärungen noch dunkler und unverständlicher machte. Vielleicht hörte er auch in den Pausen der wildbewegten Musik, welche die Schaustellung begleitete, die leise Stimme der Verschleierten Dame ihre sibyllinischen Antworten erteilen. So fest auch Theodors Nerven waren und so stolz er auch auf seine nicht zu betrügende Wahrnehmungskraft für die Wirklichkeit sein mochte, sollte es mich doch nicht wundern, wenn sein Herz etwas schneller als gewöhnlich schlug.

Theodor versteckte sich hinter einer spanischen Wand. Mit der Zeit endigte sich die Vorstellung, und ich vermag nicht zu sagen, ob die Tür leise geöffnet wurde, oder ob ihre körperlose Erscheinung durch die Wand gekommen war, aber urplötzlich stand, ohne daß der junge Mann wußte, wie es zugegangen sei, eine verschleierte Gestalt in der Mitte des Zimmers. Es war etwas ganz anderes, sich diesem Rätsel im Schaustellungssaale gegenüber zu befinden, wo das warme, dichte Leben von Hunderten anderer Sterblicher den Mut des Beschauers aufrechterhielt und ihren Einfluß unter so viele verteilte, als völlig allein mit ihr zu sein, und zwar in einer feindlichen oder wenigstens unerlaubten und wenig zu rechtfertigenden Absicht. Ich denke mir, wie Theodor jetzt zu fühlen begann, daß in seinem Unternehmen doch etwas Ernsthafteres liege, als er sich zu der Zeit vorgestellt hatte, da er mit seinen Zechgenossen beim Weine saß.

Man muß gestehen, daß die Bewegung, womit die Gestalt vom Kopf bis zu den Füßen mit dem silbernen Schleier bedeckt auf dem Teppich schwebte, äußerst seltsam war. Das Gewebe schien so körperlos, so ätherisch, so unfühlbar, und doch verbarg es alle Umrisse mit einer Undurchdringlichkeit wie die der Mitternacht. Man kann nicht sagen, daß sie schritt! Sie glitt, sie huschte und schwebte im Zimmer, kein Schall eines Schrittes, keine bemerkliche Bewegung eines Gliedes – es war, als ob ein Windhauch sie nach seinem stürmischen und sanften Belieben vor sich her treibe. Allmählich aber begann durch die anscheinende Unbestimmtheit ihrer Unruhe eine Absicht erkennbar zu werden. Sie suchte etwas! Konnte es sein, daß eine geistige Ahnung sie von der Gegenwart des jungen Mannes benachrichtigt hatte, und suchte ihn die Verschleierte Dame oder mied sie ihn, wenn jenes der Fall war? Die Zweifel Theodors wurden bald gelöst, denn nachdem sie sich diesem kometenartigen Umherflattern einige Momente lang hingegeben hatte, drang sie entschiedener vor und blieb vor der spanischen Wand bewegungslos stehen.

„Du bist hier", sagte eine weiche, leise Stimme. „Komm hervor, Theodor."

So bei seinem Namen aufgerufen, hatte Theodor als Mann von Mut keine Wahl mehr. Er kam aus seinem Versteck und trat mit wahrscheinlich ganz aus seinen Wangen verschwundener Weinröte vor die Verschleierte Dame.

„Was willst du von mir?" fragte sie mit derselben sanften Ruhe wie das erste Mal.

„Rätselhaftes Wesen", antwortete Theodor, „ich möchte wissen, wer und was du bist."

„Es ist meinen Lippen verboten, das Geheimnis zu verraten", sagte die Verschleierte Dame.

„Ich muß es auf jede Gefahr entdecken", erwiderte Theodor.

„Dann", sagte das Geheimnis, „gibt es kein anderes Mittel, als meinen Schleier zu heben."

Und Theodor, der seine Dreistigkeit zum Teil wiedergewonnen hatte, trat augenblicklich vor, um das von der Verschleierten Dame Vorgeschlagene zu tun. Aber sie schwebte rückwärts nach der entgegengesetzten Seite des Zimmers, als ob der Atem des jungen Mannes Kraft genug besessen hätte, sie hinwegzublasen.

„Halte einen kurzen Augenblick ein", sagte die weiche, leise Stimme, „und erfahre die Bedingungen dessen, was du zu unternehmen so kühn bist! Du kannst von hinnen gehen und nicht mehr an mich denken oder, wenn du es vorziehst, diesen geheimnisvollen Schleier heben, unter welchem ich eine traurige, einsame Gefangene in einer Knechtschaft bin, die für mich schlimmer als der Tod ist. Ehe du ihn aber hebst, flehe ich dich in aller jungfräulichen Schamhaftigkeit an, dich vorzubeugen und da einen Kuß aufzudrücken, wo mein Hauch den Schleier bewegt, und meine Jungfrauenlippen werden deinen Lippen entgegenkommen. Und von diesem Augenblick an, Theodor, wirst du mein sein und ich dein und kein Schleier mehr zwischen uns. Und alle Glückseligkeit der Erde und der zukünftigen Welt soll dir und mir zusammen gehören. Soviel darf eine Jungfrau hinter dem Schleier sagen. Wenn du davor zurückbebst, so gibt es noch eine andere Weise."

„Und welche ist das?" fragte Theodor.

„Zauderst du", sagte die Verschleierte Dame, „dich mir zu verpfänden, indem du meinen Lippen begegnest, während noch der Schleier mein Gesicht verbirgt? Hat mich dein Herz nicht erkannt? Kommst du hierher nicht im heiligen Glauben oder mit einer reinen, edelmütigen Absicht, sondern mit spöttischer Zweifelsucht und müßiger Neugier? Du magst trotzdem den Schleier heben; aber von diesem Augenblicke an, Theodor, bin ich dazu verurteilt, dein böses Geschick zu sein, und dann wirst du keinen Augenblick des Glücks mehr kosten."

In der Art, wie diese letzten Worte gesprochen wurden, lag ein Schatten unaussprechlicher Trauer; aber Theodor, dessen natürliche Geistesrichtung dem Skeptizismus zugewendet war, fühlte sich beinahe gekränkt und beleidigt durch den Vorschlag der Verschleierten Dame, daß er sich für Leben und Ewigkeit einem so zweifelhaften Wesen wie ihr versprechen oder daß sie auch nur einen zu nichts verbindenden Kuß verlangte, da er die Wahrscheinlichkeit in Betracht zog, daß ihr Gesicht keins von den bezauberndsten sei. Wahrhaftig eine köstliche Idee, die Lippen eines toten Mädchens zu küssen oder die Kiefer eines Skeletts oder die grinsende Höhle des Rachens eines Ungeheuers! Selbst wenn sich das Mädchen in anderer Hinsicht als hübsch genug erweisen sollte, konnte man doch zehn gegen eins wetten, daß ihre Zähne mangelhaft seien – eine entsetzliche Verminderung der Köstlichkeit eines Kusses.

„Entschuldigen Sie mich, schöne Dame“, sagte Theodor – und ich glaube, daß er beinahe in ein Gelächter ausbrach –, „wenn ich es vorziehe, zuerst den Schleier zu heben, und was die Geschichte mit dem Kusse betrifft, so können wir nachher darüber entscheiden.“

„Du hast deine Wahl getroffen“, sagte die süße, traurige Stimme hinter dem Schleier, und sie schien ein zartes, aber von keinem Groll entstelltes Gefühl des Unrechtes zu enthalten, welches die verächtliche Auslegung, die der junge Mann ihrem Erbieten gegeben, ihrer Weiblichkeit angetan hatte. „Ich darf dir nicht raten, innezuhalten, obgleich dein Schicksal noch in deiner eigenen Hand liegt.“

Er erfaßte den Schleier, warf ihn empor und erblickte darunter ein bleiches, liebliches Antlitz; aber nur auf einen einzigen Moment, und dann verschwand die Erscheinung und „der silberne Schleier“ flatterte langsam nieder und lag auf dem Boden. Theodor war allein. Unsere Legende verläßt ihn dort. Seine Strafe war die, sich ewig und ewig nach einem wiederholten Anblick jenes trüben, trauernden Gesichtes zu sehnen, welches auf lebenslang die Freude seines häuslichen Herdes hätte sein können – das Leben in fieberischen Wünschen und Hoffnungen zu verschwenden und es nie wieder zu sehen.

Aber was war eigentlich aus der Verschleierten Dame geworden? Hatte jener rätselhafte Schleier ihr ganzes Dasein umfaßt und war sie jetzt in Nichts zerronnen? Oder war sie ein Geist mit einem himmlischen Wesen, welches aber menschlicher Seligkeit fähig geworden wäre, wenn Theodor mutig und treu genug gewesen wäre, um sie zu erlangen? Hört, meine lieben Freunde, und hör, teure Priscilla – und ihr sollt das wenige erfahren, was Zenobia euch weiter erzählen kann.

Gerade in dem Augenblicke, als die Verschleierte Dame verschwand – soweit man es nämlich ermitteln kann –, stieg eine bleiche, schattenhafte Jungfrau unter einer Gesellschaft von träumerischen Menschen auf, welche das bessere Leben suchten. Sie war so sanft und so trübe – eine namenlose Wehmut machte sie ihren Sympathien so teuer –, daß man nie daran dachte, zu fragen, woher sie komme. Sie hatte vielleicht schon früher existiert oder vielleicht war ihre dünne Körperlichkeit in demselben Augenblicke, wo sie sie zuerst erschauten, aus der Luft geformt worden. Ihnen war das aber alles eins, und sie nahmen sie an ihre Herzen. Unter ihnen befand sich eine Dame, welcher dieses bleiche, rätselhafte Mädchen mehr als allen übrigen anhing.

Aber eines Morgens wanderte diese Dame in den Wald, und dort begegnete ihr eine Gestalt in einem morgenländischen Gewande, mit einem schwarzen Bart und in der Hand einen silbernen Schleier. Er winkte ihr, stehenzubleiben. Da sie ein Frauenzimmer von einigem Mute war, so schrie sie weder, noch lief sie davon, noch wurde sie ohnmächtig, wie es viele Damen wohl getan haben würden, sondern blieb ruhig stehen und gebot ihm, zu sprechen. Der wahre Grund dafür war der, daß sie sein Gesicht schon früher gesehen, aber es nie gefürchtet hatte, obgleich sie ihn als einen entsetzlichen Zauberer kannte.

„Dame", sagte er mit warnender Gebärde, „Ihr seid in Gefahr!"

„In Gefahr?" rief sie, „und von welcher Art?"

„Du kennst eine gewisse Magd", antwortete der Zauberer, „die aus dem Reiche des Geheimnisses gekommen ist und sich zu deiner vertrautesten Gefährtin gemacht hat. Nun hat es das Schicksal so beschlossen, daß diese Fremde, gleichviel ob mit ihrem eigenen Willen oder nicht, deine tödlichste Feindin ist. In der Liebe, im weltlichen Reichtum, in allen deinen Bestrebungen, das Glück zu finden, ist sie dazu bestimmt, deine Aussichten zu zerstören. Es gibt nur eine Möglichkeit, ihren unglückseligen Einfluß zu vereiteln."

„Dann sage mir die eine Weise", entgegnete die Dame.

„Nimm diesen Schleier", antwortete er, indem er ihr das silberne Gewebe hinhielt, „es ist ein mächtiger Zauber, es ist ein Gefängnis, das ich für sie gemacht habe und unter welchem sie einst meine Gefangene war. Wirf ihn unversehens über das Haupt dieser geheimen Feindin, stampfe mit dem Fuße und rufe: ‚Erscheine, Zauberer, hier ist die Verschleierte Dame!‘, und ich werde augenblicklich durch die Erde aufsteigen und mich ihrer bemächtigen, und von dem Augenblicke an seid Ihr sicher.“

Die Dame nahm also den silbernen Schleier, der wie gewobene Luft oder irgendeine andere Substanz von größerer Zartheit als Äther war und der emporgeschwebt und in den Wolken verschwunden wäre, wenn sie ihn losgelassen hätte. Als sie nach Hause zurückkehrte, fand sie das Schattenmädchen unter der Gruppe von Transzendentalisten, welche immer noch das bessere Leben suchten. Sie war jetzt munter und hatte einen rosigen Schimmer auf den Wangen und war eines von den hübschesten Geschöpfen und schien eines von den glücklichsten zu sein, welche die Welt aufweisen konnte; aber die Dame schlich sich geräuschlos hinter sie und warf den Schleier über ihr Haupt. Als das dünne, ätherische Gewebe unerbittlich über ihre Gestalt herabsank, bemühte sich das arme Mädchen, es aufzuheben, und begegnete den Augen ihrer teuren Freundin mit einem Blicke tödlichen Schreckens und tiefen, tiefen Vorwurfs; er konnte aber ihre Absicht nicht verändern.

„Erscheine, Zauberer!“ rief sie, mit dem Fuße auf die Erde stampfend, „hier ist die Verschleierte Dame.“

Auf diese Worte stieg der bärtige Mann in den morgenländischen Gewändern – der schöne, dunkle Zauberer, der seine Seele verkauft hatte – empor. Er schlang seine Arme um die Verschleierte Dame, und sie war seine Sklavin auf ewig.

Zenobia hatte während dieser Erzählung das Stück Gaze in der Hand behalten und so benutzt, daß sie bei den Stellen, wo der Zauberschleier beschrieben wurde, den dramatischen Effekt der Legende bedeutend verstärkte. Als sie bei der Katastrophe anlangte und die verderblichen Worte aussprach, warf sie die Gaze über Priscillas Kopf und auf einige Augenblicke hielten ihre Zuhörer den Atem an und erwarteten halb und halb, wie ich wirklich glaube, daß der Zauberer durch den Boden emporsteigen und unsere arme kleine Freundin vor unseren Augen entführen werde.

Was Priscilla betraf, so stand sie mit gesenktem Haupte unter uns da und machte keinen Versuch, den Schleier zu entfernen.

„Wie befinden Sie sich, Liebste?“ sagte Zenobia, indem sie eine Ecke der Gaze hob und mit einem bösen Lächeln darunter blickte. „Ach, das gute Seelchen! Sie will wirklich in Ohnmacht fallen! Herr Coverdale! Herr Coverdale seien Sie so gut, ein Glas Wasser!“

Priscillas Nerven waren keineswegs die stärksten und sie erlangte daher den ganzen übrigen Abend kaum ihren Gleichmut wieder. Dies war allerdings jammerschade, wir hielten es aber dessenungeachtet für einen äußerst glänzenden Einfall Zenobias, daß sie ihrer Legende einen so wirkungsvollen Schluß gegeben hatte.

XIV
Eliots Kanzel

Unsere Sonntage in Blithedale wurden für gewöhnlich nicht so streng geheiligt, wie es den Abkömmlingen der Pilger zugestanden hätte, deren hohes Unternehmen wir, wie wir uns zuweilen schmeichelten, aufgenommen hatten und nach einem Punkte, von dessen Erreichung sie sich nie etwas träumen ließen, weiter und höher emportrugen.

An diesem geweihten Tage ruhten wir allerdings von unsern Arbeiten aus. Unsere von ihrem Wochentagsjoche erlösten Ochsen schweiften frei auf der Weide, wobei sich jedoch die Jochgenossen dicht zusammenhielten und infolge der Macht der Gewohnheit und trägen Sympathie fortwährend die Vereinigung anerkannten, welche ihnen von dem Zuchtmeister zu seinen eigenen harten Zwecken auferlegt worden war. Was uns menschliche Jochgenossen, uns freigewählte Arbeitsgefährten, deren Hacken die Woche über gegeneinander geklirrt hatten, betraf, so wanderten wir nach allen Seiten hinaus, um unsere Ruhepause zu genießen. Von einigen glaube ich, daß sie fromm in die Dorfkirche gingen; andere bestiegen vielleicht selbst eine Kanzel in der Stadt oder auf dem Lande und trugen das geistliche Kleid mit so viel Würde, daß man kaum auf den Gedanken gekommen wäre, daß sie erst seit der Melkzeit den Kittel des Landmanns abgelegt hatten. Andere wieder machten lange Spaziergänge auf den ländlichen Wegen und Nebenpfaden und hielten inne, um sich die schwarzen alten Farmhäuser mit ihren schrägen Dächern anzusehen, oder die modernen Landhäuser, die so sehr nach einem Spielzeug aussahen, daß wahre Freude oder echter Kummer in ihnen nichts zu suchen zu haben schienen, oder die anspruchsvolleren Villen, mit ihren Reihen von hölzernen Säulen, die die überflüssige Anmaßung einer großen Vorhalle stützten. Manche begaben sich in die große, dämmerige Scheune und lagen dort stundenlang auf dem duftigen Heu, während die Sonnenstrahlen und die Schatten miteinander rangen – diese die Scheune feierlich, jene sie heiter zu machen – und beide Sieger waren, und die Schwalben ihre munteren Hymnen zwitscherten und blitzend sichtbar wurden oder verschwanden, wie sie unter den goldenen Stäben des Sonnenscheins hin und her flogen. Und andere gingen ein Stück Weges in den Wald und warfen sich auf Mutter Erde, nahmen ein Moosbüschel, den grauen Moder eines alten Baumstammes zum Kopfkissen und schliefen, während die Hummeln und Moskitos ihre Ohren umsummten und die Schlummerer zucken und zusammenschrecken ließen, ohne sie zu wecken.

Für Hollingsworth, Zenobia, Priscilla und mich wurde es eine Gewohnheit, den Sonntagnachmittag bei einem bestimmten Felsen zuzubringen. Wir kannten ihn unter dem Namen Eliots Kanzel nach einer Tradition, daß der ehrwürdige Apostel Eliot vor zwei Jahrhunderten hier einer indianischen Zuhörerschaft gepredigt habe. Der alte Fichtenwald, durch welchen die Stimme des Apostels gehallt hatte, war vor undenklichen Zeiten gefallen. Aber der Boden, welcher die rauheste und unebenste Oberfläche besaß, war, wie es schien, nie unter den Pflug gebracht worden. Andere Bäume, Ahorn und Buchen und Birken, waren dem Urwald gefolgt, so daß es immer noch so eine wilde Waldstrecke war, wie sie der Ur-Ur-Ur-Urenkel eines von Eliots Indianern – wenn eine solche Nachkommenschaft existiert hätte – nur immer wünschen konnte, um seinen Wigwam darin zu errichten. Allerdings verliert dieser Nachwuchs die majestätische Feierlichkeit des Urforstes. Wenn er jedoch gehörig vernachlässigt wird, so verwächst er zu einer milderen Wildnis, in deren rauschendes Laub die Sonne Heiterkeit bringen kann, wie sie das nie unter den finsterblickenden Fichten zu tun vermöchte.

Der Felsen selbst erhob sich zwanzig bis dreißig Fuß über seine Umgebung, ein zerklüfteter Granitblock oder eine Anhäufung von Blöcken mit unregelmäßigen Umrissen und einer Menge von Spalten, aus denen Kräuter, Büsche und selbst Bäume hervorwuchsen, als ob die spärliche Erde zwischen jenen Ritzen ihren Wurzeln angenehmer sei als jeder andere Boden. Am Fuße der Kanzel neigten sich die geborstenen Blöcke gegeneinander, so daß sie eine flache Höhle bildeten, in welcher unsere kleine Gesellschaft zuweilen vor einem Sommerregen Schutz gefunden hatte. Auf ihrer Schwelle oder gerade über ihr wuchsen zu ihrer Zeit ein Büschel von blassen Kolumbinen und Veilchen, traurige, schattenhafte Einsiedlerwesen, wie Priscilla einst gewesen war, als wir sie kennenlernten, Kinder der Sonne, die nie ihren Vater gesehen hatten, sondern unter feuchten Moosen wohnten, obgleich sie nicht mit ihnen verwandt waren. Auf dem Gipfel wurde der Felsen von dem Thronhimmel einer Birke überschattet, welcher die Stelle eines Resonanzdaches für die Kanzel vertrat. In diesem Schatten pflegte ich, wenn ich meine Sinnenaugen halb schloß und die der Phantasie weit öffnete, den frommen Apostel der Indianer zu sehen, wie der Sonnenschein durch die Blätter auf ihn herabfloß und seine Gestalt gleich dem halb sichtbaren Schimmer einer Glorie verklärte.

Ich beschreibe den Felsen und diese kleine Sonntagseinsiedelei so ausführlich, weil Hollingsworth auf unsere Bitte oftmals Eliots Kanzel bestieg, und zwar nicht gerade predigte, aber doch zu uns, seinen wenigen Schülern, in einem Tone sprach, welcher ebenso natürlich stieg und sank wie der Hauch des Windes im Laube der Birken. Keine andere Menschenrede hat mich je so bewegt wie einige von diesen Reden. Es schien wahrhaft bedauernswürdig, ja, ein wirkliches Unglück für die Welt, daß ein Schatz von goldenen Gedanken so freigebig mit vollen Händen auf uns drei herabgestreut wurde, während er tausend Zuhörer und Hollingsworth sich selbst durch die Sympathie der Menge hätte bereichern können. Nachdem er, wie es eben kam, viel oder wenig gesprochen hatte, stieg er dann von seiner grauen Kanzel herab und warf sich, gewöhnlich mit dem Gesicht nach unten, der vollen Länge nach auf den Boden. Unterdessen sprachen wir um ihn her über Gegenstände, wie sie die Rede eingab.

Seit Zenobias Zusammenkunft mit Westervelt waren ihre fortwährenden Stimmungsumschwünge für ihre Freunde ziemlich schwer zu ertragen gewesen. Am ersten Sonntage nach jenem Vorfall sprach sie sich, als Hollingsworth wieder von Eliots Kanzel herabgeklettert war, mit einem Eifer und einer Leidenschaftlichkeit aus, welche dem Zorn nahe kam, über die Ungerechtigkeit, welche die Welt gegen die Frauen und zugleich auch gegen sich selbst übe, indem sie ihnen nicht erlaube, sich in Freiheit und Ehren und mit dem vollsten Willkommen der Öffentlichkeit gegenüber natürlich auszusprechen.

„Es wird nicht immer so sein", rief sie. „Wenn ich noch ein Jahr lebe, so werde ich selbst meine Stimme zugunsten einer erweiterten Freiheit der Frauen erheben!"

Sie sah mich vielleicht lächeln.

„Welchen Grund zum Spott finden Sie darin, Miles Coverdale?" rief Zenobia mit einem Zornesblitz in ihren Augen. „Erlauben Sie mir zu sagen, daß dieses Lächeln mir den Verdacht eines niedrigen Gefühls und seichter Gedanken einflößt. Es ist mein Glaube – ja meine Prophezeiung, wenn ich sterben sollte, ehe es geschieht –, daß es, wenn mein Geschlecht seine Rechte erlangt, zehn beredte Frauen geben wird, wo jetzt ein beredter Mann zu finden ist. Bis jetzt hat noch keine Frau auf Erden je ihr ganzes Herz und ihre vollen Gedanken ausgesprochen. Das Mißtrauen und die Mißbilligung der großen Masse der Gesellschaft würgt uns wie mit zwei riesenhaften Händen an unserer Kehle. Wir murmeln ein paar schwache Worte und lassen Tausende ungesprochen. Allerdings laßt ihr uns ein wenig über einen beschränkten Kreis von Gegenständen schreiben, aber die Feder ist nicht für die Frau. Ihre Macht ist zu natürlich und zu unmittelbar. Nur mit der lebenden Stimme vermag sie die Welt zu zwingen, das Licht ihres Geistes und die Tiefe ihres Herzens anzuerkennen."

Nun hatte ich – wenn ich dies auch nicht wohl Zenobia sagen konnte – gelächelt, nicht aus einer unwürdigen Schätzung der Frau, oder weil ich die Ansprüche, die sie zu stellen beginnt, ableugnete. Was mich belustigte und mir ein Rätsel aufgab, war die Tatsache, daß selbst die intellektuell begabtesten Frauen sich so selten über Recht und Unrecht, welches ihrem Geschlecht widerfährt, beunruhigen, wenn nicht ihre eigenen individuellen Gefühle brachliegen oder unzufrieden sind. Sie sind keine geborenen Reformatoren, werden es aber durch den Druck eines ausnahmsweisen Unglücks. Ich konnte Zenobias innere Unruhe an der Feindseligkeit ermessen, womit sie jetzt den allgemeinen Kampf der Frauen gegen die Männer aufnahm.

„Ich will Ihnen die Erlaubnis geben, Zenobia“, antwortete ich, „Ihre tiefste Verachtung auf mich zu schleudern, wenn Sie mich je eine Ansicht aussprechen hören, die der umfänglichsten Freiheit, von welcher die Frau je geträumt hat, ungünstig wäre. Ich würde ihr alles geben, was sie verlangt, und noch ein großes Teil hinzufügen, was sie nicht fordern wird, was aber die Männer, wenn sie großmütig und weise wären, aus eigenem freien Antriebe bewilligen würden. Zum Beispiel würde ich es gern sehen, wenn – wenigstens auf die nächsten tausend Jahre – die Regierung gänzlich in die Hände der Frauen überginge. Es ist mir verhaßt, von meinem eigenen Geschlecht beherrscht zu werden, es erregt meine Eifersucht und verwundet meinen Stolz. Es ist die eiserne Herrschaft der physischen Gewalt, welche uns in unserer erzwungenen Unterwürfigkeit erniedrigt; aber wie süß würde die edle freie Courtoisie sein, mit welcher ich vor einem weiblichen Herrscher kniete.“

„Ja, wenn sie jung und schön wäre“, sagte Zenobia lachend, „aber wie, wenn sie sechzig und abschreckend häßlich wäre?“

„Ach, Sie sind es, die das Frauengeschlecht niedrig stellt“, sagte ich; „aber lassen Sie mich fortfahren. Ich habe es nie für möglich gefunden, einen bärtigen Pastor meinem Herzen und Gewissen so nahe kommen zu lassen, daß er mir geistlich wohlgetan hätte. Ich erröte schon bei dem Gedanken daran. Gebe der Himmel, daß in der besseren Ordnung der Dinge die Seelsorge den Frauen überlassen werden möge! Die Tore des neuen Jerusalem werden kaum die Menge fassen, welche sich hineindrängt, wenn jener Tag erscheint! Die Aufgabe gehört den Frauen an. Gott hat sie für diese bestimmt. Er hat sie mit religiösem Gefühl in äußerster Tiefe und Reinheit begabt – Gefühl, das gereinigt ist von dem derben intellektuellen Zusatz, den jeder männliche Theologe dazuzutun allzu geneigt ist –, sehen wir von dem Einen ab, der sich nur in irdische und männliche Form verhüllte, aber in Wahrheit göttlich war. Ich habe die Katholiken stets um ihren Glauben an jene süße, heilige, jungfräuliche Mutter beneidet, die zwischen ihnen und der Gottheit steht, etwas von seinem schaurigen Strahlenglanz auffängt, aber seine Liebe für menschliche Begriffe verständlicher durch das Medium weiblicher Zärtlichkeit auf den Anbeter herabströmen läßt. Habe ich nicht genug gesagt, Zenobia?"

„Ich kann nicht denken, daß dies wahr ist", bemerkte Priscilla, die mich mit großen, mißbilligenden Augen angeblickt hatte, „und ich wünschte wahrhaftig auch nicht, daß dies wahr wäre."

„Das arme Kind!" rief Zenobia etwas verächtlich; „sie ist der Typus der Frauen, wie sie der Mann im Laufe der Jahrhunderte gemacht hat. Er ist nie zufrieden, solange er sich nicht dadurch erniedrigen kann, daß er sich zu dem, was er liebt, herabbeugt. Er verrät dadurch, daß er uns unsere Rechte ableugnet, noch größere Blindheit für seine eigenen Interessen als verbrecherische Achtlosigkeit für die unseren."

„Ist das wahr?" fragte Priscilla mit Einfalt, indem sie sich zu Hollingsworth wendete, „ist alles das wahr, was Herr Coverdale und Zenobia gesagt haben?"

„Nein, Priscilla", antwortete Hollingsworth mit seiner gewohnten Rücksichtslosigkeit. „Keiner von beiden hat bisher ein wahres Wort gesprochen."

„Verachten Sie die Frau?" fragte Zenobia, „Hollingsworth, das wäre höchst undankbar."

„Sie verachten? Nein!" sagte Hollingsworth, und er erhob seinen großen, buschigen Kopf und schüttelte ihn gegen uns, während seine Augen fast versengend glühten; „sie ist an ihrem rechten Platz und in ihrem rechten Charakter das bewunderungswürdigste Werk Gottes. Ihr Platz ist an der Seite des Mannes; ihr Amt das des Sympathisierens, des rückhaltlosen, zweifellosen Glaubens, das der Anerkennung, welche in jeder anderen Weise vorenthalten, aber mitleidig durch das Frauenherz gewährt wird, damit der Mann nicht den

Glauben an sich selbst völlig verliere, das Echo der eigenen Stimme Gottes, welche ausspricht: Es ist wohlgetan! Alles gesonderte Handeln der Frau ist, war und wird immer sein falsch, töricht, eitel, für ihre besten und heiligsten Eigenschaften zerstörend, jeder guten Wirkung bar und schwanger mit unerträglichem Unheil. Der Mann ist ohne Frau ein elendes Wesen; aber die Frau ist ein Ungeheuer und, dem Himmel sei Dank, ein fast unmögliches und bis jetzt imaginäres Ungeheuer –, wenn sie nicht den Mann als anerkannten Vorgesetzten hat! So wahr ich einst eine Mutter hatte, die ich liebte, so würde ich, wenn es möglicherweise eine Aussicht gäbe, daß die Frau die soziale Stellung einnehmen könnte, welche einige von ihrem Geschlecht – arme, elende, mißgeborene Geschöpfe, die nur von solchen Dingen träumen, weil ihnen das besondere Glück des Weibes entgangen ist, oder weil sie die Natur wirklich weder zu einem Manne noch zu einem Weibe gemacht hat –, wenn eine Aussicht darauf vorhanden wäre, daß sie das Ziel erreichten, welches diese Mißgeburten in Rökken im Auge haben, so würde ich mein Geschlecht auffordern, seine physische Stärke, diesen unverkennbaren Beweis seiner Oberherrlichkeit, anzuwenden, um sie in ihre gehörigen Grenzen zurückzuprügeln. Aber es wird nicht nötig sein. Das Herz echter Weiblichkeit kennt seine eigene Sphäre und sucht nie über seine Grenzen zu schweifen."

Noch nie ist wohl ein Sterblicher mit einem Blicke so unbedingter Beistimmung und in seiner Vollständigkeit glücklichen, zweifellosen Glaubens beseligt worden – wenn dies eine Beseligung ist –, wie ihn unsere kleine Priscilla, ihrer selbst unbewußt, auf Hollingsworth warf. Sie schien den Ausdruck von seinen Lippen in ihr Herz gleiten zu lassen und in vollkommener Zufriedenheit darüber zu brüten. Genau die Frau, welche er ausmalte, das sanfte Schmarotzerchen und die milde Abspiegelung einer kräftigeren Existenz, saß hier zu seinen Füßen.

Ich blickte jedoch auf Zenobia in der vollen Erwartung,

daß sie diese beleidigende Behauptung dessen, was mir als der höchste Ausdruck des männlichen Egotismus erschien, rügen würde, wie ich es an dem entrüsteten Aufwallen meines eigenen Blutes fühlte, daß es sich gezieme. Er konzentrierte alles in sich selbst und beraubte die Frau sogar ihrer Seele, ihres unaussprechlichen und unergründbaren Alls, um sie zu einer bloßen Ziffer in der großen Summe des Mannes zu machen. Hollingsworth hatte dreist ausgesprochen, was er und Millionen Despoten gleich ihm wirklich fühlten. Er hatte, ohne es zu beabsichtigen, den Urquell aller dieser trüben Gewässer enthüllt. Jetzt geziemte es Zenobia, wenn überhaupt je, die Vorkämpferin ihres Geschlechtes zu sein.

Aber zu meiner Überraschung und auch Entrüstung sah sie nur gedemütigt aus. In ihren Augen schimmerte etwas wie Tränen; aber es waren nur Tränen des Schmerzes, nicht des Zornes.

„Nun, möge es so sein!“ war alles, was sie sagte. „Ich wenigstens habe Grund genug zu meinen, daß Sie recht haben. Wenn der Mann männlich und Gott ähnlich ist, so wird die Frau nur zu bereit sein, ihm das zu werden, was Sie sagen.“

Ich lächelte – allerdings etwas bitter bei der Betrachtung meines Unglücks. Wie wenig kümmerten sich diese beiden Frauen um mich, der ich ihnen aus der Fülle meines Herzens rückhaltlos alle ihre Ansprüche und noch ein großes Teil mehr zugestanden hatte, während Hollingsworth durch den Zauber seiner abscheulichen Ungerechtigkeit beide dahin gebracht hatte, daß sie zu seinen Füßen lagen.

‚Die Frauen benehmen sich fast stets auf diese Weise‘, dachte ich. ‚Was bedeutet diese Tatsache? Ist es ihre Natur? oder ist es das Resultat einer Jahrhunderte langen Entwürdigung? und wird es in dem einen oder andern Fall möglich sein, sie je zu erlösen?‘

Wir alle vier schienen jetzt instinktmäßig zu fühlen, daß wenigstens für diesmal nichts mehr zu sagen sei. Wir erhoben uns wie mit einem Antriebe vom Boden und brachen uns

Bahn durch das verwachsene Gebüsch nach einem von den schönen Waldpfaden, welche sich unter den Baumwölbungen dahinzogen. Einige von den Zweigen hingen so tief herab, daß sie die Gestalten der Vorausgehenden den Nachfolgenden teilweise verbargen. Priscilla war leichter als wir übrigen aufgesprungen und uns mit fröhlicher Munterkeit voraus, mit so luftigem Schwunge, wie er durch die Bewegung eines Vogels ausgedrückt wurde, der in derselben Richtung wie sie selbst von Baum zu Baum flatterte. Sie schien nie so glücklich gewesen zu sein, wie sie es an jenem Nachmittage war. Sie sprang unwillkürlich in ihrer Herzensfreude dahin.

Zenobia und Hollingsworth kamen ihr nach; sie gingen dicht nebeneinander, aber nicht Arm in Arm. Eben als sie an dem herabhängenden Zweige einer Birke vorübergekommen waren, sah ich deutlich, wie Zenobia die Hand Hollingsworths in ihre beiden nahm, sie an ihre Brust drückte und wieder fallen ließ.

Die Gebärde war plötzlich und voll Leidenschaftlichkeit; sie war offenbar von dem Impulse überrascht worden; er drückte alles aus! Wäre Zenobia vor ihm niedergekniet oder hätte sie sich an seine Brust geworfen und geschluchzt: ‚Ich liebe dich, Hollingsworth!' so würde ich dessen, was es bedeutete, nicht sicherer gewesen sein können. Hierauf schritten sie, wie vorher, weiter. Aber mir kam es vor, als ob der vergrößerte Schatten Zenobias, welchen die dem Untergange nahe Sonne auf den Pfad warf, bebe und der zarte Stempel der Blume in ihrem Haar ebenfalls von ihrer Bewegung ergriffen sei.

Priscilla konnte – wenigstens durch ihre Augen – von der eben beschriebenen Gebärde nichts bemerkt haben, und doch sah ich sie in demselben Momente in sich zusammensinken. Die Elastizität, welche kurz vorher so vogelgleich gewesen war, hatte sie völlig verlassen, das Leben schien aus ihr zu entschwinden und selbst ihre Gestalt dünn und grau zu werden. Sie kam mir beinahe wie ein Schatten vor, der allmählich im Dunkel des Waldes verblich. Ihr Schritt wurde so langsam, daß Hollingsworth und Zenobia an ihr vorüberkamen und ich sie, ohne meinen Gang zu beschleunigen, einholte.

„Kommen Sie, Priscilla", sagte ich, indem ich aufmerksam in ihr äußerst bleiches und betrübtes Gesicht blickte; „wir müssen unsern Freunden nacheilen. Fühlen Sie sich plötzlich unwohl? Vor einem Augenblicke flatterten Sie so leicht dahin, daß ich Sie mit einem Vögelchen verglich. Jetzt ist es dagegen, als ob Sie ein schweres Herz und nur sehr wenig Kraft hätten, um es zu tragen. Bitte nehmen Sie meinen Arm."

„Nein", sagte Priscilla, „ich glaube kaum, daß es mir helfen würde; es ist mein Herz, wie Sie sagen, was mich schwer macht, und ich weiß nicht warum. Soeben erst fühlte ich mich sehr glücklich."

Es war ohne Zweifel von mir eine Art von Frevel, in ihr jungfräuliches Geheimnis dringen zu wollen, da sie aber von ihren übrigen Freunden beiseitegeworfen oder nachlässig fallengelassen zu werden schien, wie eine Blume, welche sie nicht mehr brauchten, so konnte ich dem Antriebe, einen einzigen Blick unter ihre geschlossenen Kelchblätter zu werfen, nicht widerstehen.

„Zenobia und Sie sind in der letzten Zeit große Freundinnen geworden", bemerkte ich. „Anfangs – an jenem ersten Abend, als Sie zu uns kamen – nahm sie Sie nicht so warm auf, wie man hätte wünschen können."

„Ich erinnere mich", sagte Priscilla, „kein Wunder, daß sie Anstand nahm, mich zu lieben, da ich damals für sie eine Fremde und ein Mädchen ohne Anmut und Schönheit war – und sie selbst so schön."

„Aber sie liebt Sie jetzt natürlich?" fragte ich weiter. „Und Sie fühlen in diesem Augenblick, daß sie Ihre teuerste Freundin ist?"

„Warum stellen Sie mir die Frage?" rief Priscilla, wie über die Erforschung ihrer Gefühle, zu welcher ich sie zwang, erschreckt. „Ich weiß nicht, wie es kommt, aber es setzt mir sonderbare Gedanken in den Kopf. Ich liebe jedoch Zenobia! Wenn sie mich nur halb so sehr liebt, so werde ich glücklich sein!"

„Wie ist es möglich, daran zu zweifeln, Priscilla?" antwortete ich, „aber sehen Sie nur, wie heiter und froh Zenobia und Hollingsworth zusammen dahingehen. Ich nenne es ein köstliches Schauspiel. Es freut mich wirklich, daß Hollingsworth eine so passende, liebevolle Freundin gefunden hat! So viele Menschen mißtrauen ihm, so viele sind ungläubig und verlachen ihn, während fast keiner ihm Gerechtigkeit widerfahren läßt oder ihn als den wunderbaren Mann, der er wirklich ist, anerkennt – daß es wirklich für ihn ein Glück ist, die Sympathie einer solchen Frau wie Zenobia erworben zu haben. Ein jeder Mann könnte darauf stolz sein, ein jeder Mann, selbst wenn er so stark wie Hollingsworth ist, könnte eine so herrliche Frau lieben. Wie ungemein schön Zenobia ist! und Hollingsworth weiß es auch."

In meinen Worten mag wohl eine gewisse kleinliche Bosheit gelegen haben. Die Großmut ist zu rechter Zeit und innerhalb der gehörigen Grenzen eine sehr schöne Sache, aber es ist ein unerträgliches Ärgernis, wenn man sehen muß, wie ein Mann jeden Gedanken aller Frauen monopolisiert und seinen Freund in völliger Abgeschiedenheit frösteln läßt, ohne ihm auch nur die Alternative zu lassen, sich an demjenigen zu letzen, was jenes glücklichere Individuum verworfen hat. Ja, es war eine törichte Bitterkeit des Herzens, die mich so zu sprechen bewog.

„Gehen Sie voraus", sagte Priscilla plötzlich und so gebieterisch, wie nur eine Frau das kann. So hatte ich sie noch nie zuvor gesehen. „Es ist mir am angenehmsten, allein dahinzuschlendern, ich gehe nicht so schnell wie Sie."

Sie machte mit ihrer Hand eine kleine entlassende Bewegung. Es ärgerte mich und doch war es im ganzen das Bezauberndste, was Priscilla je getan hatte. Ich gehorchte ihr und wanderte unzufrieden nach Hause, indem ich mich – wie schon tausendmal – in Vermutungen darüber erging, was Hollingsworth mit den beiden Herzen anfangen wolle, welche er (für meine Wahrnehmungskraft und wie ich annehmen mußte, auch für die seine unverkennbar) in seinem ungeheuren Egotismus für sich allein in Anspruch genommen hatte.

Außerdem besaß ich noch einen Stoff zur Aufstellung von Vermutungen, welcher kaum weniger fruchtbar genannt werden konnte. In welcher Attitüde stellte sich Zenobia Hollingsworth dar? War es in der einer freien Frau, ohne alle Hypothek auf ihre Herzensneigungen und ohne Ansprüche auf ihre Hand, sondern in voller Freiheit, beide im Austausch für das Herz und die Hand, welche sie, wie es schien, zu erlangen erwartete, zu übergeben? War aber das, wovon ich im Walde Zeuge geworden, ein Traumgebilde? war Westervelt ein Kobold? waren die Worte der Leidenschaft und Qual, welche Zenobia in meiner Gegenwart ausgestoßen hatte, eine bloße Bühnendeklamation? waren sie Gebilde eines Materials von größerer Leichtigkeit als die gewöhnliche Luft? oder war, wenn sie wirkliches Gewicht besaßen, das nicht ein gefährliches und gräßliches Unrecht, worauf sie gegen sich und Hollingsworth hinauswollte?

Als ich die Farm beinahe erreicht hatte, blickte ich über die lange, abhängende Weide zurück und sah sie im Lichte des Sonnenunterganges beisammen gerade auf dem Punkte stehen, welchen sie, nach dem Klatsch der Gemeinschaft, zur Erbauung ihres Hauses bestimmt hatten. Priscilla war, allein und vergessen, tiefer im Schatten des Waldes zurückgeblieben.

XV
Eine Krisis

So verstrich der Sommer – ein Sommer der Mühe, des Interesses, eines gewissen Etwas, das nicht Freude war, welches sich aber tief in mein Herz senkte und dort zu einer reichen Erfahrung wurde. Ich fand, daß ich Jahren, wo nicht einer ganzen Lebenszeit entgegenblickte, die ich in derselben Weise zu verleben gedachte. Die Gemeinschaft begann jetzt ihre Pläne für die Dauer zu entwerfen. Eine von unseren Absichten war die, ein Phalansterium – wie wir es, glaube ich, nach Fourier nannten, aber die Ausdrucksweise jener Tage ist mir nicht mehr besonders frisch im Gedächtnis – zu errichten, wo die große und allgemeine Familie ihre Wohnstätte haben sollte. Einzelne Mitglieder, die es zu einem Religionspunkte machten, die Heiligkeit eines ausschließlichen Wohnsitzes zu bewahren, wählten bereits Häuschen am Waldrande oder auf den windumwehten Anhöhen oder in dem geschützten Winkel eines Tälchen, je nachdem ihr Geschmack dem Traulichen oder dem Malerischen zuneigte. Wir hatten dadurch, daß wir unseren Sinn nach außen streben ließen, dem Dasein den Schein der Neuheit erteilt und betrachteten es so hoffnungsvoll, als wäre der Boden unter unseren Füßen nicht klaftertief mit dem Staube getäuschter Generationen gemischt gewesen, deren jeder sich ebensogut wie uns die Welt fälschlich als eine bisher unvermählte Braut dargestellt hatte.

Hollingsworth und ich hatten oft über diese Aussichten gesprochen. Es ließ sich jedoch leicht bemerken, daß er nur wenig oder gar keine Wärme zeigte, sondern entweder die Erfüllungen unserer Erwartungen in Zweifel zu ziehen oder in der Stille das Bewußtsein zu haben schien, daß die Sache ihn persönlich nicht angehe. Kurz nach der Szene bei Eliots Kanzel unterhielt ich mich, während er und ich eine alte Steinmauer ausbesserten, mit Ausflügen in die Zukunft.

„Wenn wir dereinst alte Männer sind“, sagte ich, „wird man uns Onkel oder Väter nennen. Vater Hollingsworth und Onkel Coverdale, und wir werden heiter auf diese früheren Tage zurückblicken und eine romantische Geschichte für die jungen Leute – und wenn sie etwas romantischer ausfällt, als es die Wahrheit rechtfertigen mag, so wird es nicht schaden –

aus unsern schweren Prüfungen und Mühseligkeiten machen. In ein oder zwei Jahrhunderten werden wir alle mythische oder jedenfalls ungemein malerische und poetische Personen sein. Man wird einen großen öffentlichen Saal erbauen, worin Ihr Porträt und das meine und zwanzig andere Gesichter, welche jetzt noch leben, aufgehängt werden. Und mich wird man in aufgestreiften Hemdsärmeln malen, um meine Muskelentwicklung zu zeigen. Welche Geschichten von unserer mächtigen Kraft werden unter ihnen im Schwange sein!" fuhr ich fort, indem ich einen großen Stein aufhob und an seine Stelle legte. „Wenn auch unsere Nachkommen nach mehreren Generationen eines einfachen, natürlichen und tätigen Lebens in Wirklichkeit weit stärker sein werden als wir. Welche Sagen von Zenobias Schönheit und Priscillas zarter, schattenhafter Anmut und den rätselhaften Eigenschaften, welche sie als von geistigem Lichte durchschimmert erscheinen lassen! Wenn die gehörige Anzahl von Menschenaltern vergangen sein wird, so müssen wir sämtlich als Helden in einem epischen Gedicht figurieren, und wir werden uns selbst – wenigstens werde ich es tun – unsichtbar über den zukünftigen Dichter beugen und ihn inspirieren, während er es schreibt."

„Sie scheinen auszuprobieren, wieviel Unsinn Sie in einem Atem reden können", sagte Hollingsworth.

„Ich wollte, Sie erachteten es als angemessen zu begreifen", erwiderte ich, „daß die tiefste Weisheit mit neunzehntel Unsinn vermischt werden muß, wenn sie den Atem, womit man sie ausspricht, wert sein soll. Aber ich sehne mich wirklich, die Landhäuser erbaut zu sehen, damit die Schlingpflanzen anfangen können, sie zu überziehen und das Moos, sich zwischen den Steinen anzusammeln, und die Bäume, welche wir setzen werden, sie mit einer Spur von Schatten zu bedecken. Diese Spannagelneuheit sagt meinem Geschmack nicht recht zu; übrigens ist es auch Zeit, daß Kinder unter uns geboren werden. Die Geburt des ersten Kindes soll erst noch erfolgen, und ich werde nicht eher das Gefühl haben, daß dies nicht bloß ein poetisches, sondern auch ein wirklich praktisches System des menschlichen Lebens sei, als bis es jemand durch den Tod geheiligt hat."

„Wahrhaftig ein hübscher Anlaß zum Märtyrertum!" sagte Hollingsworth.

„So gut wie irgendein anderer", erwiderte ich; „ich möchte wissen, Hollingsworth, wer von allen diesen kräftigen Männern und schönen Frauen und Mädchen am ersten zu sterben bestimmt ist. Würde es nicht gut sein, selbst ehe wir dessen unbedingt bedürfen, eine Stelle zum Begräbnisplatz auszuwählen? Wir wollen den rauhesten, des Ausbaus unfähigsten Ort für den Acker des Todes aussuchen, und der Tod soll uns lehren, ihn Grab für Grab zu verschönern. Durch unsere süße, ruhige Weise des Sterbens und die luftige Eleganz, welche wir unseren Beerdigungsriten verleihen und die heiteren Allegorien, die wir auf den Grabsteinen anbringen, wird die letzte Szene ihre Schrecken verlieren, so daß es in Zukunft Glück sein wird zu leben, und Seligkeit zu sterben. Keiner von uns sollte jung sterben; aber selbst wenn es die Vorsehung so anordnete, soll das Ereignis nicht schmerzlich sein, sondern uns mit einer zarten, köstlichen, nur halb wehmütigen und beinahe lächelnden Rührung erfüllen."

„Das heißt", murmelte Hollingsworth, „Sie wollen wie ein Heide sterben, nachdem Sie unbezweifelt wie einer gelebt haben; aber hören Sie mich an, Coverdale; Ihre phantastischen Erwartungen lassen mich um so deutlicher wahrnehmen, welch ein erbärmlicher, wesenloser Plan der ist, womit wir einen kostbaren Sommer unseres Lebens verschwendet haben. Bilden Sie sich ernstlich ein, daß wirkliche Ereignisse, wie die, von denen Sie und noch viele andere hier geträumt haben, jemals eintreten werden?"

„Gewiß tue ich das", sagte ich. „Natürlich wird die Wirklichkeit, wenn sie kommt, das alltägliche, gewöhnliche, staubige und etwas schlichte Kleid tragen, welches die Wirklichkeit stets anlegt; aber selbst von dem idealen Reiz abgesehen, denke ich, daß unsere höchsten Erwartungen eine solide Grundlage von gesundem Menschenverstande haben."

„Sie glauben das, was Sie sagen, nur halb", erwiderte Hollingsworth, „und was mich betrifft, so habe ich weder Glauben an Ihren Traum, noch würde ich mich den Wert dieses Kiesels um seine Verwirklichung kümmern, wenn sie möglich wäre. Und was verlangen Sie mehr davon? Er hat Ihnen ein Thema zu Gedichten gegeben. Lassen Sie sich damit begnügen. Aber jetzt fordere ich Sie auf, endlich ein Mann von Nüchternheit und Ernst zu werden und mich bei einem Unternehmen zu unterstützen, welches die Anwendung aller unserer Kräfte und der von tausend mächtigeren, als wir sind, bedarf."

Es gibt keine Notwendigkeit, das hierauf folgende Gespräch im Detail wiederzugeben, genug, daß Hollingsworth abermals seine starre, unbesiegbare Idee eines Planes zur Bekehrung der Verbrecher durch moralische, intellektuelle und industrielle Methoden, durch die Sympathie reiner, demütiger und doch erhabener Geister und durch die Eröffnung der Möglichkeit eines würdigeren Lebens für seine Zöglinge als desjenigen, welches ihr Schicksal geworden war, von neuem aufstellte. Es schien, daß es in Hollingsworths Macht stand (und er wollte sie nutzen), in den Besitz eben des Bodens zu gelangen, auf welchem wir unsere Gemeinde angesiedelt und der noch nicht durch Ankauf unwiederbringlich unser Eigentum geworden war. Die Grundlage entsprach seinen Wünschen vollkommen. Unsere Anfänge konnten leicht seinem großen Zwecke angepaßt werden. Die bereits vollendeten Arrangements wirkten in aller Stille für sein System. Seine Theorie sah so plausibel und, mehr als das, so praktisch aus, er hatte durch geduldiges Denken einen solchen Schein der Vernünftigkeit darüber geworfen – jeder Teil mit allem übrigen verzahnt – und er war auf jeden Einwurf mit einer Antwort so bereit, daß er wirklich, was die Logik und Argumentation betraf, unwiderlegbar war.

„Aber", sagte ich, „woher können Sie, da Sie selbst keine Mittel haben, das ungeheuere Kapital nehmen, welches für dieses Experiment unbedingt nötig ist? Die Herren in State Street würden schwerlich ihre Börsen mit besonderer Bereitwilligkeit zur Unterstützung einer solchen Spekulation öffnen."

„Das Geld, wenigstens soviel wie ich zum Anfang brauche, steht mir zur Verfügung", antwortete er. „Es kann im Notfalle in einem Monat aufgebracht werden."

Meine Gedanken wanderten zu Zenobia. Es konnte nur ihr Reichtum sein, welchen Hollingsworth mit so großer Geste seiner Bestimmung zuzuführen gedachte. Und unter welchen Bedingungen sollte er ihn erhalten? Warf sie ihn mit der berechnungslosen Freigebigkeit, welche eine Frau charakterisiert, wenn sie von ihren Gefühlen angetrieben wird, freigebig zu sein, in das Unternehmen? und warf sie sich selber mit hinein? Aber Hollingsworth rückte nicht mit einer Erklärung heraus.

„Und bereitet es Ihnen kein Bedauern", fragte ich, „dieses schöne System unseres neuen Lebens, dessen Plan so tief angelegt worden ist und das jetzt um uns her so hoffnungsvoll aufzublühen beginnt, umzustürzen? Wie schön ist es und, soweit wir es bis jetzt sehen können, wie ausführbar! Die Jahrhunderte haben auf uns gewartet, und hier sind wir die allerersten, die den Versuch gemacht haben, unser sterbliches Dasein in Liebe und gegenseitiger Hilfe zu verleben. Hollingsworth, ich möchte die Zerstörung dieses Unternehmens nicht auf meinem Gewissen haben."

„Dann mag sie gänzlich auf dem meinen liegen", antwortete er, indem er seine schwarzen Brauen zusammenzog. „Ich durchschaue das System. Es ist voll Mängel, und sie sind unheilbar und verdammenswert vom Anfang bis zum Ende, nichts weiter. Ich halte es in meiner Hand und finde keine Substanz darin. Die menschliche Natur ist nicht in ihm."

„Warum sind Sie in Ihren Operationen so geheimnisvoll?"

fragte ich. „Gott verhüte, daß ich Sie anschuldige, ein absichtliches Unrecht zu begehen; aber es erscheint mir, die unausrottbare Sünde eines Menschenfreundes sei moralisches Schielen. Sein Sinn für Redlichkeit hört auf, der anderer redlicher Männer zu sein. An einem Punkt seiner Laufbahn – ich weiß nicht genau wann und wo – kommt die Versuchung, mit dem, was recht ist, sein Spiel zu treiben, und er kommt kaum umhin, sich einzureden, daß die Wichtigkeit seiner öffentlichen Zwecke ihm erlaubt, sein privates Gewissen über Bord zu werfen. Teurer Freund, hüten Sie sich vor diesem Irrtum. Wenn Sie auf den Umsturz dieser Anlage sinnen, so rufen Sie unsere Genossen zusammen, teilen Sie ihnen Ihren Plan mit, unterstützen Sie ihn mit aller Ihrer Beredsamkeit, aber gestatten Sie jenen eine Gelegenheit, sich zu verteidigen."

„Es paßt mir nicht", sagte Hollingsworth; „auch ist es nicht meine Pflicht, so zu handeln."

„Ich denke doch, daß sie es ist", erwiderte ich.

Hollingsworth runzelte die Stirn; nicht im Zorn, sondern unerbittlich wie das Schicksal.

„Ich will mich auf keinen Streit über die Sache einlassen", erwiderte er. „Was ich von Ihnen zu wissen wünsche, ist – und Sie können es mir mit einem Worte sagen –, ob ich Ihre Mitwirkung bei diesem großen Plane des Guten erwarten kann. Nehmen Sie ihn mit mir auf, seien Sie mein Bruder in ihm, er gibt Ihnen, was Sie, wie Sie mir zu wiederholten Malen gesagt haben, am meisten bedürfen – einen Lebenszweck, welcher der äußersten Hingebung würdig ist, sogar der des Märtyrertums würdig ist, wenn es Gott so beschließen sollte! Ich stelle Ihnen das Unternehmen aus diesem Gesichtspunkte vor. Sie können der Menschheit gewaltig nützen. Ihre eigentümlichen Fähigkeiten sind in der Art, wie ich sie einsetzen werde, imstande, so mit diesem Unternehmen verwebt zu werden, daß keine einzige davon brachzuliegen braucht. Reichen Sie mir die Hand, dann werden Sie von diesem Augenblicke an nie wieder die Mattigkeit und die erbärmliche

Unzufriedenheit eines müßigen oder halb beschäftigten Mannes empfinden. Ihr Leben wird vielleicht seine zwecklose Schönheit verlieren! Aber an ihre Stelle werden Kraft, Mut, ein unbezähmbarer Wille treten – alles, was eine männliche und generöse Natur wünschen kann. Es wird uns gelingen! Wir werden für diese unglückliche Welt unser Bestes getan haben und das Glück, welches stets nur beiläufig kommt, wird uns unvermerkt zuteil werden.“

Es schien seine Absicht zu sein, nicht mehr zu sagen. Nachdem er jedoch gänzlich abgebrochen hatte, füllten sich seine tiefen Augen mit Tränen, und er hielt mir seine beiden Hände entgegen.

„Coverdale“, sagte er leise; „es gibt in der weiten Welt keinen Mann, den ich so lieben könnte wie Sie. Lassen Sie mich nicht im Stich!“

Wenn ich durch die Kälte und das Dunkel so vieler Jahre auf diese Szene zurückblicke, so habe ich noch jetzt eine Empfindung, als ob Hollingsworth mein Herz erfaßt und es mit einer beinahe unwiderstehlichen Gewalt zu sich gezogen hätte. Es ist mir ein Rätsel, wie ich ihm widerstehen konnte; aber ich sah, die Wahrheit zu sagen, in seinem philanthropischen Plane nichts, als was mir ein Abscheu war – eine Widerlichkeit, die beständig mein Tagwerk vergiften sollte, eine große, schwarze Häßlichkeit der Sünde, die er aus tausend menschlichen Herzen zu sammeln gedachte und auf deren Umwandlung in Tugend wir unser Leben verwenden – womit wir es verexperimentieren sollten! Wäre ich von seiner ausgestreckten Hand berührt worden, so würde mich Hollingsworths Magnetismus vielleicht mit seiner eigenen Auffassung von allen diesen Dingen durchdrungen haben; aber ich hielt zurück. Ich befestigte mich mit Zweifeln, ob nicht die Stärke seines Vorsatzes für seine Redlichkeit zu riesenhaft gewesen sei und ihn gezwungen habe, auf Rücksichten herumzutrampeln, die für jeden anderen ausschlaggebend gewesen wären.

„Soll Zenobia an Ihrem Unternehmen teilhaben?“ fragte ich.

„Dem ist so", sagte Hollingsworth.

„Die prächtige, die schöne Zenobia?" rief ich, „und wie haben Sie eine solche Frau dazu gebracht, in diesem schmutzigen Element zu arbeiten?"

„Auf keine niedrige Weise, wie Sie zu argwöhnen scheinen", antwortete er; „sondern dadurch, daß ich mich an das Beste und das Edelste in ihr gewendet habe."

Hollingsworth blickte zu Boden. Da er dies aber oft und, wenn er sich in seinen gewohnten Gedankengängen befand, meistens tat, so konnte ich nicht beurteilen, ob es aus einem besonderen Widerstreben entsprang, jetzt meinen Augen zu begegnen. Was es war, das mir meine nächste Frage eingab, vermag ich nicht bestimmt zu sagen. Es stieg mir so unvermeidlich in den Mund und fragte sich gewissermaßen so unwillkürlich selbst, daß es notwendigerweise passend gewesen sein muß.

„Was soll aus Priscilla werden?"

Hollingsworth blickte mich mit bösen Augen an. Hätte er mich mit einem Schwert schlagen mögen, so hätte er das mit keinem schlimmeren Ausdruck zu begleiten vermocht.

„Warum mischen Sie die Namen dieser Frauenzimmer hinein?" sagte er nach einem Momente schicksalhaften Schweigens. „Was haben sie mit dem Antrage, den ich Ihnen mache, zu tun? Ich muß Ihre Antwort haben! Wollen Sie sich selbst hingeben und diesem großen Zwecke alles aufopfern und auf ewig mein innigster Freund sein?"

„Um Gottes willen, Hollingsworth", rief ich, zornig werdend und des Zornes froh, weil ich nur auf diese Weise seiner ungeheuren, konzentrativen Kraft und seinem unbezähmbaren Willen Widerstand zu leisten vermochte, „können Sie sich denn nicht vorstellen, daß ein Mann auf irgendeinem andern Wege, als gerade dem von Ihnen vorgezeichneten, der Welt wohl wollen und für ihr Bestes kämpfen kann? Und wollen Sie einen Freund verstoßen, nicht, weil er Ihrer unwürdig wäre, sondern bloß weil er auf seinem Recht als ein individuelles Wesen besteht und die Dinge durch seine Brillengläser betrachtet statt durch die Ihren?"

„Seien Sie für mich", sagte Hollingsworth, „oder seien Sie gegen mich – ein Drittes gibt es für Sie nicht."

„Nun, so nehmen Sie dies als meine Entscheidung hin", antwortete ich; „ich zweifle an der Weisheit Ihres Planes und ferner fürchte ich sehr, daß die Methode, auf welche Sie sich erlauben, ihn zu betreiben, von der Art ist, daß sie die Prüfung eines vorurteilsfreien Gewissens nicht bestehen kann."

„Sie wollen sich mir also nicht anschließen?"

„Nein."

Ich habe nie ein Wort gesagt und kann sicherlich auch fortan keines zu sprechen haben, das mich den tausendsten Teil der Anstrengung gekostet hätte, wie diese eine Silbe. Die Herzenspein war nicht bloß eine figürliche, sondern eine wahre Tortur in der Brust. Ich blickte fest auf Hollingsworth. Es schien mir, daß es ihn ebenfalls wie eine Kugel traf. Eine gespenstische Blässe, die auf einem dunklen Gesicht stets so entsetzlich ist, breitete sich über seine Züge. Seine Kehle bewegte sich krampfhaft, als zwinge er Worte nieder, welche um das Aussprechen rangen und kämpften. Ob es Worte des Zornes oder des Kummers sein sollten, vermag ich nicht zu sagen, obwohl ich mich manchmal und manchmal vergeblich mit Vermutungen, welchem von den beiden Gefühlen sie angehörten, gepeinigt habe. Noch eine einzige Berufung an meine Freundschaft, wie sie Hollingsworth bereits einmal gemacht hatte, würde mich völlig besiegt haben, da sie mich in der Umwälzung erfaßt hätte, welche einer kräftigen Anstrengung des widerstrebenden Willens gefolgt wäre; aber er ließ die Sache auf sich beruhen.

„Also gut", sagte er.

Und das war alles. Ich würde ihm für ein einziges weiteres Wort dankbar gewesen sein, selbst wenn es mich durch das Herz geschossen hätte wie das meine ihn; aber er sprach es nicht, und nach einigen Augenblicken gingen wir mit gleichem

Antriebe wieder ans Werk, die Umfriedungsmauer auszubessern. Ich bemerkte, daß Hollingsworth arbeitete wie ein Titan, und ich meinesteils hob Steine, die nur zu bewegen ich heutzutage – oder in einer ruhigeren Stimmung zu jener Zeit – ebensowenig für möglich gehalten hätte wie die Tore von Gaza auf meinem Rücken davonzutragen.

XVI
Der Abschied

Einige Tage nach dem tragischen Waffengang zwischen Hollingsworth und mir erschien ich beim Mittagstisch statt in meiner gewöhnlichen Bluse in einem Rocke, einer Atlaskrawatte, einer weißen Weste und verschiedenen anderen Dingen, welche mich mir selbst fremd und exotisch erscheinen ließen. Was meine Genossen betraf, so erregte dieses ungewohnte Schauspiel eine große Bewegung auf den hölzernen Bänken, welche die beiden Seiten unserer einfachen Tafel begrenzten.

„Was liegt jetzt in der Luft, Miles?“ fragte einer von ihnen. „Wollen Sie desertieren?“

„Ja, auf ein oder zwei Wochen“, sagte ich, „es scheint mir, als ob meine Gesundheit einer Pause im Arbeiten und eines kurzen Hundstagsaufenthaltes am Meere bedürfe.“

„Sie sehen gerade so aus“, knurrte Silas Foster, der nicht besonders über den Gedanken erfreut war, einen brauchbaren Arbeiter zu verlieren, ehe die dringenden Geschäfte der Erntezeit völlig ihr Ende erreicht hatten. „Das nenne ich mir einen hübschen Burschen! Seine Schultern sind, seit er unter uns ist, volle sechs Zoll breiter geworden, er kann es, wenn er will, im Arbeiten mit jedem Menschen oder Ochsen auf der Farm aufnehmen, und doch spricht er davon, daß er seiner Gesundheit wegen an das Meer gehen müsse. – Na, Alte“, redete er zu seiner Frau gewendet weiter, „gib mir einen

Teller voll von dem Schweinefleisch und Kraut dort. Ich fange an, mich sehr schwächlich zu fühlen. Wenn die übrigen durch sind, dann wollen wir beide auch eine Spritzfahrt nach Newport oder Saratoga machen.“

„Aber Herr Foster“, sagte ich, „Sie müssen mir doch erlauben, ein wenig zu Atem zu kommen!“

„Zu Atem?“, erwiderte der alte Bauer. „Ihre Lungen haben schon die Spielweite wie ein paar Schmiedeblasebälge. Was in aller Welt können Sie noch mehr verlangen? Aber gehen Sie nur. Ich weiß schon, wie die Sache steht. Wir werden Ihr Gesicht hier nie wieder zu sehen bekommen. Hiermit endet die Verbesserung der Welt, soweit Miles Coverdale daran teilhat!“

„Keineswegs“, entgegnete ich. „Ich bin entschlossen, zum Besten der Sache im letzten Graben zu sterben.“

„In einem Graben zu sterben!“ knurrte der bärbeißige Silas mit echt yankeemäßiger Unnachsichtigkeit gegen jede Unterbrechung des Arbeitens mit Ausnahme des Sonntags, des 4. Juli, der allherbstlichen Viehschau, des Danksagungsfestes oder der jährlichen Fasten. „In einem Graben sterben! Meiner Treu, ich glaube, daß Sie das tun würden, wenn Sie keine regelmäßigeren Mittel hätten als Ihre Arbeit, um Sie daraus fernzuhalten.“

Das Wahre an der Sache war, daß sich eine unerträgliche Unzufriedenheit und Verdrießlichkeit meiner bemächtigt hatte. Blithedale war nicht mehr das alte. Alles war plötzlich verblichen. Das sonnenverbrannte, dürre Aussehen unserer Wälder und Weiden unter dem Augusthimmel war nur ein unvollkommenes Symbol des Mangels an Tau und Feuchtigkeit, welcher, sozusagen, erst seit gestern meine Gedankenfelder verdürrt hatte und in die innersten und schattigsten Tiefen meiner Wahrnehmungskraft gedrungen war. Diese Veränderung wird von vielen erkannt werden, die nach einer Periode des Glücks versucht hatten, trotz der Veränderung oder Entfernung irgendeines Hauptumstandes an demselben

Orte das gleiche Leben fortzuführen. Sie entdecken – was sie vorher vielleicht nicht gewußt hatten –, daß es dies war, was der ganzen Sache seine heitere Farbe und lebensvolle Wirklichkeit gab.

Ich stand nicht nur mit Hollingsworth, sondern auch mit Zenobia und Priscilla in einem andern Verhältnis als früher. In bezug auf die beiden Frauen war es die traumhafte, unglückselige Veränderung, welche einem das Recht nimmt, sich zu beklagen, weil man keine positive Kränkung behaupten, den Finger nicht auf etwas Greifbares legen kann. Es ist eine Sache, die man nicht sieht, sondern fühlt, und die, wenn man sie zu analysieren sucht, ihr ganzes Dasein zu verlieren und sich in eine kränkliche Laune unserer selbst aufzulösen scheint. Der Verstand schenkt dieser Ableugnung vielleicht Glauben, aber das Herz läßt sich nicht so leicht befriedigen. Es macht unablässig seine Einwendungen, wenn auch meist in einem Baßtone, den man nicht besonders unterscheidet, aber von Zeit zu Zeit mit einem scharfen Schrei, welcher sich hörbar zu machen drängt und entschlossen Glauben fordert. ‚Es ist nicht mehr wie sonst!' sagt es beständig. ‚Du sollst mich nicht betrügen! Ich werde nicht ruhig sein! Ich will schmerzlich pochen! Ich will schwer und verödet sein und vor Kälte zittern! Denn ich, dein tiefes Herz, weiß, wenn ich elend sein muß, wie ich einst wußte, wenn ich glücklich sein sollte! Für uns ist alles verändert! Du wirst nicht mehr geliebt!' Und wenn mein Leben wieder durchlebt werden sollte, so würde ich mein Ohr stets dieser Kassandra der inneren Tiefen leihen, wie lärmend auch die Musik und Lustigkeit einer oberflächlicheren Gegend wäre.

Mein Zwist mit Hollingsworth hatte, wenn er auch unseren Genossen nie genau bekannt wurde, wirklich eine Veränderung in der moralischen Atmosphäre der Gemeinschaft hervorgebracht. Es war eine Folge des innigen Verhältnisses, in welches wir uns zueinander gestellt hatten, daß zwischen zwei Mitgliedern kein unfreundliches Gefühl eintreten konnte, ohne daß dadurch die ganze Gesellschaft mehr oder weniger in Bewegung geriet und dadurch unbehaglich gemacht wurde. Diese Art von Nervensympathie erwies sich – wenn sie auch, sentimental betrachtet, einen ganz hübschen Charakter an sich trägt und ein wirkliches Band der Liebe unter uns zu beweisen scheint – doch in ihrer praktischen Ordnung einigermaßen unbequem, da die Gemüter der Sterblichen nun einmal so schwach und veränderlich sind. Wenn einer von uns seinem Nächsten eine Ohrfeige gab, so fühlte ein jeder augenblicklich den Schmerz auf der gleichen Seite seines Kopfes. Auf diese Weise wurde, selbst wenn man annimmt, daß wir weit weniger zänkisch waren als die übrige Welt, doch notwendigerweise eine Menge Zeit mit dem Reiben unserer Ohren verschwendet.

Als ich über diese Dinge nachdachte, fühlte ich eine unaussprechliche Sehnsucht nach etwas wenigstens zeitweilig Neuem. Ich dachte daran, über das Felsengebirge oder nach Europa oder den Nil hinauf zu gehen, mich bei einer Entdeckungsexpedition als Freiwilliger anzubieten, eine jahrelange Wanderung, gleichviel nach welcher Richtung, zu machen und von der anderen Seite der Welt zurückzukehren. Wenn dann die Kolonisten von Blithedale ihr Unternehmen auf einer dauernden Basis errichtet hatten, so konnte ich meinen Pilgerstab und meine bestäubten Schuhe auch wieder beiseite werfen und hier ebenso friedlich ausruhen wie irgendwo anders; oder wenn Hollingsworth dann, wie er jetzt beabsichtigte, den Boden mit seiner Schule der moralischen Reform einnehmen sollte, so würde ich bis zu jener Zeit irdische Sündhaftigkeit genug vorschützen können, um den, wie ich glaubte, einzigen zuverlässigen Griff in seinem Herzen zu erlangen. Unterdessen beschloß ich, ehe ich mich für einen endgültigen Plan entschied, in einige Entfernung zu gehen und das, was wir alle getan, von außen zu betrachten.

Die Wahrheit zu gestehen, schwindelte es einem unter der Gärung der Ideen, welche in dem Gehirn sämtlicher Gemeinschaftsmitglieder herrschte. Es war damals eine Art von Irrenhaus, wiewohl gerade aus den phantastischsten und zerstörerischsten Gedanken eine heilige, ruhige, reine Weisheit, die sich mit dem Wesen eines edlen, glücklichen Leben zu verkörpern geeignet war, erwachsen konnte. Wie es aber jetzt stand, fühlte ich – und da ich ein entschiedenes Streben nach der Wirklichkeit hatte, gefiel mir diese Empfindung gar nicht –, daß ich meine Kennerschaft in bezug auf die wirkliche Lage der Welt völlig verlor. Mir entglitt das Gefühl für die Welt, so wie sie wirklich war, unter den unzähligen Plänen für das, was sie sein könnte oder sollte; es war in unserer Lage unmöglich, nicht von der Idee durchdrungen zu werden, daß die ganze Natur und das menschliche Dasein flüssig sei oder mit schnellen Schritten auf diesen Zustand losgehe, daß die Erdrinde an vielen Stellen geborsten wäre und ihre ganze Oberfläche unheilverkündend woge, daß ein Tag der Krisis herangekommen sei und wir selbst uns in dem kritischen Strudel befänden. Unsere große Erdkugel schwebte wie eine körperlose Seifenblase in der Atmosphäre des unendlichen Raumes. Es gibt keinen scharfblickenden Mann, der lange seinen Scharfblick bewahren wird, wenn er ausschließlich unter Reformatoren und Fortschrittsmenschen lebt, ohne periodisch in den bestehenden Zustand der Dinge zurückzukehren, um sich durch eine neue Beobachtung von jenem alten Standpunkt aus zu berichtigen.

Es war daher für mich jetzt hohe Zeit, hinauszugehen und ein wenig mit den Konservativen, den Autoren der North American Review, den Kaufleuten, den Politikern, den Akademikern von Cambridge und allen den respektablen alten Dummköpfen zu sprechen, die sich in der gegenwärtigen Unerfaßbarkeit und Nebligkeit der Dinge immer noch mit dem verzweifelten Griff Ertrinkender an ein paar Ideen anklammerten, welche nicht erst seit gestern früh aufgekommen waren.

Die Brüder nahmen mit herzlicher Güte von mir Abschied, und was die Schwesternschaft betraf, so dachte ich ernstlich daran, sie alle in der Runde zu küssen, enthielt mich dessen aber, weil bei allen solchen allgemeinen Abküssungen die Strafe dem Vergnügen völlig gleichkommt. Ich küßte also keine von ihnen und, die Wahrheit zu gestehen, schien es auch niemand zu erwarten.

„Wünschen Sie", sagte ich zu Zenobia, „daß ich in der Stadt und in den Badeorten Ihre Absicht ankündige, eine Reihe von Vorlesungen über die Rechte der Frauen zu halten?"

„Die Frauen besitzen keine Rechte", sagte Zenobia mit einem halb wehmütigen Lächeln, „oder auf alle Fälle würden nur kleine Mädchen und Großmütter die Kraft besitzen, sie zu üben."

Sie gab mir ihre Hand, freiwillig und gütig, und blickte mich, wie es mir vorkam, mit einem mitleidigen Ausdrucke in ihren Augen an, auch schimmerte darin kein ruhiges Licht der Freude für sich selbst, sondern eine flackernde, unbeständige, leidenschaftliche Flamme.

„Ich bedauere im ganzen genommen, daß Sie uns verlassen", sagte sie. „Und das um so mehr, da ich fühle, daß diese Periode unseres Lebens beendigt ist und nie wieder durchlebt werden kann. Wissen Sie, Herr Coverdale, daß ich zu verschiedenen Malen auf dem Punkte gestanden habe, Sie in Ermangelung eines Besseren und Weiseren zu meinem Vertrauten zu machen? Aber Sie sind zu meinem Beichtvater zu jung, und Sie würden mir es nicht danken, wenn ich Sie wie eine von den guten Dienerinnen behandelte, welche die Busengeheimnisse einer Tragödienkönigin teilen."

„Ich würde wenigstens loyal und treu sein", antwortete ich, „und Ihnen, wenn auch nicht weise, doch mit redlicher Absicht raten."

„Ja", sagte Zenobia, „Sie würden nur zu weise, zu redlich sein. Redlichkeit und Weisheit geben auf anderer Leute Kosten einen so köstlichen Zeitvertreib ab."

„Ach Zenobia!" rief ich, „wenn Sie mich nur sprechen lassen wollten!"

„Gott bewahre!“ entgegnete sie, „besonders da Sie soeben erst mit Ihrem Schneiderrocke die ganze Reihe von sozialen Konventionalismen wieder angezogen haben. Ebensogut könnte ich mein Herz einem Advokaten oder Geistlichen öffnen! Nein, Herr Coverdale, wenn ich mir bei dem gegenwärtigen Aussehen meiner Angelegenheiten einen Ratgeber wähle, so muß es entweder ein Engel oder ein Tollhäusler sein, und ich denke beinahe, daß der letztere von den beiden am wahrscheinlichsten das passende Wort sprechen würde. Es bedarf eines wilden Steuermannes, wenn wir durch ein Chaos segeln. Der Anker ist gelichtet – leben Sie wohl!“

Priscilla hatte sich, sobald das Mittagessen vorüber war, in einen Winkel begeben und an einer kleinen Börse zu arbeiten begonnen. Als ich mich ihr näherte, ließ sie ihre Augen mit einem stillen, ernsten Blicke auf mir ruhen, denn Priscilla besaß bei all ihrer Nervenzartheit eine merkwürdige Gefaßtheit, und ihre Gefühle schienen vor gewöhnlichen Aufregungen geschützt zu liegen, wie das Wasser in einem tiefen Brunnen.

„Wollen Sie mir diese Börse zum Abschiedsangedenken geben, Priscilla?“ fragte ich.

„Ja“, antwortete sie, „wenn Sie warten, bis sie fertig ist.“

„Selbst darauf darf ich nicht warten“, erwiderte ich. „Werde ich Sie bei meiner Rückkehr noch hier finden?“

„Ich wünsche nie fortzugehen“, sagte sie.

„Ich habe mitunter gedacht“, bemerkte ich lächelnd, „daß Sie, Priscilla, eine kleine Prophetin seien, oder daß Ihnen wenigstens geistige Andeutungen über Dinge zugehen, die für uns gröber organisierte Leute dunkel sind. Wenn das der Fall ist, so möchte ich Sie fragen, was in kurzem geschehen wird, denn ich werde von einer starken Ahnung gepeinigt, daß ich, selbst wenn ich schon morgen zurückkehrte, alles verändert finden würde. Haben Sie keine Eindrücke von dieser Art?“

„O nein!“ sagte Priscilla mit einem besorgnisvollen Blicke

auf mich; „wenn ein solches Unglück bevorsteht, so hat mich der Schatten noch nicht erreicht. Der Himmel verhüte es! Ich würde froh sein, wenn nie eine Veränderung käme, sondern ein Sommer dem andern folgte, und alle gerade wie dieser wären!"

„Es ist nie ein Sommer zurückgekommen, und noch nie sind zwei Sommer einander gleich gewesen", sagte ich mit einem Grade orphischer Weisheit, welcher mich selbst in Erstaunen setzte. „Die Zeiten verändern sich, und die Menschen verändern sich, und wenn sich unsere Herzen nicht ebenso leicht verändern, so ist es um so schlimmer für uns. Leben Sie wohl, Priscilla!"

Ich gab ihrer Hand einen Druck, aber ich denke, daß sie ihm weder widerstrebte, noch ihn erwiderte. Priscillas Herz war tief, aber von geringem Umfange, es hatte nur für sehr wenige Teuerste, zu denen sie mich nie rechnete, Raum.

Auf der Schwelle traf ich Hollingsworth. Ich fühlte einen momentanen Antrieb, meine Hand auszustrecken oder ihm wenigstens zum Abschied zuzunicken, widerstand aber beidem. Wenn eine wahre, starke Freundschaft ihr Ende erreicht hat, so ist es nicht wohlgetan, der geheiligten Vergangenheit mit einem Aufwand von den Alltagshöflichkeiten, die dem gewöhnlichen Verkehr angehören, zu spotten. Da ich fortan für ihn und er für mich tot war, konnte es nicht passend sein, wenn wir einander mit der Berührung von zwei leichenartigen Händen erkälteten oder mit Augen, welche unter ihrer Verglasung und ihrem Nebelschleier undurchdringlich waren, höfliche Blicke zuspielten. Wir gingen daher aneinander vorüber, als wären wir beiderseits unsichtbar.

Ich vermag auf keine Weise zu erklären, welche Art von Laune, Schrulle oder Verkehrtheit es war, die mich nach all diesem Abschiednehmen bewog, in den Schweinekoben zu gehen und mich von den Säuen zu verabschieden. Da lagen sie, so tief wie sie nur immer wühlen konnten, im Stroh vergraben, vier mächtige schwarze Grunzer, die echten Symbole träger Ruhe und sinnlicher Behaglichkeit. Sie schliefen unter kurzen, schweren Atemzügen, welche ihre fetten Seiten auf und ab wogen ließen. Bei meiner Annäherung öffneten sie jedoch ihre Augen, blickten auf die äußere Welt und stießen gleichzeitig ein leises Grunzen aus, zu welchem Zwecke sie sich nicht die Mühe gaben, einen besonderen Atemzug zu tun, sondern den Laut mit ihrem gewöhnlichen Atem herausließen. Sie waren von ihrer eigenen körperlichen Substanz umwickelt und beinahe erstickt und lebendig begraben. Gerade die Schwerfälligkeit und Bedrücktheit, womit diese fetten Bürger nur eben Atem genug einsogen, um ihre Lebensmaschine in träger Bewegung zu erhalten, schien sie für die gewichtige und fette Zufriedenheit mit ihrem Dasein nur um so empfänglicher zu machen. Sie glotzten mich auf einen Moment aus ihren kleinen roten, kaum bemerkbaren Äuglein an und schliefen dann wieder ein, ohne jedoch in einen so tiefen Schlaf zu versinken, daß ihre salbungsvolle Seligkeit ihnen nicht halb im Traume, halb in der Wirklichkeit immer noch gegenwärtig gewesen wäre.

„Sie müssen zu rechter Zeit wiederkommen, um ein mageres Rippenstück mitessen zu können“, sagte Silas Foster, indem er meiner Hand einen mächtigen Druck angedeihen ließ. „Ich werde diese fetten Burschen bald an den Beinen mit dem Kopf nach unten aufhängen, das kann ich Ihnen sagen!“

„Oh, grausamer Silas, welch schauderhafter Gedanke!“ rief ich. „Wir alle, Männer, Weiber und Vieh, nur mit der einzigen Ausnahme dieser vier Säue, sind von dem einen oder andern Schmerz beteufelt; sie allein sind glücklich – und Sie wollen ihnen die Kehle abschneiden und sie verzehren. Es würde für das allgemeine Wohl weit besser sein, wenn wir uns von ihnen verzehren ließen, und wir würden gar bittere und sauere Bissen abgeben.“

XVII
Das Hotel

In der Stadt angekommen – wo meine Junggesellenwohnung schon längst einen andern Insassen aufgenommen hatte –, ließ ich mich auf ein paar Tage in einem gewissen respektabeln Hotel nieder. Es lag von meinem früheren Lebenspfade einigermaßen abseits, denn meine gegenwärtige Stimmung machte mich geneigt, die meisten meiner alten Genossen zu meiden, von denen ich nun durch andere Interessen abgesondert war und die sich sehr wahrscheinlich über den Amateurhandarbeiter mokiert hätten. Der Hotelwirt steckte mich in ein Hinterzimmer des dritten Stockwerkes seines geräumigen Etablissements. Der Tag war trüb und brachte gelegentliche Regenschauer und einen häßlichen Ostwind mit, welcher geradewegs aus dem kalten, dunkeln Meere zu kommen schien und kaum dadurch gemildert worden war, daß er über die Dächer gefegt und sich mit dem schwärzlichen Element des Stadtrauches amalgamiert hatte. Die ganze Weichlichkeit der vergangenen Tage war sofort wieder bei mir eingekehrt. Trotz des Sommers, in welchem wir uns noch befanden, befahl ich, in dem Kaminrost ein Steinkohlenfeuer anzuzünden, und war erfreut, als ich fand, daß es mir in der künstlichen Temperatur ein wenig zu warm wurde.

Meine Gefühle waren die eines Reisenden, der sich lange in entfernten Ländern aufgehalten hat und endlich wieder unter vertrauten Sitten zur Ruhe kommt. Eine gewisse Neuheit vereinigte sich seltsam mit Altbekanntem zu einem einzigen Eindruck. Er ließ mich scharf empfinden, welch seltsames Mosaik vor kurzem in mein Leben gebettet gewesen war. Allerdings war es, wenn man es auf die eine Weise betrachtete, nur ein Sommer auf dem Lande gewesen; aber mit tieferem Blicke angesehen, war es ein Teil eines andern Zeitalters, ein verschiedener Gesellschaftszustand, ein Abschnitt eines in seinen Zwecken und Methoden eigentümlichen Daseins, ein in die laufende Geschichte, welche die Zeit schrieb, eingeschobenes Blatt aus einem geheimnisvollen Buche. In dem einen Augenblicke erschienen die mich jetzt umgebenden Äußerlichkeiten – mein Steinkohlenfeuer und das schäbige Zimmer in dem geschäftigen Hotel – in weiter, unerreichbarer Ferne zu liegen, in der nächsten Minute sah dagegen Blithedale so unwirklich aus, als ob es außerhalb von Zeit und Raum läge, und so schattenhaft, daß man die Frage erheben konnte, ob die ganze Sache mehr als der Gedanke eines spekulativen Geistes gewesen sei. Ich hatte früher noch nie eine Stimmung erlebt, welche die wirkliche Welt ihrer Körperhaftigkeit so sehr beraubt hätte. Dessenungeachtet enthielt sie einen Zauber, bei welchem ich als eifriger Epikureer meiner Regungen zu verweilen und die schaumige Süßspeise meiner Gedanken zu genießen gedachte, bis er sich völlig verflüchtigt haben würde.

Welchen Geschmack ich auch an der Einsamkeit und den Naturschönheiten gehabt hatte, so bemächtigte sich doch das dicke, nebelige, erstickte Element der Städte, das ineinander verwebte Leben so vieler zusammengehäufter Menschen, trotz seiner Schmutzigkeit und seines Mangels an Schönheit, meines Geistes mit gleich großer Stärke. Es war mir, als ob ich davon nie genug erhalten könne. Ein jeder charakteristische Schall war zu anregend, um unbemerkt vorüberzugehen. Unter mir und um mich her hörte ich die Geschäftigkeit des Hotels; die lauten Stimmen der Gäste, des Wirts oder des Mannes am Ausschank; auf der Treppe widerhallende Schritte; das Läuten einer Glocke, welches ankommende oder abreisende Gäste meldete; der mit Gepäck vorüberkeuchende Hausknecht, welches er schwer auf den Boden benachbarter Zimmer niederwarf. Die leichteren Füße der durch die Gänge streifenden Zimmermädchen – es ist lächerlich, welches Interesse ich an ihnen hatte! Von der Straße schallte der Tumult des Pflasterlebens herauf und durchdrang das ganze Haus mit einem fortwährenden, so tiefen, so vollen Brausen, daß nur ein dessen ungewohntes Ohr darauf verweilen konnte. Eine

Kompanie Soldaten mit einem Musikchor marschierte, mir unsichtbar, aber sowohl durch ihren Schritt wie das Schmettern der Instrumente aufregend hörbar, an dem Hotel vorüber. Ein paarmal läuteten stürmisch Glocken und verkündeten ein Feuer, welches die Löschmannschaft und ihre Spritzen herauslockte wie eine mit ihrer Artillerie zur Schlacht heranstürmende Armee. Allstündlich antworteten die Uhren auf einer Menge von Kirchtürmen einander. In einem nicht sehr weit entfernten öffentlichen Saale schien ein mechanisches Diorama zur Schau aufgestellt zu sein, denn dreimal im Laufe des Tages wiederholte sich eine lärmende Musik, welche mit nachgeahmtem Kanonen- und Musketenknallen und einer ungeheuren Schlußexplosion endete. Dann erfolgte der Applaus der Zuschauer mit Händeklatschen und Stöckeaufstoßen und dem energischen Trommeln ihrer Absätze. Alles dies war in seiner Art ebenso wertvoll wie das Seufzen des Windes in den Birken, welche Eliots Kanzel überschatteten.

Und doch fühlte ich ein Zagen, mich in diese schlammige Flut menschlicher Tätigkeit und Vergnügung zu stürzen. Es sagte mir für den Augenblick besser zu, am Ufer zu zögern oder in der Luft darüber zu schweben. So brachte ich den ersten Tag und den größten Teil des zweiten auf die trägste Weise in einem Schaukelstuhle zu, während ich den Duft einer Reihe von Zigarren einsog und meine Beine und bepantoffelten Füße horizontal ausstreckte und einen von einem Eisenbahnbuchhändler gekauften Roman in der Hand hielt. Das allmähliche Abzehren meiner Zigarre erfüllte sich mit einem gemächlichen und sanften Aufwand von Atem. Mein Buch war von der dümmsten Art, besaß aber doch eine gewisse faule Strömung wie die eines Flusses, auf welchem der Kahn ebensooft auf den Grund läuft wie fortschwimmt. Wäre die Erzählung reißender dahingesprudelt, hätte sie eine packendere Leidenschaftlichkeit besessen, so würde ich mich eher aus ihrem unbehaglichen Bereich gerettet und mich dem Auf- und Abwogen meiner Gedanken hingegeben haben. So aber diente mir das träge Leben des Buches zu einem bescheidenen Akkompagnement des Lebens in mir und um mich her. Von Zeit zu Zeit, wenn seine Wirkung zu einschläfernd wurde – nicht sowohl für meine Geduld als für die Möglichkeit, meine Augen offen zu halten –, rührte ich mich, sprang vom Schaukelstuhl auf und blickte aus dem Fenster.

Ein grauer Himmel. Der Ostwind anzeigende Wetterhahn eines Kirchturms jenseits der mir gegenüberliegenden Gebäudereihe, ein Sprühen von kleinen, böswillig aussehenden Regentropfen auf den Fensterscheiben. Hätte ich zu jener Ebbezeit meiner Energie den Gedanken gehabt, mich hinauszuwagen, so würden diese Zeichen dem ungeborenen Entschlusse Einhalt getan haben.

Nach verschiedenen derartigen Besuchen am Fenster fand ich mich mit dem kleinen Teile der Rückseite der Welt, welche es meinen Blicken darbot, so ziemlich bekannt. Dem Hotel und seinen Nachbarhäusern gegenüber lag in einer Entfernung von vierzig bis fünfzig Yards die Rückseite einer Reihe von Gebäuden, welche geräumig, modern und zu Wohnungen der höheren Klassen geeignet schienen. Die Räume zwischen ihnen waren als Rasenplätze genutzt, und hier und da sah man die Andeutung eines Gartens, der zu mehreren dieser Häuser gehörte. Hier standen Apfelbäume und Birnen- und Pfirsichbäume, an denen die Früchte besonders groß, üppig und im Überfluß vorhanden zu sein schienen, wie sie es auch leicht auf einem so warmen und geschützten Standorte konnten, wo der Boden ohne Zweifel zu einer mehr als natürlichen Fruchtbarkeit gebracht worden war. An zwei bis drei Stellen waren Weinranken an Spalieren emporgeklettert und trugen bereits purpurn aussehende Trauben, die in ihrem gereiften Safte die Süßigkeit von Malta oder Madeira verhießen. Die erkältenden Winde unseres strengen Klimas konnten diese Bäume und Weinranken nicht belästigen. Der Sonnenschein lag, wenn er auch erst spät in diesen Raum herabkam und zu früh durch die Umgebung der hohen Häuser aufgefangen wurde, dennoch mit tropischer Glut darauf, selbst während er in jeder anderen Gegend weniger als gemäßigt war. Bei aller Trübheit des Tages wurde die Szene von nicht wenigen Sperlingen und anderen Vögeln belebt, die bald hier, bald dort niederflogen und geschäftig ihr Futter aus der würmerreichen Erde scharrten. Die meisten von diesem beschwingten Völkchen schienen ihren Wohnsitz in einem robusten Knopfholzbaume zu haben. Er ragte hoch über das Dach der Häuser und breitete sein dicht belaubtes Haupt über der Hälfte des Raumes aus.

Es war eine Katze da, wie es deren an solchen Orten stets gibt, die sich offenbar in diesem engumfriedigten Herzen von City-Konventionalismen für berechtigt hielt, alle Privilegien des Waldlebens zu genießen. Ich beobachtete sie, wie sie über die niedrigen, flachen Dächer der Wirtschaftsgebäude dahinschlich, eine hölzerne Treppe hinabstieg, durch das Gras glitt und den Knopfholzbaum mit mörderischen Absichten gegen seine gefiederten Bürger belagerte. Es waren aber freilich städtisch erzogene Vögel, die sich ohne Zweifel vor den ihrer Stellung eigentümlichen Gefahren zu hüten verstanden.

Alle jene Winkel und Ritzen, wo die Natur gleich einem verlaufenen Rebhuhn ihr Haupt zwischen den Wohnungen der Menschen verbirgt, sind für meine Phantasie bezaubernd. Dann ist im allgemeinen zu bemerken, daß in der Stadt sowohl wie auf dem Lande die hintere Aussicht von einem Hause weit mehr Malerisches, mehr Treue für angeborene und charakteristische Bestrebungen und unermeßlich mehr Anregendes gibt als ihre vordere. Die letztere ist stets etwas künstlich Gemachtes; sie ist für das Auge der Welt bestimmt und deshalb ein Schleier und eine Decke. Die Wirklichkeit hält sich im Hintergrunde und schickt einen Vortrupp von Prunk und Scharlataneric voraus. Die hintere Seite eines alten Farmhauses, hinter welchem eine Eisenbahn unerwartet eröffnet worden, ist von der auf die seit undenklichen Zeiten bestehende Landstraße schauenden in ihrem Aussehen so verschieden, daß der Betrachter während der paar Dampfatemzüge, mit denen er an dem Gebäude vorüberschießt, ganz neue Ideen vom ländlichen Leben und von ländlicher Individualität erlangt. In einer Stadt ist der Unterschied zwischen dem, was dem Publikum geboten, und dem, was der Familie vorbehalten wird, sicherlich nicht weniger auffallend.

Ich kehre jedoch an mein Fenster auf der Hinterseite des Hotels zurück. Außer einer gehörigen Betrachtung der Obstbäume, der Weinstöcke, des Knopfholzbaumes, der Katze, der Vögel und einer Menge anderer Dinge versäumte ich nicht, die Reihe von modisch gebauten Häusern, zu welchen alles dies gehörte, zu studieren. Hier herrschte, wie ich gestehen muß, eine allgemeine Gleichförmigkeit. Sie waren einander vom obersten Stockwerk bis zum Erdgeschoß so ähnlich, daß ich mir die Bewohner nur als nach dem gleichen Muster zugeschnitten, wie kleine hölzerne Nürnberger Spielzeugleute, vorstellen konnte. Ein einziges, langes zusammenhängendes Dach mit seinen Tausenden von im Regen schimmernden Schieferplatten breitete sich über das Ganze; nach der Bestimmtheit der gesonderten Charaktere, an welche ich in der letzten Zeit gewöhnt gewesen war, verblüffte und ärgerte es mich, daß ich diese Kombination von menschlichen Interessen nicht zu scharf umgrenzten Elementen bringen konnte. Es schien kaum der Mühe wert, daß mehr als eine von diesen Familien existierte, da sie alle das gleiche Stück vom Himmel erblickten, alle auf den gleichen Raum hinabschauten, alle genau den gleichen Teil von Sonnenschein durch die Vorderfenster erhielten und alle genau die gleichen Geräusche von der Straße, an der sie wohnten, wahrnahmen. Die Menschen sind einander in ihrer Natur so gleich, daß sie unerträglich werden, wenn sie nicht durch ihre Umstände Abwechslung erhalten.

Gerade in diesem Augenblick trat ein Kellner in das Zimmer. Ich hatte nämlich geklingelt und ein Glas Punsch bestellt.

„Können Sie mir sagen“, fragte ich, „was für Familien in dem einen oder andern jener Häuser uns gegenüber wohnen?“

„Das eine, welches uns gerade gegenüber liegt, ist eine ziemlich elegante Pension“, sagte der Kellner, „zwei von den Herren, die darin wohnen, haben ihre Pferde im Stalle unseres Etablissements stehen. Sie haben einen sehr guten Stil, mein Herr, die Leute, die dort wohnen.“

Ich hätte beinahe alles dies durch eine aufmerksamere Beobachtung des Hauses selbst ausfindig machen können. In einem von den oberen Zimmern sah ich einen jungen Mann im Schlafrock vor dem Spiegel stehen und sein Haar eine Viertelstunde lang bürsten; sodann verwendete er den gleichen Zeitraum auf das Knüpfen seiner Krawatte und erschien endlich in einem Frack, von welchem ich vermutete, daß er frisch vom Schneider gekommen und jetzt zum ersten Male angezogen worden war, um bei einem großen Diner zu figurieren. An einem Fenster des darunterliegenden Stockwerks standen zwei hübschgekleidete Kinder, welche herausblickten. Nach einiger Zeit kam ein Herr von mittlerem Alter leise hinter ihnen herbei, küßte das kleine Mädchen und zupfte scherzhaft den kleinen Knaben am Ohr. Es war ohne Zweifel ein soeben von seinem Kontor oder Bureau heimgekehrter Papa, und kurz nach ihm erschien die Mama, die sich hinter jenen ebenso leise heranschlich, wie er früher hinter den Kindern, und ihre Hand auf seine Schultern legte, um ihn zu überraschen. Dann erfolgte ein Kuß zwischen Papa und Mama, aber ein geräuschloser, denn die Kinder wendeten ihre Köpfe nicht um.

‚Ich danke Gott für diese guten Leute‘, dachte ich bei mir, ‚ich habe während dieses ganzen Sommers auf dem Lande kein hübscheres Stückchen Natur gesehen, als sie mir hier in einer ganz eleganten Pension gezeigt haben. Ich will ihnen später etwas mehr Aufmerksamkeit zuwenden.‘

Im ersten Stockwerk lief ein eisernes Geländer vor den hohen breiten Fenstern hin, welche offenbar zu einem hinteren Gesellschaftszimmer gehörten, und tief im Innern konnte ich durch die Öffnung der Schiebetüren einen Lichtschimmer von den Fenstern des Vorderzimmers sehen. Es gab keine Anzeichen, daß diese Zimmerflucht zur Zeit bewohnt war. Die Gardinen waren von einer Schutzdecke umhüllt, welche nur den kleinen Teil ihres karmesinroten Materials erblicken ließ. Zwei Dienstmädchen waren jedoch darin eifrig beschäftigt, so daß die Pension die gute Aussicht hatte, nicht lange von der Abwesenheit seiner nützlichsten, das meiste Geld ausgebenden Gäste zu leiden. Unterdessen warf ich, bis sie erschienen, meine Augen nach den niederen Regionen hinab. Dort sah ich in der Dämmerung, welche sich an solchen Orten so frühzeitig einstellt, den roten Schimmer der Küche. Die erhitzte Köchin oder eine von ihren Untergebenen kam mit einem Rührlöffel in der Hand heraus, um an der Hintertür einen kühlen Atemzug zu tun. Sobald sie verschwunden war, schlich ein irischer Diener in einer weißen Jacke verstohlen heraus und warf die Trümmer einer Porzellanschüssel, welche er ohne Zweifel soeben erst zerbrochen hatte, von sich. Bald nachher hielt eine prunkvoll gekleidete Dame mit einer gekräuselten Front von jedenfalls falschem Haar und wahrscheinlich rötlich brauner Färbung – wiewohl meine Entferntheit mir solche Umstände nur zu vermuten erlaubte – diese achtbare Herrin der Pension hielt eine kurze Parade hinter dem Küchenfenster und ließ sich nicht wieder blicken. Es war ihr letzter allumfassender Blick, um sich zu überzeugen, daß Suppe, Fisch und Fleisch gehörig bereitet waren, ehe das Essen aufgetragen wurde.

Sonst hatte das Haus nichts weiter Bemerkenswertes an sich, außer daß vor einem der Mansardenfenster, welche das Dach zierten, eine Taube saß, die so traurig und verlassen aussah, daß ich mich wunderte, weshalb sie es vorzog, dort in dem kalten Regen zu sitzen, während ihre Familie ohne Zweifel in einem warmen, behaglichen Taubenschlag versammelt war. Plötzlich breitete diese Taube ihre Schwingen aus und kam so gerade über den zwischen uns beiden liegenden Raum herangeflogen, daß ich fast erwartete, daß sie sich auf meinem Fenstersims niederlassen würde. Im letzten Teile ihres Fluges schwenkte sie wieder seitwärts ab, schwang sich empor und verschwand zugleich mit dem phantastischen Pathos, welches ich ihr beigelegt hatte.

XVIII
Die Pension

Als es mir am folgenden Tage einfiel, wieder nach dem Hause gegenüber zu blicken, saß die Taube abermals auf dem Gipfel desselben Mansardenfensters.

Es war keineswegs eine frühe Stunde, denn ich hatte am vorigen Abend endlich Unternehmungsgeist genug aufgeboten, um das Theater zu besuchen, war spät zu Bett gegangen und hatte in meiner Entferntheit von dem weckenden Horne Silas Fosters über alle Grenzen hinaus geschlafen. Die ganze Nacht hindurch war ich von Träumen gequält worden. Die Bande von Gedanken, welche die vergangenen Monate über in meinem Geiste einen Pfad ausgetreten hatte, und der zu entrinnen einer von den Hauptzwecken gewesen war, weshalb ich Blithedale verließ, schritt unbarmherzig in ihren alten Fußtapfen hin und her, während der Schlummer mich unfähig machte, sie zur Ordnung zu rufen. Erst nachdem ich meine drei Freunde verlassen, hatten sie begonnen, sich in meine Träume einzudrängen. In denen der vergangenen Nacht hatten sich Hollingsworth und Zenobia, die zu beiden Seiten meines Bettes standen, über dasselbe gebeugt, um einen leidenschaftlichen Kuß auszutauschen. Priscilla erblickte dies – denn sie schien zum Kammerfenster hereinzuspähen –, und sie schmolz allmählich hinweg und ließ nur die Trauer ihres Ausdrucks in meinem Herzen zurück. Dort verweilte sie nach meinem Erwachen immer noch; es war einer von den grundlosen Betrübnissen, mit denen man nichts anzufangen weiß, weil sie nichts umfassen, woran sich der gewöhnliche Verstand halten könnte.

Es war ein grauer, regnerischer Vormittag, düster genug in der Stadt und noch düsterer in der Gegend, wohin mich meine Erinnerungen hartnäckig trieben. Trotz meiner Bemühungen, an etwas anderes zu denken, sah ich im Geiste, wie der sturmgepeitschte Regen über die Abhänge und Täler unserer Farm strich, wie naß das Laub sein mußte, welches den Kanzelfelsen überschattete, wie trostlos an einem solchen Tage meine Einsiedelei – die Baumeinsamkeit in meiner Eulenlaune – in dem rebenumschlungenen Herzen der hohen Tanne. Es war ein Anfall von Heimweh. Ich hatte mich zu plötzlich aus einem gewohnten Kreis losgerissen. Jetzt konnte ich nichts mehr tun, als die Pein der Herzenssaiten, welche zerrissen sein mochten, und den eingebildeten Schmerz gleich dem eines längst abgeschnittenen Gliedes, durch welchen sich eine vergangene Weise des Lebens in die darauffolgende hineinverlängert, zu tragen. Ich war von müßigem, formlosem Sehnen nach der Vergangenheit erfüllt. Der Gedanke, daß ich Pflichten ungetan gelassen, drängte sich mir auf. Während ich vielleicht die Macht besaß, die Stelle des Fatums zu vertreten und von meinen Freunden Unglück abzuwenden, hatte ich sie ihrem Schicksal überlassen. Der kalte, zwischen dem Instinkt und Verstande liegende Trieb, welcher mich mit einem spekulativen Interesse die Leidenschaften und Impulse der Menschen erspähen ließ, schien mein Herz beinahe seines menschlichen Gefühls beraubt zu haben.

Aber der Mensch kann nicht immer selber entscheiden, ob sein eigenes Herz kalt oder warm ist. Im Rückblick kommt es mir vor, als habe ich im Hinblick auf Hollingsworth, Zenobia und Priscilla, falls überhaupt, durch zu viel Sympathie geirrt und nicht etwa durch zu wenig.

Um dem Drucke dieser Betrachtungen zu entrinnen, nahm ich meinen Posten am Fenster wieder ein. Auf den ersten

Anblick war nichts Neues zu bemerken. Es sah im allgemeinen noch gerade so aus wie gestern, nur daß die entschiedenere Unfreundlichkeit des heutigen Tages die Sperlinge unter Obdach getrieben und die Katze im Hause zurückgehalten hatte, aus welchem sie jedoch bald, von der Köchin verfolgt und mit einem Gegenstand im Maule, welcher wie die größere Hälfte eines gebratenen Hühnchens aussah, zum Vorschein kam. Der junge Mann im Frack war unsichtbar. Die beiden Kinder im Stockwerk unter ihm schienen, von einem Kindermädchen beaufsichtigt, munter im Zimmer umher zu spielen. Die Damastgardinen des Salons im ersten Stock waren jetzt in ihrer ganzen Länge sichtbar. Graziös am Fenster drapiert, erstreckten sie sich von der Decke bis zum Teppich. Ein schmaleres Fenster zur Linken des Salons erhellte wahrscheinlich ein kleines Boudoir, in welchem ich den schwächsten erdenklichen Schimmer von einer Mädchengestalt in luftigen Gewändern erblickte. Ihr Arm war in regelmäßiger Bewegung, als sei sie fleißig mit ihrer Strickerei oder einer andern, ähnlich hübschen und nutzlosen Handarbeit beschäftigt.

Noch bemüht, diese Mädchengestalt zu erforschen, bemerkte ich, daß sich eine Person an einem der Fenster des Salons gezeigt hatte. In meinem Geiste dämmerte eine Ahnung auf, oder vielleicht hatte mein erster Blick, so unvollkommen und seitwärts gerichtet er auch war, hingereicht, um mir einen Hinweis auf die Wahrheit zuzuführen. Jedenfalls war es mit keiner spürbaren Überraschung, sondern als ob ich die ganze Zeit den Umstand erwartet hätte, daß ich, als ich meine Augen dorthin lenkte, gleich einem Porträt in ganzer Figur in dem Raume zwischen den schweren Festons der Fenstergardinen keine andere Person als Zenobia wahrnahm. In demselben Augenblicke wurden meine Gedanken der Identität der Gestalt in dem Boudoir gewiß. Es konnte nur Priscilla sein.

Zenobia war nicht in das fast bäuerliche Kostüm, welches sie bisher getragen hatte, sondern in ein modisches Morgengewand gekleidet. Einen mir bekannten Punkt erblickte ich jedoch an ihr, sie hatte, wie gewöhnlich, eine buntleuchtende Blume von einer seltenen Art in ihrem Haar, sonst wäre es nicht Zenobia gewesen. Nach einer kurzen Pause am Fenster wendete sie sich ab, indem sie in den wenigen Schritten, welche sie aus meinen Augen entfernten, die edle, schöne Bewegung zeigte, die sie ebensosehr wie irgendein anderer Reiz charakterisierte. Unter Tausenden konnte sich nicht eine Frau so bewunderungswürdig bewegen wie Zenobia. Viele Frauen können graziös sitzen, manche können graziös stehen und einige wenige vielleicht können eine Reihe von graziösen Stellungen einnehmen, aber die natürliche Bewegung ist das Resultat und der Ausdruck des ganzen Wesens und kann nicht gut und edel verrichtet werden, wenn sie nicht einem gewissen Etwas im Charakter entspricht. Ich dachte oft, Musik, leicht und luftig, wild und leidenschaftlich, oder die volle Harmonie majestätischer Märsche, wie sie eben ihrer wechselnden Stimmung entsprach, hätte Zenobias Schritte begleiten sollen.

Ich wartete auf das Wiedererscheinen. Es war eine Zenobia von den meisten ihres Geschlechts unterscheidende Eigentümlichkeit, daß sie zu ihrem geistigen Wohlsein einer großen Quantität von Körperbewegung bedurfte und sich dieser nie entschlagen wollte. In Blithedale hatte weder die Unfreundlichkeit des Himmels, noch die Schlammigkeit der Erde jemals ein Hindernis für ihre täglichen Spaziergänge abgegeben. Hier in der Stadt wollte sie wahrscheinlich lieber die Ausdehnung der beiden Salons durchschreiten und die Meilen nach Abschnitten von vierzig Fuß messen, als auf den schlüpfrigen Trottoirs ihren Kleidersaum beschmutzen. Sie stand daher auch in ungefähr der Zeit, welche erforderlich war, um durch die Öffnung der Schiebetüren bis zum Vorderfenster zu gehen und wieder durch denselben Raum zurückzukehren, abermals zwischen den Festons der Karmesinvorhänge. Jetzt vermehrte sich aber die Gesellschaft um eine weitere Person. Hinter Zenobia erschien das Gesicht, welches ich zuerst auf dem Waldpfade angetroffen, der Mann, welcher an ihrer Seite in so rätselhafter Vertraulichkeit und Entfremdung unter meiner weinumrankten Einsiedelei in der hohen Tanne vorübergegangen. Es war Westervelt, und wiewohl er dicht hinter ihrer Schulter hervorblickte, so schien es mir doch, wie bei dem früheren Anlasse, daß ihn Zenobia zurückstoße, – daß sie vielleicht einander infolge einer Unverträglichkeit ihrer Sphären gegenseitig zurückstießen.

Dieser Eindruck konnte jedoch bei mir gänzlich ein Resultat der Phantasie und des Vorurteils gewesen sein. Die Entfernung war so groß, daß sie jedes Mienenspiel vollkommen verwischte, durch das ich ansonsten vielleicht an ihren Überlegungen hätte teilhaben können.

Es bedurfte jetzt nur noch Hollingsworths und des alten Moodie, um den Trupp von Charakteren zu vervollständigen, welche eine wahre Verwicklung von Ereignissen durch meine Methode, sie von anderen Verhältnissen zu isolieren, unterstützt, so lange gleich Schauspielern eines Drama auf meiner geistigen Bühne erhalten hat. An sich war es vielleicht kein so besonders merkwürdiges Ereignis, daß sie mir auf diese Weise in dem Augenblicke, wo ich mich für frei hielt, in die Quere kamen. Zenobia hatte, wie mir wohl bekannt war, eine Haushaltung in der Stadt beibehalten und sich nicht selten auf kurze Zeit von Blithedale entfernt, wobei sie einmal von Priscilla begleitet worden war. Dessenungeachtet schien etwas Schicksalschweres in dem Zusammentreffen zu liegen, welches mich in der großen Stadt gerade auf diesen Punkt geführt, mich dort festgehalten und mich wiederum genötigt hatte, meine bereits ermüdeten Sympathien mit Angelegenheiten, die mich nichts angingen, und Personen, denen ich wenig bedeutete, zu verschwenden. Es reizte meine Nerven, es erfüllte mich mit einer Art von Herzweh. Nach der Anstrengung, welche es mich kostete, sie von mir zu werfen – nachdem ich meine Flucht vor diesen Kobolden von

Fleisch und Blut bewerkstelligt zu haben glaubte, und während ich verweilte, um mich mit einigen Atemzügen in einer Atmosphäre, an welcher sie keinen Teil haben sollten, neu zu beleben –, war es geradewegs zum Verzweifeln, daß sich dieselben Gestalten vor mir aufstellten und ihr altes Problem in einer Form darboten, welche es unlösbarer machte als je.

Ich begann eine Katastrophe herbeizuwünschen. Wenn der edle Zuschnitt der Seele Hollingsworths dazu verdammt war, von dem zu mächtigen Vorsatze, welcher dem edelsten Teile seines Wesens entsproß, gänzlich verderbt zu werden, wenn die schönen und herrlichen Eigenschaften der Weiblichkeit Zenobias sie nicht retten konnten, wenn Priscilla durch ihre so einfache Liebe und ihren so frommen Glauben untergehen mußte – dann sei dem so. Möge alles so kommen. Was mich betraf, so würde ich zuschauen, wie es meine Rolle zu sein schien, mit Verständnis, wenn mein Geist die Bedeutung und Moral ergründen konnte, und jedenfalls ehrerbietig und traurig. Nach dem Fallen des Vorhanges würde ich in meinem armen individuellen Leben weitergehen, welches jetzt eines großen Teiles von seinem eigentlichen Stoffe beraubt und unter so viele fremde Interessen zersplittert war.

Mittlerweile hatten sich Zenobia und ihr Begleiter vom Fenster zurückgezogen. Hierauf folgte eine Zwischenzeit, während derer ich meine Augen auf die Gestalt im Boudoir lenkte. Es war jedenfalls Priscilla, wenn auch mit einer neuen phantastischen Eleganz gekleidet. Die unbestimmte Wahrnehmung aus so weiter Ferne machte auf mich den Eindruck, als ob sie plötzlich einen Larvenzustand verlassen und Flügel angelegt hätte. Ihre Hände waren jetzt nicht in Bewegung. Sie hatte ihre Arbeit sinken lassen und saß mit zurückgeworfenem Kopf in derselben Haltung da, welche ich früher schon mehrmals gesehen hatte, als ob sie einem imaginären Ton zu lauschen schien.

Die beiden Gestalten in dem Salon wurden abermals sichtbar. Sie waren jetzt ein wenig von dem Fenster zurückgetreten und disputierten einander gegenüber stehend, wie ich an Zenobias nachdrücklichen Gebärden sehen konnte, über einen Gegenstand, an welchem wenigstens sie ein leidenschaftliches Interesse nahm. Nach einiger Zeit riß sie sich los und verschwand aus dem Bereich meiner Blicke. Westervelt näherte sich dem Fenster, legte seine Stirn an eine Glasscheibe und zeigte auf seinen hübschen Zügen das Lächeln, welches mich, als ich ihn das erste Mal traf, mit dem Geheimnis seines falschen Gebisses bekannt gemacht hatte. Jedes menschliche Wesen trägt, wenn es sich dem Teufel ergeben hat, sicher auf die eine oder andere Weise das böse Zeichen an sich. Mir kam es vor, als ob dieses Lächeln mit seiner eigentümlichen Offenbarung der Stempel des Teufels auf dem Professor sei.

Dieser Mann war, wie ich bald erfuhr, mit einer katzengleichen Umsicht begabt, und wenn dies auch gerade die ungeistigste Eigenschaft der Welt ist, so war sie doch beinahe ebenso wirksam wie die geistige Einsicht, um ihn mit allem bekannt zu machen, was er zu entdecken wünschte. Er bewies es jetzt zu meinem beträchtlichen Unbehagen, indem er mich auf meinem Beobachterposten entdeckte und erkannte. Vielleicht hätte ich darüber erröten müssen, daß ich bei einer so offenbaren Erforschung Profsesor Westervelts und seiner Angelegenheiten ertappt wurde. Vielleicht errötete ich auch. Aber mochte dem nun sein, wie ihm wolle, ich bewahrte Geistesgegenwart genug, um nicht meine Lage durch die Feigheit eines Rückzuges noch drückender zu machen.

Westervelt blickte in die Tiefen des Salons und winkte. Unmittelbar darauf erschien Zenobia am Fenster. Ihr Gesicht glühte und ihre Augen schossen, wie mir mein Gewissen zuflüsterte, strahlende Pfeile mit Widerhaken der Verachtung, mitten auf meine gentlemanischen Gefühle gerichtet, durch den zwischen uns befindlichen Raum. Die Wahrheit zu gestehen, trafen diese Pfeile ihr Ziel, so weit es auch von ihr entfernt war. Sie gab mit einer Kopf- und Handbewegung, welche zugleich einen Gruß und eine Entlassung enthielt, zu verstehen, daß sie mich erkannt habe. Im nächsten Augenblick verabfolgte sie mir einen so mitleidlosen Tadel, wie Frauen ihn für eine Kränkung immer zur Hand haben und auch bei passender Gelegenheit sehr selten auslassen, indem sie zwischen den Festons der Damastgardinen ein weißes Rouleau herabließ. Es fiel wie der Vorhang eines Theaters in den Zwischenakten.

Priscilla war aus dem Boudoir verschwunden. Aber die Taube saß immer noch einsam auf dem Giebel des Mansardenfensters.

XIX
Zenobias Salon

Der Rest des Tages wurde, soweit es mich betraf, auf Betrachtungen über die letzten Ereignisse verwendet. Ich ersann und verwarf der Reihe nach unzählige Hypothesen, um die Anwesenheit Zenobias und Priscillas und das Verhältnis Westervelts zu beiden zu erklären. Ich muß überdies gestehen, daß ich ein scharfes, rachsüchtiges Bewußtsein der Beleidigung empfand, welche mir Zenobias verächtliches Erkennen und ganz besonders das Herablassen des Rouleaus, zugefügt hatte, als ob das die passende Barriere wäre zwischen einem Charakter wie dem ihren und einer Wahrnehmungsfähigkeit wie der meinen. War meine Beobachtung einer bloßen, gemeinen Neugier zuzuschreiben? Zenobia hätte mich zu gut kennen sollen, um dies anzunehmen. Sie hätte fähig sein sollen, die Eigenschaft des Geistes und des Herzens zu erkennen, welche mich oft gegen meinen Willen und zum Schaden meiner eigenen Behaglichkeit antrieb, in anderer Leben zu leben und mich zu bemühen, durch hochsinnige Sympathien, durch zarte Eingebungen, durch das Bemerken von Dingen, welche zum Aufzeichnen zu geringfügig sind und dadurch, daß ich meinen menschlichen Geist in vielfachen Einklang mit den mir von

Gott zuerteilten Gefährten brachte, das sogar vor ihm selbst verborgene Geheimnis zu erfahren.

Unter allen Beobachtern, die es geben konnte, glaubte ich, daß eine Frau wie Zenobia und ein Mann wie Hollingsworth gerade mich hätten wählen sollen, und jetzt, wo das Ereignis längst vorüber ist, bewahre ich immer noch die gleiche Meinung von meiner Fähigkeit zu dem Amte. Allerdings würde ich sie vielleicht verurteilt haben. Wäre ich nicht bloß ein Zeuge, sondern auch ihr Richter gewesen, so wäre mein Urteil vielleicht ebenso streng wie das des Schicksals ausgefallen; aber dennoch wäre kein Zug von ursprünglichem Adel des Charakters, kein Kampf gegen die Versuchung, keine eiserne Notwendigkeit des Willens auf der einen Seite, kein aus Leidenschaft und Verzweiflung hervorgehender mildernder Umstand auf der anderen, kein Gewissensbiß, welcher zugleich mit dem Irrtum vorhanden, wenn auch zu seiner Verhinderung machtlos sein konnte, keine stolze Reue, welche die Vergeltung als etwas ihr Gebührendes in Anspruch nähme, unbeachtet geblieben. Allerdings hätte ich meine volle Beistimmung zu der Strafe, welche sicher erfolgen mußte, erteilen können, aber sie wäre wehmütig und mit unverminderter Liebe gegeben worden. Und wenn alles zu Ende war, so wäre ich gekommen, wie um die weiße Asche der auf dem Scheiterhaufen Verzehrten zu sammeln und der Welt, nachdem das Unrecht gesühnt war, zu erzählen, wie vieles, was sie noch nie zu loben verstanden hätte, dort untergegangen sei.

Ich saß in meinem Schaukelstuhl, aber zu weit vom Fenster entfernt, um mich wieder einem Tadel, wie dem mir bereits zuteil gewordenen, auszusetzen. Meine Augen wanderten immer noch nach dem gegenüberliegenden Hause, aber ohne neue Entdeckungen zu machen. Am späten Nachmittag verkündete der Wetterhahn auf dem Kirchturm einen Wechsel des Windes, die Sonne kam trüb zum Vorschein, als wäre der goldene Wein ihrer Strahlen zur Hälfte mit Wasser vermischt worden. Trotzdem beleuchteten sie die ganze Gebäudereihe, warfen eine helle Glut auf die Fenster, glitzerten auf den nassen Dächern, setzten sich in ihrem langsamen Emporschweben auf die Schornsteine, nahmen dann einen noch höheren Flug und zögerten einen Augenblick auf der Spitze des Kirchturmes, den sie zum Endpunkt eines heiteren Lichts in der ganzen düsteren Aussicht machten. Im nächtsen Augenblicke war alles verschwunden – das Zwielicht fiel wie grauer Schnee auf den Raum unter mir, und ehe es noch ganz finster wurde, rief mich der Gong des Hotels zum Tee.

Als ich in mein Zimmer zurückkehrte, drang der Schein einer Astrallampe nebelhaft durch die weißen Rouleaus im Salon Zenobias. Dann und wann wurde der Schatten einer vorübergehenden Gestalt auf dieses Medium geworfen, aber mit zu unbestimmten Umrissen, um selbst meine abenteuerlichen Konjekturen das von ihm gebotene Hieroglyph entziffern zu lassen.

Plötzlich fiel es mir ein, wie ungemein abgeschmackt mein Benehmen war, indem ich mich so mit verrückten Hypothesen über das in jenem Salon Vorgehende peinigte, während es in meiner Wahl stand, dort persönlich zugegen zu sein. Meine bis jetzt noch unveränderten Beziehungen zu Zenobia als ein vertrauter Freund und Genosse in dem gleichen, lebenslangen Unternehmen gab mir das Recht und machte es zu nicht mehr, als eine freundliche Höflichkeit erforderte, sie zu besuchen. Nur unsere gewohnte Blithedaler Unabhängigkeit von den konventionellen Regeln hatte mich abzuhalten vermocht, diese Pflicht eher zu erkennen. Auf alle Fälle sollte sie jetzt erfüllt werden.

Ich gehorchte diesem plötzlichen Impuls und sah mich bald wirklich in dem Hause, dessen Rückseite ich während der beiden letzten Tage so eifrig beobachtet hatte. Ein Diener nahm meine Visitenkarte entgegen, kehrte unverzüglich zurück und führte mich hinein. Unterwegs hörte ich die glänzende und gewissermaßen triumphierende Musik eines Klaviers, worin ich Zenobias Charakter fühlte, obgleich ich bisher von ihrer

Geschicklichkeit auf dem Instrumente nichts gewußt hatte. Zwei oder drei Kanarienvögel, die durch diesen Tonstrom aufgeregt worden waren, schmetterten durchdringend und bemühten sich aufs äußerste, eine verwandte Melodie hervorzubringen. Aus der Tür des vorderen Salons strömte ein helles Licht, und ich war kaum über die Schwelle getreten, als mir Zenobia lachend und mit ausgestreckter Hand entgegenkam.

„Ah, Herr Coverdale", sagte sie, immer noch lächelnd, aber, wie es mir vorkam, mit einem ziemlichen Anteil von spöttischem Zorn unter der Oberfläche, „es hat mich gefreut, die Teilnahme zu sehen, welche Sie fortwährend meinen Angelegenheiten schenken. Ich habe Sie längst als eine Art von transzendentalem Yankee erkannt, der die ganze angeborene Neigung seiner Landsleute besitzt, die in seinen Bereich kommenden Dinge zu erforschen, welche aber bei Ihnen durch die feinen Methoden, die Sie zu ihrer Befriedigung anwenden, beinahe poetisch wird. Nicht wahr, ich habe einen unverzeihlichen Streich begangen, als ich den Fenstervorhang herabließ?"

„Ich kann ihn keinen besonders weisen nennen", erwiderte ich mit einer versteckten Bitterkeit, welche Zenobia ohne Zweifel merkte. „Es ist wahrhaft unmöglich, in dieser Welt etwas zu verbergen, von der nächsten gar nicht zu reden. Wir sollten daher weiter nichts verlangen, als daß die Zeugen unseres Benehmens und diejenigen, welche über unsere Motive ihre Vermutungen aufstellen, fähig seien, den höchsten Gesichtspunkt einzunehmen, den die Umstände des Falles zulassen. Wenn ich dessen sicher wäre, so würde ich wenigstens höchst glücklich sein, mich überall von einer unermüdlichen, menschlichen Sympathie begleitet zu fühlen."

„Was eine intelligente Sympathie betrifft, so müssen wir diese unsern Schutzengeln überlassen, wenn es deren gibt", sagte Zenobia. „Solange der einzige Zuschauer meines kleinen Trauerspiels ein junger Mann am Fenster seines Hotels ist, muß ich immer noch die Freiheit, den Vorhang fallen zu lassen, in Anspruch nehmen."

Während dieser Worte hatte ich Zenobias ausgestreckte Hand auf das allerflüchtigste mit meinen Fingern berührt. Trotz ihres äußerlichen freien Entgegenkommens ließ mich doch ihr Benehmen empfinden, daß wir in keinem Verhältnisse wirklichen Vertrauens standen. Der Gedanke an den großen Kontrast dieser Zusammenkunft und unserer ersten Begegnung machte mich traurig. Damals hatte mich Zenobia im warmen Lichte des ländlichen Herdes heiter und hoffnungsvoll mit einem vollen schwesterlichen Händedruck begrüßt und ebenso große Freundlichkeit hineingelegt, wie andere Frauen sich durch den Druck beider Arme um meinen Hals oder das Hinreichen einer Wange für einen brüderlichen Kuß hätten beweisen können. Der Unterschied war ebenso vollständig wie der zwischen ihrer damaligen Erscheinung in dem so einfachen Gewande und mit nur der einen prächtigen Blume in ihrem Haar und jetzt, wo ihre Schönheit von allem, was Kleidung und Schmuck dafür tun konnten, gehoben wurde. Und diese Dinge taten viel. Allerdings erschufen sie weder etwas, noch fügten sie etwas zu dem, was die Natur verschwenderisch für Zenobia getan hatte. Aber die kostbaren Gewänder, welche sie trug, die Juwelen an ihrem Halse dienten gewissermaßen zu Lampen, um die persönlichen Vorzüge zu entwickeln, welche nichts Geringeres als einer solchen Illumination bedurften, um vollkommen sichtbar zu werden. Selbst die charakteristische Blume hatte, wenn sie auch noch dort vorhanden zu sein schien, eine kalte, glänzende Umwandlung erlitten. Es war eine köstlich in Juwelierarbeit nachgeahmte Blume, welche letzte Hand an Zenobia legte, um sie in ein Kunstwerk umzuformen.

„Ich fühle kaum, daß wir einander je schon begegnet sind", konnte ich mich nicht zu sagen enthalten. „Wie viele Jahre scheinen vergangen zu sein, seit wir das letzte Mal am Fuße von Eliots Kanzel saßen, während Hollingsworth sich auf dem gefallenen Laube ausgestreckt hatte und Priscilla zu seinen Füßen war! Ist es möglich, Zenobia, daß Sie sich jemals wirklich zu unserer kleinen Schar eifriger, gedankenvoller philanthropischer Arbeiter gezählt haben?"

„Jene Ideen haben ihre Zeit und ihren Ort", antwortete sie kalt; „aber ich glaube, daß ein sehr beschränkter Geist dazu gehört, um für keine anderen Raum zu finden."

Ihre Art verwirrte mich, und überdies wurde ich buchstäblich von dem Glanze des Zimmers geblendet. In der Mitte hing ein Kronleuchter, welcher von wer weiß wie vielen Lichtern strahlte, und überdies standen auf zwei oder drei Tischen und auf Marmorsimsen besondere Lampen, welche ihren weißen Glanz zu dem des Kronleuchters fügten. Die Möbel waren ungemein reich. Noch frisch aus unserem alten Farmhause mit seinem einfachen Tische und den Bänken im Speisezimmer und einigen Korbstühlen in das beste Gemach gekommen, schien es mir, daß hier die Erfüllung jeder Laune einer Phantasie zu finden sei, die sich in den verschiedenen Weisen kostspieliger Genußsucht und glänzenden Müßiggangs auslebt. Ich sah Gemälde, Marmorstatuetten, Vasen, kurz mehr Formen des Luxus als an einem andern Orte wie in einem Auktionskatalog aufzuzählen von Nutzen sein könnte, und das Ganze wurde von einem großen Spiegel, der mir überdies Zenobias stolze Gestalt und die meine zeigte, wiederholt und verdoppelt. Ich gestehe, daß es mir ein bitteres Gefühl der Scham bereitete, als ich in mir eine wirkliche Anstrengung bemerkte, mich gegen die Wirkung, die Zenobia auf mich zu machen suchte, aufzulehnen. Im Grunde meines Herzens versuchte ich, sie mit Argumenten zu widerlegen und bestrebte mich, auf diese Weise festen Fuß zu behalten. In dem Prunk, womit sie sich umgeben hatte, im Überfluß des persönlichen Schmucks, den die Stattlichkeit ihrer physischen Natur und der glänzende Typus ihrer Schönheit gleichwohl so passend erscheinen ließ, erblickte ich mit feindseligem Auge den wahren, leidenschaftlichen, üppigen, der Einfachheit ermangelnden, oberflächlich gebildeten, eines reinen und vollkommenen Geschmackes unfähigen Charakter dieser Frau.

Aber im nächsten Augenblicke war sie für alle meine Anstrengungen, mich ihr zu widersetzen, zu mächtig. Ich sah, wie passend es für sie war, sich mit solcher Pracht zu umgeben, wie es ihr beliebte, tausend Dinge zu tun, welche bei dem armseligen, dünnen, schwächlichen Charakter anderer Frauen lächerlich gewesen wären. Selbst heute noch weiß ich kaum, ob ich damals Zenobia in ihrer echtesten Haltung erblickte, oder ob diejenige, worin sie sich in Blithedale dargestellt hatte, die echtere gewesen war. Beide hatten etwas von der Illusion an sich, welche eine große Schauspielerin um sich verbreitet.

„Haben Sie Blithedale für immer aufgegeben?" fragte ich.

„Was bringt Sie auf den Gedanken?" fragte sie.

„Ich weiß es selbst nicht", antwortete ich, „außer daß es mir gerade wie ein Traum erscheint, daß wir je dort beisammen waren."

„Mir erscheint es nicht so", sagte Zenobia. „Ich würde die Natur, welche nur einer einzigen Formenart fähig ist und die ganze Vergangenheit bloß deshalb in einen Traum verwandeln muß, weil die Gegenwart von ihr abweicht, für eine armselige und kahle halten. Warum sollen wir uns mit dem einfachen Leben der vergangenen wenigen Monate so begnügen, daß wir jede andere Weise ausschließen? Es war gut, aber es gibt noch andere Arten des Lebens, welche ebenso gut oder besser sind. Sie werden jedoch begreifen, daß ich diejenigen nicht verdamme, welche sich ihr vollständiger hingeben, als ich meinesteils es für weise halten würde."

Mich reizte diese selbstgefällige, herablassende, eingeschränkte Billigung und Kritik eines Systems, zu welchem so viele Individuen, welche vielleicht ebenso hoch begabt waren wie unsere prächtige Zenobia, ihre ganzen irdischen Kräfte und ihr höchstes Streben beigetragen hatten. Ich beschloß, den Versuch anzustellen, ob es einen Zauber gebe, der sie aus der Rolle, welche sie zu spielen schien, exorzieren würde. Sie sollte gezwungen werden, mir eine Spur von etwas

Wahrem zu geben – etwas Natur, etwas Leidenschaft, gleichviel, ob recht oder unrecht, wenn es nur etwas Wirkliches war.

„Ihre Anspielung auf die Klasse von beschränkten Charakteren, welche nur in einer Art des Lebens existieren können, erinnert mich an unsern armen Freund Hollingsworth", bemerkte ich kalt. „Vielleicht stand er vor Ihren Gedanken, als Sie das sagten. Der arme Kerl! Es ist jammerschade, daß er sich durch die Schuld einer beschränkten Erziehung seiner einzigen Idee so vollständig aufgeopfert hat. Besonders da die leiseste Spur von gesundem Menschenverstand ihn ihre gänzliche Unausführbarkeit lehren würde. Jetzt, wo ich in die Welt zurückgekehrt bin und sein Projekt aus der Ferne betrachten kann, bedarf es wirklich meiner ganzen wahren Zuneigung für diesen achtbaren, von den besten Absichten erfüllten Mann, um mich zu hindern, ihn auszulachen – wie es die Gesellschaft landauf, landab tut."

Zenobias Augen schossen Blitze, ihre Wangen flammten auf, ihr ganzer Ausdruck glich der Wirkung eines plötzlich in ihr aufflammenden mächtigen Lichts. Mein Experiment war vollkommen gelungen. Sie hatte mir durch diese unwillkürliche Rüge meiner beiläufigen, bemitleidenden, halb freundlichen, halb geringschätzigen Erwähnung des Mannes, welcher ihr alles war, das echte Fleisch und Blut ihres Herzens gezeigt. Sie fühlte dies wahrscheinlich selbst, denn es dauerte kaum einen Augenblick, bis sie ihre ungleichen Atemzüge zur Ruhe brachte und ihre ganze frühere stolze Selbstbeherrschung wiedererlangt zu haben schien.

„Ich stelle mir eher vor", sagte sie ruhig, „daß Ihre Schätzung die gerechten Ansprüche Herrn Hollingsworths nicht in vollem Maße anerkennt. Ich gebe zu, daß blinder Enthusiasmus und Versunkenheit in eine einzige Idee im allgemeinen lächerlich sind und für die Respektabilität eines gewöhnlichen Mannes verderblich sein müssen. Es bedarf eines sehr hohen und mächtigen Charakters, um eine andere Wirkung hervorzubringen. Aber ein großer Mann erreicht – was Sie vielleicht nicht wissen – seinen Normalzustand nur durch die Begeisterung für eine große Idee. Als jemand, der Herrn Hollingsworth freundschaftlich verbunden ist, und zu gleicher Zeit als ruhige Beobachterin muß ich Ihnen sagen, daß er mir ein solcher Mann zu sein scheint; aber es ist für Sie sehr verzeihlich, daß er Ihnen lächerlich vorkommt. Er ist es unbezweifelbar für Sie! Es kann kein besseres Erkennungsmittel des Edlen und Heroischen in irgendeinem Individuum geben als den Grad, in welchem es die Fähigkeit besitzt, Heroismus von Absurdität zu unterscheiden."

Ich wagte es nicht, auf Zenobias abschließenden Kernspruch zu erwidern. Ich bewunderte wirklich ihre Treue. Es flößte mir ein neues Gefühl für die Hollingsworth innewohnende Gewalt ein, als ich sah, daß sein Einfluß auf diese schöne Frau hier inmitten des artifiziellen Lebens nicht weniger mächtig war als einst am Fuße des grauen Felsens und unter den Birken des Waldpfades, wo sie so glühend seine Hand an ihr Herz gedrückt hatte. Der große, grobe, zottige, sonnenverbrannte Mann! Und Zenobia liebte ihn!

„Haben Sie Priscilla mitgebracht?" fuhr ich fort. „Wissen Sie, daß ich es zuweilen bei der Empfänglichkeit ihres Temperaments nicht für ganz sicher gehalten habe, sie so beständig in die Sphäre eines Mannes wie Hollingsworth zu lassen? Dergleichen zarte Naturen ihres Geschlechts besitzen, glaube ich, oft eine sehr vollkommene Erkennungsgabe für das heroische Element an den Männern. Allerdings würde ich aber auch denken, daß sie eher als alle anderen Frauen ihrerseits Eindruck machen. Hollingsworth würde kaum einer Person, welche fähig ist, einen unabhängigen Standpunkt einzunehmen, seine Liebe schenken können, wohl aber einer solchen, die er in sich zu absorbieren vermöchte. Er hat für Priscilla wirklich sehr große Zärtlichkeit bewiesen."

Zenobia hatte sich abgewendet; aber ich erblickte das Abbild ihres Gesichtes im Spiegel und sah, daß es sehr bleich war

– in ihrer reichen Kleidung so bleich, als ob sie in ein Leichentuch gehüllt gewesen wäre.

„Priscilla ist hier", sagte sie mit etwas leiserer Stimme als bisher. „Haben Sie das nicht von Ihrem Fenster aus bemerkt? Wünschen Sie sie zu sehen?"

Sie tat ein paar Schritte in den hinteren Salon und rief: „Priscilla, liebe Priscilla!"

XX
Sie verschwinden

Priscilla folgte der Aufforderung unmittelbar und erschien durch die Tür des Boudoirs. Ich hatte mir eingebildet – und das war, wie es mir nunmehr erschien, sehr albern –, daß Zenobia Vorsorge treffen würde, mich an einem Gespräch mit dem Mädchen zu hindern, denn zwischen ihm und ihr gab es einen so tiefgreifenden Gegensatz ihrer intimsten Interessen, daß es bei der einen oder bei der anderen zu einem großen Schmerz, wenn nicht zudem noch zu einem großen Unrecht kommen mußte. Doch war keine Gefahr dabei, wenn mir das Mädchen über Zenobias Pläne Nachrichten zukommen ließ, denn sie war nur ein Blatt, das auf dem dunklen Strom der Ereignisse dahintrieb, ohne diese durch eigene Wahl oder Absichten zu bestimmen, ja sie mochte nicht einmal ahnen, wohin sie der Strom trug oder selbst seine unwiderstehliche Bewegung fühlen.

Als sie mich sah, trat sie mit großer Ruhe auf mich zu, und als ich ihr meine Hand entgegenstreckte, bewegte sich ihre eigene ein wenig auf sie zu, als sei sie durch einen schwachen Magnetismus angezogen.

„Ich freue mich, Sie zu sehen, meine liebe Priscilla", sagte ich, ihre Hand in der meinen haltend. „Doch alles, was mir dieser Tage begegnet, läßt mich fragen, ob ich wirklich wach bin. Ganz besonders Sie sind mir immer wie eine Gestalt in einem Traum vorgekommen – und jetzt mehr als je zuvor."

„Oh, es ist in meinen Fingern schon Substanz!" antwortete sie mir, gab meiner Hand den leichtestmöglichen Druck und zog dann die ihre weg. „Warum nennen Sie mich einen Traum? Zenobia ist viel mehr ein Traum als ich; sie ist so schön, so wunderschön! Auch glaube ich", fügte sie wie laut denkend hinzu, „daß jedermann das sieht, nicht nur ich."

Meinerseits dachte ich derweil an Priscillas Schönheit, nicht an Zenobias. Sie war so eine Person, deren Schönheit durch etwas Unpassendes in ihrer Kleidung völlig vernichtet werden konnte; ihr Zauber war nicht positiv und handfest genug, um sich gegen eine schlecht gewählte Farbe etwa, oder eine solche Mode, durchsetzen zu können. In ihrem Fall war es am sichersten, sie gar nicht kunstvoll zu kleiden, denn es hätte des perfektesten Geschmacks – oder des glücklichsten Zufalls in der Welt – bedurft, ihr genau den Schmuck zu geben, der ihr stand. Sie war jetzt in reines Weiß gekleidet, das mit einer Art durchsichtigen Stoffs abgesetzt war, der wie ein leichter Nebel um sie zu gleiten schien – so jedenfalls kommt mir ihre Gestalt durch all die vergangenen Jahre in der Erinnerung wieder zu, mit einem schwachen Schimmer auf ihrem schattenhaften Haar und mit ihren scheu auf mich gerichteten dunklen Augen. Ich konnte nicht umhin mich zu fragen, was sich Zenobia dabei gedacht hatte, aus diesem armen Mädchen so viel Lieblichkeit herauszuholen. So etwas konnten sich wenige Frauen leisten, denn als ich von der einen zu der anderen blickte, nahmen der Glanz und das Leuchten der Anwesenheit Zenobias nichts von Priscillas milderem Zauber weg, wenn sie nicht sogar eher etwas dazutaten.

„Wie finden Sie sie?" fragte Zenobia.

Der Blick melancholischer Güte, mit dem Zenobia sie betrachtete, blieb mir rätselhaft. Sie trat einen Schritt vor, winkte Priscilla zu sich herab und gab ihr dann einen Kuß auf die Wange; hernach ging sie mit einer leichten Geste der

Abweisung in einen anderen Teil des Raumes, wohin ich ihr folgte.

„Sie ist wundervoll", sagte ich. „Seit sie unter uns auftauchte, war ich mir immer dunkel genau dieses Zaubers bewußt, den Sie herausgeholt haben. Aber erst heute ist er völlig sichtbar geworden. Sie ist lieblich wie eine Blume."

„Warum sollten Sie sie nicht so nennen?" fragte Zenobia. „Sie sind ein Dichter – jedenfalls was heutzutage so als Dichter gilt –, und man muß Ihnen zugestehen, daß Sie aus Ihrer Phantasie ein Opernglas machen, wenn Sie Frauen anschauen. Mir ist schleierhaft, daß Sie bei der arkadischen Freiheit, sich ineinander zu verlieben, die wir letzthin genossen haben, nicht auf den Gedanken gekommen sind, sich in Priscilla zu verlieben! In der bürgerlichen Gesellschaft verfällt, was so ein echter Amerikaner ist, nicht im Traum auf den Gedanken, die ungreifbare Luftlinie zu überschreiten, die eine Klasse von der anderen trennt. Aber was hat Rang schon den Blithedale-Siedlern bedeutet?"

„Es gab andere Gründe", erwiderte ich, „weshalb ich mich als Esel dargestellt hätte, wenn ich mich in Priscilla verliebt hätte. Hat übrigens Hollingsworth sie je in diesem Gewand gesehen?"

„Warum bringen Sie nur bei jeder Gelegenheit seinen Namen ins Spiel?" fragte Zenobia halblaut und mit einem bösen Blick, der von meinem Gesicht zu dem Priscillas schweifte. „Sie wissen nicht, was Sie tun! Glauben Sie mir, mein Herr, daß es gefährlich ist, mit ernsthaften menschlichen Leidenschaften so umzuspringen, nur weil Sie nichts Besseres zu tun haben, so aus reiner Laune. Ich lasse mir das nicht länger bieten! Sehen Sie zu, daß das nicht wieder vorkommt! Ich warne Sie!"

„Sie tun mir ein wenig Unrecht", erwiderte ich, „um nicht zu sagen: gänzlich. Ein unbestimmtes Pflichtgefühl drängt meine Gedanken und dann auch meine Worte immer wieder zu diesem Punkt."

„Ach, dieser abgestandene Vorwand der Pflicht!" sagte Zenobia mit einem Flüstern so voll Verachtung, daß es mich wie das Zischen einer Schlange durchfuhr. „Wie oft habe ich das schon von denen gehört, die versucht haben, sich bei mir einzumischen, und ich weiß genau, was es bedeutet. Eine bigotte Wichtigtuerei; eine unverschämte Neugier; angeborene Zudringlichkeit; kaltherzige Kritik, die sich auf seichte Auslegungen halber Wahrnehmungen stützt; eine monströse Skepsis im Hinblick auf Gewissen oder Weisheit, sofern es nicht die eigenen sind; eine höchst unfromme Neigung, die Vorsehung an die Seite zu schieben, um sich selbst an ihre ehrfurchtgebietende Stelle zu setzen –, aus all dem und noch anderen ebenso eigennützigen Motiven setzt sich Ihre sogenannte Pflicht zusammen. Aber hüten Sie sich, mein Herr! So scharfsinnig Sie auch zu sein meinen, treten Sie doch mit einer Binde vor den Augen in diese Verhältnisse hinein. Ich mache Sie verantwortlich für alles Unheil, was aus Ihrem Dazwischentreten etwa folgt!“

Es war offensichtlich, daß die Löwin bei nur noch ein wenig mehr Provokation mit dem Rücken zur Wand kämpfen würde, falls dies nicht schon jetzt ihre wirkliche Lage war. Ich verbeugte mich und war dabei, mich zurückzuziehen, da ich nicht recht wußte, was ich sonst noch tun sollte. Als mir aber wieder Priscilla in den Blick kam, die sich in eine Ecke zurückgezogen hatte, fiel auf mein Herz eine unerträgliche Last der Niedergeschlagenheit, deren Bedeutung mir dunkel blieb, nur daß sie etwas mit Priscilla zu tun hatte. Ich näherte mich ihr und streckte ihr die Hand entgegen; eine Geste, auf die von ihr aus nichts erfolgte. Es war stets eine ihrer Sonderlichkeiten gewesen, daß sie selbst vor der freundlichsten Berührung zurückzuschrecken schien, wenn sie nicht von Zenobia oder von Hollingsworth kam. Zenobia stand unterdessen da und beobachtete uns, aber mit einer sorglosen Miene, so als komme es kaum darauf an, was sich da abspiele.

„Priscilla“, erkundigte ich mich mit leiser Stimme, „wann gehen Sie wieder nach Blithedale zurück?“

„Wann immer es ihnen gefällt, mich dahin mitzunehmen“, sagte sie.

„Haben Sie es aus eigenem freien Willen verlassen? fragte ich.

„Ich werde wie ein Blatt umhergetrieben“, antwortete sie. „Ich habe keinen freien Willen, niemals.“

„Weiß Hollingsworth, daß Sie hier sind?“ sagte ich.

„Er ließ mich kommen“, antwortete Priscilla.

Sie sah mich, so schien es mir, mit Überraschung an, so als sei ihr unvorstellbar, daß sie diesen Schritt ohne sein Zutun unternommen haben könnte.

„Wie fest sie dieser Mann mit ihrem ganzen Wesen in den Griff bekommen hat!“ murmelte ich zwischen den Zähnen. „Nun denn; wie Zenobia so freundlich andeutet, habe ich hier nichts mehr zu suchen. Ich wasche meine Hände in Unschuld. Hollingsworth mag die Folgen auf sein Haupt nehmen! Priscilla“, fügte ich laut hinzu, „ich weiß nicht recht, ob wir uns je wiedersehen werden. Leben Sie wohl!“

Während ich das sagte, rumpelte eine Kutsche über die Straße und hielt vor dem Haus. Die Türglocke ging und Schritte waren sogleich im Treppenhaus zu hören. Zenobia hatte sich einen Schal über das Kleid geworfen.

„Mr. Coverdale“, sagte sie mit kühler Höflichkeit, „Sie werden uns vielleicht jetzt entschuldigen. Wir haben eine Verabredung und gehen aus.“

„Und wohin?“ fragte ich.

„Fragen Sie da nicht ein bißchen mehr, als Sie ein Recht haben zu fragen?“ sagte sie mit einem Lächeln. „Jedenfalls habe ich nicht die Absicht, es Ihnen zu sagen.“

Die Tür zum Salon öffnete sich und Westervelt trat ein. Ich sah, daß er sehr umständlich, wie für eine große Veranstaltung, gekleidet war. Meine Abneigung gegen diesen Mann kannte keine Grenzen. In jenem Augenblick überlief es mich geradezu, so wie wenn man an einem dunklen Ort umhertastet und etwas Kaltes und Schleimiges berührt und sich fragt, was für ein widerliches Ding das sein möchte. Und doch mußte ich anerkennen, daß er, was persönliche Schönheit, Schliff, gutes Benehmen und alles, was äußerlich zu einem Gentleman gehört, anging, wohl unübertrefflich war. Nachdem er sich vor Zenobia verbeugt und Priscilla in ihrer Ecke huldvoll begrüßt hatte, nahm er mit einem leichten, aber höflichen Nicken von mir Notiz.

„Kommen Sie, Priscilla", sagte Zenobia, „es ist Zeit. Herr Coverdale, Ihnen einen guten Abend."

Als sich Priscilla langsam in Bewegung setzte, trat ich mitten im Salon auf sie zu.

„Priscilla", sagte ich so laut, daß mich alle hören konnten, „wissen Sie, wohin Sie jetzt gehen?"

„Das weiß ich nicht", antwortete sie.

„Ist es dann ratsam zu gehen? Und ist es Ihr Wille zu gehen?" fragte ich. „Wenn nicht – ich bin Ihr Freund, und Hollingsworths Freund – sagen Sie es mir, gleich!"

„Es könnte sein", bemerkte Westervelt lächelnd, „daß Priscilla in mir einen älteren Freund sieht, als es Herr Coverdale oder Herr Hollingsworth sind. Ich überlasse die Sache sehr gern ihrer Wahl."

Während er das sagte, machte er eine Geste freundlicher Einladung, und Priscilla schwebte an mir vorbei wie ein Geist und nahm den ihr angebotenen Arm. Er bot den anderen Zenobia. Diese aber wandte ihm ihr stolzes und schönes Gesicht mit einem Blick zu, der – nach dem zu urteilen, was mir davon im Profil zu Gesicht kam, – ihn zweifellos tot niedergestreckt hätte, wenn der Mann ein Herz besessen hätte, oder wenn der Blick zum Herzen gedrungen wäre. Er schien jedoch von seiner höflichen Miene zurückzuprallen wie ein Pfeil von blankgeputztem Stahl. Sie gingen alle drei die Treppe hinunter, und als auch ich die Haustür erreichte, rollte der Wagen schon davon.

XXI

Ein alter Bekannter

Nachdem ich auf diese Weise von aller Vertrauen ausgeschlossen worden war und durch mein eifrigstes Studium nicht mehr gewonnen hatte als ein ungewisses Bewußtsein, daß mir etwas verborgen gehalten werde, würde es als von der Vernunft geboten erschienen sein, daß ich dieses Bestreben, die Rätsel anderer zu lösen, von mir geworfen hätte. Offenbar wäre es für mich das beste gewesen, neue Szenen aufzusuchen. Es konnte anderwärts Umstände geben, an welchen ich imstande war, ein persönliches Interesse zu erlangen, und Menschen, welche mit einem Teile ihrer Sympathien, so viel wie ich ihnen von den meinen gewährt, erwidern würden.

Dessenungeachtet schien es mir, als ob ich noch eins tun könne. Ich erinnerte mich an den alten Moodie und seine Beziehung zu Priscilla und beschloß, ihn aufzusuchen, um zu ermitteln, ob der Knoten der Umstände auf dieser Seite eben so unentwirrbar sei, wie ich ihn auf allen anderen fand. Da ich die Orte, welche der alte Mann aufzusuchen pflegte, leidlich gut kannte, so ging ich am folgenden Tage in den Barraum eines gewissen Etablissements, wo er sich oft herumtrieb. Es war ein ganz anständiger Ort, welcher gute Bewirtung mit Speise und Trank darbot und für den, der essen, trinken und rauchen wollte, gute Unterhaltung bot; ich selbst hatte mich dort in meinen jungen, müßigen Tagen und Nächten, wo ich weder so heikel noch so klug war, oftmals mit der Beobachtung des gesetzten Humors und der nüchternen Lustigkeit der durstigen Seelen um mich her unterhalten.

Als ich dort eintrat, war der alte Moodie nicht da. Um ihn geduldiger zu erwarten, zündete ich eine Zigarre an, nistete mich in einer Ecke ein und gewährte mir ein ruhiges und sympathetisch dämmeriges Vergnügen an dem mich umgebenden gewohnten Leben. Nach meiner Meinung hat die menschliche Natur einen garstigen Instinkt, der zumindest dem Weine zugetan ist, wenn nicht stärkeren Getränken. Die Enthaltsamkeitsapostel mögen predigen bis zum Jüngsten Tag, aber diese kalte und öde Welt schaut nun einmal wärmer, freundlicher, milder aus, wenn man sie durch das Medium eines Zecherglases anschaut; auch können sie bei all ihrem Bemühen nicht diesen Tropfen auf die Erde schütten, solange nicht eine bis dato unerdachte Entdeckung ihn mit einem echteren Element der Freude versorgt hat. Die allgemeine Atmosphäre des Lebens muß zuvor so muteinflößend gemacht werden, daß der Mensch seinen berauschenden Trost nicht mehr braucht. Die Gewohnheit, ein Glas zu heben, hat ihre zu verteidigende Seite wie die jeder anderen Frage. Aber diese guten Leute greifen nach der alten ehrwürdigen Korbflasche und bieten nichts – nichts Sinnliches, nichts Moralisches –, nichts, was je ihren Platz einnehmen könnte; und das menschliche Leben, wie es bei allzu vielen Leuten nun einmal aussieht, verträgt kein so großes Vakuum, wie es entstehen würde, wenn sie die dickbäuchige Wölbung daraus verbannten. Der Raum, den sie zur Zeit einnimmt, muß auf die eine oder die andere Weise aufgefüllt werden. Wenn auf die Weinberge der Reichen der Meltau fiele, so machte das wenig genug aus, aber der Arme, dessen einziger Blick auf eine bessere Welt durch das trübe Medium des Trunkes fällt, was sollte aus ihm werden? Die Reformer sollten ihre Bemühungen positiv ausrichten, nicht negativ; mögen sie Übel abschaffen, indem sie Gutes an seine Stelle setzen.

Der Barraum war mit bedeutendem Geschmack eingerichtet. An den Wänden hingen Gemälde und unter ihnen ein Beefsteak in Ölfarbe, welches eine so bewunderungswürdige saftige Zartheit zeigte, daß der Beschauer seufzen mußte, wenn er bedachte, daß es bloß eine Vision sein und nie auf den Rost gelegt werden könne. Ein zweites Kunstwerk war die lebensvolle Darstellung eines herrlichen Rindslendenstückes, ein drittes die Hinterviertel eines Hirsches, woran sich noch die Hufe und das graugelbliche Haar befanden, ein anderes der

Kopf und die Schultern eines Lachses, und noch köstlicher ausgeführt ein Paar Kanevasenten, deren gefleckte Federn mit der Genauigkeit eines Daguerreotyp abgemalt waren. Wahrscheinlich hatte ein sehr hungriger Maler diese Stilleben gearbeitet, indem er seine Phantasie durch seinen Appetit höher schraubte und sich hoffentlich das Recht verdiente, täglich diejenigen von seinen gemalten Speisen zu verzehren, welche ihm am besten zusagten. Ferner sah ich einen sehr schönen alten Käse, an welchem man beinahe die Milben unterscheiden konnte, und einige sehr fett gemalte Sardinen auf einem Tellerchen, die von dem Öl, worin sie gelegen hatten, zu triefen schienen.

Alle diese Dinge waren so vollkommen nachgeahmt, daß man den Gegenstand selbst vor sich zu haben schien, und dennoch mit einem unbeschreiblichen idealen Zauber, welcher selbst dem fleischigsten und fettigsten die irdische Roheit nahm und so das Leben des Menschen sogar in seinen körperlichsten Beziehungen nicht nur warm, heiter und substantiell, sondern auch glänzend und edel erscheinen ließ. Ferner erblickte man Gemälde von wackeren Zechern, solchen aus der alten Zeit, dem Anschein nach Flamen, mit Wämsern und geschlitzten Ärmeln, die ihren Wein aus phantastischen, langstieligen Gläsern tranken, freudig und ewig mit unhörbarem Gelächter und Gesang zechten, während der Champagner unsterblich gegen ihre Schnurrbärte aufsprudelte oder die Purpurflut des Burgunders unerschöpflich ihre Kehlen hinabrann.

Aber in einer dunklen Ecke der Bar hing ein kleines vortrefflich gemaltes Bild eines zerlumpten, aufgedunsenen, neuengländischen Trinkers, der in dem schweren, apoplektischen Schlafe der Trunkenheit auf einer Bank ausgestreckt lag. Der Tod im Leben war nur zu gut dargestellt. Man konnte die Dünste der Flüssigkeiten riechen, welche diese Betäubung herbeigeführt hatten. Der einzige Trost, welchen man fühlte, lag in dem aufgezwungenen Gedanken, daß der arme Teufel, so wirklich er auch aussah, nur etwas Imaginäres, ein Stück gemalter Leinwand war, welches kein Delirium tremens, ja nicht einmal ein vergeltender Kopfschmerz am folgenden Morgen erwartete.

Es war bereits elf Uhr vorüber, und die beiden Barkellner befanden sich in fast beständiger Tätigkeit. Einer von diesen jungen Männern besaß ein seltenes Talent im Bereiten von Gin-Cocktails. Es war wirklich ein Schauspiel, wenn er mit einem Becher in jeder Hand den Inhalt aus dem einen in den anderen schüttete. Er goß kein einziges Mal schief und verschüttete nicht den mindesten Tropfen, sondern zwang die schäumende Flüssigkeit, wie es mir schien, aus dem einen Glase hervorzusprudeln und in einer großen parabolischen Kurve, die ebensogut umgrenzt und berechenbar war wie die Bahn eines Planeten, in das andere hinabzusinken. Er hatte eine gutgeformte Stirn, die besonders gerade über den Augenbrauen bedeutend stark entwickelt war, ohne Zweifel blendende, intellektuelle Gaben, die er zu diesem vorteilhaften Zwecke ausgebildet hatte, so daß er in nichts als der Fabrikation von Gin-Cocktails Berühmtheit besaß und durch diese eine Fertigkeit ein schönes Gehalt verdiente. Diese Cocktails und andere künstliche Getränkekombinationen – deren es wenigstens zwanzig gab, wenn auch wahrscheinlich ihre Verschiedenheiten meist nur in der Phantasie lagen – waren in großer Gunst bei der jüngeren Kundenklasse, welche höchstenfalls nur das zweite Stadium des Trinklebens erreicht hatte. Die ausgepichten alten Säufer dagegen, Männer, die, wenn man sie angezapft hätte, statt des Blutes eine rote alkoholische Flüssigkeit geliefert haben würden, beschränkten sich gewöhnlich auf Weinbrand mit Wasser, Gin oder westindischen Rum und schickten oft ihrem Glase eine medizinische Bemerkung über die Gesundheit und die verdauungsbefördernden Eigenschaften ihres Getränkes voraus. Zwei oder drei schienen ihre eigenen Flaschen hinter dem Schenktische zu haben, und wenn sie mit dem einen roten Auge dem Kellner zublinzelten, so brachte er augenblicklich diese köstlichsten, eigentümlichen Getränke zum Vorschein, von welchen einen Schluck zu erlangen für ihre Bekannten eine großen Einfluß erfordernde Gunst war.

Der Gewohnheit der Yankees unter allen möglichen Umständen gemäß war das Benehmen aller dieser guten Gesellen, der alten wie der jungen, anständig und vollkommen korrekt. Sie wurden vom Becher nur noch nüchterner gemacht. Man hörte weder verwirrtes Schnattern, noch lärmendes Gelächter. Sie sogen das freudeerweckende Feuer der Flaschen ein und ließen es mit einer Seligkeit, welche nur den von ihm erwärmten und erquickten Herzen bekannt war, in ihren innersten Tiefen glimmen. Ihre Augen funkelten allerdings ein wenig, sie räusperten sich nach jedem Glase kräftig und legten die eine Hand auf die Magengrube, als ob der angenehme Kitzel darunter dasjenige sei, was den greifbaren Teil ihres Genusses bilde. Auf jenem Punkte und nicht im Gehirn lag ohne Zweifel der Gipfel der ganzen Sache; aber der wahre Zweck ihres Trinkens – und er ist einer, welcher die Menschen, solange diese langweilige Welt steht, zum Trinken oder etwas Gleichbedeutendes zu tun bewegen wird – war die erneuerte Jugend und Lebenskraft, das muntere, heitere Gefühl der gegenwärtigen und zukünftigen Dinge, womit der Trunk auf etwa eine Viertelstunde den ganzen Menschen durchdrang. Und wenn solche Viertelstunden auf eine Weise erlangt werden könnten, die für die große Summe des menschlichen Lebens weniger verderblich wäre – dessenungeachtet aber mit einer kleinen Würze von Ungehörigkeit, um der Sache gewissermaßen einen Wildgeschmack zu geben –, so mögen wir Mäßigkeitsmenschen nur immer Viktoria läuten.

Der hübscheste Gegenstand in der Bar war ein kleiner Springbrunnen, der seinen federartigen Strahl durch den Ladentisch emporwarf und wieder in ein ovales Bassin oder einen kleinen See mit Goldfischen herabströmen ließ. Auf dessen Grund war ein Bett von hellem, mit Korallen und Felsstücken überstreutem Sande, und die Fische schwammen glitzernd herum, indem sie bald den Schimmer der einen goldenen Seite nach oben wendeten, bald in dem Schatten des Wassers verschwanden wie die phantastischen Gedanken, welche mit einem Dichter in seinem Traum kokettieren. Noch nie war wohl eine Gesellschaft von Wassertrinkern von dem sie umgebenden schlechten Beispiel so vollkommen unangesteckt geblieben, und ich konnte mich der Bewunderung nicht enthalten, daß es noch keinem in einer trunkenen Laune eingefallen war, ein Glas von seinem Getränk in ihren kleinen See zu leeren. Welche köstliche Idee! Wer möchte nicht ein Fisch sein, wenn er die Lustigkeit mit dem wesentlichen Elemente seiner Existenz einatmen könnte.

Ich begann schon daran zu verzweifeln, den alten Moodie zu treffen, als ich plötzlich seine Hand und seinen Arm hinter einer spanischen Wand, welche zur Bequemlichkeit verschämter Zecher aufgestellt war, hervorragen sah. Natürlich hatte er eine von Priscillas kleinen Börsen und hielt sie still der in seiner Nähe stehenden Person zur Beachtung hin. Dies war stets die Art des alten Moodie. Man sah ihn fast nie auf sich zukommen, sondern bemerkte seine Nähe, ohne erraten zu können, wie er herbeigekommen war. Er glitt einher wie ein Geist, wurde einem dicht am Arme sichtbar, bot seine kleinen Waren an, blieb lange genug, um einen kaufen zu lassen, wenn man dazu geneigt war, und machte sich dann zwischen zwei Atemzügen, während man an etwas anderes dachte, davon.

Eine Art von sympathetischem Antriebe, welche mich in jenen impressionableren Tagen meines Lebens häufig beherrschte, veranlaßte mich, auf eine ebenso undemonstrative Weise wie die seine mich dem alten Manne zu nahen. So kam es, daß er mich, als er seiner Gewohnheit nach wahrscheinlich eben im Begriff war zu verschwinden, dicht neben sich erblickte.

„Ah“, sagte er mit größerem Nachdrucke, als bei ihm üblich, „es ist Herr Coverdale.“

„Ja, Herr Moodie, Ihr alter Bekannter“, antwortete ich.

„Es ist jetzt einige Zeit her, seit wir zusammen in Blithedale unser Frühstück verzehrten, und ein gutes Teil länger seit unserem kleinen Gespräch an der Straßenecke."

„Das war vor einer ziemlich langen Zeit", sagte der alte Mann.

Und er schien geneigt, kein weiteres Wort zu sagen. Seine Existenz sah so farblos und erstarrt, so äußerst schwach auf die Leinwand der Wirklichkeit schattiert aus, daß ich halb und halb fürchtete, er könne mir gänzlich entschwinden, selbst während meine Augen auf seine Gestalt geheftet waren. Er war sicherlich mit seinem zerdrückten Hute, dem schmutzigen Tuche um den Hals, seinem fadenscheinigen, grauen Anzuge und besonders der Binde auf seinem rechten Auge, hinter welcher er sich stets zu verstecken schien, das elendeste alte Gespenst von der Welt. Es gab jedoch eine Methode, ihn in einem etwas stärkeren Relief herauszubringen. Ein Glas Kognak mußte es bewirken können. Vielleicht tat der mildere Einfluß einer Flasche Rotwein das gleiche. Und ich konnte nicht denken, daß es ein Umstand war, welchen der Engel, der die Taten der Menschen aufzeichnet, in seinem Buche zu meinen Ungunsten einschreiben würde, wenn ich – bei meinem schmerzlichen Bewußtsein von dem Froste in dem Blute dieses alten Mannes und dem Eise, welches sich um sein Herz gelegt hatte, – ihn, selbst wenn es nur auf eine Stunde wäre, mit der Sommerwärme eines Glases Wein auftaute. Was konnte sich sonst für ihn tun lassen? Wie konnte ihm sonst Energie genug eingeflößt werden, um einen glücklicheren Zustand im Jenseits zu erhoffen? Wie war es sonst möglich, ihm den Mut zum Beten zu geben? Denn es gibt Zustände unserer geistigen Konstitution, in welchen der Puls des Seelenlebens zu schwach ist, um uns eines religiösen Emporstrebens fähig zu machen.

„Herr Moodie", sagte ich, „wollen wir zusammen Lunch einnehmen? Und möchten Sie ein Glas Wein trinken?"

Sein eines Auge leuchtete. Er verbeugte sich, und ich erhielt den Eindruck, als ob er plötzlich mehr von einem Manne geworden sei, entweder in Erwartung des Weines oder aus dankbarer Erwiderung der Geselligkeit, die ich ihm angeboten hatte.

„Mit Vergnügen“, antwortete er.

Der Kellner wies uns auf mein Ersuchen ein Privatzimmer an und setzte bald darauf gebackene Austern und eine Flasche Rotwein auf den Tisch. Ich sah den Alten neugierig auf die Etiketten der Flasche blicken, wie um die Sorte kennenzulernen.

„Das sollte ein guter Wein sein“, bemerkte ich, „wenn er ein Recht auf seine Etiketten besitzt.“

„Sie können doch nicht denken, Herr“, sagte Moodie mit einem Seufzer, „daß ein armer, alter Kerl wie ich den Unterschied im Wein kennen sollte.“

Und doch war es unmöglich, in seiner Art das Glas zu halten, in seinem vorläufigen Schnuppern nach dem Aroma, in seinem ersten vorsichtigen Schlürfen des Weines und der leckerhaften Geschicklichkeit, womit er seinem Gaumen den vollkommenen Geschmack zuteil werden ließ, nicht einen Kenner wahrzunehmen.

„Ich denke mir, Herr Moodie“, sagte ich, „daß Sie ein weit besserer Weinkenner sind, als ich es bis jetzt noch zu sein gelernt habe. Sprechen Sie es ehrlich aus – haben Sie ihn nie getrunken, wo die Traube wächst?“

„Wie sollte das möglich gewesen sein, Herr Coverdale“, antwortete der alte Moodie scheu, faßte darauf aber gewissermaßen Mut und stieß ein schwaches, leises Gelächter aus. „Das Bouquet dieses Weines“, fügte er hinzu, „und sein Duft noch mehr als sein Geschmack ruft mir ins Gedächtnis, daß ich einst ein junger Mann war.“

„Ich wünschte, Herr Moodie“, meinte ich – zwar ohne mich groß darum zu kümmern, sondern nur, weil ich ihn in ein Gespräch über Priscilla und Zenobia zu verwickeln wünschte –, „ich wünschte, daß Sie mir, während wir bei unserem

Weine sitzen, einige von Ihren Jugenderinnerungen mitteilen wollten.“

„Ach“, sagte er kopfschüttelnd, „sie würden Sie vielleicht mehr interessieren, als Sie denken. Aber es wird am besten sein, wenn ich schweige, Herr Coverdale. Wenn dieser gute Wein – wiewohl ich nicht glaube, daß der Rotwein einem leicht solche Streiche spielt –, wenn er aber meine Zunge zu geläufig machen sollte, so könnte ich Ihnen nie wieder ins Gesicht blicken.“

„Sie haben mir vor dem gegenwärtigen Augenblick auch nie ins Gesicht geblickt, Herr Moodie“, erwiderte ich.

„Ach!“ seufzte der alte Moodie.

Es war jedoch wunderbar, welche Wirkung der milde Traubensaft auf ihn hervorbrachte. Sie war nicht in dem Wein, sondern in den Erinnerungen, welche er heraufzubeschwören schien. Statt der niedrigen, geduckten, verstohlenen, peinlich niedergedrückten Miene eines alten Stadtvagabunden, der eher wie eine graue Gossenratte als wie ein anderes lebendes Wesen aussah, begann er das Äußere eines herabgekommenen Gentleman anzunehmen. Selbst seine Kleider sahen – besonders nachdem ich selbst ein paar Gläser getrunken hatte – weniger fadenscheinig aus als zu der Zeit, wo wir uns niedersetzten. Nach einiger Zeit stellte sich eine gewisse Üppigkeit und Eleganz der Gebärde und des Benehmens ein, welche einen seltsamen Kontrast mit allem bildete, was ich bisher von ihm gesehen hatte. Dann begann der alte Moodie fast ohne Anregung von mir zu reden. Seine Mitteilungen bezogen sich ausschließlich auf eine längst vergangene glücklichere Periode mit nur einigen wenigen unvermeidlichen Anspielungen auf die Umstände, welche ihn in seine gegenwärtige Lage herabgebracht hatten. Nachdem ich aber einmal den Schlüssel erlangt, machten mich meine späteren Forschungen mit den Hauptumständen der nachstehenden Erzählung bekannt, wenn sich auch bei deren Ausarbeitung meine Feder vielleicht eine kleine romantische und legendenhafte Freiheit erlaubt hat, die eher eines kleinen Dichters als eines ernsten Biographen würdig ist.

XXII
Fauntleroy

Vor fünfundzwanzig Jahren, nach der Zeit dieser Geschichte, lebte in einem von den mittleren Staaten ein Mann, den wir Fauntleroy nennen wollen, ein Mann von Reichtum und prachtliebendem Geschmack und verschwenderischem Aufwand. Sein Haus konnte beinahe ein Palast, seine Gewohnheiten im gemeinen Sinne des Wortes fürstlich genannt werden. Sein ganzes Wesen schien sich zu einem äußerlichen Glanz kristallisiert zu haben, womit er in den Augen der Welt glitzerte – ohne ein anderes Leben zu besitzen als das auf dieser prächtigen Oberfläche liegende. Er hatte eine liebliche Frau von einer tieferen Natur als die seine geheiratet, aber seine Liebe zu ihr war, wenn sie sich auch stark an den Tag legte, oberflächlich, wie alle seine anderen Kundgebungen und Entwicklungen. Er hielt nicht sowohl dieses herrliche Geschöpf in seinem Herzen, als daß er ihre Schönheit als den strahlendsten Schmuck seines äußerlichen Lebens anlegte, und es wurde ihm ein Kind geboren, eine schöne Tochter, die er aus der wohltätigen Hand Gottes nicht mit einem richtigen Gefühle ihres unsterblichen Wertes annahm, sondern wie ein bereits an Kostbarkeiten reicher Mann ein weiteres Juwel empfängt. Wenn er sie liebte, so geschah es, weil sie glänzte.

Nachdem Fauntleroy auf diese Weise einige seichte Jahre verlebt und beständig ein unnatürliches Licht ausgestrahlt hatte, begann dessen Quelle, welche bloß sein Gold war, schwächer zu fließen und versiegte zuletzt völlig. Er sah sich in drohender Gefahr, alles, was ihn vorher ausgezeichnet hatte, zu verlieren, und da er sich keines inneren Wertes bewußt war, auf welchen er sich stützen konnte, so bebte er mit dem Instinkt einer vor der Vernichtung schauernden Seele vor diesem Unglück zurück. Um es zu vermeiden oder es vielmehr zu verschieben, wenn auch nur auf einen Monat, einen Tag oder um sich das Leben einiger weiterer Atemzüge inmitten des falschen Glanzes, welcher jetzt weniger als je sein Eigentum war, zu verschaffen, machte der Elende sich eines Verbrechens schuldig. Es war gerade die Art des Verbrechens, welche aus dem künstlichen Zustande der Gesellschaft hervorgeht und die sie – wenn sie nicht um dieses unwürdigen Mannes willen ihre ganze Einrichtung verändern wollte – weder verzeihen konnte noch sollte. Eher konnte sie einen Mord verzeihen. Fauntleroys Schuld wurde entdeckt. Er floh. Seine Gattin ging durch die Notwendigkeit ihres angeborenen Adels in seiner Verbindung mit einem so niedrig gesinnten Wesen unter, und der Tod ihrer Mutter und die Schande ihres Vaters ließen seine Tochter schlimmer als eine Waise zurück.

Fauntleroy wurde nicht verfolgt. Seine Verwandten, welche großen Reichtum besaßen, machten mit denjenigen, welchen er Unrecht zuzufügen versucht hatte, ein Arrangement, das ihn vor der Vergeltung sicherte, die einen freundlosen Verbrecher ereilt haben würde. Die Trümmer seines Vermögens wurden unter seine Gläubiger verteilt. Sein Name geriet nach einem sehr kurzen Zeitraume bei der Menge, die ihn so eifrig von Mund zu Mund hatte gehen lassen, in Vergessenheit; selbst seine vertrautesten früheren Bekannten riefen sich ihn nur selten wieder zurück. Es konnte auch nicht anders sein. Der Mann hatte kein Menschenherz wahrhaft an sich gekettet. Als ein bloßes von dem Sonnenscheine des Reichtums erschaffenes Gebilde, als eine optische Täuschung war es sein Gesetz, in den Schatten der ersten vorüberziehenden Wolke zu verschwinden. Er schien keine leere Stelle zu hinterlassen, eine Erscheinung, welche, wie viele andere seine kurze Laufbahn begleitende, sehr viel dazu beitrug, das Trügerische seines Daseins zu beweisen.

Allerdings war die physische Substanz Fauntleroys nicht buchstäblich in Dunst zerschmolzen. Er war nördlich nach der Hauptstadt von Neuengland geflohen und hatte seinen Wohnsitz unter einem andern Namen in einer schmutzigen Straße oder einem Hofe des älteren Teiles der Stadt aufgeschlagen. Dort wohnte er unter armen Teufeln, Sündern und vereinsamten guten Menschen, Iren und wer sonst am bedürftigsten war. In jedem Hause waren in allen Stockwerken, in den kleinen, spitzgiebeligen Dachkammern und selbst in den düsteren Kellern eine Menge von Familien zusammengedrängt. Das Haus, wo Fauntleroy ein Zimmer und eine Kammer auf die Woche gemietet hatte, war zu seiner Zeit eine stattliche Wohnung gewesen. Vor langer Zeit hatte es ein alter Gouverneur der Kolonie erbaut und darin gewohnt und seine Levers in einem großen Zimmer, worin jetzt zwanzig irische Bettkameraden schliefen, gehalten und in Fauntleroys Gemach, worin sein gestickter und weißperückter Geist immer noch spukte, seinen letzten Seufzer ausgehaucht. Zerfetzte Gardinen, ein von einer Menge Ritzen und Spalten durchzogener Marmorkamin, ein reichgeschnitzter, eichener Kaminmantel, welcher teilweise, um Holz zum Anzünden zu erhalten, hinweggehackt worden war, eine durch große, häßliche Stellen, an denen die nackte Rohverkleidung hervorschaute, entstellte Decke von Stukkaturarbeit – so sah das Zimmer aus, als ob es mit seinen Splittern und Lumpen eines schmutzigen Glanzes eine Art praktischen Spottes über diesen armen ruinierten Mann des Prunkes wäre.

Anfangs gewährten seine Verwandten Fauntleroy in unregelmäßigen Zwischenräumen eine kleine Unterstützung, welche eben hinreichte, um sein Leben zu erhalten, wohl nicht aus Liebe, sondern damit er nicht von der Armut gezwungen werden möge, durch neue Vergehen noch mehr Schande auf diejenigen zu häufen, als womit er sie bereits befleckt hatte; aber er zeigte keine Neigung zu weiterer Schuld. Sein Charakter schien durch sein unglückliches Schicksal von Grund aus verändert worden zu sein – wie er es nach seiner Seichtigkeit auch leicht konnte –, oder vielleicht waren die Züge, welche man jetzt an ihm sah, Teile des gleichen Charakters, die sich von einer andern Seite darboten. Statt noch weiter vor den Augen der Welt leben zu wollen, fühlte er sich getrieben, sich in die nächste Dunkelheit zu schleichen und, wenn es möglich wäre, den Menschen unsichtbar zu bleiben, selbst während er vor ihren Augen stand. Er hatte keinen Stolz. Dieser war gänzlich in den Staub getreten, keine Ostentation, denn wie konnte sie noch ihr Leben bewahren, wenn von Fauntleroy nichts mehr übrig war als Not und Schande. Selbst sein Gang bewies, daß er gern aus den Augen der Menschen verschwunden und unsichtbar umhergeschlichen wäre, um sich vor dem Drückenden eines menschlichen Blikkes zu schützen. Jene, welche ihn jetzt kannten, behaupteten, daß er, so lange sie sich erinnern könnten, fast nie die Dreistigkeit gehabt habe, der Welt seine volle Vorderseite zu zeigen. Er schlich in Winkeln und in einer Art von Mittagsdämmerung umher und machte sich zu allen Stunden mit seiner krankhaften Unfähigkeit, den Sonnenschein zu ertragen, grau und nebelhaft.

In seiner starren Verzweiflung hatte er jedoch eine Tat begangen, welche dieser Zustand des Geistes fast ebenso oft einzugeben scheint wie Wohlstand und Hoffnung. Fauntleroy verheiratete sich zum zweiten Male. Er hatte eine bescheidene, temperamentlose, schwache junge Frau, eine Nähterin, die mit ihrer Mutter in einem anstoßenden Gemache der alten Gouverneurresidenz wohnte, zur Frau genommen. Dieses arme Phantom gebar ihm – wie einst die schöne, edle Gefährtin seines früheren Lebens – eine Tochter, und zuweilen blickte Fauntleroy, wie aus einem Traum in einen andern, aus seinen jetzigen ärmlichen Umgebungen in jene vergangene Pracht zurück und hätte gern gewußt, ob der vornehme Mann von gestern oder der bettelarme von heute der wahre Fauntleroy sei. Aber ich glaube, daß der eine ebenso ungreifbar war wie der andere. Es war Fauntleroys Unglück, alles, was er anfaßte, sich auflösen zu sehen. Nach wenigen Jahren welkte seine zweite Frau, die stets ein trüber Schatten gewesen war, gänzlich aus der Welt und überließ es Fauntleroy, ihr blasses, schwaches Kind, so gut er konnte, aufzuziehen. Und jetzt nahmen seine fernen Verwandten – für die er ein lästiger Gedanke, verbunden mit ansteckender Schmach, geworden war, dessen sie sich nur zu gern entledigten – auch von ihm an, daß er nicht mehr sei.

Das jüngere Kind konnte ebensogut wie sein älteres als der echte Sprößling beider Eltern und das Abbild ihres Zustandes betrachtet werden. Sie war ein bebendes, kleines Geschöpf, welches unwillkürlich vor der ganzen Menschheit zurückwich, aber in Schüchternheit und ohne sauertöpfischen Widerwillen. Es mangelt ihr an menschlichem Stoff; es schien, als ob ein Sonnenstrahl, wenn sie sich hineinstellte, mitten durch ihre Gestalt gehen und die zersprungenen und staubigen Fensterscheiben auf dem nackten Boden abzeichnen würde.

Bei alledem besaß aber das arme Kind ein Herz, und es hatte von dem sanften Charakter seiner Mutter eine tiefe, stille Liebesfähigkeit geerbt, und so war sein Leben eines der Liebe, die es teils ihrem Vater, zum größten Teil aber einer Idee zuteil werden ließ.

Fauntleroy hatte nämlich, wenn sie zusammen an ihrem unerquicklichen Kamin saßen – welcher allerdings auch kein Kamin, sondern nur ein rostiger Ofen war –, dem kleinen Mädchen oft von seinem früheren Reichtum, der edlen Lieblichkeit seiner ersten Frau und dem schönen Kinde, welches sie ihm gegeben, erzählt. Statt der Märchen, welche andere Eltern erzählen, erzählte er Priscilla dies. Und aus der Einsamkeit ihres trüben, kleinen Daseins wuchs Priscillas Liebe und strebte aufwärts und schlang sich ausdauernd um diese ungesehene Schwester, wie ein Weinstock sich aus einer düsteren Felsenschlucht emporringen und einen oben in der sonnigen Wärme stehenden jungen Baum umranken würde. Es war sowohl in seiner Innigkeit wie in seiner Demut beinahe eine Anbetung und wurde dadurch um nichts weniger demütig – wenn auch um so inniger –, daß Priscilla eine menschliche Verwandtschaft mit dem Wesen, welches sie so ehrerbietig liebte, ansprechen konnte. Ebenso wie es bei der Religion ist, gab es ihrer Seele die Erquickung einer reineren Atmosphäre. Ohne diese eigentümliche, diese wehmütige und doch schöne Liebe hätte Priscilla schwerlich am Leben bleiben können, oder, wenn sie mit einem aus Mangel an einer es ausfüllenden Empfindung zusammengeschrumpften Herzen am Leben geblieben wäre, sich dem nackten Elend ihrer Lage hingeben und charakterlos und wertlos zur Frau aufwachsen müssen. Jetzt besaß aber Priscilla inmitten der düsteren Niedrigkeit ihres äußerlichen Lebens und desjenigen ihres Vaters ein höheres, imaginatives Dasein im Innern. Auf ihrem Gesicht war oft davon ein schwacher Schimmer zu erkennen. Es war, als ob in ihren geistigen Besuchen bei ihrer glänzenden Schwester ein Teil von deren Glanze unsere dämmernde Priscilla durchdrungen hätte und nach ihrer Rückkehr noch mit einer schwachen Erleuchtung des trostlosen Gemaches an ihr hafte.

Als das Kind so bleich und zart und mit so vieler unerklärlicher Nervenreizbarkeit aufwuchs, während alle Schwächen einer vernachlässigten Kindheit sie immer noch verfolgten, flüsterten sich die ungebildeten, einfachen Nachbarn seltsame Dinge über Priscilla zu. Die dicken, roten, irischen Matronen, deren unzählige Sprößlinge aus den anliegenden Türen schwärmten, pflegten das blasse Kind des Westens zu verspotten. Sie bildeten sich ein – oder behaupteten es wenigstens – halb im Scherz, halb im Ernst –, daß sie nicht solides Fleisch und Blut wie andere Kinder, sondern stark mit einem dünneren Elemente vermischt sei. Sie nannten sie ‚Gespensterkind' und sagten, daß sie zwar verschwinden könne, wenn sie wolle, aber selbst in ihren dichtesten Momenten sich nie vollkommen sichtbar zu machen vermöge. Am Mittag scheine die Sonne durch sie, im ersten Grauen der Dämmerung verliere sie die ganze Deutlichkeit ihrer Umrisse, und wenn man dem nebeligen Dinge in eine dunkle Ecke folge, so sei sie nicht mehr da. Und es war nicht zu leugnen, daß Priscilla eine seltsame Weise an sich hatte, eine seltsame Weise und noch seltsamere Worte, wenn sie überhaupt Worte sprach. Ohne sich je aus dem düsteren Hause des alten Gouverneurs zu bewegen, sprach sie zuweilen von fernen Orten und glänzenden Zimmern, als ob sie sie soeben erst verlassen hätte. Verborgene Dinge waren ihr sichtbar (wenigstens schlossen dies die Leute aus unversehens ihrem Munde entschlüpfenden dunkeln Andeutungen) – und die Stille war ihr hörbar. Und es gab für jene, die ein schwarzes Geheimnis zu verhehlen hatten, nichts schwieriger zu Ertragendes, als den Blick der schüchternen, wehmütigen Augen Priscillas.

Ihre Eigentümlichkeiten gaben für die übrigen Bewohner des Gouverneurhauses einen Gegenstand beständigen Geschwätzes ab. Von dort aus verbreitete sich das Gerücht in weitem Umkreis. Jene, welche den alten Moodie, wie er jetzt genannt wurde, kannten, pflegten ihn oft selbst an den Straßenecken über die Gabe des zweiten Gesichtes und der Prophezeiung, welche seiner Tochter anhaftete, zu verspotten. Es war eine Periode, da die Wissenschaft – wiewohl nur meist durch ihre empirischen Jünger – einen Schatz von Tatsachen und unvollkommenen Theorien, welche sich in älteren Zeiten einen halben Glauben erworben hatten, die aber von dem modernen Skeptizismus als Plunder hinweggefegt worden waren, von neuem an den Tag zog. Diese Dinge wurden jetzt aus dem wogenden Ozean des menschlichen Gedankens und der Erfahrung abermals heraufgespült. Die Geschichte der übernatürlichen Kundgebungen Priscillas erregte daher eine Art von Beachtung, welcher sie einige Jahre früher für vollkommen unwürdig gehalten worden wäre. Eines Tages stieg ein Herr die knarrende Treppe herauf und erkundigte sich nach der Zimmertür des alten Moodie. Und er kam zu verschiedenen Malen wieder. Er war ein zum Verwundern hübscher Mann, noch jugendlich und modisch gekleidet. Wäre es nicht gewesen, daß Priscilla in jenen Tagen keine Schönheit besaß und in der Mattigkeit ihrer Existenz noch nicht zur Jungfrau aufgeblüht war, so würden diese Besuche reichen Stoff zu Verleumdungen geboten haben, denn das Mädchen bildete unbezweifelt ihren einzigen Gegenstand, wenn man auch annahm, daß ihr Vater stets dabei anwesend sei. Man muß indessen auch hinzufügen, daß Priscilla etwas an sich hatte, woran die Verleumdung nicht haftete und in dieser Hinsicht entweder infolge des Vorwaltens des Geistigen oder wegen des dünnen, wässerigen Blutes, das ihre Wangen so bleich bleiben ließ, ein Vorrecht besaß.

Wenn aber die geschäftigen Zungen der Nachbarschaft Priscilla in einer Hinsicht verschonten, so entschädigten sie sich durch ein erneutes, noch unsinnigeres Geschwätz in einer andern Beziehung. Sie behaupteten, daß der fremde Herr ein Magier sei, und daß er Priscillas Mangel an irdischer Substanz benutzt habe, um sie sich als seinen Spiritus familiaris zu unterwerfen, durch dessen Vermittlung er von allem, was in nahen oder entfernten Gegenden geschah, Kenntnis erlangte. Die Grenzen seiner Macht wurden auf der einen Seite als der Rand des Tartarusabgrundes und auf der andern als die dritte Sphäre der himmlischen Welt angegeben. Ferner sprachen sie ihren Verdacht aus, daß der Zauberer bei allem seinem Scheine von männlicher Schönheit wirklich eine verschrumpfte Greisengestalt sei, oder daß sein scheinbar menschlicher Körper nur eine nekromantische oder vielleicht eine mechanische Vorrichtung wäre, in welcher ein Dämon umgehe. Als Beweis dafür konnten sie jedoch bloß ein Goldband um seine oberen Zähne anführen, welches einst mehreren alten Weibern sichtbar geworden war, als er sie von der Höhe der Treppe des Gouverneurhauses herab anlächelte. Natürlich war dies alles, oder doch größtenteils, abgeschmackt, aber nach jedem möglichen Abzuge behielt der Charakter des Fremden sowohl wie die Verbindung, welche er mit Priscilla einleitete, immer noch gewisse, höchst rätselhafte Punkte. Ihr Wesen wurde zu jener Zeit noch weniger begriffen als jetzt, wo Wunder dieser Art etwas so Abgenutztes geworden sind, daß ich gern, wenn es die Wahrheit gestattete, die ganze Sache aus meiner Erzählung weglassen würde.

Wir müssen jetzt rückwärts blicken, um die schöne Tochter der Glückszeit Fauntleroys aufzusuchen. Was war aus ihr geworden? Fauntleroys einziger Bruder, ein Junggeselle, der keinen andern so nahen Verwandten besaß, hatte das verlassene Kind adoptiert. Sie wuchs in Wohlhabenheit auf, und ihre angeborenen Reize sammelten sich üppig um sie. Auf ihrem Triumphzuge zum Jungfrauenalter wurde sie mit allen möglichen weiblichen Kenntnissen und Fertigkeiten geziert, aber es fehlte ihr an der Fürsorge einer Mutter. Von keiner Seite gehörig gezügelt – denn ein Mann vermag, wie streng und weise er auch ist, ein weibliches Kind doch nie zu beherrschen und zu leiten – blieb es ihrem Charakter überlassen, sich selbst zu gestalten. Er hatte Gutes und Schlimmes an sich. Leidenschaftlich, eigenwillig und gebieterisch, besaß sie eine warme, hochherzige Natur, bewies die Fruchtbarkeit des Bodens jedoch hauptsächlich durch das darin wuchernde Unkraut, welches die Pflänzchen der Gnade erstickte. Ihr Oheim starb noch in ihrer Mädchenzeit. Da Fauntleroy ebenfalls für tot gehalten wurde und man keinen andern Erben kannte, fiel sein Reichtum ihr zu, obgleich der Oheim plötzlich gestorben war und kein Testament hinterlassen hatte. Nach seinem Tode gab es in Zenobias Geschichte Zeiten, die dunkel blieben. Man flüsterte von einer Liebe und selbst einer geheimen Heirat mit einem bezaubernden und feingebildeten, aber gewissenlosen, jungen Manne. Die Vorfälle und äußeren Umstände, welche auf diese Vermutung führten, gingen jedoch bald vorüber und gerieten in Vergessenheit.

Ihr Ruf wurde durch das Gerücht auch nicht ernstlich benachteiligt. In der Tat waren ihre angeborene Kraft und ihr Einfluß so groß, und ihre Natur schien so sorglos rein zu sein, daß man alles, was Zenobia tat, als für sie zurecht anzuerkennen pflegte. Die Welt kritisierte sie nie so hart wie die meisten Frauen, welche ihre Regeln übertreten. Sie gewährte ihr fast ihre Zustimmung, auch wenn sie sie den gewöhnlichen Pfad verlassen und sowohl theoretisch wie praktisch die ausgedehnteren Vorrechte ihres Geschlechtes in Anspruch nehmen sah. Man fühlte, daß die Sphäre des gewöhnlichen Frauengeschlechtes enger war als die, welcher ihre Entwicklung bedurfte.

Ein Teil des neueren Lebens Zenobias ist auf den vorhergehenden Seiten erzählt worden. Halb im Ernst – und wie ich mir nach ihrem Charakter denke –, halb in einem stolzen Scherz oder in einer Art von Rücksichtslosigkeit gegen die Welt, welche bei ihr aus einem geheimen Kummer entsprungen war, hatte sie unser Experiment eines besseren sozialen Zustandes mit ihrem Ansehen begünstigt und ihm reichliche pekuniäre Hilfe zugesagt. Und Priscilla folgte ihr nach Blithedale. Die einzige Seligkeit ihres Lebens war ein Traum von dieser schönen Schwester gewesen, welche nie auch nur ihr Vorhandensein gekannt hatte. Mittlerweile befand sich das arme Mädchen auch in einem unerträglichen Sklavenjoch, von welchem sie sich entweder befreien oder untergehen mußte. Sie glaubte sich bei Zenobia, in deren weitem Herzen sie sich zu bergen hoffte, am sichersten.

Als eines Abends, mehrere Monate nach Priscillas Abreise, Moodie – oder sollen wir ihn Fauntleroy nennen? – allein in dem Staatsgemache des alten Gouverneurs saß, kamen Schritte die Treppe herauf. Sie hielten auf dem Treppenabsatze an. Die wohlklingenden, aber doch hochmütigen Töne einer Damenstimme stellten eine Frage an einen Bewohner des Hauses, welcher den Kopf aus einem naheliegenden Zimmer gesteckt hatte. Dann klopfte es an Moodies Tür.

„Herein!" sagte er.

Und Zenobia trat ein. Da die einzelnen Umstände des hierauf folgenden Gesprächs mir unbekannt sind, während es doch schade wäre, die malerische Situation gänzlich zu verlieren, will ich den Versuch machen, es hauptsächlich aus der Phantasie, wenn auch mit einigen allgemeinen Gründen der Vermutung in bezug auf die Gefühle des alten Mannes zu skizzieren.

Sie blickte verwundert auf das trostlose Gemach. Trostlos für sie, die es nur auf einen Augenblick sah, und um wieviel mehr für ihn, in dessen Gehirn jede nackte Stelle der Decke, jeder Fetzen der Tapete und das abgesplitterte Schnitzwerk des Kaminmantels durch müdes, langjähriges Anblicken einen Abdruck eingeprägt hatte. Diese Vertrautheit mit Gegenständen, welche von allem Anfang an widerlich gewesen sind, ist unaussprechlich elend.

„Ich habe", sagte Zenobia nach einem momentanen Schweigen, „eine seltsame Botschaft erhalten, wodurch ich ersucht oder mir vielmehr geboten wurde, hierher zu kommen. Mehr aus Neugier als aus irgendeinem anderen Grunde, und weil ich zwar eine Frau bin, aber doch nicht die ganze Furchtsamkeit einer solchen besitze, habe ich ihr entsprochen. Können Sie es sein, der mich so zu sich gerufen hat?"

„Ich war es", antwortete Moodie.

„Und was war Ihre Absicht dabei?" fuhr sie fort; „vielleicht bedürfen Sie eines Almosens! In diesem Falle hätte die Botschaft in passendere Worte gekleidet werden können; aber Sie sind alt und arm, und man muß dem Alter und der Armut ihre Vorrechte gestatten. Sagen Sie mir, in welchem Umfange Sie meiner Hilfe bedürfen."

„Stecken Sie Ihre Börse ein", sagte der mutmaßliche Bettler mit einem verlorenen Lächeln. „Behalten Sie sie – behalten Sie Ihren ganzen Reichtum, bis ich alles fordere oder nichts. Meine Botschaft hatte keinen solchen Zweck. Man hat mir gesagt, daß Sie schön seien, und ich habe Sie anzusehen gewünscht."

Er nahm die einzige Lampe, welche die Unbehaglichkeit und Ärmlichkeit seiner Wohnung zeigte, näherte sich Zenobia und hielt sie so in die Höhe, daß er die Dame vom Scheitel bis zur Sohle anschauen konnte. Das Zimmer war so dunkel, daß man den Schimmer ihrer Diamanten auf der schmutziggrauen Wand mit dem Steigen und Fallen der Atemzüge Zenobias flackern sah. Es war der Glanz dieser Juwelen an ihrem Halse, wie vor einem schönen Tempel brennende Lampen, und der Juwelenblume in ihrem Haar mehr noch als das trübe, gelbe Licht, was ihm ihre Schönheit sehen half. Aber er erblickte sie, und sein Herz wurde stolz; seine Gestalt nahm, trotz seiner geringen Kleidung, eine majestätische, großartige Haltung an.

„Es ist gut", rief der alte Moodie, „behalten Sie Ihren Reichtum, Sie sind seiner vollkommen würdig; behalten Sie ihn daher, aber nur unter einer Bedingung."

Zenobia dachte, daß der alte Mann von Sinnen sei und wurde von Mitleid bewegt.

„Haben Sie niemand, der für Sie sorgt? Keine Tochter? Keinen gutherzigen Nachbarn? Keine Mittel, um sich die Wartung, deren Sie bedürfen, zu verschaffen? Sagen Sie es mir, kann ich nichts für Sie tun?"

„Nichts!" antwortete er; „ich habe gesehen, was ich sehen wollte. Jetzt verlassen Sie mich; zaudern Sie keinen Augenblick länger, damit ich nicht versucht werde, das zu sagen, was eine Wolke auf diese königliche Stirn bringen würde. Behalten Sie Ihren ganzen Reichtum, aber nur unter der einen Bedingung: seien Sie gütig – seien Sie nicht weniger gütig als es Schwestern zueinander sind gegen meine arme Priscilla."

Und vielleicht schritt nach Zenobias Entfernung Fauntleroy in seinem düsteren Zimmer auf und ab und sprach folgendes zu sich – oder auf alle Fälle ist es die einzige Lösung des von seinem Charakter gebotenen Rätsels.

‚Ich bin unverändert derselbe Mann wie damals', sagte er. ‚Allerdings ist der Reichtum meines Bruders, da dieser ohne

Testament gestorben, gesetzlich mein Eigentum. Ich weiß es, und dennoch lebe ich aus eigener Wahl als Bettler und gehe gering gekleidet und verstecke mich hinter einer vergessenen Schmach. Sieht das wie Ostentation aus? Aber in Zenobia lebe ich wieder auf; indem ich sie so schön, so geeignet mit allem erdenklichen Glanze äußerer Pracht geziert zu werden erblicke, erneuert sich die fluchwürdige Eitelkeit, die vor einem halben Menschenleben wie Fetzen einer einst glänzend gewesenen Kleidung von meiner entwürdigten, ruinierten Person abfiel, um ihretwillen in vollem Maße. Wenn ich wieder zum Vorschein käme, so würde meine Schande aus der Dunkelheit mit mir ans Licht kommen. Zenobia hat den Glanz ohne die Schande. Mag die Welt sie bewundern und von ihr, dem strahlenden Kinde meines Wohllebens, geblendet werden! Es ist Fauntleroy, welcher durch sie immer noch hervorleuchtet.‘

Dann drängte sich ihm vielleicht noch ein Gedanke auf.

‚Meine arme Priscilla! Bin ich gegen sie gerecht, indem ich dieser schönen Zenobia alles abtrete? Priscilla, ich liebe sie am meisten – ich liebe sie allein; aber mit Scham, nicht mit Stolz. Sie ist so nebelhaft, so bleich, so zurückgezogen – die Tochter meines langen Unglücks. Reichtum wäre in Priscillas Händen nur ein Spott. Was nützt er, außer auf diejenigen, welche ihn in Händen halten, einen goldenen Strahlenglanz zu werfen? Aber Zenobia möge sich vorsehen! Es soll Priscilla kein Unrecht widerfahren.‘

Während der Mann des Prunkes auf diese Weise nachdachte – gerade an demselben Abend, soweit ich die Data dieser seltsamen Ereignisse in Einklang bringen kann –, wurde Priscilla, die arme, bleiche Blume, entweder aus Zenobias Hand gerissen oder mutwillig weggeworfen.

XXIII
Die Verschleierte Dame

Nun, ich begab mich fort und wanderte auf und nieder wie ein exorzierter Geist, der nach einem mächtigen Kampfe aus seiner alten Spukstätte vertrieben worden ist. Es demütigt den einsamen Stolz des Mannes mehr als fast alles andere, wenn er findet, wie unausführbar es ist, Herzensbande, die ihm drückend geworden sind, beiseite zu werfen. Die einst seidenen Bande werden leicht zu Eisenfesseln, wenn wir sie abzuschütteln wünschen. Unsere Seelen sind, alles bedacht, doch nicht unser Eigentum. Wir übertragen einen Teil des Besitzes davon auf jene, mit denen wir umgehen, aber in welchem Umfange dies geschieht, können wir nicht eher wissen, als bis wir das Zerren, die Pein unseres mißlungenen Versuches fühlen, die ausschließliche Herrschaft über uns selbst wiederzuerlangen. So wendeten sich während all der Wochen meiner Abwesenheit meine Gedanken beständig zurück, brüteten über den vergangenen Monaten und beschworen Vorfälle herauf, welche bei ihrem Vorübergehen kaum eine Spur hinterlassen zu haben schienen. Ich verwendete peinvolle Stunden darauf, mir diese Kleinigkeiten zurückzurufen und sie durch die so in sie geknetete Menge von spekulativen Betrachtungen noch nebeliger und körperloser als anfangs zu machen. Hollingsworth, Zenobia, Priscilla – diese drei hatten mein Leben seltsam an sich gezogen. Mit einem unaussprechlichen Sehnen, ihr Schicksal zu erfahren, verknüpfte sich ein krankhaftes Ressentiment wegen meines Schmerzes und ein hartnäckiger Widerwille, je von neuem in ihre Sphären zu kommen.

Alles, was ich daher von ihnen erfuhr, bestand in einigen kurzen und beißenden Sticheleien, wie sie die Zeitungen damals unserem sozialistischen Unternehmen zu versetzen pflegten. Ein Absatz bezog sich, wenn ich seinen Sinn richtig erriet, auf Zenobia, die Andeutung war jedoch zu dunkel, um auch nur so viel Gewißheit zu gewähren. Hollingsworth mit seinem philanthropischen Projekte gewährte den Zeilenschindern ebenfalls Stoff zu einigen grausamen Späßen, und sie erfüllten mich zu meinem Erstaunen mit Entrüstung, als ob wir noch Freunde gewesen wären.

So vergingen mehrere Wochen, hinlänglich Zeit, um meine braunen, arbeitsgehärteten Hände sich wieder an Handschuhe gewöhnen zu lassen. Alte Gewohnheiten von äußerlichen Dingen kehrten mit wunderbarer Schnelligkeit wieder bei mir ein. Auch meine oberflächliche Unterhaltung nahm wieder ganz und gar einen weltlichen Ton an. Ich begegnete früheren Bekannten, die sich geneigt zeigten, meine heldenmütige Hingabe für die Sache des Menschenwohles lächerlich zu machen, und ich sprach von dem letzten Teile meines Lebens, als ob er wirklich guten Stoff zu einem Scherze biete. Ich gab ihnen aber auch zu verstehen, daß es höchstenfalls nur ein Experiment war, bei welchem ich keinen wertvollen Beitrag an Hoffnung oder Furcht eingesetzt hatte. Es hatte mir Gelegenheit gegeben, den Sommer auf eine neue, angenehme Weise zuzubringen, mir einige groteske Proben einer künstlichen Einfachheit gewährt und konnte daher, so weit es mich betraf, nicht als ein mißlungener Versuch betrachtet werden. Ich sprach jedoch kein einziges Mal freiwillig von meinen drei Freunden. Sie wohnten in einer tiefer gelegenen Region. Je mehr ich mich, wie ich damals war, betrachte, desto mehr erkenne ich, wie tief meine Verbindung mit jenen dreien auf mein ganzes Wesen eingewirkt hatte.

Da wir uns bereits in der Epoche des vernichteten Raumes befanden, so hätte ich in der Zeit meiner Abwesenheit von Blithedale einen Blick auf England werfen und wieder zurückkehren können; aber meine Wanderungen waren auf eine sehr enge Sphäre beschränkt. Ich hüpfte und flatterte wie ein Vogel, dem man einen Faden um das Bein geknüpft hat, drehte mich in einem kleinen Umkreise und unterhielt eine rastlose, aber zwecklose Tätigkeit. So kam es, daß der nächste Vorfall, den ich zu beschreiben hatte, immer noch in unserem alten, vertrauten Massachusetts, in einem seiner weißen Dörfer spielt.

Der Ort der Handlung war einer von jenen Lyzeumsälen, deren jetzt fast jedes Dorf seinen eigenen hat und die der nüchternen und bläßlichen oder vielmehr schmutzig-grauen Farbe von Winterabendunterhaltungen, der Vorlesung, gewidmet sind. In den letzten Jahren ist dies merkwürdig aufgekommen, während es doch das natürliche Bestreben der Dinge zu sein scheint, statt der mündlichen Methoden, sich mit dem Publikum ins Vernehmen zu setzen, schriftliche einzuführen; aber in den Sälen wie diesem kommen außer den winterlichen Vorlesungskursen auch noch andere Schaustellungen in reicher Abwechslung vor. Hierher kommt der Bauchredner mit allen seinen rätselhaften Zungen, der Thaumaturg mit allen seinen wunderbaren Verwandlungen von Tellern, Tauben und Ringen, seinem Pfannkuchenbacken im Hute und seinem Keller feiner Getränke in einer einzigen kleinen Flasche. Hier unterrichtet auch der reisende Professor besondere Klassen von Damen und Herren in der Physiologie und demonstriert seine Lektionen mit Hilfe wirklicher Skelette und Wachsfiguren aus Paris. Hier hört man den Chor schwarzer Sänger, hier sieht man das Diorama von Moskau oder von Bunker Hill oder das bewegte Panorama der Chinesischen Mauer. Hier breitet sich das Wachsfigurenkabinett aus, das die Katholizität irdischen Ruhmes dadurch erweist, daß es Helden und Staatsmänner, den Papst und den Propheten der Mormonen, Könige, Königinnen, Mörder und schöne Damen zusammenwirft, kurzum, jede Art von Menschen, mit Ausnahme von Autoren, von denen ich nicht einmal die berühmtesten in Wachs nachgebildet gesehen habe. Und hier in diesem für viele Zwecke benutzten Saale stellt auch die Truppe wandernder Schauspieler ihre kleine Bühne auf und beansprucht Interesse und Förderung für das echte Drama, es sei denn, daß die Gemeindevertreter mehr als ihren gehörigen Teil Puritanismus aufweisen, welcher immer noch, wie sehr auch durch späteres Flickwerk verändert, dem Charakter Neuenglands seine vorherrschende Farbe verleiht.

Aber an dem Herbstabend, von dem ich spreche, hatte eine Menge von gedruckten Zetteln, welche in der Bar und am Schild des Hotels und in der Vorhalle der Kirche angeschlagen und reichlich im Dorfe verteilt worden waren, den Bewohnern eine Zusammenkunft mit dem berühmten und bisher noch unerklärlichen Phänomen der Verschleierten Dame versprochen.

Der Saal war mit amphitheatralisch absteigenden Sitzen versehen worden, die auf das Podest blicken ließen, auf dem ein Pult, zwei Lichter, ein Schemel und ein umfänglicher antiker Sessel standen. Die Versammlung war im allgemeinen von anständigem, respektablem Charakter: alte Farmer in ihren schwarzen Sonntagsröcken mit klugen, harten, von der Sonne gedörrten Gesichtern und meistenteils einem Ausdruck von zynischem Humor in ihren Augen. Hübsche Mädchen in bunter Kleidung, nette junge Männer, der Schulmeister, der Advokat oder Student der Jurisprudenz, der Krämer, sämtlich mit einem eher vorstädtischen als ländlichen Aussehen. Heutzutage gibt es gar keine reine Ländlichkeit mehr, oder nur insoweit, als tatsächliche Arbeit auf der Scholle der Person ihren erdhaften Stempel aufdrückt. Ferner war ein bedeutender Anteil von jungen und im mittleren Lebensalter stehenden Frauen vorhanden, welche vielfach strenge Züge, stark markierte Stirnen und eine sehr scharf begrenzte Augenbrauenlinie hatten – ein Frauentypus, in welchem eine hervorragende, intellektuelle Entwicklung mit der zunehmenden Zartheit der physischen Konstitution Schritt zu halten scheint. Alle diese Leute beobachtete ich meiner Gewohnheit nach zuerst, aber ich hörte in dem Augenblicke auf, dies zu tun, als ich ein Individuum bemerkte, das zwei oder drei Reihen unter mir unbeweglich, dem Anscheine nach in tiefe Gedanken versunken, mit mir zugekehrtem Rücken und fest auf das Podest geheftetem Gesichte saß.

Nachdem ich eine Zeitlang die mir bekannten Umrisse dieser Person betrachtet hatte, fühlte ich mich unwiderstehlich getrieben, über die zwischen uns befindlichen Bänke zu steigen, meine Hand auf seine Schulter zu legen, meinen Mund dicht an sein Ohr zu bringen und ihn in einem melodramatischen Grabesflüstern anzureden.

„Hollingsworth, wo haben Sie Zenobia gelassen?"

Seine Nerven waren jedoch meinem Angriffe gewachsen. Er wendete sich halb zu mir um und blickte mich mit großen, traurigen Augen an, in welchen sich weder Freundlichkeit noch Abneigung, noch irgendeine wahrnehmbare Überraschung spiegelte.

„Ich habe Zenobia zuletzt in Blithedale gesehen", antwortete er.

Weiter sagte er nichts. Aber in meiner Nähe wurde von einer Menschengruppe, welche man als Repräsentanten des Mystizismus oder vielmehr der mystischen Sinnlichkeit unserer eigentümlichen Zeit betrachten konnte, sehr viel gesprochen. Die Natur der Schaustellung, welche jetzt stattfinden sollte, hatte wahrscheinlich ihren Reden diese Wendung gegeben.

Ich hörte von einem blassen Manne in einer blauen Brille einige seltsamere Geschichten, als je in einem Romane geschrieben worden sind, mit einer einfachen, unimaginativen Ruhe erzählen, welche sehr wirksam war und den Zuhörer zwang, sie in der Kategorie von feststehenden Tatsachen aufzunehmen. Er zitierte Beispiele von der wunderbaren Macht eines menschlichen Wesens auf den Willen und die Leidenschaften eines anderen, so daß ein eingewurzelter Kummer unter dem Einflusse eines diese Macht besitzenden Mannes nur ein Schatten war und eine starke, seit Jahren bestehende Liebe wie Dunst hinwegschmolz. Auf das Gebot eines solchen Zauberers wendete sich das Mädchen, dem der Kuß ihres Geliebten noch auf den Lippen glühte, mit eisiger Gleichgültigkeit von ihm ab. Die erst jüngst Verwitwete schaufelte ihr begrabenes Herz aus dem Grab ihres jungen Gatten, ehe noch der Rasen darauf

Wurzel geschlagen hatte; eine Mutter, mit der Milch für ihren Säugling in ihren Brüsten, stieß ihr Kind von sich hinweg. Der menschliche Charakter war in seinen Händen weiches Wachs und Sünde oder Tugend nur die Form, in welche es ihm beliebte, ihn zu gießen. Das religiöse Gefühl war eine Flamme, die er mit seinem Atem anfachen, oder ein Funken, den er völlig auslöschen konnte. Es ist unaussprechlich, mit welchem Schauder und Abscheu ich zuhörte und sah, daß, wenn diese Dinge Glauben verdienten, die individuelle Seele in Wahrheit vernichtet und alles, was es in unserem gegenwärtigen Leben Süßes und Reines gibt, entwertet, und daß die Idee der ewigen Verantwortung des Menschen vor Gott lächerlich und die Unsterblichkeit zugleich unmöglich und des Annehmens unwert gemacht wurde. Aber ich würde lieber auf der Stelle gestorben sein, als es geglaubt haben.

Die Epoche der Klopfgeister und aller der in ihrem Gefolge eingetretenen Wunder – wie durch unsichtbare Kräfte umgeworfene Tische, bei Leichenbegängnissen von selbst läutende Glocken und gespenstische Maultrommelmusik – war noch nicht gekommen. Ich fürchte, meine Landsleute, daß uns ein böses Zeitalter zuteil wurde. Wenn diesen Phänomenen nicht Scharlatanerie zugrunde liegt, so ist es für uns umso schlimmer. Was können sie in geistiger Beziehung anderes anzeigen, als daß die Seele des Menschen auf einen tieferen Punkt herabsinkt, als sie früher je erreicht hat, solange sie vom Fleische umgeben ist? Wir folgen in dem ewigen Marsch einem abwärtsführenden Pfade und bringen uns so auf einen Stand mit Wesen, die der Tod in Vergeltung für ihr sinnliches und böses Leben unter das Menschliche hinabgedrückt hat.

Um mit Geistern dieser Ordnung Verkehr zu halten, müssen wir uns hinunterbeugen und in einem Elemente wühlen, welches niedriger ist als der irdische Staub. Diese Kobolde sind, wenn sie überhaupt existieren, nur die Schatten einer vergangenen Sterblichkeit, Auswürflinge, Auskehricht, der der ewigen Welt für unwürdig erachtet worden und dafür bestimmt ist, nach der günstigsten Annahme, allmählich ins Nichts zu versinken. Je weniger wir mit ihnen verkehren müssen, desto besser, damit wir nicht etwa ihr Schicksal teilen.

Das Publikum begann jetzt ungeduldig zu werden. Es gab seinen Wunsch, daß die Abendunterhaltung beginnen möge, durch das Aufstoßen von Stöcken und das Stampfen von Stiefelabsätzen zu erkennen. Es dauerte auch nicht sehr lange mehr, bis ihrem Rufe gehorsam ein bärtiger Mann in orientalischen Gewändern erschien, welcher wie einer von den Zauberern aus Tausendundeiner Nacht aussah. Er kam aus einer Seitentür auf das Podest, begrüßte die Zuschauer, nicht mit einem Selam, sondern mit einer Verbeugung, stellte sich an das kathederartige Pult, schneuzte sich die Nase mit einem weißen Taschentuche und schickte sich zum Sprechen an. Die Umgebung des einfachen Dorfsaales und die Abwesenheit der vielfachen sinnreich erdachten Vorkehrung des Bühneneffektes, von der die Vorstellung bisher begleitet worden war, schien das künstlich Gemachte dieses Charakters offener auf die Oberfläche zu bringen. Ich hatte kaum den bärtigen Zauberer erblickt, als ich meine Hand wieder auf Hollingsworths Schulter legte und ihm ins Ohr flüsterte:

„Kennen Sie den?“

„Ich habe den Mann noch nie gesehen“, murmelte er, ohne den Kopf zu wenden.

Aber ich hatte ihn bereits dreimal erblickt – einmal bei meinem ersten Besuche bei der Verschleierten Dame, ein zweites Mal auf dem Waldweg zu Blithedale und endlich in Zenobias Salon. Es war Westervelt. Eine schnell eintretende Ideenverbindung durchzuckte mich schaudernd vom Kopf bis zum Fuße, und ich flüsterte abermals, gleich einem bösen Geiste, welcher die Erinnerungen an die Sünden eines Mannes herausruft, eine Frage in Hollingsworths Ohr.

„Was haben Sie mit Priscilla angefangen?“

Er schrak krampfhaft zusammen, als ob ich ihn mit einem Messer gestochen hätte, wandte sich auf seinem Sitze um, starrte mir wütend in die Augen, aber antwortete keine Silbe.

Der Professor begann seinen Vortrag, um die psychologischen Phänomene, wie er sie nannte, welche er den Zuschauern vorzulegen beabsichtigte, zu erklären. Es ist kein besonders deutlicher Eindruck davon in meinem Gedächtnis zurückgeblieben. Er war beredt, scharfsinnig, plausibel, mit einem trügerischen Schein von Spiritualität erfüllt, aber in Wirklichkeit von einem toten, kalten Materialismus durchdrungen. Es fröstelte mich, wie vor einem aus einem Grabgewölbe hervordringenden und den Geruch der Fäulnis mitführenden, eisigen Luftstrom. Er sprach von einer neuen Ära, welche in der Welt aufdämmere, einer Ära, welche die eine Seele an die andern und das gegenwärtige Leben an das, was wir das zukünftige nennen, mit einer Innigkeit knüpfen würde, welche endlich beide Welten in eine große, sich gegenseitig kennende Brüderschaft verwandeln müse. Er beschrieb – in einem seltsamen, philosophischen Gewande mit Kunstausdrükken, als ob es eine chemische Entdeckung wäre – die Kraft, durch welche dieses mächtige Resultat bewirkt werden sollte, und es würde mich nicht überrascht haben, wenn er vorgegeben hätte, eine Portion von der alles durchdringenden Flüssigkeit, welche er zu haben behauptete, in einer Glasflasche zu zeigen.

Sobald der Professor seine Einleitung beendet hatte, winkte er mit der Hand, einmal, zweimal, dreimal, und eine in einen langen, silberweißen Schleier gehüllte Gestalt glitt in den freien Raum. Er umschwebte sie wie das Gewebe eines Sommerwölkchens, mit einer Art von Unbestimmtheit, so daß man die Umrisse der darunter befindlichen Gestalt nicht genau unterscheiden konnte; aber die Bewegung der Verschleierten Dame war anmutig, frei und ohne Verlegenheit wie die einer Person, welche gewöhnt ist, das Schauspiel vor Tausenden zu sein. Oder vielleicht war sie auch als blinde Gefangene in der Sphäre, womit sie dieser dunkle irdische Magier umgeben hatte, in völliger Unbewußtheit darüber, daß sie den Mittelpunkt aller Augen bildete.

Die Gestalt gehorchte seiner Gebärde, die selbst eine unterwürfige Höflichkeit, zugleich aber auch eine bemerkenswerte Entschiedenheit an sich hatte, und setzte sich in den großen Stuhl. Dort in so sichtbarer Dunkelheit dasitzend, war sie der wirklichen Gegenwart eines entkörperten Geistes so ähnlich, wie irgend etwas, das Bühnenkunstgriffe nur immer ersinnen konnten. Die gedämpften Atemzüge der Zuschauer bewiesen, wie hochgespannt ihre Erwartungen auf die Wunder waren, welche durch die Vermittlung dieses unbegreiflichen Wesens verrichtet werden sollten. Auch ich befand mich in atemloser Spannung, aber mit einer ganz anderen Vorahnung davon, daß ein seltsames Ereignis nahe sei.

„Sie sehen die Verschleierte Dame vor sich", sagte der bärtige Professor, indem er bis an den Rand des Podestes vortrat. „Durch die Kraft, von welcher ich soeben gesprochen habe, ist sie in diesem Augenblicke mit der geistigen Welt in Verbindung. Jener silberne Schleier ist in einer Beziehung ein Zaubermittel, da er gewissermaßen in das flüssige Medium der Geister getaucht und durch die Kraft meiner Kunst wesentlich damit getränkt ist. So dünn und ätherisch er auch erscheint, existieren unter seiner Hülle doch keine Schranken der Zeit und des Raumes. Dieser Saal, die Hunderte von Gesichtern, welche sie in einem so engen Raume umgeben, sind für sie von einer dünneren Substanz als der leichteste Dunst, woraus die Wolken bestehen. Sie erblickt das Absolute."

Als Einleitung zu anderen noch weit wunderbareren, psychologischen Experimenten schlug der Schausteller vor, daß einige von seinen Zuhörern sich bemühen sollten, der Verschleierten Dame ihre Gegenwart auf jede Weise bemerklich zu machen, welche sie für zu diesem Zwecke geeignet hielten – ohne jedoch ihre Person selbst zu berühren. Danach kamen auch mehrere starklungige Bauernburschen, die aussahen, als ob sie die Erscheinung mit einem Atemzuge hätten wegblasen können, auf die Bühne. Sie munterten einander auf und schrien so dicht an ihrem Ohr, daß sich der Schleier bewegte wie ein verschwindender Nebel, sie schlugen mit Knütteln auf den Fußboden, sie verübten einen so heillosen Spektakel, daß ich glaubte, er würde wenigstens ein Stück weit in die ewige Sphäre der Geisterwelt dringen. Endlich erfaßten sie, mit Zustimmung des Professors, den großen Sessel und erschraken, wie es schien, als sie fanden, daß er aufwärts schwebte, als ob er leichter sei als die Luft, durch welche er sich erhob; aber die Verschleierte Dame blieb bewegungslos und mit einer Ruhe sitzen, welche fast schaurig war, da sie eine so unermeßliche Entfernung zwischen ihr und diesen rauhen Verfolgern zu erkennen gab.

„Diese Versuche sind völlig nutzlos", bemerkte der Professor, welcher mit der Miene ruhiger Gleichgültigkeit zugesehen hatte. „Der Donner einer Batterie Geschütze würde für die Verschleierte Dame unhörbar sein. Und doch könnte sie, wenn ich es wollte, hier in diesem Saale sitzend, den Wüstenwind im fernen Arabien über den Sand hinstreichen, die Eisberge im Polarmeere sich aneinander reiben, das Rauschen eines Blattes in einem ostindischen Walde, das leiseste Flüsterwort der verschämtesten Jungfrau auf Erden, welche das erste Geständnis ihrer Liebe ausspräche, vernehmen. Es gibt, außer meinem eigenen Gebote, keinen irdischen Beweggrund, welcher sie überreden könnte, den silbernen Schleier zu lüften, oder sich von jenem Stuhle zu erheben."

Zur großen Verblüffung des Professors stand jedoch, gerade als er diese Worte aussprach, die Verschleierte Dame auf. Ein geheimnisvolles Beben erschütterte den magischen Schleier. Die Zuschauer stellten sich vielleicht vor, daß sie im Begriff sei, in jene unsichtbare Sphäre und zu der Gesellschaft jener reingeistigen Wesen, mit welchen sie sie für so nahe verwandt hielten, emporzufliegen. Hollingsworth war einen Augenblick zuvor auf die Bühne gestiegen und stand jetzt vor der Gestalt, welche er mit einer trüben Innigkeit betrachtete, die die ganze Gewalt seiner großen, starren und doch liebevollen Seele in seinen Blick konzentrierte.

„Komm“, sagte er, die Hand gegen sie bewegend, „du bist in Sicherheit.“

Sie warf den Schleier ab und stand bleich, bebend, in sich versinkend vor der Menschenmenge, als ob sie erst jetzt entdeckt hätte, daß tausend Augen auf sie blickten. Das arme Mädchen! Wie seltsam sie verraten worden war! Als ein Wunder ausgeschrien und, wie man urteilte, Wunder wirkend – nach dem Glauben vieler eine Seherin und Prophetin, dem härteren Urteile anderer nach eine Taschenspielerin – hatte sie, wie ich fest überzeugt bin, bei alledem ihre jungfräuliche Zurückhaltung und Seelenheiligkeit bewahrt. Unter dem sie umwallenden Schleier war sie, wenn ihn auch eine böse Hand über sie geworfen hatte, in so tiefer Abgeschiedenheit, als ob das verlassene Mädchen die ganze Zeit über im Schatten von Eliots Kanzel im Walde von Blithedale zu den Füßen desjenigen gesessen hätte, welcher sie jetzt in den Schutz seiner Arme, seiner schützenden Arme berief, und der echte Herzschlag einer Frauenliebe war für das Gaukelspiel, welches sie bisher umfangen hatte, zu mächtig. Sie stieß einen Schrei aus und floh zu Hollingsworth wie eine ihrem tödlichsten Feinde Entrinnende und war für immer gerettet.

XXIV
Die Maskierten

Seit den letzterzählten Ereignissen waren zwei Nächte vergangen, als ich an einem windigen Septembervormittage aus der Stadt zu Fuß nach Blithedale aufbrach.

Es war der köstlichste aller Tage für einen Spaziergang mit einer Beimischung von kräftigender Eistemperatur, in der Luft aber eine Kühle, welche bald der munteren Wärme der Bewegung wich, während die kräftigende Eigenschaft ebenso elastisch wie vorher blieb. Die Atmosphäre hatte etwas Geistiges und Moussierendes an sich. Ein jeder Atemzug glich einem Schluck ätherischen Weines, welcher von einem kristallnen Eisstück abgekühlt wurde. Ich war an diesem Tage in einer ausnehmend düsteren Stimmung aufgebrochen, wie sie bei einem Manne zu erwarten stand, welcher sich auf dem Heimwege sah, aber wußte, daß niemand übermäßig erfreut sein würde, ihn am Reiseziel zu begrüßen. Meine Füße hatten jedoch kaum das Pflaster der Stadt verlassen, als diese krankhafte Empfindung den belebenden Einflüssen der Luft und Bewegung zu weichen begann. Ich war noch nicht weit zwischen den grünen Feldern dahingegangen, ehe mein Schritt so schnell und leicht wurde, als ob Hollingsworth mich erwarte, um einen freundschaftlichen Händedruck auszutauschen und Zenobias und Priscillas offene Arme das Wiedererscheinen des Wanderers bewillkommnen würden. Ich habe bei anderen Gelegenheiten sowohl wie bei dieser erfahren, wie ein Zustand körperlichen Wohlseins trotz der tiefsten Besorgnis eine Art von Freude erzeugen kann.

Der Pfad jener Fußreise zieht sich noch mit sonniger Frische durch meine Erinnerung. Ich weiß nicht, weshalb es so ist; aber mein geistiges Auge kann selbst jetzt noch das Septembergras erkennen, welches den Weg mit einem glänzenderen Grün einfaßt als zur Zeit, wo es von der Sonnenhitze versengt war; auch die Bäume sind meistens grün, wiewohl hier und da ein Zweig oder ein Strauch sein Gewand von Gold und Purpur ein paar Wochen früher als seine Kameraden angelegt hat. Ich sehe die Berberitzenbüsche mit ihren kleinen Trauben von scharlachroten Früchten, auch die Pilze, teils von fleckenlosem Weiß, teils gelb oder rot – rätselhafte Geburten, welche plötzlich aufschießen und wachsen, ohne daß jemand sagen könnte, wie oder warum. In dieser Beziehung haben sie vieles von den Bewegungen in meiner Brust. Und ich sehe noch die kleinen kühlen, hellen, glitzernden Bäche, welche unterhalb des Weges zwischen den unterirdischen Steinen liefen und sich gleich moosumwachsenen Teichen ausbreiteten, worin winzige Fische hin und her schossen und in denen der Einsiedlerfrosch hauste. Aber ich werde es nie erklären können, daß ich bei meinem sehnenden Interesse, den Ausgang meiner ganzen Geschichte zu erfahren, diese Dinge so wie ein friedlicher Naturforscher betrachtete und daß ich zu diesem einzigen Zwecke nach Blithedale zurückkehrte – und ebensowenig, warum bei allen meinen Sympathien und Befürchtungen zuweilen eine wilde Belebung meinen ganzen Körper durchzuckte.

So verfolgte ich meinen Weg der Linie der alten Steinmauer, welche Paul Dudley erbaut hat, entlang und durch weiße Dörfer und an Gärten mit rotwangigen Äpfeln und Feldern mit reifendem Mais und kleinen Wäldchen und der ganzen lieblichen ländlichen Szenerie vorüber, welche in der Nähe der Vorstädte einer größeren Stadt am schönsten aussieht. Hollingsworth, Zenobia, Priscilla – sie glitten nebelhaft auf meinem Wege vor mir her. Zuweilen lachte ich in meiner Einsamkeit mit bitterer Selbstverspottung, wenn ich mich daran erinnerte, wie rückhaltlos ich mein Herz und meine Seele Interessen, welche nicht die meinen waren, dahingegeben hatte. Was hatte ich je mit ihnen zu schaffen gehabt? Und warum nahm ich, da ich jetzt meine Freiheit erlangt, diese Sklaverei von neuem auf mich? ‚Es war nicht nur traurig, sondern auch gefährlich', flüsterte ich mir zu, ‚in zu naher Verbindung mit den Leidenschaften, den Irrtümern und dem Unglück von Personen zu sein, welche in ihrem eigenen Zauberkreise standen, in welchen ich, wenn ich ihn überhaupt betrat, als Eindringling und auf eine Gefahr, welche ich nicht abzuschätzen vermochte, eintreten mußte.'

Als ich mich Blithedale näherte, wechselte fortwährend eine Bedrücktheit des Geistes mit meinen Anfällen von grundloser Elastizität ab. Ich gab mich hundert seltsamen extravaganten Spekulationen hin. Entweder gab es gar keinen Ort wie Blithedale und hatte es nie einen solchen noch eine Brüderschaft von Arbeiterintellektuellen wie die, an welche ich mich zu erinnern schien, gegeben, oder das alles hatte sich während meiner Abwesenheit verändert. Es war nichts als ein Traum und Zauberwerk gewesen. Ich würde vergeblich nach dem alten Farmhause und dem Rasenplatze und den Kartoffel- und Rübenfeldern, den Rodungen und Äckern mit den Maispflanzen und der ganzen Bodenbildung, welche ich mir vorgestellt hatte, ausschauen. Es würde ein anderer, mir völlig fremder Ort sein.

Diese Gedanken gehörten zu dem gespenstischen Heere, das sich so leicht aus einem unruhigen Herzen stiehlt. Sie hörten teilweise auf, mich zu verfolgen, als ich einen Punkt erreichte, wo ich durch die Bäume etwas von der Blithedaler Siedlung zu sehen begann. Das wenigstens war sicherlich etwas Wirkliches. Es gab kaum einen Quadratfuß Raumes von all diesem Boden, welchen ich nicht bei der einen oder anderen Arbeit betreten hatte. Der Fluch der Nachkommenschaft Adams – und mag er nun ein Fluch oder ein Segen sein, so verleiht er doch jedenfalls dem Leben um uns her etwas Substantielles – war dort zum ersten Mal über mich gekommen. Dort hatte ich im Schweiße meines Angesichtes Brot verdient und es gegessen und so meinen Anspruch auf das Erdendasein und meine Genossenschaft mit allen Söhnen der Arbeit geltend gemacht. Ich hätte niederknien und meine Brust an diesen Boden lehnen können. Der rote Ton, woraus mein Körper geformt war, schien diesen trefflichen Furchen näher verwandt zu sein als irgendeinem andern Teile des Staubes der Welt. Dort war mein Heim, und dort mochte auch mein Grab sein.

Dessenungeachtet fühlte ich ein unüberwindliches Widerstreben, vor meine alten Genossen hinzutreten, ehe ich den Zustand, worin sie sich befanden, ermittelt hätte. Eine namenlose Ahnung lastete auf mir; vielleicht würde ich, wenn ich alle Umstände, welche sich ereignet hatten, erführe, es als das Weiseste erachten, unerkannt und ungesehen umzukehren und nie wieder einen Blick auf Blithedale zu werfen.

Wäre es Abend gewesen, so würde ich mich leise an ein erleuchtetes Fenster des alten Farmhauses geschlichen und hineingeschaut haben, um alle die bekannten Gesichter um die Abendtafel versammelt zu sehen. Dann hätte ich, wäre ein leerer Sitz dagewesen, vielleicht geräuschlos die Tür öffnen, hineingleiten und ohne ein Wort meinen Platz unter ihnen einnehmen können. Mein Eintreten wäre so ruhig, mein Anblick ihnen so vertraut gewesen, daß sie vergäßen, wie lange sie mich nicht gesehen und mich wieder unter sich hineingleiten ließen wie eine Nebelmasse in eine größere Wolke. Ich hatte Furcht vor einer lärmenden Begrüßung. Sobald sie mich am Tische erblickten, würde mir Zenobia natürlich eine Tasse Tee eingießen und Hollingsworth meinen Teller aus der großen Pfannkuchenschüssel füllen und Priscilla in ihrer ruhigen Weise mir den Rahm herreichen und andere mir Brot und Butter geben. Als abermals einer von ihnen, würde mir die Kenntnis von dem, was geschehen war, ohne Erschütterung zuteil werden, denn fortwährend starrte mir bei jeder Wendung meiner wechselnden Phantasien der Gedanke ins Gesicht, daß uns etwas Böses zugestoßen sei oder zustoßen werde.

Diesem ominösen Eindruck zufolge bog ich jetzt abseits in den Wald und beschloß, die Lage der Gemeinschaft so schlau zu erspähen wie der wilde Indianer, ehe er seinen Angriff macht. Ich wollte die Grenzen der Farm umwandern und vielleicht, wenn ich einen einzelnen Bekannten erblickte, mich ihm unter dem braunen Schatten der Bäume – einer Art von Medium, wie es für abgeschiedene und wiederkehrende Geister gleich mir paßte – nahen und ihn bitten, mir zu sagen, wie alles stehe.

Das erste lebende Geschöpf, welchem ich begegnete, war ein zu meinen Füßen aufspringendes und hinwegschwirrendes Rebhuhn; das zweite ein Eichhorn, welches zornig von einem überhängenden Busche her auf mich losschnatterte. Ich wanderte an dem dunkeln trägen Flusse hin und erinnere mich, auf dem Ufer, über einem von seinen schwärzesten und ruhigsten Tümpeln stehengeblieben zu sein – dieselbe Stelle, mit einem schief über das Wasser hinausragenden, rindenlosen Baumstumpf malt sich in diesem Augenblicke in meiner Phantasie – und mich in Vermutungen ergangen zu haben, wie tief er sei und ob eine zu schwer belastete Seele wohl jemals ihre Sterblichkeitsbürde dort hineingeworfen haben möge und ob sie der Last entronnen sei oder sie nur noch schwerer gemacht habe. Und vielleicht lag das Skelett des armen Ertrunkenen noch in der unerforschlichen Tiefe und hielt sich mit dem Griffe seiner alten Verzweiflung an einem versunkenen Baumstamm auf dem Grunde fest. So schwach war jedoch die Fährte dieser düsteren Gedanken, daß ich sie bald über der Betrachtung eines Volkes wilder Enten vergaß, welche auf dem Flusse schwammen und in kurzem aufflogen, wobei eine jede auf der schwarzen Oberfläche einen glänzenden Streifen zurückließ. Endlich kam ich an meine Einsiedelei im Herzen der Kiefer, kletterte hinauf und setzte mich darin nieder, um auszuruhen. Die Trauben, welche ich den Sommer über beobachtet hatte, hingen jetzt in reichlichen Bündeln vom tiefsten Purpur um mich her, sie waren von köstlich süßem Geschmack und, wenn auch wild, doch frei von der Rauheit, die fast alle unsere einheimischen, unkultivierten Trauben auszeichnet. Es schien mir, als ob aus ihnen ein Wein gekeltert werden könne, welcher eine glühende Würze besäße und begleitet von solchen bacchanalischen Entzückungen wäre, wie sie die zahmeren Trauben von Madeira, Frankreich und dem Rhein nicht hervorzubringen vermögen. Und ich sehnte mich in diesem Augenblicke, einen großen Becher davon zu trinken.

Während ich die Trauben verzehrte, blickte ich auf allen Seiten aus den Spählöchern meiner Einsiedelei und sah das Farmhaus, die Felder und fast alle Teile unseres Gebietes, aber in der ganzen Landschaft keine einzige menschliche Gestalt. Einige von den Fenstern des Hauses waren offen, aber ohne ein stärkeres Lebenszeichen, als in den ungeschlossenen Augen eines Toten zu sehen ist. Die Scheunentür war angelehnt und knarrte schwankend im Winde. Der große, alte Hund – eine Reliquie von der früheren Dynastie der Farm her –, welcher sich fast nie aus dem Hofe entfernte, war nirgends zu sehen. Was mochte wohl aus der ganzen Bruder- und Schwesternschaft geworden sein? Neugierig, über diesen Punkt Gewißheit zu erlangen, ließ ich mich vom Baume herab, drang bis an den Waldrand vor und bemerkte mit Freuden, daß unsere Kuhherde in nicht weiter Ferne wiederkäute oder graste. Ich stellte mir nach ihrem Benehmen vor, daß zwei oder drei von ihnen mich erkannten – was allerdings auch ihre Schuldigkeit gewesen wäre, denn ich hatte sie unzählige Male gemolken und bei ihnen Kammerherrendienste versehen –, aber nachdem sie mir eine Zeitlang ins Gesicht gestiert hatten, begannen sie phlegmatisch von neuem zu grasen und wiederzukäuen. Da wurde ich über einen so kalten Empfang töricht erzürnt und warf einige vermoderte Fragmente eines alten Baumstumpfes nach diesen unsentimentalen Kühen.

Als ich weiter am Saume der Wiese herumging, hörte ich aus dem Innern des Waldes Stimmen und lautes Gelächter. Männliche und weibliche Stimmen und Gelächter, nicht nur aus frischen jungen Kehlen, sondern auch aus dem Baß erwachsener Leute, als ob ernste Orgelpfeifen Töne der Lustigkeit ausströmen ließen. Es sprach keine einzige Stimme, die ich nicht besser gekannt hätte als meine eigene, es erschallte kein Lachen, dessen Tonfall mir nicht vertraut gewesen wäre. Der Wald schien in diesem Teile so von Lustigkeit erfüllt zu sein, als ob Komus und seine Schar ihre Gelage in einer von seinen sonst einsamen Lichtungen hielten. Ich schlich mich vorwärts, soweit ich es ohne Gefahr der Entdeckung durfte, und sah unter den überhängenden Ästen eine Menge von seltsamen Gestalten. Sie erschienen und verschwanden und kamen in bunter Verwirrung wieder, während das streifige Sonnenlicht sie beschimmerte.

Unter ihnen befand sich ein indianischer Häuptling, mit

Wolldecke, Federn, Kriegsbemalung und erhobenem Tomahawk und in seiner Nähe, wie seine Waldbraut, die Göttin Diana mit dem Halbmond auf ihrem Haupte und, in Ermangelung eines leichtfüßigen Hundes, von unserm großen, faulen Köter begleitet. Sie zog einen Pfeil aus ihrem Köcher, ließ ihn aufs Geratewohl fliegen und traf genau den Baum, hinter welchem ich lauschte. Eine andere Gruppe bestand aus einer bayrischen Dirn mit Besen, einem Neger von der Jim Crow-Klasse, ein paar Weidmännern aus dem Mittelalter, einem Wäldler aus Kentucky in seinem befransten Jagdhemd und hirschledernen Gamaschen und einem wunderlichen, gesetzten Shaker-Ältesten mit breiter Krempe und eckigem Rock. Mit diesem waren Schäfer aus Arkadien und allegorische Gestalten aus Spensers Feenkönigin sonderbar zusammengemischt. Arm in Arm oder sonst in seltsamem Widerspruch aneinander gruppiert, standen finstere Puritaner, muntere Kavaliere und Revolutionsoffiziere mit dreieckigen Hüten und Zöpfen von größerer Länge als ihre Degen. Eine schwarzhaarige, lebhafte Zigeunerin mit hellglänzender Gesichtsfarbe und einem roten Schal über dem Kopfe ging von einer Gruppe zur andern und wahrsagte aus der Hand, während Moll Pitcher, die berühmte alte Hexe von Lynn, mit dem Besenstiel in der Hand, mitten unter ihnen eine hervorragende Stellung einnahm, wie um zu verkünden, daß alle die Erscheinungen die Gebilde ihrer nekromantischen Kunst seien. Aber Silas Foster, der in seinem gewöhnlichen blauen Kittel, eine kurze Pfeife rauchend, an einem nahen Baume lehnte, tat mit seiner klugen, scharfen, beobachtenden Yankeemiene mehr, um die Szene zu entzaubern, als zwanzig Hexen und Hexeriche zusammengenommen hätten beitragen können, sie phantastisch und dramatisch zu machen.

Etwas weiterhin legten einige altmodische Küfer und Kellner, sämtlich mit mächtigen roten Nasen, auf der laubüberstreuten Erde ein Bankett aus, während ein gehörnter und langgeschwänzter Herr seine Geige stimmte, in welchem ich den teuflischen Musikus wiedererkannte, den dereinst Tam o' Shanter erblickt hatte und die ganze bunte Menge aufforderte, ein Tänzchen zu machen, ehe sie sich zum Festmahle niederließ. Sie gaben einander also zu einer Runde die Hände und wirbelten so schnell, so toll und lustig nach dem Takte und der Melodie der satanischen Musik herum, daß ihre einzelnen Anomalien sich sämtlich verschmolzen und sie zu einer Art von Mischmasch wurden, welche einem durch das bloße Zuschauen schon beinahe den Kopf verdrehte. Plötzlich hielten sie an, betrachteten gegenseitig ihre Gestalten und erhoben ein schallendes Gelächter, worauf ein Regen von Septemberblättern – die sich den ganzen Tag über besonnen hatten, ob sie fallen sollten oder nicht – durch die Bewegung der Luft abgeschüttelt, kreisend auf die Festteilnehmer herabkam.

Jetzt trat aus Mangel an Atem eine Stille ein, auf deren tiefstem Punkte ich mich, von der Seltsamkeit der Überraschung meiner ernsthaften Genossen in dieser Maskerade gekitzelt, eines lauten Gelächters auf meine Separatrechnung nicht enthalten konnte.

„Hallo!“ hörte ich die hübsche wahrsagende Zigeunerin rufen, „wer lacht da!“

„Irgendein profaner Lauscher“, sagte die Göttin Diana, „ich werde einen Pfeil durch sein Herz senden oder ihn in einen Hirsch verwandeln, wie einst den Actäon, wenn er hinter den Bäumen hervorspäht.“

„Ich seinen Skalp nehmen!“ schrie der indianische Häuptling, indem er seinen Tomahawk schwang und einen großen Bocksprung machte.

„Ich will ihn mit einem Zauberspruche, den ich auf meiner Zungenspitze habe, an die Erde festwurzeln lassen!“ quiekte Moll Pitcher. „Und das grüne Moos soll ihn ganz überwachsen, ehe er wieder frei wird!“

„Die Stimme war die Miles Coverdales“, sagte der teuflische Geiger mit einem Schwenken seines Schweifes und einem Aufwerfen seiner Hörner. „Meine Musik hat ihn hierher gelockt. Er ist stets bereit, nach der Musik des Teufels zu tanzen."

So auf die richtige Spur gebracht, erkannten sie sämtlich auf einmal die Stimme und erhoben gleichzeitig ein lautes Geschrei.

„Miles! Miles! Miles Coverdale, wo sind Sie?" riefen sie. „Zenobia, Königin Zenobia! Hier schleicht sich einer von Ihren Vasallen im Walde umher. Befehlen Sie ihm, sich zu nähern und seine Huldigung darzubringen!"

Die ganze phantastische Bande machte sich sofort auf die Beine, um mich zu verfolgen, so daß ich einem von Chimären gejagten tollen Dichter glich. Da ich ihnen jedoch um ein ziemliches Stück voraus war, gelang es mir, zu entrinnen und in kurzem ihre lärmende Lustigkeit weit hinter mir zurückzulassen. Schwächere Töne nahmen eine Art von klagendem Ausdruck an und verklangen endlich in der Stille und Feierlichkeit des Waldes. In meiner Hast stolperte ich über einen Haufen von Scheiten und Reisig, welcher vor langer Zeit von einem früheren Besitzer des Bodens zum Brennholz geschlagen und viereckig zusammengelegt worden war, um nach dem Farmhause geschafft zu werden. Sie waren jedoch in Vergessenheit geraten und hatten vielleicht fünfzig Jahre oder noch länger dagelegen, bis sich durch das Überwachsen mit Moos und das allherbstlich darauffallende und verwitternde Laub ein grüner Hügel gebildet, an welchem die Umrisse des Holzhaufens noch zu erkennen waren. In der veränderlichen Stimmung, welche jetzt meinen Geist beherrschte, war mir dieser einfache Umstand seltsam rührend. Ich stellte mir vor, wie der längstverstorbene Holzfäller mit seiner längstverstorbenen Frau und Kindern aus ihren kalten Gräbern kamen und mit diesem Haufen von bemoostem Brennstoff Feuer anzuzünden versuchten.

Von dieser Stelle wanderte ich, ganz in meine Träume versunken und ohne zu wissen oder mich zu kümmern, wohin ich ging, weiter, bis in einiger Entfernung eine leise, weiche, mir unvergeßliche Stimme sprach:

„Da ist Herr Coverdale."

„Miles Coverdale!" sagte eine andere Stimme, und ihre Töne waren sehr streng, „so möge er herbeikommen."

„Ja, Herr Coverdale!" rief eine Frauenstimme hell und melodisch, aber in diesem Augenblicke mit etwas Unnatürlichem im Klang, „Sie sind willkommen! Aber Sie erscheinen um eine halbe Stunde zu spät und haben eine Szene versäumt, welche Ihnen Genuß bereitet hätte!"

Ich blickte auf und sah mich in der Nähe der Eliotskanzel, unter welcher Hollingsworth mit Priscilla zu seinen Füßen saß, während Zenobia vor ihnen stand.

XXV
Die drei beisammen

Hollingsworth war in seiner gewöhnlichen Werktagskleidung, Priscilla trug ein einfaches, hübsches Kleid mit einem Tuch um den Hals und eine Kapuze, die sie von ihrem Kopfe zurückgeworfen hatte, so daß sie noch an den Bändern hing. Aber Zenobia – deren Rolle unter den Masken, wie man sich leicht denken wird, keine untergeordnete war – stand da in einem Kostüm von phantastischer Pracht, mit ihrer Juwelenblume als Ornament inmitten einer blätterigen Krone oder eines Diadems. Sie stellte die morgenländische Fürstin vor, mit deren Namen wir sie zu bezeichnen gewohnt waren. Ihre Haltung war frei und edel, jedoch, wenn die einer Königin, nicht diejenige einer triumphierenden Königin, sondern einer entthronten, die auf Leben und Tod vor Gericht steht oder sogar bereits verurteilt ist. Dessenungeachtet schien der Geist des Kampfes noch in ihr zu leben. Ihre Augen flammten. Ihre Wangen hatten eine jede einen purpurnen Flecken, so glühend und von so bestimmten Umrissen umgrenzt, daß ich anfangs nicht wußte, ob er künstlich gemacht sei oder nicht. Nach sehr kurzer Zeit wurde jedoch diese Idee von der darauffolgenden

Blässe vertrieben, als das Blut plötzlich zurücktrat. Zenobia sah jetzt wie Marmor aus.

Man fühlt es stets im ersten Augenblicke, wenn man sich bei solchen, welche lieben oder hassen, auf einem Gipfelpunkte ihrer Leidenschaft eingedrängt hat, welcher sie in eine eigene Sphäre versetzt, worin kein anderer Geist mit ihnen auf gleicher Stufe zu stehen vermag. Ich war verwirrt, selbst von einer Art Schrecken ergriffen und wünschte mich in weite Ferne. Die Stärke ihrer Gefühle gab ihnen das ausschließliche Eigentum des Bodens und der Atmosphäre und ließ mir kein Recht, dort zu atmen.

„Hollingsworth – Zenobia – ich bin soeben erst nach Blithedale zurückgekehrt", sagte ich, „und ich ahnte nicht, daß ich Sie hier finden würde. Wir werden im Hause zusammentreffen. Ich will mich entfernen."

„Sie haben ein freies Anrecht auf diesen Platz", sagte Hollingsworth.

„Ein ebenso freies, wie wir selbst", fügte Zenobia hinzu, „Sie haben seit langer Zeit schon Ihr Wild verfolgt und in den dunklen Winkeln des Herzens nach menschlichen Empfindungen gespäht. Wären Sie ein wenig früher gekommen, so hätten Sie sie an das Licht des Tages gezogen sehen können. Ich möchte sogar beinahe wünschen, meinen Prozeß noch einmal durchzumachen, während Sie dabeistehen, um auf Gerechtigkeit zu sehen! Wissen Sie, Herr Coverdale, daß ich auf Leben und Tod vor Gericht gestanden habe?"

Sie lachte bei diesen Worten; als aber meine Augen von einem Mitglied der Gruppe auf das andere wanderten, sah ich in Hollingsworth in der Tat alles, was nur ein Künstler für das finstere Porträt eines puritanischen Richters wünschen konnte, der in einem Hexenprozesse über Leben und Tod zu Gericht säße – in Zenobia die Zauberin selbst, nicht greisenhaft, runzelig und gebrechlich, sondern schön genug, um den Satan mit einer seiner eigenen Macht entsprechenden Gewalt zu versuchen, und in Priscilla das bleiche Opfer, dessen Seele und Leib durch ihre Zaubersprüche abgezehrt waren. Wäre ein Scheiterhaufen an den Felsen gelehnt gewesen, so würde diese Andeutung des bevorstehenden Schicksals das Gemälde vervollständigt haben.

„Es war zu hart gegen mich“, fuhr Zenobia zu Hollingsworth gewendet fort, „daß Richter, Geschworene und Ankläger sämtlich in einem Menschen zusammengefaßt waren. Ich bestreite die Kompetenz des Gerichtshofes, wie, glaube ich, die Advokaten sagen. Aber der gelehrte Richter Coverdale möge sich auf den Gipfel des Felsens setzen und Sie und ich nebeneinander an seinem Fuße stehen und vor ihm unsere Sache plädieren! Es könnten dann vielleicht zwei Verbrechen statt eines zum Vorschein kommen.“

„Sie haben mir das aufgezwungen“, erwiderte Hollingsworth, indem er ihr streng ins Gesicht blickte. „Habe ich Sie etwa von der Maskerade dort hierher gerufen? Nehme ich mir heraus, Ihr Richter zu sein? Nein, außer insofern ich ein unbezweifeltes Recht des Urteils habe, um meine Richtschnur des Benehmens gegen jene, mit welchen mich die Ereignisse des Lebens in Berührung bringen, festzusetzen. Allerdings habe ich Sie bereits gerichtet, aber nicht von seiten der Welt, und ebensowenig mache ich darauf Anspruch, einen Richterspruch zu fällen.“

„Das ist gut!“ sagte Zenobia lächelnd. „Was für sonderbare Wesen ihr Männer seid, Herr Coverdale, nicht wahr? Es ist für euch das einfachste von der Welt, eine Frau vor euer geheimes Tribunal zu ziehen und sie ungehört zu richten und zu verdammen und ihr dann zu sagen, daß sie frei und ohne Urteilsspruch ihres Weges gehen möge. Das Unglück ist nur, daß dieses geheime Tribunal zufällig den einzigen Richterstuhl bildet, welchen eine echte Frau fürchtet, und daß jedes Urteil, das kein Freispruch ist, einem Todesurteil gleichkommt.“

Je länger ich sie alle anblickte und je mehr ich hörte, desto stärker wurde mein Eindruck, daß soeben eine Krisis gekommen und vorübergegangen sei. Auf Hollingsworths Stirn hatte sie ein Gepräge, wie das eines unwiderruflichen Urteils hinterlassen, dessen Werkzeug sein eigener Wille war. In Zenobias ganzer Gestalt sah ich bei genauerer Betrachtung stürmische Aufregung, fast Delirium und Unruhe eines großen Kampfes, nach dessen Beendigung die Besiegte immer noch ihre Kraft und ihren Mut mächtig fühlte und sich sehnte, den Streit zu erneuern. Meine Empfindungen waren von der Art, als sei ich auf ein Schlachtfeld gekommen, ehe sich noch der Rauch verzogen hatte.

Und welche Gegenstände waren hier diskutiert worden? Ohne Zweifel alle, die seit so vielen Monaten mein Herz und meine Phantasie in einem fruchtlosen Fieber erhalten hatten. Zenobias Charakter und Geschichte, die wahre Natur ihrer geheimnisvollen Verbindung mit Westervelt, ihre späteren Absichten in bezug auf Hollingsworth und dagegen die seinen in bezug auf sie und endlich der Grad, in welchem Zenobia um das Komplott gegen Priscilla gewußt hatte und was endlich der wahre Zweck dieses Planes gewesen war. Über diese Punkte blieb ich, wie früher, meinen eigenen Vermutungen überlassen. Nur eines war gewiß: Zenobia und Hollingsworth waren nicht mehr Freunde. Wenn je ihre Herzenssaiten ineinander verschlungen gewesen waren, so war der Knoten für lästig erklärt und jetzt gewaltsam zerrissen worden.

Aber Zenobia schien unfähig zu sein, sich bei der Lage, welche die Sache jetzt angenommen hatte, zu beruhigen.

„Also scheiden wir so?“ sagte sie, als sie sah, daß Hollingsworth sich entfernen wollte.

„Und warum nicht?“ sagte er mit fast grober Kürze, „was haben wir miteinander weiter zu sprechen?“

„Vielleicht nichts“, antwortete Zenobia, indem sie ihm lächelnd ins Gesicht blickte; „aber wir sind früher so viele Male an diesen grauen Felsen gekommen und haben unter dem Säuseln der Birken sehr sanft miteinander gesprochen. Es waren angenehme Stunden. Ich möchte die letzte davon, wenn sie auch nicht ganz so köstlich ist, so langsam wie möglich verstreichen lassen. Und überdies haben Sie mir bei dieser Zusammenkunft, welche Sie als unsere letzte bezeichnen, eine Menge von Fragen gestellt. Und da ich, wie ich gestehen muß, in die Enge getrieben war, so habe ich mit vernünftiger Freimütigkeit geantwortet; aber jetzt wünsche ich mit Ihrer freien Einwilligung das Recht zu haben, ebenfalls einige Fragen zu stellen."

„Ich habe nichts zu verhehlen", sagte Hollingsworth.

„Das werden wir sehen", antwortete Zenobia, „zuerst möchte ich fragen, ob Sie mich für reich gehalten haben?"

„In diesem Punkte", bemerkte Hollingsworth, „habe ich dieselbe Ansicht gehegt wie die Welt."

„Und ich hatte sie ebenfalls", sagte Zenobia. „Wäre es nicht so gewesen, so ist der Himmel mein Zeuge, daß die Kenntnis davon Ihnen ebensogut zuteil geworden wäre wie mir. Erst seit drei Tagen kenne ich die seltsame Tatsache, welche mich arm zu machen droht, und Ihre eigene Bekanntschaft damit ist vermutlich von einem wenigstens ebenso alten Datum. Ich hielt mich für wohlhabend. Sie wissen ferner, welche Verfügung ich über den größeren Teil meines eingebildeten Reichtums zu treffen gedachte; ja, wäre es das Ganze gewesen, so hätte ich nicht gezaudert. Lassen Sie mich ferner fragen, ob ich jemals eine Kontraktsbedingung, von welcher dieses – wie es die Welt betrachten würde – so wichtige Opfer abhängen sollte, vorgeschlagen oder angedeutet habe?"

„Sie haben allerdings von keiner gesprochen", sagte Hollingsworth.

„Und auch keine beabsichtigt", erwiderte sie, „ich war bereit, Ihren Traum vollkommen – großmütig, wie manche denken mögen –, jedenfalls aber vollständig zu verwirklichen, ohne mich darum zu kümmern, daß es den Ruin meines Vermögens zur Folge haben könne. Wenn Sie in Ihren eigenen Gedanken mit diesem Aufwande Bedingungen verbunden haben, so sind Sie es, der für alles, was sie Gemeines und Unwürdiges an sich haben mögen, verantwortlich ist. Und nun noch eine Frage – lieben Sie dieses Mädchen?"

„Zenobia!" rief Priscilla zurückschreckend, als wünsche sie, daß der Felsen stürzen und sie verbergen möge.

„Lieben Sie sie?" wiederholte Zenobia.

„Hätten Sie mir die Frage vor kurzem gestellt", antwortete Hollingsworth nach einer Pause, während der, wie mir schien, selbst die Birken ihren wispernden Atem anhielten, „so würde ich Ihnen entgegnet haben: Nein. Meine Gefühle für Priscilla wichen nur wenig von denen eines älteren Bruders ab, welcher freundlich über der zarten Schwester wacht, die ihm Gott zu beschützen gegeben hat."

„Und was ist Ihre Antwort jetzt?" sagte Zenobia hartnäckig.

„Jetzt liebe ich sie", sprach Hollingsworth mit einem tiefen Atemzuge nach innen, statt die Worte gerade heraus zu sagen. „Es ist ebensogut, es so zu erklären, wie auf irgendeine andere Art; ich liebe sie."

„Nun, so richte Gott zwischen uns, wer von uns beiden ihn am schwersten beleidigt hat!" rief Zenobia mit einem plötzlichen Ausbruch der Leidenschaft. „Wenigstens bin ich eine Frau; vielleicht mit allen Fehlern, die je eine Frau gehabt hat, schwach, eitel, grundsatzlos, wie die meisten meines Geschlechts, denn unsere Tugenden sind, wenn wir deren haben, nur Gefühlssache – leidenschaftlich dazu und meine törichten, unerreichbaren Zwecke durch indirekte und listige, wenn auch absurd gewählte Mittel verfolgend, wie es eine als Sklavin Geborene muß. Lügnerisch gegen den ganzen Kreis des Guten in meiner rücksichtslosen Wahrheit gegen das wenige Gute, was ich vor mir sah – aber dennoch eine Frau, ein Geschöpf, welches nur eine kleine Veränderung des irdischen Glückes, ein etwas freundlicheres Lächeln desjenigen, der mich hierher gesendet hat, und ein einziges, treues Herz, um mich aufzumuntern und zu leiten, zu allem hätte machen können, was eine Frau sein kann. Aber wie steht es mit Ihnen? Sind Sie ein Mann? Nein! Vielmehr ein Ungeheuer. Ein kalter, herzloser, in sich selbst beginnender und in sich selbst endender Mechanismus."

„Was werfen Sie mir eigentlich vor?", fragte Hollingsworth fassungslos und über diesen Angriff schwer getroffen; „zeigen Sie mir in allem, wonach ich je gestrebt habe, nur einen einzigen, selbstsüchtigen Zweck, dann mögen Sie mir ihn mit dem Messer aus der Brust schneiden."

„Es ist alles nur Selbst", antwortete Zenobia mit noch größerer Bitterkeit, „nichts, weiter nichts als Selbst! Selbst! Selbst! Der Satan hat sich ohne Zweifel mit Ihnen die letzten sieben Jahre hindurch und besonders in dem tollen Sommer, den wir zusammen verlebt haben, seinen köstlichsten Spaß gemacht. Ich sehe es jetzt ein; ich bin erwacht, entzaubert, befreit. Selbst! Selbst! Selbst! Sie haben sich selbst zu einem Projekte verkörpert! Sie sind ein besserer Maskenspieler als die Zigeuner und Hexen dort, denn Ihre Verkleidung ist eine Selbsttäuschung. Sehen Sie, wohin sie Sie gebracht hat! Zuerst wollten Sie einen Todesstreich, und zwar einen hinterlistigen, gegen dieses Experiment eines reineren und höheren Lebens, bei welchem sich so viele edle Geister beteiligt hatten, führen. Dann warfen Sie Coverdale unbarmherzig von sich, weil er nicht ganz Ihr Sklave sein konnte; und auch mich nahmen Sie in Ihren Plan auf, solange eine Hoffnung vorhanden war, daß ich dafür nutzbar sein könne, und jetzt werfen Sie mich wie ein zerbrochenes Werkzeug wieder beiseite. Aber die erste und schwärzeste von Ihren Sünden ist die, daß Sie Ihr innerstes Bewußtsein erstickten, daß Sie Ihrem eigenen Herzen ein tödliches Unrecht zufügten – Sie waren bereit, dieses Mädchen aufzuopfern, welches Gott, wenn er jemals eine Absicht kundtat, unter Ihre Obhut gestellt hatte und durch welches er bemüht war, Sie zu erlösen."

„Das ist eine Weiberansicht", sagte Hollingsworth totenbleich; „die Ansicht einer Frau, deren ganzer Wirkungskreis im Herzen liegt und die sich keinen höheren oder umfassenderen Sinn vorstellen kann."

„Schweigen Sie!" rief Zenobia gebieterisch. „Sie kennen weder den Mann noch die Frau. Das Höchste, was man zu Ihren Gunsten sagen kann, und weil ich in meinen eigenen Augen nicht ganz verächtlich sein, sondern die Vergeudung meiner Gefühle gern entschuldigen und sie nicht völlig als eine Verblendung eingestehen möchte, sage ich es – ist das, daß in Ihrer Brust ein großes, reiches Herz verdorben ist. Jetzt gehen Sie! Sie sind mit mir fertig und ich mit Ihnen. Leben Sie wohl!"

„Priscilla!" sagte Hollingsworth, „komm!"

Zenobia lächelte und ich vielleicht ebenfalls. Nicht oft hat im menschlichen Leben ein nagendes Gefühl der Beleidigung eine süßere Rache gefunden als die in dem Tone gebotene, womit Hollingsworth jene beiden Worte aussprach. Es war der niedergedrückte, bebende Ton eines Mannes, dessen Glaube an sich selbst erschüttert war und der sich wenigstens auf eine Herzensneigung zu stützen suchte. Es war so: Der starke Mann beugte sich und ruhte auf dieser armen Priscilla! Welch ein Triumph wäre es für die Zuschauer gewesen, wenn sie sich ihm verweigert hätte!

Und anfangs erwartete ich auch halb, daß sie im Begriff sei, ihn im Stich zu lassen. Sie erhob sich, stand bebend wie die über ihrem Kopfe zitternden Birkenblätter da und schwankte langsam – man kann nicht sagen, daß sie ging, – auf Zenobia zu. Zu ihren Füßen angekommen, sank sie dort nieder in derselben Haltung, welche sie bei ihrer ersten Begegnung in der Küche des alten Farmhauses angenommen hatte. Zenobia erinnerte sich daran.

„Ach, Priscilla!" sagte sie, den Kopf schüttelnd, „wie viel hat sich seitdem geändert. Du kniest vor einer entthronten Fürstin. Du, die Siegerin! Aber er wartet auf dich; sag, was du wünschest und verlaß mich."

„Wir sind Schwestern", stöhnte Priscilla.

Ich glaubte das Wort und die Gebärde zu verstehen. Es bedeutete, daß sie sich und alles, was sie hatte, zu Zenobias Verfügung stelle; aber Zenobia wollte es nicht so nehmen.

„Es ist wahr, wir sind Schwestern", antwortete sie, und, von dem süßen Worte bewegt, beugte sie sich nieder und küßte Priscilla, jedoch nicht liebevoll, denn in Zenobias Herzen schien das Gefühl eines durch sie empfangenen, verderblichen Schadens verborgen zu liegen. „Wir hatten einen Vater. Du wußtest es von Anfang an. Ich erst seit kurzem – sonst würdest du von manchen Dingen, welche sich zugetragen haben, verschont geblieben sein; aber ich habe dir nie etwas Böses gewünscht. Du standest zwischen mir und einem Ziele, wonach ich strebte. Ich verlangte einen freien Weg, gleichviel, was ich im Sinne hatte. Jetzt ist es vorbei. Vergibst du mir?"

„Zenobia!" schluchzte Priscilla, „ich fühle mich als die Schuldige!"

„Nein, du armes, kleines Ding", sagte Zenobia mit einer Art von Verachtung. „Du bist mein böses Schicksal gewesen; aber es hat nie ein Kind an der Mutterbrust gelegen, das weniger Kraft oder Willen, um Schaden zuzufügen, besessen hätte. Armes Kind! Ich glaube, dir steht ein trauriges Los bevor, da du so ganz allein in dem weiten, trostlosen Herzen sitzest, wo vielleicht – und leider glaube ich es – das Feuer, welches du entzündet hast, bald verlöschen wird. Der Gedanke läßt mich für dich zittern. Was wirst du tun, wenn du unter der Asche keinen Funken mehr findest?"

„Sterben", antwortete sie.

„Das war gut gesagt", antwortete Zenobia mit einem belobenden Lächeln. „Da ist in deinem kleinen Umfang doch eine ganze Frau, meine arme Schwester. Nun geh mit ihm und lebe."

Sie winkte sie mit einer königlichen Gebärde hinweg und wendete ihr eigenes Gesicht dem Felsen zu. Ich beobachtete Priscilla mit Neugier, welches Urteil sie über Zenobia und Hollingsworth fällen, wie sie sein Benehmen auslegen würde, um es mit wahrer Treue, sowohl gegen ihre Schwester, wie gegen sich selbst in Einklang zu bringen, wie sie ihre Liebe zu ihm zwingen würde, irgendwie im Einvernehmen mit ihrer schwesterlichen Neigung zu bleiben. Aber es war wirklich keine so große Schwierigkeit vorhanden, wie ich sie mir einbildete. Ihre sie gänzlich erfüllende Liebe machte ihr das alles klar. Hollingsworth konnte keinen Fehler haben, dies war das Prinzip, welches für sie das Zentrum der Welt bildete, und die zweifelhafte Schuld oder mögliche Unschuld anderer Menschen, der äußere Schein, klar zutage liegende Tatsachen, das Zeugnis ihrer eigenen Sinne, – sogar Hollingsworths Selbstanklage, wenn er sich zu einer solchen erboten hätte, hätte auf der anderen Seite nicht so viel gewogen wie ein Stäubchen Distelflaum. So sicher war sie seines Rechts, daß ihr niemals beifiel, es an dem Unrecht zu messen, das einem anderen zugefügt wurde, und so ließ sie letzteres auf sich beruhen.

Hollingsworth zog ihren Arm in den seinen und verschwand bald darauf mit ihr unter den Bäumen. Ich kann mir nicht vorstellen, wie Zenobia wahrnahm, daß sie verschwunden waren; sie blickte kein einziges Mal auf jene. Sie behauptete ihre stolze Haltung, so lange jene einen Blick hätten zurückwerfen können, aber sie waren kaum verschwunden, völlig verschwunden, als sie auch langsam niederzusinken begann. Es war, als ob sie eine große, unsichtbare, unwiderstehliche Wucht zur Erde drücke. Sie sank auf ihre Knie, lehnte ihre Stirn an den Felsen und schluchzte in Krämpfen. Es schien ein trockenes Schluchzen zu sein, welches nichts mit Tränen zu schaffen hatte.

XXVI
Zenobia und Coverdale

Zenobia hatte mich völlig vergessen. Sie glaubte sich mit ihrem großen Schmerz allein. Und wenn es nur ein gewöhnliches

Mitleid gewesen wäre, was ich für sie fühlte – das Mitleid, das ihre stolze Natur zurückgewiesen hätte als das eine schlimmste Übel, das die Welt ihr noch anzudrohen hätte –, so hätte mich die Heiligkeit und Furchtbarkeit der Krisis vielleicht bewogen, stumm hinwegzuschleichen, so daß kein dürres Blatt unter meinen Füßen raschelte. Ich hätte sie mit dem auf ihr ruhenden Auge Gottes in dieser Einsamkeit ihrem Kampfe allein überlassen; aber es fiel mir nicht im Traume ein, mein Recht auf meine Anwesenheit hier in Frage zu ziehen, wie ich es kurz vorher getan hatte, als ich so plötzlich auf Hollingsworth und sie in der Hitze ihrer Debatte stieß. Ich habe keine Neigung zu erklären, welche Analogie ich zwischen Zenobias Lage und der meinen sah oder mir einbildete, und ich glaube auch nicht, daß der Leser dieses eine Geheimnis entdecken wird, welches unter so vielfachen Enthüllungen, die mich vielleicht weniger berührten, verborgen liegt. Die einfache Wahrheit ist jedoch die, daß es mir, als Zenobia von jener tränenlosen Pein erschüttert ihre Stirn an den Felsen lehnte, vorkam, als ob derselbe Schmerz mit kaum verminderter Qual zuckend von ihren Herzenssaiten auf die meinen überspränge. War es daher unrecht, wenn ich mich durch eine Sympathie wie diese zur Priesterschaft geweiht und dazu berufen fühlte, den Schmerz dieser Frau, soweit es ein Sterblicher konnte, zu lindern?

Was konnte aber ein Sterblicher für sie tun? Nichts. Der Versuch dazu wäre ein Spott und eine Qual gewesen. Allerdings würde die Zeit ihren Kummer hinwegstehlen und ihn mit dem Besten ihres Herzens in demselben Grab begraben. Aber das Schicksal selbst konnte, wie ich glaubte, in seiner freundlichsten Stimmung für Zenobia, um ihr eine schnelle Linderung zu geben, nichts Besseres tun, als den überhängenden Felsen sich noch ein wenig weiter herüberneigen und auf ihr Haupt fallen zu lassen. So lehnte ich an einem Baume und hörte in tiefem Schweigen ihrem Schluchzen zu. Sie war halb zur Erde geworfen, halb kniete sie mit immer noch an den Felsen gepreßter Stirn. Ihr Schluchzen war das einzige, was ich wahrnahm; sie stöhnte nicht, sie gab ihrem Schmerze keinen anderen Ausdruck. Es war alles unwillkürlich.

Endlich richtete sie sich sitzend empor, strich ihr Haar zurück und starrte verwirrt, als ob sie sich der Szene, welche sie durchlebt, nicht deutlich erinnere und sich der Lage, worin sie sie zurückließ, nicht bewußt sei. Ihr Gesicht und ihre Stirn waren von dem andringenden Blute beinahe purpurn. Sie färbten sich jedoch endlich weiß und behielten diese Leichenfarbe eine Zeitlang. Sie legte ihre Hand mit einer Gebärde an ihre Stirn, welche mir mit Gewalt das Bewußtsein aufdrängte, daß dort ein starker, lebender Schmerz vorhanden sei.

Ihr verstört schweifender Blick streifte zu wiederholten Malen über mich, ohne sie, wie es schien, von meiner Anwesenheit zu benachrichtigen; endlich zuckte jedoch ein Strahl des Erkennens aus ihren Augen in die meinen.

„Sind Sie es, Miles Coverdale?“ sagte sie lächelnd; „ach, ich bemerke, was Sie vorhaben. Sie bringen die ganze Geschichte in eine Ballade. Wollen Sie mich nicht die Verse, welche Sie bereits fertig haben, hören lassen?“

„Zenobia!“ antwortete ich. „Seien Sie still, der Himmel weiß, welche Pein meine Seele erfüllt.“

„Nicht wahr, es ist ein echtes Trauerspiel!“ entgegnete Zenobia mit einem scharfen, leichten Lachen. „Und Sie sind vielleicht auch bereit zuzugestehen, daß mir ein hartes Maß zuteil geworden ist. Aber es ist das Schicksal der Frau, und ich habe es verdient wie eine Frau. Also nichts von Mitleid, wie meinerseits keine Klage kommen soll. Es ist jetzt alles so recht oder wird es in kurzem sein; aber, Herr Coverdale, schreiben Sie jedenfalls diese Ballade und gießen Sie Ihren Seelenschmerz hinein und benutzen Sie Ihre Teilnahme, wie es andere Dichter tun, und wie es die Dichter tun müssen, wenn sie uns nicht glänzende Eiszapfen statt Feuerworte geben wollen. Was die Moral betrifft, so muß sie in einem

Tropfen von bitterem Honig in den letzten Vers gefaßt werden."

„Wie soll sie lauten, Zenobia?" fragte ich, mit einem Versuche, in ihre Laune einzustimmen.

„Oh, eine sehr alte wird den Zweck erfüllen", antwortete sie. „Es gibt keine neuen Wahrheiten, so stolz wir auch darauf gewesen sind, einige zu finden. Eine Moral. Nur diese, daß auf dem Schlachtfelde des Lebens der treffende Streich, der bei einem Manne nur auf den stählernen Helm fiele, bei einer Frau gewiß das Herz trifft, über dem sie keinen Brustpanzer trägt, so daß ihr die Weisheit gebietet, dem Kampfe fern zu bleiben. Oder die, daß die ganze Welt, ihr eigenes Geschlecht wie das Ihre und die Vorsehung oder das Schicksal dazu, gemeinschaftliche Sache gegen das Weib machen, welches nur um ein Haar breit aus dem ausgetretenen Wege weicht. Ja, und fügen Sie hinzu – denn jetzt kann ich es wohl gestehn –, daß sie mit dieser einen Haarbreite ganz irre geht und die Welt nie wieder aus ihrem wahren Gesichtspunkt erblickt."

„Das letztere ist eine zu strenge Moral", bemerkte ich. „Können wir sie nicht ein wenig mildern?"

„Tun Sie es, wenn Sie wollen, auf Ihre eigene Gefahr, nicht auf meine Verantwortlichkeit", sagte sie. Hierauf brachte sie plötzlich das Gespräch auf einen andern Gegenstand: „Er hat am Ende doch etwas weggeworfen, was ihm mehr genützt haben würde als die arme, blasse Blume, die er behielt. Was kann Priscilla für ihn tun? Leidenschaftliches Feuer in sein Herz bringen, wenn es von erstarrten Hoffnungen durchfröstelt sein wird? Seine Hände kräftigen, wenn sie vom vielen Arbeiten und keinem Vollbringen müde sind? Nein, sie kann nur mit einer blinden, instinktmäßigen Liebe zu ihm streben und ihre kleine, winzige Schwäche hemmend an seinen Arm hängen. Sie kann ihm nicht einmal eine solche Sympathie geben, die des Namens würdig wäre; denn wird er nie in dunkeln Stunden der stolzen, intellektuellen Sympathie bedürfen, welche er hätte von mir erhalten können –, der Sympathie, welche Licht auf seinen Weg blitzen und ihn sowohl erheitern wie leiten würde? Der arme Hollingsworth, wo wird er sie jetzt finden?"

„Hollingsworth hat ein Herz von Eis", sagte ich bitter; „er ist ein Lump."

„Tun Sie ihm nicht unrecht", unterbrach mich Zenobia auffahrend; „nehmen Sie sich nicht heraus, einen Mann wie Hollingsworth abzuschätzen. Es war nur meine Schuld und nicht die seine. Jetzt sehe ich es ein. Er hat mich nie gesucht. Warum hätte er mich suchen sollen? Was hatte ich ihm zu bieten? Ein elendes, zerschlagenes und zermalmtes Herz, welches schon lange, ehe er mir begegnete, verdorben war; dazu ein Leben, das in das eines Schurken hoffnungslos verwickelt war. Er tat wohl daran, mich zu verstoßen. Gott sei Dank, daß er es getan hat! Und doch würde ich ihm alle diese Not erspart haben, hätte er mir vertraut und mich noch ein wenig länger ertragen."

Sie blieb eine Zeitlang stumm und stand mit auf den Boden gehefteten Augen da; als sie sie wieder erhob, war ihr Blick sanfter und ruhiger.

„Miles Coverdale", sagte sie.

„Zenobia, kann ich Ihnen einen Dienst erweisen?"

„Sie können nur sehr wenig für mich tun, aber es ist meine Absicht, wie Sie sich wohl denken werden, mich von Blithedale zu entfernen, und wahrscheinlich werde ich Hollingsworth nicht wieder sehen. Sie begreifen, daß sich eine Frau in meiner Lage unter früheren Freunden schwerlich wohlfühlen kann. Neue Gesichter, ungewohnte Mienen – nur diese vermag sie zu ertragen. Sie würde sich in vertrauter Umgebung abhärmen, sie würde unter den Augen, welche mit ihrem Geheimnis bekannt wären, erröten, ihr Herz könnte unbehaglich schlagen, sie würde sich wahrscheinlich mit törichten Ideen kränken, daß sie die Ehre ihres Geschlechtes zu den Füßen eines stolzen, widerspenstigen Mannes geopfert hat. Das arme Frauengeschlecht mit seinen Rechten und Leiden! Hier haben wir für meinen Vortragskurs, dessen Idee Sie vor ein oder zwei Monaten belächelt haben, neuen Stoff. Da Sie aber wirklich ein Herz und Sympathien, wie sie nun eben sind, besitzen, und da ich abreisen werde, ohne Hollingsworth wiederzusehen, so muß ich Sie bitten, den Boten zwischen ihm und mir zu machen."

„Gern", sagte ich, über die seltsame Weise, auf welche ihr Geist zwischen dem tiefsten Ernst und einer bloßen Leichtfertigkeit zu schwanken schien, verwundert. „Was soll die Botschaft sein?"

„Ja, ja, was soll sie sein?" sagte Zenobia. „Ich weiß es am Ende selbst kaum; ich habe bei weiterer Überlegung gar keinen Auftrag. Sagen Sie ihm – sagen Sie ihm etwas Hübsches und Rührendes, das nett und süß in Ihre Ballade gebracht werden kann –, was Sie wollen, wenn es nur zärtlich und unterwürfig genug ist. Sagen Sie ihm, daß er mich gemordet hat; sagen Sie ihm, daß ihn mein Gespenst verfolgen wird." Sie sprach diese Worte mit der wildesten Energie. „Und geben Sie ihm – nein, geben Sie Priscilla dieses."

Mit diesen Worten nahm sie die Juwelenblume aus ihrem Haar, und es erschien mir als die Gebärde einer Königin, die, nachdem sie in einem Kampfe unterlegen, sich selbst die Krone abnehme, als fände sie in der Demütigung ihres ganzen Stolzes einen Trost.

„Sagen Sie ihr, daß sie dies um Zenobias willen tragen möge", fuhr sie fort; „sie ist ein hübsches, kleines Geschöpf und wird für ihn ein so sanftes, mildes Weibchen abgeben, als wie der ärgste Blaubart nur immer wünschen könnte. Schade, daß sie so bald verwelken muß. Die zarten, schwächlichen Mädchen tun es stets. In zehn Jahren mag Hollingsworth mein Gesicht mit dem Priscillas vergleichen und dann zwischen den beiden wählen, oder wenn er will, so mag er es jetzt tun."

Wie herrlich Zenobia aussah, als sie dies sagte. Die Wirkung ihrer Schönheit wurde durch das übermäßige Bewußtsein und deren Selbstanerkennung, wozu sie wahrscheinlich Hollingsworths Geringschätzung getrieben hatte, noch erhöht. Sie verstand den Ausdruck der Bewunderung auf meinem Gesicht, und, bis zum letzten Augenblicke Zenobia, er machte ihr Freude.

„Es ist unendlich schade“, sagte sie, „daß es mir nicht eingefallen war, Ihr Herz zu gewinnen, Herr Coverdale, statt dem Hollingsworths. Ich glaube, daß es mir gelungen wäre, und viele Frauen würden Sie als die würdigere Eroberung von den beiden betrachtet haben. Sie sind sicherlich ein schönerer Mann als er; aber es liegt ein Schicksal in diesen Dingen. Und die Schönheit des Mannes ist bei mir seit meinem frühesten Mädchenalter, wo sie mir einmal den Kopf verdrehte, von geringer Wichtigkeit gewesen. Nun, leben Sie wohl.“

„Zenobia, wohin gehen Sie?“ fragte ich.

„Gleichviel wohin, aber ich bin dieses Ortes müde und des Philanthropie- und Fortschrittsspielens bis zum Tode überdrüssig. Unter allen Varietäten des falschen Lebens sind wir sicherlich bei unserem Versuche, das eine wahre System einzuführen, in den inhaltsleersten Trug geraten. Ich bin damit fertig, und Blithedale muß ein anderes Frauenzimmer zur Beaufsichtigung der Wäsche suchen, und Sie, Herr Coverdale, eine andere Wärterin, die Ihnen Ihre Grütze kocht, wenn Sie wieder einmal krank werden. Es war wirklich ein törichter Traum. Und doch gewährte er uns einige angenehme Sommertage und heitere Hoffnungen, solange sie anhielten. Mehr kann er nicht tun, und es wird uns nichts helfen, wenn wir auch Tränen über eine zersprungene Seifenblase vergießen. Hier ist meine Hand, adieu.“

Sie gab mir ihre Hand mit derselben freien, großherzigen Bewegung wie an dem ersten Nachmittag unserer Bekanntschaft, und da ich tief bewegt war, fiel mir keine bessere Weise ein, ihr meine tiefe Sympathie zu erkennen zu geben, als diese Hand an meine Lippen zu führen. Als ich dies tat, bemerkte ich, daß diese weiße Hand, welche vor fünf Monaten, als ich sie zum ersten Male berührte, so warm gewesen, jetzt kalt wie Schnee war.

„Wie kalt!“ sagte ich, indem ich sie in dem eitlen Bemühen, sie zu erwärmen, zwischen den meinen hielt. „Was kann der Grund davon sein? Sie ist wirklich totenkalt.“

„Die Extremitäten sterben, wie man sagt, zuerst“, antwortete Zenobia lachend. „Sie küssen also diese arme, verschmähte, zurückgestoßene Hand. Nun, mein teurer Freund, ich danke Ihnen. Sie haben Ihre Huldigung für die Gefallene verspart. Eine Männerlippe wird nie wieder meine Hand berühren; ich will katholisch werden und in ein Nonnenkloster gehen. Wenn Sie wieder von Zenobia hören, so wird ihr Gesicht hinter dem schwarzen Schleier sein. Blicken Sie also zum letzten Male darauf – denn es ist alles aus! Noch einmal, leben Sie wohl!“

Sie zog ihre Hand zurück, ließ jedoch einen zaudernden Druck, den ich noch lange fühlte, in der meinen. Bei der innigen Verbindung, worin ich mit dem vielleicht einzigen Manne, welcher sie jemals wahrhaft interessierte, gestanden hatte, betrachtete mich Zenobia als den Vertreter der ganzen Vergangenheit und wußte, daß sie, indem sie mir Lebewohl sagte, auch auf ewig von Hollingsworth und von dieser ganzen Epoche ihres Lebens Abschied nahm. Noch nie hatte ihre Schönheit strahlender geglänzt als in ihrem letzten Blicke. Sie schied und war bald unter den Bäumen verschwunden.

Mochte es aber nun der tiefe Eindruck der vorhergegangenen Szene oder irgendein anderer Grund sein, ich wurde von einer Phantasie erfüllt, daß Zenobia nicht wirklich fort sei, sondern immer noch die Stelle umschwebe und ihr Geist hier umgehe. Es war mir, als ob ich ihre Augen auf mich geheftet fühle. Es schien, als ob die lebensvolle Färbung ihres Charakters einen glänzenden Flecken in der Luft zurückgelassen habe. Allmählich wurde jedoch der Eindruck weniger deutlich. Ich warf mich auf das abgefallene Laub am Fuße der Eliots-Kanzel. Der Sonnenschein zog sich an den Baumstämmen hinauf zurück und flackerte in den höchsten Wipfeln. Die graue Dämmerung erfüllte den Wald mit Dunkelheit. Die Sterne traten hell am Himmel heraus; die herabhängenden Zweige wurden vom kalten Herbsttau benetzt; aber ich war müde, vom Gefühl um meiner selbst willen und Sympathie für andere erschöpft, und hatte nicht die Kraft, mein unbehagliches Lager am Fuße des Felsens zu verlassen.

Ich muß eingeschlafen sein und einen Traum gehabt haben, dessen Umstände in dem Augenblick völlig verschwanden, als sie sich zu einer tragischen Katastrophe zusammenneigten und so für die sie umhüllende dünne Schlummersphäre zu mächtig wurden. Ich sprang vom Boden auf und fand, daß der aufgegangene Mond die rauhe Oberfläche des Felsens beschien und ein Schauer meinen ganzen Körper durchschüttelte.

XXVII
Mitternacht

Es konnte nicht mehr weit von Mitternacht sein, als ich unter Hollingsworths Fenster kam, es offen fand, einen Grasbüschel mit Erde an den Wurzeln hineinwarf und ihn auf den Fußboden fallen hörte. Er war entweder wach oder schlief nur sehr leicht, denn es war kaum ein Augenblick verstrichen, als er ans Fenster trat und mich im Mondenscheine stehen sah.

„Sind Sie es, Coverdale?“ fragte er. „Was gibt es?“

„Kommen Sie zu mir herunter, Hollingsworth, ich möchte sehr dringlich mit Ihnen sprechen.“

Der seltsame Ton meiner eigenen Stimme erschreckte mich und ihn wahrscheinlich nicht weniger. Er verlor keine Zeit und trat bald mit halb geordneter Kleidung aus der Haustür.

„Ich frage Sie nochmals, was es gibt“, sagte er ungeduldig.

„Haben Sie Zenobia gesehen, seit Sie sich bei Eliots Kanzel von ihr trennten?“ sagte ich.

„Nein“, antwortete Hollingsworth, „und ich hatte es auch nicht erwartet.“

Seine Stimme war tief, aber bebend. Er hatte kaum zu Ende gesprochen, als Silas Foster seinen in ein baumwollenes Taschentuch geknüpften Kopf aus einem der Fenster steckte und, wie er es nannte und es sich auch buchstäblich verhielt, auf uns herabschielte.

„Nun, Leute, was habt ihr da vor?“ fragte er. „Aha, Sie sind es, Miles Coverdale, Sie haben, seit Sie von uns fort sind, wahrscheinlich die Nacht in Tag verwandelt und finden es daher ganz natürlich, sich zu dieser Stunde um das Haus zu schleichen, meine Alte halb vom Verstande zu schrecken und sie einen müden Mann aus seinem besten Schlafe stören zu lassen. Herein mit Ihnen, Sie Vagabund, und zu Bett!“

„Ziehen Sie sich in aller Stille an, Foster“, sagte ich, „wir bedürfen Ihres Beistandes.“

Ich hätte jenen seltsamen Ton nicht aus meiner Stimme bringen können, und wenn es mein Leben galt. So abgestumpft auch Silas Fosters Sensibilitäten waren, schien er den gräßlichen Ernst, welcher darin lag, doch ebenso gut wie Hollingsworth zu erkennen. Er zog augenblicklich den Kopf zurück, und ich hörte ihn gähnend etwas gegen seine Frau murmeln und abermals heftig gähnen, während er hastig seine Kleider anzog. Unterdessen zeigte ich Hollingsworth ein feines mit einer wohlbekannten Chiffre gezeichnetes Taschentuch und teilte ihm mit, wo ich es gefunden und welche anderen Umstände mich mit einem so entsetzlichen Verdacht erfüllt hatten, daß ich es ihm überließ, ihn – wenn er es wagte – selbst in eine Form zu bringen. Bis meine kurze Auseinandersetzung beendigt war, kam auch Silas Foster in seinem blauen, wollenen Kittel zu uns.

„Nun, Leute“, rief er mürrisch, „was ist wieder los?“

„Sagen Sie es ihm, Hollingsworth“, sprach ich.

Hollingsworth zitterte merklich und tat einen schweren Atemzug zwischen seinen Zähnen hindurch. Er faßte sich jedoch wieder, blickte der Sache fester ins Auge, als ich es getan hatte, und erklärte Foster meinen Argwohn, sowie dessen Grund mit einer Deutlichkeit, vor welcher, trotz meiner äußersten Anstrengung, meine Worte zurückgebebt waren. Der starknervige Landmann setzte in seiner Bemerkung darüber der Sache die Krone auf und brachte die grausige Idee in ihrem vollen Schrecken an den Tag, als ob er das Tuch von dem Gesichte einer Leiche ziehe.

„Und Sie denken also, daß sie sich ertränkt hat?“ rief er.

Ich wendete mein Gesicht ab.

„Was in aller Welt könnte das junge Frauenzimmer dazu bewegen“, rief Foster, dem vor Erstaunen die Augen halb aus dem Kopfe traten. „Sie hat doch mehr Geld, als sie verbrauchen oder verschwenden kann, und es fehlt ihr zu ihrer Bequemlichkeit nichts als ein Ehemann, und das ist ein Artikel, den sie alle Tage haben könnte. Ich sage Ihnen, da muß ein Irrtum obwalten.“

„Kommt“, sagte ich schaudernd, „wir wollen gehen und die Wahrheit ermitteln.“

„Schon gut“, antwortete Silas Foster, „wir wollen Ihnen den Willen tun. Wir wollen die lange Stange mit dem Haken am Ende nehmen, den wir dazu gebrauchen, den Eimer aus dem Ziehbrunnen zu holen, wenn das Seil gerissen ist. Damit und mit ein paar langstieligen Heurechen bürge ich, daß wir sie finden, wenn sie irgendwo zu finden ist. Sonderbar genug! Zenobia sich ertränken! Nein, das glaube ich nicht; sie hatte dafür zu viel Verstand und zu viel Geld und fand am Leben viel zu großen Genuß.“

Sobald unsere wenigen Vorbereitungen vollendet waren, eilten wir auf einem kürzeren als dem gewöhnlichen Weg über Felder und Wiesen nach dem Punkte am Flußufer, den ich im Laufe meines Nachmittagsspazierganges betrachtet hatte. Eine unnennbare Ahnung hatte mich, nachdem ich Eliots

Kanzel verlassen, wieder dorthin gezogen. Ich zeigte meinen Gefährten, wo ich das Taschentuch gefunden hatte, und deutete auf zwei oder drei in den lehmigen Boden gedrückte und dem Wasser zugerichtete Fußstapfen. Auf dem Grunde seines seichten Randes, in den Wasserpflanzen, waren weitere bis jetzt von der trägen dort beinahe stillstehenden Strömung noch nicht verwischte Spuren vorhanden. Silas Foster beugte sein Gesicht bis nahe an diese Fußstapfen hinab und hob einen Schuh auf, welcher meiner Beobachtung entgangen war, da er halb vom Schlamme bedeckt wurde.

„Das ist ein Ziegenlederschuh, der auf keinem Yankeeleisten gemacht wurde“, bemerkte er. „Ich verstehe von der Schuhmacherei genug, um das zu wissen. Französisches Fabrikat, und sehen Sie nur, welch hoher Spann und wie gleichmäßig sie darin aufgetreten ist. Ich habe nie ein Frauenzimmer gesehen, das hübscher in seinen Schuhen gegangen wäre als Zenobia. Hier“, fügte er, zu Hollingsworth gewendet, hinzu, „wollen Sie den Schuh behalten?“

Hollingsworth schrak zurück.

„Geben Sie ihn mir, Foster“, sagte ich.

Ich spülte im Wasser den Schlamm davon ab und habe ihn seitdem aufbewahrt. Nicht weit von dieser Stelle lag ein alter, lecker Kahn, der an dem schlammigen Flußufer heraufgezogen und gewöhnlich halb voll Wasser war. Er diente dem Angler, seine Schnur auszuwerfen, oder dem Jäger, um seine wilden Enten zu holen. Ich machte diese gebrechliche Barke flott und setzte mich mit dem Ruder in den hinteren Teil, während Hollingsworth mit der Hakenstange am Bug und Silas Foster mit einem Heurechen in der Mitte saß.

„Das erinnert mich an meine Jugendtage, wo ich aus dem Bette zu schleichen pflegte, um nach Aalen und Katzenfisch zu angeln. Ja, ja! Nun, Leben und Tod zusammen machen für uns alle eine traurige Arbeit. Damals war ich ein Junge, der Fische fangen wollte, und jetzt fange ich an, ein alter Kerl zu werden, und taste hier nach einer Leiche herum. Ich will euch etwas sagen, Jungs, wenn ich dächte, wenn ich dächte, daß Zenobia wirklich etwas zugestoßen wäre, so würde ich mich doch betrübt fühlen."

„Ich wollte, daß Sie wenigstens Ihren Mund hielten!" sagte ich leise.

Der Mond war jene Nacht, wenn auch nicht mehr voll, doch immer noch groß und oval und schien, da er zwischen acht und neun aufgegangen war, jetzt schief über den Fluß, daß er das hohe gegenüberliegende Ufer mit seinem Gehölz in tiefen Schatten warf, aber das diesseitige so ziemlich hell beleuchtete. Auf den Fluß selbst schien kein Strahl zu fallen. Er floß unmerklich in breiter, schwarzer, unerforschlicher Tiefe dahin und bewahrte seine Geheimnisse vor dem Auge des Menschen mit einer Undurchdringlichkeit wie der hohe Ozean.

„Nun, Miles Coverdale", sagte Foster, „Sie sind Steuermann. Wie wollen Sie die Sache anfangen?"

„Ich werde das Boot seitwärts an jenem Baumstamm vorüberstreichen lassen", antwortete ich, „ich kenne den Grund, denn ich habe ihn beim Fischen sondiert. Der Grund geht auf dieser Seite nach ein paar Schritten sehr steil hinab, und dicht bei dem Stumpf ist ein zwölf bis fünfzehn Fuß tiefer Pfuhl. Die Strömung könnte nicht Kraft genug haben, um einen versunkenen Gegenstand, selbst wenn er halb schwömme, aus jener Vertiefung zu vertreiben."

„Nun, so kommen Sie", sagte Silas, „aber ich bezweifle, ob ich den Boden mit diesem Heurechen berühren kann, wenn er so tief ist, wie Sie sagen. Herr Hollingsworth, ich glaube, daß Sie heute nacht der Glückliche sein werden, wie das Glück nun eben beschaffen ist."

Wir trieben an dem Baumstumpf vorüber. Silas Foster schwang seinen Rechen mannhaft, fuhr so tief er konnte und tauchte außerdem die ganze Länge des Armes ein. Hollingsworth saß anfangs unbeweglich da und hielt die Hakenstange hoch in die Luft empor. Nach einiger Zeit begann er sie aber mit einer nervösen, stoßenden Bewegung in die schwarze Flüssigkeit, welche uns trug, zu tauchen, indem er seine Zähne aufeinanderbiß und, wie es mir vorkam, gerade solche Stöße führte, als ob er einen Todfeind erstechen wolle. Ich beugte mich über die Seite des Bootes. So dunkel, so schaurig geheimnisvoll war jedoch das schwarze Wasser, daß – der Gedanke machte mich zittern wie ein Blatt – ich ebensogut in das Rätsel der Welt hätte zu blicken versuchen können, um zu entdecken, was aus Zenobias Seele geworden sei, wie in die Tiefen des Flusses, um ihren Körper zu finden. Und da lag sie vielleicht mit emporgerichtetem Antlitz, während der Schatten des Bootes und mein eigenes spähendes Gesicht langsam zwischen ihr und dem Himmel vorüberzog.

Einmal – zweimal – dreimal ruderte ich das Boot stromaufwärts und ließ es wieder mit der langsamen Leichenzugbewegung des Flusses abwärtsgleiten. Silas Foster hatte eine große Masse Zeug heraufgehakt, welches, als es an die Oberfläche kam, ungefähr wie ein schimmerndes Gewand ausah, sich aber als ein ungeheurer Büschel von Wasserpflanzen erwies. Hollingsworth hob mit einer riesigen Anstrengung einen versunkenen Klotz empor. Sobald er einmal vom Boden frei war, kam er teilweise – mit Pflanzen und Schlamm überzogen – aus dem Wasser, dann plätscherte das satanisch aussehende Ding, welches der Mond seit einem halben Jahrhundert nicht beschienen hatte, wieder hinab und kehrte langsam auf den Überrest des Jahrhunderts an seinen alten Ruheplatz zurück.

„Das sah häßlich aus", sagte Silas. „Ich dachte halb und halb, daß es der Böse sei, und zwar in derselben Sache unterwegs wie wir, nach Zenobia zu suchen."

„Er soll sie nie haben", sagte ich, indem ich dem Boote einen starken Stoß gab.

„Das haben Sie nicht zu bestimmen, mein Junge", erwiderte der Landmann. „Gebe Gott, daß er sie nie hat, nicht jetzt und nicht später. Das ist jedoch eine langweilige Arbeit.

Ich würde wirklich froh sein, etwas zu finden. Was für eine Idee, während das einzige Glück, das wir haben könnten, darin bestünde, bis zum Morgen hier umherzurudern und zu treiben und hinabzustoßen und zu suchen, und dann umsonst gearbeitet zu haben. Ich meinesteils würde mich nicht wundern, wenn die Person nur ihren Schuh im Schlamm verloren und ihre Seele doch noch lebend gerettet hätte. Meine Güte, wie sie uns morgen früh auslachen wird!"

Es ist unsagbar, welches Bild Zenobias – am Frühstückstisch, von warmem, heiterem Leben erfüllt – diese Vermutung Silas Fosters vor meinen Geist brachte. Das entsetzliche Schreckbild ihres Todes wurde dadurch in den entlegensten und dämmerndsten Hintergrund geworfen, wo es die Unwahrscheinlichkeit einer Mythe anzunehmen schien.

„Ja, Silas, es mag so sein, wie Sie sagen", rief ich.

Die Strömung hatte uns wieder ein wenig unter den Baumstumpf hinabgetrieben, als ich fühlte – ja, fühlte, denn es war, als ob der Eisenhaken meine Brust getroffen hätte –, fühlte, wie Hollingsworths Stange auf einen Gegenstand am Boden des Flusses stieß. Er sprang auf und warf beinahe das Boot um.

„Halten Sie fest", rief Foster, „Sie haben sie."

Hollingsworth legte eine wütende Kraft in die Anstrengung, zog mit beiden Händen, und eine weiße Masse kam an die Oberfläche des Flusses. Es waren wallende Frauengewänder. Noch etwas höher, und wir sahen ihr dunkles Haar in der Strömung hinabziehen. Schwarzer Todesfluß! Du hattest dein Opfer herausgegeben – Zenobia war gefunden.

Silas Foster erfaßte den Körper; auch Hollingsworth ergriff ihn, und ich steuerte, auf Zenobia blickend, deren Glieder dicht neben dem Boote von der Strömung bewegt wurden, auf das Ufer zu. In seiner Nähe angekommen, stiegen wir alle drei in das Wasser, trugen sie heraus und legten sie unter einem Baume auf die Erde.

„Das arme Kind!" sagte Foster, und ich glaube wirklich,

daß sein dürres, altes Herz ihr eine Träne weihte, „sie tut mir leid."

Wenn ich das Schreckensschauspiel vollständig beschreiben wollte, so würde der Leser es mit Recht für mich als eine Sünde und Schande betrachten. Ich habe es mehr als zwölf lange Jahre in meiner Erinnerung herumgetragen und könnte es jetzt so frisch reproduzieren, als ob es noch immer vor meinen Augen stünde. Von allen Todesarten erscheint mir diese als die häßlichste. Ihre nassen Gewänder bedeckten Glieder von einer furchtbaren Unbiegsamkeit. Sie war das Marmorbild eines Todeskampfes, ihre Arme waren im Ankämpfen gegen den Tod starr geworden und mit geballten Händen vorwärtsgebeugt; auch ihre Knie waren gebeugt und – Gott sei Dank dafür – in der Stellung des Gebetes. Ach, jene Starre! Es ist unmöglich, ihren Schrecken zu ertragen. Es schien – ich muß notwendigerweise so viel von meiner eigenen unglückseligen Idee mitteilen –, als ob ihr Körper im Sarge dieselbe Starre behalten müsse und ihr Skelett sie im Grabe bewahren würde, und daß, wenn Zenobia am Tage des Gerichtes auferstände, dies genau in derselben Haltung wie jetzt geschehen würde. Ich hatte eine Hoffnung, aber auch die war halb mit Furcht vermischt. Sie kniete wie beim Gebet.

Mit dem letzten erstickenden Bewußtsein hatte sich ihre durch die Lippen herausringende Seele vielleicht ausgesöhnt und bußfertig dem Vater hingegeben. Aber ihre Arme! Sie waren vorwärts gebeugt, als ob sie in nie endender Feindseligkeit gegen die Vorsehung ankämpfe. Ihre Hände! Sie waren in unbesiegbarem Trotze geballt. Doch fort mit den gräßlichen Gedanken. Der flüchtige Augenblick, nachdem Zenobia in den dunklen Pfuhl versunken, als ihr der Atem ausgegangen und ihre Seele auf ihren Lippen war, hatte in seiner Fähigkeit, die unendliche Verzeihung Gottes zu erwirken, eine ebenso lange Dauer wie die Lebenszeit der Welt.

Foster beugte sich über den Körper und betrachtete ihn sorgfältig.

„Sie haben das arme Ding an der Brust verwundet", sagte er zu Hollingsworth, „noch dazu dicht bei ihrem Herzen."

„Was?" rief Hollingsworth zusammenschreckend.

Und das hatte er in der Tat auch, sowohl vor wie nach ihrem Tode.

„Sehen Sie", sagte Foster, „das ist die Stelle, wo sie das Eisen getroffen hat. Es sieht grausam aus, aber sie hat es nicht gefühlt."

Er bemühte sich, der Leiche die Arme anständig an ihre Seite zu legen; seine äußerste Kraftanstrengung genügte jedoch kaum, um sie herabzudrücken, und im nächsten Augenblick erhoben sie sich wieder und boten ihm gerade wie vorher Trotz. Er machte noch einen Versuch, aber mit dem gleichen Ergebnis.

„Um Gottes willen, Foster", rief ich mit bitterer Entrüstung, „lassen Sie die Tote in Ruhe!"

„Aber Mann, es ist nicht anständig", antwortete er, indem er mich verwundert anstarrte. „Ich kann es nicht aushalten, sie so zu sehen. Na ja", fügte er nach einem dritten Versuche hinzu, „es nutzt allerdings nichts, und wir müssen es den Weibern überlassen, bei ihr zu tun, was sie können, sobald wir in das Haus gelangen. Je eher das geschieht, desto besser."

Wir nahmen zwei Pfähle von einem nahen Zaun und bildeten daraus eine Bahre, indem wir einige Bretter vom Boden des Kahnes quer darüber legten. Und so trugen wir Zenobia heim. Vor sechs Stunden noch, wie schön! Um Mitternacht, welch ein Graus! Es stößt mir ein Gedanke auf, der sich ohne Zweifel hier lächerlich ausnehmen wird, der aber seiner strengen Wahrheit wegen hergesetzt werden muß. Hätte Zenobia als die Frau, die sie war, alle diese häßlichen Umstände ihres Todes voraussehen können, wie häßlich er ihr anstehen würde, der ganz und gar unschöne Anblick, den sie bieten mußte, und besonders welche Versuche der alte Silas Foster machen würde, um die Sache zu verbessern – so hätte sie gewiß die furchtbare Tat ebensowenig begangen als sich in einem schlechtsitzenden Kleide einer öffentlichen Versammlung gezeigt. Ich habe oftmals gedacht, daß Zenobia in ihrem Tode nicht schlicht genug war; sie hatte wahrscheinlich Gemälde von ertrunkenen Personen in geschmeidigen und gefälligen Stellungen gesehen, und sie hielt es für recht und geziemend, auf dieselbe Weise zu sterben, wie es so viele Dorfmädchen getan, denen in ihrer ersten Liebe Unrecht widerfahren war und die den Frieden im Schoße des alten, vertrauten und darum nicht gefürchteten Flusses suchten, worin sie in der Kindheit ihre kleinen Füße gesteckt hatten und in dem sie, ohne der nassen Röcke zu achten, bis ans Knie gewatet waren. Aber bei Zenobia war ein Anstrich von der arkadischen Affektiertheit vorhanden, welche in unser aller Leben während der letzten Monate sichtbar genug gewesen war.

Dies nimmt jedoch meiner Ansicht nach der Sache nichts von ihrem tragischen Charakter, denn ist nicht die Welt auf einer Stufe furchtbarer Verbildung angelangt, wenn wir uns nach einem gewissen Grade von Bekanntschaft mit ihr nicht einmal mit Einfachheit den Tod geben können?

Langsam, unter traurigen Pausen, in denen wir die Bahre oftmals auf einem Stein ruhen ließ oder sie im Gleichgewicht über einen moosbewachsenen, umgestürzten Baum legten, um frische Kräfte zu gewinnen, trugen wir unsere Last im Mondscheine dahin und legten endlich Zenobia auf den Flur des alten Farmhauses. Nach einiger Zeit kamen drei oder vier runzelige Weiber und umstanden die Leiche flüsternd, spähten auf sie durch ihre Brillen, erhoben ihre mageren Hände, schüttelten ihre benachtmützten Häupter und tauschten ihre Erfahrungen aus und berieten, was jetzt zu tun sei.

Bei diesen Kammerjungfern ließen wir Zenobia zurück.

XXVIII

Die Weide von Blithedale

Blithedale hatte bisher die Notwendigkeit eines Begräbnisplatzes noch nicht kennengelernt. Wir berieten uns über die passendste Stelle zu Zenobias Beerdigung. Es war mein Wunsch, daß sie am Fuße der Eliotskanzel schlummern und daß aus der rauhen Felswand der Name, unter welchem ihre Vertrauten sie kannten, Zenobia – und kein anderes Wort, – tief ausgehauen und es dem Moos und den Flechten überlassen werden möge, ihn mit ihrer langen Muße auszufüllen. Aber Hollingsworth – dessen Meinung über diesen Punkt große Nachgiebigkeit gebührte – stellte das Verlangen, daß ihr Grab auf dem sanft geneigten Hügelabhange in der weiten Weide gemacht werde, wo, wie wir einst glaubten, Zenobia und er ihr Haus hatten bauen wollen. Und so geschah es auch.

Sie wurde so ziemlich wie andere Leute seit so vielen Jahrhunderten begraben. In der Voraussicht eines Todesfalles hatten wir Kolonisten von Blithedale zuweilen unsere Phantasie angestrengt, um eine Begräbniszeremonie zu ersinnen, welche der passende, symbolische Ausdruck unseres geistigen Glaubens und unserer ewigen Hoffnung sein sollte, und diese gedachten wir an die Stelle der gewohnten Gebräuche zu setzen, welche ursprünglich aus dem gotischen Dunkel geformt worden sind und von der langen Anwendung wie ein altes, samtenes Bahrtuch so viel mehr als ihren ersten Leichengeruch an sich haben. Als aber der Anlaß eintrat, fanden wir es doch am einfachsten und wahrsten, uns mit der alten Weise zu begnügen, indem wir hinwegnahmen, was wir konnten, aber nichts Neues einschoben und besonders den Tand der Blumen und heiteren Embleme vermieden. Der Zug setzte sich vom Farmhause aus in Bewegung. Der Toten am nächsten ging ein alter Mann in tiefer Trauer, mit fast gänzlich in einem weißen Tuch versteckten Gesicht und mit Priscilla am Arme.

Hierauf folgten Hollingsworth und ich. Wir alle umstanden die schmale Nische in der kalten Erde, alle sahen den Sarg hinabsinken, alle hörten den dumpfen Schall der bröckeligen Erde auf seinem Deckel, den letzten Ton, welchen die Sterblichkeit auf dem äußersten Rande der Sinnenwelt erweckt, wie in der eitlen Hoffnung, ein Echo aus der geistigen zu erregen.

Ich bemerkte einen Fremden, einen für die meisten Anwesenden Fremden, wiewohl mir Bekannten, der, nachdem der Sarg hinabgesenkt worden war, eine Handvoll Erde nahm und sie zuerst in das Grab warf. Ich hatte Hollingsworths Arm losgelassen und befand mich jetzt neben jenem Manne.

„Es war für Zenobia eine nutzlose Tat – eine törichte Tat", sagte er. „Sie war die letzte in der Welt, der der Tod hätte notwendig sein können. Es war zu unsinnig! Ich habe kein Verständnis für sie."

„Warum?" fragte ich, meinen Schauder über seine kalten Bemerkungen, in meinem neugierigen Verlangen eine greifbare Erkenntnis über sein Verhältnis zu Zenobia zu erfahren, unterdrückend. „Wenn irgendeine Krisis das traurige Unrecht, welches sie sich selbst antat, rechtfertigen konnte, so war es sicherlich die, worin sie sich befand. Sie hatte alles verloren – das Glück im Sinne der Welt, denn ihr Reichtum war verschwunden, das Glück des Herzens, in der Liebe; und es lastete eine geheime Bürde auf ihr, deren Natur Ihnen am besten bekannt ist. So jung sie auch war, hatte sie das Leben doch vollständig durchlebt, sie hatte nichts mehr zu hoffen und vielleicht etwas zu fürchten. Wenn sie die Vorsehung mit ihrer heiligen Hand hinweggenommen hätte, so würde ich es für das freundlichste Schicksal gehalten haben, welches einem Wesen von gescheiterten Hoffnungen zuteil werden konnte."

„Sie verkennen die Sache vollständig", erwiderte Westervelt.

„Was ist dann Ihre Ansicht davon?" fragte ich.

„Ihr Geist war beweglich und von vielfältigen Kräften",

sagte er, „ihr Herz besaß eine reiche Anpassungsfähigkeit, ihre Konstitution eine unendliche Elastizität, die sie, wenn sie nur ein wenig Geduld besessen hätte, um die Ebbe ihrer Sorgen abzuwarten, auf die nächsten zwanzig Jahre triumphierend emporgetragen hätte. In dieser ganzen Zeit würde ihre Schönheit nicht verblichen sein, oder doch nur in geringem Grade und sicherlich nicht mehr, als daß sie die Kunst hätte wiederherstellen können. Sie hatte den ganzen Sommer des Lebens vor sich, und hunderterlei verschiedene Arten von glänzenden Erfolgen standen ihr offen. Welche Schauspielerin Zenobia abgegeben hätte! Und dies war eine von ihren wenigst wertvollen Fähigkeiten. Wie mächtig hätte sie auf die Welt einwirken können, entweder direkt in ihrer eigenen Person oder durch ihren Einfluß auf irgendeinen Mann oder eine Reihe von Männern von gebietendem Geiste. Jeder Preis, dessen Besitz einer Frau wert sein könnte, und viele, die zu wünschen andere Frauen zu furchtsam sind, lag in Zenobias Bereich."

„Bei alledem", bemerkte ich, „hätte sich nichts gefunden, was ihr Herz befriedigt hätte."

„Ihr Herz!" antwortete Westervelt verächtlich. „Dieses lästige Organ – wie sie es bisher gefunden hatte – hätte in seinem gebührenden Platze und Range gehalten und alle Befriedigung, worauf es billigerweise Anspruch machen konnte, bekommen. Sie wäre bald zur Herrschaft darüber gelangt. Die Liebe hatte sie, wie Sie sagen, verlassen. War sie noch nie von ihr verlassen worden? Und doch überlebte sie es und liebte wieder, vielleicht nicht bloß einmal oder zweimal. Und jetzt sich um jenes träumenden Philanthropen willen zu ertränken!"

„Wer sind Sie", rief ich entrüstet, „daß Sie es wagen, so von der Toten zu sprechen! Sie scheinen eine Lobrede zu beabsichtigen, aber Sie lassen alles aus, was an ihr das Edelste war und schwärzen an, wo Sie zu preisen gedenken. Ich habe Sie lange als Zenobias böses Schicksal betrachtet. Ihre

Ansichten bestärken mich in der Idee, lassen mich aber immer noch über die Weise, auf welche Sie ihr Leben beeinflußt haben, in Unwissenheit. Die Verbindung mag nur durch den Tod lösbar gewesen sein, und dann kann ich es, in der Hoffnung auf Gottes unendliche Gnade, wahrlich nicht für ein Unglück halten, daß sie in jenem Grabe schlummert!"

„Gleichviel, was ich ihr war", antwortete er trübe, doch ohne wirkliche Bewegung, „sie ist jetzt aus meinem Bereich entschwunden. Wäre sie am Leben geblieben und hätte auf meine Ratschläge gehört, so hätten wir einander viel nützen können; aber da liegt Zenobia in jener Grube und die taube Erde über ihr. Sie hat zwanzig Jahre eines glänzenden Lebens weggeworfen und weshalb? Wegen einer bloßen Weiberlaune."

Der Himmel verfahre mit Westervelt nach seiner Natur und seinem Verdienst! – das heißt, er mache ihn zu nichts. Er war ganz und gar irdisch, weltlich, für die Zeit und ihre groben Zwecke geschaffen und, außer durch eine Art von undeutlicher Abspiegelung aus andern Geistern, unfähig, auch nur eine geistige Idee zu fassen. Alle Flecken, die Zenobia an sich haben mochte, waren von ihm angenommen, und es geschieht überhaupt nicht selten, daß ein Charakter von bewundernswürdigen Eigenschaften sein besseres Leben deshalb verliert, weil die Atmosphäre, welche es erhalten sollte, durch einen Atem wie den, welchen jener Mann mit dem Zenobias vermischte, vergiftet wird. Und doch besaßen seine Reflexionen eine gewisse Wahrheit. Es war ein schmerzlicher Gedanke, daß eine Frau von Zenobias vielfältigen Fähigkeiten sich auf dem großen Schlachtfelde des Lebens für unwiederbringlich besiegt halten und glauben konnte, daß sie keine andere Zuflucht habe als die, sich in ihr eigenes Schwert zu stürzen, bloß weil die Liebe sich gegen sie gewendet hatte. Es ist Unsinn und ein schweres Unrecht – gleich so vielen anderen das Resultat des männlichen Egotismus –, daß man das Glück oder Mißlingen des Frauenlebens ganz von den Neigungen und von einer einzigen Art der Neigung abhängig macht, während der Mann eine solche Menge von anderen Chancen hat, daß diese nur wie etwas Zufälliges erscheint. Die Welt sollte um ihrer selbst willen, wenn sie nichts mehr tun will, wenigstens alle ihre Tore vor dem Paß eines blutenden Frauenherzens öffnen.

Während wir das Grab umstanden, blickte ich mit Furcht, sie vom Schmerz völlig überwältigt zu sehen, oftmals auf Priscilla. Und in der Tat war sie tief bekümmert, aber ein so einfacher Charakter wie der ihre hat nur für eine einzige, vorwaltende Neigung Platz. Kein anderes Gefühl vermag den innersten Kern des Herzens zu erreichen oder ihm ein tödliches Unheil zuzufügen. Wir sehen ein solches Wesen mit bebender Vibration und stellen uns vor, daß es von dem ersten rauhen Windstoße zersplittert werden müsse, finden aber dessenungeachtet, daß es bei Erschütterungen, die viel kräftigere Konstitutionen niedergeworfen hätten, sein Gleichgewicht bewahrt. So war es mit Priscilla. Ihr einzig mögliches Unglück war Hollingsworths Unfreundlichkeit, und dies war ihr nicht bestimmt, bis jetzt wenigstens noch nicht, denn Priscilla ist noch am Leben.

Aber Hollingsworth! Sollen wir ihn, nach all dem Bösen, das er getan hat, gesegnet mit der ganzen Zuneigung dieses einen treuen Herzens zurücklassen, und mit Reichtum in seiner Verfügungsgewalt, um den langgehegten Plan auszuführen, der ihn so weit in die Irre geführt hatte? Wo blieb da die gerechte Strafe? Von genau dieser Frage gepeinigt, machte ich vor einigen Jahren eine Reise in der einzigen Absicht, einen letzten Blick auf Hollingsworth zu werfen und selbst zu beurteilen, ob er ein glücklicher Mann sei oder nicht. Ich erfuhr, daß er ein kleines Landhaus bewohne, wo er ein äußerst zurückgezogenes Leben führe, und daß meine einzige Aussicht, ihm oder Priscilla zu begegnen, darin bestehe, sie auf einem abgelegenen Fußpfade aufzusuchen, wo sie gegen Abend spazierenzugehen pflegten. Ich traf sie auch wirklich dort. Als sie sich mir näherten, bemerkte ich auf Hollingsworths Gesicht eine bedrückte, melancholische Miene, welche ihm zur Gewohnheit geworden schien; der kräftig gebaute Mann bewies eine sich selbst mißtrauende Schwäche und ein kindliches oder kindisches Bestreben, sich dicht und immer dichter an die Seite der zarten Frau, deren Arm in dem seinen lag, zu schmiegen. Priscillas Wesen hatte etwas Beschützendes und Wachsames an sich, als fühle sie, daß sie die Behüterin ihres Begleiters sei, aber auf ihrem schönen, ruhigen Gesicht lag zugleich auch eine tiefe, unterwürfige, unbedingte Verehrung und ein verschleiertes Glück.

Bei noch näherem Herannahen erkannte mich Priscilla und lächelte mir gütig und freundschaftlich zu, aber mit einer leisen Gebärde, die ich nicht anders deuten konnte als eine Bitte, mich Hollingsworth nicht zu erkennen zu geben. Dessenungeachtet bemächtigte sich meiner ein unwiderstehlicher Antrieb, ihn anzureden.

„Ich komme, Hollingsworth", sagte ich, „um Ihr großartiges Gebäude zur Besserung von Verbrechern zu besichtigen. Ist es fertig?"

„Nein, noch gar nicht angefangen", antwortete er, ohne seine Augen zu erheben. „Ein sehr kleines ist für alle meine Bedürfnisse genügend."

Priscilla warf mir einen tadelnden Blick zu; aber ich sprach mit einer bitteren, rachsüchtigen Empfindung, als ob ich einen vergifteten Pfeil auf Hollingsworths Herz abschieße, weiter:

„Wie viele Verbrecher haben Sie bis jetzt gebessert?" fragte ich.

„Keinen einzigen", sagte Hollingsworth mit immer noch auf den Boden gehefteten Augen. „Seit wir uns getrennt haben, bin ich stets nur mit einem einzigen Mörder beschäftigt gewesen."

Jetzt traten mir die Tränen in die Augen, und ich verzieh ihm, denn ich erinnerte mich der wilden Energie des leidenschaftlichen Aufschreis, womit Zenobia die Worte gesprochen hatte: „Sagen Sie ihm, daß er mich gemordet hat! Sagen Sie ihm, daß ihn mein Gespenst verfolgen wird!“ und ich wußte, welchen Mörder er meinte und wessen racheheischender Schatten ihn an der Seite begleitete, wo Priscilla nicht war.

Die Moral, welche meine Reflexionen auf Hollingsworths Charakter und Irrtümer ziehen, ist einfach die, daß, wenn wir auch zugeben, daß die sogenannte Philanthropie, als Beruf angenommen, durch ihren energischen Impuls der Gesellschaft im allgemeinen oftmals nützlich, sie doch für das Individuum, dessen herrschende Leidenschaft in einem einzigen ausschließlichen Kanale sie auf diese Weise wird, stets gefährlich ist. Sie zerstört oder ist furchtbar geeignet, das Herz zu zerstören, dessen reiche Säfte Gott nie dazu bestimmt hat, gewaltsam ausgepreßt und durch ein unnatürliches Verfahren zu einer alkoholischen Flüssigkeit destilliert zu werden, sondern dazu, das Leben süß, mild und sanft wohltätig zu machen und unmerklich andere Herzen und andere Leben zu dem gleichen gesegneten Zwecke zu beeinflussen. Ich sehe in Hollingsworth ein Beispiel für die schaurigste Wahrheit aus dem Buche der Wahrheiten von Bunyan: gerade vor dem Himmelstor führt noch ein Nebenweg zur Hölle hinab.

Aber währenddessen haben wir neben Zenobias Grab gestanden. Ich habe es seitdem nie wieder gesehen, bezweifle aber nicht, daß es auf jenem kleinen Parallelogramm von Weideland von der Verwesung der darunter schlafenden schönen Frau um so kräftiger übergrünt wurde. Wie lieb die Natur uns zu haben scheint! Und wie bereitwillig sie uns dessenungeachtet ohne Seufzer oder Klage zu einem geringeren Zwecke verwendet, wenn ihr höchster Zweck, der des selbstbewußten, intellektuellen Lebens und Gefühls, vor der Zeit vereitelt worden ist. Solange Zenobia lebte, war die Natur auf sie stolz und lenkte aller Augen auf diese so strahlende Erscheinung als auf ihr schönstes Werk. Zenobia ging unter. Wird nicht die Natur eine Träne vergießen? Aber nein! Sie nimmt das Unglück so stark in ihr System auf und findet, soviel wir sehen können, ebenso große Freude an dem Büschel von einer üppigeren Vegetation, welcher aus Zenobias Herzen aufwuchs, wie an der ganzen Schönheit, die uns, mit Ausnahme dieser Pflanzen, keinen irdischen Vertreter hinterlassen hat. Gerade weil der Geist unschätzbar ist, wird der leblose Körper so wenig geschätzt.

XXIX
Miles Coverdales Geständnis

Es bleibt mir nur noch übrig, einige Worte über mich selbst zu sagen. Es ist nicht unwahrscheinlich, daß der Leser mich gern der Mühe überhöbe, denn ich habe in meiner Erzählung nur eine geringe, unklare Figur abgegeben, kein besonderes Interesse erregt und mein farbloses Leben seine Färbung von dem Leben anderer annehmen lassen. Bei alledem behält man aber doch einige Rücksicht für sich selbst, und ich verspare daher diese letzten paar Seiten zu meinem individuellen und ausschließlichen Nutz und Frommen.

Aber was habe ich am Ende zu sagen? Nichts, gar nichts. Ich verließ Blithedale weniger als eine Woche nach Zenobias Tode und kehrte nicht wieder dorthin zurück. Der ganze Boden unserer Farm erschien mir noch lange Zeit nachher nur als die begraste Erde über ihrem Grabe. Ich konnte dort nicht arbeiten, nicht von seinen Produkten leben. In diesen Jahren, die ihren dunklen Schleier immer tiefer auf mich herabsinken lassen, erinnere ich mich jedoch oft an unseren schönen Entwurf eines edlen, unselbstischen Lebens und wie herrlich in jenem ersten Sommer die Aussicht erschien, daß es Generationen dauern und im Laufe der Zeiten zum System eines Volkes und einer Welt vervollkommnet werden würde. Wenn meine früheren Genossen jetzt dort wären – wenn nur drei oder vier von jenen warmherzigen Männern noch in der Sonne dort arbeiteten, so bilde ich mir zuweilen ein, daß ich meine weltmüden Schritte dorthin lenken und sie bitten würde, mich um alter Freundschaft willen aufzunehmen. Ich fühle mehr und mehr, daß wir auf etwas gestoßen waren, was eine Wahrheit sein sollte. Die Nachwelt mag es herausgraben und davon Vorteil ziehen. Das Experiment mißlang, soweit es seine ursprünglichen Urheber betraf, schon vor langer Zeit, indem es zuerst in Fourierismus versank und dann verdientermaßen für diese Untreue gegen seinen eigenen, höheren Geist starb. Da, wo wir einst mit unseren ganzen hoffnungsvollen Herzen arbeiteten, schleichen die Stadtarmen alt, kraftlos und trostlos träge zu Felde. Ach, welcher Glaube ist erforderlich, um sich gegen solche Resultate einer hochherzigen Anstrengung aufrechtzuerhalten!

Mein späteres Leben ist – ich wollte sagen glücklich, aber jedenfalls leidlich genug vergangen. Ich stehe jetzt im mittleren Alter, nun ja, ein paar Schritte über den mittelsten Punkt hinaus, und ich kümmere mich keinen Pfifferling darum, wer es weiß. Und bin ein Junggeselle, ohne die besonders entschiedene Absicht, je etwas anderes zu werden. Ich bin zweimal in Europa gewesen und habe bei jedem Besuche ein bis zwei Jahre recht angenehm verlebt. Da ich mich in guten äußeren Umständen befinde und für keinen anderen Menschen zu sorgen habe, so lebe ich ganz gemächlich und halte einen kostspieligen Tisch. Was das Dichten betrifft, so habe ich es aufgegeben, obwohl mich der Doktor Griswold – wie der Leser natürlich weiß – für mein vor zehn Jahren herausgegebenes hübsches Bändchen unter unseren kleinen Poeten auch auf eine ganz leidliche Höhe gestellt hat. Was das Fortschreiten der Menschheit betrifft, so möge, ungeachtet meiner unwiderstehlichen Sehnsucht bei den Erinnerungen an Blithedale, daran glauben, wer kann, und dazu helfen, wer will. Wenn ich eines von beiden ernstlich tun könnte, so würde es für meine Behaglichkeit vielleicht besser sein. Es fehlt mir an einem Lebenszwecke, wie mir das auch Hollingsworth einmal gesagt hat. Wie seltsam! Er wurde moralisch durch ein Übermaß von derselben Ingredienz ruiniert, deren Mangel, wie ich zuweilen argwöhne, mein Leben so leer gemacht hat. Ich hege keineswegs den Wunsch zu sterben, und doch denke ich, wenn es in diesem ganzen Chaos des menschlichen Ringens eine Sache gäbe, die es wert wäre, daß ein vernünftiger Mann dafür stürbe und der mein Tod Vorteil bringen würde, daß ich dann – jedoch vorausgesetzt, daß die Anstrengung kein unbilliges Maß von Mühe nötig machte – vielleicht doch den Mut hätte, mein Leben darzubieten. Wenn beispielsweise Kossuth das Schlachtfeld für die Rechte der Ungarn nur einen bequemen Ritt von meiner Behausung entfernt aussuchen und einen milden sonnigen Morgen nach dem Frühstück für den Kampf bestimmen würde, dann wäre Miles Coverdale mit Freuden sein Mann, wenn es gälte in einem tapferen Ansturm auf die entgegengestellten Bajonette loszugehen. Mehr als das möchte ich freilich nicht gern versprechen.

Ich übertreibe meine eigenen Mängel. Der Leser darf mein Wort nicht so unbedingt glauben und nicht denken, daß ich gegen den jungen Mann, welcher einst so feurig hoffte und nicht gar so schlecht kämpfte, völlig verändert sei. Noch frostigere Köpfe als der meine haben in der Welt Ehre gewonnen, noch frostigere Herzen haben neue Wärme eingesogen und sind von neuem glücklich geworden. Ich muß jedoch gestehen, daß das Leben bei mir einen ziemlich trägen Zustand erreicht hat. Würde es meinen Freunden angenehm sein zu erfahren, was es dazu gebracht hat? Es gibt ein Geheimnis – ich habe es die ganze Zeit daher verhehlt und nie gedacht, nur eine Silbe davon an den Tag kommen zu lassen –, ein törichtes kleines Geheimnis, welches vielleicht etwas mit diesen untätigen Jahren des mittäglichen Mannesalters, mit meinem Junggesellentum, mit dem unbefriedigten Rückblick, den ich auf das Leben werfe, und meinen teilnahmslosen Blicken auf die Zukunft zu tun gehabt hat. Soll ich es offenbaren? Es ist ein unsinniges Ding für einen Mann in seinem Nachmittag, noch dazu für einen Weltmann mit diesen drei weißen Haaren in seinem braunen Schnurrbart und jener immer tiefer werdenden Spur eines Krähenfußes auf jeder Schläfe – ein unsinniges Ding, daß es sich je ereignet und für einen alten Junggesellen wie mich das allerunsinnigste, davon zu sprechen, aber es steigt mir in der Kehle auf und es mag daher nur immer kommen.

Ich bemerke überdies, daß das Geständnis, so kurz es auch ausfallen soll, den Schimmer eines besseren Lichtes auf mein Benehmen während der von mir erzählten Ereignisse werfen wird, und auch für das volle Verständnis meiner Geschichte notwendig ist. Der Leser ist daher, da ich einmal so viel offenbart habe, auch noch zu diesem einzigen weiteren Worte berechtigt. Während ich es schreibe, wird er freundlicherweise annehmen, daß ich erröte und mein Gesicht abwende:

Ich – auch ich – habe geliebt – habe Priscilla geliebt.

ANHANG

ANMERKUNGEN

In den Anmerkungen werden folgende Abkürzungen verwendet: NH = Nathaniel Hawthorne. C III = *The Blithedale Romance*, Centenary Edition of the Works of Nathaniel Hawthorne (Ohio State University Press) Bd. III (1965). C VI = *True Stories from History and Biography*, Centenary Edition, Bd. VI (1972). C VIII = *A Wonder Book and Tanglewood Tales*, Centenary Edition, Bd. VII (1972). C VIII = *The American Notebooks*, Centenary Edition, Bd. VIII (1972). PMLA = Publications of the Modern Language Association of America.

7 *Vorwort zur zweiten Auflage*: Das Vorwort wird erst ganz verständlich, wenn man weiß, daß NH auf eine ‚Rezension' seines Romans in *The Salem Register* vom 21. März 1850 antwortet, in der ihm geringschätzige Äußerungen über seine Vaterstadt, verleumderische Darstellungen seiner Kollegen, vor allem aber ein giftiger, bösartiger und unverständlicher Angriff auf einen „ehrenwerten Herrn, dessen größtes Verbrechen das zu sein scheint, daß er eine gute Mahlzeit zu schätzen weiß, einen jugendlichen Schwung von Heiterkeit bewahrt hat und eine Geschichte plastisch erzählen kann", vorgeworfen wird. NHs Entlassung aus dem Zollhaus sei durch seine eigene Darstellung voll gerechtfertigt. Hierzu Benjamin Lease, „Salem Vs. Hawthorne: An Early Review of *The Scarlet Letter*", *The New England Quarterly* XLIV, 1 (März 1971). – *eine beispiellose Aufregung*: An seinen Freund Horatio Bridge schrieb NH am 13. April 1850, er fühle eine unendliche Verachtung für seine Feinde in Salem und habe vielleicht mehr davon ausgedrückt als von ihm beabsichtigt. Die Einleitung „Das Zollhaus" habe „den größten Aufruhr hier seit der Zeit der Hexenverfolgungen" (1692!) verursacht. H. Bridge, *Personal Recollections of Nathaniel Hawthorne* (New York, 1893), S. 114. – *im Blut einer gewissen ehrenwerten Persönlichkeit*: Mit verdächtiger Einmütigkeit identifizieren mehrere moderne Kommentatoren die „ehrenwerte Persönlichkeit" als den Reverend Charles Wentworth Upham (1802–1875), das Vorbild für den Schurken Richter Pyncheon in NHs Roman *Das Haus der Sieben Giebel* (1851). Hier jedoch ist der Zollinspektor

William Lee (1781–1851) gemeint, der 1814 von seinem Vater im Salemer Zollhaus als Inspektor installiert worden war und sich bis zu seinem Tode auf dem Posten halten konnte. Hierzu Benjamin Lease, „Hawthorne and ‚A Certain Venerable Personage‘: New Light on ‚The Custom House‘“, *Jahrbuch für Amerikastudien* XV (1970). Vgl. Anm. zu S. 23 und 55. – *Feindseligkeit ... weist er ausdrücklich von sich*: Briefzeugnisse geben eine etwas andere Auskunft. Schon vor seiner Entlassung schrieb NH (am 5. Juni 1849) an seinen Freund Longfellow, wenn es seinen Feinden gelänge, ihn aus dem Amt zu jagen, dann würde er einen oder zwei von ihnen „schlachten“. Er habe noch keinem Menschen Böses gewünscht und sich des Vergnügens persönlicher Satire entschlagen, könne aber auch anders. Einige lokale Magnaten würden sich umschauen, die sich außerhalb der Reichweite seiner Vergeltung wähnten! Nach *The American Notebooks by Nathaniel Hawthorne*, ed. R. Stewart (New Haven, 1932), S. 297 f. Auch in dem Brief vom 17. Juni 1850 an Horace Ingersoll, einen alten Freund, der sich aus politischen Gründen zu seinen Feinden gesellt hatte, beteuert NH seine Menschenfreundlichkeit und bezeichnet sich mit grimmigem Humor als den einzigen Christen, der ihm je begegnet sei, schloß aber dabei keineswegs aus, daß er den Adressaten vielleicht in sein nächstes Buch getan, wenn er ihm nicht gerade wieder eben erst die Hand geschüttelt hätte. Nach C. E. Frazer Clark, jr., „Hawthorne to ‚Mr. Ex-Cardinal‘“, *The Nathaniel Hawthorne Journal 1971* (Washington, D.C., 1971). Vgl. auch die Anmerkungen zu S. 280.

8 *in der tiefen Stille eines alten Pfarrhauses*: Nach seiner Heirat mit Sophia Peabody (1809–1871) am 9. Juli 1842 bezog das Paar ein früheres Pfarrhaus in Concord, Mass., das von einem Vorfahren Emersons gebaut und von Emerson selbst bewohnt worden war. Sein Leben dort beschreibt NH in „The Old Manse“, der Einleitung zu *Mosses from an Old Manse* (1846). – *Das Beispiel des berühmten „P. P., Gemeindeschreiber“*: Gegen die als pompös und großsprecherisch empfundene nachgelassene Autobiographie von Gilbert Burnet (1643–1715), *The History of My Own Times* (1724 bis 1734), erschien aus dem Kreis von Swift, Pope, Arbuthnot u.a. die Parodie „Memoirs of P.P., Clerk of This Parish“, vorgeblich aus zwei dicken Folianten bestehend, die den Titel „Die Bedeutung eines Mannes für sich selbst“ tragen könnten, von denen jedoch nur wenige Ausschnitte wiedergegeben werden, „als Vorgeschmack des wahren Geistes von Memoirenschreibern“. NH will durch den Hinweis auf die Satire aus dem 18. Jh. dem

Vorwurf, er nähme sich zu wichtig, die Spitze nehmen. – *eine solche vertrauliche Intimität der Selbstoffenbarung*: Eine Tagebuchnotiz NHs (ca. 1844) lautet: „Leute, die über sich selbst und ihre Gefühle schreiben, wie Byron es tat, servieren sozusagen ihr eigenes Herz, wohlgewürzt und mit Gehirnsauce aus ihrem eigenen Kopf, als Mahlzeit für das Publikum." C VIII, S. 253.

9 *die abgetrennte Hälfte des wahren Wesens*: In seinem Dialog „Das Gastmahl" läßt Platon den Aristophanes einen Mythos vortragen, nach dem die Menschen ursprünglich vier Hände, Füße usf. hatten, dann jedoch auf Gebot von Zeus auseinandergeschnitten wurden. „Jeder von uns ist deshalb nur eine Halbmarke von einem Menschen, weil wir zerschnitten, wie die Schollen, zwei aus einem geworden sind. Daher sucht denn jeder beständig seine andere Hälfte." (Franz Susemihls Übersetzung; 191 D). – *das innerste Ich hinter seinem Schleier*: Eine Tagebucheintragung (ca. 1836) NHs: „Essay über das Elend, immer unter einer Maske zu leben. Ein Schleier mag nötig sein, aber niemals eine Maske." (C VIII, S. 23) Vgl. die Dimmesdale-Problematik in *Der scharlachrote Buchstabe* und das zentrale Symbol des Schleiers in *Die Blithedale-Maskerade*. – *der langwierigsten der Erzählungen, die meinen Band ausmachen*: Insgesamt viermal wird direkt oder indirekt darauf Bezug genommen, daß *Der scharlachrote Buchstabe* nur die längste der Erzählungen eines Bandes ist, aber erst beim letzten Mal wird der Leser davon unterrichtet, daß der Plan abgeändert wurde. Vgl. Anm. zu S. 55, Fußnote. – *in den Tagen des alten King Derby*: s. Anm. zu S. 37.

11 *vor dem letzten Krieg mit England*: der Krieg von 1812–1815.

12 *wie Matthäus an der Zolleinnahme*: Matthäus IX, 9.

13 *das Wapping eines Überseehafens*: Gegend in der Nähe des Londoner Tower, in der Seeleute ihren Bedarf decken können.

14 *vergebens nach dem „Locofoco"-Zollaufseher fragen*: NHs Dienstzeit lief vom 3. April 1846 bis zum 7. Juni 1849. „Locofoco" ist der Spitzname für Angehörige der Demokratischen Partei, obwohl er ursprünglich nur auf den radikalen Flügel der New Yorker Demokraten anwendbar war. Als diese sich am 22. Oktober 1835 in Tammany Hall versammelten, bewaffneten sie sich mit neuerfundenen Zündhölzern („locofocos"), da sie eine Störung ihrer Versammlung durch Löschen des Lichts erwarteten.

15 *Die Gestalt jenes ersten Vorfahren*: Major William Hathorne, 1607 bis 1681. Die Familiengeschichte ist dargestellt von Vernon Loggins, *The Hawthornes* (New York, 1951). – *dessen Name selten genannt wird und dessen Gesicht man kaum kennt*: NHs Menschenscheu war sprichwörtlich. Vgl. James Upton, „Hawthorne in the Salem

Custom-House. An Unpublished Recollection", *The Nathaniel Hawthorne Journal 1971* (Washington, D.C., 1971). Caroline Howard King geht in ihren Memoiren *When I Lived in Salem, 1822–1866* (Brattleboro, Vt., 1937) einen Schritt weiter und beschreibt NH als geistesabwesend durch die Straßen Salems schlendernd, eine seltsame und pittoreske Figur von düsterer Stirn und abstoßenden Manieren. (S. 32 f.) – *ein bitterer Verfolger, wie die Quäker bezeugen*: Die Quäker in Amerika waren damals, um 1650, eine fanatische Sekte, die nach Ausweisung aus Massachusetts zurückkehrten und das Martyrium provozierten. NH hat Motive aus der Quäker-Verfolgung in seiner Story „The Gentle Boy" verwendet. – *beim Martyrium der Hexen*: Colonel John Hathorne, 1641–1717, war während der Salemer Hexenprozesse 1692/93 als Untersuchungsrichter tätig; vgl. V. Loggins, *The Hawthornes* (New York, 1951), Kapitel „Witchcraft, Alas!" NH hat Motive dieser Prozesse mehrfach verwendet, vor allem in der Erzählung „Young Goodman Brown"; vgl. Anm. zu S. 59. – *im Friedhof der Charter Street*: NH hat einen Besuch am Grabstein seines Vorfahren in einer Tagebuchnotiz von 1838 beschrieben. (C VIII, S. 172)

16 *ein Fluch, von dem ich gehört habe*: NH hat das Motiv des Familienfluches in seinem Roman *Das Haus der Sieben Giebel* verwendet; historisch richtig ist jedoch, daß nicht sein Vorfahr, sondern der Rev. Nicholas Noyes von Sarah Good vor ihrer Hinrichtung mit den Worten verflucht wurde: „Ihr lügt. Ich bin so wenig eine Hexe wie Ihr ein Hexer seid. Und wenn Ihr mir mein Leben nehmt, wird Gott Euch Blut zu trinken geben!" Nach V. Loggins, *The Hawthornes*, S. 133.

17 *Hundert Jahre lang gingen sie zur See*: Joseph Hathorne (1692–1762), Daniel Hathorne (1731–1796), Nathaniel Hathorne (1775–1808). Letzterer, NHs Vater, starb in der holländischen Kolonie Surinam (Guiana) am Gelbfieber.

18 *Meine Kinder sind andernorts geboren*: Die Tochter Una am 3. März 1844 in Concord, Mass. (gest. 1877), der Sohn Julian am 22. Juni 1846 in Boston (gest. 1934); es folgte noch eine zweite Tochter Rose, am 20. Mai 1851 in Lenox geboren (gest. 1926). – *als Hauptvollzugsbeamter des Zollhauses:* Über dem „Surveyor" stand der „Collector", zu NHs Zeit Gen. Miller (s.u.). Eine „Documentary History of the Salem Custom House" schrieb David M. Little in den *Essex Institute Historical Collections* LXVII, S. 1–26, 145–160, 265–280. Robert Cantwell, *Nathaniel Hawthorne. The American Years* (New York-Toronto, 1948), Kap. 6, Abschnitt XII, geht mehr ins Detail als die Standardbiographie von

Randall Stewart, *Nathaniel Hawthorne. A Biography* (New Haven, 1948).

20 *Die meisten meiner Beamten waren Whigs*: Die „Whigs" der Zeit NHs sind weder mit den britischen Whigs (Gegenpartei: Tories) noch mit den „Whigs" genannten Patrioten der amerikanischen Revolution (Gegenpartei: Loyalisten, „Tories") zu verwechseln. Sie entstanden 1834 als Koalition gegen den demokratischen Präsidenten Jackson und stellten die Präsidenten William Henry Harrison (1841), John Tyler (1841–1845), Zachary Taylor (1849–1850), Millard Fillmore (1850–1853). Die größten Staatsmänner der Whigs, Daniel Webster (1782–1852) und Henry Clay (1777–1852) verfehlten die Präsidentschaft. Die Partei zerbrach an der Sklavereifrage; seit 1854 stehen im amerikanischen Zweiparteiensystem die „Democrats" und die „Republicans" einander gegenüber.

21 *Boreas*: Der Gott des Nordwinds bzw. dieser selbst.

23 *Der Vater des Zollhauses*: William Lee, vgl. Anm. zu S. 7 (im Blut ...). Gegen Hawthornes Wunsch wählte die New Yorker literarische Wochenschrift *The Literary World* in ihrer Ausgabe vom 16. März 1850 gerade diese Passage als Vorabdruck aus *The Scarlet Letter* aus. Da manche Kritiker – früher mehr als heute – bezweifeln, daß die Einleitung „Das Zollhaus" im Ton zum Roman selbst wirklich passe, muß betont werden, wie sehr diese satirische Skizze einem Hauptmotiv des Romans präludiert. Es geht um mehr als den offensichtlichen Gegensatz des materialistischen alten Inspektors zum General Miller, der, wiewohl Soldat, weniger ein Schlächter ist als der Inspektor, dem Generationen von Tieren zum Opfer gefallen sind. Es geht um die Fähigkeit, sich zu erinnern an das, was der Erinnerung wert ist; auch um die (Un)-Fähigkeit zu trauern; schließlich um Vergänglichkeit überhaupt: Was bleibt von einem Menschen nach seinem Tode? Zum verwandten Motiv der Heraldik vgl. die Anm. zu S. 32, S. 68 und S. 285. Dieser von der Kritik durchweg übersehene Zusammenhang ist – mit anderen Ergebnissen für die Gesamtinterpretation als den hier vertretenen – in einer Kieler Dissertation von 1973 behandelt worden: Hans Hunfeld, *Erinnerungsproblematik in den Neuengland-Romanen Nathaniel Hawthornes.*

26 *in den Tagen des älteren Adams*: John Adams (1735–1826), zweiter Präsident der USA (1797–1801). Sein Sohn John Quincy Adams (1767–1848) wurde 6. Präsident (1825–1829); die Familie blieb über weitere zwei Generationen bedeutend.

27 *Der brave Soldat*: General James Miller (1776–1851). Nach seinen von NH selbst beschriebenen Taten im Krieg von 1812–1815 war

er 1819–1823 Gouverneur des Territoriums Arkansas, sodann von 1825–1849 „Collector" des Salemer Zollhauses, eine Stellung, in die ihm sein Sohn Ephraim M. Miller folgte.

28 *eine alte Festung, etwa Ticonderoga*: In seiner Skizze „Old Ticonderoga: A Picture of the Past" (*American Monthly Magazine* VII, Februar 1836, 1851 gesammelt in *The Snow-Image, and Other Twice-Told Tales*) hat NH den Versuch gemacht, die Vergangenheit aus ihren Relikten erstehen zu lassen. „Ich betrachtete Ticonderoga als einen Ort uralter Kraft, der jetzt ein halbes Jahrhundert als Ruine dalag ..." Bei Hawthornes emblematischer Methode erhellen die Ruine der Festung und die menschliche Ruine des Generals einander; vgl. S. 30, Z. 3.

32 *das beste und passendste aller Motti für des Generals Wappen*: Der wiederholte Hinweis auf Heraldik in der Einleitung und im Roman selbst entspringt nicht feudalistischen Neigungen des Autors, sondern sinnbildhaftem Denken.

33 *seine Integrität war vollkommen*: Da NH in seiner Skizze des Zollhauslebens mehr als einmal Korruption andeutet, ist der Hinweis auf integre Beamte wichtig. Hier handelt es sich um Zachariah Burchmore, von dem NH am 7. April 1863 an seinen Freund Bridge schrieb, er sei der Mann, der ihn im Salemer Zollhaus mit seiner Tüchtigkeit und Integrität so beeindruckt habe – Eigenschaften, die ihn auch heute noch auszeichnen dürften („soviel ich weiß," lautet die pessimistische Einschränkung; „denn dreizehn Jahre der Armut und Prüfungen sind seitdem über ihn hinweggegangen"). Nach Richard Harwell, *Hawthorne and Longfellow. A Guide to an Exhibit* (Brunswick, Maine, 1966), S. 5 f. – *mit den verträumten Brüdern auf Brook Farm*: S. Anm. zu *Die Blithedale-Maskerade*, S. 289 – *eines Intellekts wie Emersons*: Ralph Waldo Emerson (1803–1882), der berühmteste und einflußreichste der ‚transzendentalistischen' Denker und Dichter, verehrt auch von NHs Frau Sophia. Bei aller persönlichen Wertschätzung konnte weder Emerson mit Hawthornes Fiktionen noch NH mit Emersons Philosophie etwas anfangen. – *Spekulationen mit Ellery Channing*: Der Dichter William Ellery Channing (1817-1901), nicht zu verwechseln mit dem gleichnamigen Theologen, Dr. William Ellery Channing (1780–1842), seinem Onkel. – *mit Thoreau ... am Walden-See*: Das berühmte Buch *Walden; or, Life in the Woods* (1854) von Henry David Thoreau (1817–1862) war noch nicht erschienen. Jedoch fiel Thoreaus Aufenthalt in einer Hütte am Walden-See (4. Juli 1845 bis Sept. 1847) noch zum Teil in die Zeit NHs in Concord (Sommer 1842 – Herbst 1845).

34 *durch die klassische Bildung Hillards angerührt*: George Stillman Hillard (1808–1879), Rechtsanwalt und Literat. NH wohnte in seinem Bostoner Haus, während er daselbst Zollbeamter war (1839–1840). Nach der Entlassung aus dem Salemer Zollhaus erhielt NH in Anerkennung seiner Verdienste um die amerikanische Literatur von Hillard eine unter Freunden gesammelte Börse gegen die schlimmste Not; s. Julian Hawthorne, *Nathaniel Hawthorne and His Wife. A Biography* (Boston, 1884), I, 354 f. – *an Longfellows Herd poetisches Gefühl*: NH und Henry Wadsworth Longfellow (1807–1882) waren Klassenkameraden im Bowdoin College, ohne sich damals schon nähergekommen zu sein. Longfellow half NH durch eine überschwengliche Rezension seiner ersten Sammlung von Geschichten, *Twice-Told Tales* (1837); NH vermittelte Longfellow den Stoff für sein Gedicht *Evangeline*. Vgl. Hawthornes Tagebücher (C VIII, S. 182 u. 600) sowie den Ausstellungskatalog von R. Harwell (Anm. zu S. 33, *seine Integrität*). – *anderen Seiten meiner Natur eine Chance geben*: Vgl. S. 51, Z. 10–13: „die beste Definition von Glück . . ., nach dem vollen Umfang seiner Fähigkeiten und Sensibilitäten zu leben!" – *für einen Mann, der Alcott gekannt hatte*: Amos Bronson Alcott (1799–1888), Erztranszendentalist und Original aus Concord, extremer Vegetarier, der sogar tierische Produkte wie Milch, Butter und Käse verschmähte.

35 *mit einer Feder wie der von Burns oder Chaucer*: Der schottische Dichter Robert Burns (1759–1796) sowie der größte Dichter des englischen Mittelalters, Geoffrey Chaucer (?1345–1400), waren im Zolldienst tätig. – *für einen Mann, der von literarischem Ruhm geträumt hat*: NH hat jahrelang Armut, wenn auch nach seiner Familiengründung mehr und mehr widerwillig, auf sich genommen, aber schon seit seinen Anfängen als Literat auf Erfolg gesetzt. Zu einer Passage in der Skizze „Monsieur du Miroir", „einer, der viel gewagt hat, um sich einen Namen zu machen", notierte sich Herman Melville am Rand: „Welch eine Offenbarung." Siehe Jay Leyda, *The Melville Log. A Documentary Life of Herman Melville, 1819–1891*, 2 Bde. (New York, 1951), S. 674.

37 *Denkwürdigkeiten seiner fürstlichen Kaufleute*: „King Derby" war Elias Hasket Derby (1739–1799), „Billy Gray" William Gray (1750–1825), Simon Forrester (1748–1817) war ein Onkel von NH, aus Irland eingewandert, erfolgreicher Freibeuter im Revolutionskrieg und – nach R. Cantwell (vgl. Anm. zu S. 18) – mit 40 Jahren „einer der halb Dutzend Kaufleute, deren größter Elias Hasket Derby war, die Pioniere des Ostasienhandels waren und Salem weltberühmt machten. Er war der einzige Neuankömm-

ling, den man mit Derby, mit William Gray, George Crowninshield und Israel Thorndike in einem Atem nennen konnte..."

38 *bis in die Zeit des Protektorats*: das Protektorat Oliver Cromwells, 1653–1658. – *als Indien noch eine neue Region war und nur Salem den Weg dahin wußte*: Das Stadtwappen von Salem trägt den Spruch *Divitis Indiae usque ad ultimum sinum* (Für die Reichtümer Indiens bis zum entferntesten Golf). Vgl. Samuel Eliot Morison, *The Maritime History of Massachusetts, 1783–1860* (Boston, 1921, Neuaufl., 1961); James D. Phillips, *Salem and the Indies* (Boston, 1947); G. Bhagat, *Americans in India, 1784–1860* (New York, 1970). – *unter der Hand und dem Siegel des Gouverneurs Shirley*: William Shirley (1694–1771), Gouverneur von Massachusetts von 1741 bis 1757; „ein so lebhafter und aktiver Gouverneur wie Massachusetts je einen hatte", wie NH ihn in seinen historischen Skizzen für Kinder nannte. (C VI, S. 113)

39 *zugunsten eines Jonathan Pue*: nicht sein vorgebliches Manuskript, sondern der Zollaufseher Pue selber (gest. 1760) ist historisch. NHs Quelle war Joseph B. Felt, *The Annals of Salem, From Its First Settlement* (Salem, 1827), wie er selbst vier Zeilen weiter mitteilt.

40 *bei der Vorbereitung des Artikels „Main Street"*: Eine der historischen Skizzen, die ursprünglich den Band auffüllen sollten. – *Damen ..., die sich in solchen Mysterien auskennen*: Der triviale Zusammenhang verdeckt, daß hier ein Generalthema des Romans aufgenommen wird: das Vieldeutige des Zeichens, das die Sünderin tragen muß. Hierzu John T. Irwin, „The Symbol of the Hieroglyphs in the American Renaissance", *American Quarterly* XXVI, 2 (Mai 1974), S. 117 f. – *Es war der große Buchstabe A*: Der Leser wird mit dem Buchstaben A konfrontiert, noch ehe diesem eine einzige Bedeutung zugeordnet wird. Der Buchstabe A für sich steht für das Erste, Wichtigste, Ausgezeichnete, Hervorragendste oder Einmalige, sei es einer Sache oder einer Person; nach Sir Paul Harvey, ed., *The Oxford Companion to English Literature*, Fourth Ed., Revised by Dorothy Eagle (Oxford, 1967), s.v. *a per se*. Eine Reihe weiterer Assoziationen stellt sich ein: das Alpha und Omega der Christussymbolik, aber auch die Zeilen aus der Fibel für die Kinder Neuenglands zum ersten Buchstaben: „By Adam's fall/We sinned all" (Durch Adams Fall sündigten wir alle). Aber auch Ars (Kunst) liegt nicht fern.

41 *eine tiefe Bedeutung, die ... gleichsam aus dem mystischen Symbol strömte*: die Symbole Hawthornes und seiner amerikanischen Zeitgenossen haben ihr dynamisches Element nicht nur intellektuell durch Viel-

deutigkeit, sondern vor allem auch emotional. Noch vor dem intellektuellen Verständnis wird der Begegnung mit dem symbolischen Gegenstand S. 41, Z. 18–20 *eine nicht ganz körperliche, aber fast körperliche Empfindung wie von sengender Hitze* zugeschrieben, zugleich als Vorausdeutung auf das A als Brand- und Schandmal. – *Esther Prynne*: Die Wahl des Nachnamens dürfte sich von William Prynne (1600–1669) herleiten, der 1637 auf beiden Wangen mit den Buchstaben S. L. (Seditious Libeller – Aufrührerischer Verleumder) gebrandmarkt wurde. Mukhtar Ali Isani hat in „Hawthorne and the Branding of William Prynne", *New England Quarterly* XLV, 2 (Juni 1972), darauf hingewiesen, daß die Umdeutung eines Brandmals bereits vom historischen Prynne vorgenommen wurde. S. L. = Seditious Libeller wurde von ihm gedeutet als Stigmata Laudis, was wiederum zweierlei heißen kann: das vom Erzbischof Laud aufgedrückte Mal oder – was für den Puritaner Prynne auf dasselbe hinauslief – das Ehrenmal (von lat. *laus* = Lob, Ehre). Der Gedanke für den Vornamen könnte NH durch den Fall der Hester Craford gekommen sein, die wegen Unzucht, bewiesen durch ihr uneheliches Kind, 1668 in Salem zur Auspeitschung verurteilt wurde – ein Urteil, das Major William Hathorne zu beaufsichtigen hatte! Allerdings ist nicht nachgewiesen, daß der Nachfahr Kenntnis von diesem Vorfall hatte; s. Charles Boewe und Murray G. Murphrey, „Hester Prynne in History", *American Literature* XXXII, 2 (Mai 1960).

42 *nur Authentizität des Umrisses*: Auf S. 9, Z. 25 hatte sich NH lediglich „als Herausgeber, oder doch nicht sehr viel mehr" der Geschichte Esther Prynnes bezeichnet. Die Unbestimmtheit dürfte Absicht gewesen sein. Das Thema des Ehebruchs, in den ein Geistlicher verwickelt war, konnte nur brisant sein – wie dann auch ein Teil der Rezensionen bewies. J. G. Lockhart (1794–1854), der Schwiegersohn Sir Walter Scotts, war 1822 mit *Some Passages in the Life of Mr. Adam Blair, Minister of the Gospel at Cross-Meikle* vorangegangen, aber die Tendenz dieses Romans war eindeutig moralischer. Einen Vergleich mit *The Scarlet Letter* stellte David Craig an in *Scottish Literature and the Scottish People* (1961), S. 174 bis 178. – Ein Briefzeugnis legt nahe, daß sich NH und sein Verleger James T. Fields (1817–1881) gegen das Publikum verschworen: Ob es wohl gutem Geschmack entspräche, den Titel in roter Farbe auf den Buchdeckel zu tun, fragte NH den Verleger. „Jedenfalls wäre es pikant und angemessen und, wie ich meine, anziehend für den großen Gimpel, den zu überlisten wir uns bemühen" („attractive to the great gull whom we are endeavoring

to circumvent"); nach James T. Fields, *Yesterdays With Authors* (Boston und New York, 1900), S. 52. Die Herausgeberfiktion schaffte zumindest Distanz. Vgl. Harry C. West, „Hawthorne's Editorial Pose", *American Literature* XLIV, 2 (Mai 1972).

43 *Auf Esther Prynnes Geschichte verwandte ich also viel Nachdenken*: Der Grundgedanke der Umdeutung des Schandzeichens findet sich bereits in NHs Erzählung „Endicott and the Red Cross" (1837), in der es heißt: „Da (am Pranger) stand gleichfalls eine junge Frau, nicht ohne ein gehörig Anteil Schönheit, deren Schicksal es war, den Buchstaben A auf der Brust ihres Gewandes zu tragen, vor den Augen der Welt und ihrer eigenen Kinder. Und selbst ihre eigenen Kinder wußten, was er bedeutete. Scherz mit ihrer Schande treibend, hatte das verworfene und verzweifelte Geschöpf das fatale Mal in scharlachfarbenem Tuch mit einem goldenen Faden und der feinsten Kunst ihrer Nadelarbeit verziert; so als ob der große Buchstabe A ‚Admirable' (Bewundernswert) bedeute, oder jedenfalls alles andere als ‚Adulteress' (Ehebrecherin)."

44 *Meine Einbildungskraft war ein blindgewordener Spiegel*: Daß dies keine Fiktion ist, zeigt ein aus dem Zollhaus am 11. November 1847 gerichteter Brief NHs an Longfellow, in dem er über sein antiliterarisches Milieu klagt. Allein, träumt er wie ehedem von Erzählungen, aber die Vormittage im Zollhaus zerstören, was die Nachmittage und Abende aufgerichtet haben. Er wäre glücklicher, wenn er schreiben könne. Nach *The Nathaniel Hawthorne Journal 1971*, S. 1. Vgl. Anm. zu S. 47.

45 *nur durch das glimmende Kohlenfeuer und den Mond erleuchtet*: Zusammen mit dem S. 46, Z. 28 erwähnten *Spiegel* ergibt sich eine Dreiheit, durch die eine romantische Ästhetik illustriert wird. Vgl. die Skizzen „Fire-Worship" und „Monsieur du Miroir".

46 *zu einem neutralen Territorium*: Der romanästhetische Hintergrund für diese Formulierung ist das Werk von Sir Walter Scott (1771 bis 1832) und James Fenimore Cooper (1789–1851), dessen erster in Amerika spielender Roman *Der Spion* (1821) den Untertitel *Eine Geschichte aus dem neutralen Territorium* trug (*A Tale of the Neutral Ground*). Was bei Cooper wörtlich zu verstehen ist – das Niemandsland zwischen Patrioten und Loyalisten im Staat New York zur Zeit der amerikanischen Revolution –, wird bei NH zu einem Bereich, der zwischen der Aktualität und dem nur indirekt Darstellbaren (Seelischen) vermittelt. Vgl. die Vorworte zu *Die Blithedale-Maskerade* in diesem Band sowie zu *Das Haus der Sieben Giebel* und *Der Marmorfaun*. – *Aus Schneemännern macht es wirkliche*

Männer und Frauen: Vgl. die Erzählung „The Snow-Image" (1850).

47 *Eine ganze Gruppe von Empfindsamkeiten ... entglitten*: Wie Franz Kafka empfand NH sogar eine Halbtagsbeschäftigung als drükkend; ein Zeugnis für die Konzentration auf das Imaginierte. Noch am 8. Januar 1863 schrieb NH einem Korrespondenten, er habe niemals dichten können, wenn er mit einer anderen Aufgabe beschäftigt war – nur mit einem von anderer Arbeit völlig freien Geist. Nach *The Nathaniel Hawthorne Journal 1972*, S. 2. – *hätte ich mich an eine andere Art der Dichtung gewagt*: Die andere Art ist der Realismus im Gegensatz zu NHs eigener Romantik; vgl. das Vorwort zum Roman *Das Haus der Sieben Giebel*. Paradoxerweise schätzte NH bei anderen den Realismus, etwa die Romane des Engländers Anthony Trollope (1815–1882). An Fields schrieb er am 11. Februar 1860: „Merkwürdig genug ist, daß mein eigener persönlicher Geschmack auf eine ganz andere Gruppe von Werken geht als die, die ich selbst produzieren kann. Würde ich bei einem anderen Autor auf solche Werke treffen wie die meinen, dann glaube ich nicht, daß ich durch sie durchkommen würde." *Yesterdays With Authors*, S. 88 f. – *Töricht war es ...*: Zu wissen, was vor uns im täglichen Leben liegt, sei die erste Weisheit, heißt es in John Miltons *Paradise Lost* (Gesang VIII, 192–194).

51 *Die Vorsehung hatte Besseres mit mir vor*: „Men's Accidents are God's Purposes" (Der Menschen Unglücksfälle sind Gottes Zwecke) – ein von Sophia Hawthorne mit einem Diamanten 1843 in die Scheiben der Studierstube NHs im alten Pfarrhaus geritzter Spruch, an den sich bei der Entstehung von *Der scharlachrote Buchstabe* zu erinnern anbot. Vgl. die Tagebücher (C VIII, S. 236 und 612). – *um den Ton von P. P. anzunehmen*: Vgl. Anm. zu S. 8. – *die Wahl des Generals Taylor zum Präsidenten*: Vgl. Anm. zu S. 20.

52 *Die Demokraten nehmen die Ämter ...*: Das Odium des berüchtigten ‚spoils system' („Dem Sieger gehört die Beute") hängt an den beiden Regierungszeiten des Präsidenten Andrew Jackson (1829 bis 1837), aber Ämterpatronage hat es auch vor ihm und nach ihm gegeben.

54 *Derweil hatte die Presse meinen Fall aufgenommen*: S. Hubert H. Hoeltje, „The Writing of *The Scarlet Letter*", *New England Quarterly* XXVII, 3 (September 1954), S. 336 ff. – *wie Irvings Kopfloser Reiter*: Anspielung auf Irvings Erzählung „The Legend of Sleepy Hollow" aus *The Sketch Book of Geoffrey Crayon* (1819/1820).

55 *Der alte Inspektor ... von einem Pferd überrannt*: Als NH diese Zeilen schrieb, war William Lee (vgl. Anm. zu S. 7, im Blut ...)

noch am Leben. Schon Benjamin Franklin hatte einen rivalisierenden Almanachverfasser totgesagt – in Nachahmung von Jonathan Swift, *Predictions for the Year 1708 ... by Isaac Bickerstaff, Esq.* In NHs Tagebuch von 1842 findet sich: „Eine Prophezeiung, etwa im Stil Swifts über Partridge, aber verschiedene Ereignisse und Personen betreffend" (C VIII, S. 229 und 609). Der Witz der Sache konnte von NH selbst nicht mehr genossen werden: Als William Lees Großneffe Thomas A. Lee 1916 die Familiengeschichte aufschrieb, behauptete er, der Inspektor sei an den Folgen eines Sturzes vom Pferd gestorben, während er in Wahrheit vom Schlag getroffen wurde – ein Sieg der Dichtung über die Geschichte! Nach B. Leases in der Anm. zu S. 7 (im Blut ...) genanntem Aufsatz. – *Fußnote*: Hier endlich wird erklärt, daß es beim Roman ohne weitere Beigaben von Erzählungen belassen wurde. Von NH beabsichtigt war der schwerfällige Titel *Old-Time Legends: Together with Sketches, Experimental and Ideal* (*Yesterdays With Authors*, S. 51). Wie William Charvat in *Literary Publishing in America, 1790–1850* (Philadelphia, 1959), pointiert schreibt: „James T. Fields änderte den ganzen Verlauf der Karriere Hawthornes, indem er ihn überredete, seine Novelle zu erweitern und für sich allein zu publizieren: Vom Roman wurden im ersten Jahr 6000 Exemplare abgesetzt, und Hawthorne schrieb nie wieder eine Kurzgeschichte" (S. 56 f.). Er weist ferner darauf hin, daß erst gegen 1850 solche durchstrukturierten Meisterwerke – und so verschiedener Länge! – wie *The Scarlet Letter* und Melvilles *Moby-Dick* (1851) möglich wurden, nachdem sich die amerikanischen Verleger entschlossen hatten, die Konvention des mehrbändigen Romans fallenzulassen (S. 83). Zur Rolle von Fields ferner: James C. Austin, *Fields of the Atlantic Monthly. Letters to an Editor, 1861 to 1870* (San Marino, Calif., 1953), mit Briefen von NH; W. Charvat, „James T. Fields and the Beginnings of Book Promotion", in: Matthew J. Bruccoli, ed., *The Profession of Authorship in America, 1800–1870. The Papers of William Charvat* (Ohio State University Press, 1968).

56 *Die Kaufleute ...*: Ein annotiertes Exemplar des Romans ist jüngst ans Licht gekommen, das die Vornamen der von NH genannten Kaufleute gibt: David Pingree, Stephen D. Phillips, Michael Shepard, James Upton, David Kimball, John Bertram. Hunt ist nicht identifiziert. Nach *The Nathaniel Hawthorne Journal 1971*, S. 113 f. Nach Winfield S. Nevins, „Nathaniel Hawthorne's Removal from the Salem Custom House", *Essex Institute Historical Collections* LIII, 2 (April 1917), S. 104, war NH bei den Kaufleuten und

Kapitänen nicht sehr beliebt; sie hielten ihn für arrogant. – *Meine guten Mitbürger werden mich nicht sehr vermissen*: Daß der Ärger über NH in Salem lange anhielt, geht hervor aus dem Vorwort zu James Duncan Phillips, *Salem in the Eighteenth Century* (Boston und New York, 1937), der darüber klagt, daß man von der Geschichte Salems meist nur durch Hawthorne wisse, der unglücklicherweise, wie manche andere Pseudo-Historiker und -Biographen unserer Zeit, aufregende und malerische Literatur mit wenig Beachtung der historischen Wirklichkeit gemacht habe (S. VII; ähnlich S. 198 Fußnote). Andererseits ist NH natürlich heutzutage Salems bekanntester Sohn und bringt Fremde in die Stadt. – *die Lokalität der Stadtpumpe!*: Anspielung auf NHs Skizze „A Rill from the Town-Pump" aus den *Twice-Told Tales* (1837), die angeblich in London ohne Nennung des Autors als Traktat der Temperenzler (Alkoholgegner) vertrieben wurde.

57 *Die Begründer einer neuen Kolonie ...*: Das Motiv geht schon auf NHs Darstellung der Geschichte Neuenglands für Kinder zurück. „‚Wie traurig ist der Gedanke', sagte Clara, ‚daß es eins der ersten Dinge, die den Siedlern oblagen, als sie in die neue Welt kamen, war, einen Friedhof abzustecken.'" (C VI, S. 19). Es wird in *Die Blithedale-Maskerade* weiterentwickelt. – *auf Isaak Johnsons Feld*: Isaac Johnson (1601–1630) starb am 30. September, einen Monat nach seiner Frau, der Lady Arbella, nach der das Flaggschiff der Flotte benannt war, die die Siedler 1630 nach Boston brachte. Vgl. C VI, S. 13 f.

58 *unter den Schritten der begnadeten Anna Hutchinson*: Anne Hutchinson (1591–1643), die Frau, die durch ihre Einmischung in die Theologie die erste große ‚Staatskrise' der neugegründeten Kolonie Massachusetts Bay herbeiführen half. NH hatte sich bereits 1830 in einer biographischen Skizze mit ihr beschäftigt und sie als „eine Frau von außerordentlichen Gaben und einer starken Einbildungskraft" bezeichnet. Im Gerichtsverfahren stand sie, eine Frau, „im Zentrum von aller Augen", ähnlich wie Esther Prynne in unserem Roman am Pranger. Halbverborgen in ihrem Auge, auch ihr selbst, ist freilich ein Aufblitzen fleischlichen Stolzes. Sie wird auch in der vom Großvater seinen Enkeln vorgetragenen Version der Heimatgeschichte erwähnt, wobei der Großvater ihr Ende als ungeeignet für Kinderohren bezeichnet. Nach ihrer Verbannung aus Massachusetts wurde sie mit ihrer Familie in der Kolonie New York von Indianern erschlagen (C VI, S. 27 f.). Vgl. die nächste Anm.

59 *einen Antinomisten*: Einer, der gegen das Gesetz (gemeint ist das

Gesetz des Alten Testaments) ist, d.h., der die Gnadenlehre des Protestantismus bis zu dem Extrem treibt zu lehren, der von Gott Begnadete stehe nicht nur über der Werkheiligkeit, sondern der Notwendigkeit, sich an die Gebote bloßer Moral zu halten. Die sog. „Antinomian Controversy“ in Massachusetts, in der Anne Hutchinson (vgl. Anm. zu S. 58) führend war, drehte sich vor allem um die Frage, welche Geistlichen als wirklich begnadet anzusehen waren und welche nicht. Wie es NH in seiner Skizze von 1830 poetisch formulierte, beanspruchte Anne Hutchinson für sich die besondere Gabe, zwischen nur von Menschen Gewählten und Gottes Erwählten unterscheiden zu können, und behauptete, „ihr begabtes Auge könne den Glorienschein um die Stirn der Erwählten“ wahrnehmen. Doch auch der gröbere Sinn von „Antinomist“ spielte wenigstens am Rande eine Rolle: Ein Captain John Underhill, Hutchinson-Anhänger, bekannte sich des Ehebruchs für schuldig; es gelang ihm nach Jahren, seinen Frieden mit der Gemeinde zu machen. Charles Francis Adams, „The Antinomian Controversy“, in: *Three Episodes of Massachusetts History*, 2 Bde. (Boston und New York, 1892); David D. Hall, ed., *The Antinomian Controversy, 1636–1638. A Documentary History* (Middletown, Conn., 1968). – *einen Quäker*: Auch die Quäker-Verfolgung wird vom Großvater seinen Enkeln erzählt; C VI, S. 40 ff. Vgl. Anm. zu S. 15. – *eine Hexe, wie die alte Frau Hibbins*: Eine historische Person, hingerichtet 1655. NH verwendet die Figur freilich weniger um des Zeitkolorits willen, als um mit ihr moralische Fragen zu dramatisieren, wobei durch Formeln wie „wenn es eine wahre Begebenheit gewesen ist“ u.ä. die allegorische Verwendung verdeutlicht wird. Die Hibbins tritt am Ende des 8. Kapitels als Versucherin Esthers auf, erscheint im 11. bei der zweiten Prangerszene, der nächtlichen Wache Dimmesdales, dem sie nach seiner Rückkehr aus dem Wald (Kap. 20) wieder erscheint und ihn sich fragen läßt, ob er denn wirklich einen Pakt mit dem Bösen geschlossen habe. Im 22. Kapitel wendet sie sich wieder an Esther und versucht, sie in ein Gespräch über Dimmesdale zu verwickeln.

60 *moralisch wie physisch aus gröberen Fasern*: Der hier zeitlich gefaßte Gegensatz wurde später von NH in seinem Buch über England, *Our Old Home* (1863), als Unterschied zwischen englischer und amerikanischer Weiblichkeit wiederaufgenommen. – *Rindfleisch und Bier*: Mit diesem Hinweis machte sich NH im späteren Buch viele Feinde in Großbritannien. – „*Hört, Weiber!*“: Hier beginnt ein Gespräch, das ebenso wie das Gespräch zwischen Roger Chilling-

worth und dem Bürger (S. 71 ff.) eine Exposition der möglichen Strafen für Esther Prynne darstellt. Statutenmäßig stand in Massachusetts auf Ehebruch die Todesstrafe, die freilich kaum angewandt wurde. Mary Latham, mit einem alten und ungeliebten Mann verheiratet, beging Ehebruch mit mehreren jungen Männern und wurde 1644 hingerichtet. Wie Charles Boewe und Murray G. Murphrey in ihrem Artikel, vgl. Anm. zu S. 41 (Esther Prynne), richtig bemerken, konnte es sich NH nicht leisten, seine Heldin bereits im ersten Kapitel durch Tod abgehen zu lassen; hinzufügen muß man noch, daß er sie aus ästhetischen Gründen auch nicht gut auspeitschen lassen konnte – eine Strafe, die historisch allemal am Platz gewesen wäre. Auch die ‚Brandmarkung' findet im Roman nur im übertragenen Sinne statt.

63 *der Buchstabe A, der Anfangsbuchstabe von Adulteress = Ehebrecherin*: Obwohl NH das Motiv schon in seiner Erzählung „Endicott and the Red Cross" verwendet hatte, notierte er sich ca. 1844: „Das Leben einer Frau, die nach dem Gesetz der alten Kolonie dazu verurteilt war, den Buchstaben A auf ihr Kleid genäht zu tragen, zum Zeichen, daß sie Ehebruch begangen hatte." Die „alte Kolonie" ist Plymouth, die Gründung der Pilgerväter; sie ging später in Massachusetts auf. Das Gesetz von 1636 spricht davon, daß Ehebrecher zweimal ausgepeitscht werden und die Buchstaben AD tragen müssen; nach C VIII, S. 254 und 618. In Felts *Annals of Salem* konnte NH unter dem Datum vom 5. Mai 1694 von einem Gesetz von Massachusetts erfahren, das für Ehebruch folgende Strafe vorsah: Eine Stunde unter dem Galgen sitzen, mit einem Strick um den Hals, schwere Auspeitschung bis zu 40 Schlägen, für immer den Buchstaben A tragen, der zwei Zoll lang und von anderer Farbe als die Kleidung zu sein hatte. – Auf eine Anfrage von George W. Childs gab NH am 16. September 1851 die Auskunft, sein Roman beruhe insoweit auf Fakten, als ein solches Zeichen mindestens von einer Frau in Neuengland getragen worden sei. Er könne nicht sagen, ob diese Art der Bestrafung von jenseits des Atlantik mitgebracht oder von den Puritanern in Neuengland erfunden worden sei. „Jedenfalls war die Idee ihrer so würdig, daß ich frommerweise geneigt bin, ihnen alle Ehre der Erfindung zuzusprechen." Nach J. C. Derby, *Fifty Years Among Authors, Books and Publishers* (New York, 1884), S. 342 f. – Daß NH sich für das A und gegen das AD entschied, hatte gute Gründe; das AD ist jedoch in den Anfangsbuchstaben von Arthur Dimmesdale erhalten.

66 *Wenn sich unter den puritanischen Zuschauern ein Papist gefunden hätte*:

Der gewagte Vergleich mit der Heiligen Familie wird durch den letzten Satz des Absatzes entschärft, doch weist Jessie Ryon Lucke in „Hawthorne's Madonna Image in *The Scarlet Letter*", *New England Quarterly* XXXVIII, 3 (Sept. 1965) auf einen möglichen Hintersinn: Auf Kuba wurde die Verbindung zwischen einem Weißen und einer Sklavin und ihren Kindern als ‚Heilige Familie' bezeichnet. NHs Frau Sophia hielt sich in jungen Jahren mit ihrer Schwester lange auf Kuba auf, und diese, Mary Peabody Mann, verwendete das Motiv in ihrem ersten Roman, *Juanita; a Romance of Real Life in Cuba Fifty Years Ago* (1887), den sie im Alter von 80 Jahren verfaßte.

68 *noch ein halbverwischtes Wappenschild ihres Vaters*: Wieder das Heraldik-Motiv; vgl. Anm. zu S. 32.

72 *der Daniel, welcher es lösen soll*: Im 5. Kapitel des Buches Daniel liest dieser das Menetekel an der Wand bei Belsazars Fest.

74 *Gouverneur Bellingham*: Richard Bellingham (ca. 1592–1672) war 1641 das erstemal Gouverneur von Massachusetts. Wie Charles Ryskamp in seinem grundlegenden Artikel „The New England Sources of *The Scarlet Letter*", *American Literature* XXXI, 3 (November 1959), überzeugend dartut, war NH bemüht, die Zahl der den Hintergrund bildenden historischen Personen klein zu halten. Daraus erklären sich einige kleinere Diskrepanzen mit der Historie. Jedoch hat sich NH an die Topographie des frühkolonialen Boston gehalten.

75 *John Wilson*: Der Rev. John Wilson (1588–1667) war noch nicht so alt, wie NH ihn darstellt, doch ist die Figur nach Ch. Ryskamp sonst historisch korrekt verwendet.

77 *Ehrwürden Dimmesdale*: Wie im historischen Roman Scotts und Coopers sind die Hauptfiguren nicht-historisch. Im Gespräch der Frauen vor dem Gefängnis und zwischen dem Bostoner Bürger und dem Fremden wurde Dimmesdale bereits unauffällig eingeführt. Sein Name deutet auf Düsternis (*dim*) und Tal (*dale*); die Wahl des Vornamens Arthur mag davon herrühren, daß seine Initialen AD das Zeichen für „Adulterer" (= Ehebrecher) ausmachen; vgl. Anm. zu S. 63.

79 *eine Hand auf seinem Herzen*: Die Anregung für diese ständige Geste Dimmesdales mag NH aus *Vathek. An Arabian Tale* von William Beckford (1759–1844) gekommen sein; dort deuten die Verdammten in der Hölle mit der Hand auf eine in ihrem Herzen lodernde Flamme.

81 *unter dem Namen Roger Chillingworth*: Mukhtar Ali Isani in „Hawthorne and the Branding of William Prynne", vgl. Anm. zu S. 41

(Esther Prynne), weist auf Parallelen zwischen dem historischen Prynne, dem von Erzbischof Laud Verfolgten und späteren Verfolger von Laud mit Chillingworth hin; auch könne das von Esthers Gatten angenommene Pseudonym „Chillingworth" über die Suggestion von *chill* = kühl hinaus auf den gelehrten Theologen William Chillingworth (1602–1644), einen Protegé des Erzbischofs, hinweisen. NH liebte historische Namen; weitergehende Schlüsse auf Charakterähnlichkeiten sind mit Vorsicht zu ziehen.

83 *weder Lethe noch Nepenthes*: Lethe ist der Fluß in der Unterwelt, aus dem die Verstorbenen trinken, um die Erinnerung an ihr irdisches Leben zu verlieren; Nepenthes ist in der Antike ein Zaubertrank oder eine Droge, die alles Leid vergessen lassen.

98 *eine sympathetische Kenntnis der verborgenen Sünde*: Ein von NH häufig verwendetes Motiv, z.B. in „Egotism; or, The Bosom Serpent" (1843) in scherzhafter Form. Vgl. „Young Goodman Brown" (1835) und „The Minister's Black Veil" (1836).

100 *Perle*: In sein Tagebuch (ca. 1843) notierte sich NH: „Pearl (Perle) – englisch für Margaret – hübscher Name für ein Mädchen in einer Geschichte" (C VIII, S. 242). Ein Nachwirken des Romans von William Godwin, *St. Leon* (1799), ist nicht auszuschließen, in dessen 4. Kapitel die Heldin Marguerite als Kind von unerschöpflicher Lebhaftigkeit und Verspieltheit und scharfer, unerwarteter Angriffe vorgestellt wird.

101 *weil es von hohem Preise . . . erkauft*: Matthäus XIII, 45–46 wird das Himmelreich verglichen mit einer Perle von hohem Preis, für die ein Kaufmann alles andere hingibt. – *fürchtete stets irgendeine düstere, wilde Eigentümlichkeit zu entdecken*: Sosehr Perle im Roman funktional eingesetzt wird, sosehr anderseits beruhen die folgenden Beschreibungen des Kindes auf Beobachtungen von NH an seiner Tochter Una. Am 30. Juli 1849, einen Tag vor dem Tod seiner Mutter, notierte sich NH über Una: „um das Kind ist etwas, das mich fast zum Fürchten bringt – Ich weiß nicht, ob ich es elfenhaft oder engelhaft nennen soll, aber jedenfalls übernatürlich." (C VIII, S. 430; ferner S. 407, 410–411, 420, 425, 426). Am 1. Februar 1849 notierte er sich über Una: „Sie bittet mich, 64 auf ihre Hand zu schreiben; irgendein Geschick wird mit dieser besonderen Zahl verknüpft sein" (C VIII, S. 421). 1864 wurde NHs Todesjahr!

113 *Streit über das Eigentumsrecht an einem Schweine*: NHs Quelle dürfte Caleb H. Snow, *A History of Boston* (Boston, 1825) gewesen sein. Über die Verwendung dieser und anderer Quellen vgl. Charles Ryskamp, „The New England Sources of *The Scarlet Letter*", *American Literature* XXXI, 3 (November 1959).

115 *ein unerschrockenes Kind*: Die Szene zwischen Perle und den unduldsamen Puritanerkindern erinnert an NHs Erzählung „The Gentle Boy", doch ist an die Stelle des jungen Dulders ein Kind getreten, das zu kämpfen weiß.

116 *auf sieben Jahre zum Sklaven geworden*: Ein sog. „indentured servant", jemand der sich – oft, um die Überfahrt nach Amerika damit finanzieren zu können – für sieben Jahre verdingt hat. Peter L. Hays hat in „Why Seven Years in *The Scarlet Letter*", *The Nathaniel Hawthorne Journal 1972*, auf die Stellen aufmerksam gemacht, an denen im Roman von siebenjähriger Knechtschaft die Rede ist.

119 *im Kriege gegen die Pequot-Indianer*: Neuenglands erster großer Indianerkrieg, der mit der Vernichtung des Stammes der Pequot endete (1637). – *Bacon, Coke, Noye und Finch*: Lordkanzler Sir Francis Bacon (1561–1626), Sir Edward Coke (1552–1634), William Noye (1577–1634), Sir Heneage Finch (gest. 1631) – berühmte Juristen der Regierungszeiten von Jakob I. und Karl I. Noye war Ankläger von William Prynne (vgl. Anm. zu S. 41, Esther Prynne).

120 *der ehrwürdige Blackstone*: William Blackstone (1595–1675), Geistlicher der anglikanischen Kirche, gelehrter Einsiedler, verließ Boston einige Jahre nach der Besiedlung der Halbinsel durch die Puritaner und zog sich nach Rhode Island zurück. Überliefert ist sein Spruch, er habe nicht England wegen der „hohen Herren Bischöfe" verlassen, um sich den „hohen Herren Amtsbrüdern" zu unterwerfen.

122 *zur Zeit des alten Königs Jakob*: Als Jakob VI. von Schottland als Jakob I. englischer König wurde (1603–1625), enttäuschte er die Hoffnungen der Puritaner auf Entgegenkommen. Auf der Hampton-Court-Konferenz vom 14. Januar 1603 drohte er, sie aus dem Lande zu drängen. – *bei einem Hofmaskenspiel*: Es handelt sich nicht etwa um Maskenbälle, sondern um Theateraufführungen am Hofe oder bei Adligen mit Aufzügen, Tänzen und Masken. Ben Jonson (1572–1637) war ein Meister der ‚masque'. – *Kinder des Herrn des Ungehorsams*: Der „Lord of Misrule" überwachte im 15. und 16. Jh. die ausgelassenen Feierlichkeiten zu Weihnachten.

123 *ein würdiges Abbild jenes babylonischen (Weibes)*: Offenbarung Johannis, XVII, 3–5. Die „Hure Babylon" (von den Puritanern auf die katholische Kirche angewandt) sitzt auf einem scharlachfarbenen Tier.

125 *aus der neuenglischen Fibel oder den ersten Seiten des Westminster Katechismus*: Gemeint sind der „New England Primer" (vgl. Anm. zu S. 40, Es war ...) und der 1647 von den presbyterianischen Geist-

lichen in Westminster zusammengestellte Katechismus, den auch die neuenglischen Puritaner benutzten. – *daß es gar nicht geschaffen worden sei*: Harriet Beecher Stowe hat in *Uncle Tom's Cabin* (1851 bis 1852) das Negerkind Topsy eine ähnliche Meinung vertreten lassen.

131 *Der Heilkünstler*: Hierin steckt ein nicht wiederzugebendes Wortspiel: „leech“ bedeutet sowohl Heilkünstler als auch Blutegel!

135 *Sir Kenelm Digby*: 1603–1665; Autor, Seeoffizier, Diplomat und Naturwissenschaftler. Vgl. die Erzählung „The Birthmark“.

140 *aus der Werkstatt der Gobelins*: Obwohl ein Wandteppich aus der Werkstatt der Gobelins chronologisch möglich wäre, ist doch wohl ein Wortspiel beabsichtigt: Gobelin – *goblin* (Kobold), um die unheimliche Atmosphäre von Dimmesdales Zimmer auszumalen. – *David und Bathseba*: Im 11. und 12. Kapitel des 2. Buches Samuelis wird der Ehebruch Davids mit Bathseba erzählt. Der Prophet Nathan legt David mit einer Parabel herein (vgl. Anm. zu S. 237).

142 *zur Zeit der Ermordung Sir Thomas Overburys*: Wie aus den Anmerkungen dieses Bandes hervorgeht, hat NH nicht nur neuenglische, sondern auch die englische Geschichte des 17. Jhs. reichlich herangezogen; keine Begebenheit so oft wie den berühmten Kriminalfall aus der Zeit Jakobs I., die Ermordung von Sir Thomas Overbury (1581–1613), der zuerst in den Tower geworfen und dann langsam vergiftet wurde. Die allmähliche Vernichtung von Dimmesdale durch Chillingworth ist nur eins von vielen Motiven, für die es im Umkreis des Overbury-Skandals Parallelen gibt. Alfred S. Reid hat sie in *The Yellow Ruff and The Scarlet Letter. A Source of Hawthorne's Novel* (Gainesville, Florida, 1955) dargestellt und mit *‚Sir Thomas Overbury's Vision‘ (1616) By Richard Niccols and Other English Sources of Nathaniel Hawthorne's ‚The Scarlet Letter‘* (ebda. 1957) als Quellenmaterial in Faksimile zugänglich gemacht.

143 *Der Arzt und sein Patient*: Vgl. den Doppelsinn von „leech“: Arzt und Blutegel, Anm. zu S. 131. Die Wirkungen der Rache auf einen Menschen darzustellen, der sich ihr verschreibt, hatte NH sich bereits um 1836 im Notizbuch vorgenommen. Präziser heißt es dann 1847: „Geschichte der Wirkungen der Rache, in dem sie den zum Teufel macht, der sich ihr hingibt.“ (C VIII, S. 27 f. und 278). Auch schon 1838 findet sich die Eintragung: „Der Einfluß eines besonderen Geistes in enger Verbindung mit einem anderen, der letzteren zum Wahnsinn treibt“ (C VIII, S. 170). – Das Eindringen in der Seele und in das Geheimnis Dimmesdales sind vorgebildet in einem der einflußreichsten Romane des ausgehen-

den 18. Jhs., *Things As They Are; or, The Adventures of Caleb Williams* (1794) von William Godwin (1756–1836). Dort geht es nicht um Ehebruch, sondern Mord, aber die Technik des Vorfühlens und des die wunden Stellen des Gesprächspartners Abtastens ist schon ebenso meisterhaft.

144 *aus Bunyans furchtbarem Eingang im Hügel*: In *The Pilgrim's Progress from This World to That Which Is to Come, Delivered Under the Similitude of a Dream* (1678) von John Bunyan (1628–1688) wird dem Pilger Christian, nicht weit vom Ziel des Himmlischen Jerusalem entfernt, noch ein Nebenweg zur Hölle gezeigt, den die Heuchler gehen.

156 *wiewohl in beständiger unbestimmter Ahnung*: Auch dieses Motiv ist schon 1838/39 in den Tagebüchern vorgebildet. Ein Mensch setzt in einen anderen volles Vertrauen, der ihm jedoch im Traum als sein ärgster Feind erscheint (C VIII, S. 181). „Die merkwürdige Empfindung einer Person, die sich als Gegenstand tiefen Interesses und genauer Beobachtung seitens eines anderen fühlt, der alle seine Handlungen auf die verschiedenste Weise ausdeutet" (S. 183).

157 *die Gabe, welche am Pfingstfeste in Flammenzungen ... herabgestiegen war*: Apostelgeschichte II, 1–4.

159 *Mit welcher Qual folterte ihn diese öffentliche Verehrung!*: Auch hier geht die psychologische Einsicht auf Tagebuchnotizen von 1837 bis 1838 zurück: „Unaufrichtigkeit im Herzen eines Menschen muß alle seine Freuden, alles, was ihn betrifft, unwirklich machen; so daß sein ganzes Leben nur wie eine dramatische Schaustellung zu sein scheint" (C VIII, S. 166); „Charakter eines Mannes, der in sich und seinen Beziehungen nach außen gleichermaßen und gänzlich falsch ist ...: sein eigenes Elend mitten drin – es macht das ganze Universum, Himmel und Erde zugleich, zu einem unsubstantiellen Gespött für ihn" (S. 180). – *die Frömmigkeit eines Henoch*: Genesis V, 22–24 und Hebräerbrief XI, 5.

166 *aus dem Sterbezimmer des Gouverneurs Winthrop*: John Winthrop (1588–1649) starb am 26. März; NH hat das Ereignis aus klimatischen Gründen in das spätere Frühjahr verschoben. Um so präziser ist die Wahl der Gründerfigur Winthrop, der in einer Laienpredigt unter dem Titel „Ein Modell für christliche Brüderlichkeit", geschrieben auf dem Flaggschiff der Auswanderer Arbella, die Grundzüge des neuen Gemeinwesens entworfen hatte. Der Sendungsglaube der Massachusetts-Bay-Puritaner kommt in Winthrops biblischem Bild (Matthäus V, 14) von der Stadt auf dem Hügel zum Ausdruck, auf der aller Augen ruhen. Sollten sie ihrem

Auftrag untreu werden, würden die Menschen in aller Welt ihrer spotten und sie verfluchen. Man vergleiche die selbstbewußten Worte des Büttels im zweiten Kapitel des Romans (S. 64, Z. 26–34), nach denen in der rechtschaffenen Kolonie von Massachusetts „die Bosheit an den Sonnenschein gezogen wird". Dimmesdales „Fall" und seine Unfähigkeit, sich zu offenbaren, sind eine tiefe Nacht der Kolonie, die nicht unpassend durch die Sterbestunde des Gründers und langjährigen Gouverneurs dramatisiert wird.

171 *daß man alle meteorischen Erscheinungen ... als Offenbarungen ... auslegte*: In Caleb Snow, *A History of Boston* (1825), wird beim Tode des berühmten Theologen John Cotton 1652 berichtet, daß seltsame und alarmierende Zeichen am Himmel erschienen. Nach S. Bradley, R. C. Beatty und E. H. Long, eds., *The Scarlet Letter. An Annotated Text. Backgrounds and Sources. Essays in Criticism* (A Norton Critical Edition; New York, 1962), S. 195. NH hat das Motiv in einer frühen Erzählung, „The Battle-Omen" (1830), verwendet.

172 *die Erscheinung eines ungeheuren Buchstaben*: Henry James (1843–1916) und mit ihm andere Kritiker haben an dieser Himmelserscheinung Anstoß genommen; der kurze Weg vom moralisch Erhabenen zum physisch Lächerlichen sei hier beschritten worden. Doch nicht nur das von NH intendierte Zeitkolorit rechtfertigt die Verwendung; eine innerseelische Wirklichkeit wird nach außen projiziert und damit sichtbar gemacht. Die Erscheinung ist ungefähr ein A; Dimmesdale deutet es als solches und bezieht es auf sich (was ihm des Autors Kritik einträgt). Allerdings, wie sich im folgenden Gespräch mit dem Küster ergibt, haben auch andere ein A am Himmel gesehen und ihm eine (andere) Bedeutung unterlegt. Vgl. die Technik in der Erzählung „The Birthmark".

181 *Sie nahm eine Freiheit des Denkens an, die damals auf der andern Seite des Ozeans gewöhnlich genug war*: Nach 1630 waren die von den Massachusetts-Bay-Puritanern eingeführten Neuerungen so gewagt, daß diese von den eigenen Glaubensbrüdern in England angegriffen wurden; nach dem Ausbruch des Bürgerkriegs 1642 jedoch kehrte sich das Verhältnis so rasch um, daß die Zeitgenossen sagten: Alt-England wird neu, während Neu-England alt wird. Modern ausgedrückt: Die Puritaner von Massachusetts wurden in den 1640er und 1650er Jahren weit links überholt.

182 *ihr Name möglicherweise Hand in Hand mit dem Anna Hutchinsons*: Vgl. Anm. zu S. 58. In NHs Erzählung „The Gentle Boy" wird religiöser Fanatismus einer Quäkerin der Mütterlichkeit einer

Puritanerfrau gegenübergestellt. Das Motiv der potentiellen Führerschaft Esther Prynnes wird im Schlußkapitel wieder aufgenommen.

192 *Mein alter, lange vergessener Glaube . . . erklärt alles*: Der kalvinistische Prädestinationsglaube wird hier von Chillingworth zu einer Rationalisierung benutzt, denn ein solcher Fatalismus ist unchristlich. – *nur in einer Art von typischer Illusion sündigt*: Vgl. Anm. zu S. 211.

200 *zu dem Missionar Eliot gegangen*: John Eliot (1604–1690) predigte als erster in Neuengland zu den Eingeborenen in ihrer eigenen Sprache und übersetzte die Bibel in die der Massachusetts-Indianer (1661–1663). Er war eine Lieblingsfigur NHs; seit den ersten Tagen des Christentums, erzählt der in der Heimatgeschichte kundige Großvater seinen Enkeln, habe es niemanden gegeben, der würdiger als Eliot gewesen sei, in die Gemeinschaft der Apostel aufgenommen zu werden (C VI, S. 49). Vgl. auch die Verwendung von Eliot-Motiven in *Die Blithedale-Maskerade.*

211 *wovon der Wahnsinn vielleicht der irdische Typus ist*: Zum Begriff des Typs (Typos) im Rahmen der Bibelauslegung s. Leonhard Goppelt, *Typos. Die typologische Deutung des Alten Testaments im Neuen* (Darmstadt, 1969; Gütersloh, [1]1939). Zur Verwendung der Typologie bei NH s. Ursula Brumm, *Die religiöse Typologie im amerikanischen Denken. Ihre Bedeutung für die amerikanische Literatur- und Geistesgeschichte* (Leiden, 1963). Während der wertvolle erste Abschnitt des Kapitels über NH, „Das Problem der Allegorie", die wichtige Erkenntnis ausspricht, daß NH „nur selten reiner Allegoriker" ist und „der Kern seiner Geschichten . . . kein Abstraktum, sondern eine in einer konkreten Situation erfaßte Problematik des menschlichen Lebens" (S. 97), kommt der zweite, „Das zyklische Geschichtsbild", zu m. E. unhaltbaren Ergebnissen. Die beiden Verwendungen der Typologie, S. 192 und S. 211, werden in dem Buch nicht behandelt.

213 *mit kaltem Blute das Heiligtum eines Menschenherzen geschändet*: Im Tagebuch von 1844 findet sich die Notiz: „Die Sünde wider den Heiligen Geist (‚The Unpardonable Sin') könnte in einem Mangel an Liebe und Ehrfurcht für die Menschliche Seele bestehen; infolgedessen würde ein Forscher in ihre dunklen Tiefen eindringen, nicht, in der Hoffnung oder mit dem Zweck, dort etwas zu bessern, sondern aus einer kalten psychologischen Neugier . . ." (C VIII, S. 251). Das Motiv der Sünde, die nicht vergeben werden kann, hat NH in der Erzählung „Ethan Brand" (1850) behandelt. – „*Was wir taten, hatte seine eigene Weihe*": Wie ein Rezensent der

amerikanischen Zeitschrift *The Nation* am 25. Oktober 1900 meinte, könnten diese Worte Esthers leicht interpretiert werden als subtilste verführerische Werbung für den Vorrang der Leidenschaft im menschlichen Leben, die in englischer Erzählkunst aufzufinden sei. Trotz siebenjährigen Leidens kein Wort von Reue. Selbst George Sands Heldinnen seien in ihrer Rebellion gegen moralisches Dogma oder den Sittenkodex nicht unbehinderter als diese Ausgestoßene der puritanischen Härte. So weit, so gut. Doch war NH ein zu objektiver Kopf, als daß er nicht die Leichtigkeit durchschaut hätte, mit der sich „eigene Weihen" im Bedarfsfall produzieren lassen. Immerhin zeigt er auch, wie sehr sich Esther zumindest bemüht, sich für sündiger zu halten als alle anderen. Unbestreitbar andererseits ist, daß Esther weiter liebt und daß sie nicht ernsthaft bereut. – Die Sache hat auch einen politischen Hintergrund. In den Wochen, bevor der Roman erschien, wurde im Kongreß der Kompromiß zwischen den Nord- und den Südstaaten ausgehandelt, der runde zehn Jahre, bis zum Bürgerkrieg (1861 bis 1865), gelten sollte. Die Abolitionisten des Nordens beriefen sich gern auf ein „höheres Gesetz" (höher als die Verfassung, die Sklaverei zuließ); es ist schlecht denkbar, daß NH (kein Abolitionist) die Parallele zwischen Esthers „eigener Weihe" und dem „höheren Gesetz" entgangen ist. Abgesehen von der Vorsicht, die NH bei seinem ohnehin brisanten Thema und seiner wirtschaftlichen Lage walten lassen mußte, dürfen wir ihn nicht auf eine Interpretation festlegen wollen, die allein seine Heldin zu vertreten hat.

226 *die lebende Hieroglyphenschrift*: Vgl. Anm. zu S. 40 (Damen . . .).

236 *dieses Gefühl der Veränderung*: Das Motiv der Rückkehr aus dem Wald (der Wildnis, der Freiheit, dem Ungeregelten und/oder Verbotenen) wurde von NH in seiner wohl berühmtesten Erzählung „Young Goodman Brown" ausgearbeitet. Sowohl Dimmesdale als auch der Titelheld Brown können ihre Erlebnisse im Wald nicht verarbeiten und gehen gleichsam aus den Fugen.

237 *„Du selbst bist der Mann!"*: 2. Buch Sam., XII, 7: Die Worte, mit denen der Prophet Nathan den ehebrecherischen David darauf aufmerksam macht, daß er selbst der Verbrecher sei, von dem die Rede war. E. A. Poe hat eine parodistische Detektiverzählung mit dem Titel „Thou Art the Man" (1844) geschrieben. Vgl. die Anm. zu S. 140.

241 *wozu ihr Anna Turner . . . das Rezept gegeben hatte*: Anna Turner, die Giftmischerin aus dem Overbury-Fall; vgl. Anm. zu S. 142.

256 *Die Wahlpredigt*: Zur Einführung eines neuen Gouverneurs wurde ein „Election Sermon" gepredigt, wobei auf die Sendung Neuenglands häufig bezug genommen wurde. Es war eine der höchsten Ehren, die die Kolonie zu vergeben hatte, zu dieser Predigt aufgefordert zu werden.

258 *Diese Staatsmänner der ersten Stunde*: Simon Bradstreet (1603–1697), John Endicott (ca. 1589–1665), Thomas Dudley (1576–1653); zu Richard Bellingham s. Anm. zu S. 74.

259 *wie im Falle von Increase Mather*: Increase Mather (1639–1723), aus der zweiten Generation der ‚Mather-„Dynastie", verhandelte 1688–1692 für die Kolonie Massachusetts in England; später Präsident des Harvard College (1685–1701).

262 *Pauwau*: Powwow, Hauptbedeutung zeremonielle indianische Versammlung, Verhandlung von oder mit Indianern, Beratung überhaupt. Hier ist freilich der ursprüngliche Sinn, nämlich Zauberer, Medizinmann gemeint.

274 *„umschlinge mich mit deiner Kraft!"*: Es ist wahrscheinlich, daß NH bewußt einen Ehe-Topos, emblematisch oft dargestellt als von der Rebe umschlungene Ulme, evozieren wollte. Vgl. Peter Demetz, "The Elm and the Vine: Notes Toward the History of a Marriage Topos", *PMLA* LXXIII, 5 (Dezember 1958), ohne Bezug auf diese Stelle.

280 *die Art seines Todes zu einer Parabel gemacht*: Vgl. die Erzählung "The Minister's Black Veil". Aber während der Geistliche der Erzählung eine bloße Gedankensünde so schwer nimmt, daß er sich lebenslänglich einen schwarzen Schleier anlegt, verbirgt Dimmesdale bis zum Ende hin sowohl seine Sünde als auch deren körperliche Manifestation. Vgl. die Tagebucheintragung vom 27. Oktober 1841: „Moralische oder spirituelle Krankheit durch körperliche Krankheit zu symbolisieren; – so könnte, nachdem jemand eine Sünde begangen hat, diese eine Wunde auf dem Körper verursachen; – dies weiter auszuarbeiten" (C VIII, S. 222). – *nichts wie das Beispiel der hartnäckigen Treue* . . .: So viel über NHs angeblichen „Puritanismus" geschrieben worden ist, so wenig über seinen offensichtlichen Antiklerikalismus. Eine Ausnahme bildet Joseph Schwartz, „Three Aspects of Hawthorne's Puritanism", *New England Quarterly* XXXVI, 2 (Juni 1963), bes. S. 199ff. Für unseren Roman ist zu beachten, daß NH unter seinen Feinden in Salem besonders den „öligen Mann Gottes" Charles W. Upham (vgl. Anm. zu S. 7, im Blut . . .) verachtete. An seinen Schwager Horace Mann schrieb er am 8. August 1849: „Sollte Herr Upham mir Gelegenheit geben – oder vielleicht auch dann,

wenn er es nicht tut –, werde ich mein Bestes tun, ihn publizistisch umzubringen und zu skalpieren, und ich glaube, es würde mir gelingen." Der Brief bricht hier leider ab – der Rest ist weggeschnitten! Nach John D. Gordan, *Nathaniel Hawthorne. The Years of Fulfilment, 1804–1853* (New York, 1954), S. 33. Das Ergebnis ist die Figur des Richters Pyncheon im Roman *Das Haus der Sieben Giebel* (1851). Vgl. „Elizabeth Peabody Identifies the ‚Original' Judge Pyncheon", *The Nathaniel Hawthorne Journal 1971*, S. 70. Upham seinerseits war pikiert, weil die Hawthorne-Familie in seiner Gemeinde einen Kirchenstuhl hatte, NH aber nie zu seinen Predigten erschien. Auch nach seinem Fortzug aus Salem machte sich NH unbeliebt, weil er in Lenox seinen Fuß nicht über die Schwelle einer Kirche setzte. – *nur diese (Moral) in Worte kleiden: Seid wahr! Seid wahr! Seid wahr!*: Eine ausformulierte Moral, und sei es auch nur eine unter anderen, war ein von NH mehrfach gemachtes Zugeständnis an seine moralsüchtigen Zeitgenossen. Sie hat ihn freilich nicht vor Kritik bewahrt; so heißt es im schärfsten Angriff auf den Roman, der Rezension des Bischofs Arthur Cleveland Coxe: „die ganze Moral der Geschichte wird mit den Worten gegeben – ‚Seid wahr – seid wahr', so als ob Aufrichtigkeit in der Sünde eine Tugend sei, und als ob nicht ‚seid keusch – seid keusch' der passendere Schluß gewesen wäre." 120 zeitgenössische und einige spätere Rezensionen und Essays zu NH sind gesammelt von J. Donald Crowley, *Hawthorne. The Critical Heritage* (New York, 1970), Zitat S. 183.

282 *die reichste Erbin ihrer Zeit in der neuen Welt*: Adlige Heirat und Reichtum für Perle möchten den Schluß, soweit er das Kind der Sünde betrifft, etwas zu märchenhaft erscheinen lassen. Es ist jedoch zu beachten, daß sich Perle und Chillingworth gegenläufig verhalten: Während Chillingworth durch die Monomanie seiner Seelenforschung und seiner Rache seine eigene Seele verliert, muß Perle durch einen Kummer eine gewinnen. Mit dem Geständnis und dem Tode Dimmesdales verliert Chillingworth seinen Lebensinhalt; Perle gewinnt einen Vater. Es ist nur konsequent, daß die irdische Substanz Chillingworths, sein Geld, auf das Kind übergeht.

284 *daß zu einer schöneren Zeit ... eine neue Wahrheit offenbart werden würde*: Diese Hoffnung und Aussicht hat Bischof Coxe (vgl. Anm. zu S. 280, nur diese [Moral]) zu noch größerem Zorn gebracht als die ausformulierte Moral: „Wenn Buchstaben und Worte die Idee ihres Autors vermitteln können, dann hat er uns hier den Schlüssel zum Ganzen gegeben, mit einem sehr deutlichen Hin-

weis, daß das Evangelium die Beziehungen von Mann und Frau nicht so geregelt hat, wie es nötig wäre, und daß wir ein neues Evangelium brauchen, um das siebente Gebot und das Band der Ehe abzulösen. Hier mögen die Leser sehen, was die Welt von Hawthorne erwarten kann, falls er nicht an solcher Hurenhausphilosophie gehindert wird." Zitiert nach B. Bernard Cohen, *The Recognition of Nathaniel Hawthorne. Selected Criticism Since 1828* (Ann Arbor, 1969), S. 53. – Vgl. eine Tagebucheintragung vom 30. August 1842 (also kurz nach NHs glücklicher Eheschließung): „Nachmittags kam Emerson und brachte Herrn Frost mit, den Kollegen und Nachfolger von Dr. Ripley. Er ist ganz ordentlich, in der Art der Feld-, Wald- und Wiesenpastoren, und wohlgeeignet, den Vorrat an Predigtmanuskripten zu vermehren, von denen es schon eine fürchterliche Menge in der Welt geben muß. Ich finde meinen Respekt für Geistliche als solche und meinen Glauben an die Nützlichkeit ihres Amtes täglich abnehmen. Wir brauchen in der Tat eine neue Offenbarung – ein neues System – denn im alten scheint kein Leben mehr zu sein" (C VIII, S. 351 f.).

285 „*Auf schwarzem Feld, der Buchstabe A, rot*": Das englische Original verwendet für die Farben Termini Technici der Heraldik: „ON A FIELD SABLE, THE LETTER A, GULES". John C. Stubbs in „A Note on the Source of Hawthorne's Heraldic Device in ‚The Scarlet Letter'", *Notes and Queries* CCXIII (Mai 1968), nennt mit Recht als Quelle Sir Walter Scotts Einleitung zu seinem ersten Roman *Waverley; or, 'Tis Sixty Years Since* (1814), in der Scott den Zorn der Vorfahren mit der heraldischen Farbe ‚rot' (‚gules'), die zeitgenössische Bosheit, die nicht offen und mit blutiger Gewalt vorgeht, sondern indirekt, mit der Farbe ‚schwarz' (‚sable') vergleicht. Während an der Kenntnis NHs von Scott kein Zweifel besteht, wissen wir nicht, ob er das Gedicht von Andrew Marvell (1621–1678), „The Unfortunate Lover", gekannt hat, das mit der Zeile „In a Field Sable a Lover Gules" endet; nach Robert L. Brant, „Hawthorne and Marvell", *American Literature* XXX, 3 (November 1958). Sollte eine Anspielung vorliegen, sagt Brant richtig, würde eine gewisse ästhetische Distanz, eine Hebung der Geschichte ins Reich der Legende und ein erlösendes Licht der Schönheit in der Tragödie impliziert sein. Eine solche Interpretation widerspricht nicht der Tatsache, daß NH als Mensch – und noch mehr seine Frau Sophia – an der Tragödie Esther Prynnes und Arthur Dimmesdales gelitten hat. An seinen Freund H. Bridge schrieb er, sein Roman sei zweifellos eine höllisch-geheizte Geschichte, in die ein versöhnliches, aufmunterndes Licht zu wer-

fen ihm fast unmöglich gewesen sei. Noch schlimmer war die Wirkung auf seine Frau, wie aus dem gleichen Brief hervorgeht: Das Vorlesen des Schlusses „brach ihr Herz und schickte sie mit einem gewaltigen Kopfweh ins Bett; was ich als einen großartigen Erfolg ansehe". (*Personal Recollections*, S. 111–113). Noch fünf Jahre später erinnerte sich NH an die Bewegung, mit der er den Schluß des Romans seiner Frau vortrug: „meine Stimme hob sich und wogte, als ob ich auf einem Ozean auf- und niedergetragen würde, wie er sich nach einem Sturm wieder beruhigt. Aber ich war in einem sehr nervösen Zustand, damals, nachdem ich monatelang durch viele verschiedene und aufreibende Emotionen gegangen war. Ich glaube nicht, daß ich jemals bei anderer Gelegenheit meine undurchdringliche Härte überwunden habe." Nach *English Notebooks*, ed. R. Stewart (New York, 1962), S. 225. Das alles schließt die Kühle des überlegen schaffenden Künstlers, der die Personen und die Motive seines Romans über Jahre hinweg durchdacht hatte, nicht aus. Vgl. Lore Rettenberger, *Licht- und Farbsymbolik in Hawthornes Neuengland-Romanen* (Göppingen, 1972). Joseph Conrad hat im Vorwort zu *Within the Tides* (1915) von einem „romantischen Gefühl für die Realität" gesprochen, das er sich eingeboren glaubt. Die folgenden Sätze, ohne jeden Bezug auf Hawthorne geschrieben, sind gleichwohl ein Epilog auch für den Roman *Der scharlachrote Buchstabe:* „Diese Fähigkeit an sich kann ein Fluch sein, aber wenn sie diszipliniert ist durch einen Sinn für persönliche Verantwortung und ein Wissen um die harten Fakten des Lebens, wie wir sie mit allen anderen Menschen gemein haben, dann wird sie nur ein Gesichtspunkt, von dem aus selbst die dunklen Schatten des Lebens wie mit einem inneren Leuchten begabt erscheinen. Und solche Romantik ist keine Sünde."

287 *Die Blithedale-Maskerade*: Hier wie in anderen Fällen hat NH nach einem geeigneten Titel lange gesucht. Er hatte sich schon halb zu „Hollingsworth" entschlossen, aber auch an „Blithedale", „Miles Coverdales drei Freunde", „Die Verschleierte Dame", „Priscilla", „Der arkadische Sommer" und „Zenobia" gedacht, ehe er den deutsch schwer wiederzugebenden Titel „The Blithedale Romance" wählte. Franz Bleis Titelwahl „Ein tragischer Sommer" ist eine sehr freie, gute Übertragung, die aber den Nachteil hat, daß das Original nicht zweifelsfrei hinter ihr zu identifizieren ist. Es wurde deshalb ein Titel gewählt, der das Original erkennen, aber anstelle der wörtlichen Übersetzung „Blithedale-Roman" oder „Blithedale-Romanze" ein Wort aus der zentralen Symbolgruppe Maske, Schleier, in den Titel aufrücken läßt. Zur Titel-

wahl vgl. die Einleitung von Roy Harvey Pearce zu *The Blithedale Romance* in C III, S. XIX.

289 *Brook Farm in Roxbury*: Eine Reformsiedlung aus dem Geist der Bewegung des neuenglischen Transzendentalismus, 1841–1847. Die Neue Welt war im 17., 18. und 19. Jh., wegen der relativen Billigkeit von Grund und Boden und weil die Obrigkeit eine weniger schwere Hand auf Aktivitäten von Bürgergemeinschaften legte als in Europa, bevorzugter Ort für Experimente neuer moralischer Welten. Man unterscheidet die religiösen von den säkularen „communities" (Kommunen, Mustersiedlungen, Wohn-Arbeits- und Lebensgemeinschaften), wobei erstere von Sekten, letztere von Frühsozialisten wie Robert Owen (1771–1858), Charles Fourier (1772–1837), Etienne Cabet (1788–1856) bzw. ihren Schülern bestritten wurden. Aus der ungemein reichhaltigen Literatur seien nur drei Standardwerke genannt: John Humphrey Noyes, *History of American Socialisms* (1870), Charles Nordhoff, *The Communistic Societies of The United States; From Personal Visit and Observation* (1875); Arthur Eugene Bestor, jr., *Backwoods Utopias. The Sectarian and Owenite Phases of Communitarian Socialism in America; 1663–1829* (Philadelphia, 1950). Brook Farm hat noch keine endgültig befriedigende Darstellung gefunden, doch ist als Einführung sehr empfehlenswert die Kompilation von Henry W. Sams, *Autobiography of Brook Farm* (Englewood Cliffs, N.J., 1958). – *so glücklich gewesen . . ., eine Zeitlang persönlich mit ihr in Verbindung zu stehen*: Brook Farm war eine Aktiengesellschaft, keine Gütergemeinschaft. Die Motive, die NH bewogen haben, zwei Aktien zu erwerben und einige Monate lang seine Arbeitskraft zur Verfügung zu stellen, waren teils wirtschaftlicher, teils ideeller Natur. Er wollte seine Verlobte Sophia Peabody heiraten und glaubte, auf Brook Farm schneller zu einem Hausstand kommen zu können als in der normalen bürgerlichen Gesellschaft. Daraus haben Kritiker und Biographen, die NH möglichst konservativ sehen möchten, den in sich widersprüchlichen Schluß gezogen, er habe niemals an die Idee von Brook Farm geglaubt. Aber gerade um seiner Investition willen mußte NH zunächst an die Idee und ihre Praktikabilität glauben! Andernfalls hätte er seine eintausend Dollar besser an der Börse angebracht. Als er bei dem Versuch, seine Geldanlage wieder aus dem Unternehmen zu ziehen, keinen Erfolg hatte, verklagte er George Ripley und Charles Dana (s. Anm. zu S. 291), ein Schritt, zu dem ihn seine bittere Armut in den Jahren zwischen seinen Stellungen als Zollbeamter in Boston und in Salem zwang. – NH war vom April bis zum August 1841

als Arbeiter auf der Farm, kehrte dann nach einer Unterbrechung im September als Bewohner zurück und wurde sogar zum Vorsitzenden des Finanzkomitees gewählt. Er war jedoch schon entschlossen, den Winter nicht auf der Farm zu verbringen. Im Sommer 1842 heiratete er und veröffentlichte in den folgenden vier Jahren mehr als 20 Novellen und Skizzen, bis ihn sein Staatsamt aus der wirtschaftlichen Misere rettete. – *zum Gegenstand einer dichterischen Behandlung gemacht*: Die Briefzeugnisse machen deutlich, wie sich NH bei reichlicher Verwendung seiner Erinnerungen an Brook Farm doch thematisch von der Siedlung und ihren Grundideen entfernte. An seinen Freund William B. Pike schrieb er am 24. Juli 1851, er wolle für seinen nächsten Roman (nach *Der scharlachrote Buchstabe* und *Das Haus der Sieben Giebel*) „The Community" zum Gegenstand nehmen und einige seiner Erfahrungen und Beobachtungen auf Brook Farm verwenden. Ein Jahr später, am 14. Juli 1852, als das Werk erschienen war, schrieb er jedoch an George William Curtis (s. Anm. zu S. 291, Der brillante Mekkapilger), er möge es nicht lesen, als ob es etwas mit Brook Farm zu tun hätte, was recht eigentlich nicht der Fall sei, sondern nur wegen seiner eigenen fiktiven Geschichte und Charaktere. Einem Autographensammler schrieb er am 16. Oktober 1852, sein Vorwort gebe eine korrekte Aussage über das Verhältnis von Faktum und Fiktion. Nach der Einleitung von R. H. Pearce C III, S. XXIII. – *eine Theorie über den Sozialismus*: Zwei Briefe an David Mack (1804–1878) vom 18. Juli 1841 und 25. Mai 1842 machen deutlich, warum NH seine persönlichen Ziele und Wünsche für unvereinbar mit einem Leben in einer „community" hielt. Der Grundgedanke von Brook Farm war, wie der Gründer George Ripley (s. u.) am 9. November 1840 an Emerson schrieb, ein natürlicheres Verhältnis zwischen intellektueller Arbeit und Handarbeit herzustellen, den Denker mit dem Arbeiter zu verbinden. Wie NHs Schwägerin Elizabeth Peabody es ausdrückte, sollte die Arbeitszeit durch eine Regel begrenzt und auf Wunsch des einzelnen noch weiter heruntergesetzt werden können, um ihm Gelegenheit für geistige Fortbildung und gesellschaftliches Leben zu geben. Ziel sei „MUSSE IN ALLEN FÄHIGKEITEN DER SEELE ZU LEBEN" – eine Formulierung, die an NHs eigene spätere erinnert: die beste Definition von Glück sei, „nach dem vollen Umfang seiner Fähigkeiten und Sensibilitäten zu leben!" (vgl. S. 51 dieses Bandes). Nach Sams, *Autobiography of Brook Farm*, S. 6 und 64f. Wie NH im Sommer 1841 an Mack schrieb, hatte sich durch Ungunst der Verhältnisse, nicht durch die Schuld

Ripleys, die Arbeit auf Brook Farm gehäuft – ein Umstand, der NH deprimierte, was aber nur ein weiterer Beweis dafür ist, daß er an die Grundidee von Brook Farm geglaubt hatte. Er muß sogar mit dem Gedanken gespielt haben, noch einer anderen „community“ beizutreten, und zwar in Northampton, wo Mack von 1842–1845 Mitglied war. In seinem zweiten Brief erteilte NH Mack eine Absage. Er sei zwar von der Tendenz solcher Institutionen zum Guten überzeugt, dagegen keineswegs von seiner persönlichen Eignung für sie. Ökonomisch würde er sich besser stellen, aber nicht nach seiner intellektuellen und moralischen Entwicklung. Wer aus „Das Zollhaus“ weiß, wie drückend für NH selbst die Halbtagsbeschäftigung beim Zoll war und wie wenig er es vermochte, einen Broterwerb mit Dichten zu verbinden, wird sich nicht wundern, daß eine auf Bodenbestellung angewiesene Siedlung in NH keinen Enthusiasten auf Dauer finden konnte. So tüchtig er arbeitete und so gut ihm die Arbeit körperlich tat, so unvereinbar war sie mit seinen Sensibilitäten. Vgl. die Briefe an Mack bei Sams, S. 22 und 74 (s. Anm. zu S. 289) oder bei Manning Hawthorne, „Hawthorne and Utopian Socialism“, *New England Quarterly* XII, 4 (December 1939), S. 726–730. – Die Verzerrung des Verhältnisses von NH zum Sozialismus begann schon bei seinem Sohn, der in der Biographie seines Vaters von 900 Seiten Brook Farm eine einzige widmete, denn das Unternehmen sei, abgesehen von den anfangs mit ihm verbundenen Persönlichkeiten, bar jeden Interesses und jeder Erbaulichkeit! (*Nathaniel Hawthorne and His Wife*, Bd. I, S. 200). Eine unvoreingenommene Studie dagegen schrieb Lawrence Sargent Hall, *Hawthorne – Critic of Society* (New Haven, 1944). – *ein gewisses konventionelles Vorrecht*: In allen seinen Vorworten hat NH um dieses Vorrecht gekämpft oder gebeten. Er hatte es aber hier besonders nötig, denn das Thema war wieder einmal brisant. In einem Brief an H. Bridge vom 22. Juli 1851 schrieb er: „Ich weiß noch nicht, was ich als nächstes schreibe. Sollte es ein Roman sein, so gedenke ich, eine Extraprise Bosheit (an extra touch of the devil) hineinzutun, denn ich zweifle, ob das Publikum zwei stille Bücher nacheinander hinnimmt, ohne daß ich an Boden verliere. Solange die Leute kaufen, werde ich an der Arbeit bleiben, und ich finde, daß diese mir um so leichter von der Hand geht, je größer die Nachfrage nach ihr ist.“ *Personal Recollections*, S. 127. Die Aufnahme des Werks war bedeutend kühler als die von *Der scharlachrote Buchstabe* und *Das Haus der Sieben Giebel*; der finanzielle Erfolg gering.

290 *ein Traum und doch eine Wirklichkeit*: Am 3. September 1841 schrieb

NH an seine Verlobte, es komme ihm vor, als habe er Brook Farm vor zwanzig Jahren verlassen. Er nehme das als Beweis, daß sein Leben dort ein unnatürliches, für ihn unpassendes gewesen sei, und daher ein unwirkliches; es läge schon hinter ihm wie ein Traum. Das wahre Ich sei nie ein Mitglied der Gemeinschaft gewesen; der dort umgehende NH eine Art Spektralerscheinung. Die Pointe des Briefes jedoch ist die Unwirklichkeit jeder Existenz ohne die Adressatin: sie erst sei es, die ihm die Dinge wirklich mache. Sams, *Autobiography of Brook Farm*, S. 33f. – *diese Charaktere völlig erdichtet*: Trotz – oder man könnte auch sagen wegen! – dieser Erklärung des Autors wurde der Roman immer wieder als Schlüsselroman gelesen. Wie der Einleitung von R. H. Pearce in C III entnommen werden kann, wurde Hollingsworth mit zehn, Zenobia mit fünf verschiedenen lebenden Personen in Verbindung gebracht! Arlin Turner hat in „Autobiographical Elements in Hawthorne's *The Blithedale Romance*", *Texas Studies in English* XV (1935), das Material zusammengetragen, seine eigenen Schlußfolgerungen jedoch in einem späteren Buch (*Nathaniel Hawthorne*, 1961), S. 81, glücklicherweise revidiert. Der Roman ist weder leicht verhüllte Autobiographie noch Schlüsselroman, was aber nicht heißt, daß er nicht doch sehr viele Empfindlichkeiten von Freunden und Zeitgenossen NHs berührte. Vgl. die Anmerkung zu S. 342 (Fräulein Margarete Fuller).

291 *Ripley*: George Ripley (1802–1880), unitarischer Geistlicher, verließ sein Amt, um Brook Farm zu begründen. Wie sich Emerson am 7. Mai 1843 notierte, waren Ripley und seine Frau Sophia die einzigen, die sich mit dem Brook-Farm-Unternehmen identifizierten. Sie hätten es geheiratet; sie seien es. Die anderen seien nur Experimentatoren, jederzeit bereit, sich im Falle des Mißerfolgs zurückzuziehen. Nach Sams, *Autobiography of Brook Farm*, S. 79. Nach dem Scheitern des Unternehmens betätigte Ripley sich journalistisch, vor allem als Kritiker und Redakteur der New York *Tribune*. Er schrieb eine der bedeutendsten Kritiken von *Der scharlachrote Buchstabe*. 1857–1862 gab er mit Dana die *New American Encyclopedia* heraus. Charles Crowe schrieb seine Biographie: *George Ripley. Transcendentalist and Utopian Socialist* (Athens, Ga., 1967). Kurzbiographien der mit Brook Farm verbundenen Persönlichkeiten in Lindsay Swift, *Brook Farm. Its Members, Scholars, and Visitors* (New York, 1900; Neuaufl. New York, 1961). – *Dana*: Charles A. Dana (1819–1897), Manager von Brook Farm und Propagandist für die Idee der Assoziation, verließ das Unternehmen kurz vor seinem Ende und wandte sich dem Journalismus

zu. Auch er arbeitete für die *Tribune* (bis 1862). Von 1868 bis zu seinem Tod gab er seine eigene Zeitung, *The Sun*, heraus; manchen alten Weggenossen erschien er als prinzipienlos und als Renegat. – *Dwight*: John Sullivan Dwight (1813–1893), unitarischer Geistlicher, enthusiastischer Transzendentalist, Musikkritiker; gab 1852–1881 *Dwight's Journal of Music* heraus. Seiner Schwester Marianne verdanken wir einige der interessantesten Briefe aus der Brook Farm Community: Amy L. Reed, ed., *Letters from Brook Farm, 1844–1847, by Marianne Dwight* (Poughkeepsie, 1928). – *Channing*: William Henry Channing (1810–1884), ein weiterer Neffe des berühmten Theologen Dr. Channing (vgl. Anm. zu S. 33, Spekulationen . . .), der ihn erziehen ließ. Unitarischer Geistlicher, begründete 1847 in Boston The Religious Union of Associationists. Prediger, Reformer, Abolitionist in England und den USA. Kein Mitglied aber ein Freund von Brook Farm, der maßgeblich an der Bekehrung der Brook Farmer zum Fourierismus beteiligt war. – *Burton*: Warren Burton (1800–1866), unitarischer, später swedenborgianischer Geistlicher, 1841–1844 auf Brook Farm, Autor und Vortragender. – *Parker*: Theodore Parker (1810–1860), unitarischer Geistlicher in Auseinandersetzung mit dem konservativen Flügel seiner Kirche; einer der gelehrtesten und kämpferischsten Transzendentalisten. Kein Mitglied von Brook Farm, aber Geistlicher in West Roxbury, so daß viele Brook Farmer sonntags in seine Kirche gingen. – *weil sie sich vor dem Auge der Öffentlichkeit verbergen*: Eine noch nicht geklärte Anspielung, der durch die Wortwahl („veil themselves") aus dem Bereich des Zentralsymbols noch eine besondere Bedeutung zukommt. Zu denken wäre an die beiden im Vorwort ungenannten amerikanischen Propagandisten für das System Fouriers. Albert Brisbane (1809–1890) bereiste Europa und den Vorderen Orient und kam zurück als überzeugter Anhänger der Lehren von Charles Fourier (s. Anm. zu S. 343), den er in Paris kennenlernte. Für amerikanischen Gebrauch schrieb er *Social Destiny of Man: or, Association and Reorganization of Industry* (Philadelphia, 1840) und *A Concise Exposition of the Doctrine of Association, or Plan for a Re-Organization of Industry . . . (Based on Fourier's Theory of Domestic and Industrial Association.)* (New York, 1843). Größere Breitenwirkung erzielte er jedoch erst, als ihm der Herausgeber der *Tribune*, Horace Greeley (1811–1872), seine Zeitung zur Verfügung stellte und selbst in der Bewegung für „Associationism" tätig wurde. Beide waren häufige Besucher auf Brook Farm und halfen, die fourieristische Phase des Unternehmens herbeizuführen. 1846 fand zwischen

Greeley und einem seiner früheren Mitarbeiter, Henry J. Raymond, der zu *The Courier and Enquirer* gegangen war, eine Monate währende Auseinandersetzung über Fourierismus statt, die in den beiden Zeitungen jeweils mit dem Für und Wider veröffentlicht wurde. James Parton, *The Life of Horace Greeley, Editor of the New York Tribune* (New York, 1855) sagt von dieser Diskussion – vielleicht mit einiger Übertreibung –, daß sie dem Fourierismus in den USA den Garaus gemacht habe. Er gibt ein zum Teil scherzhaft-pointiertes Resümee der Debatte (S. 205–217). Greeley „erbte' jedenfalls die gescheiterten Assoziationisten Ripley und Dana (s. o.) sowie Margaret Fuller (s. Anm. zu S. 342) für seine Zeitung. Vgl. Arthur E. Bestor, jr., „Albert Brisbane – Propagandist for Socialism in the 1840's", *New York History* XXVIII (April 1947). Charles Crowe, „Fourierism and the Founding of Brook Farm", *Boston Public Library Quarterly* XII (April 1960), gibt zu bedenken, daß Ripley schon vor Begründung von Brook Farm mit Fouriers Ideen vertraut war – nicht anders als Emerson – und *Social Destiny of Man* in der Oktober-1840-Ausgabe von *The Dial* günstig besprochen hat, so daß die spätere Überleitung in eine fourieristische „Phalanx" keine ganz überraschende Wendung war. – *Der brillante Mekkapilger*: George William Curtis (1824–1892), war mit seinem Bruder Schüler auf Brook Farm, 1842–1843. Danach reisten sie in Europa und im Vorderen Orient. *Nile Notes of a Howadji* (1851) ist Curtis' Buch, auf das NH anspielt, nebst *The Howadji in Syria* (1852). Vgl. *Early Letters of George William Curtis to John S. Dwight* (New York, 1898, ed. G. W. Cooke). NHs Ermahnung an Curtis, naheliegende Themen nicht zu vernachlässigen, erinnert an seine Selbstkritik in „Das Zollhaus" (S. 47 dieses Bandes). – *Concord, Massachusetts, im Mai 1852*: Nach seinem Rückzug aus Lenox in den Berkshires richtete NH seine Gedanken und Wünsche auf ein Haus in Concord, das er dann auch von Amos B. Alcott kaufte und „The Wayside" nannte. *Die Blithedale-Maskerade* entstand jedoch in West Newton, einem Vorort von Boston, von dem sein Sohn Julian sagte, es handle sich um eine so häßliche Gegend, daß man in ihr aus Selbstverteidigung zu schreiben anfange (*Nathaniel Hawthorne and His Wife*, Bd. I, S. 431). Roxbury, die Lokalität der damals bereits aufgegebenen Brook Farm, war zu Fuß erreichbar. Der Roman wurde Ende November 1851 begonnen und am 30. April 1852 vollendet; am 1. Mai schrieb NH das Vorwort; danach wurde der Schluß noch einmal umgearbeitet; s. C VIII, S. 314. Die britische Ausgabe des Romans erschien Anfang Juli, die amerikanische am 14. Juli 1852.

292 *Ich hatte am Abend ...*: Für diesen seinen vierten Roman, wenn man das Jugendwerk *Fanshawe* (1828) mitzählt, hat NH zum ersten Mal die Ich-Form für eine Erzählung gewählt. Es ist durchaus denkbar, daß hier ein Einfluß von seinem jüngeren Freund Herman Melville (1819–1891) vorliegt, der gerade *Moby-Dick* im Oktober-November 1851 herausgebracht und Hawthorne gewidmet hatte. Melville hatte durch einen vorgeschobenen Ich-Erzähler („Call me Ishmael") subtile Wirkungen erzielt. Zu beachten ist, daß mehrere Kapitelüberschriften, so die zu den Kapiteln 6, 7, 12 und 29, von Miles Coverdale, dem Erzähler, in der dritten Person sprechen; eine Technik, in der ebenfalls Melville mit *Redburn* (1849) vorangegangen war und die die Ich-Erzählung als Konvention enthüllt. Den Ich-Erzähler in diesem Roman als grundsätzlich unzuverlässig anzusehen, wie es verschiedentlich in der Kritik versucht wird, ist sicherlich abwegig; andererseits ist klar, daß er nicht alles deutlich wahrzunehmen in der Lage ist – zum Beispiel seine eigene Rolle und seinen eigenen Charakter. Diese Unsicherheit dem Autor zuzuschreiben, wie Roy H. Pearce das in seiner Einleitung in C III, S. XXIV tut, ist eine Verkennung der Rolle der Erzählperspektive. Vgl. die übernächste Anmerkung. – *meine Junggesellenwohnung:* Wie bei Melville (in *Moby-Dick* und späteren Erzählungen) ist auch bei NH der Junggeselle Symbol für den un-engagierten Mann. – *„Herr Coverdale"*: Miles Coverdale ist eine historische Figur (1488–1568), Bibelübersetzer und Prediger; sein Ruf in der Geschichte ist der eines liebenswerten, aber etwas ängstlichen Mannes, der in einem Jahrhundert blutiger Verfolgungen und Religionskriege zweimal ins Exil gehen mußte, aber das Martyrium zu vermeiden wußte. Julian Hawthorne mokiert sich über die Gleichsetzung seines Vaters mit dem ineffektiven, neugierigen, zynischen Poeten (*Nathaniel Hawthorne and His Wife*, Bd. I, S. 85); dagegen Roy H. Pearce: „Coverdale ist natürlich immer für Hawthorne gehalten worden – was er in mancher Hinsicht ist." (C III, S. XXIV). Eine solche Gleichsetzung verführt nicht nur zu unhaltbaren Schlüssen, sondern zerstört ein Charakterporträt – eben das des Erzählers, der zuweilen mehr von sich enthüllt, als ihm bewußt ist. – *ein mesmerisches Phänomen*: Franz Anton Mesmer (1734–1815), Entdecker des „tierischen Magnetismus", den er zu Heilzwecken einzusetzen versuchte. Schon zu Lebzeiten als Scharlatan angesehen, blieb er nicht ohne posthumen Einfluß und Schüler. In einem Brief vom 27. September 1841 von Brook Farm aus beschwor NH seine Braut, nicht an „magnetischen Wundern" teilzunehmen (sie litt

unter wiederkehrenden Kopfschmerzen); er fürchtete eine Verletzung der Persönlichkeit. Nach *Love-Letters of Nathaniel Hawthorne, 1839–1863* (Chicago 1907), Bd. II, S. 62. Den vollen Text des Briefes von NH an seine Braut, die Umstände ihrer Behandlung, NHs Einstellung zum Mesmerismus, nebst vielen Parallelen aus der zeitgenössischen Literatur findet man in dem informativen Artikel von Taylor Stoehr, „Hawthorne and Mesmerism", *Huntington Library Quarterly* XXXIII (1969). In *Das Haus der Sieben Giebel* wird in der Alice-Pyncheon-Episode eine solche Vergewaltigung und Vernichtung einer Seele dargestellt. Der Übergang von Hypnose zum Spiritismus war fließend. Vgl. die folgende Anmerkung. – *ein paar Schritte über die Grenze der Geisterwelt*: Es ist bemerkenswert, daß der alte Robert Owen, sein Sohn Robert Dale Owen, Albert Brisbane und andere mit der kommunitären Bewegung verbundene Männer sich mehr oder weniger heftig mit dem Spiritismus eingelassen haben. Schließlich wurde, um die Zeit der Entstehung unseres Romans, eine „community" in Auburn, N. Y., von Klopfgeistern begründet: Kap. XLIII, „The Spiritualist Communities", in Noyes, *History of American Socialisms*. Der Spiritismus hielt sich über den Bürgerkrieg hinaus und hatte noch eine lange Geschichte vor sich.

293 *und der Binde über dem einen Auge*: unter dem 7. Mai 1850 hat sich NH Beobachtungen über einen alten, schäbig angezogenen Mann notiert, der eine Binde über einem Auge trägt. Dies Detail wird im Roman zunächst genauso unbestimmt reproduziert, aber im Kapitel X (S. 376) findet sich eine genauere Angabe: „hinter der Binde auf seinem linken Auge." Im Kapitel XXI (S. 480) heißt es jedoch: „und besonders der Binde auf seinem rechten Auge, hinter welcher er sich stets zu verstecken schien." Roy R. Male hat in *American Literary Scholarship 1968* (Durham, N.C., 1970), S. 28f., die Frage aufgeworfen, wer hier einen Fehler begangen hat, Moodie, der Erzähler Coverdale oder Hawthorne? Claude M. Simpson als Herausgeber der *American Notebooks* (C VIII, S. 663), hält eine auktoriale Flüchtigkeit für möglich. Das ist, da die Binde und das Verstecken zum zentralen Symbolbereich Maske-Schleier gehören, mehr als unwahrscheinlich, wie Male mit Recht hervorhebt. Wie Robert K. Martin, „Hawthorne's *The Blithedale Romance*", *Explicator* XXVIII (1969) deutet, zeigt Moodies Wechseln der Binde über dem Auge an, daß seine Sicht der Dinge immer einseitig bleibt.

294 *nur geringe Bereitwilligkeit* ... „*Die Sache* ... *fängt an, mich zu interessieren* ...": Zwei der hervorstechendsten Eigenschaften

Coverdales werden hier eingeführt: seine Unlust, sich zu engagieren (Junggesellenmotiv), und seine Neugier. Wie sich im Kapitel IV (S. 315) herausstellen wird, verhält sich Hollingsworth gerade umgekehrt: er hat sich dem Anruf nach menschlicher Hilfe nicht entzogen, aber für die näheren Umstände Priscillas nicht interessiert. Das Ende des Romans liegt in diesem Anfang beschlossen. – *Hollingsworth*: Der Gleichklang des Namens mit Namen aus den beiden vorangegangenen Romanen ist auffällig: Hollingsworth ist eine Zusammenziehung von *Hol*grave und Chil*lingworth*. Der Reformer Holgrave in *Das Haus der Sieben Giebel* begeht nicht die Sünde, seine hypnotischen Kräfte zur Eroberung des Mädchens Phoebe einzusetzen; er achtet ihre Individualität. (Daß er sie durch Verlesen eines seiner Manuskripte zum Einschlafen bringt, ist eine andere Sache.) Hollingsworth dagegen behandelt die Frauen als Mittel zum Zweck; seine Sünde ist aber nicht so schwarz wie die Chillingsworths, da sie ihm in seinem selbst-unkritischen Idealismus verborgen bleibt; er trägt vor sich selbst eine Maske. Vgl. Anm. zu. S. 374.

295 *Aber der alte Knabe war . . . launisch*: Er trägt einen entsprechenden Namen: Moodie = Moody (launisch, von Stimmungen abhängig). – *eine Dame, die man Zenobia nennt*: Die Königin von Palmyra, von Aurelian besiegt und als Gefangene nach Rom gebracht (272 n. Chr.), war NHs Zeitgenossen nicht nur aus der römischen Geschichte bekannt, sondern auch durch einen Roman von William Ware (1837). Hierzu John C. Hirsh, „Zenobia as Queen: The Background Sources to Hawthorne's ‚The Blithedale Romance'", *The Nathaniel Hawthorne Journal 1971;* sowie Curtis Dahl, „New England Unitarianism in Fictional Antiquity: The Romances of William Ware", *New England Quarterly* XLVIII (März 1975). Vgl. S. 301 dieses Bandes: Der Deckname war angenommen worden, „da er gut mit etwas Kaiserlichem übereinstimmte".

297 *Ein schönes Paradies!* Die Erfahrungen Coverdales auf Blithedale lehnen sich eng an die NHs auf Brook Farm an. So schrieb dieser an seine Braut am 13. April 1842: „Hier ist Dein armer Gatte in einem Polarparadies!" Aber er verglich das Unternehmen mit dem der Pilgerväter, die auch in Unwirtlichkeit begannen, aber es zu etwas Großem brachten. Sams, *Autobiography of Brook Farm*, S. 12.

298 *großherzige Hoffnungen für die Bestimmung der Welt:* Dies Kompliment macht nicht nur Coverdale sich selbst, sondern NH als Autor schrieb zum Reformer Holgrave in *Das Haus der Sieben Giebel*, Kapitel XII: „Er hatte jenen Sinn, oder die innere Prophe-

zeiung – ohne die ein junger Mann besser erst gar nicht geboren wäre, während ein reifer besser gleich stürbe, als sie gänzlich fahren zu lassen –, daß es nicht unser Schicksal ist, für immer in den alten, schlimmen Wegen weiterzukriechen, sondern daß jetzt, im Augenblick, Vorboten um uns sind einer goldenen Ära, die noch zu unseren Lebzeiten verwirklicht werden wird." Vgl. auch S. 308 dieses Buches.

301 *Ein Trupp von Träumern*: „A Knot of Dreamers" enthält ein nicht übersetzbares Wortspiel: Gruppe, Trupp, aber auch Knoten.

302 *eine exotische Blüte von seltener Schönheit:* Wie es S. 335 heißt, war diese Blume „ein subtiler Ausdruck von Zenobias Charakter". Das Orientalisch-Exotische, das schon mit dem Namen Zenobia anklingt, wird dadurch unterstrichen.

305 *aus den Frauen hinwegraffiniert*: Vgl. Anm. zu S. 60.

308 *Phalansterien:* s. Anm. zu S. 343 (Fourier).

309 *warf sie die Blüte . . . gleichgültig . . . auf den Boden*: Eins der Schlüsselwörter des Romans ist das Verb *to fling (down, off, away)* = *wegwerfen, von sich tun*. Da S. 335 die Blume nicht nur als Schmuck dargestellt wird, sondern dem fiebernden Coverdale wie ein Talisman vorkommt, ist diese Geste ominös: Zenobia, allzu bereit, andere abzutun, wird schließlich selbst beiseitegeworfen.

310 „*als Zuhörer – Zuhörerin, meine ich*": Zenobia wurde bereits S. 295 als Frauenrechtlerin vorgestellt. Hier zeigt sie sprachlich ihre Befangenheit. – *die Bekehrung von Verbrechern*: Strafrechtsreform wurde von Brook Farmern diskutiert. So erschien in der Zeitschrift *The Harbinger*, die auf Brook Farm redigiert wurde, am 5. Juli 1845 ein Artikel von William Henry Channing über „Reform of Criminals". Das Thema war zentral in den Romanen des britischen Radikalen Thomas Holcroft (1745–1809), *Anna St. Ives* (1792), und *Memoirs of Bryan Purdue* (1805). Daß NH den letztgenannten Roman gelesen hat, ist nicht nachweisbar, aber die Ähnlichkeiten mit Hollingsworths Reformplan sind so groß, daß eine Quelle vorzuliegen scheint. Ein großherziger, edler Philanthrop soll sich der herkulischen Arbeit unterziehen, die Strafrechtsreform durchzusetzen. Der Held und Erzähler, der gestrauchelt ist (Fälschung), ruft nach eigenen guten Erfahrungen im Gefängnis aus: „Oh, daß die Verbrecher auf immerdar diese Vorzüge genießen möchten! . . . Oh, daß die Schuldigen wie Patienten mit schweren Krankheiten in gastfreundliche Behausungen geschickt werden möchten, die aus humaner Absicht für ihre Aufnahme und ihre Reform errichtet sind!" (Band III, S. 127)

312 *Pandora . . . frisch aus Vulkans Werkstätte*: Zeus ließ den Hephästos

(römisch: Vulkan) Pandora erschaffen, um sich an Prometheus zu rächen. Bei dessen Bruder Epimetheus öffnete Pandora (‚Alle Gaben') ihre Büchse, aus der die Übel und Plagen dieser Welt kamen. Zum Trost blieb den Menschen auf dem Boden der Büchse die Hoffnung. NH hat die Sage in *A Wonder-Book for Girls and Boys* (1852) als Sündenfall durch Neugier, also angelehnt an die Adam-und-Eva-Geschichte, aber zugleich im Sinne der *Felix-Culpa*-Lehre (ohne Fall keine Erlösung durch Christus) bearbeitet, die auch in seinem letzten vollendeten Roman *Der Marmorfaun* (1860) eine große Rolle spielt.

313 *Leuchtfeuer ... für die Menschheit entzündet*: Eine bewußte Anlehnung an den Sendungsglauben der Puritaner; vgl. Anm. zu S. 166.

315 *ein zartes, schlankes Mädchen*: Unter dem 9. Oktober 1841 beschrieb NH „eine kleine Näherin aus Boston, um die siebzehn Jahre alt", die ihm als äußeres Vorbild für Priscilla diente; C VIII, S. 209f.

317 *aus Eisen gehämmert*: Hollingsworth als der ‚neue' Puritaner wird wie diese von NH mit Eisen assoziiert; sein ursprünglicher Beruf war Grobschmied.

319 *als erste Frucht der Welt*: „Eine Waise in weltlicher Gesellschaft ... ist Priscilla wie Pearl von der Vorsehung bestimmt als ‚erste Frucht der Welt'", Roy R. Male, *Hawthorne's Tragic Vision* (Austin, 1957), S. 149.

321 *die Sache zu einer Ballade zu verwenden*: Das Motiv wird im Kap. XXVI in grimmigem Kontext wieder aufgenommen. Während sich Zenobia hier leichtfertig über Priscillas Verlorenheit äußert, ist sie später selbst die Verstoßene. Ihr Ende wird durch ihre eigenen Worte „mit einem Paar nasser Pantoffeln den Tod geben" vorweggenommen.

327 *der Nagel in Siseras Gehirn*: Sisera, Feldhauptmann der Kanaaniter, wird bei seiner Flucht aus verlorener Schlacht von Jael aufgenommen und versorgt, doch im Schlaf ermordet. Richter IV, 21: „Da nahm Jael, das Weib Hebers, einen Nagel von der Hütte und einen Hammer in ihre Hand und ging leise zu ihm hinein, und schlug ihm den Nagel durch seinen Schlaf, daß er in die Erde drang. Er aber war entschlummert, ward ohnmächtig, und starb."

329 *der Zauberer Michael Scott*: Michael Scot(t), 1175?–1234?, Gelehrter am Hofe Kaiser Friedrichs II. Ihm wurden Zauberkräfte zugeschrieben; ein von Sir Walter Scott in „The Lay of the Last Minstrel" verwendetes Motiv. NH notierte sich um 1848, daß Scott solche teuflisch servierten Gastmähler gab. Der Herausgeber nimmt an, daß ihm die Kenntnis aus einem Dante-Kommentar (zu *Inferno*, Gesang XX) gekommen ist; C VIII, S. 285 und 626.

335 *Die Blume in ihrem Haar ist ein Talisman*: s. Anm. zu S. 309.

338 *der üble Geschmack, der sich mit den bestzubereiteten Leckereien einer Hexe verbinden soll*: NH notierte sich 1846 aus Richard Cumberland, *The Observer* XXV (London 1785) diese Weisheit; s. C VIII, S. 272 und 623.

342 *Fräulein Margarete Fuller:* Margaret Fuller Ossoli (1810–1850), ältestes von neun Kindern eines autoritären Vaters, der durch eiserne Disziplin ein gelehrtes Wunderkind aus seiner Tochter machte. Nach dessen Tod 1835 Versorgerin der Familie; seit 1836 Freundschaft mit Emerson; 1836–37 Lehrerin in A. Bronson Alcotts Temple School; Übersetzung von Eckermanns Gesprächen mit Goethe und anderen Werken der deutschen Klassik; Herausgeberin von *The Dial* 1840/42; Besuche auf Brook Farm; veröffentlichte 1845 *Woman in the Nineteenth Century* (feministische, hochidealistische Abhandlung), 1844–46 in New York, zeitweise im Haus von Horace Greeley, für dessen Zeitung *Tribune* sie vor allem literarische Kritiken, später Auslandskorrespondenzen schrieb. 1846 Europareise; in Rom Verbindung mit dem Marchese Giovanni Angelo Ossoli, dem sie am 5. September 1848 einen Sohn gebar. Unterstützte das italienische *Risorgimento*, befreundet mit Mazzini; leitete während der Belagerung von Rom 1849 Krankenhaus. Nach dem Fall der Republik mit Ossoli nach Florenz, wo sie heirateten. Wirtschaftliche Not und politische Verfolgung machten Rückkehr nach den USA nötig, wo Margarets Mutterschaft und verspätete Ehe den Klatsch in Bewegung gesetzt hatten. Die Familie schiffte sich am 17. Mai in Livorno ein; ihr Schiff scheiterte am 19. Juli 1850 kurz vor dem Hafen von New York bei Fire Island; alle drei ertranken; nur die Leiche des Kindes und eine Truhe, die Liebesbriefe der Eltern enthaltend, wurden gefunden. 1852 gaben Emerson, W. H. Channing und J. F. Clarke *Memoirs of Margaret Fuller Ossoli* heraus; eine im ganzen wie im Detail höchst unzuverlässige Kompilation. Vgl. Mason Wade, *Margaret Fuller. Whetstone of Genius* (New York, 1940), und Joseph Jay Deiss, *The Roman Years of Margaret Fuller. A Biography* (New York, 1969). – NH und seine Frau Sophia waren mit Margaret Fuller befreundet. In einem frühen Brief von Brook Farm (13. April 1841) erzählte NH seiner Braut von einer „transzendentalen Jungkuh", die Margaret Fuller gehöre, dem Vernehmen nach sehr widerborstig und den Milcheimer umzutreten geneigt sei. Die Adressatin wisse am besten, ob sie in diesen Charakterzügen ihrer Herrin gleiche. (*Autobiography of Brook Farm*, S. 13). – Keine Identifizierung von Charakteren in unserem Roman

hat so viel Aufsehen erregt wie die Zenobias mit Margaret Fuller. Zwei Fragen stellen sich: Ist Zenobia ein Porträt Margarets? Und warum findet sich an dieser Stelle im Roman ein Hinweis auf Coverdales Freundin Margaret Fuller? Ist es, wie O. Cargill (s. u.) meint, ein versteckter Hinweis, daß mit Zenobia Margaret gemeint sei (wie sich später im Roman herausstellt, sind Priscilla und Zenobia Halbschwestern, daher die Ähnlichkeit), oder ist es vielmehr, wie A. Turner (vgl. Anm. zu S. 290) vermutet, ein Ablenkungsmanöver? Für die zweite Ansicht spricht die Erfahrung, die NH mit einem Mitglied der Pyncheon-Familie gemacht hatte, das sich bitter über die Verwendung des Familiennamens in *Das Haus der Sieben Giebel* beschwerte. NH war nicht bewußt gewesen, daß noch zu seiner Zeit Pyncheons existierten. Wenn nun schon die Menschen Leben und Dichtung nicht auseinanderhalten können, so mag er gefolgert haben, dann ist die sicherste Methode, einer Identifizierung vorzubeugen, die, den wirklichen Menschen mit seinem wirklichen Namen in den Roman zu tun. In jedem Fall muß NH entweder Angst oder ein schlechtes Gewissen gehabt haben. Sowenig sich der Roman im ganzen als Schlüsselroman lesen läßt, so besonders liegen die Verhältnisse bei Zenobia, der Autorin, Improvisatorin, Frauenrechtlerin, die sich gern mit einer Blume schmückte (wie Margaret). In einer wichtigen Hinsicht unterscheiden sich Zenobia und Margaret ganz und gar: Während erstere als schöne Frau von hinreißender Sinnlichkeit und Gesundheit dargestellt wird, war Margaret Fuller alles andere als besonders ansehnlich, dazu nervös und verspannt; sie ersehnte Liebe mehr, als daß sie sie provozierte. Jedoch, wie Perry Miller in der Einleitung zu seiner Sammlung aus den Werken und Briefen Margarets, *Margaret Fuller. American Romantic* (Garden City, N.Y., 1963), ausführt, war sie intellektuell die amerikanische Madame de Staël, die amerikanische George Sand, von der W. H. Channing mutmaßte, sie habe sich zu einer amerikanischen Corinne machen wollen (vgl. Anm. zu S. 402). In keinem mechanischen Sinn sei sie also das Urbild Zenobias, aber NHs Schöpfung einer dunklen Frau mit sexueller Anziehungskraft verdanke alles dem Versuch, sich Corinne in Neuengland vorzustellen. In diesem Sinn sei Margaret Fuller eine Provokation gewesen. – NH und seine Familienmitglieder haben die Identifizierung immer abgestritten; Julian brüstete sich, unwiderlegbares Beweismaterial zu den beiden Problemen zu haben, ob das Haus der Sieben Giebel ein Vorbild gehabt habe und ob Zenobia und Margaret ein und dieselbe Person seien, er wolle es aber nicht herauslassen, um den guten

Leuten den Spaß an diesem Sport nicht zu verderben (*Nathaniel Hawthorne and His Wife*, Bd. I, S. 392). Zugleich sorgte er dafür, daß die Kontroverse mit bisher ungekannter Bitterkeit wiederaufflammte, indem er eine von seiner Mutter in ihrer Ausgabe der französischen und italienischen Tagebücher ihres verstorbenen Gatten unterdrückte Stelle über Margaret Fuller zum ersten Mal veröffentlichte. Von römischem Klatsch angeregt, äußerte sich NH in einer, wie P. Miller sagt, „brutalen" Weise über Margaret, deren Lebensgeschichte er eine Tragödie nennt. Wenn er von ihr sagt, sie habe nicht den Charme der Weiblichkeit besessen, so distanziert er sie damit zugleich von Zenobia (von der in diesem Zusammenhang bei ihm freilich gar keine Rede ist), aber manche Motive der beiden „Fälle" (Fälle in die Sinnlichkeit) erscheinen in der Tat parallel. Auf das Buch Julians hin meldete sich Frederick T. Fuller, der nicht nur seine Tante verteidigte, sondern NH scharf angriff, dessen Porträtierungen von Lee und Upham (vgl. Anm. zu S. 7) und dessen Charakterisierung der britischen Matronen als „beefy" (rindfleischgemästet; vgl. Anm. zu S. 60) angeprangert werden. Nach „Hawthorne and Margaret Fuller Ossoli", *The Literary World*, 10. Januar 1885. Die Redaktion der Zeitschrift gab einen salbungsvollen Kommentar dazu, in dem beide, NH und MF, als „in mancher Hinsicht anomale und ungesunde Gewächse ihrer Art" tituliert werden, deren Genie ins Exzentrische gegangen sei. – Ein halbes Jahrhundert später griff Oscar Cargill den Fall wieder auf und gab in „Nemesis and Nathaniel Hawthorne", *PMLA* LII (September 1937) zu bedenken, daß der bekannte Niedergang der dichterischen Kräfte NHs in seinen letzten Jahren durch folgenden Umstand bedingt gewesen sein könnte: Margaret Fuller war ertrunken; NH hatte sich nicht gescheut, Zenobia durch Selbstmord im Fluß enden zu lassen; zwei Wochen nach dem Erscheinen des Romans erhielt er die Nachricht, daß seine Schwester Louisa bei einer Schiffskatastrophe auf dem Hudson ums Leben gekommen war. Da die gottähnliche Rolle des Künstlers seinen Geschöpfen gegenüber NH in der Tat unheimlich war (vgl. „The Prophetic Pictures"), ist Cargills Theorie nicht *a priori* abwegig; allerdings haben William Peirce Randel, „Hawthorne, Channing, and Margaret Fuller", *American Literature* X (Januar 1939) und Austin Warren, „Hawthorne, Margaret Fuller and ‚Nemesis'", *PMLA* LIV (Juni 1939), Irrtümer und Übertreibungen Cargills berichtigt. Dessen Aussage, daß mit der Zeit die „fierceness" (Grimmigkeit) von NHs Temperament vergessen worden sei, ist jedoch nur zu unterstreichen; selbst seine abschließende Bemerkung, NH sei kleinlich, rachsüchtig und abergläubisch gewesen, wird bei aller Übertreibung NH besser gerecht als die verniedlichende Darstellung eines sanften, den Mittelweg suchenden und charakterlich wie literarisch unanstößigen Autors, als der NH in viel zu vielen Aufsätzen erscheint. – *Emersons Essays*: Die beiden Serien von Emersons *Essays* erschienen 1841 und 1844. – *The Dial:* Die Zeitschrift des Transzendentalistenkreises um Emerson, 1840–1844. Die Zeitschrift ist wieder zugänglich durch einen Neudruck (New York, 1961), zugleich mit George Willis Cooke, *An Historical and Biographical Introduction to Accompany* The Dial (Boston, 1902, 2 Bde). Cooke gibt Kurzbiographien von vielen auch mit Brook Farm verbundenen Männern und Frauen. – *Carlyles Werke*: Thomas Carlyle (1795–1881) war damals in Neuengland durch seine Arbeiten über deutsche Literatur, seine spirituelle Autobiographie *Sartor Resartus* (deren erste Buchausgabe durch Vermittlung Emersons in Boston 1836 erschien) und seine Vorlesungen *On Heroes, Hero-Worship, and the Heroic in History* (1841) bekannt. Sein langer Briefwechsel mit Emerson ist berühmt. Nach Julian Hawthorne, *Hawthorne Reading*. An Essay (Cleveland, 1902), S. 89, bekundete NH auf Brook Farm die Absicht, *On Heroes* zu lesen. – *George Sands Romane, die mir Zenobia lieh*: Zenobia wird hier mit einer emanzipierten Frau und Literatin (1803–1876) in Verbindung gebracht, die sowohl durch ihr Leben als ihre Werke Aufsehen erregte. Nach *Der scharlachrote Buchstabe* wurde NH von Kritikern mit der „französischen Schule" der Romankunst entweder (negativ) identifiziert oder positiv gegen sie abgesetzt.

343 *Fouriers Werke*: Charles Fourier (1772–1837), kaufmännischer Angestellter, sog. Frühsozialist, glaubte an eine prästabilierte Harmonie zwischen dem Glücksverlangen des Menschen, seinen Trieben und Leidenschaften, und dem Universum. Es gelte nur, das richtige System zu entdecken und die törichten, von unwissenden Menschen eingerichteten Institutionen der bürgerlichen Gesellschaft zu beseitigen. Fourier griff weder Privateigentum noch Standesunterschiede an, aber erhoffte sich von der Einrichtung sog. Phalansterien (Siedlungen von optimaler Größe, in denen sich die Bedürfnisse der Menschen nach den Gesetzen der Gruppen und Serien zum Harmonischen hin bewegen) die endgültige Lösung der sozialen Frage. Er wartete zehn Jahre lang mittags um 12 Uhr auf einen Kapitalisten, der ihm die Mittel zur Verwirklichung seiner Pläne an die Hand geben sollte. Da er die sicher nicht unrichtige Vorstellung, Abwechslung sei das Ge-

heimnis der Arbeitsfreude, aus der Welt der Industrie auch auf das Geschlechtsleben übertrug, wurde dieser Teil seiner Ansichten eine Peinlichkeit und Gefahr für seine amerikanischen Schüler (vgl. Anm. zu S. 291). Seine Theorien „Über Liebe und Ehe“ bei Thilo Ramm, *Der Frühsozialismus. Ausgewählte Quellentexte* (Stuttgart, Kröners Taschenausgabe 223). – Die Umwandlung von Brook Farm in eine fourieristische „Phalanx“ erfolgte erst, nachdem NH die Siedlung verlassen hatte. Das Ende des Unternehmens kam in Sicht, als das halbfertige, unversicherte Hauptgebäude der Phalanx Anfang März 1846 abbrannte. – NH hat sich mit Fouriers Schriften zweimal beschäftigt; das erste Mal zu der Zeit, als die Brook Farmer sich Fourier zuwandten, das zweite Mal, als er den Roman schrieb. Die Unsicherheit über Fouriers Ansichten in Neuengland geht aus einem Brief vom 28. März 1845 hervor, den NHs Schwiegermutter an seine Frau schrieb. Diese antwortete unter dem 6. April, sie habe Fourier im Original gelesen und er sei abscheulich, unmoralisch, unreligiös und aller delikaten Gefühle bar. Eine Erklärung hierfür sah sie in der Tatsache, daß Fourier kurz nach der französischen Revolution geschrieben habe, während der man eine nackte Frau als Göttin der Vernunft verehrt habe. Es sei ganz offensichtlich, daß er seinen „moral sense“ (den Sinn fürs Moralische) verloren habe. Auch NH fände Fourier abscheulich. Nach *Nathaniel Hawthorne and His Wife*, Bd. I, S. 267–269. An der letzten Auskunft brauchen wir nicht zu zweifeln, dürfen aber annehmen, daß NH seine Ablehnung etwas anders begründet hätte, sonst wäre es ihm kaum möglich gewesen, Herman Melvilles Reisebericht von der Südsee, *Typee* (1846), so tolerant zu besprechen (s. R. Stewart, ed., „Hawthorne's Contributions to the *Salem Advertiser*“, *American Literature* V, Januar 1934). Fourier selbst hatte auf Tahiti hingewiesen; die eheliche Versklavung der Frau sei unverzeihlich, seit man es durch die Südseeinsulaner besser wisse (nach Ramm, *Der Frühsozialismus*, S. 113f.). – Fourier wird bereits in *Das Haus der Sieben Giebel*, Kapitel 10 und 12, erwähnt. – *Limonade (à Cèdre*: Unter dem 7. August 1851 notierte sich NH: „Fourier sagt, daß im Fortschritt der Welt der Ozean seine Salzigkeit verlieren und den Geschmack einer Limonade mit besonderem Aroma annehmen werde – limonade a cedré [sic]“; C VIII, S. 310. – „*Er hat die Sünde wider den Heiligen Geist begangen*“: s. Anm. zu S. 213.

344 *Swedenborg*: Der Einfluß des schwedischen „Geistersehers“ (vgl. Immanuel Kant, „Träume eines Geistersehers“) Emanuel Swedenborg (1688–1772) in Neuengland stand dem Charles Fouriers (s.

Anm. zu S. 343) kaum nach. Unter NHs Freunden und Bekannten waren William B. Pike (1811–1876), der mit ihm in den Zollhäusern von Boston und Salem gedient hatte, und Henry James, sr. (1811–1882) Swedenborgianer. Letzterer schrieb *The Secret of Swedenborg: Being an Elucidation of His Doctrine of the Divine Natural Humanity* (Boston, 1869), ein Buch, von dem W. D. Howells, selbst Sohn eines Swedenborgianers, sagte: „Er hat es [das Geheimnis] für sich behalten." Sicher war NH auch mit dem Swedenborg-Kapitel in Emersons *Representative Men* (1850) bekannt. Margaret Fuller schrieb 1845 über „Swedenborgianism" u. a.: „Was die Fähigkeit angeht, Verkehr mit Geistern zu pflegen, die von unserer irdischen Sphäre freigeworden sind, so sehen wir keinen Grund, warum das nicht möglich sein sollte, und sehen viele Gründe, warum es sehr selten, aber keinen, warum es nicht *manchmal* vorkommt." In gut transzendentalistischer Art fügte sie freilich hinzu: „Was uns betrifft, so interessiert uns Swedenborg nicht als Geisterseher, sondern als Wahrheitsseher." Zit. nach *Art, Literature and the Drama.* By Margaret Fuller Ossoli. Edited by Her Brother, Arthur B. Fuller (Boston, 1875), S. 340. John Humphrey Noyes, *History of American Socialisms* (1870) stellte für die Geistesgeschichte des reformatorischen Neuengland der 1840er Jahre folgende These und Genealogie auf: „Die schlichte Wahrheit ist, daß Brook Farm und der *Harbinger* [die Zeitschrift der fourieristischen Brook Farmer] Fourierismus propagieren wollten, es aber nur fertigbrachten, Swedenborgianismus zu propagieren ... Der Swedenborgianismus drang tiefer in die Herzen des Volkes ein als der Sozialismus, der ihn einführte, und zwar aus dem Grund, weil der Swedenborgianismus eine *Religion* war ... Die ganze historische Folge, wie sie von den nun vor uns liegenden Fakten bestätigt zu werden scheint, kann so beschrieben werden: ‚Der Unitarismus brachte den Transzendentalismus hervor; der Transzendentalismus brachte Brook Farm hervor; Brook Farm verheiratete sich mit und propagierte Fourierismus; Fourierismus hatte Swedenborgianismus zur Religion; und Swedenborgianismus führte zum modernen Spiritismus"; S. 538 und 550 des Neudrucks (New York, 1961). – Allen optimistischen Lehren dieser Zeit zugrunde liegt der Glaube an einen wohlgeordneten, dem wahren Menschen letztlich freundlichen Kosmos, – ein Glaube, der dann nach 1859 durch Darwin so schwer erschüttert wurde. – *Gehenna*: Die Hölle der Mohammedaner.

346 *daß Hollingsworth ... sich dem Wahn mit schnellen Schritten näherte*: Eine Notiz aus dem Jahr 1836: „Skizze eines modernen Reformers

auszuarbeiten – ein Typ der extremen Doktrinen in Sachen Sklaverei, kaltes Wasser, und andere Gesprächsgegenstände. Er geht in den Straßen umher und redet die Leute mächtig an und ist schon dabei, viele zu überzeugen ... als seine Mühen plötzlich unterbrochen werden durch das Erscheinen des Wärters des Irrenhauses, aus dem er entwischt ist. Viel wäre aus dieser Idee zu machen." C VIII, S. 10. Diese Notiz scheint in einem unauflöslichen Widerspruch zu stehen mit den reformfreundlichen Äußerungen etwa S. 298 (vgl. die entsprechende Anmerkung). Doch muß man zwischen den Inhalten und der Methode von Reformen unterscheiden. Unerträglich waren NH Monomanen der Reform, aber selbst so irregeleitete Idealisten wie Aylmer in „The Birthmark" erhalten eine Teilabsolution, sofern sie nur nach dem Höchsten streben. *Corruptio optimi pessima* – die schlimmste Verderbnis entspringt dem Besten.

348 *Ein neues Arkadien*: Landschaft im Zentrum des griechischen Peloponnes mit vielen mythischen Assoziationen. Pan war eine arkadische Gottheit. Die von der Geographie losgelöste idealische Landschaft Arkadien hat vor allem in der römischen Literatur (Vergil) und der Literatur der Renaissance eine immense Rolle gespielt als Heimat der Schäfer und Ort der Idylle. NHs Vorfahr William Hathorne (1607–1681) besaß ein Exemplar des Schäferromans *Arcadia* von Sir Philip Sidney (1554–1586). Über einen seiner Lieblingsdichter, Edmund Spenser (1552?–1599), war NH mit der Schäferdichtung vertraut. Vgl. Bruno Snell, „Arkadien, die Entdeckung einer geistigen Landschaft", in *Die Entdeckung des Geistes. Studien zur Entstehung des europäischen Denkens bei den Griechen* (Hamburg, 1948); Harry Levin, *The Myth of the Golden Age in the Renaissance* (Bloomington, Ind., 1969).

351 *die „luftigen Zungen, welche Menschennamen rufen"*: „airy tongues that syllable men's names" – Milton, *Comus*, Zeile 208.

353 *Kinder jeder Größe ... zur Erziehung hierhergeschickt*: Brook Farm war unter anderem auch ein Landschulheim; das Schulgeld eine wichtige Einnahmequelle für die Gemeinschaft. Zum pädagogischen Hintergrund J. B. Wilson, „The Antecedents of Brook Farm", *New England Quarterly* XV (Juni 1942). Gedanken Pestalozzis und Froebels wurden von Brook Farmern praktiziert.

355 *Anwohner der Grub Street*: Londoner Straße, in der im 18. Jh. arme Schriftsteller von Auftragsarbeiten lebten. – *Coleridges geplante Pantisokratie*: Pantisokratie, eine Lebensform, in der alle das gleiche Recht haben: von Samuel Taylor Coleridge (1772–1834) für sich, seinen Freund Robert Southey und ihre Frauen am Susquehanna

geplant, aber nicht ausgeführt. – *Candide*: der Held des gleichnamigen Romans von Voltaire (1694–1778). NH las Voltaire bändeweise 1830/31; *Candide* 1843. S. Marion L. Kesselring, *Hawthorne's Reading, 1828–1850* (New York, 1949), und C VIII, S. 370. – *Kameraden aus Falstaffs Lumpenregiment*: Sir John Falstaff, die Komödienfigur Shakespeares aus *King Henry the Fourth* und *The Merry Wives of Windsor*. – *ara nudus, sere nudus*: Korrekt: „nudus ara, sere nudus", Vergil, *Georgica* (Die Bücher vom Landbau), 1. Buch, Vers 299.

357 *Die Gefahr ... praktische Landwirte zu werden*: NHs eigene Erfahrungen stehen hinter dieser Aussage. Seine ersten Briefe von Brook Farm waren humoristisch und voll guten Willens; am 14. April spricht er von einem „tapferen Angriff auf einen Misthaufen". Einen Brief vom 3. Mai schließt er mit „Nath Hawthorne. Pflüger" und rühmt sich, in einen kompletten Landmann verwandelt zu sein. Aber schon am 12. August schreibt er seiner Braut: „... in etwas mehr als zwei Wochen wird Dein Gatte von seiner Knechtschaft frei sein – frei an seine Taube zu denken – frei die Natur zu genießen – frei zu denken und zu fühlen! ... Selbst meine Zollhauserfahrung war nicht solche Sklaverei und solcher Überdruß; mein Geist und Herz waren freier. Oh, Geliebteste, Arbeit ist der Fluch dieser Welt, und niemand kann sich auf sie einlassen, ohne proportional dem Tier näherzurücken." Sams, *Autobiography of Brook Farm*, S. 12–14, 18f., 29f.

358 *Burns*: Vgl. Anm. zu S. 35.

361 *Unrecht, indem ich spähend in seinen Charakter blicke*: Vgl. Anm. zu S. 143.

364 *der sanften Liebe des goldenen Zeitalters*: Für den Ruf von Brook Farm war schon wegen des Landschulheims von großer Wichtigkeit, daß keine Skandale vorkamen. Das Publikum war ohnehin allzu bereit, jedes unkonventionelle Wirtschaften und Zusammenleben mit dem radikalsten Kommunismus und Weibergemeinschaft zu identifizieren. Als sich die Brook Farmer fourieristisch organisierten, stieg die Gefahr; die amerikanischen Schüler Fouriers distanzierten sich zwar von den gewagteren Lehren ihres Meisters über die Harmonie und Befriedigung aller menschlichen Triebe, aber die Leute blieben mißtrauisch – vom Standpunkt der Konvention aus nicht zu Unrecht. Vgl. Hans-Joachim Lang, „*The Blithedale Romance*: A History of Ideas Approach", in *Literatur und Sprache der Vereinigten Staaten. Aufsätze zu Ehren von Hans Galinsky*, eds. H. Helmcke, K. Lubbers und R. Schmidt-v. Bardeleben (Heidelberg, 1969), Abschnitt III.

366 *eine Atalanta*: Die Jägerin Atalanta wollte nur den Mann heiraten, der sie im Wettlauf besiegen konnte; Besiegte verfielen der Todesstrafe. In einer seiner Bearbeitungen griechischer Sagen, „The Golden Fleece", hat NH Atalanta vorgestellt als ein sehr schönes, etwas wild aufgewachsenes junges Mädchen, das viel über die Rechte der Frauen sprach und Jagd und Krieg weit mehr schätzte als die Nadel. Nach C VII, S. 345.

368 *wie die alten Leute bei Goldsmith*: Anspielung auf Oliver Goldsmiths Roman *The Vicar of Wakefield* (1766), Kapitel V, Anfang.

372 *in der Art, wie wir unsern wilden Leidenschaften Luft machen*: Wahrscheinlich eine Reminiszenz an eine Stelle aus Scotts Vorwort zu *Waverley*; vgl. Anm. zu S. 285.

374 *„ich biete mein Gebäude der Welt als ein Schauspiel dar"*: Wieder das „City on a Hill"-Motiv; vgl. Anm. zu S. 166 und 313. Hollingsworths Hybris ist seine moralische Selbstsicherheit.

385 *„Wenn ich etwas für Sie tun kann, ohne mir selbst zu große Mühe zu machen ..."*: Hier wiederholt sich Coverdales Verhalten im ersten Kapitel. Im Gegensatz zu Moodie zieht sich Westervelt nicht zurück; Coverdale läßt sich, wenn auch widerwillig, manipulieren. So kommt die unglückliche Verbindung zwischen Westervelt und Zenobia wieder zustande; Coverdale tut, was er besser unterlassen hätte, während er im ersten Kapitel unterließ, was er besser hätte tun sollen. – *„Dies ist Ihr Ardenner Wald ... der verbannte Herzog ... vielleicht der trübselige Jacques ..."*: Anspielungen auf Shakespeares Komödie *As You Like It* (*Wie es Euch gefällt*).

386 *der Wilde Mann des Altertums*: Diese Figur war von NH in seiner Erzählung „The Maypole of Merry Mount" beschrieben worden: „der Wilde Mann, der Heraldik wohlbekannt, haarig wie ein Pavian und mit grünen Blättern umgürtet."

393 *eine Art von laubiger Höhle*: von NH unter dem 26. September 1841 beschrieben; C VIII, S. 197f. – *ein vollkommenes Nest für einen Robinson Crusoe oder König Karl*: Anspielungen auf Defoes schiffbrüchigen, auf eine einsame Insel verschlagenen Romanhelden und auf Karl II., der sich nach der verlorenen Schlacht von Worcester 1651 nur mit Mühe vor seinen Verfolgern verbergen und nach Frankreich retten konnte.

394 *einen Essay für „The Dial"*: s. Anm. zu S. 342. – *gleich einer allegorischen Gestalt des üppigen Oktober*: Offensichtlich ist die tragische Ironie dieser Erwartung. Die Rolle der Jahreszeiten und ihr mythischer Umkreis in unserem Roman wurden eindringlich untersucht und dargestellt von Peter B. Murray, „Mythopoesis in *The Blithedale Romance*", *PMLA* LXXV (Dezember 1960); John W.

Shroeder beschäftigte sich mit dem Spenser-Hintergrund dieser und anderer Stellen in „Miles Coverdale's Calendar; or, A Major Literary Source for *The Blithedale Romance*", *Essex Institute Historical Collections* CIII (Oktober 1967) und „Miles Coverdale as Actaeon, as Faunus, and as October: With Some Consequences", *Papers on English Language and Literature* II (Frühjahr 1966).

399 *einer von den Bäumen in Dantes Geisterwalde*: Vgl. *Die Göttliche Komödie*, Inferno, Gesang XIII, der düstere Wald der Selbstmörder.

402 *Die Gabe . . ., ohne Vorbereitung . . . zu erzählen*: Die Gabe der Improvisation teilt Zenobia mit einer anderen emanzipierten, aber gleichfalls tragisch liebenden Frau, der Titelheldin des Romans *Corinne, ou l'Italie* (1807), von Germaine de Staël (1766–1817). Corinnes Geliebter Oswald heiratet ihre Halbschwester Lucile. Vgl. Anm. zu S. 342 (Fräulein Margarete Fuller).

405 *Theodor*: Die Wahl des Namens dürfte aus besseren Gründen erfolgt sein, als aus denen, „weich und hübsch" zu sein. Seine Bedeutung ist „Gabe Gottes" – aber Theodor hat nicht die Fähigkeit, selbst eine Gabe Gottes zu erkennen, wenn sie ihm angeboten wird. – *ein monströses Antlitz . . . der Medusa*: Der Anblick des Medusenhauptes versteinert den Betrachter. Vgl. NHs Bearbeitung des Mythos in „The Gorgon's Head", C VII, S. 29.

406 *eines Spiritus familiaris*: Ein vom Teufel dem mit ihm im Bunde befindlichen Menschen beigegebener Diener.

413 *Abkömmlingen der Pilger*: Wieder wird das Verlangen nach einer besseren moralischen Welt, das den Reformbestrebungen der 30er und 40er Jahre des 19. Jhs. zugrunde lag, mit der Auswanderung nach Neuengland in Verbindung gebracht. Der Ausdruck „Pilger" wurde zu NHs Zeit häufig in etwas weiterem Sinn gebraucht als streng historisch statthaft ist, d. h. nicht nur auf die separatistischen Pilgerväter angewendet, die 1620 die Kolonie Plymouth begründeten, sondern auch auf die Massachusetts Bay-Puritaner, die 1630 Boston und Umgebung besiedelten.

415 *der ehrwürdige Apostel Eliot*: Vgl. Anm. zu S. 200.

421 *er und Millionen Despoten*: Zenobia ist nicht emanzipiert genug; sie hat nicht die Freiheit, sich nicht in das autoritäre Monstrum Hollingsworth zu verlieben! Vgl. eine Notiz NHs aus dem Jahre 1842: „Die moralische Knechtschaft jemandes zu beschreiben, der von sich glaubt, frei zu sein" („To point out the moral slavery of one who deems himself a freeman"); C VIII, S. 236. Zur Geschichte der Frauenemanzipationsbewegung in den USA s. Eleanor Flexner, *A Century of Struggle. The Woman's Right Movement in the*

United States (Cambridge, Mass., 1966). Hawthornes Frauengestalten waren jahrzehntelang Gegenstand einer allzu primitiven, geradezu mechanischen Auslegungskunst. Man glaubte, die hellen Typen Phoebe, Priscilla und Hilda seien seine Ideale, die dunklen Typen Esther, Zenobia und Miriam nicht nur verführerisch, sondern ernstlich bös. Hier ist eine dringend erforderlich gewordene Umwertung seit längerem im Gange, neuestens mit dem Gewicht der zeitgenössischen feministischen Bewegung in den USA. Zwei Artikel von Nina Baym sind in diesem Zusammenhang zu beachten: „Hawthorne's Women: The Tyranny of Social Myths", *Centennial Review* XV (1971), und „*The Blithedale Romance*: A Radical Reading", *Journal of English and Germanic Philology* LXVII (1968).

426 *ein Phalansterium*: s. die Anm. zu S. 343 (Fourier).

428 *eine Stelle zum Begräbnisplatz*: Vgl. Anm. zu S. 57.

430 *die Herren in State Street*: Eine der schon im 17. Jh. wichtigsten Straßen in Boston, Zentrum von Handel und Finanz.

434 *„Seien Sie für mich ... oder seien Sie gegen mich ..."*: Hollingsworth stellt den gleichen Anspruch wie Christus; vgl. Matthäus XII, 30.

435 *die Tore von Gaza*: Simson, der herkulische Feind der Philister, wird beim Besuch einer Hure in Gaza umzingelt, aber bricht aus: „Da stund er auf zu Mitternacht, und ergriff beide Türen an der Stadt Tor samt den beiden Pfosten, und hub sie aus mit den Riegeln, und legte sie auf seine Schultern, und trug sie hinauf auf die Höhe des Bergs von Hebron", Richter XVI, 3. Nach dem Vergleich mit Sisera (S. 327) hier ein weiterer Hinweis auf einen biblischen Helden, der durch eine Frau zu Schaden kam. Denn im selben Kapitel wird weiter erzählt, wie Delilah Simson durch das Abscheren seiner Haare seiner übernatürlichen Kraft beraubte.

436 *Newport oder Saratoga*: Modische Kurorte in Rhode Island bzw. New York.

439 *den Autoren der* North American Review: Im Juli 1850 war in der *North American Review* eine sehr engherzige, schon das Thema und dann besonders die Heldin kritisierende Rezension erschienen. *The Blithedale Romance* kam nicht besser weg; im Januar 1853 stand dort zu lesen, die Charaktere des Romans seien alle anomal, und wo würde man eine solche Gesellschaft eher finden als unter den Auspizien sozialistischer Reform? – *den Akademikern von Cambridge*: Auch am Harvard College stand NH offiziell bei der jüngeren Generation nicht hoch im Kurs. Charles Hale (graduiert 1850) fand nichts Aufrichtiges und Befriedigendes im Ton unseres Romans und seiner Vorgänger; Charles Francis Adams (graduiert

1856) schrieb 1855 im *Harvard Magazine*, bei NH finde man stets eine Unterströmung des Sinnlichen; er könne sein befriedigtes Glotzen nicht unterdrücken, sei es über eine schöne Frau, sei es über eine Leiche. Sein zynisches Lächeln bekomme man bald über, usf. Zit. nach H.-J. Lang, S. 90, s. Anm. zu S. 364.

442 *mit einem Grade orphischer Weisheit*: Anspielung auf Amos B. Alcott (s. o.), dessen „Orphic Sayings" in *The Dial* erschienen und solche Sprüche enthielten wie „Je großartiger mein Lebensentwurf, desto edler meine Zukunft"; „Umsicht ist die Fußspur der Weisheit"; „Bleibender Ruhm ist immer posthum." – *die echten Symbole träger Ruhe und sinnlicher Behaglichkeit*: So hatte NH schon in seinem Tagebuch die Säue apostrophiert; C VIII, S. 204. Sie stehen hier wohl auch für eine Art Realitätsprinzip.

446 *ein mechanisches Diorama*: Schaubild mit plastischen Gegenständen vor beleuchteter Unterlage. Zu NHs Verwendung des Dioramas in seiner Ästhetik Benjamin Lease, „Diorama and Dream: Hawthorne's Cinematic Vision", *Journal of Popular Culture* V (1971).

448 *die hintere Aussicht ... weit mehr Malerisches*: Auch diese Ansicht geht auf eine um Jahre ältere Tagebucheintragung zurück; C VIII, S. 239.

474 *Nach meiner Meinung hat die menschliche Natur ... indem sie Gutes an seine Stelle setzen*: Diese 28 Zeilen wurden zum ersten Mal in der *Centenary Edition of the Works of Nathaniel Hawthorne* gedruckt, obwohl sie vom Autor offenbar nicht autorisiert wurden. Die Herausgeber haben jedoch den Verdacht, daß die Stelle der Zensur von Mrs. Hawthorne oder der seines Freundes E. P. Whipple zum Opfer gefallen ist, und halten ihre Restauration für angebracht. (S. LIII) Wir folgen ihnen hierin und übersetzen die Stelle mit freundlicher Genehmigung des Verlages.

476 *mit der Genauigkeit eines Daguerrotyp*: Die Frühform der Fotografie wurde von NH bereits in *Das Haus der Sieben Giebel* verwendet; der Reformer Holgrave ist Daguerrotypist.

483 *Fauntleroy*: Der ursprüngliche Name Moodies ist nicht so sehr als sein bürgerlicher Name aufzufassen, sondern mehr als Bezeichnung für seine soziale Rolle. Fauntleroy hieß ein Fälscher, der nach dem strengen britischen Strafrecht öffentlich hingerichtet wurde; sein Fall und ähnliche Fälle wurden von der sozialkritischen Schule der britischen Romanciers aufgegriffen. Siehe Keith Hollingsworth, *The Newgate Novel, 1830–1847. Bulwer, Ainsworth, Dickens, and Thackeray* (Detroit, 1963), und vgl. Anm. zu S. 310 (die Bekehrung ...).

490 *der Rand des Tartarusabgrundes*: Tartaros war ein Teil der Unter-

welt in der griechischen Mythologie, in dem Verbrecher für ihre Untaten büßten.

498 *einer von jenen Lyzeumsälen*: Die 1826 begründete Lyceum-Bewegung versorgte im 19. Jh. die amerikanische Bevölkerung mit wissenschaftlichen Vorträgen in rund 3000 Zweigstellen. Von den in diesen Anmerkungen erwähnten Personen haben z.B. Emerson, Thoreau, Curtis, Dana, Greeley Lyzeum-Vorträge gehalten; NH selbst war in Salem als Vortragsvermittler für Thoreau tätig.

501 *die Epoche der Klopfgeister*: Eine NHs Ansichten außerordentlich nahestehende Auffassung vertrat Henry James, sr. (1811–1882), der Vater des Philosophen, Psychologen und Parapsychologen William James (1841–1910) und des Romanschriftstellers Henry James, jr. (1843–1916), in „Spiritual Rappings", *Lectures and Miscellanies* (New York, 1852). 1858 beschäftigten sich die Familien Hawthorne und Robert Browning in Florenz mit Spiritismus; die Männer blieben skeptisch. In einem nicht lange anhaltenden Freiheitsrausch schwärmt der durch sein Schicksal schon gebrochene Ästhet Clifford im 17. Kapitel von *Das Haus der Sieben Giebel* von den verfeinernden Wirkungen des Mesmerismus und den Klopfgeistern als Botschaftern einer spirituellen Welt, zu der die Tür bald weit aufgetan werden wird.

503 *Er sprach von einer neuen Ära ...*: Da in der Kritik immer wieder behauptet wird, NH habe sich im zweiten Teil des Romans, unfähig, sein Thema des unmenschlichen Reformers festzuhalten, in schauerromantischen Humbug verloren oder geradezu geflüchtet, muß betont werden, daß für die Zeitgenossen der thematische Zusammenhang zutage lag, sosehr er auch für spätere Zeiten der Rekonstruktion bedarf. Wie Georgiana B. Kirby, *Years of Experience. An Autobiographical Narrative* (New York und London, 1887) berichtet, wurden auf Brook Farm Mesmerismus und Hellseherei betrieben; Marianne Dwight (s. Anm. zu S. 291) beschreibt in einem ihrer Briefe, wie die geistige Präsenz des (verstorbenen) Charles Fourier beschworen wurde. Das *Mountain Cove Circular* (vgl. Anm. zu S. 292, ein paar Schritte ...) prophezeite, daß der Schleier, der über alle Nationen gebreitet sei, hier und heute gelüftet werden würde.

506 *... und war für immer gerettet*: Diese Szene hat Henry James so beeindruckt, daß er sie für das Dénouement seines Romans *The Bostonians* (1886) nachahmte. Die beiden Romane haben eine Fülle von Motiven gemein. – *Die Maskierten*: Das Kapitel beruht auf einem Erlebnis von NH, der eine Geburtstagsfeier für den sechsjährigen Frank Dana beobachtete; C VIII, S. 201f. Das Fest habe

einen phantastischen Eindruck hinterlassen, mit seiner Mischung von wilden, fabulösen Charakteren und echten, heimischen, dazu in einem abgeschiedenen Waldwinkel. Der Indianer, die Zigeunerin, die Göttin Diana, eine Schweizerin, eine indianische Squaw und ein Neger des Jim-Crow-Typs werden erwähnt.

508 *Paul Dudley*: Paul Dudley aus Roxbury (1675–1751), Jurist, Generalstaatsanwalt der Kolonie Massachusetts, Naturwissenschaftler und Mitglied der Royal Society.

512 *Komus und seine Schar*: John Miltons Maskenspiel *Comus* (1634).

513 *einem Shaker-Ältesten*: Die Shaker („Schüttler"; populärer Name für „Die Vereinigte Gesellschaft der Gläubigen in Christi zweite Erscheinung") traten 1774 zuerst in Amerika auf und gründeten viele erfolgreiche Mustersiedlungen. Da sie im Zölibat lebten, rekrutierten sie sich durch Neubekehrte. Berühmt wurden ihre Tänze, ihr landwirtschaftliches Geschick und ihre formschönen, funktionalen Möbel und Gebrauchsgegenstände, die noch, 1974 in München ausgestellt, großes Interesse erregen. NH hat mehrfach Shaker-Siedlungen besucht und in seinen Erzählungen „The Canterbury Pilgrims" (1833) und „The Shaker Bridal" (1838) entsprechende Motive verwandt. – *Schäfer aus Arkadien und allegorische Gestalten aus Spensers Feenkönigin*: Zu Arkadien vgl. Anm. zu S. 348. Spensers allegorisches Epos *The Fairie Queene* (1596) und andere Werke haben NH zahllose Anregungen gegeben; aus der großen Literatur zu NH und Edmund Spenser folgende Aufsätze: „The *Faery Land* of Hawthorne's Romances", *Emerson Society Quarterly* (III. Quartal 1967) und „Hawthorne's Coverdale and Spenser's Allegory of Mutabilitie", *American Literature* XXXIX (Mai 1967) von Buford Jones; „Ritual and Reality: Mask and Dance Motifs in Hawthorne's Fiction", *Philological Quarterly* XXXIV (Januar 1955) von Norris Yates; vgl. Anm. zu S. 514 (Actäon) und zu S. 394. – *Moll Pitcher*: Mary McCauley (1754 bis 1832), auch Molly Pitcher genannt, amerikanische Revolutionsheldin, brachte in der Schlacht von Monmouth vom 28. Juni 1778, einem heißen Tag, den Erschöpften und Verwundeten Wasser (Pitcher = Wasserkrug) und füllte dann den Platz ihres ausgefallenen Mannes an der Kanone aus.

514 *Tom o' Shanter*: Held eines Gedichts von Robert Burns (vgl. Anm. zu S. 35). – *wie einst den Actäon*: Die Szene wird expliziert von John Shroeder, „Miles Coverdale as Actaeon, as Faunus, and as October: With Some Consequences", *Papers in English Language and Literature* II (Frühjahr 1966).

517 *für das finstere Porträt eines puritanischen Richters*: Noch einmal

wird Hollingsworth durch diese Anspielung als der Puritaner des 19. Jh. hingestellt. Zenobias Hinweis auf den „Scheiterhaufen", S. 518, darf nicht zu dem Irrtum verleiten, es seien in NHs Heimatstadt Salem Hexen verbrannt worden – sie wurden gehängt!

528 *Eine Moral*: Anders als in *Der scharlachrote Buchstabe* braucht hier nicht der Autor (der ohnehin in einer Ich-Erzählung mangels direkter Leseransprache dazu nicht in der Lage wäre) eine Moral auszusprechen; eine der beteiligten Personen nimmt ihm das ab. Selbstverständlich ist diese Moral noch partieller als im anderen Roman, da Zenobia in ihrer Situation das an ihr verübte Unrecht heftiger empfindet als das von ihr begangene.

533 *Mitternacht*: Das Kapitel beruht auf einer weiteren persönlichen Erfahrung NHs, diesmal aus Concord, der Suche in der Nacht vom 9. Juli 1845 nach der Leiche einer Miss Hunt, die sich aus Melancholie ertränkt hatte. „Nie sah ich oder stellte ich mir ein solches Schauspiel so perfekten Horrors vor. Die Starre ... war schrecklich anzusehen ... Sie war das Urbild des Todeskampfes ..." C VIII, S. 261 ff. Zum Spenser-Hintergrund s. John Shroeder, „Miles Coverdale's Calendar; or, A Major Literary Source for *The Blithedale Romance*", *Essex Institute Historical Collections*, Bd. CIII (Oktober 1967).

543 *die Notwendigkeit eines Begräbnisplatzes*: Vgl. Anm. zu S. 428 und S. 57.

547 *Aber Hollingsworth! Sollen wir ihn ... gesegnet ... zurücklassen*: Hier thematisiert NH durch den Mund Coverdales das Problem der „poetischen Gerechtigkeit", d. h. der Belohnung der Guten und der Bestrafung der Bösen schon hienieden – im Roman. Diese Gerechtigkeit ist im vorliegenden Roman stärker ausgeprägt als in allen anderen NHs, was seiner Schwiegermutter nicht entgangen ist. In einem Brief an Sophia Hawthorne schrieb sie, daß die Hollingsworths, die Zenobias und die Fauntleroys mit Furcht von dem Schicksal lesen würden, das Selbstsucht und mißbrauchte Vorrechte erwartet; nach *Nathaniel Hawthorne and His Wife*, Bd. I, S. 449. Vgl. Anm. zu S. 553.

549 *die schaurigste Wahrheit aus dem Buche der Wahrheiten von Bunyan*: Vgl. Anm. zu S. 144.

550 *Doktor Griswold*: Rufus Wilmot Griswold (1815–1857), berühmtberüchtigt vor allem als Nachlaßverwalter von Edgar Allan Poe (1809–1849), dessen persönlichen Nachruhm er für lange Zeit negativ beeinflußte, gab die Anthologien *The Poets and Poetry of America* (1842), *The Prose Writers of America* (1847) und *The Female Poets of America* (1849) heraus, die großen Einfluß hatten.

552 *Kossuth*: Der ungarische Freiheitskämpfer Lajos Kossuth (1802 bis 1894) wanderte nach der Niederwerfung der ungarischen Revolution von 1848/49 erst in die Türkei, dann in die USA (1851 bis 1852) aus, wo er gefeiert wurde. Julian Hawthorne berichtet, daß Kossuth durch West Newton kam; *Nathaniel Hawthorne and His Wife*, Bd. I, S. 430.

553 *Ich ... habe Priscilla geliebt*: Miles Coverdales Geständnis ist in der Kritik nicht allseits freundlich aufgenommen worden. Es ist jedoch erstens sehr gut vorbereitet; S. 526 hieß es: „Ich habe keine Neigung zu erklären, welche Analogie ich zwischen Zenobias Lage und der meinen sah oder mir einbildete ...", d. h., der Bund zwischen Hollingsworth und Priscilla beraubt sowohl Zenobia wie Coverdale des Partners. Zweitens liegt der Schluß in der Logik der Charaktere und der romanhaften Verwicklung. NH hat gern mit Vierpersonenkonstellationen gearbeitet; in *Der scharlachrote Buchstabe* sind Esther und Arthur, Pearl und Chillingsworth die Hauptpersonen, in *Der Marmorfaun* sind es Hilda und Kenyon, Donatello und Miriam. In *Das Haus der Sieben Giebel* kommt allenfalls der Richter Pyncheon als fünfte Hauptperson zu Phoebe und Holgrave, Hepzibah und Clifford hinzu. Aber *Die Blithedale-Maskerade* ist singulär durch den Umstand, daß hier vier Hauptpersonen ins Spiel kommen, die nicht nur grundsätzlich miteinander in zwei verschiedene sexuelle Verbindungen treten können, wie auch in *Der Marmorfaun*, sondern durchaus mit diesem Gedanken spielen. Hollingsworth schwankt zwischen Zenobia und Priscilla; Coverdales Gedanken über Zenobia sind so sexuell, wie in einem Roman des damaligen Amerika nur denkbar. Seiner Versicherung, daß er sich nie in Zenobia verliebt hätte (S. 338), brauchen wir nur bedingt Glauben zu schenken. Die entsprechenden Stellen im Roman werden zusammengestellt und mit einer modernen tiefenpsychologischen Interpretation versehen von Donald Ross, „Dreams and Sexual Repression in *The Blithedale Romance*", PMLA LXXXVI (Oktober 1971). Ferner Ellen E. Morgan, „The Veiled Lady: The Secret of Miles Coverdale", *Nathaniel Hawthorne Journal 1971*. Nach ihrer Erfahrung mit Hollingsworth bedauert Zenobia halb im Scherz, vielleicht aber auch halb im Ernst (S. 531), nie versucht zu haben, Coverdales Herz zu gewinnen. Vor allem ist es dem Leser überlassen, zwischen den vier Hauptpersonen die ihm passend erscheinenden Verbindungen herzustellen. Nachdem der Autor seine vier Figuren im Vorwort so pointiert vorgestellt hat als zwei starke und zwei schwächere Charaktere, liegt die Paarung Hollingsworth-Priscilla, Coverdale-Zeno-

bia näher als die Hollingsworth-Zenobia, Coverdale-Priscilla. Durch Coverdales Schwäche und Fehler gravitieren von Anfang an beide Frauen zum starken Mann; so kommt es, anders als in Goethes *Die Wahlverwandtschaften*, nicht zur vollen chemischen Galanterie der Vereinigung übers Kreuz – die freilich auch bei Goethe, wenn auch aus anderen Gründen, zum tragischen Ausgang führt. *Priscilla* ist der Preis (*prize*); Coverdale verfehlt ihn ganz, Hollingsworth erringt ihn um den Preis schwerer Schuld. Gegen das Ende des Romans hat ein Rezensent protestiert, des Sinnes, daß es *niemals* wahr sein dürfe, daß die Starken von den Schwachen besiegt werden, wie Zenobia von Priscilla! Die Rezension hat außer ihrem Inhalt noch das besondere Interesse, daß sie wahrscheinlich von George Eliot (1819–1880) stammt (hierzu: J. D. Rust, „George Eliot on *The Blithedale Romance*", *Boston Public Library Quarterly* VII, Oktober, 1955), der emanzipierten britischen Autorin, die man im allgemeinen dem Realismus zurechnet, während NH ja, besonders in diesem Roman, unter dem Verdikt steht, Romantiker zu sein! Auch das letzte Kapitel ist, wie John Shroeder in seinem Aufsatz über „Miles Coverdale's Calendar" nachgewiesen hat, nach der Spenserschen Ekloge aus *The Shepheards Calender* für den Monat Dezember gearbeitet. Coverdales Rolle als Dichter und die als erfolgloser Liebhaber finden sich bereits im genannten Gedicht der englischen Renaissance.

INHALT

Nathaniel Hawthorne
Unheimliche Erzählungen

Aus dem Amerikanischen
von Hannelore Neves und
Siegfried Schmitz
Ca. 554 Seiten
Gebunden mit
Schutzumschlag
ISBN 978-3-491-96208-8

Die Berührung mit dem Bösen

Hawthorne, neben Melville und Poe wichtigster Vertreter der »dunklen« amerikanischen Romantik, interessierte stets das Verborgene: Dinge jenseits unserer begrenzten Wahrnehmung, unsere Traumata und unsere Zukunft.
So geht es in dieser Auswahl an schauerromantischen Erzählungen um Fragen des Glaubens und um Leben und Tod.
In diesem Kontext kommt es zu bizarren und verstörenden Begebenheiten.
Edgar Allan Poe entwickelte anhand dieser Erzählungen übrigens die Theorie der Short Story.

ALBATROS

Stendhal
Rot und Schwarz

Aus dem Französischen
von Walter Widmer
656 Seiten
Gebunden mit
Schutzumschlag
ISBN 978-3-491-96192-0

Die Chronik der Heuchelei

In einer Epoche der Durchschnittlichkeit ist Heldentum nur noch in der Perversion möglich. Leidenschaft und Idealismus können sich nur noch in Verstellung und Heuchelei äußern. »Rot und Schwarz« erzählt vom Aufstieg und tragischen Untergang des ehrgeizigen Julien Sorel und von seiner komplizierten Liebe zu zwei sehr unterschiedlichen Frauen. Vergeblich versucht sich der Emporkömmling mit seiner heroischen Haltung, seinem Machtstreben und kühler Intelligenz in seiner engstirnigen Umwelt zu behaupten.